大隋帝国（第一卷）

杨仁金　高玉霞　著

长江出版传媒　长江文艺出版社

图书在版编目（C I P）数据

大隋帝国. 第一卷 / 杨仁金，高玉霞著. -- 武汉 :
长江文艺出版社， 2021.6
（湖北草根作家培养计划丛书）
ISBN 978-7-5702-2027-4

Ⅰ. ①大… Ⅱ. ①杨… ②高… Ⅲ. ①长篇历史小说
－中国－当代 Ⅳ. ①I247.5

中国版本图书馆 CIP 数据核字(2021)第 043416 号

大隋帝国
DASUI DIGUO

责任编辑：田敦国　　责任校对：毛　娟
封面设计：周　佳　　责任印制：邱　莉　胡丽平

出版：长江出版传媒 | 长江文艺出版社
地址：武汉市雄楚大街 268 号　　邮编：430070
发行：长江文艺出版社
http://www.cjlap.com
印刷：武汉市首壹印务有限公司

开本：700 毫米×1020 毫米　1/16　印张：29.5　插页：1 页
版次：2021 年 6 月第 1 版　2021 年 6 月第 1 次印刷
字数：413 千字

定价：56.00 元

目录 contents

第一章 亡国御厨寻千里 开府少主喜临门

近暮时分，太阳无精打采地挂在天上，半死不活地坠在乌云的底端，从丝丝缕缕的云破处，发出斑驳惨淡的白光，使人的心情无端地厌世起来。而对于已经流浪了两年多的李九来说，即便没有这病恹恹的日头，他也觉得自己已经走到了生命的尽头。

就是此处了。李九想。他再次望了望那新建的高大的威风凛凛的门楼。这门楼是一正门两侧门的典型府衙，门前有块宽阔的场地。而此时，李九已经无法到达那场地了，只能止步于离侧门两三丈远的一棵小松树下。他已经没有一丝力气，再往前行走一步，对任何世人说一句话了。按照道士的指引，该是此处了。他在心里长叹一声。如果运气好的话，也许会得个安葬，也不至于被野狗鼠猫啃食了。他悲惨地想着。总之能为自己做的也仅此而已了。他再次在心里悲叹一声。又艰难地抬起眼，无限留恋地望了望天边的落日，便垂下头来。两眼一闭，身子一软，便如一摊稀泥，猝然伏地。

西魏恭帝四年，即公元557年。长安城内。刚刚晋封为骠骑大将军，并加开府的普六茹坚新府门前，就发生了这样一幕令人不愉快的事情。府中管事李圆通接到门值报告，气哼哼地快步出来，果然，见侧门处，倒地卧着一人。及至近前，见此人虽然潦倒，却也面目清朗，周身也还整洁。头上戴的小毡帽与自己的相似。但葛麻制成的上衣宽大，袖口肥大，阔口裤。却不似自身衣袖窄小的圆领袍服。这身打扮不是当地人啊，难不成是从南方来的？来干什么呢？为何又会晕倒？是故意倒在我府门口的吗？

正忖度间，地上的人嘴角嚅动了一下，含含糊糊地听不清楚。李圆通也不及细想，只好命人将此人抬回府中救治。

李圆通长着一张圆脸，一嘴精致细细的白牙，言语甚少。看似温文尔雅，办事却凌厉果断，自有主见。这也是他越来越被普六茹坚看重的原因。

戌时，普六茹坚回府。步履轻快，脸上笑意盈盈。李圆通连忙迎上来，见他心情不错，想必是他与即将成为妻父的独孤信大人相处甚欢，心下便也欢喜起来。

不等李圆通开口，普六茹坚便拽着他的胳膊，绕过前厅回廊，来到中庭还未完全竣工的一处厢房中，对着李圆通悄悄说道："刚刚看见了独孤伽罗。"普六茹坚的脸色潮红，放着光彩，语气中夹杂着兴奋。

少主子的这副神态，连从小跟他一起长大的李圆通也深觉稀罕。沉稳严肃寡言是这位少主子的最大特点，今天看来是真的喜悦了。

"真是俊美！"普六茹坚的双眸盯着李圆通，眼里见到的却不是眼前的这个人。他沉浸在刚刚过去的时光中，嘴里呢呢喃喃的只有这几个字。

李圆通见他这一副痴痴傻傻的样子，心里不由得好笑。想他这会儿回到府里仍是这样，那方才在独孤柱国府上，还不定呈现什么样儿呢。心里虽这么想着，却又不敢说出来。

那普六茹坚也不理他，自顾自地说："一丛青竹，一方池水，芙蓉美人，倚竹吟诗。何等的赏心悦目啊！大将军府也要如此建造这么一处花园。也要有一方池水，也要有莲，有竹。坚要让伽罗在大将军府如同在独孤府上，过成仙女般！"

忽地，那普六茹坚似乎从梦里醒来，双手按住李圆通的肩，急切地寻找李圆通的眼睛，又急切地说道："你晓得吟的是什么吗？是'风雨凄凄，鸡鸣喈喈。既见君子，云胡不夷！风雨潇潇，鸡鸣胶胶。既见君子，云胡不瘳！风雨如晦，鸡鸣不已。既见君子，云胡不喜！'好一句云胡不喜！"普六茹坚大笑，又道，"你以为她吟此诗，是否对我很中意？"

李圆通终于忍不住，笑了起来，道："她见到郎主了吗？"

普六茹坚被这句话问住了。想了想，点点头，旋即又摇摇头。回想起当时独孤伽罗在翠竹后面吟诗的情景，他反而恍恍惚惚的不确定。只知道当时她的确是将头伸出竹丛朝他经过的回廊望了望，复又调皮地缩回去。又与几个奴婢或是几个女伴嘻嘻哈哈地吟出了这几句诗歌。确切地说，那几句诗是婢子们高声唱出来的。更有胆大的，随后又吟唱了"关关雎鸠，在河之洲。窈窕淑女，君子好逑"的诗句。只可惜自己急着要见独孤大人，不敢在回廊上逗留，更不敢造次上前搭讪。如此说来，她应该是看见了自己，并中意自己的。这样想的时候，那笑意复又盈上了他的脸。

李圆通见状，又笑了。心想男欢女爱的心念，果然是难以抵御的啊。那普六茹坚以沉稳内敛闻名。今日见了一回独孤伽罗，便痴傻了半日。相伴十几年，也未见他如此这般笑过。

李圆通比普六茹坚年长两岁。从小在随国公府里长大。那处随国公府可不是现今普六茹坚这个骠骑大将军府，而是他的父亲随国公普六茹忠的府邸。李圆通的父亲李景在普六茹忠的麾下做军士，却在频繁出入随国公府邸的过程中，与府里的童仆黑女相好上了，私自生下了李圆通。可是李景却不认这个儿子，更不曾把黑女娶进家门。这样，黑女只好带着李圆通在普六茹忠府里留下了。后来，普六茹坚在冯翊般若寺别馆出生，并由尼姑带到寺内抚养。四五岁的时候，为了使普六茹坚不致太孤单，普六茹忠遂将六七岁的李圆通送去陪伴，与普六茹坚一起念书习武。因而，普六茹坚与李圆通虽为主仆，实则有深厚的兄弟情分。

平素里这对沉稳内敛的主仆，在任何场合都很安然严肃。很少像今天这样说个没完没了，时而夹杂着朗声大笑。李圆通也一反常态地话多了起来，顺着普六茹坚的意思，兴致勃勃地说："若论美貌俊朗，没有人能比得上独孤信大人了。试想，柱国府里怎会有貌丑之人？那侧帽风流的美谈余音犹在啊。呵呵，对了，郎主今日没有侧帽吧？”说罢，两人又是一阵哈哈大笑。

侧帽风流讲的就是独孤信在秦州任职时的典故。一日得闲，他与几个朋友去郊外打猎。大约是兴致太高，居然忘记了时辰，待要回转时，才发现快到了宵禁时间。按律，一旦宵禁，任何人都不得入城。为了能及时赶回，独孤信策马加鞭，一路狂奔。风将他头上戴的帽冠弄歪了，他也来不及整理。就这样有些狼狈地奔回城里。好不容易歇口气，信马由缰起来，却被路人驻足观望。独孤信也没在意。第二天，街上就有许多人将帽子侧歪地戴在头上，仿照昨日独孤信的样子。过了两天，更多的人如此效仿。一时间，侧帽成了时尚。由此看来，那独孤信的风度仪表，堪称标志啊。

普六茹坚听李圆通提及此事，眼里充满了仰慕钦羡。竟不自觉地将头上的小毡帽扶了扶，却也不是刻意歪着，只不过是一个下意识的行为罢了。普六茹坚说：“独孤信大人可不仅是外表风流倜傥，他武艺高强，执政有方，智慧过人，是我辈楷模。”

正说话间，一名家仆急急走来。见普六茹坚也在此，忙躬身施礼，又对着李圆通道：“那南人醒了过来。”

见普六茹坚愕然，李圆通便把李九倒地的情形说给他听。两人边说边往前厅折回来，李九被安置在杂役住的前侧厢房里。进得门里，只见那人正被府里的一个婢子服侍着喝汤，边上还有两个家丁，也盯着他看。

见两人进屋，婢子慌忙放下汤碗，与那两位家丁一起，束手呆立一列。李圆通问道：“醒了啊？大夫怎么说？”

一位家丁应声出列，躬身答道：“大夫说无大碍。只是饿昏。将息几日便好。”

李九听见说话声，挣扎着想起来。腰部却像被抽了筋，使不上劲，颓然地把头抬了抬。普六茹坚见此，走上前来，伸出手掌向他示意，友善地说道：“起不来，就不必拘礼了。”

哪晓得那李九，刚刚还混浊不清的眼睛，猛然睁得牛眼般大。面部抽搐不止，惊骇万状。嘴唇哆哆嗦嗦，竟然死死盯着普六茹坚，说不出一句话来。少顷，竟兀自晕厥过去。

普六茹坚看见陌生人在目睹自己容颜之后陡然晕厥，不由得气冲脑顶，瞬间变了脸。来时的好心境一扫而光，就如秋风横扫落叶般，心里一下结冻成霜，由盛夏入深秋，转而萧杀冷酷了。

普六茹坚鄙夷而厌恶地瞥了一眼病榻上昏死的李九。漠然地转身，迈着大阔步，三步两步就步出了房门。李圆通无言地跟在他的后面，明白是那该死的南方人，犯了这位少主子的忌讳。他知道十六岁的普六茹坚，如今是越来越在意自己奇特的容貌了。

四年前，朝廷的实际控制者宇文泰亲自做主，主动与独孤信家联姻。将自己的长子宇文毓与独孤家的长女独孤伽兰结为秦晋之好。也就是在那次喜宴之上，普六茹坚因异于常人的容貌，而震惊了朝野。

试想那宇文泰是何许人也？此乃当朝最核心的人物，说连皇帝都要忌惮他七分也是实话；那独孤信又是何等的人物？是实握兵权的八柱国之一，是身担尚书令的权臣。这两家的长子长女联姻，那婚典还不是朝中最重要的大事？还不是盛况空前、人声鼎沸的热闹场面？连普六茹坚也没有想到，在这种场面中，他一名小小的少年，一个刚从寺庙里还俗回家的无名小卒，会让那么多的达官贵人异常失态！

那日，在宇文毓新府的前大厅中，当普六茹坚带着李圆通经过成群结队的三三两两的人群时，令人尴尬的一幕出现了：所经过的地方，像是被人点穴定睛一样。刚刚还在讲话的人群，陡然哑语，瞬间安静！有人微张着嘴，话语骤然停顿；有人惊异地睁着双眼，面目诡异，像是猛然间见到了令人骇然的怪物；有人目不转睛地盯着普六茹坚的脑门，像是在心里搜肠刮肚地寻一个最合适的词，来表达自己所见到的。一个躺在乳母怀抱里的婴儿，哇哇大哭，洪亮的哭声打破了这突如其来的安静；一个贸然撞到普六茹坚跟前的幼童，抬头看见俯视他的普六茹坚，竟然大叫一声，旋即闷声倒地！这一哭一叫之后，整个大厅复又混杂喧闹起来，各种声音惊惧地夹在一起，如热锅中的滚粥沸腾。

尽管当时普六茹坚目光炯炯，面不改色，也并没有说出一个字。但李圆通知道，少主子纵使气度非凡，然众目睽睽之下，也犹如扒衣裸体一般，个中滋味也是非常人不可忍受。

李圆通常年与普六茹坚厮混在一起，自然是熟视无睹。若是外人，突然一见，普六茹坚的相貌真是有些骇人：他的额头非常突出，最为诡异的是，有五条隆起的肉柱从额头插入头顶，在头顶处像是隆起了五只龙角。头上长角的人，总是给人奇异之相；他的下颌很长也很突出，且棱角分明，造成了下颌部分的线条粗犷，一点也没有平凡人的曲线柔畅，倒似一条老龙般的生硬；他的鼻梁高耸，目光如炬，犀利如剑。即便不是怒目以示，却也给人咄咄逼人之态；身材虽然高大，却是上身长而下身短。这副尊容，使得他出生时，他的母亲在第一眼看到他的时候，竟然将他失手跌落于地。

而今日，那混蛋的南方人，竟然又以相同的方式让他难堪！他可是七尺男儿呀，难道南方人都是这么不济事么？怎么会行为如此过分？李圆通在心里深深地叹了口气，望着普六茹坚的背影，感受到他的怒发冲冠，无可奈何地叹了口气。

普六茹坚闷声走过中庭，绕过一个阔大的花园，来到后院。这座新造的府邸很大，有前庭、中庭和后院三重，中间有花园隔开。后院很大，有八九间房子，里面人来人往，正在张灯结彩。下月初八，就要迎娶独孤伽罗了。所以现在整个府邸都是忙忙碌碌，却又披红挂绿、喜气洋洋的。而这后院将会成为夫人和郎主的住所，也是普六茹坚用心较多的地方。

本来好端端的双喜临门，却被这忽然冒出来的竖子给搅了。普六茹坚心里头的恨意涌上来。他咬着牙，在后院厅里的一张条案前坐下，冷冷地对着李圆通说道："速将那人打发了罢。"

李圆通回了个"是"字，便退到他身边站立。心里愧疚得紧。那南方人是自己自作主张抬进府里的，惹得郎主不高兴了。

良久，普六茹坚叹了口气。语气低沉下来，像是对李圆通说又像是自言自语："那独孤伽罗或许没有看清我的真面目。如若真看清晰了，她还会有兴致否？"

李圆通有些夸张地大笑起来，忙宽慰道："郎主忘了？那日宇文泰大丞相召见郎主时，独孤信大人正是坐在他右侧。他对郎主可是盛赞有加的。这回也是他亲自将最宠爱的小女儿许配于郎主的。郎主才智过人，自不必多虑。"

普六茹坚自是知道李圆通所言不虚。第一次见到独孤信，也是在那次宇文毓和独孤伽兰的喜宴上。

却说那回前厅沸腾，普六茹坚与李圆通正尴尬无以自处之时，得到一名奴仆来报：说丞相大人召见，在后庭正厅。

宇文泰和独孤信都是鲜卑族，同为领兵打仗的将军又都处于人生的巅峰。性情豁达开放，自然比汉人士大夫要不拘小节得多。两人同时出现在儿女的婚庆大典之上，谈笑风生。听人讲普六茹忠长相奇特的长子也来了，遂命人招来。

那年普六茹坚十二岁，才从冯翊般若寺还俗回家不久。虽在寺庙孤寂长大，素未历经大场面。然而，他却不惧。沉沉稳稳地走到两人面前，躬身施礼。行为举止落落大方。说话洪声大亮，用词精准文明。那两位大人也只是问了问家常琐事，并没有考验他的意思。倒是那独孤信，仔细地盯着普六茹坚。似浅薄好奇的妇人一般，把普六茹坚的相貌看了个深刻入骨。

今日在独孤信大人府里，他还特地提及此事，说他的确觉得自己是个不凡之人。当时普六茹坚听了心里一喜，果然如抚养他的阿阇梨说法一样。阿阇梨说，普六茹坚的面相里日月山河都有了。这便是上天赐予的"龙颜"！是凡人不可得的贵人之相。

这样一想，普六茹坚的心里好受多了。方才心中如被无数蚂蚁噬咬的烦躁感，竟自行退去。李圆通见普六茹坚的面色放松，便接着说："郎主少年得志，未及束发，便被征为功曹；束发之年，又被授为散骑常侍、车骑大将军，仪同三司，封成纪县公。如今又封为骠骑大将军，并加开府，也是一等一的……”

不料，李圆通的话未说完，就被普六茹坚蹙着眉头极不耐烦地打断了。普六茹坚冷冷地说道：“你不要再提了。你心里清楚得紧，这繁冗的功名都是因为阿父的战功，坚要建自己的功名！”普六茹坚的话铿锵有力，本就犀利的眼里放出坚毅夺目的光彩。

普六茹坚的这副样子，李圆通是再熟悉不过的。自小，普六茹坚便好胜。读书也好，习武也罢，他总是刻苦努力，只待胜人一筹，方才安心。

这时，前厅门值来报，有人来访，名曰杨素。

听到杨素的名字，普六茹坚的心里豁然晴朗，面容也晴朗了许多。迅即站起来，往前厅奔来。这杨素比普六茹坚小三岁，是他为数不多的好朋友之一。与普六茹坚显赫的家世比起来，杨素的父亲便是小吏。然杨素却是位志向高远之人，非常勤奋好学，孜孜不倦，在书法和文章上竟高出普六茹坚一筹。普六茹坚虽是好胜之人，对杨素的才华也是敬重有加。

普六茹坚走得飞快。李圆通紧紧跟在后头，心里却是欢喜得很：那杨素真是来得及时啊，冲散了这恼人的时刻。

前厅已经修饰完毕，新的家具和用品一应俱全。因是新开府，所以置办了刚刚流行起来的高型桌椅，但是普通的家居用具也有汉晋时期的低矮家具。大厅里整洁宽敞，十几盏黄釉狮子灯将大厅照亮如昼。这种狮子灯也是刚流行不久的，工艺先进。是在蹲伏的狮子背上托一长方形木板，在木板上并排设有三个高筒形灯盏，所以亮度很大。普六茹坚进来时，杨素正在欣赏侧面墙上挂着的一幅钟繇的楷书。杨素身材高大，面目俊朗，穿了一身窄身裤褶常衣，显得干净利落。普六茹坚就是从心底里喜欢他这份逼人的英气。

见到普六茹坚，杨素露出一口洁白整齐的牙，笑道：“成纪县公这是双喜临门啊，阿弟特地前来贺礼。”说着，便从怀里掏出一卷轴纸。这是杨素送给普六茹坚升为骠骑大将军和结婚的双喜礼物：杨素亲自撰写的诗歌作品。一首《贺新婚》，一首《将军行》。

普六茹坚见了，心里高兴也颇为感动，道："处道，这么晚了，还难为你亲自送来，真真费了心思啊。"说罢，双手从杨素手里接过。又疾步走到正面条案前，将手中的纸卷徐徐展开。面上一首《贺新婚》，杨素用极为工整漂亮的楷书写就——

绿染和风筑城池，堤边垂柳景胜诗。梦萦初识，思绪飞越千山始，情似云卷云舒。正是瓜熟丰收时，执子之手到百年，围巢共度愉悦纷至。心相随，恩如织。

吉祥软语绕高处，亲朋好友赋新句。杯盏频举，四目相凝两不语，蝶舞花蕊如痴。今宵红烛映无眠，相濡以沫福满室，色彩斑斓温馨几许。天作证，爱永炽。

普六茹坚一句句念完，欣喜不已，感动地说："看得出来，你真真用了心的。"

杨素笑道："我本想作赋，却又觉得太平常普通。所以就想了心思，作了此篇。"

普六茹坚点点头，又展开第二幅。

不料，那幅《将军行》打开后，普六茹坚只看了一眼，便把眉头蹙上来。随即将它轻轻地拂过一旁，又冷下了脸，转过身来。

两人见状，大吃一惊，心里十分忐忑，这又是怎么了？

杨素知道这位从小在寺庙里长大的老兄严谨刻薄不苟言笑的性情，平素里就有些忌惮。今日本是挖空心思，想讨个彩头，却不知又踏踩到了他的哪根痛筋？

普六茹坚默默地不再说话。李圆通也不敢再去条案前看那幅字，也只默默地站在他的身边。十几年来，他都养成了这个习惯。杨素见这对主仆如此，只好讪讪地说："这一晃，竟不知不觉过了亥时。告辞。"说罢，抱拳便走。

李圆通跨前一步，小声道："且慢些，还是将这幅字带走吧。"并上前至条案，将那幅躺在条案上无人欣赏的《将军行》卷了起来，双手递给了杨素。

杨素单手接过，望了望站在一旁的普六茹坚。见普六茹坚面无表情，便无声地退了出去。

李圆通望着杨素的背影。心里头暗暗地叹了口气。也不敢问普六茹坚。默默地跟在他的后头。

一夜无话。

翌日，鸡鸣时分，普六茹坚就起床了，这是他自小养成的习惯。起床后两件事：练功、读书。他是个极为自律的人。多年来，这两件事雷打不动。作为贴身侍卫，李圆通也只好每日如此。

普六茹坚的骠骑大将军府，前厅和中庭由一方宽敞的院子连接。每日起床后，普六茹坚都是先在这个院子里练功习武半个多时辰后，再去读书练字。这日李圆通出来时，普六茹坚竟停止了手中的动作，闷闷地开口道："晌午，你去请处道来，我请他吃酒。"

李圆通听了一怔，赶紧地回了个"是"。其实心里吃惊的紧。这位少主子的性情真的变了，这低下身段的做派，真是难得一见。不过想起昨日，也真替杨素叫屈得很。

普六茹坚凌厉地望了一眼李圆通，叹道："不要以为我不知道你心里想什么，是在替他叫屈吧？"他的眼光咄咄地逼视过来。李圆通只得低下头，也不敢辩解。

普六茹坚又冷冷地叹道："是你们不懂坚啊！他昨日送的《将军行》落款处竟是赠普六茹坚。哼，好个普六茹！"普六茹坚面目阴冷地从鼻孔里哼出了这几个字。

李圆通听了这句话，惊骇莫名，脸上泛着惊恐的灰白色。他上前一步，单膝跪地，沉沉地说道："郎主，这话可不敢说！"

恭帝初年，为了表彰杨忠的战功，皇帝赐了鲜卑贵族姓氏“普六茹”给予杨家宗族。这可是一项无上的荣耀，怎能如此轻薄？！这要传出去，是可以杀头的大不敬之罪。那李圆通听了普六茹坚的话，怎不惊骇？

其实普六茹坚岂能不知？阿父杨忠跟随独孤信南征北战出生入死，身上伤痛无数，又因勇猛善战为宇文泰重用，并在他们的提携下，地位一步一步升了上来。可以说，阿父是用鲜血换来的这份荣耀。作为长子，他已在父亲的荫庇之下，获得了同龄人都没有的许多东西。包括这开府的权利，也包括这鲜卑的姓氏。可是，不知为什么，普六茹坚的心里总好像坠了块石头般的压抑，老是觉得憋屈。是自己过分么？普六茹坚不停地自问。就如这普六茹姓氏，平时他从不以此自称。可是，昨日杨素居然又提及了它，他该知道自己不喜欢这个姓氏。亏他还题了书法，难不成让我张挂在墙上，整日看着它？

普六茹坚的心里再次深叹：杨素，一个极伶俐的人，却也不知我心。大丈夫岂能改族又改姓？他摇摇头，像是要甩脱这烦恼似的。不再说一句话，走进中庭的书房，看书去了。

再说那李圆通，趁普六茹坚进书房看书的空隙，急匆匆地来到李九呆的厢房里。昨日李九晕厥，后来他也没有来。也不知这个不知深浅的南方人怎么样了。普六茹坚已经发了话，让速速打发了。可是，如若他病重，就这样赶走了，菩萨也不会首肯。

东方刚发白，普六茹坚府里的奴仆们都已紧张有序地忙碌着。李圆通进来的时候，那李九也已醒了，只是还很虚弱。昨日见了普六茹坚，大骇，以致昏厥。想必也是惊到了普六茹坚。他想。所以半夜醒来的时候，他是悄悄地张着眼，动也不敢动一下。这会儿见李圆通进来，便艰难地起身，从心窝里喊出了一句话：“谢谢恩人救命。”

李圆通见状，知他无性命之忧。当下宽心，平静地说道：“好些了吧？待会儿进些汤食，即送你回去。”

那人听李圆通这么说，苍白的脸色更加苍白如雪，低下头，讷讷道："我能回到哪里去呢？我早就没有家了，我的巧云也找不到了。"说罢，悲从心中来，泪水簌簌地流了出来。

李圆通见了，也有些凄然。旋即又想到普六茹坚让他速速将此人打发了的命令，还想起了普六茹坚当时气愤的面容。本想硬起心肠说出那句想好的话："难不成你还就此讹上了我府？"又看见那李九仍在低低地啜泣，那句准备好的话终究未说出。

李圆通左右为难，又想到他今晨还有个任务：要去请杨素。这也是个棘手的活。心下忽然就烦躁起来，语气生硬地说："你不要哭了，你这个怂样子，让我怎么办呢？唉。"他叹口气，又说道，"你从哪里来？为何流落至此？"

那李九听了此话，复又大哭起来："我乃梁都江陵人。承圣三年，江陵被占，梁王被杀。我梁人数万被驱掳至长安。梁国破矣，家亦破矣。"说完，他仍大哭不止。

尽管看他衣着似南方人，但听他说是江陵人，李圆通还是有些吃惊，忙问道："被驱往长安的梁人悉数归奴了。你怎的单身流落至此？难道你是逃离的奴仆？"李圆通收敛了方才的戚容，厉声道。

那李九仍在哭泣，听罢这话连忙辩解："非也非也。我不是被驱掳来的，而是自己寻到此处的。"

李圆通问："为何？"

李九说："我本梁庭御厨。西魏大军破城前，我因祖母弃世而奔丧，故未在宫内。后因只身回返，途中便听到了国破家亡的消息，再回到家中，果然空无一人。呜呜，都被驱掳来了长安。"那李九越说越伤心，泪珠子如雨，倾泻而下。顿了一下，又抽噎哽泣地说，"我追寻来此地。为了寻家人，也为了寻巧云。"

李圆通沉吟了半晌，看他已哭成泪人。心里也戚戚然，不忍心就此打发，却又不敢擅作主张将他留下来。一时间竟没了主意，他在心里叹了口气，默默地转身出门，倒把李九尴尬地晾在原处。

巳时已过，李圆通和杨素才回到府里。

普六茹坚请杨素喝酒，这事本不足为奇。可是，因为昨晚送字那一幕。今日李圆通来请，杨素就有些奇怪了。这算是为昨晚的事情道歉吗？他普六茹坚什么时候变了，学会了低下高昂的头？杨素心里冷笑，并不打算将那幅《将军行》拿出来，但心里却也有些丝丝的得意。到底在普六茹坚的心中，自己的分量不一般啊。

不过李圆通并没有提昨晚的事，当然也不可能为昨晚的事道歉，更没有提及那幅《将军行》。李圆通不提，杨素也不提。两人不紧不慢地往府里策马齐驱而来的时候，李圆通便讲了李九的事，以避免路上的乏味。

李九口中的梁国，其实是一个弹丸小国，建国历史也只有短短的几十年。按梁国纪年，是为大宝三年，梁元帝萧绎请求西魏出兵，攻打不听他使唤又在成都称帝的弟弟萧纪，并由西魏占领了梁州和益州。可是，西魏也并不比他的弟弟好多少。两州占领了两年多，西魏也不归还。这下把梁元帝给气坏了。又发现其实西魏的皇帝懦弱无能。于是便派人来下战书：若不归还，将杀无赦！西魏的皇帝很怂，可他的大丞相宇文泰是位智勇强悍之人。大丞相专权数十年，这是路人皆知的事情，可惜被梁元帝给忽略了。承圣三年，宇文泰派柱国于谨为总领，由中山公宇文护和大将军普六茹忠率领五万人马进兵梁国。宇文泰战将出身，知人善任；宇文护彪悍；普六茹忠勇猛；于谨运筹帷幄，决胜千里。九月出发，腊月就将那梁元帝诛杀。次年，于谨大军班师回朝，不仅带回了得胜回来的将士，还将梁国的王公贵族及百姓数万人驱掳至长安。并立了萧詧为梁主，实为傀儡政权，附庸于西魏之下。

这番变故，杨素和李圆通两人都清楚得很。一路上，两人在马上一放一纵，要紧不慢地搭着话，只是唏嘘不已。想那李九，身处动荡弱小的梁国，确实苦命。本来老实本分的一个平头百姓，安安静静的日子却过不上，落了个国破家亡的结果。

两人及至府内，普六茹坚已笑吟吟地立在中庭的小花园里。初春季节，天气虽然还有寒意，然有性急的迎春花兀自绽放。拇指大的迎春花，明黄鲜亮地摇曳在枝头。普六茹坚站在一大丛迎春花前，脸色也如这花般鲜亮，使得这庭院也明亮俊朗了起来。

见杨素进来，普六茹坚笑眯眯地拉过杨素的手，及至一丛青竹前，说："处道，你且看看，这青竹种植此处可好？那日在独孤柱国府上，看到独孤伽罗就是立在这样的青竹旁，想必她是极喜欢的。"

杨素见他好似没有发生昨夜之事般，在心里冷笑了一下，说道："怎么，你也要建造一座金谷园么？那金谷园有田四十顷，你这刚刚开的府邸，尚不足呀！"说罢，哈哈大笑。

普六茹坚知道杨素这是故意调侃，以泄昨日之愤，故也笑道："岂敢以金谷园自比？那是洛阳第一园林，安享之所。贤弟这是要笑话我么？"不待杨素回答，普六茹坚即收敛了笑容，语气真诚地说，"贤弟知道，我并非骄奢狂妄之徒，你真不知我么？"

杨素望了普六茹坚一眼，也收敛了脸上的嬉笑，肃然道："我知你心。自去年大丞相薨毙之后，晋国公护统理军国大事，又有柱国于谨护佑。飞扬跋扈，只差指鹿为马了。此等情形之下，人人自危，你我还能张狂？"

两人互望了一眼，似有许多知心在交流。少顷，又相携至距离青竹两丈远的方凳上坐下。早有奴仆奉来茶水。

杨素品了一口茶，望着普六茹坚的脸，沉沉地说道："恭帝元年。尊君大人与晋国公和于谨柱国并肩作战，又取得了赫赫战功，亦是生死之交，郎主前程远大。"

普六茹坚清清楚楚地听见杨素唤了他一声"郎主"，心中遂大喜。郎主是奴仆对年轻少主的称呼，杨素却不是他的奴仆啊。他明白了，这是杨素在表明心迹。普六茹坚刚获开府，可以自选僚属，杨素这是要归属自己啊。

普六茹坚朗声大笑："处道，知我也！"

李圆通也听见杨素叫了一声"郎主"，又见两人相视大笑，遂也笑了起来。可是，他心里还悬着另一件事，就是该如何去打发李九？

第二章 同道良友表追随 风云突变疑改朝

李圆通再次见到李九时，已到午时。杨素的那声“郎主”使普六茹坚心花怒放，也顾及不上李九了。平日里，他交待李圆通办的事，从来不用重复两遍，不待他问及，李圆通自会有回话。可是这回，李圆通已经拖延了一个上午。

李圆通耷拉着脑袋来到前侧厢房，他实在不愿面对李九的哭泣，却又不得不来。李九已经下床，脸色苍白，正傻痴痴地坐在一张竹椅子上发呆。见了李圆通，李九慌忙站起身，正要行礼。李圆通按住了他，自己也顺手拿了张条凳，坐在李九的对面。

李圆通说：“你该怎么打算呢？你还是再去寻他们罢，我可以送你一些盘缠。唉，好端端的见了我家郎主，却又为何吓昏了头？”

李九听罢，扑通一声跪在地上，哭叫：“主子，求你救救我吧，求你留下我吧。不敢瞒主子，我是特地寻到此处的，已经没有地方可去了。”

“什么?！”李圆通也叫了一声，惊得站了起来，望着跪在地上的李九，厉声道，“你是说你是有预谋的？你有什么企图？又是受何人指使？”

李九将头伏地，整个身子也就匍匐在地，说话的声音却不小，听得出来，他这是用尽气力在说：“回主子，我没有什么企图，只想活命罢了；也没受什么人指使，只是逃难途中，有一仙道告诉我命不该绝。如果遇到有王字手纹的人，我便可以得救。那一日，我是惊喜致厥。”

李圆通听他这一讲，心里更觉惊异，嘴上却说，“你休再打诳语，什么仙道？

他怎知我家郎主手有王纹？”

李九道：“我也不知晓，只是按仙道说的话寻来的。”

李圆通的心突突直跳，复又坐下来，对李九道：“你且抬起头来，跟我从容地讲，那仙道究竟怎么说的？”

李九抬起头，眼里又蓄满了泪。回忆起那日情形，徐徐道来：“承圣三年，哦不，恭帝三年，我已经到了长安，早已身无分文，只能在寺庙门前乞食。一日，一位道士来到我面前，施舍给我一个面馍。然后一本正经地告诉我，说我印堂宽阔且发红；脸颊虽无肉，这是饿的；两目却有神。天不绝我，往后还能出人头地。我自然不信。我说，我都快要饿死了，还谈什么出人头地？你不要讥笑我了。他信誓旦旦地说，你只管照着我的话去做便是。明日起，你径直往离方走，会有一笔小财等着你，助你渡过难关。至明年初，记住，一定要正月启程，往坎方走。坎方是你的吉方。到了春日，你的钱财用得差不多了，大运也就到了。”

李九顿了一下，挪动了一下双腿，大约是跪得膝盖疼。李圆通见状，说：“你且起来吧，接着说。”

李九的双腿已经麻木不堪忍受，索性一屁股坐在地上，继续说：“我想若我有别的办法，也不会信他。可是我已经走投无路了。姑且就信之，还算有个念想。往离方走了几日，一路寻访，却也没有家人的消息。倒是有个村庄大户办婚娶喜事。厨子突发急症，死了。居然有这等巧事，你说奇不奇？我便在那户人家，拿出梁庭御厨的手艺，自然是皆大欢喜。呆了两月有余，年关过后，我便请辞。主人家给了我一百枚五行大布、五十枚五铢钱。这是不是仙道口中说的小财？我拿着这些钱就走了。”

李圆通见他说的流利，似刻意准备。蹙着眉头，想了一想，冷不防问道：“你既已在那大户人家落下了脚，却为何又要请辞，难道真是信实了那道士的话？”

李九一听这话，面容又凄戚戚起来，哽咽道：“是，也不是。唉，这都是命啊。我原本也打算就此安定下来，了却余生。可是，哪料想，那暴死厨子的长子，硬说是我害死了他父亲，扬言要报官。其实，主家也知道，那死厨子我见也没有见过，哪里能害他？后来我才明白，他这是嫌我抢了他的饭碗，借故赶我走罢了。你想我一个外乡人，怎能与他斗，万一被他诬陷入狱，那不冤死？何况他还是主家三姨太的远房表亲，所以我又信了那仙道的话，往坎方而来。"

李圆通听了，觉得也是入情入理。沉吟了一会儿，又道："那道士说手王纹是怎么回事？"

李九的脸上放着光，欣喜地说："他说我定会碰到手上有王纹的人，他就是我命中的贵人。那日，主人伸手按住我，我便瞧见了。又见他相貌奇……奇特，一时激动，竟无语昏厥。"

想起那日情形，李圆通的脸上也弛缓下来，泛出笑意："这么说，那仙道见过我家郎主了？"

"没有。"李九回答得十分干脆。

"哦？"李圆通双目一睁，"那他如何指引你来？当真有这神奇？"

李九道："果真如此。我问他贵人姓名、府邸在何处。他说他也不曾知晓，甚至连姓名都不知道，只是发现此处有紫气，是龙潜之气。"

李圆通立即打断了他："你莫要饶舌了，这话不可外传。"

李九便噤了声。李圆通把坐在地上的李九搀扶起来，说："你且呆在此处，我去去就来。"

李圆通来到中庭花园，普六茹坚与杨素仍在吃酒。自流行高足坐具以来，普六茹坚便越来越喜欢垂足而坐，渐渐地不习惯席地而坐了。

酒过三巡，但两人都清醒得很。仪容也整齐，桌上也干干净净，全然没有一丝酒醉疯闹的意思。清炖的一只鸡，少了两个腿，就没怎么动了；刚由西域传来的胡瓜，腌制得酸爽可口，吃了一大半；一条清蒸的青鱼，也只是肚皮上的肉吃了一点点；一鼎肉羹，还剩了大半。两人吃的兴致不浓，谈话的兴致却很浓。所涉范围极广：时局、战争、诗句、音律，甚至食物，无所不包。当然，也谈及了书法。这是两人结识五年多以来，谈话最多的一次。但是，唯独没有谈及昨日之书法。好几次，话到了嘴边上，杨素很想问及个中缘由，却又硬生生地噎回去了。

李圆通急急地走近桌边，又在离普六茹坚一尺远的地方站立。普六茹坚知道，若不是急事，李圆通断断不会这时候站过来。他转过头，含有疑问地望着李圆通。

李圆通看了一眼杨素，想着来的路上已将李九的事说给他听了的。于是，也不避讳，声音清晰地说："那南方人醒了，他说是有一仙道指引他来的。说的极为传神，请示郎主是否听一下？"

普六茹坚看了一眼杨素，杨素也不想回避，点点头。于是，两人站起身，往里面的厅堂走。杨素轻声道："郎主，去前厅吧？"

普六茹坚又欣赏地看了一眼杨素，对李圆通道："你去把他带到前厢小厅。我倒要看看怎么个神奇法。"既已开府，前厢就设计得很大。有两个大厅和三个小厅，都是用来议事和处理公务的地方。杨素的意见很清晰：这事要置于公庭。普六茹坚欣赏他的思路敏捷且缜密。

小厅的设置较大厅随意。虽为处置公事的地方，但更像是一处三五朋友谈话聊天之所。正上方主位也不是独一张陶案，而是两张并联在一起，可以坐几人，与左右两侧无异。普六茹坚与杨素相继而进。普六茹坚径直坐在主位上，而杨素却径直走到右边的侧位上。普六茹坚稍一迟疑，但也只是转瞬之间，便泰然而坐。

这边刚一落座，那边的李圆通带着李九就进了门。那李九也懂礼节，进门就趴在地上，向着主位上的普六茹坚泣声叩头，感恩不尽。李圆通遂站在门口，似一尊门神。

将杨素收纳于麾下，普六茹坚心里愉悦。质询李九的语气也柔和了许多，道："你不要谢我，应该谢那位道士。你要是诳我，会受惩罚的，你可明白？"

李九伏在地上，又磕了三个头，说："如果有半句诳语，主子将在下的舌头割了去。”

普六茹坚道:“你且说说那仙道面目如何?姓甚名谁?”

李九自己抬起头,想迎着普六茹坚的目光。但一看见普六茹坚正目光炯炯地盯着自己,毫无来由地心里一怵,下意识地低下了头,说道:“那仙道也看不出年纪。只是双目往内陷得厉害;显得颧骨很突出;眉毛不是很密,却很长,眉梢卷起;嘴巴很阔;身瘦且长。他没有说姓名,只是他走后,有人说他好似章仇太冀。”

“章仇大师?”普六茹坚听了,惊得站起来。见杨素等人都张着眼睛看着自己,复又坐下,喃喃地掩饰道:“怎么有这么古怪的姓氏?”

杨素道:“此姓氏甚为罕见。好像是秦朝的一位章姓将军,为避仇家,而自己改的。也不知是否真实?倒是这位章仇太冀自小名声在外。传说他垂髫之时,便能每日背诵诗句千余句;后又潜入五台山悉心研习儒道和相术,也是收获颇丰。”

普六茹坚点点头,他恍然记得智仙师太曾跟他提及过此人。应该是这个人,师太并没有说他的相貌面容,只是说他确实灵异,而且这个姓氏太古怪了。

少顷,普六茹坚又对着李九问道:“那仙道还说了些什么?”

李九老老实实地答:“他并没有指名道姓。只说贵府里紫气充盈,是龙潜之相!让我顺着他的话做便是了。”

普六茹坚立即打断了他:“你若真跟了我,此事绝不要再提了,莫要让我受祸!知否?”普六茹坚最后的两个字尖细而凛冽,像是坚冰炸裂。

李九赶紧伏地磕头,吓得只晓得说一个字:“是。”

普六茹坚又问了问刚刚李圆通问的那些话,李九都一一作答。只是说到那梁元帝被杀之时,李九又是泪雨滂沱。而普六茹坚却是咬牙切齿,一副痛心疾首的样子:“十四万册图书啊!全都是先辈的才智!那萧绎却忍心焚毁于一旦!可恶!”

萧绎即是梁元帝。他在西魏大军攻城的时候,起先树木栅栏于外城,被陷;

又退守于内城。也不知道他是怎么想的，退守内城当夜，不思攻守战略，却命属官焚书！小小梁国竟藏书十四万册！想那萧绎，可能是极爱书之人，思量这世间珍藏，绝不能落入敌人之手。十四万卷图书，一夜俱焚！那夜，江陵的夜空，被这冲天的火光燃烧。全城士子，衣冠楚楚，对着火光，潸然泪下，悲痛绝望。第二日，梁元帝便骑一匹白马，着一袭白衣，出城投降。不日，被杀。

“该诛！自绝于天下读书人！”普六茹坚仍独自愤懑。这事，包括杨素在内，三人都知道的，只是他们都没有他如此气愤。见普六茹坚仍在嗟叹不已，三人都默默不语。

一个门吏匆匆走过来，对站在门口的李圆通耳语了几句，又速退下。李圆通脸色大变，匆匆进门，也顾不得礼仪，直接上了主位，对普六茹坚道：“刚下了敕书。”

普六茹坚颤抖着声音，问道：“他果真动手了？这么快！”话未落音，人已经站了起来，脚已移步出了陶案。见李九仍伏在地上，说，“你且退下。”

李九知趣地退下去了。杨素也迅疾地拢到普六茹坚的身边，道：“宇文护称王了？”

普六茹坚摇摇头，说：“还不明了，我等即刻进宫。”

刚出门，他们就看见街上的行人匆匆，每个人脸上都挂着大事降临又前途未卜的惊恐。也有三三两两聚在一起谈论，吞吞吐吐、鬼鬼祟祟的样子。杨素见了有些不屑，道：“天下姓元还是姓宇文，关他们屁事？天下从来都不是他们议论出来的。”

普六茹坚恢复了平素严谨的模样，淡淡地反驳道：“若天下无民，还能称天下？天下无论姓元还是姓宇文，这些民众才是最重要的。”

原来这禅让的敕书是昭告天下的，难怪是门吏来报，可见事出突然。当然，再突然，也可知道是太师、大冢宰宇文护的操纵而成。朝廷实行的官制，依照周礼，执行六官制。“五府总于天官”。所谓“五府”，指的是地官司徒府、春官宗伯府、夏官司法府、秋官司寇府、冬官司空府。五府都得接受天官大冢宰的命令，大冢宰就由宫内大臣或内侍总管担任。政令出自于宇文护，还不都是由他说了算？

三人立在正门口，本来李圆通是吩咐备车的。普六茹坚觉得车慢不敏，又吩咐家奴去牵马。杨素对着普六茹坚耳语道："不知道是大冢宰自立？还是拥立世子宇文觉？"

普六茹坚冷笑，道："世子年幼。不管是谁，掌政的都一样。"

正谈话间，只见一人骑马飞奔，直冲他们而来。马到门前，那人滚鞍落马。早有门值过去。那人疾步奔到普六茹坚面前："总算是找见骠骑将军了。"

"什么事？阿叔。"普六茹坚见是父亲府里的总管李景这么急匆匆地来，心里一紧：如此敏感的时刻，不是父亲出了什么事吧？李景顾不得歇口气，说道："尊君恐你进了宫。命我等速来，请郎主回尊君府上一趟。"

听李景这么说，普六茹坚心里才稍稍松懈些。他望了望李圆通。李圆通其实早早地就望见了李景，却一直把脸别过去，装作没有看见。普六茹坚只在心里叹气，并不叫李圆通施礼。他知道这对父子心里的积怨太深，尤其是在李圆通的阿娘过世之后，这对父子就不说话了。但还是因了李圆通的缘故，普六茹坚才尊称李景一声阿叔。

"我等？"普六茹坚望着李景，明明只有他一人啊。李景解释道："尊君派了好几队人到处寻郎主。有人在宫门外等候，有人在独孤柱国府外等候，我则寻到了此处。郎主先回，莫要让尊君久候，我则去那两处通报消息。"李景说完，看了一眼李圆通，见他还是别着脸，只好转身走了。

杨素见李景转身，也对普六茹坚揖手告辞。他清楚在这关键时刻，普六茹坚的父亲普六茹忠要对儿子面授机宜，而他不便在侧。李圆通就不同了，他是普六茹坚的影子和替身。

普六茹坚带着李圆通直奔父亲普六茹忠的府兵大将军府。父亲的卓绝战功和遇事沉稳干练豁达的品行，让他钦佩不已。尽管自小他在寺庙长大，十二岁才还俗归家上太学，与父亲不是那么亲近和随意。但父亲是一座山，是一棵大树，更是他心里的依靠，他的话要听从。

进了府，早有人候着，将普六茹坚领到普六茹忠会客的小厅，李圆通留在小厅外。小厅里的设置沿袭晋风，全都是低矮的家具，普六茹忠席地而坐。

见普六茹坚进来，普六茹忠坐在上位岿然不动，也不给普六茹坚让座，肃然问道："进宫否？"

普六茹坚老老实实地答道："未。与杨处道吃酒。"

普六茹忠这才笑了，指着身边的陶案示意普六茹坚坐过来，亲切地说："既已开府，成家立业是头等大事。要好生善待独孤家的女郎。"

普六茹坚没有想到，宫里出了这么大的事，父亲急急地把自己叫来，却说这件事。

"阿父，朝廷改姓，我等当如何自处？"普六茹坚撇开父亲的话头，急切地问道。

普六茹忠听了这话，哈哈大笑："阿奴质朴。朝廷什么时候改的姓？宇文泰专权数十年，要说改姓，早就改了。如同曹操之子，如同司马懿之子。顺延而已。"

普六茹坚脸一红，知道自己唐突了。想一想，果然如阿父所言。去年宇文泰刚死。临死前将军政大权悉数交给自己的侄儿宇文护，又让他辅佐自己立的世子宇文觉。这改立之心，早已路人皆知。如今，真的只不过是顺水推舟罢了。

看普六茹坚有些许的尴尬，普六茹忠又说："成婚生子，才是你目前最好的自处。今晨退朝后，我与独孤信一起商榷都是这个意见。正武殿里有暗流汹涌，你别被搅和了进去。"

宇文觉号称周公，却年方十四，未及束发。与宇文护是堂兄弟，不及一条肠下来的同胞，终究生有隔阂。宇文护虽年富力强，却资历尚浅，且与赵贵、独孤信等朝廷中的鼎立的柱国大臣不和睦。且不说独孤信深耕官场几十年，党生遍地，还与宇文家联姻，其实力也不可小觑。当今朝廷的确是暗流汹涌啊，父亲说的恰如其分，这些都是普六茹坚知晓的。朝廷动向，是自己平日里最为关切的。

见普六茹坚默不作声，普六茹忠道：“宇文护新立朝廷，急需网罗一批自己的心腹。我等旧臣，均已老矣，且与宇文泰有着百般厚爱，宇文护自然不会重用。阿奴，你可要站稳。两姑之间，难为妇啊。”

普六茹坚听罢，心中大骇，面色苍白，周身紧缩了一阵。仿佛四周的空气都带着压力般，将自己挤压变形了。他突然感到，宇文护和独孤信似两座高山相向而矗，自己只能在这狭小的缝隙中，去求得一线生机。虽是初春，寒意正浓，而普六茹坚的背上已是冷汗涔涔。

普六茹忠见普六茹坚惊骇，微微一笑，又宽慰道：“你是我府长子，并已加爵。只要行事稳妥，想必也无大碍。顺水行舟吧，切莫要为难自己。你可知否？”

普六茹坚点点头，已复平静。少顷，普六茹坚告辞，于后院探望阿娘。

第三章 两处盛典各缤纷 暗潮涌动扰青庐

春三月，百花竞放，暖暖的春风伴着花香，普六茹坚的全府上下弥漫着这醉人的气息。已经读了半个多时辰的书，普六茹坚站起身。听见动静，李圆通轻轻推开门，端了一个漆盘走进来。漆盘上放着一大碗黍米粥，一个圆圆的面馍，还有一个小碟子，里面装着一些暗绿色的菜。普六茹坚看着这碟小菜，疑惑地问：“此为何物？”李圆通笑道：“此乃酱香蒿。佐食。李九制作。”

普六茹坚面目晴朗：“他还好么？”

李圆通笑道：“极好。郎主仁慈，他还能不好？连日来摩拳擦掌的，要在明日的喜宴上献艺呢。的确难为他了，好几日都没睡好。这不，昨日里做了这个，让郎主今晨尝尝。”

普六茹坚的筷子已经夹起了一小撮，放进嘴里，香蒿特有的浓烈气息被腌去了大半，只留下弱弱的香气，似有似无的，在唇齿间流动，伴着微微的胡椒味，令人胃口大开。普六茹坚面露笑容，一口气将大碗的粥，就着这美味和面馍，都吃光了。

普六茹坚放下碗，不忘赞叹一句：“嗯，美味！车备好了么？”

李圆通道：“一早又查了一遍，早已备好了。此刻离卯时还有一刻钟，要出发么？”

普六茹坚朗朗一笑，说：“去青庐看看。”

李圆通也雀跃起来，顾不上收拾碗筷，跟着普六茹坚来到青庐。所谓青庐，是在居住房屋的西南角的空地上，此为结婚吉地，用竹子和青色布幔搭成一处帐幕，作为结婚的特定场所。庐外用竹子编成毡席作为通道，让新娘从毡席上进入青庐。这是习俗，不管富贵亦或平民，都是如此。普六茹坚看着青庐一切都井井有条，干净清爽。家奴们做事很是用心，竟在毡席两旁摆放了数株鲜花。红的夺目，白的洁净，紫的淡雅，都由绿叶衬托着，一眼望过去，热热闹闹的，煞是喜庆。普六茹坚看着高兴，不停地点头，赞赏道："明日，新妇赏。"说完，带着李圆通匆匆离去。今日，他还得赴一场重要的庆典。

周天王宇文觉今日登极，并册封百官，新朝开始纪年了。今晨起床后，普六茹坚早早就换上了一套冕服。自商周开始制定的礼制，凡遇吉礼皆要戴冕，这是规矩。普六茹坚的冕服也是玄衣素裳，配有天河带、大带、革带等，样式也是交领右衽。只是衣裳上的纹章，加起来只有五章：宗彝、藻、粉米、黼、黻，称为毳冕。按照他目前的官级，只能穿毳冕服，这也是规矩。

卯时才过，天刚放亮。街上行人寥寥，大多是短衣打扮的贫苦百姓。几百年了，他们都在战火中度过，对改朝换代的事，表现出些许的漠然。对于他们来讲，维持生计，让一家人活下去才是最重要的。

大典场地设在正武殿外面的广场上。正武殿是宇文泰处理国事的殿堂，也可以说，就是在这里，宇文泰为北周的建立打下了坚实的基础。如今，他的世子要坐江山了，选在此处也是情理之中。只是整个场地都没有铺设，或许是太过仓促的缘故，广场上空荡荡的，没有披红也没有挂绿。只是在西北角，夯了一方三丈见方的土墩台，墩台的四周用红布幔遮盖了，在正中摆上了一把椅子。这便是西魏恭帝元廓刚刚让出来的龙椅。

天已大亮，一会儿功夫，广场上站满了人。人人都穿着与身份相符的冕服，大司马、三公、柱国着九章衮冕；伯、侯着七章鷩冕；子、男着五章毳冕；孤爵着三章阚冕；卿、大夫着一章玄冕。许多王公贵族都带了随从，按礼制，他们的随从都是不能进入内城的。今日新帝登极，天下同喜，随从也都进来了，一睹周天王风采。

普六茹坚远远地站在东南角，与没有冕服可穿的李圆通安安稳稳地站着。这差不多是离那土墩台上的龙椅最远的地方了。普六茹坚望着从眼前络绎不绝走过去的人，个个气宇轩昂、踌躇满志的样子，对李圆通道："我觉得这冕服穿在人的身上，不管高矮，个个都精神了不少，好像这衣装也能给人打气似的。"李圆通有些酸溜溜地说："这个自然。稀有的东西，会给人添光彩啊。"

普六茹坚拍了一下李圆通的背，笑道："我会带你建功立业，博取功名。"他今日心情颇好，往常像这种许诺，从不轻易出口。

正说话间，李景远远地奔来，气喘吁吁，"郎主，你果然在这里。尊君让你上前去。"李景着一章冕服，尽管看起来文气了不少，说话却仍是高声大气，惹得李圆通微微地皱着眉。

李景见李圆通对自己皱了眉头，便噤了声。普六茹坚见李圆通没有冕服，也不知该不该带他上前。李景说："人人都往前挤，今日不拘礼，都挤在前头。"

于是，几人疾步向前，到了普六茹忠跟前。果然如李景所说，密密麻麻的人挤在土墩台的四周，普六茹坚看见了好多熟识的人，杨素也在。也有一些没有穿冕服的人，却也穿戴整齐。但普六茹坚觉得，这些人夹杂在冕服之中，整个场面就失了几分肃穆与庄重。再看李圆通，见他一本正经地板着脸，犹如自己那次在宇文毓喜宴上一样的表情，不由得在心里叹道：这就是朝局啊！乱哄哄的。每个人心里都不舒坦。

正胡思乱想的时候，有尖细的声音传来："大周天王驾到！"

人群瞬间安静，齐齐地望向土墩台。那宇文觉头戴冕冠，身着十二章大裘冕服，前呼后拥地款款而来。大裘冕服，是六冕制度里最为尊贵的衣裳。其材质上乘，用黑羊羔皮制作。选黑皮，是以与冕服玄衣相衬；用羔皮，是取羔羊"跪乳驯顺，群而不失其类"之意。只有皇帝才能穿十二章冕服。所谓十二章，即是将十二种纹章都绣到冕服上。玄衣的肩部织日、月、龙纹；背部织星辰、山纹；硕大宽阔的袖口上织火、华虫、宗彝纹；赤裳上织藻、粉米、黼、黻纹。配以明黄和赤红两色大绶、黄蔽膝，中单和蔽膝上均织有藻、粉米、黼、黻纹。今日宇文觉头上戴的冕冠也是只有皇帝才能戴的十二旒，翠玉簪。

高高在上的冕冠、冕服，让年少的宇文觉高大威严了起来。突然间，从前那位平凡的宇文觉不见了，消失了，只剩下眼前这位威仪四方的周天王。

普六茹坚看得呆了，心中震惊万分。方才还在跟李圆通戏谑衣裳是用来抬人的，见了宇文觉的十二章大裘冕，才知道，这衣裳的学问是千山万水，其间的沟壑也是万水千山，不可有丝毫的僭越！

忽然一阵清脆的石磬声将普六茹坚的思绪拉了回来，原来是赞者要念前朝元廓的禅让诏书了。广场上的人都跪倒在地，已经跪地的李圆通，拉了拉普六茹坚的衣袂，普六茹坚这才跪下。

赞者念道：

予闻皇天之命不于常，惟归于德。故尧授舜，舜授禹，时其宜也。天厌我魏邦，垂变以告，惟尔罔弗知。予虽不明，敢弗龚天命，格有德哉！今踵唐虞旧典，禅位于周，庸布告遐迩焉。

这份简洁而文辞一般的禅让诏书，透露出元廓内心深处最深的厌倦和懈怠吧？前几日，元廓亲自派民部中大夫元迪将象征皇权的绶带和玉玺，交给了宇文觉。其实这些东西，早在宇文泰时期，就该交付的。元氏家族的江山，早就为宇文家族掌控了。那元廓如同木偶，在朝堂之上拖延到今日，也该是解脱了罢？普六茹坚匍匐在地，忖度着前朝皇帝的心思。再起身，看见那宇文觉已经稳稳地坐在龙椅上了。硕大无朋的龙椅让端坐在中央的宇文觉感到四周都无支撑的空洞。他抬眼瞄了一下距离龙椅一步之遥的宇文护，见他竟然佩戴着刀，脸上虽有笑容，却也显得有些心神不宁。

赞者念完了禅让诏书，又念了一份新皇帝大赦天下的诏书，再宣读新帝的册封名册。

追赠先父宇文泰为文王，配享明堂，庙号太祖；追赠母元氏为王后；

立妃元胡摩为王后；

封元廓为宋公，食邑一万户；

封宇文护为大司马、大冢宰，晋爵晋国公；

封于谨为燕国公，任职大宗伯，立为三老，参议朝政，官至雍州牧；

封赵贵为太傅，晋封楚国公；

独孤信升任太保、大宗伯，晋封卫国公；

普六茹忠入朝为小宗伯；

文王在世的诸子悉数晋封：庶长子宇文毓进位柱国、岐州刺史；四子宇文邕拜大将军，封鲁国公；五子宇文宪授骠骑大将军、开府仪同三司；

……

晋封百官的时间很长，却是有人欢喜有人愁。新朝的官不是雨露，不是普撒大地的雪花。有人加官晋爵，有人毫无所得；有些加了官爵的人也不是很满意。比如说赵贵和独孤信。他们是宇文泰同辈人，是与宇文泰并肩战斗的好友。在宇文泰时代，宇文护就是他们鞍前马后的人，根本不在他们的眼里。如今，却眼见着他站在皇帝的身边，横刀立马。最为关键的是，宇文护做了大司马，这就等于夺了他们的兵权。自汉武帝设大司马之职以来，谁都知道，大司马除掌兵政外，还可进入内朝参决政事，秉掌枢机。就是在刚刚结束的西魏，大司马典武事，亦在三公之上。

冗长的晋封仪式还未结束，底下的动静就越来越大了。先是窃窃私语，一会儿声音就大了起来，最后居然噪声四起，引得那赞者也不得不提高声音。此时太阳已经升起，其热度好像也随着这噪音而升起。早春的太阳，本不该有如此热度。那噪音好像是催热剂，使得端坐在龙椅上的周天王，开始周身起汗，却又不敢乱动，只好强忍着。

那宇文护却不可以忍。向前跨出一步，打断了赞者的宣读，咬牙切齿道："何事喧哗？”

才晋封楚国公的赵贵应声接道：“多有不服，故而嘀咕。”

宇文护没有想到赵贵一点忌讳也没有，居然立时发难，一时反倒噎住了。

赵贵又咄咄逼人道：“当年文王率领我等出生入死之时，你还是泛着乳花香的乳毛小儿。如今却要来抢果实了？你自封大司马，以何之面目？”他的话，引来独孤信等一众大臣的笑声。不过普六茹忠普六茹坚父子却都没有笑。

宇文护气急，没有想到赵贵越发放肆，竟然当着众臣羞辱自己，完全不把周天王放在眼里。想到周天王，宇文护转头望了一眼端坐在龙椅上的宇文觉。只见那宇文觉本来热得不行，现在又被这一闹，更是汗如雨下，却又脱不得衣物，显得有些坐立不安，还有点狼狈不堪。

宇文护见此情景，气急败坏。其实那赵贵也比宇文护大不了几岁。他这么狂妄，无非是在摆老资格，摆战功。哼，我宇文护的战功也不少哇。加上宇文觉这杆旗帜，怎么就做不得大司马？宇文护本想是让天王发话，拿出威仪来，却见他这副烂泥扶不上墙的样子，只得作罢。宇文护又上前一步，对着赵贵圆睁怒目：“赵贵，你休得癫狂！文王生前托付重任于我！又何止是一个大司马！你休要在此聒噪！退朝！”

这声“退朝”，犹如两军交战正酣，一方突然鸣金收兵，弄得对方一时手足无措。宇文护说罢，转身便扬长而去，看也没有看一眼龙椅上的周天王。

那周天王闻声退朝，如获大赦般，连忙站起来，也没有对呆在原地的百官大臣说句话，便急急忙忙地尾随晋国公宇文护而去。

待赵贵从震惊中反应过来，宇文护已经走远。赵贵往地上吐了口恶痰：“呸！什么东西！”转身面向周边人群，把右手向上一扬，愤愤地说，“长眼睛的都看见了吧？又一个曹孟德现世！”

普六茹坚目睹了这一切，却不发一声。方才宇文觉那身大裘冕带给他的威仪感，瞬间消失殆尽，他暗自叹了口气。

普六茹忠几乎与宇文觉转身离去的同时转身，他疾步步出这是非之地。他的身后，紧紧跟着普六茹坚、李景、李圆通、杨素等一干人。

直到他们快要移步场外时，仍依稀听见赵贵在高声唾骂。但普六茹坚已无心听了，他的心思全在明日自己的盛典上。正如阿父所言，此刻，人生最重要的事情，便是迎娶独孤信家的女郎。

天色微明，李九从厨房端了一碗汤饼、一小碟萝卜干，轻手轻脚地来到中庭的书房前。李圆通站在门外，李九往里瞄了一眼，轻声道："今日也没间歇？"李圆通点点头，算是回答。接过小托盘，轻轻推开门，进去了。

普六茹坚见李圆通进来，随手合上书。问道："时辰到了？"

李圆通答了一句"是"，转身去唤后院的婢子。早已有四五名婢子等在后庭，手里托着、拿着的是今日普六茹坚婚礼大典上要穿的礼服：赤而微黑的爵弁，这是冠帽；玄端礼服；缁袘纁裳；白绢单衣；纁色的蔽膝；赤色的履。从帽子、上衣下裳到鞋子，一应俱全。

普六茹坚今日很乖顺，李圆通和奴婢们如何说，他便如何做。穿衣换鞋戴帽，做得一丝不苟。看着穿戴一新的普六茹坚，一个名唤舞雀儿的大胆婢子，笑嘻嘻地找普六茹坚讨喜，伸出小手，娇笑浅语："想彩头讨彩头，娘子郎主琴瑟和，携手到白头！想彩头讨彩头，娘子郎主琴瑟和，携手到白头！"

普六茹坚被她逗乐了，哈哈大笑，指着李圆通爽声道："赏！圆通，每人给我赏钱五十铢。"

几个婢子欢呼雀跃，李圆通一愣，方笑道："还是等夫人来一起赏吧。"

舞雀儿把嘴噘得老高："扫兴！"

普六茹坚听出了李圆通话里的不乐意，脸上的笑容一收，肃然道："即日起，我府后方事务，皆由你处置，并听命于夫人。"李圆通朗声道："是。"

几个婢子掩面而笑，舞雀儿伸了一下小粉舌："哇，夫人还未进门，就已经掌权哦。"做了个调皮的鬼脸，几个婢子也如舞雀儿一般地下去了。

普六茹坚与独孤伽罗今日大婚。

普六茹坚是被独孤信看中的，这门亲事，完完全全是一桩父母之命。普六茹忠跟随独孤信征战多年，后虽被宇文泰重用，提升得很快。但对于独孤信的知遇之恩，普六茹忠从未忘怀，对他也一直行恩师之礼。独孤伽罗是独孤信十三个孩儿中最小的，是他手中之宝、心头之肉。他亲自提婚，普六茹忠岂有不肯之理？而普六茹坚早就听传独孤伽罗才貌双全。既有父亲鲜卑血液中的热情奔放、豪爽野性，又得母亲清河门阀氏族大家闺秀的衣钵；拥有鲜卑与汉族混交而出的混血特性，聪明美丽；其身材高挑，面目艳丽，唇红齿白，笑声如风铃起舞，琴棋书画样样精通。只一眼，普六茹坚便惊她为天人落凡尘，而暗暗为自己的容貌担忧。得妻如此，普六茹坚岂敢不心满意足？

有此基础，婚礼前期的"三书"，"六礼"便进行得十分顺畅。普六茹坚是个严谨的人，严格按照周礼行事。什么纳采、问名、纳吉、纳征、请期的婚前礼，普六茹坚每一道都做得十分仔细认真。

今日行的是正婚礼，主要有迎亲、沃盥、对席、同牢合卺、馂余设衽等几项仪程。

辰时刚到，普六茹坚带着李圆通来到前厅，普六茹忠已经端坐在前厅的主位上。作为父亲，普六茹忠要赐一杯稻香米酿的酒给普六茹坚。普六茹坚一饮而尽，方可出门去迎接新娘。这叫父亲醮子。

普六茹坚新开府的门口已经停了三辆马车。头一辆上面已经披红挂绿，打扮得十分喜庆，这是普六茹坚迎亲的马车。李圆通和几个家奴分坐后面两辆没有装饰的马车。几辆马车直奔独孤信的家庙而来，远远地，就看见独孤信携他的三位夫人，均已站在家庙门外等候。这虽是汉人的礼仪，但已位列三公的卫国公都极其认真地做了，普六茹坚心里十分感动。及至门前，普六茹坚跳下车来，单膝跪下，将怀中的大雁，双手奉上。以大雁贽礼，取雁雌雄一配而终之意。

独孤信连忙上前一步，将普六茹坚扶起来，朗声大笑，满心满眼里都是欢喜。翁婿一起步入家庙内，庙堂之上，供奉着独孤家的祖宗灵位，普六茹坚取香叩首。

站起身时，普六茹坚这才望见独孤伽罗站在母亲崔氏的身边，身后有两名盛装的奴婢，这两名该是要随嫁过去的小葭和小葵。独孤伽罗今日穿的是玄色纯衣纁衻礼服，系在胸部的裙腰将伽罗原本高挑的身材衬托得更加颀长。头戴艳红的幂罗，想必是正从垂纱下望着自己吧。普六茹坚的心跳得突突响，脸色微红。

独孤信走到崔氏身边，对着眼圈微微发红的崔氏，柔声道："好了，该行礼了。"崔氏听了，忍了多时的泪流了下来，又慌忙抹了，牵起伽罗的手，笑道："我的阿奴成人了。我家大人把阿奴交给你，我放心。"说罢，才把伽罗的手放到普六茹坚的手里。

普六茹坚牵着独孤伽罗的手，如同手握一件至宝，小心翼翼。那独孤伽罗或许也是紧张，手在普六茹坚的掌心里一动不动。出得门来，门口又已多了三辆马车，这是新娘的马车队。一辆装饰得花团锦簇的马车与普六茹坚的那辆并在一起，这是独孤伽罗的嫁车。

普六茹坚依旧牵着伽罗的手，向这辆马车款款而来。及至伽罗上了车，两人的手方才松开。手心里早已是汗腻腻的，仿佛这手心里的汗已经传至两人心里。两人不禁对望了一眼，尽管隔着艳红的幂罗垂纱，但他们都从心底里感到了对方的微笑与心许。

普六茹坚驾着伽罗的马车，在独孤家庙前的场地上绕了三圈后，将手里的缰绳交给马车夫，又对着门前的独孤信和三位夫人再次跪地叩首，方才坐进自己的马车。这辆马车像是头雁般，率领着众马车，向自己的府中逶迤而去。

府里已是宾朋满座，热闹喧天。该来的不该来的，邀请的没邀请的，情愿的不情愿的，尽是悉数到场，毫不逊色于昨日之盛典。先是跟普六茹忠父子交往素浅的楚国公赵贵，带着几个儿子和不菲的礼品来贺；普六茹忠这厢往里请，还未坐定，门值就来报，晋国公宇文护带着天王亲赐的一株玉树莅临，普六茹忠只得代儿子跪地接旨；又惊闻独孤信卫国公带着他的儿子们来了。独孤信才在家庙里接待普六茹坚，却又策马飞奔赶到此处作甚？普六茹忠惊惧不已，不谈别个，单是这几位王公，叫他如何周全？既不敢厚此薄彼，又如何能分身做到一碗水端平？几十年来，在官场游刃有余圆滑自处的普六茹忠，第一次遭遇这种难题，急得一头的大汗。更可气的是，那宇文护和赵贵虽贵为公爵，却是口不择言，相互攻击。普六茹忠却不能左右逢源，又因是在儿子府邸，不得脱身。

这时，门外人声躁动，想必是普六茹坚带着新妇回来了。普六茹忠如获救命，连忙奔出门来。拉过普六茹坚，如此这般地将里面的情形告知。普六茹坚蹙着眉头，方才的好心情被破坏殆尽，脸上却也没有过多表情，淡淡地对普六茹忠说："阿父，你也不要太为难。儿自有分寸，你就在前厅端坐便好。"说罢，普六茹坚就来到新娘的车旁，扶独孤伽罗下车，紧紧地牵着她的手，一直将她送到青庐前的毡席上，目送她进入青庐，自己就在门口等着，没有去中庭。

少顷，独孤伽罗在小葭、小荚的陪伴下，走出青庐。这次她取下了幂罗，将发髻重新整理了。那黑亮顺滑的头发被两根漆亮的笄子交叉隆起，以纚束之，看起来清丽可人。四目相视，瞬间又移开，旋即又回转，还是四目相视，两人不觉都红了脸。普六茹坚已打定主意，不管中庭里的宾客如何闹腾，他将带着独孤伽罗不管不顾地走完所有流程。

普六茹坚再一次地紧紧握住独孤伽罗的手，围着青庐走了一圈。这时很多宾客都涌入了青庐，普六茹坚和独孤伽罗在人群的夹道中，走到两个预备好的铜盆前，一起洁手洁面。然后在婚礼赞者的主持下，夫妻相对而拜，又携手入席。在一条案前相对而坐。普六茹坚在赞者的指引下坐西面，而独孤伽罗就坐在东面，这是取阴阳交会有渐之意。已有许多人从中庭和花园里退了出来，围着青庐，争相目睹新娘子的芳容。

普六茹坚和独孤伽罗仿佛置身于无人之境。眼里和心里都只有彼此。条案上有两只岫玉做的酒杯，装满了酒，还有一个大碗，里面装有三大坨溜圆的葵花斩肉，都有绿绿的青菜叶子托着，飘着淡淡的肉香。这个菜不仅看热闹的宾客没有见过，就连普六茹坚也是头一次见。李圆通站在边上解释道："这就是李九的献艺，取团团圆圆、和和美美之意。"

普六茹坚微微一笑，将手中酒杯里的酒浅尝一口，递给对面的伽罗；伽罗也如此这般地将她的酒杯递了过来。这是交杯之意。两人又都把杯里的酒一饮而尽，方才动箸，共吃那同一碗里的肉丸。吃了两筷子，便有人送来一个一分为二的瓠子，瓜肉俱被掏空，这也是要用来装酒喝的。用这瓠瓜盛酒，自然是有些苦的，但正是要取这同甘共苦之意。夫妻俩接过这瓠瓜酒，又是一饮而尽！

"好！"周围的人都叫了起来。普六茹坚轻舒一口气，至此婚礼的日间仪式俱完成了。只等待夜里合寝了。此时，小葭、小葵和舞雀儿领着几个府里的婢子等在边上，见两人喝完了合卺酒，又吃净了同牢肉，都围将过来，欢欢喜喜地把独孤伽罗迎进后院寝房。

见丫头们雀跃般离去后，普六茹坚这才整了整衣冠，疾步往中庭而来。中庭里好似也不像刚才父亲说的那么箭拔弩张，反倒是显得很寂静，在这喜庆的气氛中有些落寞的意味。普六茹坚心里冷冷地想：我的大喜之时，你们倒跑过来闹，那就难怪我的冷落。中庭的看客们都是李圆通奉了普六茹坚之命给叫走的，连奉茶奉水的奴婢都叫走了，将他们遗弃这里自顾自去闹吧。

进了门，偌大的厅里，只有晋国公宇文护和父亲普六茹忠及几名不多的随从，坐在几案前闲聊，并不见楚国公赵贵和卫国公独孤信。

普六茹坚进来，看见宇文护是和父亲并肩坐在主位上的，便作势要跪，那宇文护连忙起身揖让，道："贤侄不必拘礼。贤侄今日大喜，我特来祝贺。"

普六茹坚面目感动，真诚道："劳驾，晋国公费心了。"又作势要跪谢。却被宇文护牵住了手，往上位上走。宇文护又坐在了先前的位子，普六茹坚则恭敬地站在他的身侧。

刚坐定，宇文护就继续先前的话头："齐人以为我朝无人了吗？揜于兄，你要替我挡了这齐人啊！"

普六茹忠朗声说道："晋国公放心，更请天王放心。与齐人战，忠已历经多回，定能取胜归朝。"

普六茹坚心里略略吃惊："阿父又要出征么？"

普六茹忠道："是那齐人看我朝新帝践祚，想添些气氛。"说完，哈哈大笑。

宇文护也笑了，并站了起来："等揜于兄凯旋，我定备酒宴迎接！"宇文护说着，步子已经迈出去了，见普六茹坚紧紧地跟在身侧，又道，"只是辛苦你了。新婚燕尔，我却要调尊君出征。"

普六茹坚爽声道："不妨。阿父是朝廷的人，当以社稷为重。"

三人都朗声大笑。普六茹坚心里却冷笑，好个权臣，说话倒丝丝入扣。称我阿父为揜于兄，很是亲热。谁都知道，这揜于的称号是宇文泰赐予阿父的，是奖赏阿父对他的救命之恩。宇文护此时提及，倒是用心良苦啊。

送走了宇文护，回转身来，普六茹坚道："阿父，你这是要远离漩涡么？这漩涡比征战还要可怕么？战事不是更要小心么？"

普六茹忠立定在原处，望着普六茹坚的脸道："阿奴能这么想，我甚欣慰，你长大了。我这次只是在蒲阪驻扎，并不要对阵疆场。你不用担心，倒是我走后，你切莫要陷进那漩涡里，那赵贵恐不久矣。"

普六茹坚吃惊道："为何？"

普六茹忠高深莫测地一笑："猜测。"

两人并肩走到中庭花园。独孤信和赵贵在花园里的凉亭里坐着，正中的圆桌上摆着茶水和茶点，两人正闲聊甚欢。见到普六茹坚父子，李圆通连忙过来，站在了普六茹坚的身后。

赵贵抬眼看了两人一眼，淡淡道："那小儿走了？依我看，你们可不必理睬他。"

普六茹坚蹙着眉头，没有回答。普六茹忠只是略点了下头，就在赵贵的身边坐下了。普六茹坚也不坐，站在普六茹忠的身侧，早有灵巧的婢子来添水加茶。

赵贵长叹一声："又一曹操现世啊！昨日你们都见到他那张狂劲头吧？怎的就不见你们仗义执言？如何对得起刚薨逝的文王？"

普六茹忠淡然一笑："他行使的也是文王所托付的啊！宇文家族的内务，我等不理会也罢。"

听他这么讲，独孤信也淡然一笑，缓缓地说道："此言差矣！还是有所不同的。我等要侍奉的是周天子，并不是要侍奉那小儿。退朝！他如何能当着周天子面喊出这句话？难道就不能治他僭越之罪？"

普六茹坚听了这话，内心震骇。方才阿父说那赵贵恐不久矣，如此看来，妻父独孤大人也要进行一场血雨腥风么？普六茹坚偷偷瞄了一眼正慷慨激昂的妻父。独孤信并不理会，大声道："照此下去，又要出现一个司马懿了。"众人都不接话。普六茹坚冷冷地想，一个十四岁的孩儿，怎能说了算？倒不如说是让你们说了算。

那赵贵将杯中的茶一饮而尽，将杯子重重地往桌子上一放，站起身道："我就是不甘心啊！征战一生，老了却要受那小儿之气！"

独孤信也站了起来，说道："楚国公休要光火，这事还得从长计议。"两人便揖手向普六茹忠父子告辞。望着他们出门的背影，普六茹坚想，又有一场你死我活的争斗来临了，但愿这争斗离我远点。现在我只想如阿父说的，结婚生子才是正事。想到独孤伽罗，普六茹坚的心里就柔柔地暖了一下。

后院此刻也很热闹。在几个婢子的簇拥下，独孤伽罗来到后院。这年，伽罗年龄不满十四岁，开朗活泼，天性率真。后院里的婢子们，年龄皆与之相仿，尤其是小葭、小菼，从小跟她一起长大，比亲姐妹还亲。如今一起嫁入府中，自然在心理上更加亲近些。在她们面前，独孤伽罗瞬间丢掉了方才在前厅时的矜持，也丢掉了新娘的约束。只有一刻工夫，就成了这群婢子的孩子王，也把几日来母亲交代的话忘光了。进得门来，便掀开了随嫁而来的箱子，将里面的胡珠、头簪、珠花、画帛、幂罗等年轻女子喜爱之物，都拿了出来，赏赐给她们。婢子们拿着赏赐，嘻嘻地闹着，连普六茹坚和李圆通进来都没发现。

普六茹坚微微皱了一下眉头，对着舞雀儿轻斥："新妇进门了，你们连规矩也不懂了吗？"

舞雀儿吓得连忙跪下了，几个婢子见了，也跟着跪下了。就连小葭、小荻，也慌忙跪下了。独孤伽罗见了，忙迎过来，沉下脸，道："是妾身让她们不必拘礼的。如果因为妾身的缘故，让她们受了罚，倒是我的罪过了。"说罢，作势也要跪下。

普六茹坚急急地扶住了独孤伽罗的胳膊，赔笑道："是我唐突了。后庭事务，皆由爱妻处置。"转而对跪下的婢子们说道，"你们都起来吧，日后要好生服侍新主，一切皆由她安排。"

独孤伽罗这才转为笑脸，几个婢子也都喜笑颜开。

普六茹坚牵着独孤伽罗的手往里走，李圆通和几个婢子远远地掉在后面。普六茹坚抚摸着这柔滑的手，轻轻地说："我抽空过来，看看爱妻这厢可好。得知你能如此知书达理且周到，也就放心了。我这就去前厢招呼宾客。"

独孤伽罗将头稍稍偏向普六茹坚的胸口，调皮道："莫说几个婢子我能调教好，就连你，我也是不怕的。"说罢，嫣然一笑，唇齿生辉。

普六茹坚感到自己的掌心被伽罗的手指勾动了一下，麻麻痒痒的，心里便也麻麻痒痒起来。见伽罗含媚浅笑的模样，感到心已经慢慢地化了，恨不得立刻拥她入怀，将她揉进自己的身体里。无奈，身后有婢子和奴仆，普六茹坚红头涨颈地艰难地咽下了一口口水，只盼着宾客早些散去，黑夜速速降临。

第四章 新朝新府雨飘摇 少夫少妻露睿智

东边的天色刚刚泛出一点青鱼肚白，李九的厨房里已经热气腾腾。他为新婚夫妻配制的早食做好了，只等李圆通来取。这位新主子一丝不苟的作息习惯，让李九从心底里佩服不已。就如昨夜洞房花烛，闹了天昏地暗，但是今日的晨读，新主子还是没有耽误。比起纵酒吟诗、恣意放纵的梁元帝，普六茹坚可谓是过于刻板严谨了。

今日的早饭，李九用了心思，巧妙地搭配了几味食材。将鸡蛋打散，加入细粉中，将肉糜加盐调好，也加入细粉中，使劲搓揉，摊开，用油小火稍煎一下，然后取出，切成细丝，入水，再用大火煮，制成新式汤饼。盛碗后，加入翠绿的葱花，再配一碟芫荽腌制的酱。还未上桌，那汤香味就飘散出来，独孤伽罗直呼："香！好香！"

普六茹坚笑着点了一下她的额头，道："饿了么？我的厨师可是给那梁元帝做饭的御厨，带来了许多江南的美食，包你会养得白胖胖的。"昨夜一宿缠绵，两人灵肉合为一体。只不过几个时辰的工夫，彼此的身心都发生了巨大变化，好似有着与生俱来的亲近感。

独孤伽罗被这香气诱惑，顾不得答话，只是埋头将一碗汤饼连汤带水地喝了个精光。望着普六茹坚，眼里还有止不住的羞涩，笑道："我真好福气，好口福哦。"

普六茹坚对着她的耳朵细咬了一句，大约是床第之欢的蜜语。羞得独孤伽罗双手捂住了脸，口里却“呸、呸、呸”地唤，这副样子，又惹得普六茹坚哈哈大笑。

看着普六茹坚耍无赖，独孤伽罗赶紧转移话头，道：“那梁元帝说来也是文章大家，可惜却留下了恶名。但那一匹白马骏驰，一袭白衣飘飘，也算风流倜傥。”

第一次听一个小女子这样随意地评价一位皇帝，普六茹坚略略有些吃惊。那日他与杨素、李圆通、李九等谈及梁元帝焚书，竟无人敢接腔，没想到她竟如谈家常！这女子的心胸该有多宽阔呀。可是那“风流倜傥”四个字，也轻轻触到了普六茹坚的痛痒处：风流倜傥！这算不算一个女子对文采飞扬的皇帝之仰慕？

普六茹坚“哼”了一声，沉沉地说道：“这正是他的虚无之处！临降之时，还要骑一匹白马，穿一身白衣，作文人公子状，岂不是丢了人君气概！”

独孤伽罗点点头，说：“嗯。也是。且不说他退守内城该思量攻略之策才是正路，单说他一夜之间焚书十几万册，就是罪人！”

普六茹坚大喜，一把抓住独孤伽罗的手，欣喜道：“你我深有同感！知音也！”

独孤伽罗继续她的思路，说道：“传闻他焚书之时，曾涕曰文章害人。我看这不是文章害了他，倒是他读痴了书！”

普六茹坚欣喜之情溢于言表，将独孤伽罗揽入怀中，说：“我也好福气，上天将你赐予了我，你我可成知音啊！”

独孤伽罗仰起头，望着普六茹坚的眼睛，调皮一笑，说：“知音不可多得哦。你答应我，绝不可有异生之子！”

普六茹坚扶住伽罗的双肩，也盯着她的眼睛，沉沉地说道：“昨夜我已许诺了，岂能儿戏！以大雁贽礼，便是我之心意。你我共携手到白头，绝无异生之子！”

独孤伽罗将头轻轻地依偎在普六茹坚的胸口，也沉沉地说：“刀山火海，天堂盛景，我都追随你！”

时间仿佛静止了一般，他们只听得见彼此的心跳。

少顷，门外李圆通轻轻唤道："郎主，车马备好了。"

今日新妇要去拜见公婆大人，新妇要穿宵衣，就是用黑丝制成的外衣，以绡为领，即在领口、袖口和底摆处滚上一条红色的边。独孤伽罗穿着它，轻施脂粉，清丽自然，似一朵刚出水的莲花。那普六茹坚又忍不住，在她的脸上亲了一口，方才松开手，两人一前一后出门，分乘两辆马车，往普六茹忠府上而来。

普六茹忠府上虽未张灯结彩，但全府上下，人人脸上都带着笑容，也是极为喜庆的。普六茹忠在娶了普六茹坚生母吕苦桃之后，只娶了一位夫人，两位夫人相处融洽。普六茹坚是长子，娶的又是独孤信的掌上明珠，三位长辈自是分外重视，早早地等候在正厅。普六茹坚的四个弟弟也齐聚在一起，等着长兄长嫂的到来。

进了门，普六茹坚和独孤伽罗依照礼仪程序按部就班地给公婆二娘端茶奉水，自不必细说。倒是那独孤伽罗给普六茹坚弟弟们的见面礼很是阔绰，惹得一群半大的孩子们都眉开眼笑的，气氛瞬间活跃起来。

寒暄了一会儿，吕苦桃站起身，与二夫人一起，带着孩子们退将出去。吕苦桃出身贫困，从未读书识字，因此大点的场面，她都会感到无所适从，坐着坐着就没有什么话了。便推说要替普六茹忠出征收拾行装，就退出了。普六茹坚知道母亲的特性，也没有挽留。

独孤伽罗听吕苦桃说普六茹忠要出征的话，有些惊讶地问："大人公要出征？征讨那齐人吗？"

普六茹忠见她未随婆母去照料收拾行装，反倒问起他的事来。他原想单独嘱咐普六茹坚几句，现在见伽罗不懂事地掺和，便故意浅薄她，语气淡淡地说："你还知道齐人进犯我朝？一个妇道人家，有何见解？能说来听听么？"

独孤伽罗听出了普六茹忠口里的不屑，莞尔一笑，不紧不慢地说："那齐人无非是看我朝动荡，故意骚而乱之。其实不妨，几年征战，齐人已无实力，不敢大举进攻。倒是大人公有借出征避乱之意，且可看出大人公的处世风范。"

“噢?!”普六茹忠大惊，下意识地叹出了这句感叹，却又装作不动声色，缓缓地问，“何以见得？这是你阿父的原话么？”

独孤伽罗又是一笑，答道：“这是显而易见的事。新主年幼，权臣当道，老臣多有不服。于是乎，朝中乃暗流涌动，混乱在即。大人公此时出征正好能置身事外，还可建立功勋。可谓一石二鸟，高明。”她望了普六茹忠一眼，接着回答他的第二个问题，“可惜我阿父从不跟我谈及朝中之事。倒是那天我见楚国公赵贵来府，与阿父相谈久矣，我担心阿父。”说罢，独孤伽罗竟收敛笑容，面目悲戚地对着普六茹忠，“本想让大人公救我阿父，无奈你已鞭长莫及。”

普六茹忠目光凛冽，沉沉地问：“你是担心他们要……反？”

独孤伽罗凄然一笑，坦然道：“若要提这个反字，倒可以安在那宇文家族里。我担心他们会祸及自身！大人公看时局犀利，知道儿媳话里的意思。那燕国公于谨手握重兵，为晋国公宇文护所倚重；宇文护自己年富力强，如今又有正当名目。我不明白，阿父与楚国公都快甲子之年了，何至犯这糊涂？”

普六茹忠大骇，陡然跌坐在椅子上，盯着独孤伽罗问：“果真是你心中所想？”

见普六茹忠这副样子，独孤伽罗也有些讶异：“这有什么奇怪的吗？”

普六茹坚不自觉地站在了独孤伽罗的身边，还未开口，那普六茹忠便仰天长笑，朗声道：“幸也！我宗族之大幸也！我儿，你得此妇，大幸！”笑罢，又对着普六茹坚说，“独孤家养出好女子！她的见解，就是当今朝堂之上庸庸无为的男人，也没有几人能及！天赋异禀啊，后生可畏啊。罢了罢了，我儿得此妇，为父还有什么不放心的呢？”再看那独孤伽罗，普六茹忠的眼里竟满是喜悦。见普六茹忠如此欣赏独孤伽罗，普六茹坚自然也是满心欢喜。

又闲聊了一会儿，吃过午饭，新婚夫妇这才退出来。普六茹坚要带独孤伽罗去冯翊般若寺，拜见智仙师太。从普六茹忠家出来，普六茹坚便挤进了独孤伽罗的马车里。独孤伽罗白了他一眼，其实内心还是很欢喜的。两人一路亲亲热热，感觉一下子就到了。

马车刚停下，独孤伽罗就跳下来，面露欣喜地对着普六茹坚大声问道：“你就生长在此？”普六茹坚点头，还来不及说话，那伽罗又跑到一处高坡，嚷嚷着要看清寺庙的全貌。在常人眼里，冯翊般若寺就是一处极为寻常的寺庙，但在独孤伽罗的眼里，却非常不一般了，因为这是她夫君出生和童年生活的地方。

普六茹坚望着动如狡兔的独孤伽罗，心里却在想，这女子到底是有几个脑袋呀。一会儿与阿父畅谈政事，一会儿又如未开化的顽童一般。每一处都表现得极为真实，毫无做作。归为一体，却又极为奇特。可不管怎么说，独孤伽罗的热情奔放、欢天喜地的真性情，就像一股清泉注入原本沉寂严谨、寡言少语的普六茹坚心里。

冯翊般若寺之于普六茹坚，的确是一处比家里还亲的特别地方；智仙师太之于普六茹坚，也是比亲娘还要亲的人。吕苦桃临近分娩时，腹痛难以忍受，普六茹忠万分的紧张。早年颠沛流离，后又多年征战，吕苦桃与他离多聚少，待长子出生时，普六茹忠已经三十四岁，年过而立。这在当时，已经算是老来得子，极为不易。如若这个时候，出了问题，能不让普六茹忠心急如焚吗？虔诚信佛的普六茹忠，为了确保母子平安，只得将产房移至家乡大荔县的冯翊般若寺。说来也怪，吕苦桃挺着大肚子来到寺庙住持为她安排的别馆里，刚一躺下，肚子就不痛了。那别馆位置于寺庙之外的一箭之遥，供尼姑们日常起居。在这里，吕苦桃特别顺利地产下一名健康壮实的男婴。普六茹忠听他哭声洪亮，又历经波折，便给他取名为“坚”。

“那后来为何又要留在这里呢？”独孤伽罗扑闪着眼睛，兴致十足，她对普六茹坚的一切都十分感兴趣。

“天赋异禀啊！”普六茹坚嘻嘻一笑，道，“阿父赞你天赋异禀。你不觉得我才是天赋奇表吗？阿阇梨接我出生，便说我不可在俗家秽杂之地生长，要亲自在佛门清净之所将我抚养成人！”

这句话又惹得独孤伽罗笑了起来，她调侃道：“没想到，你还是位奇人呐！”

“然也！”普六茹坚这两天好像变了个人似的，不仅笑容多了，话语也多了，“不然尊君怎么将他最宠爱的女郎嫁给我？”普六茹坚又是得意一笑。

跟在他们后头不远处的李圆通好似无意之中，咳嗽了一声。这才警醒了两个人——佛门清净，休要嬉闹。两人遂收敛了笑容，加快步子前行。

智仙师太在禅房看书。禅房不大，却干净整洁，一尘不染。墙上挂有一幅山水和一幅篆体书法，都是师太亲笔。智仙师太圆圆的脸，眉毛很淡，给人的感觉慈眉善目的。普六茹坚见到师太，便唤：“阿阇梨，近来寒暑不常，身体可好？”那语气亲切自然，竟比起跟母亲吕苦桃说话，还要体贴温暖些。

智仙师太见到他们，微微一笑，将手中的书合上。独孤伽罗发现师太读的竟不是经书，而是一册东汉班固撰成的《白虎通义》，不禁对她投去深深的一瞥。最近在府中，普六茹坚也在看这部谶纬经学之大集，想必是师徒俩想到了一起。

师太道：“那罗延，听闻你已成家立业，为师甚是欣慰呢。”边说边起身给他们让座。普六茹坚却不坐，而是亲自动手，给自己和伽罗各倒了一杯茶。

“这位便是独孤伽罗了吧？”智仙师太笑眯眯地看着伽罗，再次让他们坐下，说，“到了老尼这里，就不必拘泥于俗礼。那罗延，晨读和练功没有荒废吧？”师太轻言细语地问，却有种不可抵抗的威力。普六茹坚连忙答道：“阿阇梨，那罗延不敢有一日耽搁。”

“想你也不会。”智仙师太又说，“那罗延，新晋开府，又成家立业，还可应付？”

普六茹坚道：“阿阇梨，我正有一事不解呢。前些时，我府来了一位梁人，气若游丝地倒在府前。圆通将他救了，他却不肯走。说是梁元帝的御厨，更说是章仇大师指引他来的。此人，我留他在府中膳房做司厨。阿阇梨，此事我处置恰当否？”

听闻章仇的大名，智仙师太的淡眉动了动，问：“他如何说？”

普六茹坚便将那日询问李九的话，又原原本本地复述给智仙师太听。只是，说到那章仇指着本府的方向说“紫气升腾”时，普六茹坚望了独孤伽罗一眼，便省略了，又说：“我从小吃斋念佛习惯了的，他来了之后，却给我吃肉。”

智仙师太笑了，说道：“你既已还俗，也不必太拘谨了。再说，婚礼中吃同牢之肉，也是规矩。你让他明日来见我，老尼有话要同他讲。那罗延，此事你不要再声张了。”

普六茹坚道：“阿阇梨教导的是，我并没有声张，连阿父阿母都未知晓。”

独孤伽罗噘着嘴道：“我也未知晓。”

普六茹坚笑道：“现在不是知晓了么。”

独孤伽罗娇嗔地白了他一眼，转而对智仙师太说：“阿阇梨，那章仇真的如此神奇么？可否让他替我阿父一算？”

智仙师太道：“不用算。尊君位极人臣，不可再往上升了，却仍有不甘之心。此过矣，恐不妙矣。”

这番话，字字如针，直接戳向独孤伽罗的心脏。她的脸瞬间变得煞白，喃喃道：“阿阇梨，可有办法救救啊？”

智仙师太可能觉得方才的话，用词过狠，便缓缓口气，叹道：“人心啊，这人心之深，不可测矣。如何救之？”

普六茹坚站起身，抚住独孤伽罗的双肩，安慰道：“前路难测，谁能知晓？不可姑妄信之。”

独孤伽罗摇摇头，眼里竟有了泪，道：“我心惶惶，怕是不妙啊。”

此刻，他们不知道，在崇义宫里，正在酝酿一场夺权的阴谋。

从正武殿到崇义宫，半里的路程，宇文觉走得异常疾速，他的心也因愤怒而跳得异常疾速。杀心，将堂兄宇文护诛而杀之，就是此时产生的。

方才在正武殿，见到端坐在龙椅上的宇文觉，宇文护既不下跪，也不施礼，甚至连个称呼都没有，开口便道：“宋公元廓暴毙了！”这个消息，将宇文觉惊得差点从椅子上跌落下来。

“何以暴毙?!”从他的手里抢下江山,宇文觉从未想过要将他杀掉,他都已经构不成威胁了。那宇文护见他的这位陛下问出这等幼稚的话来,便回转身,对跟他一起进来的元迪说:“济北公也在场,在喝下陛下赐予的美酒之后,便暴毙了。”说完,他居然笑了一下。这使宇文觉感到他的这位堂兄是如此邪恶、无耻。

“什么?我何时赐酒?”宇文觉气得忽地站了起来。到底是年轻气盛,被宇文护这一冤枉,又见他仍然在邪恶地笑着,宇文觉感到胸腔的血全部都涌到了头顶,让他有些头昏目眩。宇文觉指着宇文护大骂:“简直是无耻至极!”

宇文护仍在冷冷地笑,道:“死都死了,值得这么气么?”

宇文觉气得说不出一句话来,双目紧闭,连连摇头,声声叹息。前朝皇帝突然暴毙,世人会如何评价他这位新帝?更何况这位蛇蝎心肠的堂兄还污蔑是自己下的毒!罢了罢了,宇文觉不禁悲从心中来,这位所谓的辅臣,其实是来害我的。有臣如此,若不能制服他,那何以治天下?想到这里,宇文觉怒目圆睁,盯着宇文护,气愤道:“你如此下作。枉负了先帝的信任!别怪我无情!济北公,跟我走!”说罢,带着元迪,扬长而去。

出了门,站在空旷的大殿前空地上,宇文觉才知道这本该天子坐江山的地方,已经被宇文护占了去。自己怎么也不愿意再做那木偶。再说,就是做木偶,也难逃一死,就像那元廓。想到元廓,宇文觉的背上就有冷汗涔涔。想他隐忍多年,把玉玺和龙椅都交出来了,还是被宇文护轻飘飘地杀了,毫无征兆,毫无声息。那自己能好到哪里去?方才他见自己的眼神,犹如看一只待宰的小鸡。

宇文觉长叹一声,往崇义宫里急急而去,边走边命令元迪,速速将李植、孙恒和乙弗凤等人传至崇义宫。那天在登极大典之上,楚国公赵贵与宇文护杠起来的事,他也清楚。本想这赵贵是除掉宇文护最好的人选。可再一想,即便是事成,依照赵贵的性子,还不是又一个宇文护?想来想去,还是觉得找李植等这一派心性耿直的少壮比较好。

李植出身豪门，是柱国大将军李远的儿子，也是大名鼎鼎李穆的侄子。少年得志，早在文帝时期，就已经是相府司录，参掌政事多年。最为关键的是，在很多场合下，李植同赵贵一样，表现出对宇文护的专权很不满。因此，对他颇为倚重。

李植进到崇义宫时，孙恒、乙弗凤等几人都已经到了。谈的还是那个老旧的话题：要除掉宇文护。无奈他的势力太大，本人又有些武功。明火执仗地搞肯定不行，只能暗地里以智诛杀。这个问题已经谈论了好几次，都没有什么实际结果。但是，今日宇文觉不能再等了。他仿佛看见元廓死时的悲愤绝望，甚至将他的面容幻化为自己。

崇义宫前后各有一个花园，后花园比较大，有一个假山屏蔽。李植指着后花园说："尽快找几名武林高手，就在此操练，宫里的太监奴婢悉数参与。宇文护一般不会提防他们，再择机行事。"

乙弗凤说："这个好办，我马上布置。"

孙恒沉吟道："这些可行。只是单靠我们几个恐怕力量单薄，还是再找几个人吧。"

他的这个建议，也得到了众人的首肯。

宇文觉提出普六茹坚可行。虽与普六茹坚交往不多，但他觉得普六茹坚为独孤信所看中，必有其过人之处。而独孤信又倾向于自己，应该是个可用之人。李植却提出了不同的看法，他说那天在普六茹坚的婚礼上，看见宇文护坐在府中与普六茹忠谈了很久，恐怕普六茹家与宇文护瓜葛不浅。

孙恒和乙弗凤都说，这个不碍事。那天去普六茹坚府上的人多的很，那赵贵和独孤信不也在吗？

李植沉吟了一会儿，最后点点头说："既然你们都说普六茹坚可行，那我就去探探。普六茹忠与我阿父阿叔都交往颇深，这么说来，倒算得上是世家，也该走动走动了。"众人都放松下来，好像大功就要告成。

乙弗凤也提出一个人选，就是另一名宫伯张光洛，宇文觉也应允了，他觉得此时应该是拉的人越多越好。其实,他对这些人都不甚了解,就连眼前的这几个人也是知之甚少。

李植是个心直口快的人,办事也尽心。当天傍晚,他就来到了普六茹坚的府上。门值来报的时候,普六茹坚、独孤伽罗、杨素、李圆通、李九等几个人和小葭、小荚、雀舞儿几个婢子都在中庭的花园里吟诗作画,闲聊风雅。依照李九的身份,他是不能出入这种场合的。但是自那日普六茹坚在智仙师太面前提及他和章仇之后,独孤伽罗便有心注视他了。特别是李九在独自面见师太之后,伽罗对他便有提携之意。时不时地召他过来,让他讲些梁庭宫中之事。

"李植?"听到门值说出这个名字,在场的几个人都有些意外,普六茹坚下意识地重复了一句。还是伽罗反应快,说:"怕是宫中有事了。"遂吩咐道,"请他进来。"

杨素也嘀咕了一声:"他近来在宫中走动得勤,很是风光。"

说话间,李植已进了园中。普六茹坚和杨素连忙迎上去,把他迎到园中的条案前。李植坐下,见园中有数人,也很是意外。舞雀儿灵巧,早早地端来了一杯茶。

普六茹坚道:"李兄,请用茶。"便不多语。那李植就有些尴尬,见杨素也在边上,说:"处道兄也在啊。"杨素道:"我是日日在。李兄是常在陛下面前走动的人,今日怎得空过来?"

李植笑了一笑,道:"若两位兄长愿意,也可常在陛下面前走动。陛下惦念呢。"说罢,环顾了四周众人,那意思很明白。

普六茹坚便笑了一下,挥挥手,让李九、雀舞儿等几个婢子都下去了。留下了独孤伽罗和杨素、李圆通。

李植再次环顾这几人,还是不言语。普六茹坚便蹙了一下眉头,顿了一下,又笑着对李植说:"李兄但说无妨,这几位是我最亲近的人,不隔阂的。"

李植又盯了独孤伽罗一眼。李植是汉人,娶的妻妾也都是汉人。对妇人入堂议事，终归不习惯。不料，普六茹坚却顶着面说："爱妻是独孤信最小的女郎，鲜卑人。雅好读书，识今达古。"匈奴、鲜卑民族有母系遗风，妇持门户是很正常的事。普六茹坚想起父亲普六茹忠对独孤伽罗的评价，再看那欲言又止的李植，心想纵使你一个在陛下面前常走动的朝官，其见解也未必比伽罗深刻。

独孤伽罗却被普六茹坚的赞语夸得不好意思，作势要退下，却被李植和杨素挽留。

李植道："请夫人见谅，实在是事关重大，不得不小心啊。"说着，站起身，对着独孤伽罗作揖施礼，又做出请坐的手势。伽罗也就顺势在几案前和他们坐下了，只有李圆通依旧站在普六茹坚的身后。

经这一波动，李植也平静了些。坐下来，说出两个字，却又令在座的几个人面色大变。李植阴沉地说："杀！护！"

周边的空气如凝固一般，寂静得只听得见彼此的心跳。事态严重得令口齿伶俐的杨素也噤了声气，直后悔刚刚没有随仆人们一起下去。半晌，普六茹坚沉沉地问："陛下要下官做什么？"

李植道："天王已在宫中练兵。准备起事。我等择机行事。"

普六茹坚立时大骇："宫中练兵？！晋国公在宫中的实力比陛下小么？"普六茹坚的脸色瞬间变得煞白，遂问李植，"你来此，可有人知晓？"

李植傲然道："我奉陛下之命。"

独孤伽罗听了，内心也是大骇。她与普六茹坚想到了一处，便道："此乃陛下家事，外人怎好参与？你且请回吧。"

李植提高了声音，有些生气地说："妇人之见。陛下家事即是国事！陛下信任，方命我来。宇文护比之司马懿如何？朝中已大乱矣，你等还闲情逸致！"

独孤伽罗待要再说，被普六茹坚阻止了。普六茹坚对着李植道："我等知道了，你先回吧。"转而又对杨素和李圆通说，"处道，烦你亲自送李兄至府上。圆通，你驾李兄的马车绕城而归还，都下去吧。"不由分说地下了逐客令。

杨素心领神会，领着李植从后门而出。李圆通则驾着李植的马车，从前门出，与杨素背道而驰。

见他们都出去了，独孤伽罗哭丧着脸，对普六茹坚说："这不是要嫁祸于我府么？"

普六茹坚冷冷一笑，语气凛冽："岂止！此乃置我于死地！"遂又长叹一声，"是祸也躲不过，相机行事吧，不可自乱。"

独孤伽罗也跟着叹了口气："这不是明摆着以卵击石么？他们竟敢在宫中练兵。此等行事风格，怎敌宇文护的老奸巨猾。"

普六茹坚淡然一笑，他已平静下来，缓缓地说道："那李植狷狂，口才了得，才学雄辩，却目中无人。他的阿叔李穆对他甚为担忧，料他会祸从口出且拖累家族，要其兄李远治他，可惜不长进啊。"

独孤伽罗点头，说："此事我依稀听阿父也讲过，他这是聪明反被聪明误啊。有子如此，李家怕是气数已尽，陛下也会为其所误。"

两人正叹息，李圆通飞奔前来，少有失态地说："郎主，护诛杀了楚国公！"

"啊?！"普六茹坚和独孤伽罗都低呼了一声。同时"砰"的一声，伽罗手中的杯子坠落在地，碎了。

"天很黑，地上也很黑。三千宫廷禁兵将赵府围着，水泄不通。从赵府飘来的一阵一阵血腥气味，伴随着妇孺的尖叫声，传至半里开外的围观者的耳中口中鼻中，使人胃腔翻腾，呕吐难抑。我想，赵氏一门全被灭了。"

这是李圆通向普六茹坚夫妇描述的场景。独孤伽罗斜靠在床榻上，面色惨白。普六茹坚坐在桌前，面色冷峻，几个婢子吓得一动不动。

普六茹坚道："圆通，你去速传杨素、李九来！"李圆通匆匆地下去了。

独孤伽罗道："夫君，你是否要避一避？总领宫廷禁军的尉迟刚是宇文护的心腹，下一个还不定噬咬谁。李植来府，我们算是掉进了粪坑，澄不清啊。再者……"独孤伽罗放小了声音，迟疑地说，"阿父与赵贵要好，如阿阇梨所说，该是无赦了，我等还是要有个自保之策。”

普六茹坚也不说话，起身至书桌前，亲手将灯火挑亮，铺纸、提笔，写下了几行字。又折叠、封好。

这时李圆通已经带着李九奔进来。普六茹坚拿着刚刚写好的信，对着李九说：“我命你速至蒲阪阿父的军营，带去我这封信。你新进府，外人不识面目，又有长途奔袭的经验，可不要辜负了。”

独孤伽罗已经从床榻上起身，听普六茹坚这一吩咐，低声而清晰地说：“不可！”

三个男人齐齐地盯着独孤伽罗，她面目严峻，一反平日的嬉笑，对普六茹坚道：“夫君是想请大人公领兵而归？”普六茹坚没有回答，独孤伽罗只当他默认，“李九去见大人公是个好法子，可是不能带信，更不能提领兵而归的话。若是被人搜出，岂不是自寻死路？如果不留痕迹，就不致危险。”她长叹一口气，动情地说：“夫君的心意我知晓。救父不可为啊。”说罢，她坐下来，将李九招至跟前，把朝中发生的事情一一给李九讲了个透彻，让他把这一切都原原本本地讲给普六茹忠听，最后，独孤伽罗叮嘱李九道，“你一定要记住，只是去汇总朝中情形，如何定夺，让大人公做主！你可明白？”李九用力点了点头。

普六茹坚道：“你装扮成商贾，一路向东，走大路。如若被查，可应付得了么？”普六茹坚把刚写的信，放在灯火上，点燃了。

李九正了正身子，也正了正声音，有力地答道：“决不辜负。”

“好！”普六茹坚赞赏地拍了拍李九的肩，又道，“我极信章仇大师的眼光，他定不会错。”

独孤伽罗从里间拿出一个锦囊，里面装着盘缠，走过来亲自递给李九的手中，轻声细语地说：“这一路会很艰辛，你自己要小心些。通风报信要紧，保住性命更要紧。切记。我们不苛求，周全自身最为要紧。”

李九感动得眼泪流了下来，哽咽道：“郎主对阿九恩同再造，理当报答！夫人仁慈，我定不会辜负信任！”事态紧急，李九当夜就上路了。

李九走后，普六茹坚对李圆通吩咐：“圆通，这几日你要密切注意三处：阿父府上、独孤大人府上和阿阇梨的安全。叮嘱他们小心，并互通消息。不要与你阿父置气，非常时期，万事谨慎，大局为重。”

李圆通正了正身子，道：“圆通明白，不会误事。”

这时杨素已经进屋，他浑身湿气扑鼻，看来是走得急，被雨淋湿了。进了门，杨素顾不得坐下，开口便道：“宇文护又起事了，诛杀了赵贵。”

夫妻俩都站起身，普六茹坚道：“不要慌，不要慌。”独孤伽罗则去里间拿了件普六茹坚的罩衣，递给杨素，说：“先换上，再说话也不迟。”普六茹坚又跟着说了一句：“既已动手，慌也没有用啊。”

杨素并不理会，他将罩衣放在一旁，目光炯炯地望着夫妻俩，紧张得声音有些颤抖：“宇文护将内廷禁兵悉数调出，宫廷空虚，可否一击？”

夫妻俩都一怔，没想到酷爱诗书的杨素，却有这等心机！普六茹坚不动声色，与独孤伽罗对望了一眼，慢声说道：“如何而击？”

杨素的眼里放着幽幽的光芒：“郎主、圆通和我等皆有武功，天王年幼无知，取一敕书而杀护，即可得！”

普六茹坚听罢，突然爆发出一阵哈哈大笑，把几个人都笑得又蒙又惊又愣。笑完了，普六茹坚面目狰狞，严厉地说：“幼稚！又一个李植！杀护而天下必乱，尔等坐得稳？这江山是天下人的江山，顺民意方可为。今后，这种事想都不要想！你可明白？！”转而又面向独孤伽罗和李圆通，面色仍无一丝笑意，厉声道，“尔等明白？！”

三人皆点头称是，诺诺的再无人吱声。

普六茹坚又对着杨素说：“招你来，是想让你把此次事变的真实情形摸探清楚，你不要生就花花心事，免得祸及众人。”

杨素的脸红了一阵，喃喃道：“郎主，是我唐突了，我是怕祸及独孤大人而想先下手为强。不过赵贵之变，我已打探一二。”

独孤伽罗赶紧说：“那你还不快说。”

“赵贵的确有诛杀宇文护之心，可惜行事不慎。他广为招揽人马，还派人去了盐州，找刺史宇文盛出兵，可是宇文盛却将消息泄露了。于是，宇文护得以先动手，将赵贵诛杀。”

“那宇文盛不是在盐州做刺史么？怎的就泄露了消息？”普六茹坚不解。

“盐州，治五原，距离宫城不过百几十里。赵贵就是考虑若起事用兵方便，却不知生起异心的宇文盛通报消息也很方便，他是连夜只身奔进宫中将消息亲口告知的。”杨素这才说清楚。

普六茹坚叹息，连连摇头。

“其实……”杨素欲言又止，望着独孤伽罗，有些犹豫。

独孤伽罗道：“都到了这般境地，你还有何顾忌？是不是我阿父……”

“是。现在人们都在传如果独孤大人前一日起事了，可能结果不同。那赵大人找到独孤大人，可是他没有同意。只这一迟疑，便让宇文护占了先机。”

独孤伽罗幽幽道：“一切皆由命，一切命里都有定数。”话虽如此说，她的泪水却汹涌而出。普六茹坚亦不劝慰，由着她落泪。

良久，普六茹坚对杨素说：“明日起中门关闭，我病矣。你值房，密切注意各处动静，每日两报。”

杨素问：“对所有人都是如此吗？”

普六茹坚沉沉地说：“无一例外。”

这注定是一个漫长的夜晚，这个夜晚普六茹坚夫妻长夜无眠。这一年，普六茹坚十七岁，独孤伽罗十四岁，他们共同承受着人生中第一个巨大的压力和危机。

数日后，坏消息一个接一个传至府中。

赵贵府中全家被灭；分府出去的几个儿子降为庶民；没有杀掉他的儿子们，

算是网开一面了；

独孤信被赐死；府中家属奴仆悉数流放荒蛮的蜀地；独孤伽罗的生母崔氏也在流放之中；分府出去的儿子们没有累及，也算是手下留情了。自此，独孤家族退出朝争。宇文护恐生变故，让被流放的人连夜上路，都不让他们与子孙亲属见上一面。这个消息是李圆通来报的，他不敢当着独孤伽罗的面说。可是独孤伽罗几乎时刻与普六茹坚同在一处，很难避开。普六茹坚说，终归要让伽罗知道，也没有什么好隐瞒的。伽罗自然又是一阵伤心欲绝的痛哭。

李植到底还是连累了全家。宇文护将他的父亲即镇守弘农的柱国大将军李远招至宫中，当着他的面杀死了李植和另外的三个儿子叔诣、叔谦、叔让；李植的阿叔李穆本来也要跟着治罪，可是却因为他一向嫌弃李植，便被罢了官，李穆的儿子们也都被削职为民。这一切都处理完了，最后逼李远自杀。

这个消息是杨素报知的。杨素还说了一个细节，临死之前，李远对着李穆捶胸顿足道："阿弟，悔不该没有听你的话啊，真的就让这竖子给祸害了。我看他满口文章，滔滔不绝，哪知是个外面光彩内心腐朽的东西！你看人远比我锐利啊。"杨素复述这段话的时候，自感脸上微微发烧，因为前几日普六茹坚还将自己比之李植。果然，那李植看似精明强干，却闯出了弥天大祸来！

杨素不仅脸红，心下也生愧疚。想那郎主，虽也年纪轻轻，却沉稳睿智。若不是他及时阻止，照自己一时之冲动蛮干，只怕结果与李植无异吧？现在杨素想想都觉得后怕，对普六茹坚也更是心悦诚服。

孙恒、乙弗凤等人则是满门抄斩。

再数日。宇文护将宇文觉囚禁于宫中，满朝文武皆为之叹息，却没有一人敢再起杀心。

这期间，普六茹坚囿于家中。每日照常读书、习武、练字，府外天翻地覆、雷鸣电闪均与他毫无瓜葛。他安心做事，安心写文章，还写了一篇纪念独孤信的文章。独孤信曾是他最崇敬的人，却落下了令人想象不到的结果，这也给他留下了更为深刻的警示。在这篇文章中，他写到：风宇高旷，独秀生人，睿哲居宗，清猷映世。宏谟长策，道著于弼谐；纬义经仁，事深于拯济。方当宣风廊庙，亮采台阶，而世属艰危，功高弗赏。眷言令范，事切于心。

旧王被禁，新主未立。这场血雨腥风并未停歇，明日还会有怎样的争斗？

第五章 婉拒权臣下岐州 楚辞佐酒正当时

不知不觉间，天气已经燥热了起来。昨夜，普六茹坚依旧没有睡好。晨读的时候，头还是晕晕的。他已经将晨读移至寝房了，这是为了方便照看伽罗。自独孤信被赐死后，伽罗的心情一直郁郁寡欢，显得无精打采，整个人瘦了一圈，原先浑圆的下巴也变得尖尖的。普六茹坚不放心小葭小荻的照看。这两个丫头也变了，原本嘻嘻哈哈的疯闹小女儿，也变得跟她们的主子一样，沉闷寡言。

独孤伽罗也没有睡好。昨夜小腹一直隐隐作痛，她并没有告知普六茹坚，本不想打扰他，却又辗转反侧，还是时不时地将普六茹坚惊醒。到了寅时，普六茹坚起床读书，她想好好睡睡，可是小腹却越发疼痛得厉害。她最后索性坐起来，这才发现下身居然流了一摊血，床榻之上也有不少血迹。于是慌了，连忙呼唤普六茹坚。

普六茹坚见到那一摊殷红的血，大惊失色，忙叫小葭小荻进来，自己则奔出房间，让李圆通赶紧去请御医。又惶惶不安地进了房间，紧紧地搂着独孤伽罗。少顷，御医便到了，普六茹坚又让李圆通去冯翊般若寺请智仙师太。

御医坐诊时，普六茹坚在门外急得团团直转，一会儿站着，一会儿又坐下，坐也坐不过一分钟，便又站起来走动。那摊血，的确把他吓到了，他头上的汗都没有干过。服侍他多年的舞雀儿从未见过自己的主子这般失魂落魄。

智仙师太精通医术，这不重要。重要的是，对于普六茹坚，她就是一剂药，有安心定神的作用。这个从小在她身边长大的孩子，从不轻易流露内心的情感。今日急急切切地唤她来，怕是内心恐惧到了极点。

智仙师太也从未见过她的那罗延如此悲戚。他双目赤红，眼眶红肿，头上的“龙角”更为突出，看起来整个面目有些狰狞，可目光却是极度哀怜。见到智仙师太，普六茹坚双膝猛然跪地，哀嚎道：“阿阇梨，请你救救伽罗吧，求求你救救她啊！”

智仙师太安慰道：“那罗延，不要哀泣。有御医在，有阿阇梨在，不妨事啊。伽罗年轻，身体好，没有危害。我看过她的面相，知道的。你不伤及自身，一切便好。”智仙师太一直是普六茹坚幼小时候的依靠，这一次，她又成为了普六茹坚的依靠。她这么一说，普六茹坚被哀伤堵得严严实实的胸腔好似洞开了。他果然就能定住神，随师太一起推门进去了。

御医已经诊断完毕，正往外走，一脸的肃然，按照普六茹坚当时的官职，没有资格随便请御医来家坐诊，只是他方才情急慌乱才打发李圆通去请了。还好那御医也来了，兴许李圆通用了非常手段吧？现在见御医出来，普六茹坚的双眼巴巴地望着他，生怕他吐出晦气的句子来。

御医五十岁左右，历经世故，淡淡地说：“再晚来半个时辰，恐命不保矣。幸亏老夫有两下子，算是拯救过来了。现在应该无性命之忧，我已开了方子。”

普六茹坚千恩万谢，问：“是何疾病？怎的如此凶险？”

御医冷笑：“你真不知道么？夫人是小产。”

普六茹坚折身进了内室，拿出一锭黄金，亲手递到御医手中，又是一阵感激涕零。御医这才笑了，又叮嘱了几条要注意的事项，方离去。

智仙师太和普六茹坚赶紧进入内室，坐在伽罗的身边。伽罗的脸上毫无血色，惨白乏力。智仙师太伸手将她的手握着，只感到一阵透骨的冰凉传到她的手上。又换了只手，号了号她的脉搏，柔声细语道：“脉象还好，这是郁结所致，心病重于身病啊！独孤女郎，万事皆有定数，不可苛求。此乃人世至理，你可明白？”

独孤伽罗泪雨婆娑，凄楚地问：“阿阇梨，你且直言，我还能生育否？若不能生，我自会追随母亲去蜀地。”

普六茹坚拉过独孤伽罗的手，满眼里皆是爱怜：“说什么胡话！你忘了洞房之夜的誓言了么？无论怎样，你都不可离开我。”

听了此话，独孤伽罗大哭起来，用尽力气说道：“情势变了呀，我阿父不在了，拖累了你与我兄。现在我又身有残疾，我不要你为我所累！”

普六茹坚抱起伽罗的头，泪水也流了出来，他大声地说：“你是我妻啊！说什么所累的胡话！我只要你，纵使给我江山，我也不稀罕！”

两人均大哭。智仙师太眼里也满是泪水，安慰道：“何故说得那么远？你们都不信我了么？我说了，不会到那一步的。”

正啼哭间，府里闯进了一位不速之客。

此人即是从小在舅舅宇文泰家中长大、当今宫廷值宿总领的尉迟纲，是宇文觉和宇文护的表兄。在这次两人的争斗中，完全站在宇文护的一边，亲手处置了李植、孙恒和乙弗凤。他年长普六茹坚二十四岁，平素与普六茹坚毫无交集，今日却为何亲临府中？难道……

普六茹坚的脑袋轰鸣了一声，将他从浓浓的悲戚中惊醒，他望了望智仙师太。师太点了点头，还未说话，尉迟纲已经人至后院花园。

尉迟纲时任小司马，总管禁军，食邑八千户。来到普六茹坚府中，不需要通报，值房杨素只有跟在他后面进来陪同的份，所以他这次进府可以说是突然袭击。

普六茹坚疾步而出，见尉迟纲穿的是裤褶常衣，而非铠甲披身，又只身一人，遂放下心来。但见他直奔后庭，便知他这是突然一袭，来探虚实的。不禁在心中冷笑，想我普六茹坚竟如那宇文觉、李植一般么？竟然会在庭堂练兵?！脸上却是受宠若惊的笑容，前趋一步，单膝跪下，朗声道：“尉迟小司马，大驾光临。坚不及远迎，恕罪！”

“普六茹坚，近来可好？听闻你身体有恙，大司马晋国公甚为惦念呀。”尉迟纲见普六茹坚脸上呈土灰色，满身心俱疲的样子，心下释然大半。他也移步至前，将普六茹坚扶了起来。

两人共同往中庭大堂走去。寒暄了几句，至中庭坐定，尉迟纲忽地收敛了笑容，肃然道："普六茹坚，朝廷对你也是恩宠有加的，年纪轻轻便已开府。晋国公欲加你入朝为官，如何？"

普六茹坚听了，慌忙从椅子上跌下来，再次单膝跪在尉迟纲的面前，颤抖着声音道："回小司马的话，坚无能无力，无所作为。古人云，若德不配位，天地不容，那岂不是误了晋国公的大事？"

尉迟纲冷笑道："你不知要你做何，便先自推诿，是记恨我朝么？"

普六茹坚头上流下汗来，跪地向前一步，道："坚岂敢！坚有自知之明。"

尉迟纲猛地一拍几案，案上的茶水四处飞溅。尉迟纲大声斥责："小小毛儿，不知好歹！难得大司马看得起。你却翘起了尾巴！哼，称病，小儿之技！"

普六茹坚大骇，以头伏地，却字字清晰地说道："尉迟小司马请息怒，且听我说。聪明人不打诳语，如今天王尚在囚牢，新主未立，我等如何自处？这且事小。关键是小司马大人，与天王、晋国公皆为至亲兄弟，同在太祖身边长大。如今他们势同水火，处于生死边缘。两姑之间，小司马也难为妇啊！"普六茹坚知道，尉迟纲的母亲是宇文泰的姐姐，他父亲死后，尉迟纲一直住在宇文泰家里，并深受他喜爱，也就是说宇文觉家里于尉迟纲是有养育之恩的。而如今宇文泰死了，尉迟纲竟然帮着宇文护废掉他的儿子。这事人们若议论起来，尉迟纲怎么也难逃非议。然，宇文护是宇文泰哥哥的儿子，与宇文觉一样，也是尉迟纲的至亲表兄弟。普六茹坚方才的那番话，是站在这个角度来说的。否则，尉迟纲定会治他个诽谤朝政之罪。

尉迟纲红头涨颈地说："难不成我做人还用你来指点？"但语气却明显缓和下来，声音也不是很大，紧接着他又追问了一句，"你可曾听到什么风言风语？"

普六茹坚道："我久病未曾出门，哪里能听得到什么风言风语？然，此为人心，深不可测。天王年幼，却是太祖亲托之主。太祖德高望重，亲理朝政数十年，朝中又有多少是他亲置的幕僚？这实际上就是那晋国公权倾朝野却仍风雨飘摇的缘故啊。”

普六茹坚小心翼翼地说完这番话，却没有听到尉迟纲的声音。不禁抬头，见那尉迟纲手肘撑着几案，手指呈八字状，不停地来回摩挲着下巴。眼睛直愣愣地盯着普六茹坚，缓缓地说：“这是你不肯为晋国公所用的理由吗？”

普六茹坚再次以头抵地，戚戚然，哽咽道：“我妻病重，危在旦夕；我父老矣，仍在疆场；我母亦思及成疾，卧床不起；弟妹年幼无知无为；我困倦矣！我窒息矣！阿叔，请求你念在与阿父深交的情分上，且容我情形宽容些再议论此事，可否？”

尉迟纲再次沉默，坐在椅子上思量，也不扶普六茹坚起来。普六茹坚只好依旧跪在地上，低声泣曰：“我要带着爱妻踏遍山川，遍访名医，才不至于让我一门绝后啊。这才是我人生中的至理大事，求阿叔体谅！”

良久，尉迟纲站起身，叹息道：“罢了，罢了，我自当念及揜于兄。说起来，他这个字号还是我舅父赐予的，也算是有缘了。”

说罢，他亲自躬身要扶普六茹坚起来。但普六茹坚仍然坚持伏地说完感激的话：“谢小司马大人，谢阿叔恩情。日后，坚定当万死不辞。”

“好，好。”尉迟纲拉他起来，朗声说道，“早闻公子德才双备，有胆有识，今日算是见识了。告辞。”

送走了尉迟纲，普六茹坚轻出了一口气。不经意间，嘴角流露出一丝笑意。

方才伏地而泣的时候，普六茹坚已经想出了下一步的打算。他要在这纷乱的时局中，为自己和家族谋求一个妥善的未来。

回转至寝房，独孤伽罗的头正倚靠在智仙师太的肩上，由小葭喂食汤药。见到伽罗苍白的脸，想她腹中逝去的孩子，他们的第一个孩子就这么夭折了。普六茹坚不由得气白了脸，脱口而出道：“亏他想得出来，竟想让我去替他卖命！可笑至极。”

智仙师太微微一笑，道：“方才我还跟伽罗解惑，让她不要将仇恨记在心中，你倒不自觉地恨上了。那罗延，你不想入朝也就罢了，却千万不可内心藏仇。”

普六茹坚至床榻跟前，接过小葭手里的药碗，亲自服侍独孤伽罗喝药。他边做这些事的时候边说：“阿阇梨，我真的恨那宇文护专权跋扈，无才无德，弄得朝廷鸡飞狗跳，大家都不得安生。”

智仙师太细声慢语道：“那罗延，倘若你是宇文护，会怎么做？”

普六茹坚一怔，他从未想过这个问题。这段时间以来，他只想着如何自保。现在阿阇梨提出这个问题，大有深意啊。想了一下，普六茹坚说：“我会以本心尽全力辅佐天王。若生异心，也对不住太祖的托付啊！”

智仙师太又笑了一下，再追提了一个问题：“如若天王不具备天子之德，还起杀心，又该如何？将头颈伸于刀俎之间么？”

普六茹坚的脸红了，他明白智仙师太问话的目的，也明了她的心意。内心深处，他确有同感。那天在宇文觉登极的大典之上，非怪宇文护张狂，就赵贵那挑衅的劲头，宇文觉能控制得下来么？那天他实在是表现平平，穿着大裘冕服，却毫无天子之气质！反倒是如坐针毡。

智仙师太沉下笑意，道：“我想那宇文护本不愿杀那么多人。李植事发，宇文护让李远回朝，本想让其父教导其子。可惜那李植口是心非，蒙蔽李远，这才祸及全家。八柱国将军，宇文护是有所忌惮的。否则，独孤信大人即是谋反，就不是这么轻易处置了。”智仙师太将头前倾，对着独孤伽罗轻声道，“独孤女郎，你以为呢？”

伽罗吞下最后一口汤药，抬眼望着师太，道：“阿阇梨，我懂了。不拘死理，方可游刃有余。”

智仙师太眼里放出欣喜的光来，笑道：“好个天心灵巧的女子，我果然没有看错！”

“阿阇梨看过我么？”

智仙师太也不遮掩，笑眯眯地望着他俩，说：“这个自然。当今天子的龙纹是绣在衣裳上的，而那罗延的龙纹长在面目之上！该有怎样的女子来相配？你阿父和大人公都心有疑虑呀。”师太心慈，看见两个孩子哭得伤悲，心下极苦，便饶舌了一回。承认两人婚前，双方父亲都请她面过相，这是破例了一次。

独孤伽罗心里顿时五味杂陈，她知道阿父笃信佛教，自己和兄姊们的名字都带有浓重的佛味，这便是例证。自己婚前，普六茹坚定是被他面过相了。再看普六茹坚，他也正看向自己，他的眼里也放着喜悦的光芒，再次握住伽罗的手，说：“天意、人意相和谐。伽罗啊，不要再多虑了。”

伽罗点点头，一副乖巧的模样。

智仙师太见两人情绪已稳，便提出告辞。普六茹坚却道：“阿阇梨，我正有个想法，请你定夺。”

智仙师太立定，道：“非常时期，能有何作为？”

普六茹坚请师太坐下，细细地说来：“方才已跟尉迟纲透露了。下段日子，我不想待在这是非之地，而要踏遍山河，替伽罗访求名医。其实我是想去岐州，与岐州刺史宇文毓畅叙一回，是我已久的想法。他很有治理才干，在岐州政绩颇丰，我想亲临实地看看。那宇文毓是伽罗的姊夫，听说他夫人独孤伽兰也病了。本为亲戚，纵使外人知晓，也无妨。”

智仙师太频频点头，眼里流露出一丝暖暖的笑意，道：“出去走走也好，于身心有益，只怕伽罗这身子……”

话未说完，就被伽罗打断了：“我身子无碍。”说罢，便要起身，把小葭小葵吓得不轻，慌忙按住她，“我早想去探望大阿姊了。”

普六茹坚笑了，对师太说：“阿阇梨，瞧见没，出门巡游才是一剂药方子。你放心，能治愈好她。”大家都是一笑，气氛终于活动了些。普六茹坚又道：“且过几日，一是让伽罗养息，二是等李九回来。这几日，他应该要回转了。”

李九的确是在回转的路上。此刻,他正在官道边上的一家小酒馆里吃饭。夙夜兼程一月有余,李九几乎没有在酒馆吃过饭。平日里,他都是带个馍馍或饼,就着清水,就是一顿饭了。这天却是破了例,因为是他的生日。想起这二十年来的经历,他真感叹人生的无常,而自己如水上浮萍。在梁朝时,作为宫廷里的御厨,在四乡八里,也算是个人中之人了。巧云,远近闻名的一朵花般的灵秀人儿,也中意自己。本以为生活会如此美好下去。哪晓得,一夜之间,乾坤倒转,家破人亡了。自己沦为了乞丐,巧云也不知所踪。想来也是造化弄人,得一仙道指引,在普六茹坚府中渐渐立稳脚跟。然此次出行,方知普六茹忠将军,就是那位灭了梁朝的人,就是那位使他家破人亡的人!

他算不算是仇人?梁朝的仇人是不是自己的仇人?李九在这个问题里纠缠不清。

小酒馆里渐渐热闹起来,十来张桌子差不多都坐满了,人多的地方自然话题就多。但这天却只有一个主题,人们都在悄悄地议论,梁国亡了。

这真是一个动荡的年代,国家说亡就亡了,皇帝说杀就被杀了。李九心里喟叹。在他的心里,梁国早就亡了。梁帝被杀,后虽立了一位幼小的皇帝,却是西魏立的傀儡,这还不算亡了么?

李九暗暗挪了下方位,这样便于侧耳旁听。左边邻桌有四个客人,年龄看起来都和普六茹坚差不多大,也都是青年才俊,正在兴致勃勃地谈论。一个说:“权臣当道,用不了多久,必然要篡。可谓三十年河东,四十年河西。一个朝代短的三四十年,长的六七十年。三四百年了,都是如此。那陈霸先也不是圣人,替代是迟早的事情。”

另一人道:“无畏,这个你说的是。远的曹魏代汉、司马炎代魏不说;就说近点的,萧齐、萧梁、高齐、刘宋等不都是几十年的光阴?如今陈又取代了梁,还有我朝……”

先前说话的那人马上打断了他的话,说:“我朝就不说了罢。昭玄,喝酒喝酒。”

众人都笑了。一个说:“谁不知道,怀道县公马上就是大司马的乘龙快婿,还是别说了罢。”众人又是一笑。

李九听他们这一对话,扭过头,偷偷地望了一眼那位马上要成为宇文护女婿的人,只见他面目俊朗,轮廓分明,浓眉大眼,是个堂堂的男儿样貌。心想,此等标致人物,难怪被宇文护看上。但那人却说:“你等不要笑我了,我马上要逃到深山去,远离这乱世。”

“诶,这话也不可说。”那个被称为昭玄的人打断了他。几个人又嘻嘻哈哈地喝酒。

李九听他们又不讲南梁的事了,正失望要走。不料,他们其中有一个人又说道:“要说可怜,也算那西梁小国了。不过三百里的巴掌大,还是我朝立的。”这个说的才是李九的故乡。曾经那么美丽富饶的地方,如今在这些人的眼中,是令人同情的,可悲可叹。李九心里凄然,顿觉食之无味,默默地放下筷子,起身结账。出得门来,有几个乞丐蹲在店外。连日来,李九见了乞丐,总要施舍几枚钱给他们,今日却径直而去了。

当夜,李九便回府了。普六茹坚将李九带到了后院寝房,李九从内衣里掏出一封信,信的口子封死了。普六茹坚接过信,也不拆开。问了几句路上的情况,便将李九打发了出来。

离开了月余,没有想到竟然发生了这许多事。刚嫁进府里的伽罗快乐得像只小鸟,叽叽喳喳。而今,她失去了父亲,又失去了第一个孩子,已经变成了形销骨立的妇人。想这人生的无常,也是针对所有人的,不论你的身份贵贱。李九本满心的愤懑,在伽罗的痛苦面前,平复了许多。

九月,普六茹坚本想带着伽罗、李圆通、小葭、舞雀儿一起,向西边的岐州出发。府里由杨素值守,全面负责照看;后院杂务等由李九负责;府里的丫头及老妈子们由小葭负责。后来,伽罗对这个人事计划做了改动,将李圆通和李九做了对调。普六茹坚说，自己习惯了由李圆通跟着。但是，伽罗的安排更为妥当。

九月的关中平原上，秋意深浓，已是五彩斑斓。桦树和杨树的叶子黄灿灿的，虽是落下了一大半，却呈现一地的金黄，丝毫没有萧瑟之气；苹果熟了，艳红艳红的，与熟透的柿子，挂在树上招摇，勾起人的味觉翻动；地里的庄稼已经收割，只剩下稻草人还在守望。

正如普六茹坚所说，出游是一剂药。伽罗的身子在户外深秋的风中，反而像获得了元气一样，恢复得很快，笑意也渐渐地盈上了脸。普六茹坚对此甚是欣慰，不仅是因为她的身子好了，更觉得独孤伽罗是个很有灵性的人儿，没有沉溺在毫无意义的痛苦中不能自拔，这种提得起放得下的心性，与自己极为吻合。

一路的好景色，应和着渐渐好起来的心情。车马的速度加快，不出七日，便到了岐州。进了城，普六茹坚的眼前一亮，仿佛来到了一方乐土。满目里都是开门迎宾的店铺，熙熙攘攘的人群，时不时听见吆喝声传来，整个城里透出一股安定富足的气息。

"圆通，你察觉岐州与长安有什么不同？"普六茹坚阔步向前，问身边的李九。后边的人都笑了，李九向前一步，问道："郎主，可是唤我？"

伽罗和两个婢子都笑了。伽罗娇嗔道："你真离不开圆通啊！让我心生嫉妒！"普六茹坚嘿嘿一笑，道："十几年了，叫顺了口嘛！"舞雀儿趁机拍马屁道："郎主可真是个专情的人。"普六茹坚又是一笑，说："还是舞雀儿知我。"

独孤伽罗道："那叫舞雀儿说说两地有何不同？"

普六茹坚看舞雀儿的窘样，道："长安虽为帝都，却有破败之相，连连打斗，宫里都不得安生，百姓惶恐，哪有心生安宁之处？倒不如偏安一隅的此处。你们看那些房屋，都仔细整修过了，门店也都粉饰一新，就连招揽人的布幡，颜色也很鲜亮。百姓脸上平和安定，毫无戾气，此乃繁荣之气象啊。都说宇文毓治理有方，看来是了。"

独孤伽罗傲然道："那是。初闻姊夫博学多才，性情温和，诗书造诣很高，没想到还有此等治理之才。看来阿父识人不差。”

普六茹坚也傲然道：“我也是阿父慧眼识得的人才，定不会差于他！”

伽罗伸手将普六茹坚的胳膊挽住了，道：“我的郎君不差任何人！”两人相视大笑，惹得后面的几人都笑。李九心里想，这般自吹自擂，定是两情相悦的结果。又想到他的巧云，不觉眼里的笑意隐隐退去了。

街上的繁华，使几人的脚步慢了下来。他们好像并不急于找宇文毓，索性在街上逛了起来。几个女孩子都很兴奋，几乎是看到喜欢的都买下了，不过也是一些小玩意。诸如针头线脑，珠花簪叉的买了一大堆，店商们也是客气有礼。

正欢喜间，一队兵马从街上长驱直入，为首的正是禁军总领尉迟纲。

普六茹坚眼尖，拉过伽罗避过身去，在背街处立定。好在骑在马上的尉迟纲也没有注意到，便匆匆而过。

普六茹坚的心突突直跳，尉迟纲竟也带兵来到岐州，他又为何而来？

人在危局中，想法自然就多了。但这次普六茹坚想得太多了，尉迟纲领着兵马进入岐州城，与他普六茹坚没有关系。尉迟纲没有在城里逗留，直奔刺史衙门。然后，又将岐州刺史宇文毓及夫人独孤伽兰迎接去长安城。

这队兵马像是一股洪水，将街上安定的气氛冲撞得七零八落。见到兵马穿城，很多人立即装上门板，闭店谢客。伽罗的嘴角微微上翘，对着普六茹坚道：“遇见兵马，繁荣立时就隐遁了。”

普六茹坚蹙着眉头，倒像是自言自语，道：“长安又有动静了？”说罢，往前走了两步，又立定，转身让李九去备车马，又对独孤伽罗说，“看来我们不能去看望你阿姊了。”

几个人站在街上，都等着普六茹坚拿主张。普六茹坚想了想，说：“我们回转吧，不知府中可安定？”

伽罗低声道：“是因为你回绝了宇文护么？”

普六茹坚道：“宇文护不自立，便无碍。”又拉着伽罗，对着她的耳朵轻声安慰道，“阿父拥兵在外，我等不妄动，想必定能与他相安无事。”

伽罗点点头，叹了一声，道：“只是不知道阿姊这回是福是祸？”

正说话间，一匹快马飞奔而至，舞雀儿惊呼：“李总管，你怎么来了？出了什么事吗？”

普六茹坚和伽罗俱惊惧不已，齐声问道：“出什么事了？”

李圆通正要跪下，被伽罗一把拉起，道：“不要拘礼了，快说。”

李圆通四下张望，街上没有熟识的人，也没有人向他们张望。人们都因为兵马穿城，赶忙装上门板，要提前打烊了。正好这时，李九牵引着马车过来，普六茹坚、伽罗和李圆通便上了车。

李圆通道：“杨素遣我来报，陛下薨逝，晋国公宇文护要立太祖庶长子宇文毓为王。十九日举行大典。请示郎主要不要去？”

普六茹坚惊问：“宇文觉薨逝？怎么死的？”

李圆通压低声音，道：“内侍传来的消息是被砍了三刀，在宫里。”

伽罗道：“这么说他仍然不敢自立？”

李圆通转向伽罗，道：“是。已遣尉迟纲来迎立宇文毓。我本想前期通报，无奈来不及了。尉迟纲先一天得到消息，我还是慢了一步。”

普六茹坚道：“无妨。你再辛苦一趟，即刻去蒲坂将此事速速报之阿父，我等回府候你消息。”

李圆通旋即跳下马车，急速遁去。普六茹坚即吩咐李九，调转车头，向长安回转。

这李圆通来无踪去无影，见面不过一刻钟，就一下不见了踪迹。舞雀儿迟疑地问李九，刚刚李圆通是否真的来过？伽罗点了一下她的头，笑道：“傻丫头，看见了没看见，都藏在心里，有何疑惧也要藏在心里，不可胡说啊，尤其是在外面。”

普六茹坚赞赏道：“嗯，有主母的样子。”

伽罗道:“这个自然。要想成就一番事业,没有好的帮手怎成?阿父对他的下属都很好的,姊夫对下属也很好。”

普六茹坚点头,说:“是这个理。往后你也要多多留心,搜罗人才。我相信你看人的眼光。前秦诸国公子,都聚集一批幕僚,留下诸多美谈。危急时,这也是依靠呀。”

结婚并不久,两人却是越发知心,聊得也是越来越投机。

天将近黑,普六茹坚一行便在官道边的一家客栈停了下来。李九来报,尉迟纲的队伍在前方十里的地方草草地歇息了一下,吃了点东西,又开拔了。普六茹坚说:“那我们还是歇息,不用赶得那么急。”

客栈不算很大,但在这一带是最好的了。生意也很好,上房只剩下一间,下房还有三间。普六茹坚吩咐要一间上房和一间下房。伽罗和两个婢子住上房,他自己和李九住下房。李九和婢子们都习惯了这样的安排,来的时候,多数的时间都是这么住的。

这家客栈住的地方还宽敞,床榻也算干净整洁,只是做的饭菜太难吃了。作为曾经的御厨,李九对别人做的食物总是很挑剔。再说,能与郎主同住一屋,也使得他想巴心巴肝地感恩一回。于是,他跑到后厨,就客栈里现有的食材,亲手弄了几个菜:将卤好的牛腱子肉切成薄片,放回锅里,放些许的辣酱,配上几根胡葱,小火翻炒一下,就是一盘香喷喷的回锅牛肉;将猪里脊肉切成小丁,腌渍过的黄瓜也切成小丁,就着酱料,一起大火翻炒;一盘小葱煎豆腐;主食是南瓜煮的面疙瘩,里面还加了些许的苹果丁。几个热腾腾的饭菜端上来,不等普六茹坚动箸,邻桌有位客人指着普六茹坚这桌的饭菜,大声唤道:“店主,给我上份一模一样的来!”

店主闻声而来,他望着普六茹坚的桌子,将双手交叉地放在小腹前,为难地说:“客官,这桌是他们自己做出来的。”

那人一愣,也望了普六茹坚一眼,旋即笑呵呵地说:“算是遇到了同类。这位公子,我出酒,就你的菜,我们共饮一坛,如何?"那人四十多岁,剪着短发,面目轮廓清骨分明。戴一顶小毡帽,小袖口衣裳。外衫则是开襟交叉于胸前滚白边的皂色袍子,一副标准的士人打扮。普六茹坚料想他定是那好酒诗书的性情中人。

普六茹坚站起身,双手揖让,道:"先生有请!"

那人也不客气,上来就倒上了满满的三大碗酒,笑道:"好菜需配好酒!这可是上好的汾酒。来,干了!"

见来了客人,李九又折回后厨,用店家的卤水煮了一大盘花生,又冷炝了一份水芹菜。店家地处偏僻,食材也就如此了。那人并不计较,带着书童,举着筷子大快朵颐,不停地赞美酒菜。见此人酒量大,普六茹坚恐自己不胜酒力,让李九和伽罗都坐下来。

那人吃得高兴,口中念念有词:"室家遂宗,食多方些:稻粢穱麦,挐黄粱些;大苦咸酸,辛甘行些。肥牛之腱,臑若芳些……"

普六茹坚和伽罗掩口而笑,这不是《楚辞·招魂》中的句子吗?这人竟如此率真,当美食篇来吟诵了。却不料,坐在一旁的李九竟也跟着他的节奏,轻轻应和起来:"和酸若苦,陈吴羹些;胹鳖炮羔,有柘浆些;鹄酸臇凫,煎鸿鸧些;露鸡臛蠵,厉而不爽些。粔籹蜜饵,有餦餭些。瑶浆蜜勺,实羽觞些;挫糟冻饮,酎清凉些;华酌既陈,有琼浆些。归来反故室,敬而无妨些。"

直到两人吟诵完,那人仍意犹未尽,说:"宫廷啊,就这点好,吃得好,喝得好,美人好,器具好,音律好。"他迷离的双眼里,看见的仿佛是宫廷的佳肴,一派沉迷之色。

独孤伽罗终于笑出了声,说:"你这可不是'这点好',已经有五好了。"

那人看了一眼伽罗,仿佛被她的美艳所惊,呆了一下,迅即调转眼神,转头对李九问:"这位小弟,果然对美食有偏好。这份酸滑里脊,口感独特,清香四溢,有造诣。"

李九见有人谈美食,遂来了精神,语气里不乏傲慢,说:"这位先生,方才说的五好里，本人认为缺了最重要的两项。”

那人也来了精神，目光灼灼，有些挑衅地问：“请赐教。”

李九傲然道：“一是食材好，二是司厨精。”

那人大笑，猛然自拍大腿，道：“第一条不算，吃得好这一好里便含有食材好的意味；至于第二条嘛，这个，我自罚一杯！”说罢，竟自己斟了满满的一碗，又一饮而尽。

普六茹坚和独孤伽罗等几人见他如此率真可爱，也都笑得十分开心。普六茹坚笑道：“先生好雅量。我等俗人，平日里读屈老夫子的《招魂》，从未想到其美食意义，倒是觉着宫廷的奢靡，有常人不可获得的物质。”

“诶！”那人眉毛一皱，双眼一紧，做出十分可惜了的夸张表情，却又对李九说，“你跟了此人，可惜了。”他摇了摇头，眯着眼问，“随了我，如何？你我才是知音。”

李九大惊，惶恐地站起身，退到一步之外，好像怕被那人抓了去似的，双手揖让，正色道：“先生言重了。我家郎主对我恩重如山，岂能轻易戏言！”说罢，便要离席，被普六茹坚拉住了。

独孤伽罗也收敛了笑容，终于说出了早想问起的问题：“请问先生如何称呼？”

那人放下筷子，也收敛了嬉笑，道：“我乃好酒之徒韦琼也。”说完，也不看他们，自顾自地又夹起一块牛肉放进口中。

听到韦琼两个字，普六茹坚和伽罗立刻站起身，齐声道：“原来是当今大名士韦先生！我等眼拙，失敬，失敬了。”

再次坐下来，普六茹坚便欠了身子，显得恭恭敬敬，语气里却又很兴奋，道：“见先生雅量，我先前便猜出了几分，却又不敢想。今日果然是有缘了，哦，不，是我的大福分。来，我和夫人敬先生一杯。”遂与伽罗一起站起来，敬了韦琼一杯。自小产后，这是独孤伽罗初次端起酒杯。

李九不知道，这位韦先生是当今世上第一号名士。饱读诗书，天文地理、人文历史、琴棋书画，无所不通；洞悉时局、出口成章。却又琴棋诗书自娱自乐，淡泊名利，隐居林泉。早在宇文泰时期，就已经声名在外。曾被选为雍州刺史的副职，他觉得与之志向难以契合，便扬长而去。宇文泰曾诚心邀他侍奉左右，他仍拒之。十数次地请，十数次地拒，可谓是坚辞不受。

李九虽不认识韦先生，但见普六茹坚和独孤伽罗对他恭敬有加的态度，便知眼前之人绝不是只会喝酒吃菜那般简单，也知趣地坐下，安静了。

普六茹坚道："久仰先生大名，今日得幸相见，实乃三生之福。先生学问博深精远，就连对美食也颇有心得体会，实在是了不得。"

韦琼哈哈大笑，道："杨坚公子，你可不要小看了这美食。老子云：'治大国如烹小鲜。'成天下事，原理一致啊！"

普六茹坚大骇，这韦琼竟然不经意地叫出了自己汉姓的名字！他如何识得自己？而自己竟不识得他！他可是名震朝野的大名士！只听那韦琼一收先前的狂放，徐徐说道："精制一道小鲜，要火候刚刚好；要味调匀，不咸不淡；盛盘时还要轻拿轻放，否则不成形制。你说哪一道能马虎？可是，当今却是过火太旺了。小鲜烧焦了。有人怪我腹有诗书，却不肯为天下效力，是徒有才华，枉费春秋，却是不懂我！与志向相悖，怎能成事？"

普六茹坚更是惊疑不已，也接不上话。刚刚还是放浪形骸的名士，转瞬却又说出这番话来！伽罗也是相同的感受。只听那韦琼又说道："岂止是我，就连宇文护自己的女婿也逃到深山里，嚷嚷着要修行，还不是同样的原因！"

听了此话，李九惊疑道："是那位怀道县公么？"普六茹坚和伽罗又同声问道："你是如何得知？"李九就把那天在小酒馆里旁听的事说了。伽罗笑道："呵！这苏威和高颖倒好，逍遥得很！"

普六茹坚道："能真逍遥倒是福分。但那苏威身为晋国公的女婿，能躲得掉吗？是福是祸都逃不脱干系！"

那韦琼却阴笑着，对普六茹坚低声说：“你身为独孤信的女婿，不也在躲吗？世事难料。鬼谷子云：遇横逆之来而不怒，遇变故之起而不惊，当非常之谤而不辩。”他见普六茹坚和伽罗俱睁着双眼，又说，“你们不必惊疑，我与智仙师太和章仇太冀一向素好，自然不肯将你们当做外人，说话便随性随心，你们也不要见怪。杨坚公子，你相有奇表，我一眼就认出了你。”

提及智仙师太，普六茹坚遂放下心来，也释开了谜团。尤其是他屡次以汉姓名称呼自己，便从心底对韦琼也亲近了不少。那韦琼又对独孤伽罗说：“我知道高颖的阿父跟随独孤信大人很多年。往后，高颖和苏威都可为你们所用。”听这天下第一号名士之言，普六茹坚的内心更为震骇：相有奇表、与智仙师太和章仇太冀关系素好、连宇文护的女婿都可为我所用？这些话都与师太、阿父、章仇大师甚至独孤信同出一辙，他们都在预示什么?!

这一夜，普六茹坚、独孤伽罗和韦琼彻夜长谈。都说与高人相会一次，胜过读书十年，普六茹坚和伽罗俱深有感触。与韦琼的一夜畅谈，他们自觉提升不少，对往后广阔的前途，有着更深远的想象。

而他们本来想去拜见又未见到的宇文毓夫妇，此刻已经到达长安城，他也将开始险象环生的帝王生涯。

第六章 明帝深夜登龙台 新君旧臣行相携

亥时三刻，在这萧杀肃穆的深秋季节，已算是夜深人静。宇文毓和夫人独孤伽兰在尉迟纲的牵引下，来到了正武殿。正武殿里灯火通明，几十盏灯火跳跳跃跃，映在人的脸上，显得有些鬼魅和诡异。殿堂之上，坐了十几人。燕国公、太傅、大宗伯、雍州牧于谨；因通风报信有功，刚被授予大将军，晋爵忠诚郡公的宇文盛；宇文泰的外甥、柱国、大司马贺兰祥；因李植所累、现复为开府仪同三司的李穆；鲁国公宇文邕和他的五弟宇文宪等人都在堂上高坐。这些人多数是武官，是拥兵之重臣。除了在外戍边镇守的将军外，歇在朝中的基本都到了。

宇文护站在正面的龙台上，离墙有一丈远，只有这一面没有设旁椅。看得出来，他仍是这里的主人。他的身后有一张龙椅。今年二月，他亲手将宇文觉扶上了这张龙椅，九月，又把宇文觉从龙椅上拽下，并且夺去了他的性命。现在，他又将宇文觉的兄长宇文毓扶上他身后的这张龙椅。

他不是完全没有想过自立，虽与宇文觉、宇文毓都是平辈之人，但他的年龄却比他们大多了。在他的眼里，他们这些堂弟都是些毛孩子。与其和这些小儿做辅佐、控制、杀戮、重立、控制的游戏，还不如自己称王省事。可是……宇文护望了一眼在座的每个人，这些人明面上是他的心腹，但就是在这些人里，又有几个是真心对待自己的？宇文邕和宇文宪也是宇文泰的亲儿子，他们的心中到底都在想些什么？会甘心让自己夺了他们兄弟亦或是他们自己的位子？这种事，错一步便是万劫不复啊。所以，想来想去，决定还是立宇文毓看看再说。这宇文毓知书达理，温文尔雅，性情温和，应该好控制。不似宇文觉那愣小子，死扛硬打的，公然搞谋杀，还能怎么相处？唉，但愿这次能如愿吧。

宇文护在殿堂之上独自想着心事，沉默不语，在座的人便也寂静无声。整个大殿沉浸在浓重的黑色里，有着令人窒息的压抑，这使得刚进门的宇文毓并不舒坦。

站在正武殿正中心的宇文毓有些惶惑，两边的人都像是一个个木偶样望着自己，又望着宇文护，没有一个人说话。正面龙台上的宇文护好像还是沉浸在自己的思索里，又好像是骤然见到宇文毓被惊到了，一时竟说不出话来。其实，他们两人都面临同一个问题：不知道该如何称呼对方。

过了许久，宇文毓感到自己的手被轻轻扯动了一下，是头戴幂罗的独孤伽兰轻轻握住了他的手。这一握，惊醒了他。宇文毓往前一步，说道："晋国公，惊闻陛下仙逝。我随禁军总领尉迟大人前来祭奠，不知能否一见……"

话未说完，就被宇文护打断了。他仿佛是被宇文毓的话惊醒似的，慌忙走下台阶，双膝跪下，朗朗大声道："恭迎陛下！"他这一跪下，两边的木偶们，也像是被激活了一样，都学着宇文护的样子，呼呼啦啦地跪成了一排，也跟着宇文护喊"陛下"。

尽管尉迟纲在岐州见面的时候已经说了迎他来长安的目的，这一路上，他也想了很多。可是现在猛然听到真真切切的"陛下"时，宇文毓的心里还是被震撼了。做了九个月陛下的弟弟，如今落了个暴毙！才十五岁！他望了望三丈开外的宽阔的龙椅，自己此刻坐上去，会是怎样的结果？再看眼前这位带头称呼自己为陛下的权倾朝野的前不久杀了陛下弟弟的堂兄宇文护，恍若不认识他似的定定地看着他。而这时宇文护已经自己站起来了，并没有经过他这位陛下的同意"平身"。

宇文毓沉沉地说："我年纪尚轻，恐怕德不配位，还是请晋国公思量他人。"

宇文护一笑，像是知道宇文毓会推辞，道："陛下就不要自谦了，扶你上位也是我们精心思量的结果,但愿你不要辜负了。”说着,便走到宇文毓的身边,拉着他的手,往龙椅上引。就这样,宇文毓一只手被宇文护牵引着,另一只手又紧紧握着独孤伽兰的手,踉踉跄跄地往龙椅上走。坐在龙椅上的独孤伽兰也没有取下幂罗,这是不合规矩的。但在深夜的殿堂里,已经没有人去讲究这份礼仪了。

宇文护仍旧站在龙台上,对下面的大臣们说道:“今日夜深了,明日还要早朝,有什么事明日再说吧。各位将军,歇息去吧。”

宇文毓坐在龙椅上没有立即起身。本来他已经酝酿好了几句话,想要在这初次见面的场合里说。可是宇文护并没有给他这个机会,便宣布退朝了。本来这就是个非正式的议朝,宇文护再次替新晋的陛下做出了退朝的决定。

宇文毓和独孤伽兰来到崇义宫。原本一个鲜活的帝王之家,仅两日,在宇文毓夫妇的眼里却是破败凋零,孤寂不堪。宇文觉死了,他的王后元胡摩被发配去做了尼姑,宫里仅留下四五个已被这场变故吓得魂飞魄散的婢子。见到他们俩进来,几个婢子跪成一排,心里总算安定了些。

独孤伽兰的身子骨很弱。年初的时候,唯一的孩子因病夭折了,这一下就摧垮了本来身体就不好的她。不待恢复,又遇上父亲独孤信被赐死,母亲和亲属们流放蜀地。这飞来横祸更是雪上加霜,几乎夺了她的性命。如今,刚安定了几日,却又被十万火急地催促赶赴京城,做王后。这起起落落的事,将她折腾得成了一个皮包骨头的纸人。

崇义宫里处处弥漫着宇文觉夫妇的气息,尽管床榻和被褥都换了新的,但宇文毓夫妻俩怎么也睡不着,瘦骨嶙峋的独孤伽兰不住地叹息。宇文毓知道夫人的心事,喃喃地宽慰道:“明日上朝应该无事,你不必担心,我自有分寸。倒是你这副风都可以吹倒的身子最让我操心,过几日,让伽罗来看看你,你这位小妹总有办法让你开心。”

独孤伽兰幽幽地说:“我恐不久矣,如今你又处在这险境中,我却不能帮你,倒让你操心了。你瞧今日他那副样子,你这王位分明就是他的权宜之计。到了他想称王的时候，你怕是也要落个和老三一样的结果。”

宇文毓惊得坐了起来，这犯忌的话，以前性情温婉的伽兰从不说出口。今日唯恐至极了吧？望着伽兰惨白消瘦变形的脸，见她空旷的眼眶里盛满了忧虑和悲伤。宇文毓没有再说话，只是叹了悠长的一口气。

天已大亮，崇义宫里却毫无动静，几个婢子都静静地守在门口。宇文毓早就醒了。只是他不想那么早就去上朝，免得让宇文护觉得他是多么巴巴的想做这个王。昨夜宿在崇义宫，感受宇文觉的气息，真替他不值。少年未成，命丧于此。其实对这个同父异母的弟弟，宇文毓谈不上多么有感情，毕竟自己才是宇文泰的长子，又多年分封在外，与宇文觉相处甚少。对于他的死，宇文毓谈不上报仇什么的。倒是在宇文护高压震慑之下，当如何自处才是真正的大事。何况自己已经成年，再做宇文护的傀儡，那就显得太无能了。

辰时很快就过去了，已经到了巳时。宇文毓才穿上内侍呈上来的一整套冕服，冕冠、玄衣、纁裳、白罗大带、黄蔽膝、素纱中单、赤舄等一样都不少，却不是宇文觉穿的那套大裘冕服，而是单冕服。为独孤伽兰呈上来的是最隆重的大礼服大袆衣，可是独孤伽兰已经没有气力来迎接这人生中最隆重的仪式。经过几天来的长途跋涉，她的病越发深重了。

宇文毓身材高大修长，面目俊朗英武，又正值盛年。穿上这冕服，更显得气宇轩昂，一副与生俱来的天子气度。比起穿着沉重臃肿的大裘冕服的宇文觉，有着天壤之别。迈进正武殿时，方才还窃窃私语显得乱哄哄的殿堂，一下子就被他这气质给镇住了。

宇文护与昨夜一样，还是站在高高的龙台上。他的身后仍旧放着那张龙椅，只不过是没有坐上去。见了仪表堂堂的新晋陛下，心里也禁不住地倒吸了口气。本已经准备好的、借他姗姗来迟的理由、训斥他的几句话，都生生地给噎回去了，自身还不自觉地退到一边。

宇文毓一脸肃穆，直奔龙椅。刚一坐定，便剜了一眼台阶上的宇文护。

宇文护下意识地走下龙台，刚站定，就望见那宇文毓已经稳稳地坐在龙椅之上了。顿时，有一股酸气泛上了，搅得他十分难受，直恨自己为什么刚刚就失了态！于是他又抢上一步台阶，只上了一步台阶，他就转身急切地说："各位爱卿，太祖托重任于我，无奈那宇文觉少不更事。现今将王位传至太祖长子，各位可有意见？"

见宇文护又抢在他前头发话，宇文毓心中不悦。但由于是第一次上朝，而宇文护说的也是他想说的，只好装作是他心中有数，便用眼扫了一下众人。

众大臣声音嗡嗡，听不大清楚。见众人如此，宇文护厉声说道："你们可有看法？"

尉迟纲和柱国将军贺兰祥站出队列，高声答道："这是皇家的家事，我们能有什么看法？晋国公定了便是了。"

众人皆跟着说："是这个理。晋国公定了便是了。"

宇文毓缓缓地开口说道："太祖威武，知人善任、从谏如流、明达政事、雄韬伟略。众爱卿都是追随太祖的股肱之臣，对寡人也是厚爱有加。如今你们扶寡人上了这个位子，寡人定当如太祖一样，鞠躬尽瘁死而后已。昨夜寡人想了许多，今日便说几点：一、追谥先王为孝闵帝；元胡摩王后削发为尼，让其好生打发余生，不可惊扰；二、大赦天下；三、册封独孤伽兰为王后，立徐氏为兰贵妃；四、建造新宫新殿，本王不愿感受孝闵帝的气息；五、册封百官；六、集中有才之士校刊经史。"宇文毓一口气说了这许多话，中间没有做稍事停顿，好像是怕被宇文护抢去了话语权似的。不过，在第一次称自己寡人的时候，他竟有些生硬。

宇文护心里暗笑，这些就是他想了一夜的决策？就这，还想与我抗衡！不过他也没有想到，宇文毓终究比宇文觉大了近十岁，比宇文觉要老成许多。一上来，就摆出了一副想自己做主的架势。

宇文护冷笑道："好嘛，陛下自有主张，我们听命就是！"不待他说完，宇文毓又抢过话头，用极为快速的语调说："今后，上朝也好，退朝也罢。寡人也是自有主张，不用别人来操心！今日退朝！”说罢，他站起身，甩下一群目瞪口呆的大臣，疾步出了殿外。

众臣皆惊愕，心想这一开始家事国事就绞在了一起，又是一个乱朝，但也无人站出队列说出什么话来，都是默默地井然有序地退出去。宇文毓这番具有表演意味的初朝，令宇文护措手不及，颜面尽失。望着空空荡荡的大厅，宇文护咬牙切齿，却又毫无办法。呆了半晌，最后叹了口气，默默地走了。

崇义宫里，新晋的独孤王后已经醒了，身边围了一大群太医。都道是心病难医，是她心里背负的悲伤和忧虑太多了，这不是医药能解决的。

这几日，岐州的家属们也陆续迁到了宫里。独孤王后平素最喜欢的婢子也病了，好在原先在前元王后身边服侍的婢子很是尽心。尤其是那个叫云巧儿的，不仅长得周正，手脚也很麻利。宇文觉在此练兵的时候，她作为王后的贴身婢子没有参与。事发那天，只有她和另外三个婢子待在元王后的房里，没有拿兵器，被元王后救下了。躲过了这个生死劫，她们自然对主子更为尽心。现在这个云巧儿成为独孤王后身边最为得力的婢子。

宇文毓从正武殿匆匆退朝，又匆匆进入崇义宫，他心下记挂的是病重的王后。独孤伽兰典雅温婉，知书达理，与他琴瑟和谐，恩爱有加。如今带她进宫，也累她置于险境，宇文毓心里难过。他进来的时候，王后在云巧儿的服侍下已经喝下了一小碗用羊奶熬的小米粥，精神略微好了些。

宇文毓坐在床榻边，握着伽兰的纤纤细手，宽慰她说：“今日上朝，我是占了上风的。你放心，我能对付他。你养好身子便好，好好地做我的王后。往后，我们的孩子还要封他为太子。”

独孤伽兰将头靠在宇文毓的怀里，艰难地挤出一丝笑容：“那就好，我真担心那贼子狼心的宇文护会加害于你。你可要时刻提防，不能有一丝一毫的懈怠。”

这时，独孤伽罗和普六茹坚相继而进。他们今日刚刚回到府中，呆了不到半个时辰，就接到宇文毓派出的口谕。两人急急忙忙地赶来，见到已经瘦得脱了人形的独孤伽兰，伽罗一下子就哭出了声："这哪里是堂堂的王后啊。"姊妹俩抱头痛哭。

宇文毓和普六茹坚退出门。普六茹坚道："妻父这一谢世，她们是真伤了心，也伤了身。伽罗也是近日才有些好转。留她在王后身边照料也好，毕竟是亲姊妹，说话也贴心。而陛下也是刚进宫，还有许多国事亟待处置。"

宇文毓点点头，道："王后的身子弱，也不是一天两天了。请你来，还是希望你能帮衬寡人。毕竟，寡人与你比别人还是要亲近些。寡人想封你为内史上大夫，你意如何？"

普六茹坚立定，躬身而答："谢陛下恩宠。只是……只是真要臣出力，就不可将臣树于人前，免得成为万矢之的。请陛下三思。"

宇文毓也立定了，他明白普六茹坚的意思。当初，宇文护遣尉迟纲去请普六茹坚出力，他却婉拒了。如今，在这多事的崇义宫后花园里，普六茹坚却答应了替朝廷出力。其实，就是替他宇文毓效力。遂心下欢喜，朗声道："好！你若肯助寡人。天下可定！"不过，欢喜的神情只一瞬而逝，转而，他就蹙着眉头，沉沉地说道，"如今这朝局危如累卵。北有突厥，西有吐谷浑，东北有齐国，东南有陈朝，都有野狼之心。吐谷浑和突厥时常骚扰，搞得西北边境不得安宁；齐国对我朝虎视眈眈，从未停歇过；陈霸先踌躇满志，励精图治，国力日强。唯独我朝动荡不安，三五年换一帝王，阿父留下的基业都要败在他的手里了！"宇文毓说到忧虑处，激动地将宽大的袖子一甩，像是要将这烦恼甩掉一般。

普六茹坚环顾四周，道："万事不可妄为，孝闵帝之殇，不可重复啊。陛下，恕臣放肆，当务之急，是要沉静安然，稳定局势。"

宇文毓听普六茹坚这一劝慰，便噤了声。遂又叹口气，恨恨道："他若如太祖，寡人也不去坐那龙椅。"

普六茹坚默然。他也清楚，眼前这位正值盛年的陛下，是很有治理才能的。

否则，自己也不会追随于他。他入岐州五年，政通人和，市面繁荣，社会安宁，一派兴旺，百姓歌功颂德。如果全朝都治理得如此这般，还有何求？可是那专攻权术的宇文护，怕是不得让他们如愿的，目前恐怕还是保命要紧。想到这，普六茹坚道："陛下治国有方。却也只能一点一点推进岐州经验，切忌操之过急。"

宇文毓道："眼下也只能这样了。"

这边两个男人谈论国事忧心忡忡，那边两个女人谈论家事哭哭啼啼，看来这真是个多事之秋。却不知，人生的寒冬已经来临。

应了普六茹坚的请求，到了十月，他晋封为大兴郡公，又被宇文毓封为右小宫伯。这只是一个小小的官位，是协助右宫伯中大夫掌管宫廷侍卫；轮番在宫中执勤；监管天王临朝及出行的警卫。这份差使最大的好处就是可以时常在宫廷中任意走动。宇文毓觉得普六茹坚说的不要将他树于人前的话是对的，便处心积虑地将他安排在这个位置上。他对普六茹坚说："每次轮到你值守时，你都要抽空来陪寡人说说话。"

宇文毓已经搬到延寿殿里了，独孤王后也搬离了阴气沉沉的崇义宫，搬进了天成宫。可是这个宫殿也没有给她带来幸运，她的病已入膏肓，又在床上拖了一个多月。天成宫里落下第一场雪的时候，她便殁了，年仅二十三岁，也没有给宇文毓留下一点血脉。宇文毓自然是十分伤心的，但是眼下，他有更重要的事。西边的吐谷浑进犯边境内地六十多里，烧杀掳掠，像只野狼一样，叼走了食物便逃遁，吃光了便又来。这是忧愁的事。喜事是徐贵妃生了个儿子，高淑妃也已有了身孕。因而独孤伽兰王后的逝去，在他这里很快就翻过去了。真正伤心的是独孤伽罗，她在王后最后的时光里陪伴了整整一个多月，却也避免不了一朵盛开的鲜花凋零。

右小宫伯普六茹坚因要司警卫之职，时常来到延寿殿，他在这里见到的人次数最多的要数鲁国公宇文邕。宇文邕是宇文泰的第四个儿子，也是他最喜欢的孩子，与宇文毓同父异母。宇文毓对他非常亲近，把他从知蒲州诸军事、蒲州刺史的位置上调回朝廷，做大司空，晋封为鲁国公。他比普六茹坚小两岁，性情却极为相似，都属于言词谨慎、刚强果断之人。在许多问题上，两人的看法颇为相同。

这日下朝后，普六茹坚便来到延寿殿。他见到是惯常见到的场景：宇文毓和宇文邕席地相对而坐。这对君臣，此刻称为这对兄弟更为妥帖。他们正在谈论一件重要的事：宇文毓要称皇帝！他的理由是自己现在的这个王，是宇文护扶植起来的，而且不足以威慑。若自己称帝，则是用权威挣来的。要威严得多。

宇文邕的意见是：这一年多以来，除了军事上的调动，宇文护还是给了很多权力让宇文毓放手做事。设置郡县，改雍州刺史为雍州牧，改京兆郡守为京兆尹；推行均田制；整顿吏制，严禁贪污；召集文人雅士校刊经史，编撰五百卷《世谱》等等，都是宇文毓一手而为，宇文护并没有插手。这些政绩，群臣也是看在眼里，并慢慢地向他靠拢，渐渐地形成了一个以他为主的小局面，但终究还是雏形。如若此时，故意去刺激宇文护，岂不是自毁前程？

普六茹坚进来的时候，两人正在发生分歧。以普六茹坚此时的身份地位，是不能与陛下和鲁国公同坐一席的。但宇文毓从不要求普六茹坚讲究这份礼仪。他总是对普六茹坚如兄弟般。“那罗延，你来得正好。你说呢？”待普六茹坚坐定，宇文毓抢先问道。

普六茹坚望了一眼宇文邕，又望着宇文毓。没有回答，沉默了。但这个态度已经表明了他的想法。普六茹坚不明白，这么显然的事情，一向以精明能干著称的陛下却为何犯了糊涂？看来任何时候，特别是得意的时候，都不能对自己掉以轻心。

那宇文毓站起身，大声道：“好了。寡人不需要你们的许可。这件事，本已想了好几个月，寡人再也不想做他的胯下之卵！”

“陛下，这种相安无事的局面不是很好吗？何必要去刺激他呢？”宇文邕禁不住脱口而出。

“对呀。根基打得更深些，不好么？”普六茹坚也轻声说道。但那宇文毓已经愤而转身离去了。望着他的背影，两人默默地叹了口气。

次日早朝，宇文毓不等大臣们奏表，开口便道：“有件事，寡人想了很久。那就是为何寡人不能称皇帝呢？我朝兴旺，国土辽阔。从即日起，朕！为明皇帝！建年号为武成。从即日起开始纪年！”他在“朕”字上故意停顿了一下，加重了语气。从寡人到朕，宇文毓好像没有费什么事。

这突如其来的决定，让延寿殿里鸦雀无声。大臣们面面相觑，都望着站在最前面的宇文护。宇文护仿佛被这个消息炸蒙了似的，呆了一下。他的心脏跳得很厉害，好像是被这个像石头一样的消息砸中了。面色苍白，转而赤红。只见他疾步走向台阶，到了离龙椅一丈余的地方，并不跪下，直杵杵地站在那里，大声说道：“陛下早就亲政了，还嫌不够么？看来我这个辅佐大臣也没有必要存在了，明日我便上表请辞！”

宇文护这是要上缴权力了吗？看我颇得人心，迫于压力了吧？宇文毓的眼里掠过一丝欣喜。顿了半秒，刚要说话，不想底下一个沉沉的声音传过来：“不可！”这是大司空鲁国公宇文邕的声音，他站出了队列，匍匐在地，却字字清晰地说道：“晋国公躬身经营数年，事无巨细均由其定夺，朝中须臾不得离。尤其是当前吐谷浑日愈一日骚扰更甚，西征在即。若晋国公此时撒手不管，岂不是给了那吐谷浑有可乘之机？皇帝陛下当三思！”

谁都听得出来，宇文邕这是想要平衡。既同意宇文毓由王称帝，又想挽留宇文护，尽量不去刺激他。贺兰祥、尉迟纲等人都站出队列，皆齐声应和。自宇文泰死后，这几年朝中权柄皆集中于宇文护之手，此时他真的能甘心交出来？或者是看到宇文毓政绩斐然，贤而让之？朝堂之上，各人都在心里打着主意。这场面使宇文毓有点急。他站起身，走到宇文护跟前，看着满脸没有一丝晴朗的宇文护，停了一下，却又绕过去了，对着台下的大臣们说道：“尔等心急，朕的话还未说完，尔等却抢着说。”他对依旧匍匐在地的宇文邕很不满意，便也不叫他起来，自顾自地说，“朕是要追赠太祖为文皇帝，并大赦天下，加封百官。现在正是用人之际。西征之事即刻准备。至于晋国公的辞请嘛……”他转过身，扶了一下宇文护的肩，亲切地说，“国事繁重，置于你一人之肩上也是不公。如若你深感疲惫，朕亦可分担！朕，年富力强！”

宇文毓将这几句话说得一字一顿的，字字清晰，却如响雷一般，字字敲在宇文邕的心上。他抬眼望着正疾步而下的宇文护，心头掠过一丝恐惧。

这时大司马、博陵公贺兰祥打破僵局，朗声道：“臣请率军前去征讨那吐谷浑！陛下若恩准，臣当攻坚克难，取胜还朝！”

“好！”宇文毓大喜。这种时刻，贺兰祥替他解了危局啊。说起来，这贺兰祥也不是外人，他与自家是表亲。常年征战，功绩赫赫。与宇文护的关系也比较好。派他去，也不怕宇文护不同意。这天早朝进行了很久，午时都过了，早朝才退。

右小宫伯普六茹坚守在殿外，司警卫之职。见大臣们鱼贯而出，他闪在一旁，却见宇文邕向他匆匆走来。他便迎上前去，两人心照不宣，并不多话，共同折身往后面的麟趾殿里去。这麟趾殿也是宇文毓即位后修的，专门用来编撰图书用的。一向喜爱章词歌赋的宇文毓把这项工作看得很重，自己经常过来，还辟了三间房子专供他使用。

转过无人的宫内小道，不等宇文邕开口，普六茹坚便急急地说：“我正想去找你。昨夜接到密报，齐国北豫州刺史司马消难来降，阿父让我速速告知于你。”

宇文邕并没有停下脚步，他点点头，道：“此事我已知晓，也已报与晋国公。已派达奚武将军配合尊君前去接应。这事稍后再说，刚刚陛下称帝，宇文护便上表归政。依我看，祸要从此出了。”

普六茹坚止住脚步，犹疑道：“木已成舟了，你这是要去规劝么？有用么？”

宇文邕依旧没有停下脚步，急急地说：“是要提醒陛下小心防范，宇文护怕是又动了杀心！”

普六茹坚骇然，他没有进殿议事，还不知道早朝中的情形。他追上宇文邕，与之并肩。宇文邕心里烦躁，语速有点快：“宇文护上表归政，能真心么？可叹的是，陛下竟不留一丝情面，恩准！宇文护是什么人？能善罢甘休？”

普六茹坚惊叹道：“崇义宫之殇还不是警示么？”

两人遂沉默，绷紧了双颊，往前走。到了麟趾殿，见两人并肩而至，宇文毓笑逐颜开，高兴地唤两人的小字：“祢罗突，那罗延，你们快快来看。前几日朕给天下第一名士韦琼写了首诗，他回话了。说是要进京城来见朕。”

宇文邕与普六茹坚相互对视了一眼，心想陛下的心思完全没有放在朝堂之上，居然沉浸在他自认为的胜利之中，正喜悦着呢。两人便不约而同地噤了声，想那警示他防范的话还是噎回去吧。免得昨天惹得他不高兴，今日又赶过来惹得他更不高兴。

宇文毓素有文才，赠给韦琼的诗写得华丽飞扬。普六茹坚见到，这首诗用工整的小楷誊写，标题为贻韦居士诗——

六爻贞遁世，三辰光少微。
颍阳去犹远，沧洲遂不归。
风动秋兰佩，香飘莲叶衣。
坐石窥仙洞，乘槎下钓矶。
岭松千仞直，严泉百丈飞。
聊登平乐观，遥想首阳薇。
傥能同四隐，来参余万机。

普六茹坚和宇文邕都是文章高手，也对此诗盛赞有加，但今天心事都不在这上头，便也没有过多评论。倒是那宇文毓并不计较，他兴致勃勃地说：“韦大师仙风道骨，气质高雅。文帝曾真诚相邀，也不动心，今日倒是对朕的诗句情有独钟，他答应很快来京城见朕。”这语气里似有比之文帝还要高明些的得意。

普六茹坚道："韦师要来京师？"

宇文毓笑道："是呀。到时候朕将引见于你。"

普六茹坚也一笑，说："我无才无名，还是不见了吧。"

宇文邕一直默不作声，他还在想着刚刚普六茹坚对他说司马消难来降的事。其实，他早于普六茹坚就得到了很多消息。他想了一下，还是原原本本地对宇文毓说了。齐国北豫州刺史司马大将来降，这当然是件极好的事，但过程却是十分曲折的。去迎他的时候，普六茹忠曾三次都没有联络上，连朝廷派去的达奚武都怕其中有诈，想放弃。还是普六茹忠一再坚持，并率兵一千兵临城下，用置之死地而后生的态度，使事情圆满，使达奚武将军佩服得五体投地。这件事极大地打击了北齐的士气，暂时绝了东部边境的祸患。

宇文毓和普六茹坚听了都大喜过望。宇文毓朗声道："朕无错！他有于谨、尉迟纲、贺兰祥，可朕也有普六茹忠、达奚武。怕他作甚！"宇文邕和普六茹坚心里明白，陛下口中的他，指的是宇文护。但在这人多嘴杂的麟趾殿里，如此说话，终是不妥。尤其是将朝中军中大臣划归两边，更是不妥。

宇文毓全然不顾这个，兴奋至极，对着普六茹坚高声道："朕要封赏普六茹忠将军！升他为柱国大将军，晋封随国公！食邑一万户，另有竟陵县食邑一千户，收其租税田赋，待他回朝，担任御正中大夫。如此，也不枉阿父赐他揜于称号。"

这是至尊的封爵了。普六茹坚听了，慌忙离座跪下道："谢皇帝陛下恩宠，普六茹坚代阿父叩谢！谢陛下圣恩！"

宇文邕也笑道："嗯，好，随国公，这封地好，人稠地广。普六茹坚，你也要快快建立军功。"三人都笑了。普六茹坚的心里豁然开朗，这是近两年来，获得的最好消息了。

三人谈兴很浓，竟不知不觉到了戌时。天黑了，宇文毓赐御膳。按礼制，皇帝不与大臣共餐。一般是皇帝吃完后，大臣才能动箸。但是，宇文毓一直与大臣关系和睦，尤其对宇文邕和普六茹坚，更为亲近，经常共餐。只是宇文毓素来节俭，膳食极为朴素。

用膳食的时候，普六茹坚听宇文毓刚刚说韦琼仙风道骨、气质高雅。不觉好笑，想起那日自己与韦琼在路边酒馆吃酒，韦琼放浪形骸的模样。又想到了他说的那些暗示语，禁不住地望了宇文毓一眼。而他，正专心地吃汤饼。

宇文邕的心思却在陛下的安全问题上，他这时像是想起了什么，突兀地问道："陛下，御膳房可都是知心的人？"

没想到宇文毓听了此话，陡然沉下脸，他把汤饼碗往桌上重重一放，蹙着眉头道："不仅朝中大臣，就是朕这后宫的婢子、膳房的司厨、宿值的侍卫等一众下人，都是沿袭孝闵帝的，天晓得有多少是他的特意布置！"

宇文邕和普六茹坚听了都大惊。普六茹坚更是内心大骇：是啊，先前独孤伽兰王后病重的时候，一时情急，怎么就没有想到这一层？那些天，伽罗一直陪伴在王后的身边，依照伽罗的直爽性情，当时说了多少不该说的话？这样想的时候，普六茹坚感觉有冷汗浸出。普六茹坚道："崇义宫，哦不，天成宫里的婢子也都是晋国公安排的么？"

宇文毓说："朕与皇后来的时候已经有四五个，如今还在天成宫里。先前朕也是防范甚严，但已经有两年了，也没有发生什么事，他该不会做这么下作的事。"

宇文邕冷笑道："他杀的人还少吗？又怎会计较杀人的方法呢？往后，陛下须小心才是。"

宇文毓漫不经心地应了一声。却不知，正是这样的漫不经心要了他的命，哪怕他自命为朕。

第七章 醉酒狂徒惹祸端 李安伴君赴黄泉

皇帝陛下亲自赠诗邀请的天下第一名士韦琼要进京觐见的消息,传遍了朝野。他的到来,为新近称帝的宇文毓增添了不少的荣耀。弄到后来,就连一向孤傲的宇文护也想宴请韦琼。

酒局就定在宇文护的大冢宰府里,他还邀请了宇文毓、宇文邕。宇文邕还把他的长子宇文赟抱来了。宇文赟虽然尚在襁褓之中,但名士难得露面,宇文邕想让韦琼给他的这个长子相面。韦琼只看了一眼,便搪塞地说:"人要到七岁才能上相,现在是相不出来的。"站在一旁的宇文护却不依,说:"听说那普六茹坚一出生,就有相面的人说他面呈龙相。"韦琼淡然道:"恐怕那人的道行在我之上,我是没有看出来。"

为了显示诚意诚心,宇文护为这次宴请颇费了一番心思,特地从御膳部叫来了膳部下大夫李安。李安因宇文护提拔,从一个梁朝被掳来的亡国之人,到周天子膳部官员,他自然视宇文护为再生恩人。这次为恩人做家宴,自是拿出所有手艺,精心制作了一桌大餐。制作的菜品有:一大盆牛肉牢丸;一盆清炖肥牛筋;一整只碳烤乳猪;还有一条从西梁进贡来的鲈鱼,李安把鲈鱼蒸熟,除去头尾和骨刺,将鱼肉切成细丝,又把金黄色的橙子连皮切成细丝,黄白两色拌在一起,一看就令人口水流涎;一份叉烧羊羔肉拌甜酱;蔬菜只有一个过水黄芽白;主食是薄饼,饼内置肉糜青菜馅。这些菜放在中间的高桌上,四周是一人一方的陶案,席榻而坐。客人要什么菜就叫什么菜,由婢子盛过来。

面对美食，韦琼兴致盎然。他酒量惊人，又有名士的豪爽，酒酣之时，更是不加拘束，口无遮拦。席中天文地理、太极八卦、诗词歌赋、风土人情、神魔鬼怪等无所不知、无所不谈，滔滔不绝，却好像是刻意避免谈时政。宇文护本想开口，但见他又说起一个喝酒人好酒的故事，逗得满堂哄笑。他说，西晋时有个著名的酒徒叫刘玄石，一日他去酒肆喝了许多一种名为“千日醉”的酒，醉醺醺地回到家，倒地而睡。怎么也喊不醒。几日后，还是不醒，家人以为他死了，便将他埋了。三年后，酒肆的主人来到他家，想他已从千日醉里醒来，找他叙话。这样一说，他家人又慌忙打开他的墓葬，棺材盖一开，刘玄石刚好醒来，可见美酒的功力啊。韦琼声情并茂的述说，把宴席中平素里不苟言笑的几个人都逗笑了。也没有人与他争辩那千日醉的玄妙魔幻之处，俱由着他疯闹。可他并不笑，尽是喝酒，忽又低沉道：“我这一喝，怕也是要被埋三年啊。”众人也不计较，只当他是说醉话。

喝完了酒，几个人又移步大厅。韦琼借酒装疯，踉踉跄跄，想要回客栈。可是宇文护哪里肯依？想留他多说会话。方才席间，韦琼和宇文毓竟当着他的面，惺惺相惜，互相吹捧。韦琼盛赞皇帝陛下年轻有为，并尊崇文化及文化人，是本朝之福分；而宇文毓更是高兴，赠他一个雅号：逍遥公。两人说话的时候，简直就拿他这位扶皇帝上马的权臣当空气，宇文护哪里能受得了这气？

几人坐定，宇文护冷冷道：“韦琼，听说你精通周易，通晓麻衣，擅长相面。那么请你说说，我朝对吐谷浑的战事结果如何？”

韦琼看似昏昏欲睡，听见宇文护的问话，勉强睁开眼，笑眯眯地说：“无事无事。西征可定，东齐也可定。我早算过了，贺将军西征，定能将那吐谷浑人赶出50公里之外，近五年可平安矣。”说着，他伸手将桌上的茶水一饮而尽，又道，“东边的普六茹忠将军，亦可锐挫齐人，晋国公尽可在这点上放心。”他居然又喝了一杯水。

宇文护又冷笑一声：“你这话里有话啊，那么我在哪点上面不能放心？”

韦琼右手一挥：“不说也罢，不说也罢。”

宇文护便不依不饶，道："先生不说，这不是扫兴了么？休怪我抹脸无情。"他的脸上已有了肃杀之气。

韦琼突然站起身，像是下定了决心似的。双目圆睁，字字清楚，一字一顿地说了四句四字共十六字。说罢，像是生怕被宇文护缠住似的，一转身，疾步而去。

那十六字是：酣酒嗜音，峻宇雕墙，有一于此，未或弗亡。

这下可把宇文护给气坏了，瞬时就面目潮红，头颅上有青筋突出，却没有说出什么话来。看得出，他在强压怒火。刚刚还有些欢快的气氛一下凝固了，宇文毓和宇文邕兄弟俩也怔住了。没想到那狷狂的韦琼，竟然置性命不顾，说出这等能招致灭顶之灾的话来！对韦琼的不辞而别，也不敢说出半个字。

少顷，宇文护才恨恨地说："什么名士！只会酗酒而逞口舌之能！陛下，你怎么能让这种人招摇？"

宇文毓面目毫无表情，也不应宇文护的话，仿佛没有听见一般。其实，他心里暗暗解气。那韦琼说的分明不是酒醉的话。先前那句"我这一喝，怕也是要被埋三年"的话，已经在昭示他是有备而来！只是，这也太冒险了。若不是碍于他是宇文护亲自请上门来的天下名士；若不是碍于自己和四弟也在场；若不是他逃得快，那宇文护还不将他碎尸万段？宇文毓心里也暗暗替韦琼担心。

这时，躺在宇文邕坐榻边上的宇文赟突然一阵大哭，好像是受了惊吓。宇文护烦躁起来，挥挥手。于是，一场本该欢快的酒局，有了令人匪夷所思的转折，闷闷地散了。

韦琼出得门来，回望了一眼他方才说的"峻宇雕墙"的大冢宰府，就转过头去，一路狂奔。冲向下榻的天福客栈，匆匆收拾行囊，又悄悄从客栈的后门溜走。三五步一回头，防范有人跟踪。及至冯翊般若寺时，天已黑透。

当夜，天福客栈失火了，可怜那店主及无辜的住店客人。智仙师太双手合十，替死者祷告，又责备韦琼："罪过，罪过啊。你强出风头，却殃及了无辜！"而韦琼却道是那几人印堂发黑、目光散淡，恐又有事端，当是血光之灾。智仙师太冷笑道："你殃及了众多无辜，早已闯下了血光之灾，寺庙是不能留你了。"当日，便将他遣出寺庙。

隔了几天，普六茹坚夫妻来拜。智仙师太为伽罗配药，治小产留下的后遗症。伽罗自那次小产之后，月信就一直不准，且三年过去了，仍没有再有孕。三年的日子，过得是有惊无险，却使得小夫妻的感情日渐深厚。

这次来冯翊般若寺，伽罗不再是拿药。她羞答答地告诉师太，好像是有了喜。师太一听，面目一展，舒心地笑了。让她坐下，亲自为她号脉。号完脉，面目更喜，道："这一喜，终于冲淡了韦琼造的孽。"三人自然又谈及韦琼。原来，智仙师太这几日一直心怀悲戚，日日替天福客栈冤死的人诵经念佛，给亡魂超度。

普六茹坚道："阿阇梨，韦师学问好，人又豪爽，有大侠风范。这次不畏强权，敢仗义直言，很多学士都想以他为榜样，不愧为一代大家！"

智仙师太放下脸，呈现少有的肃穆，道："那罗延，你也如此认定么？世人都如是说，这只是表象，其实质还是放不下呀。贪得那点声名，却祸害了几条无辜的性命，罪过啊。"

两人听阿阇梨这一说，方知韦琼是早已料到后果，却故意而为之。为了名声，也是处心积虑。

独孤伽罗道："这么大的名士，却也脱不了一个俗字。"

智仙师太又缓缓地说："韦琼的学问好，俱实。他说陛下脸色暗沉，眉宇间有一条斜横纹愈发凸显，凶险至极，怕是阳寿到了。那罗延，你常在宫中走动，实在是在刀尖上走，处处更要小心。韦琼相面从不会错，这点，他一直在我与太冀之上。"

普六茹坚心下一沉，宇文毓还未站稳，就急着自立，果然有性命之忧。他沉沉地说："阿阇梨，韦师说无救么？平心而论，作为陛下，他胜过孝闵帝百倍。"

智仙师太面色冷峻，道："从命里都写在脸面上了。他贵为天子，都无力自保，谁又能有回天之力？"

普六茹坚深深叹口气，道："这倒是了。他身处险境，却不自觉。阿阇梨，你知道么，陛下的宫人、司厨、宿值都是宇文护一手安排的。陛下连说话的地方都没有，却还在考虑称帝，那宇文护也是太过分了。先前我还担心伽罗在宫中说岔了话。后来一想，我与陛下说的话还少么？也就无所畏惧了。"

智仙师太坦然一笑，道："让你小心是我心慈，你按本心做事便好，宇文家的江山奈何不了你。那罗延，这不是宽慰的话，也是从命里写在脸面上的实情。"

阿阇梨从不打诳语，今日却说出这等话来，普六茹坚和独孤伽罗都惊到了，他们双双跪下。智仙师太也惊得赶紧把伽罗扶起来，急急地说："快起来，快起来，折煞为师了。伽罗已有身孕，记住了，再也不可跪了。"

三人心情渐渐开朗起来，又叙了一会儿闲话。在寺里用了一顿斋饭，两人方回府。一路上，两人回味阿阇梨的话。想她说自己的面相，心里也很是激动；想到韦琼，却又觉得人心真是如深渊不可测。曾经在他们眼中那么率真、那么不拘小节的一个大学问家，却也为声名所累；想到宇文毓，不免唏嘘，感叹人世险恶，每一步都如走在薄冰上；想到宫里都布满了宇文护的眼线，伽罗努力地回忆起先前照料阿姊伽兰王后时的情形，觉得那个叫云巧儿的婢子活泛过头，仔细思索，也是有蛛丝马迹可寻。事发当天，崇义宫里所有宫人都拿起了兵器，唯独遗漏了机敏的她？

两人有一搭没一搭地说着话，互相安抚，互相叮嘱。不一会儿，就到了府中。杨素和李圆通等候在前厅，听到马车声，两人迎出来。杨素道："郎主，随国公前脚走，你们后脚就进了府。"

普六茹坚道："阿父来了？他有何吩咐？"

杨素看了独孤伽罗一眼，没有回话。李圆通道："没有吩咐，他说只是过来看看。"

普六茹坚笑了，知道父亲这是又来催了。独孤伽罗第一个孩子小产之后，三年里没有动静。普六茹忠心里着急，让他尽快纳一位侧妻，延续香火是他这位长子最大的事。可是，普六茹坚能拖则拖，能躲则躲。他答应过独孤伽罗，今生绝无异生之子。今日本不用躲，却又没有碰上。

普六茹忠素以有勇有谋著称，他力气过人，胆气过人。有一次，他与宇文泰一起出去狩猎，迎面碰上了一只猛虎。宇文泰射虎未中，猛虎呼啸箭奔而来。生死关头，普六茹忠竟像猛虎一般，如呼啸之箭直奔猛虎而去。只见他左手紧紧扎住猛虎的腰，右手伸进虎口，将那虎舌生生抽拔出来，血淋淋地丢在地上，又对着老虎的头狠狠地揍了几拳。最后，和老虎一起倒在了地上，将那声名赫赫的宇文泰看得呆呆地张着口。回来后，宇文泰赐了“揜于”作为普六茹忠的表字。并叮嘱他的子侄们，说普六茹忠就是他的救命恩人，不可妄动，要像敬重自己一样敬重他。

这样威猛过人的阿父，竟也视香火子嗣为第一要务，这就是血脉亲情啊。普六茹坚的心里漫过一阵温暖，拉过独孤伽罗的手，骄傲地对杨素和李圆通说：“明日你们俩速去随国公府报喜，伽罗有孕了，我普六茹坚也要身为人父啦！”

那两人一听，也是大喜，忙跑到前头，单膝跪下，笑道：“恭喜郎主！贺喜郎主！”

普六茹坚哈哈大笑，一把将伽罗横抱起来，向后院走去。

此时，宫中也有一个男人紧紧抱着一个女人，却不是卿卿我我，而是生离死别。

厨部下大夫李安坐在自己的寝房里，心情灰暗到了极点。苟且偷生，命该如此啊。方才宇文护亲自过来，吩咐他在皇帝宇文毓的膳食中下毒。弑杀皇帝，自己还有命活么？何况，这个皇帝温文尔雅，对自己甚为和睦，与自己素无冤仇。

李安泪流满面，回想起自己这短短的一生，又是悲往心中涌。因为突然的变故，家破人亡。他本是梁国人。西魏恭帝三年，与李九的亲人一样，被驱掳至长安。他的父母兄弟姊妹被杀被掳，到了长安的幸存之人，也被分散到各个地方、不同的家庭中为奴，之间早已断了音讯。直到前年，偶然间在崇义宫里遇见了一个远房的表妹云巧儿，得知她的境况跟自己差不多，至今也是单身一人。终归算是有了一个故人，聊以自慰。后来，他们时常走动，特别是在李安被提升为膳部下大夫之后，他觉得与云巧儿也可以有一份美好的将来。这一切，因为刚刚到来的宇文护而戛然停止。“天不佑我呀。”李安伏在桌上，嚎啕大哭。

亥时，在宫中已是夜深人静，李安蹒跚着来到天兴宫。云巧儿在独孤皇后殁后，从天成宫来到了天兴宫，服侍徐贵妃。她已从皇后的贴身婢子降级为普通的打杂婢子，也是命运多舛。从亡梁被掳至晋国公宇文护的府中，因为人长得标致，又灵巧活泛，被宇文护另眼看待，被他作为心腹派往宫中。先在崇义宫里侍奉元胡摩王后，宇文觉事发，王后被削发为尼。她随独孤伽兰王后迁往天成宫，却好事不长，独孤王后命浅，现在又到了天兴宫徐贵妃的身边。也许是因为她侍奉的主子都没有好结果的缘故吧，徐贵妃对她冷冷淡淡，降为杂婢后，基本成为了天兴宫里的闲人。

两人站在后花园里的一棵桂花树下。此时正值五月，是长安城里最好的季节。桂花虽未开，却也枝繁叶茂，园中开了很多花。空气中有微微的凉意，却又不冷。云巧儿穿一件月白色小袖高腰长裙，裙腰紧贴胸部勒住，使得胸部曲线毕现，惹人眼馋；一条粉红的轻纱画帛，由两肩垂下，盘绕于两臂；哪怕是站立不动，微风吹过，画帛轻舞，也是飘飘欲仙；头上梳着双髻，显得俏皮可爱。李安看得痴了，半晌说不出话来。他多么想与眼前的女子，成个家呀。生一堆儿女，过平常的日子。可是，此生无望了。

李安一直流着泪，面色死灰。云巧儿慌了，道：“你这是怎么了？既已来找我，说话呀。”

李安猛地一把抱住了云巧儿，又把脸埋在她的胸前。少顷，就把她的胸口弄得湿漉漉的。云巧儿大惊，却也没有挣脱，放任着他摩擦。以她对李安的了解，知道他并不是油滑无耻之徒。陡然间做出这等出格的举动，定是遇到了难以解决的大事。

果然，李安哭得难以自已，喃喃地说道："宫里要出大事了，趁乱你就逃了吧。"云巧儿心里更惊，挣脱他的拥抱，又拉着他的胳膊，急切道："你做了什么吗？"李安摇头，道："我真不想做什么。唉，此生枉来矣。"说罢，脱开她的双手，悲戚戚道，"记着我的话，记着有过我这么个人就足矣。"他转过身，要走。

云巧儿拉住他，道："你且说明白些，我为什么要逃？"

李安的眼里掠过一丝冷冷的光，道："恐怕你也不用逃，我晓得你也是晋国公的人！"李安说完，人已经踉踉跄跄地走出了三丈远，留下云巧儿怔怔地呆在原地。

卯时还差三刻，李安就起床了。这天他对穿着非常在意，用了很长时间穿了一套节日才能穿的冕服。他这种级别的官员，只能穿玄冕，配三旒冕冠，玄衣绛裳。衣无纹章，裳上只能绣一种黻章纹。虽是最低等级的，可是令他很欣慰，终归是进了可以穿冕服的阶层。以他梁朝的亡国之人，能有盛服如此，也算是混出了个人样。

卯时十分，他来到膳部。属下见他穿成这样，又这么早来，都有些奇怪。李安表情庄重严肃，吩咐属下今日的早餐，他要亲自制作，并要亲自呈送。

宇文毓素来节俭，对饭食从不挑剔。但今日不同，今日要上五谷，要上肉鱼，要有蔬菜，还要有甜的咸的。李安想了许久，最后用五谷熬了一锅粥；用肉糜和鱼糜做了一份煎饼；炒了一份油光水滑青葱翠绿的小白菜和一份瓠瓜；一碟酱黄瓜；还做了几个甜酱馅的毕罗。不仅花样多，而且数量也多。他真想装成两份，和皇帝共进食。但他也知道，这是不可能的。他只能盛在一起，皇帝吃不完，自然就赐予给他了。若是黄泉路上，只有他和皇帝两人，会不会共食？

宇文毓一向勤勉，不管歇息在哪个宫，每日卯时必定准时起床。独自用过早膳，便要去延寿殿，早朝之前，他要在殿堂上处理一会儿政务，思索时政要闻。三年来，他日日如此。李安端着他的倾心之作，从膳部前往天兴宫。五百多米的距离，他走得十分小心。有两次泪水迷蒙了双眼，他只好立在路旁，擦干了再走。在心底里，他对这个温和文雅的皇帝十分敬重。他也想过不听宇文护的，反正横竖都是个死。可是宇文护警告他说，如果他不去做，自然有人会去做。只是那时候，他李安就不仅仅是一个人死，如若找到了跟他相关的人，也都是个死。那要死多少人？云巧儿呢？也会是个死？

宇文毓喝着五谷粥，就着一点酱黄瓜，吃了一小块煎肉饼。吃着吃着，忽然心里就烦躁起来，这种心神不宁的感觉从昨日开始就有了。他放下碗，无端地叹了口气，蹙着眉头，似很无奈地又端起了碗，再次喝下了一小碗，最后还拿起了一个甜馅的毕罗。这顿早餐，他比平日都吃得多，吃的时间也长得多。

看着他喝下了两小碗粥，李安轻舒了一口气，瞬间心又沉到底。收拾碗筷的时候，宇文毓果然指着剩下的饭食，对李安和蔼地说："你吃了吧，可别糟蹋了。往后，要少做点，可好？"

李安点点头应了一声，终于忍不住泪流了下来，又慌忙低下头，不让皇帝看见他的泪水。但此时，皇帝已经转身，起驾前往延寿殿了。

李安提着食盒追出来，奔到驾辇前，跟皇帝说了一句对往后历朝走向都极为重要的话。他说："陛下，待会儿该说的话拼尽力气也要说完啊，一定要捡最重要的说啊。"说完，他转身就逃了。他要回到住处，将食盒里皇帝吃剩下的食物，全部吃光。他甚至笑了一下，黄泉路上，有皇帝相伴，也很不错了。他想。

辰时三刻，大臣们跟在宇文护的后头鱼贯进入延寿殿。而此时，坐在龙椅上的宇文毓心跳骤然加快，腹部隐隐作痛，豆粒大的汗珠自头顶顺面颊滚滚落下。奇怪的是，他的脑袋却瞬间空灵。几天来，脑袋一团糨糊的现象像水洗过一般，空灵清新。他也为自昨日开始的心神不宁和烦躁不安找到了出处，再联系李安那句"该说的话一定要说完"的莫名叮嘱。心里一下子敞亮了：是了，宇文护到底还是动手了。杀了阿父的嫡长子还不够，现在又杀他的庶长子。阿父，你一生宏图伟业，却为何独独为护这竖子所蒙蔽？这也是不听宇文邕和普六茹坚的话，所付出的代价吧。如果注定这是一个劫难，自己能否躲得过去呢？宇文毓在心底里深深哀叹一声。

两名内侍发现皇帝面色苍白，坐立不住，似乎要从龙椅上滑落，连忙奔过来问是否要退朝并请太医。宇文毓腹部的疼痛已经加剧，他无力地摇摇头，命内侍将龙椅前移，他的双手紧紧地抓住龙椅的扶臂，唯恐跌落下来。

众大臣见此，已乱了队形，围将过来。却也不敢越礼，止步于台阶之下。宇文毓的嘴角流出血来，他拼尽力气，将右手艰难地抬了起来，指着宇文护，声音细小，说："朕，已不治。传位于……"或许是想起了李安临别的叮嘱，他又指向宇文邕，用尽所有的气力，将声音提高了，字字清晰地说："朕传位于鲁国公宇文邕！朕在天上看着！"

宇文护像是没有听清楚一样，喃喃地问了一句："为何？"

宇文毓脸上有了一丝欣慰的笑容，但在宇文护看来，却是触目惊心。宇文毓仍旧字字清晰地说："鲁公，朕之介弟。宽仁大度，海内共闻。能弘我家，比此子也。"说完，吐了一大口乌黑的血，便薨逝于龙椅之上，弄得龙椅上血迹斑斑。

皇帝陛下被人毒死在堂堂大殿之上、众目睽睽之下！这在史上也不多见，众臣寂寂无声。宇文护和宇文邕对望了一眼，两人的眼里都有许多内容，却一时无话。

宇文邕转过身，面对众臣，乱了的队伍立刻恢复了原样。不待再次寂静，随国公普六茹忠便站出队列跪下，对着宇文邕朗声道："陛下，先帝驾崩。传位于陛下，请节哀顺变。"

众人一听，连忙也跪成了一片，同时嗡嗡声传出殿外："请陛下节哀顺变！"见此情形，宇文护也不得不跪下了。这令人瞠目的一幕，超出了他的料想。他原本的计划是让宇文毓死在后宫，让这位先帝一岁多一点的长子宇文贤做皇帝。这样的话，随时自立还不是一句话的事？但那个李安还是坏了他的计划。怎么能让他死在殿堂里？还让他有口谕传位的机会？看宇文毓的样子，好像他知道自己的死期？也是甚为奇怪，临死，他居然还能想到传位，而不是请太医救自己。这龙椅在他们兄弟中有多大的分量?胜过自己的性命?宇文护跪在地上,脑袋里被好几个问号塞满了,乱糟糟的。一时竟没有想出好的法子,来应对这个乱局。

心里正乱着。不想宇文邕走过来,双手扶起宇文护,谦谦有礼道:“晋国公不必拘礼。先帝传位于我,让我手足无措,我该如何呢?”宇文邕一连用了三个“我”,好似此时的“我”早已乱了方寸。

宇文护原先与宇文邕并无过多接触。两人年龄相差30岁,虽为同辈,而年龄相差了一代人。先前只晓得他与先帝宇文毓、普六茹坚走得颇近,料想那也不过是一名臣子借助兄弟之名去讨好皇帝罢了。平日里见他讷言,被宇文毓调回朝中,也不见有多少过人的成就表现出来。因此,从未把这一众小孩真正放在眼里。可是,没有料到,宇文毓在临死之前,居然闹了这么一出,也是用尽心机了。好在听宇文邕对他讲的第一句话,并不似他的前头两位兄弟之咄咄逼人,却极为谦逊。

宇文护听了心里舒服,也回了他一个礼貌的答复:“陛下,既有先帝口谕遗诏,又有众臣拥而戴之。已然登极,先还是将先帝发丧了吧。”

宇文邕点点头,沉重地迈向台阶。他走得很慢很沉稳,每上一级,站稳了,才又上一级。慢慢地稳重地走到龙台上的龙椅旁。此时,宇文毓还是瘫倒在龙椅上,已经没有一丝气息。两名内侍吓傻了,呆呆地立在边上。宇文邕呐呐地说:“快去抬方床榻来,看先帝是有多难受。”见到宇文毓已让痛苦给扭曲变形的脸。宇文邕哽咽难抑,终于哭出了声。众人见状,又是跪地一片,哀嚎一片。

宇文护又一次在新帝面前走上台阶,来到龙台之上。这块本属于皇帝的专属极贵之地,不算大,却高高在上,本只能容纳一个人的地方,现在有了三个人。

宇文护大声对宇文邕说:“陛下,先帝恐遭歹人谋害,一定要将凶手追查到底。臣觉得宫中值宿、侍卫等都脱不了干系。”

宇文邕心里一沉,这么明显的事,他宇文护却要嫁祸于人。这是指鹿为马呀。方才是随国公普六茹忠率先称自己为陛下的,难不成他这是要嫁祸身为右小宫伯的普六茹坚？自己的好友普六茹坚就站在门外，今日恰好轮到他值守。宇文邕来不及细想，只能说：“大冢宰说的极是，凶手自然不能放过。只是眼下当务之急，却是要商议先帝发丧之事，还有要不要大赦天下、大封百官呢？”

宇文护的脸这才由阴转晴，想必是血淋淋的现场吓坏了这位年轻的皇帝吧？听他的口气，好像真不似他前面的两个不知死活的兄长，对自己倒算是恭敬有加。于是，他故作深沉，蹙着眉头道：“这个自然是要的。你是堂堂的皇帝陛下，自可做主，何况我已上表归政了。”

宇文邕听到归政两字，脸色大变，惊慌失措道：“大冢宰可千万不要撒手啊。当日归政，我也是极力反对的。我年纪尚轻，政务幼稚，缺乏历练，更得仰仗于大冢宰。”说着，竟动了情，走到宇文护身边，扶住他的胳膊又道，“大冢宰不仅不能归政。还要加强权威，都督中外军事一职，除了大冢宰，还能寄望于谁？”说着，又靠近他一步，压低声音说，“自家人终归要靠得住些，只是让大冢宰辛苦劳累了。”众臣都听得很清楚，陛下跟大冢宰自称是“我”。

宇文护点点头，面目轻松道：“这倒是实情，先帝竟然让人谋害于殿堂，何谈巩固朝政？我定将尽全力辅助于你！”虽说是辅助，却又用了一个“你”字，而不称陛下。看来，宇文护依旧要做幕后的皇上。

新帝登极，第一件事应该是册封百官、大赦天下。而宇文邕首先想到的是选择一个新的宫殿，作为自己处理政务的地方。宇文毓死的时候，才二十七岁，其长子刚满周岁，看来延寿殿的名称就是一个讥讽。再说，摆放在这里的龙椅，上面已经沾满了血迹，他不想坐在两位死于非命的兄长坐过的龙椅上与宇文护争斗。宇文邕让人修缮了大德殿，还没有完全竣工，他便搬了进去。

册封之前，宇文邕特地让内侍何泉去大冢宰府邸，请宇文护来大德殿，征询他的意见。这位何泉，年龄只比宇文邕大三岁。先前是宇文护的家奴，后被净身，在宇文觉做天王时就被送进宫中。对这位前朝留下的贴身内侍，宇文邕好像没有什么防范，对他极为信任和礼遇。

大德殿位于皇宫后部的西南角。与正武殿、延寿殿相比，要小许多，也要偏僻许多。宇文护豪华的大马车经过巍峨的正武殿时，不知怎的，正中一匹大马的前蹄莫名地崴了，好似疼痛难忍。那马仰天长嘶一声，顿住了。马车倏的一下立定了，使车厢里的宇文护往前冲了个趔趄。他挑开帘子，发现马车正立在正武殿的正面门前。

宇文护像是被利器击中般，脸色仓皇，傻痴痴地盯着那有些破旧的大匾。正武殿是宇文泰处理政务的殿堂，后来宇文觉也在此上朝。仅仅只有九个月，宇文觉便死于自己的刀下。宇文护分明看见了大殿门口有一个若隐若现的人影，像极了宇文泰，依旧是那副若有所思笃定泰然的神态。他并没有望向自己。但这也使得宇文护震骇不已。那个人影，哪怕只是一个侧影，也能给他无比的压迫感。

宇文护满头大汗，他拼命摇头，想要甩脱这压迫感似的。他再也不敢望向那边。一直在摇头。好在这时，那崴脚的马又恢复了正常，往前走去。

这宫中太空旷了，遗弃的大殿、后宫已有数处。无人居住的房屋，总是给人破败之相。而这位新帝也不知怎么想的，偏偏选中了位置靠后的大德殿。弄得整个皇宫前半部分死气沉沉。让人一进来，先感受死寂般的破落，才能到后殿接触人气。宇文护皱着眉头，一直到大德殿都没有松开。

小小的大德殿里倒是灯火辉煌，一派人间的明亮气息，宇文邕坐在龙椅上。新做的龙椅硕大无朋，简直可以称为龙榻。见到宇文护进门，宇文邕慌忙从龙榻上站起身，急急地走过来，欠身道："大冢宰，这么晚还让你劳碌。唉，我思忖不定，还是要请大冢宰拿主意啊。"说着，竟牵着宇文护的手，往龙榻上走去。

也许是刚刚在正武殿前受了惊吓，走了两步，宇文护立住了。他望了一眼龙台上的龙榻，疑惧地后退了一步，又望了一眼牵着自己手的宇文邕，恍然间觉得是其父宇文泰。曾经宇文泰也是这样牵着自己的手，让他好好辅佐嫡长子。他又下意识地摇摇头，在心里叹道：到底是父子，太像了。这位新陛下，竟然比嫡长子和庶长子都长得像，一举一动都像极了其阿父。

宇文护又退了一步，尴尬地笑了笑，说：“陛下，就在此处商议可好？”他指了指空空如也的地上。站在宇文邕后面的何泉，连忙拿来了两个坐垫。

刚刚坐定，宇文护便道：“陛下，是否查出了李安为何投毒？”他显得有些焦虑。

宇文邕皱着眉，为难道：“李安已死，他吃了先帝未吃尽的早食。如此，已成绝案，不查也罢。治了太多人，反而更是一笔糊涂账。”

这么显然的事。除了会殃及无辜，再查还有何意义？两人都是心知肚明。宇文护定定地看着宇文邕。心想，是个聪明人，并不像表现得那么懦弱嘛。

宇文邕从宽大的衣袖中拿出了一份诏书，递给宇文护，道：“晋公。我明日准备先宣这个诏，你看可好？”

宇文护接过来看，诏书上写着：“大冢宰晋国公，亲则懿昆，任当元辅。自今诏诰及百司文书，并不得称公名。”宇文护看完，面色呈喜，口中却道：“不妥吧？陛下，当年文帝都无此殊荣。”宇文邕笑了笑。两人就追谥、分封等事宜，聊了半个多时辰。基本上，宇文邕都是顺着宇文护的意图来。只是在一个人的升职问题上，发生了小小的分歧。

这个人长相奇特，也像飘忽在正武殿前的影子一样，让宇文护感到莫名的压迫，他便是普六茹坚。

第八章 皇帝临府初识雀 圣心难测会错意

六月，长安城里的百姓在劳作中已感到有些燥热了。然而，在空寂的宫中，却依然延续惯常的阴冷。上早朝的大臣，冕服下都罩着单衣，这样才能抵挡宫中的寒意。

普六茹坚依旧早早起床读书、习武，这个习惯自结婚后，也未改变。平常独孤伽罗也是早早起床，这也是他们共同的习惯。几年的共同生活，让两人发现了许多共同之处，包括对许多事情的看法。但自伽罗又有了身孕之后，普六茹坚便不再让她早起。并让小葭、小茭和舞雀儿三个丫头昼夜照料。普六茹坚自律，在寝房边的书房里，架上一张床榻，单独歇息。

新帝宇文邕要册封百官，今日普六茹坚要穿三章阚冕。穿冕服，仍由舞雀儿服侍。自伽罗有孕后，普六茹坚感到舞雀儿看自己的眼神，越来越迷离、娇柔。有两次，在系外裳大带的时候，舞雀儿竟用手掌重重地按在普六茹坚的腰间，手掌的温度瞬时传导于壮实的腰部肌肉上。普六茹坚自禁不住，伸手按住了她的肩膀，却又立刻缩回了手。自小，舞雀儿就跟着他，两人比亲兄妹还亲。

今日进宫有些特别，普六茹坚怀揣着对新帝的感激。这几日，他日日进宫，依旧行警卫之职。宇文毓暴毙在殿堂，而他作为右小宫伯，就值守在殿外。宇文护曾说，他应该为此事负责。这么说，也有一定的道理。可是，最终这事不了了之。普六茹坚心里明白，这其中肯定是一向与自己素好的新帝宇文邕周旋下来的结果。

他的料想没有错。那日，宇文护说完了他想加封的名单，宇文邕便提出要加封普六茹忠、普六茹坚父子。宇文护当场脸就拉长了，他冷冷地说："我正要治罪于他，你倒拉拢他了。你没有听说么？关乎他的传闻是越来越多了。面有奇表，你要有所防范。"

宇文邕察觉到，宇文护在谈及普六茹坚的时候，表现出一种罕见的疑惧，而且这种疑惧是从心底油然产生的。不单单是不快，是那种似是而非并不确定又隐隐存在的害怕和压抑。这个发现，使宇文邕产生了一种快感，他也说不清自己为何会有这种感觉。宇文邕微微一笑，道："怎么，晋国公一代枭雄，还单惧小小的右小宫伯？我都不惧，你何惧焉！"宇文邕的语气里有些许的揶揄。

宇文护脸上一燥，道："我怎地会惧他？是厌恶。见他那副面目，定然使人生厌。"

宇文邕拉下脸来，正色道："大冢宰，且听我仔细道来。八柱国中，真正能征战的还剩几人？愿意征战的能有几人？有几人能超过普六茹忠？何况普六茹忠勇猛过人，足智多谋，根植于大周东部边疆，与齐人抗击数年。现齐人又在蠢蠢欲动，欲灭齐，能少得了他？他与阿父生死之交，欲治他，有何名目？且不怕诛了人心？大冢宰，你总领左右十二军，实掌军权不假，可那普六茹忠也是久浸于军中的将领。又何苦为了一个小小的普六茹坚，而得罪于其父。再说，阿娘尚在齐人手里未归，这才真正是朕的一块心病。普六茹坚长相奇异，大冢宰若烦他碍于眼前，可放任外地。"

宇文护再次定定地望着宇文邕这位年纪轻轻的新帝，心里叹道，小小年纪，竟比他的两个兄长更有心机，这人当防范着才是。宇文护的母亲阎姬，便是方才宇文邕口中尊称的阿娘，被齐人掳去做了人质。宇文邕说到想用普六茹忠伐齐，简直是点中了他的穴眼。他沉吟着没有回答，宇文邕只当他是默认了。如此，才让普六茹坚躲过了一劫。

今日算是新帝宇文邕第一天上朝正式处理公务的日子，小小的大德殿里挤满了人。北周建立以来，短短的四年时间里，已经走了两位盛年的皇帝，都是死于非命，也算是动荡不安的朝局了。这位新帝又能维持多久呢？大臣们各自怀揣着心思思谋着自处之道，都默默地站着。

普六茹坚站在队伍的最后面，他想起了宇文觉登极时的情景。那是他第一次见到皇帝、第一次见证皇帝登极。那广场之中，高台之上，着盛装的少年宇文觉曾经让他多么钦羡。而今，他已成为"先帝"数年。

少顷，内侍何泉尖声吆喝道："皇帝陛下驾到。"与新帝宇文邕同时出现在台上的还有大冢宰晋国公宇文护。宇文邕牵着宇文护的手，并肩站在一起。刚刚安静下来的群臣，又有些骚动了。这种场景，过去的四年里见得多了。但这么堂而皇之，却是第一次。

接着，宇文邕又上演了更加令人瞠目的一幕。新帝的第一份诏书不是给先帝追谥，也不是分封百官，更不是册封皇后，而是给宇文护的。宇文护已经获得了至尊至上的封爵，无以复加。于是，宇文邕命何泉宣读了那份宇文护早已看过的诏书，也就是那份声明在今后的诏书和百司文书中只能称其官职不得称其姓名的诏书。

台下的嗡嗡声更大，普六茹坚心里也一震。望向前方的龙台，只见龙椅前的宇文邕神态自若，笑容可掬，和蔼中略带拘谨。与之前在宇文毓面前的那个木讷寡言、神情坚毅的宇文邕判若两人！普六茹坚心里冷笑，还真会做戏！

好一个"亲则懿昆，任当元辅"的至高赞美。要接诏书了，新任的老元辅宇文护心情愉悦地走下台阶。跪地，接诏。

看见这一幕，普六茹坚的嘴角不经意地向上撇了一下，一丝笑意掠过。再望向新帝，好似读懂了他眼里外人不易察觉的坚毅睿智，这是普六茹坚所熟悉的眼神。

接下来才是追谥和分封百官。追谥先帝宇文毓为明皇帝，庙号世宗。封宇文邕生母叱奴氏为叱奴皇太后。建年号为太保，即日起开始纪年。封夫人李娥姿为皇后。封长子宇文赟为太子。将他的兄弟悉数分封为王,宇文宪为齐王;宇文直为卫王;宇文招为赵王;宇文盛为越王等等。随后,分封百官,这照例又是一份长长的名单。普六茹坚注意到,与前两次不同的是,这份名单中,青年人占据了一小半,有许多人都是父子双双受封。

这一次,普六茹坚被封为小宫伯,出任随州刺史,进位大将军。是年,普六茹坚二十一岁。同时,杨素也受封。宇文护欣赏杨素的文章学问,将他封为中外记室,相当于秘书之职位,主管文书报表。宇文护将杨素硬硬地从普六茹坚身边拉来,还许诺将会有更高的位置。普六茹坚听到这个消息后,很替杨素高兴,毕竟他的才华得以彰显。

只是这次驻外任职,于普六茹坚时机非常不宜。伽罗的肚子已经出怀,显山露水了。今年底,他们的第一个孩子就要出生。此时,他要去离长安千里之外的随州任职,伽罗该怎么办?退朝后,普六茹坚急急地赶回府中。

府中甚是热闹。喜事临门,本性欢乐的伽罗,自然不肯错过可以热热闹闹的机会。除了吩咐李九增添菜品以示庆祝外,还封赏了府中所有的奴婢。普六茹坚刚刚进前厅,就听见中庭一片欢笑声。舞雀儿的声音最大,叽叽喳喳的,闹成一团。

独孤伽罗挺着大肚子,坐在一旁,也在笑。见到普六茹坚,伽罗笑眯眯道:“大将军,何日带妻启程呀?”普六茹坚道:“胡闹,你能同往么?路途崎岖、遥远。你生完孩子再说吧。”伽罗把嘴巴噘得高高的,娇嗔道:“早就晓得你会如此说。哼,迂腐得很。”普六茹坚走到她的身边,拉过她的手,拍拍她的手背,像哄个孩子,说:“如今处道也走了,爱妻得在家主政呀,再说……”话未说完,门值惊慌失措地跑进来,跌跌撞撞地差点碰翻了摆在回廊里的花盆。

普六茹坚蹙着眉,不悦道:“什么事啊?勿急勿躁!”

门值急急地说:“郎主,陛下……陛下驾到!”门值的慌张里,满是激动。

普六茹坚等园中人一听,都有些愣。皇帝怎么会突然驾临?正待要前去迎接，宇文邕带着何泉已经进来了。众人见皇帝来了，要下跪，也被宇文邕拒了，他笑声朗朗道："不必拘礼，朕只是来看看。"

普六茹坚还是坚持躬身行了一个大礼，之后，才将宇文邕请进中庭。何泉被李圆通带至前厅。伽罗遣舞雀儿跟着普六茹坚进去服侍，自己便让小葭、小葵扶着进后院歇息。

皇帝只身前来，私下会朋友的意味很重。进了室内，待宇文邕在上方坐定。普六茹坚再次跪下，对着宇文邕行君臣大礼道："谢陛下救命之恩，谢陛下提携之恩。"

宇文邕笑了，心想跟这个人还真是心意相通。这种相处的方式，让人从心底里流露出舒坦。他笑眯眯地端过舞雀儿奉上的茶水，喝了一口，又抬眼看了她一眼，只一眼，宇文邕便被她吸引住了。

舞雀儿长得并非十分美艳，却是爱笑，常常将喜庆露在脸上。一对小小的酒窝，像是盈满了笑意，禁不住地要流出来似的。笑起来，十二分的可人。普六茹坚十一岁从冯翊般若寺回家，母亲吕苦桃让他在一排婢子中挑一个作为贴身丫头，普六茹坚一眼就看中了她。她也没有辜负普六茹坚的喜爱，尽心尽力地服侍他十年，两人已是亲如兄妹。

宇文邕稍稍转回神，叹道："普六茹坚，还是你逍遥啊。朕在宫中，犹如囚牢。宇文护对我，比之先帝是有过之而无不及，一切人、事全是前朝遗留下来的。说实话，朕虽贵为皇帝，却连一个说贴己话的人都没有。"

普六茹坚也跟着他叹口气："他已根植数年，总领左右十二军，并大冢宰数年，心腹门生遍布朝野。此时，切不可轻举妄动。"

宇文邕心情烦躁起来。说起宇文护，他就有这种感觉。等！前两位兄长还没动手，就命丧黄泉。自己这皇帝能坐几天？我怎能不知不可轻举妄动?！我这皇帝都做成了大臣眼中的笑话。不等，又能如何？眼前这位几乎是朝中唯一的一位让宇文护有些疑惧的人，手中却无半个兵卒。能怎样！宇文邕脸上乌黑沉沉，冷冷道："今日，朕是来透口气的，不谈他也罢。你去随州做刺史，一定要干出样子来。要像明帝治理岐州一样，福佑一方黎民百姓。"

听宇文邕谈起了政事，普六茹坚立即离座叩首，定定地说："臣一定不会辜负陛下的期望！臣曾亲身到岐州探访，果然受益匪浅。岐州，物产丰饶；政令通达；赋税宽松，却年年增盈。百姓安居乐业，皆称颂先帝。"

说到岐州，普六茹坚眼睛放光。宇文邕听了，也是眼里放光，点点头道："你倒是有心人。去随州，如何做？"宇文邕目光灼灼地盯着普六茹坚。

普六茹坚从容有度，道："陛下，此去一定要成就两件大事。一、修改府兵制度。原先鲜卑族府兵是一人当兵，全家免赋税，汉人全家务农，全家交税，挫伤了汉人的积极性。现在改为可以招募汉人充作府兵，与鲜卑府兵待遇一样。这样做，既可扩大兵源，又可扩大税赋。二、修改均田制。多年战乱，人口凋敝，土地荒芜，多数良田被大户富户侵并。现在改为官府派人登记土地，包括无主土地。鼓励无地之人，向空荒地区迁徙受田。此田地不可买卖，待其年老身死之后，官府再收回。这样不仅可以提高耕者的积极性，又能增加赋税。"

"好！甚妙！朕没错看你。"宇文邕击拍了一下案儿，大声赞道。见普六茹坚还跪在地上，动情地说，"朕既是家访，是拿你当自己人，你又何必拘泥于礼节呢？就跟原先一般，与朕肝胆相照！你还不晓得么？朕的身边没有几个像你这样的知心人。"说完，亲自起身，双手将普六茹坚扶了起来，"此后，只要没有外人在场，你皆可不必行礼。"又牵着普六茹坚的手，将他安置在主座边上的位子上，自己又坐在主位上，喟叹一声，"可惜了。明帝事未成身先死是个遗憾。韬光养晦！哼！"宇文邕目光一凛，面目肃然，凛冽道，"朕的江山，朕，一定要将她整治出一个锦绣的前程来！"

普六茹坚心里一凛。是了，这才是他认识的宇文邕。他们都需要韬光养晦，想要事成，得先活着。普六茹坚道："陛下，外面的那位，可是他的人……"

宇文邕右手一抬，制止了话头，冷笑道："岂止一位，殿内宫中，都是他的细作。朕,忍。”那个忍字,宇文邕说得极为用力,好像艰难地吞咽了一只苍蝇。

普六茹坚连忙转换了话头,笑道:“陛下,才说是来透口气的,说点高兴的吧。”又转过头,对呆在一旁的舞雀儿道,“上茶。”

舞雀儿起身添水。宇文邕这才收敛了失态的神情,盯着舞雀儿的纤纤细手道:“你叫什么呀?来府中多少年了?”

舞雀儿连忙跪下回话:“禀告陛下,奴婢本姓郑。郎主喜欢唤我舞雀儿,从小便在大将军府中。郎主开府,便跟过来了。”

宇文邕伸手将舞雀儿扶起来,盯着她看了一眼,双眉往上一挑,欢喜道:“这名儿唤得好,有趣。因为你身如舞雀儿般轻盈么?”

舞雀儿脸上飞起一朵红云,娇羞难掩。微微一笑,偷偷抬眼瞄一眼宇文邕,却见皇帝正深情款款地盯着自己。遂又慌忙移开眼睛,脸更红了。这一眸一动,越发惹得宇文邕心旌荡漾,拉过她的手,柔声道:“朕也唤你舞雀儿,好么?”

皇帝陛下年轻英武,高大俊朗,又彬彬有礼,谦谦君子。这低头一问,将舞雀儿问得心花怒放,浅笑频兮。

见两人如此这般亲昵暧昧,站在一旁的普六茹坚看了心中一动,想到了一个绝好的主意。

带着瞬间冒出来的主意送走了宇文邕,普六茹坚仍处于亢奋中。他满面红光,精神振奋,大步流星地奔向后院。伽罗已经等在书房中,舞雀儿站在她的身边,看情形已将刚刚中庭发生的一切都向她报告了。伽罗性情开朗,干脆利落,没有弯弯绕绕的肠子。对下人又出手阔绰,赏赐很多。婢子们都跟她很贴心贴肺,什么事都跟她说。

见到普六茹坚兴奋的样子,伽罗笑道:“陛下很赞赏你的想法?”

普六茹坚的语气里有些小小的得意,道:“这个自然,于社稷有益嘛。”他见三个婢子都在,想了一下,遂将她们都轰出去了,自己紧贴着独孤伽罗坐下,轻声道,“陛下对舞雀儿十分钟情,你去问问她,是否愿意入宫?以我之观察,她也是甚为欢喜的，应该是两情相悦。”

独孤伽罗惊得站起了身，满脸的不相信，道：“你肯将她送入那是非之地？且不说后宫女子相互倾轧，是非颇多，弄不好是要丢掉性命的。就说宇文邕本身也是飘摇不定，宇文护就那么信任他？姊夫宇文毓也是能力超凡之人，只做了三年。就丢了性命，他就能长久？光靠委屈，能求全么？”

伽罗越说越激动，语速也很快。普六茹坚按下她的肩头，让她坐好，端过桌上的水杯，递到她的手中，才缓缓地说：“且慢，且慢，莫要慌着了腹中我的孩儿，你且听我细细说。”他也坐下来，轻声细语地说，“比之前两位，陛下虽年少，但有思想有谋断有志向。更重要的是，他知道怎样去韬光养晦。我前日不是跟你说过么？他虽然颁了那一道看似可笑的诏书。但宇文护是在台下、在群臣面前跪下叩首接的诏书，而不是前两次在皇帝面前擅自退朝的跋扈之人！孰更高明？只这一招，便轻易赢了，可笑那晋国公还不自知。将来的事，尽管没人说得准，可韦师确定陛下要胜过晋国公。说到舞雀儿，若是两情相悦，岂不是一桩美事？以她的出身，若能封个皇妃，也是她的造化。于他们两人、于我们家，都是美事，又为何不能为之？宫中是非多不假，可何处是非不多？除非她不嫁，亦或是嫁给……”普六茹坚故意坏笑，望着伽罗。他想，该说的他都说了。

独孤伽罗马上打断了他，并点了一下他突出的前额，娇嗔道：“呸，妄想！早点断了这份心思！”舞雀儿也是一个灵巧机敏活泛的人儿，想必在宫中也不会落下风。若真得陛下垂爱，也是她的造化了。”

见独孤伽罗已经同意了，他又将思路转到随州刺史的职位上来，道：“陛下对我的设想甚是赞同！此去，可一展身手！”他忽地一下站了起来，仍然沉浸在兴奋中，学着宇文邕方才的语气和神情，右手向空中一挥，朗声道，“朕的江山，朕，一定要将她整治出一个锦绣的前程来！”望着伽罗有些瞠目的神态，普六茹坚双目放光道，“这是陛下方才亲口对我说的话！你说，能为这样的明君出力，岂不快哉！这是人一辈子的幸事！”

伽罗也兴奋起来，目光炯炯地望着普六茹坚，满眼里都是赞许：“正是。人这辈子总得干一些像样的事来，方为男人！我喜欢郎君的勃勃生机、阳刚之气。”

普六茹坚拥着她，道：“阿父说你不输男人，这话真正是说到了实处。今后，你还是要跟我同心同德，创出一番世事来。”是夜，两人又是一番相亲相爱，说了大半宿的知心话。

隔日，普六茹坚在书房整理要带走的书籍，李圆通已经捆好了三大捆书，普六茹坚还嫌不够。伽罗独自进来，连小葭、小茭都没有带，李圆通知趣地退了出去。

伽罗道：“你调教的婢子任性得很，你去说吧。这婢子长大了，长心了。”

“怎么，她不同意么？”普六茹坚放下手中的书走过来：“她怎么说？”

伽罗剜了他一眼，酸酸地说：“看那样子，人家是舍不得你呢，要你亲口去说。哼，主母都不管用了。看来，要好好地肃整本府的风气！”

普六茹坚的心里软软地动了一下，有些不自然地应和道：“是要好好地肃整肃整，否则，这些丫头们还不反了？”

伽罗这才抿着嘴笑了，说：“你的婢子，自是你自己去说，为何让我操心？我来是想告诉你另外一件事。这两日已有数人来访，都说是要为你饯行。你定个日子，我去让李九操办。”

普六茹坚的眉头又习惯性地蹙了起来，道：“我素烦这些虚头巴脑的仪式。何况宇文护正厌恶我，如今要大张旗鼓，你觉得妥么？”

独孤伽罗道：“我亦想到了这一层。可宇文护已是得罪了，这些人也要得罪么？两翼已形成，你能齐全乎？”

普六茹坚默然不语，伽罗说的也是在理，非左即右，由不得你。

新帝宇文邕亲临本府，很快就传遍朝野。这几日，以前与普六茹坚有点关联的年轻人都来府里祝贺，连宇文护的女婿苏威都来了。他的确是想逃到深山，隐而不仕的，但他的身份能让他置身事外么？他倒做得出来，身为宇文护的女婿，却又跑到宇文邕的亲信普六茹坚府中来了。这是想齐全乎？跟苏威素有走动的高熲也一同前来。说起来，高熲跟独孤家素有渊源。高熲的父亲高宾在齐国受排挤，投奔到独孤信的帐下，颇受重用。曾赐姓他独孤。独孤信死后，高家虽恢复汉姓，高熲也为齐王宇文宪所用，却视独孤姓氏为故人。的确是故人，才几岁的时候他就认识了独孤伽罗。普六茹坚的同父母兄弟普六茹瓒也来了，他心里高兴，最近才做了新郎官，娶的是宇文邕的妹妹顺阳公主。还有普六茹坚的同窗好友郑译和郑译的好友刘昉。其时，郑译刚刚被任命为太子宫尹，他和刘昉都是太子宇文赟身边的人。这之中最令普六茹坚高兴的是，又见到了许多年少时的好友，郭荣、宇文庆都结伴而来。这几人都是普六茹坚可以说心里话的好朋友，胜于自己的同胞兄弟。例如郭荣，他与普六茹坚可以坐在月下，促膝谈心一个晚上。

这些人身后都隐隐约约的有皇帝宇文邕的影子，且与宇文邕年龄相当，是少壮力量。平心而论，普六茹坚喜欢与他们在一起畅谈国事。年龄相仿、志趣相投，不亦乐乎？但是，这样一来，会很容易招致宇文护的反感。如果不是新帝谋断在先，伏地蛰伏，朝中并未形成势不两立之态。几个人喝喝酒、聚一聚、闹一闹的场景都不敢有。

李九拿出了全部的热情，他悄悄地告诉杨素和李圆通，那日在路边的酒肆里，见到的就是苏威和高熲。说没想到，今日要亲手为这两位名士做菜，这也是福分。杨素便笑，说："你跟他们隔远了，何谈福分的话？能为郎主做好菜便是了。"李圆通附和道："是呀，郎主也不比他们逊色，其实你是日日为天下名士做饭。"李九也笑，将准备好的鸡鸭鱼和牛羊肉等饕餮大餐用的食材，精心烹制。

到底都是气血旺盛的年轻人。几杯酒下肚，便不知身处何方了，都大口咧咧口无遮拦起来。一会儿都指着苏威，说他的前程远大。娶了宇文护的女儿，却又要上演一场逃离仕途的好戏。名士是没得做了，仕途倒是光明；一会儿又都指着郑译和刘昉，说他们的前途才是远大。太子之师傅，将来还不是帝师的角色？那是一个长远的角色；一会儿又指着杨瓒，说他才是皇帝身边的重臣，是皇帝的亲信。皇帝的妹婿，堂堂的外戚呀。杨素也在座，他的话不多，只是跟着笑。与这些人相比，他的官位太微不足道了。若不是普六茹坚客气随和，他是不能上桌同座的。宴席上，一阵阵欢笑，一阵阵斗酒，一阵阵勾肩搭背的窃窃私语。

作为主人的普六茹坚却只管喝酒，并不插话，却又不胜酒力。只一小会儿，便醉了。这是普六茹坚罕有的表现。以往他几乎从不醉酒。

见普六茹坚醉了，李圆通只好和舞雀儿一起，将他扶着拖着离开了席位。杨素便代普六茹坚招呼客人。

行至后院，普六茹坚才立了起来，清晰地对李圆通吩咐道："你快去宴席上好好招呼客人，就说我已然睡下，不能送客了。欢迎大家去随州探望。"

剩下普六茹坚和舞雀儿，两人行至后院花园。在一僻静处，普六茹坚立定，沉沉地对舞雀儿说："我没有醉，只是装醉，失了形象。可是，能如何办呢？人这一世，有许多事是不得已啊。"

舞雀儿满眼热切地望着普六茹坚，流下泪来，道："婢子只想问一句，郎主真就舍得我走？一点点的舍不得都没有么？"

普六茹坚的眼圈也红了，道："你知道我的心，我一直拿你当自家妹子。"

舞雀儿打断了他的话，道："你与主母相亲相爱，羡煞旁人，婢子本不该有非分之想。我想好了，进宫，可能是我最好的出路呢。"

普六茹坚道："我与伽罗有盟誓，绝无异生之子。大丈夫岂能言而无信？让你进宫，也算是为你找的出路。"

舞雀儿大哭道："婢子明白。婢子走后，望郎主与主母恩爱白头。"

普六茹坚心里突然就有些忐忑，也不知道这是不是一条好的出路。他叮嘱道："我们无妨。倒是你在宫中，切不可如在府中无心无肺嬉笑玩乐。虽然正是这份本真为陛下看中，可是宫中是非甚多，宇文护的眼线甚多，皇帝身边的内侍何泉也是他的人，你自当小心。皇帝内心孤苦，你要多陪他说说话。"

两人又哭过一场，方才回转。伽罗在寝房坐着，也在抹着眼泪。见普六茹坚进门,她扑将过来,哽咽道:“郎君啊郎君,妻何德何能,竟得你如此珍重!”

普六茹坚伸手将伽罗脸上的泪珠轻轻抹去,柔声道:“妻如璞玉,郎自珍重。”又拥她入怀。两人商议着赠舞雀儿的嫁妆,说到舞雀儿入宫,伽罗又是泪眼婆娑。她说原以为普六茹坚会留下舞雀儿来侍寝做妾,这在当时是极为流行的合法的做法,没想到普六茹坚还真把洞房盟誓当真。普六茹坚说,盟誓岂能戏说?再说他是真的感到陛下一个人落在宫中,落在宇文护的眼线包围之下,着实让人揪心。让舞雀儿去陪陪他,也是善事。

次日,普六茹坚期期艾艾地挨到退朝。他想处理完舞雀儿的事之后,再去随州赴任。不想退朝之后,宇文邕与宇文护兄弟俩和和睦睦地朝新修的重信殿走去。那日,宇文护去大德殿经过正武殿时,似乎见到了宇文泰的身影。这事像是块石头沉沉地坠在心里,又不便与人诉说。于是,就和宇文邕商议着要建几座新的宫殿。宇文邕也正有此意,他感觉宇文觉、宇文毓待过的地方阴气十分重。于是,在太保初年,就大兴土木,同时新修了重信殿、会义殿、含仁殿和云阳殿。另外将后宫也翻修了,新增了几座后宫女眷住的宫殿。两人边走边说,兴致勃勃的,普六茹坚自是不敢打扰。

他在宫中足足等了两个时辰,连午饭都没有吃。到了申时宇文护离去后,普六茹坚才得以见到宇文邕。陛下在早朝的大德殿里,坐在宽大的龙椅上,显然已很疲惫。他的脸色苍白,细密的汗珠浸在额头和鬓角,看起来竟比自己老出许多。普六茹坚心里那股莫名的怜惜又涌了出来,他轻声道:“陛下,保重身子骨是社稷第一要务啊。熬坏了身子,一切都要归空。”

宇文邕无奈地笑笑:“朕也想休息,可是睡不着啊,你去随州都准备妥当了么?”

普六茹坚点头,答:“都妥了,只是……”他望了一眼宇文邕身边的何泉,顿了一下。

宇文邕笑道:“但说无妨,何内侍跟在朕的身边有些时日了,跟朕贴心。你不必忌讳,说就是了。”

普六茹坚道:“臣想让舞雀儿跟在陛下身边,陪朕说说话。”

“什么?”宇文邕像是没有听清楚似的,问了一句。可是,普六茹坚却没有回答。他瞄见了皇帝陛下不经意地变了一下脸,乌沉沉地将一脸的和睦落下了。虽然只一瞬间就散了,却落进了普六茹坚的心里,使普六茹坚满腔的热忱都落进了冰窟窿里,倒让他有些尴尬了。

宇文邕笑眯眯地说:“亏你有心了,她的确让朕看着欢喜。”他又懒懒地附上了一句,“让她来吧,朕的后宫也不多她一个。”

普六茹坚匍匐在地上,听了宇文邕慵懒的声音,真恨不得使劲扇自己几个嘴巴。这是操的哪门子心?皇帝陛下呀,到底不是自家人,知心不了。

宇文邕的误解让他十分失落,普六茹坚闷闷地回到府中,独孤伽罗正在替舞雀儿装饰。头簪珠花,红衣绿裳,喜庆热闹。舞雀儿一副娇羞的模样,看得出来,她的内心也是欢喜的。全府上下,只有普六茹坚的心里不是欢喜的。

戌时,是请人算过的吉时,宜嫁娶、出行、开市、安床;忌交易、上梁、赴任。因此,定在这个时辰送舞雀儿入宫。普六茹坚先前计划亲自送的,现在又改变了主意。众人只当他是舍不得,也只好由着他。却没有想到,临出门,普六茹坚又将舞雀儿招到跟前,亲自叮嘱了几句话。

普六茹坚非常严肃地说:“舞雀儿,你这一去便是皇帝身边的人,说话做事皆要三思而后行。这两年,不管遇到何事,不管遇到怎样的人,千万千万不可回府。事逼无奈,只管亲口告知陛下。这是自保,也是保全我家,你可记住了?你千万记住了!”

望着普六茹坚没有一丝笑容的脸,舞雀儿重重地点了头。这显得十分严谨的点头,仪式感很浓。然后,她毅然转身离去,再也没有回过头来。独孤伽罗因为快要临盆了,也没有去送。只有杨素、李圆通和小葭、小荚四个人,护在嫁车的两边。

他们走后,普六茹坚独自呆在书房里落泪。伽罗躺在床榻上,也流着泪。她哪里知道普六茹坚在皇帝面前受的委屈?此刻,普六茹坚恨不得拦住嫁车,收回他的话,甚至想跟人吵一架,可是……

舞雀儿这一去,宫中等待她的会是什么?

第九章 侍母三载难归隐 郑姬省亲释前嫌

七月，天气干燥少雨闷热，普六茹坚带着李圆通和几个家奴往随州进发。长安距离西南方向的随州差不多有一千五百多里，走到上洛郡，已花去了八天的时间。普六茹坚嫌慢，让几个家奴带着书籍等辎重在后面赶路，自己则带着李圆通轻装飞奔，两人尽是选山道小路抄捷径。

普六茹坚本就性急心急，对于随州，更有似箭归心。李圆通清楚，随州之于郎主家的意义。普六茹忠的封地即在随州，爵号为随国公，这是明帝赐封的。按照律法，这个封号和封地将会由其长子普六茹坚世袭。所以，李圆通理解他的归心。

这日起床，天上一颗星星也没有，一大坨乌云压在头顶。李圆通喂好了马，豆粒大的雨滴就落了下来。盛夏，雨来得猛，去得也急，似男人的火爆脾气。而这日，却有些反常。雨不仅下得大，还没完没了。普六茹坚和李圆通无奈，只得逗留。昨夜，因为走的是小路，他们借宿在一户农家。农家只有一对老夫妻，约甲子之年。有四个儿子和两个女儿，都已成家，却无一个子女陪伴在父母身边。四个儿子分散在三个鲜卑世族庄园里做奴，都已成为无户籍之人。

农家老翁说的这个情况，非常普遍，也是令自宇文泰开始所有陛下十分头疼的问题。农家老翁家的四个儿子及其一家人，都没有登记在册，这就是说他们人口税都是隐藏在鲜卑世族的名下。这样一来，国家就没有得到他们的赋税。世族们拥有大量的土地和人口，甚至拥有武装力量。长此以往，国家的力量还不如这些世族,便只有国将不国的结果。从太祖文帝开始,就想解决这个问题,却没有一个适宜的法子。

普六茹坚想,他在随州一定要想个好法子,整治这种情况,为宇文邕治理全国做出一个典范来。前几日,皇帝还在朝堂之上提及此事,可是宇文护却一笑置之。可想,这些鲜卑世族正是仗着宇文护之势。所以,皇帝的话如风吹一般,一下就消散了。也是,土地和人口是势力的基石,已经都落入了人家的口袋,再想要回来,何其难?

普六茹坚坐在农家老翁的厅堂里,想着这些乱七八糟的事。又喝了一壶茶,起身要走。这时候,他望见雨幕中出现了一个人影,戴着斗笠,披着蓑衣。步履矫健,向自己这边奔过来。这样的大雨里,这样的荒僻山里,还会有人来?厅堂里的几个人都有些紧张,互相望了望,又移开眼神,李圆通的手已经扶在剑鞘上了。

来者是位长须飘然的长者,面目清瘦,特别之处是那脸尤其长,似盖过马的脸。看面相已是中年,但精神矍铄,腰胯处居然挂一酒葫芦。农家老翁急急向前,道:“来者何人?我家不是客栈!”

那人哈哈大笑,声若洪钟道:“允许公子投宿,却将我拒之门外,是何道理?”

普六茹坚和李圆通大惊,自己分明不认识此人。他何以知晓他们?还追随而至?李圆通拦在普六茹坚身前,问道:“老翁何许人?怎知我家公子?”

那人依旧笑哈哈,也不管他们的问话。在屋檐下,自顾自地脱去了斗笠和蓑衣等雨具。又从容进门,坐在厅堂中的一张凳子上,才缓缓地说:“你们让我好找啊。唉,这智仙交待的事,真真折煞我也!”

普六茹坚蓦然上前,欣喜道:“先生莫不是章仇大师?阿阇梨常常提及先生。”

章仇太冀复又笑了:“算你有些眼力劲。”他居然不喝茶,打开酒葫芦,喝了一小口。

农家老翁一听是客人的熟人,连忙让茶,笑眯眯地说:“今日吉庆,朋客满堂啊。”老头儿心里高兴。昨日，他先前也不曾让普六茹坚和李圆通留宿，好话说尽，也不行。最后，李圆通掏出剑来，这才住下。一夜无事。方才两人准备走的时候，普六茹坚掏出了数十枚官制的五铢钱给他，也是他的意外收获。

章仇太冀与韦琼是智仙师太佛门外为数不多的朋友之一，他们都是普六茹坚和李圆通眼里的世外高人。从小，智仙师太就教导两人说，三人行，则必有我师焉。她总是说，自己从韦师和太冀那里学到不少东西。今日陡然见到大师，两人心里甚为欢喜。亲亲热热地坐到他身边，正待叙话。不想，那章仇太冀匆匆喝完农家老翁递过来的茶，便站起身，收敛了脸上的笑容，双手一揖，对着农家老翁道："阿翁，若有人来问，你就说我们往西南走了，谢了啊。"说着，掏出几枚五铢钱，却不是官制的，递到老翁手里。转身对普六茹坚和李圆通说："即刻就走。"

普六茹坚已经料到出了事。否则，这种地方怎会遇见章仇太冀？随即起身。告辞老翁，跟着大师，没入大雨中，却是往正北的方向。狂奔八十多里，方在一座小小的破庙里，停下来，此时已至亥时。三个人似从水中捞出的一般，浑身上下没有一寸干纱。普六茹坚握着缰绳的双手都已被雨水浸泡得又白又皱，章仇太冀见了，轻声道："少主，受苦了。"

此庙已经废弃，供奉的菩萨落满了灰尘。一大两小，共三间房子，章仇太冀将他们带进靠里的一个套间里。里面有一张陈旧但还算完整的席子，普六茹坚顾不得换洗，便瘫倒在上面。心里却想着章仇太冀刚才的话，他居然唤自己为少主，难不成他是阿父的人么？

普六茹坚道："大师，这么急，出了大事么？"

章仇太冀道："少主，性命攸关！你的几个家奴在三日前，都死于刀剑之下了。"

"什么？"李圆通大叫一声，腾地一下站起身，扔掉了手中的烙饼，这是早上从农家老翁家带来的干粮，"何人所为？"

"这还想象不到么？"章仇太冀懒懒地道，"幸亏你们还算机警，分成了两处。

否则，是不是凶多吉少，还真不好说。”

普六茹坚似乎生了气，语气铿锵，道：“我处处小心，言词谨慎，不敢妄动一步。为何对我越发严苛？乃至要夺我性命？！”

章仇太冀道：“比之李植何如？”

普六茹坚红了脸，是气红的，尖声道：“如何以李植比之？当今圣上岂是孝闵帝！而我又岂是李植可比？大师，此话可有渊源？”

章仇太冀道：“此话当然非我杜撰。尊君让我带给少主两个字：李植。让少主在随州千万不可妄动，千万不要授人以柄，以求保全。”

普六茹坚的脸又红了，心想这正是自己的唐突，家奴都死了。与章仇太冀争辩又有何意义？阿父料事如神，派了章仇太冀来救，也是煞费苦心了。李圆通喃喃道：“如此说来，我等只有坐以待毙么？”

章仇太冀道：“不妨，少主且放宽心。襄州是必经之处，想必是他们最后一处，我均已安排。只是，到了随州，千万不可妄动，此话尊君说了两遍。那宇文护亦无可奈何。”

难不成阿父看见了自己的内心？料定自己在随州想干出一番惊天动地的事来？昨日农家老翁说的情形，越发促使他想率先在随州替皇帝轰开冰山一角。可是现在，章仇太冀却给自己带来了这个消息，还有阿父的叮嘱。这么多年，历经了几个帝王，阿父都能安然无事。他的话，自然是要重视的，尤其是阿父提到李植。谁都知道，李植害了自己，害了兄弟，害了父母，害了整个家族。

过了半晌，普六茹坚轻轻地叹了口气道：“大师，陛下如今可好？他有没有明确的态度？”

章仇太冀听了此话，反倒笑了，说：“少主自不必担心。你的皇帝陛下正在宫中大摆觞上寿，热闹的紧。少主的事，恐怕无暇顾及。”

“什么觞上寿？摆宴席么？”

“宇文护的阿娘不是从齐国被送回来了么？皇帝为了讨好她，对她以家母之礼恭敬之。几乎倾尽国库之宝，赏赐于她。”

普六茹坚的心一下子又灰暗起来。他知道宇文邕的韬光养晦，可是，这也太过火了吧？他本想安置在随州的雄心，一下子落下来了。似一块在炉火中炙烤了数日的烙铁，忽地掉进了冰窟窿里。他的心也在丝丝呲呲地冒着烟，之后，便冷落坚硬了。

“依大师之见，陛下与宇文护孰更长久？”普六茹坚目光阴沉，情绪低落，“那宇文毓与宇文觉也是忍让退守，却是三年见底。可叹我以为终究可以效力了，却又是一个韬光养晦！”

章仇太翼笑了笑，道：“少主勿用忧虑。韦琼不是给那宇文护下了定论么？韦琼狷狂，面相还是准的。我虽未见识龙颜，但依他行事的风范，比之宇文护更久矣。”

普六茹坚遂也笑了起来。他想起了那日韦琼逃至智仙师太处的狼狈样，知道他为了逞一时嘴巴快活，差点弄丢了性命。想这乱世之中，一举一动、一言一行，都如在薄冰之上行走，小心翼翼。否则，万劫不复。又想起阿父说起李植，这是告诫自己可不要成了第二个李植。罢了，罢了。想要放飞风筝，此时，却不是放风筝的季节啊。

这样一想，普六茹坚的心便缓了下来。先前那似箭般飞驰的心思、激昂的情绪，像是被这场大雨冲洗得干干净净，只剩下了一颗平常安静的心。只是可惜了那几名家奴，白白地丢了性命。

心慢了，脚步也慢了。到了八月，普六茹坚和李圆通才抵达襄州。如同章仇太翼说的一样，在襄州，他们平安无虞。没有想到的是，襄州刺史庞晃竟是出奇的热情，盛情款待，留他们逗留了好些时日。自此，庞晃便成为了普六茹坚深相结纳的知心好友。一番欢愉过后，方缓缓地进入随州城。

来之前，普六茹坚对随州这座古城有诸多想象和憧憬。他查阅了大量的典籍史料，知道汉东之国随最大的说法，指的是战国时期，随是一个诸侯国，虽小，但在汉东一带却还是最大的。附庸于楚国，其民风民俗深受楚国之影响，在汉东诸国中也算是最富裕的。本想让它在自己的手中，扬名朝野。唉，事不遂愿。

腊月，随着雪花飘至，普六茹坚在刺史衙门收到了两个好消息和一个坏消息。好消息，第一个是独孤伽罗平安地诞下了他们的第一个孩子，是个女孩儿。普六茹坚希望她美丽华贵，取名为丽华。他没有用鲜卑姓氏，为自己的孩子命名，那拗口的鲜卑姓氏总是让他不甚舒心。杨丽华，叫起来多么好听。第二个好消息来自阿父，普六茹忠被朝廷命为大司空，担任元帅。统帅大将军杨纂、李穆、王杰、尔朱敏，开府元寿、田弘、慕容延等十余支队伍，一万多人，联合突厥，从北边向北齐进发。征战一生的阿父，终于成为了大司空，执掌军权，统帅全军。从这层意义上看，普六茹家此时方在朝中真正立稳了脚跟。坏消息是阿母病了，作为亲生的长子，普六茹坚要侍疾。

随州既已无法安置雄心，不如回京侍奉母亲。普六茹坚打定主意，向皇帝陛下告假，陛下也很快就准了。回京的一千五百里，普六茹坚和李圆通用了八天就跑到了。途中，他们还特地跑到曾经投宿的农家老翁家。结果，没有找到他们。那房屋已经垮掉了。普六茹坚宁愿相信，他们是自然老死的。

京城长安，到底繁华多了。尽管大雪将全城都飘成了白茫茫一片，但家家户户门口都贴着鲜艳的门神和对联，年味就显得非常浓烈。普六茹坚想，自己的府中也该是如此吧，但他却径直去了阿父的大司空府，见病重的阿母。

吕苦桃早年跟随普六茹忠颠沛流离，直到近三十岁才算安定下来，生下普六茹坚，身子骨一直病恹恹的。尽管如今普六茹忠出息了，但她却比同龄人更显苍老。见到病榻上瘦黄老相的阿母，普六茹坚的双膝一软，跪倒在阿母的床榻之前，失声痛哭。

阿父常年征战在外，贵为大司空、行军统帅，却独留阿母在空房之中。阿母苦啊！普六茹坚泪流满面。又暗自扪心，想自己忙忙碌碌、处心积虑，竟如飘在暗流汹涌的河流之上，随时倾覆的危险尾随不掉。普六茹坚哭的，也是这份不甘心啊。

此时，普六茹瓒也在阿母的房中。普六茹瓒是普六茹坚同父母的兄弟，排行老三。已经许久不见老三了，普六茹坚哭歇了一会儿，望见普六茹瓒，普六茹坚轻声唤："阿三，你还好么？"

谁知普六茹瓒却冷着脸，不阴不阳道："你不生事，我自然是好的。"

方才心已伤透，现在又被阿瓒莫名地刺了一下，普六茹坚遂沉下脸，沉沉道："何出此言？有这么跟长兄说话的么！"

阿瓒冷笑道："还知晓你是兄长啊？我警告你，我不会让你做第二个李植！必要时，别怪我抹脸无情！我也是为了这一大家子好！"

普六茹坚气得怒目圆睁，冷笑道："好你个脚踏双船的小人！你连陛下的妹妹都娶了，却又怕我助力于陛下！"

阿瓒被普六茹坚骂得脸上挂不住，气得跺脚道："晋国公知我，晋国公厌你！真不知如何想的，当年晋国公想招你入朝，你拒之。现在一个小小的随州刺史，你倒是上心了。"

普六茹坚待要再说，却被母亲一声幽幽的叹息止住了，兄弟两人再次跪在母亲的病榻前。普六茹坚伸出右手，对着自己的脸颊，狠狠地甩了两个耳光，恨恨道："请阿母休要担心，坚知错了。"又抬头望了母亲一眼，流下泪来，"从今往后，母亲由坚侍奉。坚专心侍疾，不问朝政，只求阿母身体康健。"

吕苦桃摇摇头，轻声道："阿母不要你侍疾，阿母只要你们兄弟和睦，要你们保全自己。"

兄弟俩同时俯下身去，道："孩儿记住了。"

不待普六茹坚起身，普六茹瓒率先站起来，狠狠地剜了一眼仍旧跪在地上的普六茹坚，拂袖而去。

普六茹坚身子无力地瘫倒在地，再次泪流满面。是夜，普六茹坚在阿母的房间里，拥着一床暖被，靠着火盆，将就着迷糊了一宿。

为母侍疾，也算是另一种形式的归隐吧。归隐？还未出仕大展抱负，又要归隐。隐匿如舞雀儿一样么？普六茹坚心里的晦涩难以言表。将舞雀儿敬献宫中，就像是石沉水中，毫无声息。几年了，她与府里完全断了音讯。像是一场长久的梦，恍恍惚惚的，府中竟连她的痕迹也悄然消失，果真发生了那些事么？

入宫第四年。这一年，春天来得特别早。紫薇宫的后花园里，迎春花招摇至极。暖阳之下，明黄、鹅黄地争相斗艳。那天夜里，舞雀儿来到宫中。宇文邕在皇后李娥姿的天成宫里接见了她。问了几句简单的话后，将她扔进了紫薇宫里，她便再也无缘目睹皇帝陛下的龙颜。从此，紫薇宫尴尬至极。说是冷宫吧，宫里的婢子内侍都不少，人人都可穿红戴绿，俸禄与别的宫一样；说不是冷宫吧，皇帝却从未踏进宫里半步，也从未让舞雀儿去侍过寝，像是完全忘记了紫薇宫的存在，更忘记了里面还住着位新人。

舞雀儿倒也淡定，极少言语，更没有怨言。只是原来一个爱笑爱闹的丫头，变了，变成了宫中一个衣食华贵的闲人。同样时运不济的云巧儿也被分派过来，这个宫里的下人都是明帝和孝闵帝时期遗留下来的。

舞雀儿站在一丛迎春花前，摘一朵明黄的花儿，在头上比试了一下，摇摇头，又在胸前比试了一下，还是摇摇头。叹了口气，将花儿托在掌心，静静地注视。这天，她穿了一件湖蓝色的春衫，随意搭了件骨白色的画帛，素雅淡妆，隐隐的愁苦锁在眉心处。这是她惯常的神态，她的身后，只站了云巧儿一个婢子。

一个内侍急急忙忙地跑到她们跟前，来不及下跪，欢天喜地地说：“郑夫人，陛下驾临本宫了。夫人快去接驾！”

舞雀儿一惊，曾千百次地想过与皇帝的见面，没想到竟是四年之后的突然而至。顿有不胜唏嘘之感。不知怎的，眼圈竟红了，又悄然抑制，跟在内侍后头走。内侍走得急，弄得她也有点趔趔趄趄。

宇文邕已经端端正正地坐在紫微宫里的圆桌边，何泉站在他的身后。宇文邕脸色轻松，笑意盈脸。舞雀儿及至跟前，跪下，平静地叫了声“陛下”，又平静地说："妾不知陛下今日会亲临，有失远迎。恕罪。"说罢，低下头，一副淡定、有礼有节的样子，也不似第一次见面时的那个活泼爱笑的丫头。

宇文邕亲自起身扶起了她，又示意何泉领着宫里不多的几个婢子全部退下。舞雀儿仍然低着头，也没有说话。宇文邕心里暗自欢喜，果然是普六茹坚调教出来的人，在皇帝面前竟也能如此定得住神。四年了，想必她也是窝着满腔的怨恨吧？宇文邕伸出右手，将舞雀儿的下巴向上抬了抬，柔声道："郑姬，怨恨朕吧？"

舞雀儿到底没有忍住，流下泪来，却犟犟地说："岂敢！郎君是皇帝呀！"

美人落泪，皇帝也是怜花惜玉之人。他一伸手，将舞雀儿拥进怀里，贴着她的耳朵根道："你怨朕，朕也能体谅。今后，朕要好好疼你。"宇文邕的眼睛迷离了起来，在她的小酒窝上亲了一口，道，"朕错怪了普六茹坚，也误了朕和你的大好时光。"

听了这话，舞雀儿本已擦干泪水的眼里，又涌出了许多泪。她轻声道："四年了，妾也已悟出来了。妾不敢怨恨陛下，妾还要感激陛下。有了今朝这一遭，妾已死而无憾了。"

宇文邕更迷离地拥着她，颤抖着声音道："好雀儿，不要再说了。朕的心都要化成泪了。"宇文邕寻着她的眼，对着这双眼，道，"朕无奈。已有一座山挡在朕的前面，朕不愿再见山见水了，朕想拥有真心助朕的人。"

舞雀儿放下心来，想自己和郎主应该过关了。四年的等待，终于迎来了皇帝的拥抱。舞雀儿道："陛下，我家郎主是能助陛下的人么？"

宇文邕双手将她的双肩掰过来，盯着她的双眼，定定地说："从今往后，你是朕的女人！是立于朕一人之下万人之上的人！再不可称他为郎主。记住了，他只是一个臣子，永远都是。只是一个可以为朕助力的人，你可记住了。"

舞雀儿郑重地点点头，只这一句，便成为她人生的分水岭。是夜，皇帝陛下留宿紫薇宫。

昨夜一宿的恩爱，宇文邕推心置腹的说话。缠绵的爱意，尽溢于言表。早晨起床，舞雀儿，现在应该没有舞雀儿了，宫中只有郑夫人。郑姬容光焕发，轻盈倩笑，一举一动无不让皇帝陛下心旌荡漾。宇文邕拉过她，回味昨夜万般的柔情、万般的好，禁不住又在她的脸上亲了一口，方恋恋不舍离去。

紫薇宫里的阴凉气息，因皇帝的到来而一扫而光，满壁生辉，全宫上下的人都有了生气。郑姬坐在梳妆台前，由着云巧儿精心打扮，她给郑姬梳了一个翻荷髻，这是宫中刚流行的发髻。将四周的头发全部翻过来，在耳朵上边、额头上边卷成小卷，再插上珠花、金叶、玉石，还插上了两朵含苞的迎春花，煞是美艳。郑姬穿了件大红的绣黄色花朵的袍子，宽衣大袖的，十足汉家女子的雍容华贵。却是从宫中的偏门出来，小门外一辆外观看起来普普通通的马车，静静地停在那里。云巧儿随在郑姬的身后，也进了马车，而内侍却是皇帝身边的何泉。

初春的长安城，早露还未散尽，仍是寒意扑面。而车内暖暖的，郑姬的内心也是暖暖的。昨夜皇帝口谕，让她今日一大早就来普六茹坚的府里省亲。今晚，他还会临幸紫薇宫。

府里仍然沉浸在一片哀痛之中。尽管祭幡已经撤去，但全府上下的人都没有一丝笑容。普六茹坚昼夜不息地侍奉病重的母亲，三年来，这个府中就只呈现出浓浓的中药味，但吕苦桃还是走了。三年的时光，普六茹坚几乎是足不出户。

按郑姬此时的身份，正如宇文邕所说，她已是皇帝临幸过的女人，进府，该走中门。然而，这天，郑姬还是走的偏门。没有通报，她自己就进来了。普六茹坚一家人正在吃早食。见到盛装的郑姬，独孤伽罗停止了给丽华喂食。

郑姬满脸盛着微笑，脸上依旧留有昨夜的恩爱之后初为人妇的娇羞，白里透红。大红的礼服，给静谧肃杀的普六茹府中，带来了春的生机。独孤伽罗又挺着大肚子，这已是他们的第三个孩子了。丽华之后，她给普六茹坚添了位长子，取名勇，希望他勇猛无敌。勇儿方岁余，此刻正在酣睡。

郑姬微微向前欠了欠身，作势要施礼，却被普六茹坚夫妻一把拉住。伽罗笑道:“你已不似往日,施礼不是要折煞我吗?”又笑吟吟地将她让至中庭,一边扶着她走一边说,“到底是宫中富贵,你是越发的端庄美丽了。”

三人在中庭坐定。郑姬忽地就流下泪来,哽咽道:“婢子想念主母和郎主啊。四年了,无一日不似在囚牢中。”

普六茹坚心下戚然,道:“悔不该当初没有听夫人的话,竟让你受了莫大的委屈,将你送进宫,我悔矣。四年,他心硬,都没有见你么?”

独孤伽罗亦流下泪,道:“本想成人之美。岂知他堂堂的一国之君,心眼竟如针眼!倒猜忌起臣子来。”

郑姬抹干泪,笑了笑,难掩娇羞道:“总算是苦尽甘来。陛下昨夜留宿本宫,对我也是恩爱至极,今夜还要来呢。今日又允我省亲,说郎主侍母三年,忠孝可照日月。还望你能节哀顺变,多多思虑国之大事。”

普六茹坚心里一惊,想郑姬果然是来替陛下传话的。那宇文邕要有行动了吗?又要启用自己了吗?真的冰释前嫌了吗?心里有许多问号,面上却仍旧镇静,道:“回陛下的话,臣不敢有一日懈怠,不敢有一日忽视国事。”

郑姬笑道:“这个我甚是清楚。陛下说,府兵、均田均要改之。如何改之,请你多费心力;边疆乱极,北方的突厥、东部的北齐、西边的吐谷浑,都在虎视眈眈,我朝切不可自乱。君臣要齐心共力,不可有间隙。当年在前朝的麟趾殿延寿殿里结下的情谊,陛下始终未忘记。四年未入紫薇宫也绝非猜忌所然,连何泉都坦然使之,让你不必多心和自责。”

郑姬一口气说了这许多,想必是将皇帝的话背诵了好多遍,这便是代皇帝的口谕。普六茹坚立起身,要跪,郑姬仍旧笑道:“郎主自不必拘礼,这厢亦无外人,妾身本是府中一婢子,承蒙抬爱,才有今日。不过,话又说回来,当今皇后也是婢子出身,夹杂在梁人难民之中,被驱掳至我朝。如今,不也成为堂堂的后宫之主、一国之母吗?”

这个倒是事实。宇文邕的正妻李娥姿,也是梁国破后被驱掳而至的难民。当年，宇文泰见其貌美，便指给了宇文邕做妻，婚礼也是草草办的。宇文邕虽也是粗粗地应承，却一直拿她当正妻，从未轻慢。郑姬此刻提起皇后，不仅仅是说她自己的身世，更是说连宇文泰、宇文邕都不计较出身，那他普六茹坚夫妇也不可轻看了自己。

独孤伽罗在心里叹道，好个口齿伶俐的婢子！出门几年，便当刮目相看，正话反话都叫她给说了，不露痕迹。二十年的养育之恩，竟抵不过皇帝的一夜临幸。

中庭里的三人说得热闹。此时，屋外的花园里也很热闹。李圆通带着何泉去了前厅，免不了又要一番好礼相送。而小葭、小葵则带着云巧儿在花园里嬉闹。独孤伽罗曾带着两个婢子进宫照看过独孤伽兰皇后，因此，几个婢子相互熟识。

听说舞雀儿回府省亲，李九特地做了一些她爱吃的甜馅毕罗当点心。送至中庭，但见他们关了门在议事，又不敢推门，李九只好怏怏地折回花园。正待招呼小葭过来，却被一个刻进骨子里的身影惊住了：那不是他心心念念日夜盼望的巧云吗？

李九感到自己的心脏骤然停止，人就呆住了。似在梦中，想要飞奔过去，却移不动腿脚。直到手中的碟子坠落在地，方才惊醒过来。那云巧儿转过身来，也惊得说不出话来。她面色煞白，痴痴呆呆地立在原处。

小葭奔过来，对着李九笑道："见到美人，中魔障啦？"顺着李九的眼睛望过去，方才觉出了云巧儿的异样。

"巧云啊！"李九撕心裂肺一声长嚎，奔到了云巧儿的面前，扶住她的双肩，使劲地摇晃。然而，大家都没有想到，缓过神来的云巧儿，冷冷地将李九的手拂去，静静地道："这位兄长，你认错人了，我叫云巧儿。"

李九又将手搭在她的肩头，不停地摇晃着她，似乎想把她从梦中摇醒："连声音都一模一样。你看看我，我是你的李九呀！"

李九急得想要哭出来，而云巧儿立在原处，丝毫不动，面色冷峻地说："你认错人了。我从不认识什么李九！”

李九更加悲绝地嚎叫：“天哪。你怎么能忘了呢？你我有过生死盟誓的呀！”

几个人乱作一团，惊动了那边屋里的人。他们都出来探看，何泉和李圆通也赶来。好一会儿，大家才明白事情的原委。普六茹坚将李九从云巧儿的身边拉开，道：“兴许你念心太重，虚幻了吧？”又示意李圆通将他拖走。

那云巧儿像是解脱一般，逃到郑姬身后，满脸通红，也不说话，更不解释。普六茹坚夫妻将郑姬一行，送出门去。

刚一转身，独孤伽罗便道：“陛下这唱的又是哪一出？郎君侍母三年有余，闭门不出。我道他忘了郎君，怎的又想起来？”

普六茹坚牵着独孤伽罗的手，小心翼翼地往里走，道：“此次伐齐，阿父统帅，虽是小胜，但终究是赢。陛下多有赏赐，欲立阿父为太傅。然，晋国公不允。改做了总管泾、幽、灵、云、盐、显六州诸军事及泾州总管。”

伽罗点点头，冷笑道：“如此说来，大人公成了他们手中的香馍。而你四年不仕，足以替舞雀儿洗净委屈。四年啊，陛下的心真够重的！”

普六茹坚道：“当初送她入宫，却没有想到这一层，欠周全。倒置于我于小人施心机般还无处可辩之地！好在日久见人心，陛下终究是知我的。本以为陛下之事，皆为国事。能为社稷出力，乃我本心。”

夫妻俩说着贴心话，一同往回走。小丽华跑过来，喊道：“阿父阿母，九叔跪在前头，在那里哭，你们快去看看。”

两人对望了一眼，脚底生起了风。在回廊的拐角处，果然见李九跪着，小葭、小蒇在边上劝慰。

见到普六茹坚夫妇，李九伏地嚎啕，哽咽道：“请郎主夫人为我做主啊！”

独孤伽罗道：“你且起来说话，人家不认你，我们岂能强迫？”

李九依旧跪在地上，大哭：“那分明就是巧云，还说是什么云巧儿。她不认我，她为什么不认我啊？”

普六茹坚走过去，将他拉了起来，厉声道："大男人休要为此落泪！你想想她为何不认你？肯定是有难言之隐。你若苦苦相逼，岂不是强人所难？"

听普六茹坚这一说，李九才止住哭道："有何难言之隐不可与我言表？我是她最亲近的人啊！"

"事过境迁，你如今还是她最亲近的人么？"独孤伽罗叹口气，又道，"你都八九年没有见过她了，怎的知晓她还未成家？"

这一说，众人皆缄默，目光哀哀地看着李九。李九便不再言语，想想也是这个理。普六茹坚也目光哀哀，劝慰道："你先别哀泣，容我慢慢暗访，你且不要造次！"

李九点点头，默默地退转回去。小葵牵着小丽华去后花园，小葭和李圆通跟着夫妻俩往里走。

小葭说："郎主，依那云巧儿当时的反应看，应该如李九所说。"

李圆通也道："何内侍说，她最早在大冢宰府呆过，怕是与宇文护有干系。"

普六茹坚沉下脸，道："陛下亲自颁第一道诏书，便是不能称呼其名。你倒好，不怕杀头，不怕惹是非呀？"说得李圆通红了脸，他看了小葭一眼，脸更红了。

回到房中，独孤伽罗也对李圆通道："本府成了陛下制衡晋国公的首要棋子，我们当越发小心才是。郎主素有报国之心，却也三年闭门不出。如今……"

普六茹坚道："如今，我仍要与明君联合，该治理的治理，该整顿的整顿。陛下曾说，要将江山整治出一个锦绣的前程来，我岂能袖手?！三年侍疾，不过是韬光养晦罢了。"

独孤伽罗拍手笑道："我知道郎君不会沉沦！心怀国家，才是男人本色，我极其赞同郎君。"

可是，世上却有那么多的不确定。未来，谁能说可以按照自己的想法走？入仕途是凶是吉？连陛下都依然在韬光养晦，自己的前程能锦绣么？

第十章 突遭陷害囚皇宫 天子金口定姻亲

这个春天，紫薇宫就像一枝施足了肥的鲜花，在满园的春色中招摇，格外的醒目，格外的引起皇帝的注目。宇文邕几乎夜夜留宿此处，郑姬就是那朵盛开的鲜花，她被皇帝浇灌得鲜艳欲滴。紫薇宫再也不是原先那个不尴不尬的宫殿了，现在它门庭若市，连皇后李娥姿都带着太子宇文赟来了。皇后出身低微，少言，恬静。虽所生长子宇文赟贵为太子，她也不呈跋扈之态。这样的一位皇后，平日里从不串门，却也罕见地来到了紫薇宫。可见，郑姬受宠爱的程度。

这日下朝，宇文邕就直奔紫薇宫。平日里，他总是过了戌时才来。这日面色很不好，坐在椅子上，对跪迎的郑姬冷冷地道："你可曾有话要对朕讲？"

这突如其来的质询，让郑姬慌了神。这些日子都是好好的呀，哪有什么特别的事，需要禀告？郑姬想了许久，也没有想出个所以然。

宇文邕显得有些不耐烦，站起身，厉声道："云巧儿与普六茹家有甚渊源？"

郑姬抬起头，不解道："没有呀。那日在府里，李九误认云巧儿是他的故人。可云巧儿却不认，妾想也是李九错了的。"

宇文邕道："你想？你能想甚！为何不告之于朕？"

郑姬甚为惊讶，心想奴婢的这等小事，还需向皇上报告？便不以为然，道："妾以为此等小事不必……"

宇文邕沉沉地打断她，声音凛冽道："与普六茹家相关的事，没有轻事，事事俱重！如今，你可懂了？"遂又叹了口气，放缓了语气，道，"你且起来。"

此时，云巧儿已由四个侍卫押了进来。云巧儿被反绑着手，面目倒也平静。被其中一个侍卫粗鲁地推搡着，跪到了宇文邕和郑姬的面前。

“云巧儿，你且说说，你与李安是如何密谋毒死明帝的？与普六茹府又是怎样的渊源？”宇文邕复又坐下，用词虽温和，但语气却极为严厉。想起兄长宇文毓被毒死在朝堂之上，那被痛苦扭曲的脸，宇文邕的心就如被毒蛇噬咬般的痛。严苛的眼神，连郑姬都被吓到了。

“奴婢与李安是同乡，不曾参与密谋，且跟普六茹府素无往来。”云巧儿语气铮铮。她也在后悔，那李安赴死之前，分明是来向她告白的。可她竟冷冷地推开了他，让他一个人孤单冷漠地死去。

“掌嘴！”温文尔雅的宇文邕，被云巧儿的傲慢激怒了。两个侍卫上前，对着云巧儿狠狠地扇了几个耳光。郑姬下意识地捂住了嘴巴，虽为奴婢，在普六茹府时她也听过李安的名字，知道事态的严重性。

“再要有半句谎话，朕诛杀你及与之关联的所有人！”宇文邕的面目狰狞。李安，这个名字触痛了他埋在心底最深处的耻辱。

云巧儿流下泪来，嘴角处流了许多血，却不再说半个字。屋里人都沉默着，空气中一股压迫人、使人窒息的气息弥漫开来，郑姬收敛了方才那一丝的不以为然。

半晌，宇文邕像是从那沉痛的回忆中惊醒过来，无力地挥挥手，疲惫地说：“押下去吧。”

他们走后，郑姬端来一杯茶，宇文邕摆摆手道：“朕乏了。念你也是有孕之人，歇息去吧，朕不追究了。”他站起身，往前走了几步，有些摇晃。

何泉见了，忙扶住了他，轻声劝慰道：“陛下，切莫伤了龙体啊。万事急不得，要慢慢等。”

宇文邕咧嘴，凄然一笑，道：“还不够慢吗？八年了，朕无一日，不在这阴影之下。”

郑姬望着他们的背影，猛然觉得皇帝的身形略显苍老，而他仅只有二十五岁。

云巧儿被关在单独的一间房子里，也不是正经的牢房，是宫里一座破旧废弃的小院，人迹罕至。从申时被押送至此，三个多时辰了，她滴水未进，泪水未尽。想那李九悲绝无望的眼神，她的泪就一波一波地汹涌而至。在梁国，她虽不是大户人家的小姐，却也是一块小家碧玉，是远乡近邻眼中的一枝花。与宫中御厨李九订了亲，未来一份美好的生活近在眼前。却不料，天地倒转。梁帝不武，国破，家就亡了。之后，便落入宇文护的掌中，被他夺了贞操，又送入宫中。说是既已为他的女人，便只能为他办事。没想到，碰见了李安。向她示好表白，她都不敢答应。更没想到，李安也是宇文护的人，竟然做出了毒害皇帝的事，自己也丢了性命。本想此生也就如此了，可是没想到，今生还能见到李九。李九哇，你哪里知我的苦！

正在胡思乱想的时候，门被轻轻打开了。一个蒙面人走近前来，拉着云巧儿便往外走。她来不及多虑，跟着他奔到了宫外一个僻静之处。有两个人等在此，这两人云巧儿认识，都是大冢宰府里的人。一个是大总管，另一个是他的助从。

见到熟识的人，云巧儿紧张的心才松懈了些，道："大总管辛苦了，深更半夜还为奴婢的事操劳。"

大总管冷冷道："可不仅仅是你的事，陛下问了李安吧？"

云巧儿道："是，奴婢不敢多嘴。"

大总管道："这个我已知晓。算你机敏，没有扯出事端来，我等将你送走。"

云巧儿急道："嚼烂了舌头，奴婢也不敢多说一个字啊，奴婢还能去哪里？"

那个总管的助从语气生硬地说："要到外人都认不出你的地方去！"

大总管剜了他一眼，转而对云巧儿说："走之前，你有没有想托付的事？这一去，不知何年才能回来，了了心愿也好。"

云巧儿急忙辩解道："我本就没有跟李安合谋，陛下就算要查，也查不出甚。

要我走，我还能走到哪里去？”

两人与那蒙面人都不再理会她，押着她在暗夜里走。走了几步，云巧儿无奈地说：“一定要走的话，请让我见李九最后一面吧。”

暗夜里，被称为大总管的人阴阴地笑了，道：“那好，我等现在就赶至普六茹府。你不可逗留太久，时间不多。”

云巧儿咬着嘴唇，点点头。几个人一起，在无人的黑夜里疾行。至普六茹府偏门，门锁紧闭，无人值守。助从和蒙面人一左一右地拉着云巧儿的手，轻轻地跃上墙头，又纵身跳下。大总管留在墙外。

三人落在一个小院落里，往前跑了几步，云巧儿轻声道：“找膳房，李九是厨……”话音未落，人已经倒在血泊里。那个助从掏出腰里的一条画帛，塞在云巧儿的手里。两人才掉头，又往墙边跑。跃上，跳下，对着等在外面的大总管点点头。三个人一起，遁入黑暗。

李九这夜心神不宁，老是魂不守舍的，躺在榻上翻来覆去地睡不着。自从见了巧云之后，他便没有睡好过，满脑子只有一个问题困扰他：巧云为甚不认？他与巧云虽未正式成亲，但两人从小一起长大，早已是心有所属。这么亲近的人，怎的说不认就不认了呢？即便是与别人成亲了，也是情有可原，但不认就太决绝了吧。

舞雀儿回府省亲，像一阵风似的，吹皱了普六茹坚夫妇三年来死水一般的生活湖面。他们又像鱼儿遇见了水一样，游刃有余起来。这几日，普六茹坚将原先准备在随州实施的府兵、均田制改革计划又修改一番，那农家老翁给他提供了最鲜活的真实材料。

几近寅时，是普六茹坚固定的起床时间。这天，起床穿衣，普六茹坚的手突然顿了一下，右眼皮莫名地跳了好几下，心也就跟着莫名地悸动了一下。他蹙着眉头，待穿好衣裳，右眼皮又跳了好几下。停顿了一刻，右眼皮第三次跳动的时候，普六茹坚的心彻底地被弄得烦躁起来。书也看不进去，踱出门外，带着剑。

普六茹坚在中庭花园舞完了两套剑法时，前庭开始骚动。李圆通奔到中庭花园，向普六茹坚禀报："郎主，前厢房杂院里，发现了云巧儿的尸首。"

普六茹坚收住剑，早晨起床后一直烦躁不安的心，此刻反倒是安定了下来，该来的终归会来。他随着李圆通来到前厢房，李九已将云巧儿抱进了自己的床榻上，坐在她的旁边，哭得死去活来。他狠狠地抽自己的耳光，口里喃喃，道是自己害死了她。

普六茹坚走过来，看见云巧儿是背心正中一刀，很深，一刀致命，她手里捏着的画帛微微散开了些。普六茹坚将那画帛抽出来，是条粉红的单色普通画帛。上面没有画绣，却有几个墨写的字：亡国不可活。众人都围将过来，见到这几个字，面呈不解之色。一个宫中的奴婢，怎么会扯到亡国生死大事？

李九也止住了哭，傻傻地望着。普六茹坚问道："这是她的么？"李九摇摇头，道："不晓得。没见过。"普六茹坚似在自问："她是怎么进来的？"

李九又哭了，道："我一早见她，就在地上，一摊血。"他往外面一指，普六茹坚等一干人又跑到外面的杂院。这里离李九的前厢房有数十米远，地上果然有摊血。除此，什么都无异样，可谓干净利落。

这时，一个门值慌慌张张地跑过来，见到普六茹坚，竟顾不得跪下，便结结巴巴地报告："郎主，外……外头，秋官带人……将门围住了。"门值从未见过这等场面，话都说不利索了。

众人都愣住了。

"来者是何人？"李圆通一声断喝，问门值。那可怜的门值却只晓得摇头。

"去看看便知。"普六茹坚道，"你等莫要惊慌，都退开去吧。这里闲杂人等不要进来了，秋官要来查验。"便转身走前面。走了几步，就见一名秋官，领着十几名兵士迎面而来。秋官年轻，普六茹坚也不认识他。

"都站着别动，我奉秋官司寇府之命，前来查验朝廷逃犯。"那秋官傲慢至极，走到普六茹坚和李圆通面前，扬着手命令他们。

李圆通哪里受得了这个，立时变了脸，冷冷地抽出剑，拦在普六茹坚身前，道："休得无礼！"

普六茹坚轻轻推开他，对秋官冷笑道："尔等好迅捷。我都是刚刚得知，而你们却已经进了府中，难不成昨夜就得知消息？"

那秋官也伶牙俐齿，道："堂堂司寇府，消息当然灵通。我奉大冢宰府之命前来缉拿要犯，快交出来！尔等也脱不了干系。"

普六茹坚哈哈大笑，笑完了，面目一收，厉声道："我阿父奉陛下之命，从沃野出兵，晋国公率军进攻洛阳予以响应。他们与齐交战正酣，何以有闲暇顾及一个婢子的生死？这位秋官，休要打诳语！"此时此刻，普六茹坚只有打出父亲的名号，以求自保。

秋官思忖着，他一个小小的秋官，能与普六茹忠作对么？能在他们的后方造次么？他还晓得，普六茹坚与陛下素好。其实他是奉了大冢宰府总管的命令而来的，那分明也是一个厉害的角色。这左虎右豹的俱凶悍至极，都得罪不起啊。他一时僵在那里。

这时，府邸正门前又有了骚动。一辆豪华的马车旁，何泉正在扶一位贵妇下来。看那身形，普六茹坚知道郑姬来了。心里涌起一阵暖流，想陛下心里还是很惦念自己的。那郑姬仪态万方，款款而来。幂罗之下，那秋官虽不认识郑姬，却也知道何泉和他的做派。便半张着嘴，立定不动。

不待普六茹坚上前与郑姬说话，小葭从后院飞一般冲过来，急切切地奔到普六茹坚身边，惊惧地说："郎主，夫人……夫人惊了胎气，怕是要生产了。"

普六茹坚大骇，惊问道："为何惊动了她？她现在如何？"

小葭似要哭出来："已经见了红。"

普六茹坚一跺脚，头上已浸出汗珠来。也顾不得招呼郑姬，更顾不得秋官，转身就往后院寝房奔去。偏那秋官识不得人情，一个健步拦在普六茹坚面前，道："休想逃走！"

普六茹坚右手一扬，那人便后退了数步。普六茹坚面目扭曲，额头上的龙骨突突直跳，恶狠狠道："你若再敢拦我，定让你死！"说罢，迅疾而去。

那秋官被普六茹坚的怒容给震住了。李圆通奔将过来，用刀抵住了他的脖子，更让他吓得说不出半个字来。

此时的普六茹府，比一锅粥还要沸腾。

听到独孤伽罗身体有异样，普六茹坚立时就慌了，对着小葭吼道："快去请大夫，快去请阿阇梨呀！"

小葭带着哭腔道："外面有兵士，不让出门。"

普六茹坚又折回身，揪住秋官的胸口，道："让你的人散开去，让我的人去请大夫，我夫人要临产了。"

那秋官却杵在原地，犟犟地不说话。郑姬见李圆通将刀架在秋官的脖子上，唯恐事态失控，大声叫道："李圆通，休要无理！把刀放下！"却被普六茹坚一把拉过，道："夫人动了胎气，我等要去请大夫。他们挡在门外，不让出门。"

郑姬心下骇然。这可是人命关天的大事，当即对着秋官说道："这位将军，赶快派人去请。救人是大事，我作担保，本府不会走失一人。"

宫中的妃子都发了话，秋官再不敢马虎，随李圆通下去了。

普六茹坚也顾不得与郑姬说话，一转身就奔向后院寝房。郑姬随在他的身后，也进了房。果然，见那独孤伽罗疼痛难忍。产前阵痛和痉挛交替进行，将她折磨得大汗淋漓。她咬着嘴唇，低声呻吟。连同首次小产，这是伽罗的第四胎。前两次生产都没有这么痛，可能是被府里乱七八糟的事情惊动了。

普六茹坚坐在床边，握着她的手，口里不住地唤菩萨保佑。郑姬没有见过普六茹坚如此紧张，她也是有孕在身，见伽罗如此痛苦，也怕得香汗涔涔。伽罗见到郑姬，眼里闪过一道亮光，旋即又被痛苦所掩盖了。

一会儿工夫，请的大夫和阿阇梨一前一后地到了。见到慈眉善目的阿阇梨，普六茹坚的眼里就有了泪光，烦躁不安的心倒定了。大夫和阿阇梨留下几个婢子，将多余的人都轰出来。

普六茹坚站在门外，不肯离去，也不顾郑姬的身份。好在郑姬清楚，对于普六茹坚而言，此刻，若天塌下来也无干系，只要他的伽罗能够平安，她也默默地站在他的身边。

智仙师太见两人如此，便走过来。像普六茹坚小时候那样，抚着他的肩膀，柔声细语道："那罗延，阿阇梨有言在先，宇文家族奈何不了你，按本心做事就好。"

普六茹坚抓住阿阇梨的双手，哽咽道："阿阇梨啊，我只要伽罗平安，除此，无所惧。"

阿阇梨道："你和郑夫人候在门外，平添了我和大夫的紧迫感，于事无益呀。阿阇梨答应你，一定可以保全伽罗母子的平安。"

普六茹坚这才与郑姬转身离去。两人在中庭坐定，郑姬皱着眉头道："云巧儿也是奇怪得很，怎的就跑到府中？陛下遣我过来，恐又生变数。其实，陛下也没有想到好的法子。"

想到云巧儿，普六茹坚就很气愤："诬陷！可耻！谁会把杀凶现场设在自家并昭示天下而坐以待毙？也是我疏忽。从即日起，府中要设置巡夜值宿。眼下，只有用不变而应之。"

郑姬点点头，缓缓地说："府上是该加强戒备了。正如你所说，凶险至极。"她已不再称呼普六茹坚为郎主，而是以你我相称了，"陛下甚忧虑，唯恐又拿李安或李九嫁祸于你。"

这种阴损之术让普六茹坚十分恼怒。且不说先帝宇文毓是伽罗的亲姊夫，就说自己与其也是相知相敬的良友，怎会去害他？亏他们想得出来！可是，既是加害，岂能以常理去忖度？

普六茹坚道："前段时间，我答应李九替他暗访云巧儿。才知云巧儿自梁国入我朝，最先就是在晋国公府上做奴。后被他送入宫中，其实是他的眼线。她与李安也确实有染,李安死之前夜,去寻过她。两人藏在一起,说了好些个话。”

说到这里,普六茹坚的眼里闪过一道亮光。据暗访的人来报,那天云巧儿就是披着一条同今日手里捏着的一模一样的画帛。难不成,云巧儿在李安死后,便将此话写在了画帛上?当时的情境之下,写这样的话也属本心。

这时,门忽地一下被推开了。小葭冲进来,顾不得礼节,大声唤道:“郎主,恭喜,母子平安,又是位公子。”

普六茹坚腾地一下站起来,他就是在等这一刻,喜极而泣:“谢菩萨保佑,谢谢菩萨保佑。但愿这个孩儿有广阔的天地,可以像雄鹰一样翱翔。作出一番男儿作为!就取名为广吧。”

郑姬也替他们高兴,笑着附和道:“广,好,这个名字有气魄!”边说,边随着他们奔至寝房。

独孤伽罗靠在阿阇梨的肩头,小葖正在喂食肉糜汤,这一幕何其熟悉!普六茹坚将嘴唇抿着,似在抑制眼泪。少顷,才深情地说:“爱妻辛苦了,阿阇梨辛苦了,小葭小葖也辛苦了,众人都辛苦了。”又转身,对站在身后的郑姬郑重地说,“郑夫人,谢谢你!可不是道一声辛苦了得。”郑姬的眼圈忽地就红了,轻声道:“我心甘情愿。”

独孤伽罗夸张地笑道:“郑夫人,这孩儿如同我一样性子急,让你见笑了。”

郑姬文文静静地笑了一下,没有说话。

普六茹坚道:“我将孩儿取名为广,希冀他有个广阔的未来。阿阇梨,这个名字好么?”

智仙师太的淡眉往上扬了扬,淡淡地笑着点头。伽罗也道好。

这时李圆通在外面轻声呼唤。普六茹坚和郑姬对望了一眼,便一起出来了。那个秋官已经查验完毕,正等在前厅里。

进得门来,见李九跪在地上。那秋官坐在前厅的主位上,在问话。见了郑姬,却也知礼节,忙站起身,揖手施礼,让郑姬坐在主位上。

郑姬也不相让，自己坐上去，从容道来："我是紫薇宫的郑姬，死者云巧儿是我的贴身婢子。听说她昨夜莫名地死在这里，陛下深感蹊跷，让我前来探实。"

秋官立即堆上笑容，道："此事实在是蹊跷得很。确实是死在府中，却又没有搏斗的痕迹，说明是熟识的人所为，可府中的人都说不甚清楚……"

郑姬打断他，道："查验的事本宫不甚懂得，但本宫可以肯定，普六茹府中的人不会杀她。一无冤二无仇……"

秋官也冷冷地打断她，冷笑道："既然不懂，可不敢妄自揣测。郑夫人，且听下官道来。倘若单单是个婢子，大冢宰府也不会惊动。可她与李安是一伙，与堂前跪地之人也有道不明的关联，手里又捏着写有怨恨的画帛，可否能这么假定：他们还想合伙谋害陛下谋害大冢宰来报仇？"

普六茹坚也冷冷道："你这也是妄自揣测。若如你所说，即是合谋，又为何一人陈尸于府中？"

那秋官笑道："后来东窗事发了呀，连陛下都在暗中查访她，她还不被灭口？灭她之人，便是和她合谋的同伙！"

普六茹坚目光凛冽，眼里的寒光逼人，道："依你之见，倒是坐实了我府司厨?！请问该如何处置呢？"

秋官道："连同府中主人你一起，先送秋官司寇府羁押，待司寇大人审问定夺，或交由大冢宰府定夺。来人，押送嫌犯。"

"大胆！"郑姬猛然一拍几案，娇声断喝，"本宫受陛下之命前来，岂能容你在此撒泼？我紫薇宫的人莫名地死了。倒不能自己处理此事了？"

秋官见郑姬动了真怒，瞬间态度便软了下来，喃喃道："那依夫人之见，该如何处置？"

郑姬道："我带你们进宫，觐见陛下。"陛下要插手此事，他能不从？

几个人一起出门。李圆通候在门外，闪身跟在普六茹坚的身后，轻声道："郎主，阿阇梨这几日住在府中，叫你不用担心。阿阇梨还说，郎主三年侍母，俱平安。如今刚想冒头入仕，便生出变故，当以此为警戒。”

普六茹坚心里本来有诸多猜测，经阿阇梨这一提醒，顿时豁然开朗，只有这样才说得通啊，遂带着李九随他们进宫。

宇文邕已经搬到重信殿内上朝了。在位这几年，已经修了好几座新的宫殿。他本无意建造，可宇文护却坚持促成这件事，他是真的不愿意再经过正武殿前的那条路了。他总是觉得那天站在正武殿前的身影就是宇文泰，就是那个将江山和儿子都托付给他的那个人。

重信殿很大，内部的设施和装饰都极尽豪华奢侈。宇文护非常满意，他说站在这样的殿宇之中处理国事，才有盛世的感觉。

早朝已退，宇文邕仍然等在重信殿内。空旷豪华的殿堂，宽硕无朋的龙椅，更加衬托了这位皇帝内心的空落。八年了，自己想做成一件事，竟如此之难！前段时间，他重新铸造了新币。将此钱命名为布泉，质量相当于之前的五倍，全国通用。又统一了全国的度量衡，好处是显而易见的，深受百姓欢喜。后来，又借口皇后李娥姿曾是梁奴，下诏书令“江陵人年六十五以上为官奴婢者，已令放免。其公私奴婢，有年至七十以外者，所在官司赎为庶人”。全国数十万奴婢，莫不感激涕零。可也许正是这样的民心所向，让宇文护不高兴不满意了。在他想启用普六茹坚进行府兵改革之关键时刻，让普六茹坚陷入陷阱。

宇文邕坐在龙椅上，深深地叹了口气。为自己没有控制好对云巧儿的情绪而造成的后果，感到懊悔。同时，为宇文护势力之深之大而感到后怕。宇文护此时远在东部边境与齐国作战，却像是站在重信殿的上方俯视着自己，自己微小的一举一动都被他尽收眼底。切不要步明帝后尘！宇文邕暗暗告诫自己。韬光养晦！他恨恨地想，保全性命要紧。

普六茹坚一行进来时，宇文邕的思绪仍未断。八年来，这种恼人的思绪一直困扰着他，让他备受折磨，把他折磨得比同龄人老了许多。尽管他贵为皇帝陛下。

“普六茹坚，唉！”宇文邕见到普六茹坚同样疲惫的脸，长叹一声，他将这感叹声拖得很长，“你呀……”或许正如他对郑姬说的那样，他也没有想到好法子来处置。过了良久，宇文邕对秋官道：“你且退下去吧。普六茹坚先留在宫中，朕要细细加以查问。”

那秋官诺诺退下。宇文邕又让何泉送郑姬回宫，顺便带走了李九。偌大的重信殿里只剩下宇文邕和普六茹坚两人，宇文邕从龙椅上走下来，与普六茹坚并立在殿堂中央，两人相对苦笑。

宇文邕道：“普六茹坚，朕站在这里，上面有两双眼睛盯着朕！”他抬头望向自己右手指引的方向，沉沉道，“一双是我阿父的眼睛。他在瞧着，他的第三个坐了龙椅的儿子，会不会还死在他的堂侄之手！”他收回右手，双眼却凝望上方，道，“另一双眼睛，无时无刻地盯着朕，盯着朕的江山！让朕如芒刺在背！”他的眼里泛着泪光，缩回的右手，对着自己的头，捶了几下，“八年了，朕登基八年了。除了按照他的旨意建造了这些宫殿以外，朕又能做得了什么？如今，朕越发感到手脚被束缚得紧，连气息都要吐不均匀了。”

普六茹坚也道：“是啊。动一根筋，会牵动全身。或许是这次暗访云巧儿，又惊动了他们。”

宇文邕惨然笑道：“阴差阳错。朕本想用云巧儿探探虚实，却没想到你因为李九之事也在暗中调查，倒让他们利用了。如今，这局面该如何收拾？”

普六茹坚道：“我不入仕，便无虞。陛下暂且按下整治朝政的雄心。与晋国公一起固边疆防入侵，方可闯过这凶险。”

宇文邕点头道：“朕亦思虑过了。瞧他这树大根深盘根错节的势力，哪里是朕与你能抵抗得了的？它就是一头可以将朕囫囵吞下的恶兽啊，朕还哪里敢轻举妄动！你也暂且退回去吧，他既然不想我们有所作为，我们就不可作为。”

普六茹坚有些忧虑，也有些不甘道：“坐以待毙么？”

宇文邕的眼神暗淡下去，又从深处放出冷冷的寒光来，咬牙切齿地道：“熬到这头恶兽老一些,再老一些。朕还年轻,朕等得起!”他伸手将普六茹坚拉到近前,诚恳地说,“站到朕的身边来!你也年轻,与朕一起熬!”

普六茹坚心里的感动像洪水一般漫过,眼睛湿润,缓缓而坚定地说:“臣从未离开过陛下,臣有这份信心熬过他!”

可是,眼下是难过的。最后两人商定,没有别的办法。与其让普六茹坚接受秋官司寇府或大冢宰府无端的责难和陷害,倒不如自己在宫里羁押,让人好生看守,待宇文护和普六茹忠回到长安再做定夺。毕竟,普六茹忠也是一方势力。

普六茹坚和李九被安排在宫中一座堆砌杂物的小院里,小小的,只有四五间房,倒也收拾得颇为干净,里面的生活用具一应俱全。看得出来,皇帝命人将这里重新整饬了,并且派了十几名内侍日夜监守。皇帝下了命令,若普六茹坚被伤害,将灭所有监守之人的九族。普六茹坚在此无性命之忧,也清净自在。宇文邕知他酷爱读书,特地命人搬了些书册来。

前面的朝堂却不清净。前天,从突厥的迎亲使团传来消息,那木杆可汗阿史那俟斤仍然在犹豫之中,仍未将其公主阿史那送进皇后的行宫。数十年间,周与齐实力均衡,交战频繁,双方均有胜负。这样一来,与两国相邻的突厥的地位陡然凸显:周齐两国都想与之结盟,形成二比一的局面。三年前,经过慎重痛苦的选择,宇文邕决定废李娥姿皇后之位,将之降为帝皇后,而将正宗皇后之位虚位以待。派遣陈国公宇文纯、许国公宇文贵、神武公窦毅、南安公杨荐等人,带了一座豪华的皇后级别的行宫,其中仅婢子就有120人。前往木杆可汗王庭御帐,迎娶阿史那公主。可是,此时齐人也派遣使团前来突厥,带来了大量的金银财宝和牛羊。木杆可汗便游刃于两国之间,举棋不定、左右摇摆。既想得到鱼,又想得到熊掌。三年,都没有将公主送入行宫。

今日殿堂之上,又为此事争论不休。三年来,每当议及它,朝中官员分成两派,一直争争吵吵。一方说,不要和亲。突厥无诚意,不是长久合作之人。若突厥公主做了皇后,势必会影响到今后所立太子的朝政。另一方说,很显然,与突厥和亲对抗齐人才有胜算。争吵的结果，总是不了了之。皇帝的婚事，被放在大庭广众之下，像做买卖一样，被臣子们讨价还价，皇帝的颜面何存？

“可恶的齐人，可恶的突厥人，可恶的阿史那俟斤！”刚下朝，宇文邕便径直来到普六茹坚被禁之地，气愤难平。

普六茹坚亲手为皇帝端过一杯茶，道：“是，他们都该杀掉。”

宇文邕被气笑了一下，又道：“使团还是来报，说突厥人不允、拖延，想回来。哼，岂能空驾而归，这帮无用的东西！”

普六茹坚道：“是啊，三年了，晓之以理动之以情施以重金都不能打动他，得用心计与手段啊。可汗笃信佛，而佛有禁忌。其脚踏双船的做法有悖佛理，定生心结，敬畏可致其回归正道啊。”

宇文邕不信佛教，听普六茹坚将佛抬到如此之高的地步，有些生气道：“你是否也认为佛理胜过皇帝的命令？齐人举国礼佛，又理出了怎样的天下？我朝佛道寺庙僧尼占有大量土地、拥有大量奴婢，其能竟大于朕！你却以为正常？”

普六茹坚正色道：“堵之，不如顺其理而利用之。”

宇文邕怒道：“朕岂止堵之！朕要灭之！普六茹坚，你从小在寺庙长大，当然礼佛，不必妖惑朕。”

普六茹坚脸上的正色，不肯褪下半分，道：“陛下是肩上扛着江山，心中装着乾坤的圣人！自有千钧之重。常人岂能惑之？可事有常理，循理治世，终归是正途！”

宇文邕愣住了，盯着普六茹坚半晌，猛然按住他的肩头道：“坚，你真以为朕有千钧之重？朕这个皇帝做成了别人眼中的笑话！连朕的皇后都不得安生，更别说你们这些朕信任的大臣了。”他的眼里有了一层雾，“朕不甘心！朕的两个兄长还落个铁骨铮铮之名，而朕，又能落个什么结局？想换个皇后，讨些治齐的资本，那突厥人竟忸怩作态，置朕的颜面于何地！”宇文邕的脸上又是一副惯常的悲愤之色。

普六茹坚道:“没有盖棺,不可定论。陛下说过,我们还年轻,可以等。”

正说着话,何泉进来报告说普六茹坚的夫人到了。宇文邕笑道:“瞧,朕都给气糊涂了。本来是想告诉你,朕宣了独孤氏进宫探望,却把这事给忘了。”说罢,笑呵呵地望着已经进门的独孤伽罗。

伽罗怀抱着杨广,身后的小葭小荚,一人牵着一个孩儿。大一点的是长女丽华,小一点的是长子阿勇。见了宇文邕,都齐齐地跪了。

宇文邕笑眯眯地扶他们起来,看着小丽华道:“好标致的小女郎,与赟儿差不多大吧?”

伽罗答:“回陛下的话,小女春上满的八岁。”

宇文邕认真地再看了两眼丽华,丽华长相随其母伽罗,眼大、嘴小、眉长,下巴浑圆,不是标准美女瘦瘦尖尖细细的小下巴。宇文邕越看越喜欢,他将小丽华拉到跟前,柔和地说:“到宫里来生活可好?”

丽华并不惧怕他,脆生生地答:“好。”

“哦,你很喜欢宫里吗?”

“嗯。”

“为何?”

“阿母说,宫里是我大周的心脏,是天下人人向往的地方。”

“好!从小心里竟装着大周。”宇文邕抬眼,深深地看了一眼伽罗。其实,他与独孤伽罗从小就很熟识。阿父宇文泰与伽罗的阿父独孤信是并肩为伍的兄弟。独孤信也是因为不满宇文护把持了宇文泰儿子的江山才遭横祸。两家历来走动得勤,只是那时候他们都还小。后来,他也没有想到,独孤信怎么就看上了普六茹坚,其貌不扬啊。竟将他最疼爱的小女儿许给了普六茹坚!宇文邕将眼睛又移到了普六茹坚身上,在普六茹坚额头上的传说中的龙骨盯了数秒,才转过头,对小丽华道:“嗯。好。丽华要学阿母,做个有才识的太子妃。”他站起身,很认真地对普六茹坚夫妻说:“将长女许给赟儿吧,年龄也相当。虽然朕这个皇帝做得窝囊，太子也被人忽略，但终归是宇文家的江山。”

素来君无戏言，这是皇帝在指婚呐。夫妻俩对望了一眼，还没来得及商议，宇文邕又沉沉地说：“朕思虑过了。我们两家联姻，形成犄角之势，方可立得起来。普六茹坚，你可不要辜负了朕。”

普六茹坚夫妻俩双双跪在地上，小丽华不明就里，也被小葭小葵拉着跪下了。普六茹坚道：“谢陛下隆恩，臣决不辜负陛下。”

宇文邕笑道：“赟儿成人，即办大婚。”

普六茹坚伏地叩头，伽罗却冒出一句惊天之语，道：“天子亲政，即办大婚！”

宇文邕与普六茹坚脸上俱变了颜色。天子不能亲政，这是宇文邕的心头之痛。但无人敢说出来，何况是当着天子的面说。伽罗又缓缓道：“阿阇梨说了，陛下性子坚毅，耳厚脸阔，洪福齐天，是正宗天子之相，定会亲政！扩疆域，展宏图。”

普六茹坚心下欣喜，阿阇梨的话总是能给他信心和力量，但愿这信心和力量能感染到陛下。不料，宇文邕听了，却淡淡一笑，冷静道：“面相一说，终归是心机术。普六茹坚，你晓得么？有数人敬告于朕，说你生有反相，有龙骨鼎立。这话，要朕如何去听？”他将后面的话，说得很慢，一字一顿的。说罢，冷冷地望着普六茹坚，又是一笑。

普六茹坚的心猛然抖了一下，连跪在他身边的伽罗都感觉到了。伽罗脸色煞白，皆言龙心难测，果真如此。方才提及儿女亲家之事，转眼就敲一记闷棍！普六茹坚稳住心神，也淡淡一笑道：“陛下所言极是。那韦琼号称天下第一名士，不是也因言祸而逃之夭夭了么？韦琼尚且如此，那旁人的小话，岂能信之？”

宇文邕这才缓缓地说：“朕，自是不信的。朕若信之，焉能待你如此？”这倒是实话，方才确定的姻亲，是现实而实用的。宇文邕并没有再次扶他们起来，而是带着何泉，移步到门外，想想又转过头，道：“坚，不要放在心上。”

宇文邕走后，伽罗便瘫坐在地上，道：“妾妄言，让郎君难堪了，罪过。”

普六茹坚扶起她，道："阿阇梨的话不会错。我信之。"又抱起襁褓中的广儿，仔细地瞧着，问，"广儿还乖巧吧？"

小丽华走过来，站在普六茹坚的身边，仰着小圆脸说："哪里乖巧了？阿母说他会闹的很，不似我和阿勇乖。"

普六茹坚大笑，众人也大笑。伽罗接过广儿，普六茹坚则将丽华拉到眼前，道："丽华，过几年，你就要做太子妃了，一定要乖巧哦。"

小丽华问："太子妃有没有郑姬娘娘好？也是那般华丽和高贵么？"

话音未落，外面一个声音传来："谁在背后提及我呢？太子妃么？"郑姬笑呵呵地进来。郑姬的身后跟着一个婢子，婢子的手里也抱着一个孩子，是郑姬的儿子宇文元，已被封为荆王。郑姬已经来过两次，这次是听说独孤伽罗带着孩子们来了，她也将荆王带了来。

见了活泼可爱的小丽华，郑姬打趣儿说："小太子妃，你想华丽的衣裳么？"

丽华笑得咯咯直响，道："谁不喜爱呀？"

四岁的小阿勇也道："美美呀。"

普六茹坚故意板起面孔，对长子道："男人不要美美，要勇猛，像你的阿翁，做个勇猛的将军。"普六茹勇吓得不敢做声。

伽罗道："看你，吓着勇儿了。我听说太子木讷，性情老成，丽华会憋屈吧？"

郑姬点头："赟儿少言，不苟言笑。陛下对他寄予厚望，严厉苛刻管教，将来是要继承大统的。丽华能嫁，最好不过了。"

普六茹坚见过太子，确实如她们所说。但一个男人，少言有何不妥？他道："男人沉稳甚好，我厌恶油腔滑调，尤其于太子。如郑姬所言，他将来是要整治天下的。"

伽罗这才默然。郑姬坐在伽罗的身边，说着女人间的体己话。她告诉伽罗，前皇后李娥姿前几日去了紫薇宫，她瘦了许多。几位后宫都在猜测阿史那公主会是怎样的人。单单迎娶就花了三年时间，真正入宫之后，还不晓得会怎样的刁蛮任性呢。

伽罗不以为然地说:“你不要怕。她刁蛮,你便更刁蛮。她若识理大度,你便比她更识理大度。凡事凭公善之心,就不怕人家。”

普六茹坚听伽罗如此说话,剜了她一眼。望着郑姬,却又不知怎么开口。又想到了自家的丽华,不久之后,她也将入宫。如若将来宇文赟做了皇帝,也会纳娶许多妃子。李娥姿和郑姬面对的,丽华也要面对,她能够面对吗?

郑姬听了伽罗的话,长叹一口气,眼圈红了,道:“唉。我哪里有夫人的胆识与才学!不怕你们笑话,陛下自元儿出生后,便极少来紫薇宫了。目前尚且如此,若皇后来了,还不知会怎样呢。”

普六茹坚劝慰道:“陛下这方面性子冷,你也不必多计较。他心里苦,大冢宰一直挡在前头,他的雄心壮志被压抑。作为妻妾,当多体谅才是。”

郑姬柔顺地点头。伽罗却不高兴了,道:“他这方面性子冷,还娶了六位夫人?异生之子多了,自然龌龊的事多。反正,我不许你有异生之子。”

普六茹坚笑道:“好好的,怎么说到我的头上了?看看,我头上有脓包么?”

郑姬笑着,却流下泪来,对伽罗道:“夫人好福气。郎主如此珍重夫人,晓得是几世才修来的福分!唉,世间女子,有几人能有这样的福分?哪怕是一半的福分,我也心满意足了。”

伽罗倒不好意思了,遂叹口气道:“我儿丽华可能就没有这样的福气,皇家宫廷深如井!”

天不知不觉黑了。宫中的黑夜,似乎来得更早一些,也更浓一些,黑得没有一点点烟火的气息。李九端来了饭菜,今日加了好几个菜,还做了郑姬和孩子们爱吃的甜毕罗。平日里,普六茹坚和他都只是吃一点素食。

李九也瘦了许多,云巧儿之死,把他对未来的希望和憧憬都扼杀掉了。有一度,他觉得活着没有什么意思。云巧儿死时手里捏着的画帛上的字,其实也道出了他的心声。在这件事情的调查中,他也知道了李安,知道了李安的死。虽如此,这事却也祸害了普六茹坚，害得他莫名地身陷囹圄，这又让李九心怀愧疚。

这日晚餐，普六茹坚吃得很高兴。两个小孩围绕在膝边嬉闹。小丽华被许配给了太子，这便是入了皇族，从此多了一重保护。这也足以证明，陛下与自己还是很贴心的。呈送郑姬由此造成陛下的心结，至此算是烟消云散了。想到宇文邕，普六茹坚问伽罗："阿阇梨还好么？她真的说了那些话？"

伽罗道："阿阇梨很好。有她在府中，我心定矣。前几日无事，我缠住她讲讲朝政，她说陛下应该可以亲政，只是……"她看了一眼郑姬，又道，"只是还需要时日。突厥公主入宫，其实不是坏事。"

郑姬叹口气，道："我自知做不了皇后，也没有那份心事。只需好好地将元儿养大成人，便足矣。"

普六茹坚点头，嘉许道："这样最好，保全平安。"

又坐了一会儿，郑姬便回紫薇宫了。望着她远去的背影，转回头，伽罗接过普六茹坚刚刚说的话头道："自嫁与夫君，听到最多的话便是小心，小心，保全平安。即便是这样，郎君的阿三还是不满意。我倒是听说，阿瓒他在外面骂你呢，生怕受夫君的牵连，我看倒是要小心你这位阿三。"

普六茹坚笑了，道："阿三啊，自家兄弟，你还不知道么？他这也是为了保全自己哦。他怕我成了李植呀。唉。他不懂我啊。"

伽罗见普六茹坚笑了，便有些生气，道："自家兄弟这么做，更让人伤心。夫君还笑得出来？他都不如异生兄弟。"伽罗告诉普六茹坚，他囿于宫中这些时日，高熲、苏威、杨素都来了两次，郑译也来过一次，都是来宽慰她的。阿阇梨说，这些人日后都是可用的。

普六茹坚听着，并不答话。而是从小葭手中抱起普六茹广，见粉嘟嘟的小脸十分可爱，居然在他脸蛋上亲了一口。或许是年纪渐长的缘故，起先的头两个孩子，普六茹坚都没有这么亲昵过。

第十一章 阎姬玉瓒献太后 含仁密室谋良策

一大早，喜鹊就在重信殿的屋顶上叫唤。十月初，长安城深秋的季节。往年，很少有喜鹊。这年天暖，喜鹊便在枝头多停留了几日。

何泉跟在宇文邕的后头，笑得很谄媚，道："陛下，今日有喜事呀。喜鹊儿一大早就来报喜了。"

宇文邕笑道："你就晓得捡朕爱听的说，能有甚喜事？朕无为呀！"

殿堂之中，上早朝的大臣们已经站成两列。皇帝勤政，日日卯时三刻必定早朝，风雨无阻。这近半年，晋国公宇文护在东疆与齐人作战，宇文邕本想趁着空当启用普六茹坚，做些实事。无奈又遭遇云巧儿之死，乱了计划。宇文邕知道这是有人故意阻挠，怕他真的亲政了，他只好放下这心思。虽日日朝政，其实平淡无奇。

一宫值飞奔而至，口中喊道："六百里加急文书，六百里加急文书已到。"及至重信殿大门外，便跪下了。宇文邕道："呈上来！"何泉慌忙接过，是北边迎亲使团传来了消息。

宇文邕急速浏览完，哈哈大笑，朗声道："好，果然是好消息。"他从龙椅上站起来，以少有的晴朗语调对众大臣说，"众位爱卿，准备迎接阿史那皇后吧，他们已经启程。"

众大臣议论纷纷，好在终于不争吵了。这事，算是画了一个句号。

"朕要大婚了！图个吉祥。朕要大赦天下。其一，释放羁押的囚犯。其二，将俘掠的梁人、齐人为奴婢者，一律释放为农人庶民。其三，蒲州开河渠，同州开龙首渠，以广灌溉，以利农事。”宇文邕的脸上泛出少有的光泽，站在龙椅前，朗朗而诵，仿佛普六茹坚那句劝慰他的话已装进心底。普六茹坚说：身为陛下，就是要将江山扛在肩上，将天下装在心中。

下了朝，宇文邕脚底生风，步履矫健，浑身轻快。他吩咐何泉备好马车，他要去大冢宰府。今日借助大婚的名义，他又擅自做主，出了三个主张，而没有和大冢宰宇文护商议。尽管他不在朝中，但他却有许多眼睛盯着自己。宇文邕带着许多国库里的宝物和一桌丰盛的席面食盒，亲自上门给不是太后却享受太后之礼的阎姬报喜，并再次举办觞上寿。

阎姬在齐国多年，与宇文护母子分离三十五年，刚被迎回不久。宇文护对其至纯至孝，曾亲自写有《报母书》流传于世。其间飞扬的文采自不必细说，单是那份动人心弦的拳拳之心，就足以令人潸然泪下。“……而了为公侯，母为俘隶，热不见母热，寒不见母寒，衣不知有无，食不知饥饱，泯如天地之外，无由暂闻。昼夜悲号，继之以血，分怀冤酷，终此一生，死若有知，冀奉见于泉下尔……初闻此旨，魂爽飞越，号天叩地，不能自胜……”

宇文邕思忖着，自己刚刚在朝中宣布的三个主张，想必曾为俘隶的阎姬深有感触，会有同感，会赞同他的主张，因而这席觞上寿也十分必要。

大冢宰府门口，阎姬率府中人已等在门口。宇文邕从御驾上下来，亲自将阎姬搀扶起，两人相牵着往内里走，如同母子。宇文邕告诉阎姬，突厥木杆的公主阿史那已经启程，不日即可与之完婚，今日他是特地提前来报喜的。阎姬享受着儿子带给她的荣华富贵，却也淡定，待宇文邕也是慈爱相加。

韦琼曾形容大冢宰府是“峻宇雕墙”。的确，这府邸是非同一般的豪华阔气。就连衔接前庭后院的回廊，都比寻常官邸要宽绰出许多，而且回廊中摆放的物什也是寻常官邸里小心置放的珍宝。走在这样的庭院里，宇文邕心里叹道，竟比自己的皇宫还要气派。

这日天气也凑趣，风和日丽，秋高气爽。大冢宰府中的花园就有五六处，花园里繁荣似锦。有绿叶、红叶、黄叶，有红果、黄果、绿果，还有零星的花儿，簇拥的花儿，层层叠叠，兴旺热闹。觞上寿就摆在中庭大花园中的凉亭里。

皇帝亲自带来的御宴自是丰盛了得。既有山珍，也有海味；既有天上飞的，也有地上爬的。然从心底里，宇文邕并不是饕餮之徒。平素里，他自己的膳食极为俭朴清淡，而，觞上寿自是要讲究皇家的排场与颜面。

大冢宰府中配的用具也是应景，各种器物均精工细作，高贵典雅，单单是用来盛酒的玉瓒竟比通常之物大出两倍多，可以装盛满桌人一次的量。它由一整块玉雕凿而成，手柄处略微薄一点，却又镶嵌了一层黄金，金丝包裹得严严实实，四周雕刻有龙凤图案，整体虽不特别通透，却显得厚实耐用。宇文邕盯着这玉瓒看了又看，颇为喜爱。

阎姬见了，笑眯眯地说："陛下是否瞧上了这玉瓒？老身素知太后喜爱饮酒，此玉瓒献给太后，也是物尽其用了。"

宇文邕道："这瓒确实端庄典雅，朕代阿母谢过了。"

阎姬笑了，道："陛下赐予老身的珍宝还少么？我老了，用不了这些物什了，只求你们兄弟和睦便好。过几天，晋国公和普六茹忠将军就要回长安了。到时候，你们兄弟再欢聚。"

宇文邕望了身后的何泉一眼，心想：他们过几天就要回长安，怎么自己都不知道啊？何泉也茫然以对。

阎姬道："陛下竟没有得到消息么？普六茹忠将军受了箭伤，所以才回转了。"

宇文邕尴尬地一笑，道："朕这几日光顾上阿史那了。"心里却恨恨的。自己这皇帝做得四面堵塞了，竟不如这不入朝政的老太婆！

回转的路上，宇文邕的好心情被冲淡了一些，他闷闷地问何泉："晋国公和随国公要回来了，你也不知么？你真不知么？"

何泉摇摇头，也闷闷道："回陛下的话，阿奴真不知啊。"

宇文邕一笑，道："朕没有怪你，你将这玉瓒送到含仁殿去吧，朕去看看普六茹坚。"说着，又看了看那厚实的玉瓒。不知为什么，第一眼看见此瓒，宇文邕的心就咚地抖了一下，像是那瓒上附着神奇的东西，吸引着他。他从不贪恋器物，却欣然接受了阎姬的赠与。

普六茹坚依旧在看书，他永远是这副淡然自若的模样。有时候，这副模样，竟让身为陛下的宇文邕心生莫名的不舒服。今日不同，今日宇文邕心里装满事，他一进门便道："普六茹坚，你能神机妙算么？果然如你所料，那可恶的木杆可汗终于肯许了公主于我。"

"哦？"普六茹坚放下书，是一本《汉书》，慌忙迎接皇帝，"陛下，何有此言？"

宇文邕告诉普六茹坚，那突厥人信佛，果然在此事上有心结。前些时日，风雨大作，数日不歇。阿史那俟斤的王庭御帐呼呼风声，似鬼哭狼嚎，令其心神不宁。忽一日，大风吹灭了御帐内的所有灯盏，帐顶飘摇不定，似要垮塌。可汗疑是佛祖怪罪于他，心中祷告，应许嫁女。再一日，风停日出，天高云淡，可汗更是惊惧，亲自将公主送至大周使团带来的皇后行宫中。即日启程，回归长安。

宇文邕还说了自己在朝上临时出的三条主张，众大臣也深以为然。皇帝说得高兴，普六茹坚听得也很高兴。两个被压抑的人，很久没有这么高兴过了，但仅此一瞬间。宇文护和普六茹忠马上就要回来了，问题是他竟然没有告知皇帝，连何泉也没有告知。普六茹忠也一同回归，他还负了伤。可恨的是，这些紧要的消息，他这个皇帝竟是从大冢宰府里的老太太口中得知的。宇文邕又愤懑起来。

何泉从太后的含仁殿里出来，就往普六茹坚被囚的杂院方向走，宇文护给他的任务是须臾不得离开皇帝。最初的两年里，宇文邕连夜里歇息在哪个妃子处，宇文护都要晓得，还命令何泉也要等在妃子们的寝房前。但宇文邕好像也并不在意，对他并没有过多的戒心。甚至较为私密的地方，也带着他。比如去见普六茹坚。宇文护曾交代，普六茹坚是个要特别注意的人。

可宇文邕越是对自己毫无防范，何泉就越发对宇文邕生出内疚感。八年了，他与宇文邕形影不离，竟生出相依为命的情感来。有一点，何泉很清楚。倘若宇文邕真的出事了，那他还能活吗？他不就是个替死鬼吗？李安不就是死在他面前吗？这个道理，还是在同普六茹坚的接触中，普六茹坚若隐若现地剖给他听的。所以近两年，他对宇文护的汇报中，总是避重就轻，到后来，竟是下意识地维护着皇帝。

是不是被宇文护看出了端倪？为什么他这次回到长安也没有像往常一样，告知自己呢？独自走在宫中小道上的何泉惊出了一身的冷汗。那个云巧儿在画帛上写“亡国不可活”。那只是为了牵强附会到李九或者是普六茹坚身上的罪名，终归是一个托词。其实，落入了宇文护之手，才是不可活啊！就连陛下也要避开其锋芒，救普六茹坚出牢笼，也托名为大婚而大赦。

因为宇文邕的大赦，普六茹坚便顺理成章地带着李九离开了宫中，结束了为期半年多的囚禁生活，回到了府中。不久，宇文护和普六茹忠也回到了长安。

曾经徒手将猛虎舌头生生拽扯下来，并将猛虎揍死的普六茹忠将军，躺在病榻上，竟如幼儿般无助。征战了一生，却最终征战不过自身的伤痛。

望着病榻上的阿父，普六茹坚心里非常难受。阿父就是普六茹氏的一棵大树啊，如今，这棵大树老了，病了。作为长子，自己要扛起来，也要成为大树。

普六茹瓒进门，看见普六茹坚又在亲手给阿父喂食汤药，叹了口气。亲兄弟俩因政见不合，曾在阿母的病榻前吵闹，害得老母亲泪流。现在，阿父也病了，两人都不敢再在榻前争吵。何况，普六茹忠也不曾依附于宇文护，阿瓒就更不敢在阿父面前撒泼。

阿瓒接过普六茹坚手里的碗，轻声道：“大冢宰片刻即到，你如何处之？”

普六茹坚愣了一下，问：“他亲自入府来？”

普六茹瓒拉着普六茹坚至墙角处，轻声说：“他对我族算是网开一面。如若阿父真的撑不过去，你倒是要小心了。阿父在，尚可保全本族。你虽为长子，能否如阿父样？我警告之：你若如李植，我定不能饶恕。到时候，可别怪我无情。你要知晓，是你先无情的。”

普六茹坚冷冷地打量着这位亲兄弟，冷冷道：“若大冢宰要杀我，由你执刀！我绝无二言！”说罢，转身便扬长而去。

普六茹瓒气极，这么冥顽不化的人！愧为人兄！他扬手将手中的汤碗摔碎了，汤汁流了一地。

同朝这么多年，普六茹坚与宇文护两人面对面交锋的场景几乎没有。因为两人的年龄、官阶都相差太多。不是因为普六茹坚的龙颜之说传出来，宇文护都不会知道有这么个人。再说，普六茹忠和智仙师太都曾提醒普六茹坚，让他避着些宇文护。这次，尽管宇文护做出低姿态，亲临阿父的府中，躬身看望阿父。普六茹坚却也是一如既往地回避。

宇文护坐了一个多时辰，方才离开。看得出来，他见到高大壮硕的普六茹忠现在也躺在病榻之上，与普通的老人没有什么区别，那种昭华逝去的悲伤就一直笼罩着他。普六茹忠虽不是宗室，却是大周名将中的代表。宇文泰创立府兵制，立了八柱国、十二位大将军之职位，就是将兵权从元室宗族手中平衡到士族将军手中，仰仗这些凭借军功而不是世袭宗族封号的新晋贵族的支持，才代魏建周。想当年，这些人多么意气风发。到如今，前后不过二十几年，这些柱国、大将军们，就老的老了，死的死了。像一棵枯死的树，叶落了，凋零了。

宇文护握着普六茹忠瘦而冰凉的手，悲从心中来。普六茹忠虽不肯归于自己的心腹之列，但对朝廷却是忠心耿耿，出生入死多年，甚至强于许多无能的宗亲。自己在宗亲、外姓将军和皇帝三方之间制衡，处心积虑，殚精竭虑，方才有今日之大好局面。倘若普六茹忠真的离去了，这个好不容易才得来的局面，会不会被打破？世袭他封爵地位的长子普六茹坚，仍一如既往地站在皇帝的身后？

宇文护内心五味杂陈，自己权倾一时，包括那魏恭帝在内，手刃了三个皇帝，清剿了数处反对势力。亲历战场，策马扬鞭。可是，朝野间对自己的评说会是什么？史书会是怎样的记载？死后能荫及后人么？倘若局面打破了，自己又要大开杀戒么？回头？都日落黄昏了，回得了头么？

宇文护探视普六茹忠的一个多时辰里，多半是这样枯坐着，想着这些心事。人老了，更容易睹物思情了，更会有所顾忌了，言语却少了。这么多年，他都是风风火火的，很少这么安静地坐着，很少这么亲密地拉着普六茹忠的手。

普六茹忠躺在榻上，虽不能说话，但眼角的泪水，却未干过。

宇文护刚离去，普六茹坚便进了门。说实话，他也没有想到宇文护会有这样真诚的悲伤。他也如宇文护一般拉过阿父的手，轻轻握着，喃喃道："阿父啊，你说过，两姑之间，难为妇。大冢宰与陛下，儿只能从一而终啊。择一明君而辅之，是儿的初心。"

普六茹忠的手在普六茹坚的掌心动了动，他望着普六茹坚，眼里有了光芒。阿瓒却在边上说："阿父是让你保全杨家！作为长子，你不应该么？阿父的爵位是由你世袭！"另外两个弟弟也在边上应和。

普六茹坚的手更紧地握着阿父，道："儿自有分寸，保全本家是第一要务。阿父放心，阿阇梨也对儿有信心。"

普六茹忠的眼角仍有泪水，眼里的光芒渐渐暗淡，空洞洞地望着上方，久久不能闭目。

挨过了十个多月，到了天和三年的七月，普六茹忠病殁，终年六十二岁。被皇帝追赠太保，都督十三州诸军事、同州刺史，赐谥号桓。作为长子，普六茹坚承袭了封爵，成为随国公。这一年，普六茹坚二十七岁，是三个孩子的父亲。

站在阿父树荫下的日子结束了。往后，会怎样？又能怎样？答案早已明了且单一，只能是择一明君而终老。

权臣宇文护常年征战在外，陛下留自己在京城韬光养晦，这样的日子快结束了吧？听闻宇文护前日已回到京师，明日朝堂之上，又会有怎样的风波？

伐齐，永远是宇文邕朝堂之上议论的主题。这回却不同，重信殿里跪了一大排人。以晋国公宇文护领队,大司马尉迟迥、陛下的五弟柱国宇文宪、大将军权景宣、郑国公达奚武等都在列。

这次伐齐,周大败而归。双方对战的时候,宇文护本来想挖断河阳道路,以阻断齐国援军,但骄兵骄躁轻敌。加上跟随宇文护久了,知他对军中下属放任纵容,也就不把他的命令当回事。自以为齐人不敢来,只是在河阳道上派兵巡逻。不想遭遇到大雾,齐人长驱奔涌,使围困洛阳的周军溃败而逃。周军还折了一员大将,少师杨檦战死。

跪在殿堂前的这些人,是在叩首请罪。

连宇文护都没有治他们的罪,宇文邕岂敢忤逆大冢宰的意见?皇帝陛下从龙椅上走下,将他们一个个扶将起来,好生安慰道:“胜败乃兵家常事,各位爱卿不必挂记在心。征战辛苦,下去歇息吧。”

这跪着的几个人中,除了宇文护,只有齐王宇文宪是宗亲,他是宇文邕的同父异母弟弟。从小跟随宇文护,在大冢宰的照应下,其威望甚至盖过了宇文邕。其战功卓著,手中网罗一批人才。被普六茹坚的阿阇梨认为几个可用的人才,现如今都在其麾下或与之交好。高熲十七岁时就在其府中担任记室,不久就被提升为下大夫,苏威、杨素等都与之有深厚交情。宇文邕在扶起他这个兄弟的时候,重重地在他的肩膀上按了一下。像是无心之举,又像是故意暗示之,暗示什么呢?

作为随国公,普六茹坚也在朝中列队,却没有实职。他此时连曾称呼自己为郎主的杨素都不如,杨素为宇文护重用,已从中外记室,转升任为礼曹,加大都督,袭父爵临贞县公。

今日早早退朝,宇文邕意兴阑珊,没有什么想说的,满朝的文武大臣像潮水般退去。望着宇文护和宇文宪被众大臣簇拥着离开的背影,宇文邕满心里都是酸涩,他对站在身边的太子宇文赟道:“赟儿,你去把随国公唤回来,朕有话对他讲。”

普六茹坚一个人走在退朝大臣的后头，冷眼瞧着一干人等尾随在两位中心人物的左右，像满天的星辰烘托着月亮，巴结讨好的笑声不绝于耳，哪里有丝毫的败军请罪之意？

宇文赟小跑着赶上普六茹坚，轻声道："随国公请留步，陛下召唤。"

普六茹坚立定，见是太子，躬身施礼，道："见过太子。"

宇文赟跨前一步，亲亲热热地拉着普六茹坚的手道："随国公不必施礼，陛下等着呐。"

"好。"普六茹坚却又转过头，见宇文护那群人已经走远，人群中也有人回望，似是杨素和苏威。普六茹坚的嘴角向上扬，冷笑。毅然转过头，拉着宇文赟，速速往重信殿奔来。

宇文邕站在空荡荡的大殿中央，见两人居然手拉手进来，冷着脸对宇文赟斥责道："赟儿，你太不懂规矩了吧，向随国公请罪！"

普六茹坚一愣，宇文赟也愣住了。瞬即，两人的手松开了。宇文邕仍怒气未消："你还不磕头？回头将《孙子》抄写三遍！"

普六茹坚护在宇文赟的身前，对宇文邕道："陛下，是臣的错。"

宇文邕将手一挥，面色很不好，打断了普六茹坚的话："你休得袒护！对其教导一定要严苛！否则，怎能固守江山？他可是太子，我寄予期望的。"

宇文赟一脸的委屈，却也不敢争辩，只是默默地站着。他才九岁，自然没有把江山装在心中。宇文邕的想法，显然是操之过急了。不知为什么，这段时间，宇文邕越来越急迫了，对任何事，都像是时不我待。

宇文邕将脸色缓了一缓，对普六茹坚道："此次伐齐，折损颇多。朕痛在心里！嘴上竟不能言！可恨那帮竖子竟还在装腔作势！朕恨不得要杀人！"

普六茹坚喟叹一声，没有回话。方才殿外的一幕，又浮现眼前。连他这个臣子都觉得欺人太甚，何况堂堂的陛下？杀人，是迟早的事。可是，普六茹坚也不敢说出口。陛下的同父同母阿弟卫国公宇文直也跟在宇文护的后头，那么多人簇拥着陛下另一个弟弟齐王宇文宪，这叫陛下情何以堪？

过了一会儿，宇文邕又道：“随国公，伐齐你可有主张？”

普六茹坚反问道：“陛下，我何时能有主张？现齐王年轻有为，这次他们能全身而退，全仰仗齐王和大司马尉迟迥的解救。方才大冢宰与齐王并肩而行，尾随者众多，齐王的声威怕是又要更进一层了。”

宇文邕怒道：“你不用戳朕的痛处！说到底，是朕无能。朕的弟弟们都委身与他，乞食乞命罢了。身为朕的阿弟，却要这般的委屈，方能求全！朕太无能了。”后面的话，竟是悲从中来。

宇文赟的声音还未变化过来，仍是稚气的嫩声：“是皇叔们软骨头。哼！可那齐王好像有更深的意思。”

宇文邕眼里有了光，声音软下来，问太子：“何出此言？”

宇文赟望了一眼自己的父亲，这位皇帝父亲平日里从不这么柔和地跟他说话。所以，他小心翼翼地说：“四叔说，五叔网罗人才，图立战功，结好晋国公，其威望盖过陛下，想必是有更深的打算。”

宇文邕冷笑道：“老四他自己又是甚东西！还不是在沌口打了败仗，人家要治他！赟儿，你不要逞口舌之快。”遂叹口气，对普六茹坚道，“瞧见了吧？朕连自己的阿弟都不亲近。找你来，只是想同你说说话，朕连个说话的人都没有啊。”

普六茹坚缓缓道：“自家兄弟，终归是要亲近些。卫王是陛下的亲父母阿弟，不如趁其与晋国公有间隙，争取过来，也是幸事。”卫王宇文直是宇文邕的同胞弟弟，起先与宇文护走得比宇文邕之间还要贴近得多。近期，他在沌口打了败仗，宇文护要责罚他，被宇文宪劝住了。不料，这更招致宇文直的嫉恨，认为宇文护偏心宇文宪。

说起宇文直，让皇帝陛下伤心。也让普六茹坚想起了自己的同胞阿弟普六茹瓒。阿三不也是同宇文护比之自己还要亲近得多？两人岂不是同出一辙？这种人能依仗么？只是自己本心不忍割舍罢了。

正在闲聊，叱奴太后那边遣人过来说请陛下过去叙话。叱奴太后虽不是宇文泰的正妻，却也颇受宠溺。她是鲜卑人，具有鲜卑女子敢说敢干的豪爽习性，颇喜饮酒。宇文邕做了皇帝之后，朝中的大臣皆知这点。上次阎姬送的玉瓒，便是盛酒器物，特地献给她的。

太后住含仁殿。宇文邕纯孝，含仁殿大而豪华。宇文邕带着普六茹坚、太子宇文赟、内侍何泉一起来到含仁殿，刚刚说到的胞弟卫王宇文直也在。母子俩正说得高兴，见这一行人进门，也不避讳。

一番见面礼仪行过之后，叱奴太后道："陛下，予正跟直儿说着呢，你道奇不奇？襄阳长公主昨儿生了个女郎，出娘胎，头发齐颈。"

宇文邕笑道："果真有此女，倒是奇迹。"

普六茹坚也道："神武公窦府中添丁加口了么，可喜可贺呀！明日，让独孤伽罗去贺喜。"

叱奴太后对普六茹坚不甚了解，但听普六茹坚说起独孤伽罗便知道是独孤信的家人了，她和蔼地说："独孤家的女郎呀，都是好女子。唉，可惜了，独孤皇后过早地仙世了。"她是在叹息独孤伽兰，早在宇文毓之前就殁了。

普六茹坚跟着太后叹息道："是呀，彼时伽罗可是伤心至极。姊妹之中，她与皇后最为亲近。"

不料，卫王宇文直却冷着脸，冷冷地道："长公主家的喜庆，岂是人人都能高攀的！猴鸡猫狗的也尽是花花肠子。"

宇文邕正在把玩着那盏厚实的玉瓒，听了宇文直如此刻薄的话，顿时怒道："放肆！你是越来越不晓得世理了！你以为投靠了他，他就真的能信你？你是朕的胞弟，这个事实能改变么？他那里少了你一人算什么？可阿母这里却少了半个天下！再说，随国公是朕最亲近的人之一，岂能容你轻薄！快去请罪！"看得出来，宇文邕对自己这个胞弟早就不满了。今日，见他又对普六茹坚怠慢无理，宇文邕借着这个机会对他严厉斥责。

普六茹坚本想回敬宇文直几句，见宇文邕如此斥责他，便冷着脸，倒也没有说出什么。

叱奴太后也收敛了脸上的笑容，肃然道："陛下所言极是。阿母就只有你们两个亲生血脉，那人都已经杀掉了两个，现在又将你的阿兄放在龙椅上烤。你们的阿父也不在了，如若你二人还有间隙，阿母岂能寝食相安？"

宇文邕宇文直兄弟两人听母亲这一说，都跪了下来。叱奴太后将宇文邕扶起，仍留宇文直跪在地上。又坐到他的面前，沉沉道："豆罗突，阿母今日唤你来，本就想说方才陛下对你说的。这世理你可明白？你是陛下的胞弟，都不能齐心，陛下还能指望谁呢？随国公是陛下的心腹，你可不能轻薄了。对朝中所有的大臣，都不要轻薄了。你可明白？"

宇文直此时才以头叩地，道："孩儿明白了。"方又旋转身子，面向普六茹坚道，"随国公，见谅。"

普六茹坚往前跨出一大步，双手将他搀扶起来，慌忙道："岂敢，岂敢！"

叱奴太后又将犀利的眼神扫向在场的所有人，然后，停留在何泉的脸上。再次压重声音，沉沉道："何内侍，予素知你无奈，故而也不曾把你当外人，你当知道该如何做。倘若你真有心在陛下身上，予就能欣慰了。"

何泉的脸上一阵潮红，他扑通一下，双膝沉地，跪在太后面前，泣声道："太后啊，太后知我啊！阿奴早已心向陛下，此情日月可鉴。若有妄言，死无葬身之地！"

这样一来，倒是把宇文直逼到了死角，不能动弹。连一个内侍尚能分辨世理，他可是皇帝的亲兄弟！他或许是自知了，脸上赤白交替，一时竟无语。普六茹坚也是如坐针毡，参与帝王家的这等机密之事，岂不是自置险境？

日落斜阳，普六茹坚才回转到自家府中。独孤伽罗的肚子又微微隆起，三个孩子围在膝边，伽罗正在给他们温习功课。次子广儿呀呀学语，正是讨喜的年龄，伽罗对他甚为偏爱。普六茹坚与宇文邕一样，对长子普六茹勇的要求极为苛刻、严谨。

见普六茹坚回府，李九才将早早做好的饭食端上来。尽管一大家子人，饭菜却并不奢靡，说是粗茶淡饭也不为过，与寻常的百姓家无异。吃完饭，普六茹坚和李圆通回到书房，伽罗也跟着进来了。伽罗道："午时，杨素来府上了。他想提亲，纳小葭为妾。"

普六茹坚为这话惊住了，想起朝堂上他尾随宇文护的样子，便道："不嫁！"

见普六茹坚意气用事，独孤伽罗故意哂笑之，道："难不成随国公看上小葭否？亦或是因为处道荣升礼曹和大都督而嫉恨？"

普六茹坚睨了一眼爱妻，红头涨颈道："皆否！爱妻不知我。"

独孤伽罗大笑，连站在普六茹坚后头的李圆通也笑了。伽罗道："郎君，我已应下了，小葭也愿意。"

普六茹坚还是生气，道："他不是风头正劲么？他不是晋国公眼前的红人么？只管找晋国公的门下婢子呀，还找小葭为何？"

伽罗道："小葭随了他，也算是他的心意。"

"难不成我普六茹坚还要他的心意？不要再说了。"普六茹坚生硬地打断了她。

可是独孤伽罗并不惧他，她也收敛了笑容道："阿父、大人公均在朝中为官多年，性情和善，并未睚眦计较，更未树敌，反而是朋党遍地，方才能屹立不倒。大人公反复叮嘱要保全本家，郎君忘乎？"

听了伽罗的话，普六茹坚方才安定下来。不料，独孤伽罗又告知了一个消息："今日四姊过府中来，探望广儿，带来一副金玉项圈和手镯。过几日，妾去回访。"

普六茹坚笑道："今日是何日辰？久不走动的人都动了。你四姊是不是嫁了唐国公的伽彩姊妹？她不是很少与你交集么？"

伽罗道："我也稀奇，她今日怎么来了，非祭祀非时节的。这位阿姊，我素不喜爱。”

李圆通轻轻“哼”了一声，夫妻俩都望着他。于是，他索性就直说了：“依我看，她这是来示好。看我家郎主承袭了随国公，又与陛下素好。而陛下登极已逾十载，该是稳定了。”

普六茹坚温和地说：“圆通啊，休要妄言。我虽有随国公之名，且无实质。而那陛下，追随的人竟不如追随大冢宰的多。若从另一角度，说伽彩姊姊看得深远，多重布种，虽牵强，却也说得通。不妨，既是亲戚，礼尚往来便是。毕竟，比之我弟阿三，要好出许多。”

他们口中的唐国公，实乃是李渊之阿父李昞。独孤伽罗的四姐独孤伽彩嫁给了他。直到李渊长到四五岁了，两家也无走动。忽然而至的这门亲戚，伽罗觉得唐突，才告知了普六茹坚。

几个人聊的尽兴，这样的家常谈话，也是普六茹坚夫妻的日常。几个人都不知道，此时的宫中含仁殿里，他们所信赖的皇帝宇文邕，终不负期望，正酝酿着一次屠杀，将改变十六七年来周朝的政局走向。

第十二章 横尸满屋雪旧耻 龙椅前头再无人

紫薇宫的花园里，花开得出奇的艳丽，仿佛是为了应和室内的春景。陛下从昨夜亥时进来，几乎就没怎么说话，郑姬也不敢饶舌。突厥公主阿史那入朝，虽顶着皇后的名，却没有受到宇文邕的宠溺。他去皇后处寥寥可数，反倒是又到紫薇宫多了。

这天夜里在床上，陛下似有使不完的劲，闷闷地，仍然不说话，动作夸张，劲却大得出奇，仿佛泄愤一般，完全不似平日里的温存柔和。把郑姬折腾得疲惫不堪，昏昏欲睡。可那宇文邕仍不肯睡，瞪着双眼，望着上方的屋梁。过了一个时辰，却又将动作更甚更用力。床第之欢，被宇文邕弄得像战场。如此反复，三巡才事毕。

郑姬心想，皇帝这是变了个人，是遇到了没有解开的结么？却又不敢问。寅时已过，宇文邕才闭着眼，睡了。呼吸却不均匀，还有轻微的叹息，好像又没有真睡着。郑姬躺在他身边，一动也不敢动，心里骇然。都道是伴君如伴虎，身边这位阴晴不定，与虎无异呀。这虎，又遇见难的事么？

罕见的，过了卯时，宇文邕还未起床。往日，这个时辰都在朝上了。宇文邕躺在榻上，像是下了很大的决心才起床，他对郑姬道："去备早膳，朕今日饿了。"

短短的几个字，让郑姬心花怒放。共进早膳，这是皇后都少有的待遇。往常，他总是起床便走，寝宿后宫，弄得像是例行公务。

这日早膳做得丰盛，四块刚烘烤出来的巴掌大的胡饼；一碟黄豆酱；一碟鹿肉酱；一盘凉拌的胡瓜；一份羊肉方饺。这种方饺是由汤官专门提供给后宫的。

宇文邕吃了两个胡饼，十几个方饺，一碟鹿肉酱几乎全是他吃的，还吃了好几块胡瓜，喝了一碗煮饺子汤，这算是吃得非常多了。他吃得很慢，很仔细。放下碗，整理了衣裳，才迈着阔大的方步，上朝去了。

朝中的大臣都等在大殿里，见皇帝没有来，都围着宇文护七嘴八舌地问候。他才从同州回长安。同州之行，令他愉悦。事实上，除了征战，宇文护也喜爱到各地巡视，他也是个勤政的人。况且，所到之处，大小官员对他无不敬以大礼。他的儿子宇文会曾说，阿父这是在巡视宇文家的壮美江山呢。这话有明显的僭越之意，可是宇文护的儿子们从来都不顾及这些。

宇文邕步上殿堂，在龙椅上坐下，身子骨这时候才慢慢泛出疲惫之态。草草地议了几句朝政，便没有什么兴致了。细心的大臣甚至能看出皇帝的双眼圈泛着青黑，似是过度纵欲的结果，便也没了议政的兴致。

下了朝，宇文邕照例留下宇文护，询问了一些同州视察的情形。他们两人是下了朝，在重信殿旁边的文安殿里叙话的。文安殿较重信殿稍小，正适合皇帝同亲近大臣议事，这里礼仪也不似在大殿讲究和重视。

宇文邕蹙着眉头，万般无奈地说："阿兄去同州辛苦了。朕总在想，若无阿兄支撑这朝局，朕怕是要操碎了心。"

宇文护道："瞧你这愁眉苦脸的，又遇到了烦心的事么？眼睛周边都是青黑色。"

宇文邕老老实实地说："昨夜一夜都没有睡，想起了许多烦心的事。就连朕的阿母也不让朕省心，昨天又喝多了，年纪这么大，长此以往，怎么好？"

宇文护道："太后又酗酒了么？是该好好地劝诫呀。"

宇文邕叹口气，道："阿兄知晓的，朕的话她哪里肯听？倒不如阿兄的话管用。你每次去看她，她赐座于你，而朕都是站着的。"

这倒是实情，往常兄弟俩前去拜望叱奴太后，她总是对宇文护的尊重更甚。

常常让宇文护坐在她身边，而让身为皇帝的宇文邕站在一旁。有时连个婢子都不用，直接叫宇文邕递个小物件。好似堂堂的陛下，也是可以随意支使的。好在宇文邕并不是很计较，以寻常心处之。

宇文护道："陛下是想让为兄去劝诫么？"他呵呵地笑着，心里流过一阵被信任的温暖，想着自己果真成了皇帝离不开的人呐。国之大事小事，事无巨细，均离不开自己了。像劝诫太后戒酒这样的家务事，还是要自己出面。

宇文邕点头，真诚道："正是。阿兄能去，是最好不过了。说真的，我还想不出有第二个人能代替阿兄做这件事。"说着，便站起身。宇文护也站起来，和宇文邕一起往含仁殿走。

两人就这样并肩走在宫中的小道上，只有何泉一人跟着。除此，宇文护也没有想到带一个侍卫。平素里，在宫中，这种情形也时常有的。

宇文邕边走边说道："昨天朕同太后闹了一场，她竟是不肯听，想着这事就心烦。今日早起，伏案抄写了一篇《酒诰》。待会儿，你就照着《酒诰》劝诫，可好？"说着，从怀中掏出一个手卷，递给宇文护。

宇文护笑了，道："还是你知我。我正想着从何处开口，你的《酒诰》就来了。有了这东西，就从它开口。"他接过宇文邕递过来的手卷，用手拍了一下。《酒诰》是周文王命令康叔在卫国宣布戒酒的告诫之辞。殷商贵族、王公大臣酗酒成风，荒于政事。周公担心这种风气影响政局，所以颁布戒酒令。

两人边走边聊，似与平常没有不同。进了含仁殿，叱奴太后果然又在饮酒。只是刚刚开饮，还未醉。小小的案几上，三五个小碟，装着几样小菜和点心。阎姬赠送的硕大的玉瓒赫然立在几上，显得触目惊心。

见到堂兄弟两人进来，叱奴太后道："大冢宰，听说你从同州回来了，予高兴呀。快来快来坐下，陪予喝几杯，可好？"

宇文邕见状，有些生气道："我请兄长来，就是要劝诫阿母戒酒，阿母竟想着拉阿兄吃酒？"说着，将那玉瓒握在手中，亲自将里面的半盏残酒倒掉了。

宇文护笑呵呵地说："太后，你可曾听闻《酒诰》？那可是皇家必修之德。"说着，从怀中掏出方才宇文邕给他的那份手卷。

叱奴太后赶紧把面前小酒盅里的酒一饮而尽，仿佛是怕被宇文邕又夺了去倒掉似的。见她如此爱酒，宇文护真就在她旁边坐下亲亲热热地说："太后啊，你可要体谅侄儿的一番苦心呀。我阿母薨逝不久，侄儿撕心裂肺，不想再失去你呀。"

或许是刚刚喝了一大口酒的缘故，叱奴太后眼睛有些迷茫。她望着宇文护，脸色酡红，有些不好意思道："什么皇家必修之德？你且读来听听。"

宇文护道："太后忘了么？这是《尚书》里的文章。"其实，他对这《酒诰》也不甚了了，仅限于路上宇文邕讲的那些。加上文章念起来颇拗口，字迹也不好辨认。宇文护读起来非常吃力，他仔细琢磨着文中的意思，一个字一个字地读着："王若曰：'明大命于妹邦。乃穆考文王，肇国在西土。厥诰毖庶邦、庶士越少正御事朝夕曰：'祀兹酒。'惟天降命，肇我民，惟元祀。天降威，我民用大乱丧德，亦罔非酒惟行；越小大邦用丧，亦罔非酒惟辜……"

宇文护读得认真，全然没有发现宇文邕已经站在了他的身后，手中还握着那厚实的玉瓒。

十二年了。眼前这个人压在自己身上十二年！折磨自己十二年！让自己胆寒了十二年！这个人杀了自己两个兄弟！此时不动手，或许这个人将会灭了自己，像杀那两个兄弟一样！宇文邕高高地举起了玉瓒，拼尽了全身的力气，砸下来、砸下来、砸下来！

宇文护顿时跌倒在地，也是拼尽了全身力气，回眸一望。他的眼中只有一瞬间的惊愕，便释然了。是那种终于解脱了痛苦的释然，是那种终于纠缠到头的释然。好了，这一刻终于来了，终于可以结束了。他缓缓地闭着眼睛，甚至带着些许的微笑，倒在地上。

这微笑，反而使宇文邕骇然。何泉在身后，拿了一把宫刀，对着倒在地上的宇文护左砍右砍，却是刀刀无用，都没有击中要害。竟然使得已经闭上眼睛的宇文护，又猛然睁开双目。他眼中带着蔑视，对眼前这对手足无措的主仆，怒目以对。何泉根本不敢睁开眼，他不敢接受宇文护的目光。

这时，从里间冲出一人，抢过何泉手中的宫刀，冲向地上的宇文护，手起刀落，瞬间鲜血喷涌而出。英雄一世的宇文护身首分离，恐怕这样死去，他是万万都想象不到的吧。

叱奴太后用双手捂住了自己的眼睛，失声叫道："呀……"

宇文邕呆呆地盯着地上的鲜血，蹙着眉头，苍白的脸上布满了令人匪夷所思的神情。不是愤怒，不是解恨，不是高兴，甚至都不是释然。而是呆呆的似乎被魔障定住了神经的木然和迷离。

何泉坐在地上，竟然在嘤嘤地哭泣，他是在为谁而悲哀呢？

只有宇文直是清醒的。他依旧握着刀，大踏步地走过来，对着宇文邕跪下，却使得宇文邕像站立不稳似的后退了三步，方才立稳。

宇文直道："陛下，接下来该如何？"

直到此时，宇文邕才似乎被这声"陛下"唤醒。他恢复了冷静，道："朕自有主张，你且将这处置干净，切勿走漏消息！"

宇文直诺诺，应声而去。

宇文邕走到叱奴太后跟前，母子俩抱头痛哭："阿母，十二年了，儿无时不想着这一刻。儿子无能啊，累及阿母受惊吓如此。"

太后泣曰："邕儿，阿母素知你心性稳重，定不甘久居人下，阿母也只能助你如此了。今日先行唤来了豆罗突，往后，你兄弟俩当齐心同德。"

宇文邕点点头，想想都后怕，也叹服阿母的心胸与计谋。否则，今日哪有如此顺利，还不知会如何收场。显然，让宇文护身首分离出乎计划。那何泉已止住了哭，站在了宇文邕的身边。

宇文邕遂命何泉，立即招来宫伯长孙览。这长孙览是先帝宇文毓特地留给他的心腹之臣，用做宫伯，即是宫中禁兵宿卫之职。他像一个隐身者，被这件事涂抹现形，浮现了出来。

见何泉急急离开。叱奴太后仍是喜极而泣，抹着眼泪道："今日可告慰你阿父在天之灵了。可怜你阿父临终眼拙，竟托付给了这么个白眼狼，屠杀了两个儿子。可怜予，竟耐着性子跟他周旋数年！不杀之，不解心头之恨！"

宇文邕又拿起了那盏玉瓒，抚摸着它，喃喃道："天意呀。那日初见这玉瓒，朕的心中就有异样，觉得它是神的器物。直到前日，计划完备，方知它竟真的是助我成就大业的神物啊！阎姬，你倒成了朕的功臣！"他将玉瓒举过头顶，仔细地瞧着，终于恢复常态，露出了笑脸。

旋即，长孙览跟着何泉匆匆进来了。宇文邕并没有让他跪下行君臣之礼，而是紧紧拉着他的双手，朝他点点头，轻声道："成了。你可按计划行事。"

长孙览又匆匆离去。原来，宇文邕这次刺杀，绝不是临时起意或是心血来潮，而是早就有了预谋，并且这连何泉都不知晓。瞧见何泉，想起他方才的无用，却也没有过多的感慨。宇文邕挥挥手，让他将太后转移至紫薇宫里。又将含仁殿的门窗都封死，只留下一个正门。

然后，宇文邕又让人将延寿殿里先帝宇文毓曾经坐过的龙椅搬了过来。那龙椅上有宇文毓的鲜血，也许还带有宇文觉的气息。宇文邕端坐在含仁殿的中央，这把龙椅好像也恢复了活力，竟然泛出微微的亮色。宇文邕坐在上面，内心有了莫名的激动，还有愉悦，是那种快意恩仇的愉悦。方才见到宇文护身首异处的不适感，至此彻底地消失了。

须臾之间，宇文护的儿子柱国谭国公宇文会就到了，他的身上带着富家公子的散漫和随意的气质。长孙览去请他的时候，对他说是其父宇文护让他来议事。他哪里知道，他的阿父已经去了阴曹地府。见宇文邕端坐在中央，并无宇文护的影子，他还大大咧咧地问道："请问陛下，阿父呢？"

见他这副样子，宇文邕心里恨恨，道："你阿父巡视他的江山去了！宇文会，你曾言，宇文护是巡视宇文家的江山。不错！”宇文邕陡然提高了音量，把在场的人都惊到了，“是宇文家的江山，可它是朕的。不是他宇文护的，更不是你宇文会的！你要至死方才明白么？”

宇文会吓得面如土色。从小娇惯长大的他哪里见过这阵仗？早已瘫倒在地。环顾四周，竟不知何时出现了数十位手握兵器的侍卫禁兵。这都是宇文邕让长孙览亲自挑选和调教的敢死之徒。宇文会颤抖着手指着长孙览，想说点什么。可宇文邕并没有给他这个时间，他的手一挥，四个禁兵立即上前，手起刀落，宇文会当即毙命。又将尸首拖至另一间房。

旋即，宇文护的另一个儿子大将军莒国公宇文至到了，宇文邕也是如法炮制。尸首摆在一起，排成一排。过了一会儿，宇文护的另外两个儿子崇业公宇文静、正平公乾嘉和宇文护的弟弟们乾基、乾光、乾蔚、乾祖、乾威及其朋党柱国北地侯龙恩、龙恩的弟弟大将军万寿、大将军刘勇、中外府司录尹公正、袁杰等陆陆续续地到了含仁殿中。来一个，杀一个；来两人，杀一双，尸首都摆在一个房间里。

含仁殿里的临时停尸房里的尸首铺满了一地。血腥扑鼻。宇文邕忍着恶心，坚持到黄昏日落，杀掉了他心中名单上的最后一人方才离去。离去前，下令将含仁殿所有的门窗再次封死。

宇文邕只带走那盏玉瓒，然后亲自点燃一把大火，连着方才还坐过的龙椅，将含仁殿尽焚之。

似有一大块黑布蒙住了整个宫廷和宫廷里的人，所有的一切都是黑暗的。从含仁殿里出来，宇文邕抬头望了望夜空，没有耀眼的星辰，天空也是黑乎乎的。他摇摇头，又往前走了两步，终于没有忍住，扶着一棵柳树，胃中的秽物喷涌而出。吐着、吐着，他的眼泪也吐出来了。何泉跟在他的身后，惶惶地道：“陛下，龙体有恙么？要请太医么？”

宇文邕摆摆手，他知道堵在胸口多年的气吐出来就好了。一刻钟过后，宇文邕果然感觉舒坦多了。接过何泉递过来的敷巾，擦擦嘴。再次抬头望向天空，夜幕上，居然出现了一颗星辰。独独的一颗星，却使得整个夜空显得格外荒凉，而那颗星，便也显得孤单无比。

宇文邕绕着道，去了正武殿。这里已经很久都没有人来过了，牌匾有些歪斜，似一个被遗弃的妃子，蓬头垢面的，完全没有一点皇家的贵气和典雅。宇文邕默默地站在正殿门口。阿父啊，儿子多么想恢复你往日的荣光！十二年了，你的儿子虽贵为皇帝，却是在宇文护的淫威之下，苟且偷生。差点就做了没落的汉室，成为别人眼中的笑话。好在，今日，朕终于雪耻！手刃了他的全家。那含仁殿的大火，便是明证！阿父啊，你可以瞑目了。你时刻望着我的眼睛可以收回去了。你给朕造就的江山，朕一定要好好守护！奔出一个锦绣的前程来！

宇文邕定定地看着牌匾，默默地鞠了三个躬，内心却在翻江倒海。史书上，这该是我宇文邕专有的一页吧？只须这一页，便覆盖了过去整整十二年的耻辱！宇文邕长长地舒了口气。

回到文安殿，宇文邕立即招来柱国越王宇文盛。这个宇文盛是宇文邕的弟弟，只是与曾经向宇文护告密的那人同名，其实并不是同一个人。宇文邕让越王宇文盛连夜带兵出发前往蒲州，将宇文护在蒲州做刺史的世子宇文训诱骗出来。如若路上宇文训有所察觉，立即诛杀。果然，到了同州，宇文训知晓了长安的变故，还没来得及反抗，就被宇文盛杀掉了。

宇文盛刚离开文安殿，开府仪同三司宇文德就到了。皇帝拿出一份早就拟好的诏书给他，也是让他即刻出发，往突厥方向奔袭。宇文护的儿子昌城公宇文深出使突厥正在回转的路上，皇帝对宇文德说："赍玺书，就地杀之！"

公元 572 年 4 月 12 日，权倾朝野十几年的宇文护竟像一缕青烟轻轻飘飘地消散了，他的四个儿子在这同一天被杀。另外两个儿子，仅隔数日被杀。他的五个弟弟及其最亲近的朋党，也在这几天悉数被灭。

这一日，该是周朝历史上的什么日子呢？反正，这一天是周朝天和纪年的最后一天。史书，该要如实记录的吧。

这一天的夜晚，普六茹坚也没有睡。子时已过，在看书的普六茹坚合上书本，准备就寝。就在关窗的时刻，他闻到了一股难闻的气味，让他的胃很不舒服。他推开门，走到门外，但气味更甚，身后的李圆通也捂住了鼻子。

自从云巧儿的事发之后，府中已经安排人值宿了。这时，有两个打着灯笼的值宿人走过来，普六茹坚问道："何处来的气味？"

那两人立定，回复道："报郎主，不知晓。但肯定不是来自府中。"

这时，气味越来越重。李圆通道："郎主，我去外面查验一番。"说着，人已经到了几步开外。少顷，他就捂住鼻子回来了。向普六茹坚报告说，外面街上站了好些人，都是被这难闻的气味逼出来的。有好事者爬上屋顶高处，看到有一处火光来自宫中，想必这气味也是从火光中飘过来的。

"什么？来自宫中？"不知何时，已经睡下的独孤伽罗站在了普六茹坚的身后，她惊异地问道。

普六茹坚转身，道："爱妻怎么起来了？"

伽罗道："如此难闻，如何睡得下？圆通，这气味竟然来自宫中？"

李圆通道："正是，夫人。"

伽罗着急起来："郎君，宫中定是出了大事。你日日上朝，何故不曾听到一丝风声？"

普六茹坚道："爱妻，勿急勿躁，真要有祸，宫中定会有人来报。"

伽罗瞪了普六茹坚一眼，道："只怕是来不及啊，我且进宫一探究竟。"

普六茹坚厉声道："胡闹！深更半夜，你如何能去？"

正乱着，从门口处进来几个黑影。几近跟前，才发现竟是杨素。门值皆识得他，于是随他进了府中。园中的几人皆是大惊，这夜黑人静的，他怎么来了？定是出了大事。

"果然如我料想的，你们都不曾睡下。"不待普六茹坚问话，杨素道，"随公，今日有一特殊情形，处道亲临府上禀告。”他贴近跟前，轻声说，“陛下今日分批将晋公的公子和弟兄们，悉数招至宫中。现已子时，皆无一人回还，怕是宫中出了变故啊。随公，可有消息？”

几人更是惊骇，这等的大事，竟无一人知晓。果然，这大火甚是蹊跷得紧。伽罗是急性子，又急道：“齐王也进宫了么？你如何得知？又为何告知？”

这问话来得凌厉，杨素的脸上一红。但他素知伽罗在府中的地位，遂提高声音道：“夫人，处道虽为晋公、齐王所用，却从未敢忘随公！回夫人的话，齐王未曾进宫，此消息正是齐王亥时所得。”

普六茹坚剜了一眼伽罗，转而对杨素道：“处道，夫人是惊骇了，她的话不要放在心上。你且说说，陛下是遣何人来诏大冢宰之子的？”

“宫伯长孙览。”杨素答道，他已恢复了常态，“众人都在猜测，为何是他？”

普六茹坚沉吟了。他也知道，这个长孙览并不凸显，他也在心里问为何是此人？伽罗也恢复了常态，对杨素道：“处道，你如何知晓长孙览是为陛下所遣？”

这才是问题的关键。几个人听了，都惊出了一身汗。就目前的情形看来，长孙览就是代表胜者。因为，宫里既无人能进，又无人能出，除了这个长孙览能进进出出。

杨素道：“齐王知晓。宫里的人，他知晓都有哪些是晋公的人，他忧心的正是这个。长孙览不是晋公的人，由此推断定是陛下所遣。”

普六茹坚再次沉吟。

伽罗道：“郎君，不可再犹豫了，我等即刻进宫一探究竟，好早做打算。”

“不可。”普六茹坚止住了她，“非常时刻，没有听诏，擅自闯宫，是杀头之罪！”

“你还不明白吗？不是闯宫，而是勤王！”伽罗急得直跺脚。

普六茹坚挥手一扬，凛然道：“夫人，休要再言！”转而又对杨素道，“宫中生变谢处道心中仍有我。”他躬身弯腰，对杨素行了个大礼，又道，“烦处道再上齐王处，倘若再能探得消息，再报，可好？”

杨素也是弯腰躬身，回敬了一个大礼道：“随公信我，处道心存感念，定当生死追随！”说罢，又速速离去。

望着他离去的背影，伽罗道：“郎君，此人如何又回心转意？是齐王不信他了么？”

普六茹坚道：“夫人呐，切忌急躁。处道心思重，你不可太露锋芒。”说着，笑了一下，算是缓和气氛，拉着伽罗进入室内，边走边说，“恐陛下的胜算大些。如若是大冢宰阴谋，那么其子、其弟及其朋党定会一起进宫，哪有听诏分散进之？再说，长孙览是陛下的心腹。”

李圆通道：“郎主，杨素消息不知是否有误？长孙览平日里不显山不露水的，究竟是何种人，也是无考证。”

三人进了书房，普六茹坚反而轻快了起来。他给两人分析：宇文护强势，陛下的人一直在暗处。如同他普六茹坚，开府十几年了，在朝中也无建树。因而也同长孙览一样，不显山露水。这是其一。其二，杨素突然而至，肯定也是觉得陛下已经功成。他深知普六茹坚与陛下情义相投，此时来报，不是不敢忘记随公，而是为他自已将来伏下一根线啊！

独孤伽罗和李圆通经普六茹坚这一点拨，豁然开朗。伽罗脸红了一下，道：“郎君，妾身唐突了。”伽罗从不自称“妾身”，这回是真知道错了，才自谦了一回。普六茹坚柔和地拉过她的手，道：“爱妻切莫责备自身。依我看，进宫不必，但几个孩子还是要妥善安排。万一猜测有误，岂不是坏了大事？”

“我正有此意。郎君，将孩儿们送至阿阇梨处可好？阿阇梨智慧，她总是有办法的。”独孤伽罗望着普六茹坚。他们已有四个孩子出生了，加上伽罗肚子里的一个，共有五个孩子。

普六茹坚点点头，道：“只有如此了，阿阇梨是我们的靠山呐。”

李圆通听了，连忙去准备。他叫醒了孩子们和李九，又去准备车马。只一会儿，夫妻两人带着李圆通、李九和孩子们，就上了马车，朝冯翊般若寺而去。

阿阇梨依然慈眉善目，只是头发花白了些，精力也不如以前好了。见到阿阇梨如此，想自己还要她操心，普六茹坚心下戚然，眼里就有了波光。阿阇梨如母，普六茹坚每次见到她，内心都是软软的。

阿阇梨看着几个孩子，满心眼里都是慈爱。老大丽华已出落成一个婷婷少女，面目秀丽；长子阿勇也长得很高了，彬彬有礼；次子广儿才四岁多，机灵可爱；李九手上抱着的是三子阿俊。伽罗的小肚子又是微微凸出，明年初，又有一个孩子要呱呱落地。这一家子，就像一棵壮硕的树，开枝散叶了，生机勃勃。

"阿阇梨，寺里可望得见宫中的火光？"普六茹坚见了阿阇梨，心就定了，"宫中定是有大事。"遂将杨素告知的消息一一告知智仙师太。

阿阇梨道："前日太冀来了。他与庾季才见了，说是三公之星有变，该是归政天子的时候了。若不归政，定有大祸。"

"庾季才？就是宫中的稍伯大夫？他是晋国公的座上宾，果真如此言？"普六茹坚心里忧喜参半，他又想起了长孙览，感叹道，"这年月，男人也如同女人，都要戴上幂罗，才能出世行走。"

伽罗却道："郎君，宫中火光该是陛下一个获胜标志吧？可喜呀。"又转而对阿阇梨说，"章仇大师来了么？自大人公逝后，未曾谋面，他还好么？"

阿阇梨点点头，道："好，都好，韦师也好。你们好，他们就不来见了。若你们需要，他们都会再来。"

普六茹坚沉默了，低下头，他想念阿父了，感念阿父的用心良苦。这样的大师人物，都是阿父的亲信，是留给自己的依靠。还有这阿阇梨，是比之父母一样的倚重之人。

"那罗延，归政天子，于你是极好的时机。为社稷想，为民生想，多出力。"阿阇梨送他们出门的时候，叮嘱道。

没做过多的停留，安顿好孩子们入睡，三人便告辞出来。李九留在寺中，照顾孩子们的饮食起居。普六茹坚本意是想让伽罗也留下来，但是伽罗坚辞，说但凡万一有变，夫妻俩要一起应对。普六茹坚扶住伽罗的双肩，动情地说："夫人，你和孩子们都安然，于我是天下最大的事。"

回程的途中，天色发白微亮。眺望皇宫的方向，那团大火仍在燃烧。街上有许多人立在晨曦中，眼神惶惶，内心惶惶。普六茹坚想起临走之前，阿阇梨叮嘱的话，眼里充满了怜惜，对伽罗道："看这些人，怕也是一夜无眠。宫中一点变化，民间便变了天，天子就是要给予社稷以安乐平稳。所谓子民，定当爱民如子。"

伽罗点头，道："郎君说得极是。这不仅是帝王的胸襟，也该是人臣的责任。"

这是一个奇怪的夜晚。皇宫大火，百姓观望。既没有百姓救火，官家也没有宵禁，而城里却很安静。人们只是静静地站着，静静地望着。

伽罗见此情景，想象了一下十几年前的梁国。那夜，梁元帝烧了一整夜的图书。据说全城的士子，全身素白，潸然泪下，默默地站立一夜，替皇帝送朝廷最后一程。第二日，便改朝换代了。

普六茹坚道："今日怕是已经改朝换代了，无论孰输孰赢，改朝换代是注定的。"

两人一路说着话，到了一个路口，普六茹坚让李圆通和伽罗回府，自己则顺着另一个道，去了宫里。不管怎么改朝换代，他都要上朝，他惦念不敢忘的是心中的明君。他不敢想象，前一夜，宇文邕都经历了什么。

昨夜，长安城无眠。含仁殿里的大火燃烧了一夜，直到辰时才渐渐熄灭。这火好像也是烧在每个大臣的心上，许多人眺望着皇宫，既不敢贸然进宫，更不敢安然入睡。

宇文邕整一宿都是待在文安殿里的龙椅上。宇文觉、宇文毓坐过的那把龙椅，随着含仁殿的冲天大火，与宇文护一起化为了灰烬。子夜时分，普六茹坚及众大臣翘首盼望消息的时刻，宇文邕却倒在龙椅上迷糊着。他太累了。这一日，除了那顿丰盛的早食，他几乎没有吃过东西，连水都没有喝。这一日，他的精神高度紧张，一直处于高度的亢奋和不安之中。现在，没入了黑暗，他确实想休息一会儿。

可是，尽管眼睛眯着，头脑却并没有停歇。迷迷瞪瞪中，好像有人提着刀，砍向他和他的儿孙们，如同他将刀挥向宇文护一样，而且也是在宫中的含仁殿里。这个迷迷瞪瞪的梦境，使得他骇醒了。含仁殿不是已经烧毁了么？再说，我还没有孙子呐。难不成，这会是一种预兆？

宇文邕呆呆地望着一盏跳跃的灯火，难道这是皇家的宿命么？三百多年了，自汉室没落以后，国土分崩离析，朝廷更迭频繁，战火硝烟弥漫，宫廷鲜血四溅。远的不说，单说自己所处的这块土地，魏室之乱之多之繁，走马观花似的变动，让普通百姓都会意不过来。后来阿父崛起，才有了大周，却又被宇文护所祸害，四年里走了两个皇帝。现在，好了。朕要整饬内廷，外安疆土，还民一个清明盛世！

宇文邕站起身，在殿中迈着方步，精神亢奋。他强烈地感到，属于自己的时代已经来临。

等不到卯时三刻上朝的宇文邕，步出文安殿，向重信殿急急走来。他没有想到的是，重信殿外的场地上，已经站立了好些人。他的大臣们也是一夜无眠，早早地聚集在了殿外。正在为昨天的事，窃窃私语，互通消息。他们凭借各自碎片的消息，拼接出事件的完整骨骼：昨天下朝，皇帝留下了宇文护，同往文安殿；少顷，又一同前往叱奴太后居住的含仁殿；然后……长孙览急召宇文会、宇文至进宫，前往含仁殿；然后……召宇文护的兄弟及其朋党，也是前往含仁殿；进宫的人都没有出来；然后……宫里失火，严格地说，是含仁殿失火。事件的走向在这些拼接中渐渐明朗。

三五成群的人们，嗡嗡声一片。这时，听到了何泉尖利而有力的声音：“皇上驾到！上朝！”

何泉按照皇帝的旨意，将龙椅往前移了一丈。龙椅之前再也容不下任何一人了。宇文邕稳稳地坐在上面，胸部前扩，双肩平直，沉而有力地开口道：“朕，今日要亲政了！”这句话一经说出，宇文邕感到了无比的痛快和爽朗，还有自豪！他望着台下齐崭崭站着的大臣，看到了队伍后面的普六茹坚，提高了音量，朗声道，“朕，曾经跟普六茹坚说过，在这个殿堂的上方，有两双眼睛一直在盯着朕。一双是太祖文帝，朕的阿父殷殷切切地希望朕能有一番作为！另一双是护的双眼，他要朕成为一个傀儡。可是，朕不要做这个傀儡。朕是天子！是堂堂的皇帝陛下！从今往后，你们亦或是任何一人，休要胁迫朕！休要挡在朕的前头！”

宇文邕停顿了一下，再次望着众臣。众臣寂寂无声，每个人的心中却是波浪汹涌。有道是，有人欢喜有人愁。

“朕，现在要宣布几项旨意。”宇文邕立在龙椅前，肃然道。

“一、天和纪年，止于昨日。今日起，纪年为建德！大赦天下！”众大臣诺诺称是。

“二、朕要立皇太子。朕的皇儿宇文赟已经长大，朕立其为太子，纳普六茹坚的长女为太子妃。”大殿内气氛仍旧肃穆，众大臣皆抬头，有的看向皇帝，有的望向普六茹坚，有的互相观望。他们心中有一个相同的问题：宇文赟太子不是早就立了么？今日何故重立？

宇文邕看出了大臣们心中的疑问，他叹口气，缓缓道：“朕知晓你们有疑问。赟儿早就立为了太子，但那能算么？从前，朕的皇位都飘摇不定，何来太子之位？今日不同。今日是朕做主！纳太子妃，也是朕做主。”

普六茹坚赶忙从队列中站出来，跪地叩谢道：“谢陛下隆恩！小女何德，受皇恩深重，实乃三生有幸！”

宇文邕笑呵呵地说：“普六茹坚，你还记得朕跟你说的么？朕的江山，朕，要整治出一个锦绣的前程来！从此，你……”他坐下了，在龙椅上，指着所有的大臣，朗声道，“从此，你们皆要真心辅佐朕，完成朕心中的宏图！”

众大臣全都跪下了，齐声称是。

“三、朕，要内整外平。整饬内政，修正府兵制度，改革均田制度。对外，”宇文邕的眼睛放着闪闪的光芒，坚定地说，“朕一定要灭了齐国，再将陈朝消灭！统一这大好山河！朕要还给天下子民一个清清朗朗的盛世！”

众大臣皆抬起头，盯着这位雄心勃勃的皇帝。皇帝正值盛年，如今又亲政了，他的理想该是可以实现的。普六茹坚受了这激情的感染，浑身燥热，双眼灼灼地盯着宇文邕，响亮而清晰地答道：“臣当誓死不辜负陛下！”众大臣也跟着普六茹坚朗朗而答。

直到这时，宇文邕才让跪下的众臣平身，他还有项重要的议程要进行，即分封。昨日杀了一批人，还将要再杀一批人，将宇文护的根系全部拔掉，消灭干净。并将空出来的位置填上自己的人，这才是改朝换代的真正含义。

与普六茹坚家联姻，并不属于分封。然，比分封更甚。这不是普通的姻亲，而是，许他的长女一个太子妃、将来是一个皇后的位置。到那时普六茹坚便是国丈了，是正宗的皇亲国戚，还有什么比这更荣耀的么？宇文邕共有七子。自废了李娥姿的皇后之位，改立的皇后阿史那好几年了，其肚子都不见动静。据说，皇帝是怕太亲近宠溺了她，而使得突厥更为强势，故而疏远之。这样，皇帝的七子均为庶子且幼小。而宇文赟是李娥姿生的长子，其地位更不一般了。普六茹坚心里清楚，皇帝对自己还是很信任很贴心的。

任命蜀国公尉迟迥为太师；封柱国窦炽为太傅；封申国公李穆为太保。此为三公，是重臣。

封卫王宇文直为大司徒；封陆通为大司马；封柱国辛威为大司寇；封赵王宇文招为大司空；不久，陆通病死，改封宇文招为大司马，田弘为大司空；

封长孙览为薛国公，任小司空；封宇文孝伯为车骑大将军，加开府仪同三司；封王轨开府仪同三司。这份加封名单，使大臣们看到了潜伏于朝廷深处的政局。这些被加封的人，就像是久潜于水下，只要不溺亡，终有浮于面上的一天。这俗世的延续，总是一代一代的更替。譬如普六茹坚，被压抑了若干年，终于等来了登堂入室的机会。

宇文邕没有让何泉或者长孙览代述这些封命，而是自己坐在龙椅上，侃侃道来，如数家珍。今日在朝堂之上，他一反常态，很有说话的兴致。分封完这些人之后，众大臣并未平静。因为朝廷最关键的一个职位还未确立：谁来做大冢宰？皇帝会让何人来继承宇文护之位？

只有两个重要的人物还没有分封，那就是陛下的姻亲普六茹坚和齐王宇文宪。宇文邕的眼光扫向众臣，最后在普六茹坚和宇文宪两人的面上停留。他看了一会儿普六茹坚，又看了一会儿宇文宪。再看了一会儿普六茹坚，最后又看了一眼宇文宪。在他的心目中，只有这两人能担此重任。宇文宪虽是同父异母的弟弟，可这十几年来，他与宇文护的关系竟比与自己的关系还要好，还要贴近许多。宇文护之下，唯有他的威望最大。在他周围簇拥的人，竟比簇拥在自己周围的还要多。如若他做了大冢宰，会不会是第二个宇文护？而那普六茹坚呢，虽为外姓，十几年来，与自己同心同德，能力绰然，只是不为宇文护所用，被压抑至今。现在，护已灭，本应将他启用。然，早有传闻，说他头上的龙骨，绝非久居人下。如今又是姻亲，如若权势过大，他会不会是第二个宇文护？

坐在龙椅上的宇文邕心里暗暗叹气，左右两难。再望向台下站着的众大臣，更是气馁，全是一群庸庸碌碌之辈！过了许久，他像是下定了决心似的，站起身道："大冢宰一职，鼎立之重！唯有……"他望见了宇文宪眼里的颓势，刚刚下过的决心，如风飘散，声音低下来："容朕再好好思量。"

众臣默然。

"至于昨日之事。朕，想说……"思索了一会儿，宇文邕感到昨日做了那番惊天之举，也该给这帮臣子一个说法。他换了一种语调，沉沉地说道，"朕纂承洪基，十有二载。将国之政要大事，俱责成宰司。然，护志在无君，义违臣节。利用这个机遇，暴露其贼子狼心。他任情诛暴，肆行威福，朋党相扇，贿货公行，所好加羽毛，所恶生疮痏。朕约己菲躬，情存庶政。每思施宽惠下，辄抑而不行。遂使户口凋残，征赋劳剧，家无日给，民不聊生。且三方未定，边隅尚阴，疆场待戎旗之备，武夫资捍城之力。侯伏龙恩、万寿、刘勇等，未效庸勋，先居上将，高门峻宇，甲第雕墙，实繁有徒，同恶相济。民不见德，唯利是视。百姓嗷嗷，道路以目；含生业业，相顾钳口。常恐七百之基，忽焉颠坠，亿兆之命，一旦阽危，上累祖宗之灵，下负苍生之责！朕，昨日，将他及其朋党一并诛杀！”宇文邕这段话说得极为铿锵有力。

众大臣更是大气都不敢出了。昨日的大火，烧毁的不仅是宇文护和他的儿子们，更是他遗留在朝中亲信的未来。

齐王宇文宪从列队中出，跪地泣曰：“臣愚钝，追随晋公多年，竟不知其野心狼性。臣不敢奢望陛下恕罪，只求不要累及妻儿，臣感恩戴德。”

话音未落，皇帝还没有发话，卫王宇文直就跳将出来，冷冷道：“你怎是愚钝，而是怕死罢了。跟着宇文护风风光光，你是不知他杀死了我们的两个兄长？还是不知他对皇位虎视眈眈？你竟是无视无睹！其罪不可恕！该杀无赦！”

宇文宪抬起头，见宇文直如此张狂，冷笑道：“好一个宇文家的英雄！休得在本王面前叫嚣。你是个什么东西？贪婪凶恶、两面三刀！本王追随晋公，出生入死，彼时你在何处逍遥？”

“够了！”皇帝猛地拍了一下龙椅，怒视着宇文直道，“你且退下！朕自有分寸！”

那宇文直仗着自己诛杀宇文护有功，加上阿母有亲言叮嘱，便一心想取代宇文护的职位，又素知齐王宇文宪的能力和威望俱在自己之上，所以想借着这个机会将其除掉，只是皇帝陛下不肯听。宇文直还想争辩几句，却被站在身边的赵王宇文招拖下去了。

宇文邕从龙椅上站起来，又走下台阶，亲自将跪在地上的宇文宪扶起，柔声道：“你与朕是自家兄弟，不必自谦。宇文护在世时，你有诸多不便，朕晓得。这几日，你将其府邸文书档案、兵符文件等尽数抄袭，报于朕。再者，准备司大冢宰之职吧。”

宇文邕的这几句话说得平静，却在众大臣心中惊起浪涛。谁都清楚，齐王宇文宪是宇文护最重要的朋党。如今，却要用他做大冢宰，延续宇文护的职位。连他嫡亲的弟弟也没能如愿，这是忌惮他的威望么？

只有普六茹坚听了，嘴角露出笑意，遂放下心来。这才是宇文邕的胸襟，是天子的担当！以江山社稷为重，任人唯才。跟着这样的明君，定能闯出一个清明的世界来！

第十三章 两小无猜生情愫 毁佛求田错失度

五月，普六茹坚府中的司厨李九迎来了最忙碌的日子。月初，杨素骑着高头大马，衣袂飘飘，带着丰厚的聘礼，吹吹打打，将小葭接走了。小葭是独孤伽罗的随嫁丫头，从小跟着伽罗。两人虽有万般的不舍，终归还是很欣慰的。不管怎么说，小葭算是也有了一个好的归宿。见了满府上下的喜庆，李九只得把心中隐隐的伤痛收藏起来，这就是命运。云巧儿与自己，本也可以建立一个美满的家庭。可是，国亡家破。最可恨是那书生皇帝，临死前还骑一匹白马，着一身白衣，也是衣袂飘飘。这样的人，怎么能建立一个强悍的国家?!

月末，普六茹府又张灯结彩、挂红披绿，普六茹坚与独孤伽罗的长女丽华要与太子举行大婚了。前几日，宇文邕又烧毁了好几座豪华的宫殿。他说，一定要销毁宇文护在时的奢侈之风，彻底消除他的影响。但是，他对太子妃的聘礼却并不少，该有的礼仪一样也没有落下，还是体现了皇家的气派和他作为皇帝的诚意。

坐在马车里的独孤伽罗内心驿动不安。方才她进宫，拜见了叱奴太后、阿史那皇后、帝皇后李娥姿和郑姬，相商婚礼之事。听到了许多消息。没想到，从郑姬处出来没走几步，迎面遇见了前来拜望阿母的宇文邕。

那日，在太后的帮助下，宇文邕顺利地诛杀了宇文护。之后，宇文邕将太后临时请至郑姬的紫薇宫暂避，并将太后的含仁殿大火焚之。哪知太后到了紫薇宫就一病不起，郑姬尽儿媳本分，悉心照料，太后就再没有离开紫薇宫了。所以，陛下现在是到紫薇宫来请安。

宇文邕见了伽罗，眼里的光跳跃了一下。伽罗今日穿了件鲜艳的汉服，宽衣大袖，边口的条褊上绣着金黄的花朵；梳了个高高的发髻，金花玉珠，宝光琉璃；耳朵上坠了颗精巧的耳饰，像是牡丹花的雌蕊；脸上涂了些胭脂，肤色毫不逊色于满园的姹紫嫣红。见了陛下，慌乱中，脸上又飞起一朵红云，娇羞可爱，愣是把宇文邕看得痴了。

酷爱诗书、不苟言笑的陛下，内心深处其实是希望有这样一位女子陪伴的。端庄大气、知书识礼、见地深刻、同心同德。他的两位皇后，李娥姿色貌俱佳，却略显才疏；阿史那才色双全，却又不似与己相濡以沫。此刻，宇文邕真是恨了自己的阿父，为何就让这位青梅竹马擦肩而过了呢？

见独孤伽罗已经跪下了，宇文邕急忙将她扶起，手掌在扶她的时候稍稍用了力，使伽罗的胳膊感受到了他的力度和温度，道："你不用与朕拘礼，稚童时，你便是无拘无束。"

宇文邕本意是想调剂一下气氛，却把伽罗的脸说得更红了。她看了一眼宇文邕，见他也正盯着自己看，四目迅即闪开，轻声道："陛下莫要哂笑我了。"

宇文邕来了兴致，索性掉转头，引伽罗漫步园中，柔声道："伽罗，稚童时的趣事，你忘了么？你真的忘了？那次，你还救了朕。"

独孤伽罗笑道："陛下，莫要诓弄我了。我怎的救你？"只这一句，伽罗便放松下来，恢复常态，落落大方，面目也生动了起来。

见两人叙起了稚童时的趣事，何泉便示意小葵等几个随从退往三丈开外，远远地落在后面。

宇文邕道："你果然忘了。那回你和尊君到我府中，我丢下功课和你捉鸟。结果被我阿父发现，要责罚。你倒是人小胆大，站在我前头，据理力争。阿父居然头一次饶过了我，这不是救我么？"说起小时候的事，宇文邕的眼里满是温柔，连"朕"都忘了称呼。

伽罗听了，呵呵大笑道："如此说来，我胆子还真是大。太祖文帝对子女的教导以苛责闻名，我真的敢顶撞他？"伽罗羞羞地看了一眼宇文邕，虽然已经生了五个孩子，但她眼里的纯净清澈却没有变，依然生动。

宇文邕深深地叹了口气，终于将那句话说出了口："阿父何故不纳你给予我？你阿父又何故不将你许与我？朕，不比那普六茹坚俊朗英武么？"说完，不觉自失。顿了一会儿，又幽幽地说，"听说你们心意相通、同心共德，果真如此么？他果真不再有异生之子么？"

"回陛下的话，是。"独孤伽罗干干脆脆，没有一丝的拖泥带水。停了一下，遂也叹口气道，"陛下，一切皆由命运使然。顺应天命才是啊。"

宇文邕落下脸，两人又默默地走了一段。宇文邕又道："为赟儿选妃，朕是郑重的。但愿他们如你们一样，同心同德，白首到头。只是，赟儿可不能只有一个妃子。"说完，又怔怔地看了伽罗一眼。

伽罗嘴唇动了动，这次说话显得小心翼翼："陛下对太子是否太过苛刻严厉了？听说前几日还用了刑？"

果然，听了此话，宇文邕就怒了："是帝皇后还是郑姬长舌了？夸大其词！朕只不过是责罚了他二十板子，不严苛怎能守得住这江山？怎么连你也会跟着说出这种话来？与你家联姻，就是觉得你家女郎端庄大度识得礼仪。"

伽罗抿着嘴唇，似有委屈，却仍犟着说："太子乃天子之子，当尊严更甚！岂能如同常人般受罚？而况是大庭广众之下。"

宇文邕一愣，转而笑了，道："胆子还是如此大。稚童时，为了朕，顶撞太祖；如今，为了太子，顶撞朕。"

两人都笑了。宇文邕立定，道："都说母女同德，由你教导的女郎定不会歹。赟儿由你家女郎陪伴，朕甚欣慰。"说完，他再次深深地看了一眼伽罗，便离去了。

马车已到府中，独孤伽罗还在怔怔地回味着方才宫中的情形，内心涌动着莫名的温暖。

普六茹坚在书房疾书，他在写奏折。被宇文护耽误的时间太久了，时不我待。见伽罗进来，也只是顺口问了句："还顺利吧？"

伽罗点点头，坐在他的对面，将在宫中见到的太后、皇后、帝皇后和郑姬的情形都一一讲给他听。不知为什么，伽罗却没有讲与宇文邕见面的事情，更没有将宇文邕讲的那些柔情而温暖的话说给普六茹坚听，只是提到了她认为忧心的事。她蹙着眉头，对普六茹坚道："帝皇后领引我去了东宫见太子。你知否？太子又受了责罚。这次是挨了二十板子，正躺在榻上养息，陛下对太子太过严厉了。"

普六茹坚道："宇文家的江山来之不易，守之更不易。不苛责，陛下怎能放心？我们对勇儿广儿不都是苛责么？"

伽罗道："你们说的都是这一面。还有另一面，你知否？太子对陛下很有恨意，这结果未必就好。今后，我们对勇儿广儿要宽容些。免得他们也如太子般记恨。"伽罗轻声小心地说道，这是郑姬冒着危险告诉她的。

普六茹坚这才对伽罗的话重视了起来。他放下手中的笔，将头凑近了些。道："此话可不能说！勇儿广儿怎能比太子？皇家无小事，这种事闹出来，不仅血溅宫廷，还可能改朝换代，社稷动荡。"

伽罗道："这正是我忧心之处。皇家若不稳，丽华也不稳，那我们也得不到安宁。"

普六茹坚见伽罗的眉头又蹙到一处，宽慰道："这是你我都无法改变的，你我忧心也无济于事。对么？以太子的无为，想要在陛下面前翻起多大的事端，也不大可能，你只管放心罢。"

伽罗道："陛下年富力强，沉稳睿智。目前是不可能，将来呢？"

普六茹坚道："将来那么远，谁能知道呢？你莫要瞎操心了。"说罢，又拿起了笔。

伽罗知道普六茹坚的心思都在奏折上，不想多费精力思虑这些琐事。无可奈何地站起身，却又想到另一个问题，道："你这也没有受封，以何种名义上奏折？"

普六茹坚苦笑道："我不还有个随国公的封爵么？你可别小瞧了我这未来的国丈。若不然，我自请去灭齐，陛下对我还是很亲近的。"

两人说着话，前厅那边又有动静。这几日，府前门庭若市，前来贺喜贺礼的人络绎不绝。这个婚礼，代表着普六茹府成为了真正的皇亲国戚。新婚的小葭在杨素的陪伴下，这几日又回到了本府，普六茹坚仍旧让他们和李圆通一起在前厅照应。从本心而言，普六茹坚也不擅长在前厅应酬。

李圆通急急地走进来禀报："郎主、夫人，唐国公的独孤夫人来了。"

伽罗应声起身，这是伽罗的四姐独孤伽彩来了，夫妻俩给予这位阿姊更多的关爱。去年，唐国公李昞弃世，留下了几个孩子和体弱多病的独孤伽彩。尽管李昞在世时李家也是豪门，但人走茶凉。阿姊亲生的两个孩子李渊七岁不到，女儿才四岁。

伽罗来到前厅，果然见阿姊一手牵着一个孩子，站在一旁，那样子竟有些寒碜。伽罗眼圈一红，连忙奔过去，拉着阿姊的手，又是让座又是上茶。一旁站着的李渊兄妹倒是不惧人，有礼有节有模有样，小大人似的。

独孤伽彩从怀中摸出一个锦袋，从中掏出好几件首饰道："这是阿姊出嫁时的整套首饰，是你阿姊最贵重的物件了。献给太子妃吧，以表心意。"

伽罗坚辞不受："阿姊啊，这不敢当。这是你的传家宝，将来要传给叔德。你来了，心意到了，已经很好了。"

伽彩不理睬伽罗的话，仍将笄子、簪子、钗子、金环、花钿、手镯等都掏出来，摆在案几上，道："小妹，你看看材质和做工都是上乘，是极好的物件。"

伽罗道："阿姊，你莫要多说了。这套宝贝，我定不能收。"

伽彩急了，道："阿姊晓得太子妃定是收了不少宝贝，这些虽不是最好的，却也是阿姊的心哪！"她用手拍着自己的胸口，又道，"你若要坚辞，我定是顶顶伤心。郎君唐国公刚逝世，我就要沦落到受人寒碜的地步吗？”说着，竟流下泪来。又慌忙擦去，笑着说，“太子妃的喜庆，我倒落泪了，请小妹见谅啊。”

伽彩这一说，倒把伽罗推辞的口堵住了，她只好说：“阿姊，你莫要一口一个太子妃，倒把亲戚叫生疏了。”

坐了一会儿，又说了一会儿家常话。伽彩起身告辞，临走时却又问：“随公呢？他又进宫去见皇上了么？”

伽罗道：“今日倒没进宫，只怕这会儿还在写奏折。”

正说着，却见普六茹坚和李圆通站在回廊里。伽彩惊喜地叫道：“随国公！”

普六茹坚走过来，看到了李渊，道：“阿姊，这是小叔德么？长这么高了？”

伽彩撺掇着李渊，让他赶紧施礼。小李渊很识礼数，完全用不着伽彩的提醒，他朗朗地唤了声：“姨父！叔德有礼了。”双手抱拳，躬身施礼，有模有样，不卑不亢。

普六茹坚和伽罗看着喜欢，都笑了。

伽彩对普六茹坚道：“正说要去寻你，你正好来了。随公啊，你与皇帝走得近，能否跟他奏禀，让叔德承袭唐国公的封爵？你知道，我们就这么一个嫡子。”

普六茹坚一愣，道：“承袭之理，朝廷有规矩。按规矩……”

伽彩抢过普六茹坚的话头，语速快了起来，说：“按规矩都是由嫡长子来承袭。我今天来，就是想告知于你的。唐国公是以我为正妻。按理，叔德就是嫡子。再说，也可以自荐，我府就自荐叔德。”伽彩之所以这么说，是因为她是李昞的第二任妻子，是续弦。又因为独孤信的威望，李昞便以独孤伽彩为正室。所以第一位妻子生的三个儿子都算庶子，第四个儿子李渊是嫡子。

普六茹坚道：“阿姊，你都知晓了规矩，何必又亲临府中告知于我？”

伽彩道：“以上的三个不都成年了吗？我怕他们欺负我们孤儿寡母，故而求助于你。”

伽彩说得倒是直爽，普六茹坚心里暗道，好一个精明的女子。还来不及表态，伽罗说："阿姊说的也在理中。见了陛下，你帮忙禀告一下。"

普六茹坚冷了脸，道："夫人莫要瞎操心了，我知晓了便是。"脸冷，声音更冷。说罢，竟转身离去。

伽罗脸上红了一下，她对伽彩道："阿姊，我家郎君说知晓了，自会去跟陛下讨主意的。你先请回。若有消息，自当告知。"

伽彩期期艾艾地告辞而去。那套首饰，两人又推让了半天，最后，还是伽彩带了回去。

直到傍晚时分，普六茹坚才转回房中。伽罗见了普六茹坚，冷着脸，没声好气地说："随公，阿姊说的也不过分，你何故甩脸而去？"

普六茹坚道："夫人，你竟生气？这种琐事，你让我如何跟陛下开口？还未建立功业，你倒让我先谋取私利？你是深明大义之人，说这话，妥当么？"

伽罗听了此话，一时气结，又一想，普六茹坚的话更有道理。过了半晌，她喃喃自嘲："你不去说亦可，我自己去跟陛下说。"

普六茹坚倒眉开眼笑起来，道："素知你们独孤家与宇文家世代交好。你若肯去，是最好的法子。"

伽罗抿着嘴唇，想自己能去说么？又想到宇文邕望向自己的温和的柔情的眼神，这是一个苛责少言的陛下多么难得的眼神。这眼神里的自己，该有个美好的形象吧？她摇摇头，暗暗地告诫自己，更是不能开这个口的。直到这时，伽罗方才知道，这是块烫手的山芋，可自己怎么就接了呢？伽罗为自己的唐突懊悔不已，思绪一下转到了陛下身上。此刻，他会做什么呢？是查阅奏疏还是歇息嬉戏在后宫？

亲政以来，宇文邕都睡不好。夜里翻来覆去，好不容易睡着了，却又做梦，各种各样的怪梦困扰着他。这些梦不仅在夜里干扰他的睡眠，还在醒了之后，也为它们烦心。

昨夜，宇文邕又是一个人睡在重信殿，他已经很少去各个妃子的寝宫了。就连费尽心机才娶回的阿史那皇后那里，他去得也很稀罕。仿佛老了一般，他对这种事越来越淡。几个月前，叱奴太后薨逝了，他去郑姬的紫薇宫也很少了。这些皇后妃子宫人，要么一味地讨好；要么面上热乎内心冰冷；要么说话词不达意，根本无法说话，让人好生没趣，竟没有一人像独孤氏那样表情生动、精灵活泛地与他对话。想到独孤伽罗，他的内心总是有些淡淡的失落。

昨夜，宇文邕又做了个怪梦。他梦见自己在这熟悉的宫中，竟然迷了路，兜兜转转地找不到心里想去的地方。一会儿到了阿父的正武殿，一会儿到了文安殿，一会儿竟又到了含仁殿。含仁殿里还有很浓烈的焚烧气味，一下子将他惊醒了。

是朕做错了么？是朕的判断有误么？朕不如别的皇帝么？这几日，他总是这样自问。

太子大婚，再次大赦天下，下诏书曰："江陵所获俘虏充官口者，悉免为民。"又勒令世族大家非法多占地占人口者，一律退还。下令："凡正长隐五户及十丁以上，隐地三顷以上者。致死。"可是，这些于社稷很有益处的诏令下发，却并没有得到想象中的热烈拥护，反而感到隐隐的阻力。就是在朝廷之上，若论及隐匿土地人口之事，众臣也是支支吾吾。除了普六茹坚，竟没有一个爽快利落之人。可恨！这些人为了自己的蝇头小利，可以置国家大利不顾，简直该杀！

令皇帝烦心的还有，最近这一段日子，众臣好像是约好似的，排着队向他告状。阿母叱奴太后薨逝，卫王宇文直就跑来告齐王宇文宪的恶状，说他饮酒吃肉，毫无悲伤，与平常无异，请求治他的罪。内心深处，宇文邕十分鄙视厌恶这个同胞弟弟，觉得他能力差，妒忌心强，权利欲重。他告宇文宪的状，只是想绊倒宇文宪，自己好取而代之。他也不想想，他何德何能，怎能做这个大冢宰之位？于是，宇文邕当即回绝道："朕与齐王异生，俱非正嫡。如今他为了顾及朕的颜面，已经很约束自己了。你当愧之，何论得失？你是太后亲生之子，偏荷慈爱。管好你自己，无暇说人。"宇文直这才知趣地退了出去，心里当然是愤愤不平的。

这事过去没有多久，齐王宇文宪也跑来告状，这是宇文邕没有想到的。在他的眼中，才德双馨的大冢宰宇文宪怎么也不该背后说人的坏话。何况，他告的不是宇文直，而是普六茹坚。他竟然也相信面相之术，说普六茹坚生有反相，性情坚毅，连身为大冢宰的他，在普六茹坚面前都不免自失。这种人当早除之，免得给皇室带来祸害。令宇文邕感到可笑的是，宇文宪说到普六茹坚，眼里真的含有畏惧之色。

宇文宪为何会忌惮普六茹坚呢？难不成是看到两家联姻，普六茹坚权势大了么？可是他的权势更大。他自己也明白，跟了权臣宇文护数年，培养了一批根基很深的朋党，现在又是大冢宰，其势力是普六茹坚不能望其项背的。普六茹坚虽说跟了自己数年，但和自己一样，这数年是受到打击的数年，是受到压抑的数年。这数年里，自己毫无建树，只是琢磨出了象戏；而普六茹坚，生了一大堆的儿女。想到这些，宇文邕苦笑了。他站起身，深深地叹了口气。在殿堂中走了几步，思忖着，难道是齐王知晓了普六茹坚最近上的表疏对自己不利，于是生就了恨意？

“何泉！”宇文邕厉声叫道，把站在身边的何泉吓了一大跳。

“陛下！”何泉慌忙跪到前面来，诚惶诚恐道，“陛下，怎么了？”

“你是否窥探了随公的奏折？是否将之告知齐王？”宇文邕面目肃杀，语气严酷。

“非也！陛下，阿奴敢么？”何泉吓得魂飞魄散，声音越发的尖细。

见他这副样子，宇文邕语气缓和了一点，道：“量你也不敢！你且起来。”宇文邕喟叹一声，唉。他实在想不出宇文宪为何叫他杀了普六茹坚。难道真的是因为他相有奇表，心生反骨？前几日，刚刚获得分封的王轨，也跑到他的面前说普六茹坚面目奇特，恐不会久居人下，当除之。他们是结成了朋党么？众口铄金么？王轨如此固执敢于触摸朕的胡须，这样的人，也会背地里暗结朋党么？王轨竟然还指着太子的背影说，太子失德，要另立。是太子真的失德？还是唯恐普六茹坚做了太子妻父，势力陡然增大？再说普六茹坚，他果真有反骨？他那份奏折被朝中多少大臣探得了要义？想到这些，宇文邕的内心就烦躁起来。这朝政的平衡啊，当真是一门学问。

前几日，普六茹坚上了一份长长的奏折。中肯地分析了时弊，提出了建议，倒是些可取之处，实在看不出有反骨反心。相反，倒能看出他的拳拳之心。这从他的建议中就可以看出，他建议：其一，允许均田上的农民充当府兵。本人可以免除徭役和租调，其家庭在三年内也可免除。这样一来，不仅可以提高他们当兵的积极性，用以扩充兵源，还可以将他们从地方豪强和寺庙中解救出来，直接为朝廷掌握，用以增强朝廷的实力。其二，以宇文护专权为前车之鉴，建议削弱大冢宰的权力，让六府不再听令于大冢宰，而是直接听令于皇帝，用以增强皇权。平心而论，若他不提，宇文邕也想这么做的。是不是因为这一条，得罪了齐王？他才被迁为大冢宰。实施其建议，等于直接掳了他的权力。其三，按军功行赏，提高普通将士勇猛杀敌的动力，用以制衡世族门阀宗亲们的权势。总而言之，加强中央集权及皇帝的力量，是普六茹坚这份奏折的主要内容。宇文邕了解普六茹坚，深知这也是他的一贯主张。

难道是这份奏折被宇文宪知晓了么？宇文邕的眼里闪过一阵忧虑。他花了十二年除掉了宇文护，再也不想，永远不想，他的朝中再次出现一个宇文护！他的目光冷峻了起来。哼，兄弟！竟不如一个外姓之人！

第二天上朝之前，宇文邕将长孙览招至跟前，交给他两份诏书，命他当众宣读。长孙览口才了得，声音宏阔，朗读时抑扬顿挫。两份诏书，无不将普六茹坚的建议主张悉数囊括，并且“改军士为侍官，募百姓充之。除其县籍”。

长孙览宣读诏书的时候，宇文邕的眼睛紧紧地盯着下面的大臣。这份诏书，更是事关大冢宰宇文宪。但见他也只是静静地听着，看不出内心的波动。

下了朝，卫王宇文直连忙凑到宇文宪的身边，拉着他的手往外走，根本看不出来他前几天还告了状。走出了殿外，宇文直直言不讳地说：“陛下有手段。你这大冢宰看似强大，实则也空虚得很呐。你做何想？”

宇文宪淡淡地说：“这正合我意。晋公尚且不能自保，何况我乎？”话虽如此说，但失落与不满的情绪也是显而易见。宇文宪知道，相比于自己的大冢宰之职被架空，宇文直对陛下的不满更甚。说起来也好笑，作为陛下的宇文邕，身为宇文直的同胞兄弟，也不知道是怎么想的，竟然盯上了宇文直的府邸，并以此作为太子婚后的东宫处所。可以说，全天下都是他的，但他却独独看中了宇文直的房子且硬霸占了去。害得宇文直一家搬到了一间小小的名曰陟屺的破庙里去住。

宇文直冷笑道：“阿兄不要处处念及那宇文护，以免祸及自身。你看兄弟我都沦落到住破庙了，也不知怎么就开罪了普六茹坚，竟要将本王的府邸充作东宫。”

宇文宪大笑。宇文邕做的这件事的确令人匪夷所思，简直可笑至极。然，宇文直竟然牵扯到普六茹坚的头上，也实属牵强。太子妃虽是普六茹坚的长女，但她或者是普六茹坚能提出要住到卫王的府邸去么？怪罪普六茹坚，也属无理无据。

宇文直道：“阿兄啊，你别笑了。你难道没有发现陛下现在是越来越依仗于他么？将自家的兄弟都放置一旁。”

宇文宪道：“我们兄弟都封了王，已经很不错了，知足吧。”顿了一下，宇文宪不想跟他抱怨。眼前这位，绝非诚信箴言之人，免得惹出祸端。他转移话题道，“陛下方才独独留下了卫元嵩，难道又要辩析儒、道、佛么？”

宇文直便有些漫不经心，国事就不是他所关心的，道：“江山是他的，他爱怎么整就怎么整，关我何事？”说罢，便扬长而去。

宇文宪方才提到的卫元嵩是当朝名士，更是宗教领域中的头号人物。这位从南边陈朝来的僧人，将北周的宗教搅了个天翻地覆。他先披袈裟，后又入道。还著书立说，名曰《元包经》。在三年之前，曾上表奏请《省寺减僧疏》，分析了一大堆省寺减僧的益处，要宇文邕灭佛崇道。虽然这正合圣意，但当时，宇文护掌权，皇帝没有办法做这件事。如今，又单独召见他，难道是要有所动作么?

从朝廷上回来，普六茹坚便忧心忡忡。本心而言，他也知道寺庙占有了大量的土地和人口，这对国家不利。但要将佛教灭掉，将寺庙尽毁，他也不愿意，他的阿阇梨还住在庙里。

回到府中，普六茹坚还是心神不宁。坐也不安站也不安，最后还是叫上了独孤伽罗和李圆通一起，去了冯翊般若寺，看望阿阇梨。

真是心灵相通。智仙师太的身体果然出了问题，她已经病了两天，虚弱地躺在榻上，形销骨立。三人见了，眼睛皆潮红。阿阇梨神志还清醒，挣扎地坐起来。伽罗连忙让她靠在自己的身上，就如同当初她靠在阿阇梨的身上一样。

阿阇梨道："那罗延，陛下又要开展辩道么？他真要动手了么？"

普六茹坚点点头，问道："阿阇梨如何得知？他今日独独招见了卫元嵩。"

阿阇梨温和地笑了，说："前日，韦师来了，他是被陛下召唤来的。听说那卫元嵩又得了陛下的宠信，弃佛入道，却也未见得能给道教带来益处。"

普六茹坚眉头一扬，道："韦师进京了？当日得罪宇文护逃之夭夭，可不只是被埋了三年。这回面圣，不知又有何惊天之语。"

李圆通却不关心韦琼，他的心思还在陛下辩道上，蹙着眉头问："阿阇梨，我就不懂了。陛下平日最厌恶坐而论道的务虚之人，为何又三番五次地召集这些江湖术士前来辩论？有何意义？"

阿阇梨再次笑了，但眼里的光暗淡了许多，道："事实上，寺庙占了太多的人和地。长此以往，都要超过国家，这自然是断断不行的。看来这次陛下是真有决心，连宗室世家都不放过。依阿阇梨之见，佛寺恐要遭殃了。"

这样一说，倒是点醒了三人。伽罗道："陛下真要毁灭佛寺么?不怕遭到报应呀。"独孤伽罗从小信仰佛教。佛，之于她家族也是深入人心的。而普六茹忠将普六茹坚安排在寺庙里出生，更是信佛之人。李圆通的童年也是在庙里度过的。伽罗的话，也是他们心里所想的。

阿阇梨笑着摇摇头道："伽罗啊，不可妄言，佛祖宽容。日后，那罗延可将其光大。切记，光大的要义是传承佛的教义，而不是田地、人及财物。"

普六茹坚早已流下泪来，他也看过卫元嵩的《省寺减僧疏》，也懂得它切中了时弊。正如阿阇梨所言，省寺减僧确于社稷有利。可是，阿阇梨在寺中啊。阿阇梨啊，你是料到了有这一劫数么？为此忧心而致疾患么？

普六茹坚拉着阿阇梨的手，她的手冰凉，这更让普六茹坚心里发痛。他宽慰道："阿阇梨啊，你可要挺住。陛下不是滥杀无辜之人，纵使抑佛，也不会过分。"

阿阇梨显得虚弱至极，轻声道："阿阇梨很老了，看透了这世间。倒是你，那罗延你还有责任在肩头，不要辜负了老尼！那罗延，你知道为何从小我就抚养你么？老尼相信你定是不凡之人。"说了这么多话，阿阇梨有些接不上气，她缓缓地闭着眼睛，歇息了一会儿，又轻声道，"独孤女郎，你要好好辅佐于他，要相信他能成就大事。"独孤伽罗赶紧点头，也已是泪流满面。

阿阇梨又转向李圆通，声音虚弱道："圆通，你是诚挚之人。从小就跟着那罗延，今后，还要一如既往，至死不渝啊！"李圆通也是泣不成声。

仅隔了数十日，在进行两轮的大辩论之后，宇文邕亲自安排了儒道佛的先后顺序：以儒为先，道次之，佛教最后。随后不久，就发动了一场声势浩大的大规模的灭佛行动。他下了一道诏书，曰："断佛、道二教，经书、佛像悉毁，罢沙门、道士，并令还民。并禁诸淫祀，礼典所不载者，尽除之。"

诏令一出，普六茹坚带着李圆通策马飞腾，奔向冯翊般若寺。可惜，还是晚了。阿阇梨已于昨日圆寂，仅留下几个字：若有舍利子，赠与那罗延。

阿阇梨圆寂，于普六茹坚是其人生中最为痛彻的事。他像是被人抽取了脉络筋骨，全身软塌塌的，精气神全无。他真恨自己，为何那天他听信了阿阇梨的话，而没有留下来照料她？阿阇梨生病，三人皆要留下来，可阿阇梨硬是撵他们走。摆的道理是：如留下，即是打扰了她的清静，便是他们的罪过了，三人只好离去。哪知，那一离去，竟是诀别。再回转来时，竟只有几颗舍利子。从此，人生的来路尽失，这怎能不让他痛彻心扉？他像个孩子似的，赖在阿阇梨的房屋里不肯出来。

毁庙驱僧是皇帝亲自下的诏令，前来拆毁庙宇的人便有恃无恐，态度极其恶劣。可想而知，阿阇梨遭到了怎样的屈辱。她是以弃世来捍卫她心中的佛法么？不会。阿阇梨不会是这样懦弱之人。从小，阿阇梨对他讲屈子。教授屈子的文采，但是，更教授他做人的信念。无论如何，不要轻易言及放弃，放弃生命更是失败。阿阇梨啊，普六茹坚泪眼婆娑，在心里无数遍地呼唤。冯翊般若寺只是一个小小的佛教处所，并未依附豪强，何故也要遭此劫难？

他整理屋里的遗物。阿阇梨生性淡泊，生活起居简陋，并没有留下什么值钱的东西。所谓遗物，主要是书籍。阿阇梨博览群书，并严厉教导普六茹坚读书习武，这种习惯倒是伴随普六茹坚一生。

独孤伽罗和李圆通赶到时，冯翊般若寺里已形成对峙之势。屋外数十兵士带着兵器，将屋子围成铁桶般，只等待其头目一声令下；屋里普六茹坚却依旧自顾自地依傍在十几捆书册边。这些书册仿佛还带着阿阇梨的体温，还能温暖他。

伽罗见此情形，立刻吩咐李圆通去叫几辆马车来，将这些书册悉数搬走。而普六茹坚仿佛力气用尽，瘫倒在一旁。伽罗去拉他的手，才发现他浑身发烫，目赤色红，他这是身体患了重疾。结婚十七年，孩子生了七个，伽罗也未发现普六茹坚生过病。这次莫名患疾，定是与阿阇梨圆寂相关。阿阇梨啊，你的离去，真正伤到了他的心。

伽罗将普六茹坚搀扶着出了屋子，来到一块空地上。普六茹坚便又不肯走了，他就呆呆地坐在一块石头上，呆呆地望着先前围着他的人，冲进屋里，乱砸一气，叫骂声伴随着尘烟四起，最后，竟是一把火将屋子烧掉了。大火燃烧起来，将周围的空气都烫热了。可是，普六茹坚却越发的冷，全身哆嗦着，李圆通和伽罗硬是将他架上了马车。

回到府中，普六茹坚就倒在了榻上，浑身发热，滴水不进。伽罗请了好几位大夫，也没有看出个所以然来。每个医工都开了些调剂的药，都进不了普六茹坚的口。李九想着法子，每天炖一些糜烂柔软的稀粥或菜羹，色香味俱全。可是，分明喂进了他的口中，吞下去了，却只有一会儿又尽数吐了出来。长子勇、次子广、三子俊三个排在前头的儿子，从未见过阿父虚弱成这副样子，齐崭崭地立在屋子里，不敢乱动，更不敢嬉闹。独孤伽罗衣不解带地服侍在左右，须臾不敢离开。

第三日，普六茹坚才算是缓过气来。早晨，喝了一小碗稀粥。这日天气也好，阳光透进室内，使得屋子里暖暖的，阳气勃发，一扫连日来的病态和晦气。见普六茹坚已经可以吃下一小碗粥了，伽罗舒了一口气，多日未曾认真整理的发髻已经松散了，这才由着小茭为她梳妆。

将近午时，门忽地一下，被推得全开。宇文邕领着一众大臣进来，整个屋子瞬间变得热闹，连日来的萧瑟一扫而光。令普六茹坚都没有想到，韦琼也跟着何泉、太子宇文赟、齐王宇文宪、长孙览、宇文孝伯、长孙炽、窦毅的后头进来了。

“陛下！”普六茹坚唤着，连忙下榻，却被宇文邕拦住了。

宇文邕笑声朗朗，道：“想不到朕灭佛，倒把你给灭到床榻上了。是对朕怀有怨气吧？听说你在冯翊般若寺里呆了整一天，滴水未进，还让军士给围了，直到寺庙被焚为废墟才让独孤氏给架走了。”皇帝的脸上看不出喜怒气色，但这些话，却句句打在普六茹坚的心上。

普六茹坚道：“是！陛下耳目清聪。臣的阿阇梨圆寂，可恨臣竟不在身边，伤心之至。陛下若降罪，臣领罪！”

不待陛下降罪，韦琼一个大步跨到普六茹坚的榻前，对着他和独孤伽罗眨巴着眼睛，大大咧咧地说道：“你这人好不知趣。陛下只是质询，你倒抢先领罪了，看来是个性情怪癖之人！”

伽罗和李圆通忙着让座、倒茶。宇文邕在朝堂之上虽严厉苛责，平素里，对大臣也还和气。在普六茹坚的府中，与众臣并肩而座，也随意自在。他呷了一口茶，还未说话，宇文宪就抢先说道：“随公，不会如此小气吧？提笔论道容易，怎么涉及自身就不镇定了？知道你的，说你是怀念故人；不知道的，还会说你怨恨陛下。随公，话从人家口中出，无奈呀！”

宇文宪这一通抢白里，夹枪带棒的，说得句句在理。鉴于皇帝在场，普六茹坚动了动嘴唇，却没有说出什么来。他知道陛下将他的“提笔论道”告知了宇文宪。其实，宇文宪才是带着怨恨来的。

伽罗一边扶着普六茹坚披衣下榻，一边望着宇文邕，嫣然一笑，娇声道：“陛下，可怜我家郎君昼不能食，夜不能寐。人已去了半条命，只为阿阇梨圆寂痛彻心扉，无不令人动容。这是真性情、大男子。可惜，世间这真男人太少。依附权贵、矫情忸怩作态之人太多。陛下呀，三国时，诸葛先生谏言汉怀帝要亲贤臣远小人，可谓千古名言呐。”

这独孤伽罗娇声软语，娓娓道来，倒比宇文宪的咄咄逼人更胜一筹。像是一记太极拳，将宇文宪软软地推到角落里，说得宇文宪的脸上红白交替。面对这样伶俐、思维活泛的女子，他也不再好争辩了。他望了望皇帝陛下，竟闭了口。

倒是宇文邕心里一阵酸涩逼上来，他收敛了笑容，道：“独孤氏，你伶俐的口才，只晓得偏袒你的夫君么？你知否？佛法诡诳，避役者以为林薮。朕冒着被诅咒的危险，从他们手中抢回大量土地和人口，以增兵源和财力，有何不妥？”

众人皆变色，皇帝的话来得凛冽。没想到，伽罗竟噘着嘴巴，带点撒娇意味，依旧娇声道：“陛下呀，我家郎君身体患恙，有人说过是因为灭佛所致么？两者岂能混淆。陛下是来探望臣子，还是来讨论灭佛之策？”说罢，大胆地望着宇文邕，停了一下，又笑道，“陛下素知我自小胆子就大，只是不吐不快罢了。至于后果，是被杀还是救人，就顾不得啦。”

“哈哈哈……伶俐，机巧。”宇文邕哈哈大笑。

这一笑，众人皆放下心来，宇文邕道：“独孤伽罗，你即使救过朕。可也不必总是仗此邀功吧？”他独独望向伽罗，视无众旁人在场，目光与那天两人单独在宫中漫步时同出一辙。而伽罗也望向他，两人相视一笑，甚是默契。

“朕今日来，不谈灭佛，只谈伐齐，朕要收了齐！”宇文邕朗声道，“普六茹坚，你以为呢？”

普六茹坚站起身，侃侃而道：“陛下、大冢宰，各位大臣，臣以为可行。今齐主昏庸，宠溺小人，内政混乱，国力空乏。天佑我大周，齐主竟自灭了大将斛律光和高长恭。诛良将，其实质诛的是军心，诛的是护卫社稷的根基。而今，我朝已与突厥联姻，可联合一起伐齐。”

宇文邕也站起身，大手一挥道：“不错，有见地。可是，我朝为护所累，耽搁太久，还需蓄力。唉，时不待朕呀。”

宇文宪道：“北联突厥，南联陈，向东伐齐，陛下的思路明了。我等臣子，当思虑这个谋字。”

宇文邕点点头，转而问向太子宇文赟：“你有何思虑？”

宇文赟没有想到这个时候皇帝会向他发话，显得有些惊慌，结结巴巴地说：“陛下，这……这当如随公所说。可……可行。”

宇文邕怒斥：“无用的东西！”又转过身，对着众人说，“朕也当自省。普六茹坚说的极是，齐主诛杀斛律光和高长恭，其实是诛杀了军心。然，齐主为何出此下策？不仅是小人谗言，更是其恐惧。若主英明盖世、洁身自律，又有何惧？伐齐，朕定亲征！”宇文邕的眼里闪耀着光芒，再次扫过所有的人，又道，“朕无惧！可怜那兰陵王高长恭，功高盖主，招致猜忌，故意出下策自污，养病贪财也无济于事，最终饮鸩而亡。众爱卿放心，朕的朝中，不会！”宇文邕声音洪亮，字字落地有声。

听了这话，普六茹坚望向齐王宇文宪，正好碰上了宇文宪望过来的目光，两双眼中都有复杂的内容。只相碰一秒，迅即闪开。普六茹坚的心里涌过一阵感动，皇帝这是摆明心迹，要做明君，做自主的磊落之主啊。那兰陵王确实冤屈，身为皇室一员，扛鼎之臣，多次击退周的进攻，深受士兵爱戴，有激励士气的《兰陵王入阵曲》流传于世。那兰陵王也知道自己威望日盛，会遭猜忌。于是称病在家不问朝政，又故意收受贿赂，让皇帝知道他没有政治野心。但这些都无济于事，没死于敌手，还是让生性妒忌的齐主一杯毒酒给害死了。

宇文宪的心里也正在拿兰陵王自比，他们的情况差不多。好在宇文邕不似那齐主高纬，心胸狭窄。皇帝的话，让他定心。

这番话，在太子宇文赟的心里却是另一番感受。他思忖，自己没有阿父的气魄与胆识，又屡次遭到阿父的打击，恐怕这些朝臣早就在心里看不起自己了吧？不杀一儆百，唯恐又会招致一个宇文护！那高纬做的也在情理之中。国家这么大，再培植一员自己信任的大将，不是也一样么？宇文赟将目光扫向了自己的妻父母普六茹坚和独孤伽罗身上。虽是这么想，但他无论如何不敢将自己的想法告知于皇帝陛下，尽管他是亲生阿父。

有了皇帝的明确表态，众人欢欣鼓舞，皆附和普六茹坚和宇文宪的主张。又坐了一会儿，李九把饭食预备好了，可是宇文邕没有食用，率众臣起驾而去。普六茹坚和伽罗带着几个孩儿率府中所有人，送皇帝起驾，却见到陛下将韦琼招至自己的御驾里。

普六茹坚不知道，御驾刚一启动，陛下便问："韦师，面相如何？"原来，皇帝突然亲临普六茹府。一是见他几日未上朝，特地来探虚实；二是带着韦琼，特地让他看看普六茹坚的面相。已有数人向他告知，说普六茹坚的面相奇特，不会久居人下。他要亲自指定相师，弄个清楚。

"不妨。陛下，依本道之见，此人就是一普通将军，只是面目丑陋些而已。若有城池，他定能守卫。除此，看不出特别之处。"韦琼答道。宇文邕哪里能料到，他刚刚加以谴责的佛门智仙师太，其实是韦琼多年的挚友，而普六茹坚与他早已惺惺相惜。

宇文邕沉吟着权衡着。如今，他听到了两个截然不同的说法。宇文宪、王轨等大臣说他有龙骨，是反相。而韦琼、庚季才等相师，又说他只是普通的丑陋之人，更没有天子之相。难不成，大臣是站在自己的角度，唯恐普六茹坚的权力过大，超越自身，而故意为之？相师该比大臣有专术有公心些吧？

普六茹坚目送御驾启动，便折回身，拉着独孤伽罗的手急急地往里走，沉沉道："你与陛下果然有细节？你心真大，居然藏得住这么久！"普六茹坚大病初愈，气息不畅，愈加显得气愤难当。

伽罗扶住他，笑道："夫君这是何故？妻哪里错了？"

普六茹坚深深地睨了她一眼，道："你与陛下有何渊源？方才我分明见到他与你眉目传情！"

伽罗陡然甩开普六茹坚，正色道："上回陛下临府，你将舞雀儿送去，却让她独守四年。如今又疑惑为妻，乃是大男人作为？"

普六茹坚瞬间变色，道："陛下方才说你曾救过他。是何缘由？我竟不知！"

伽罗烦他的追问，向前大跨步地走了几步，想了想，又转回头道："这十几年来，我日日守在府中，为你生儿育女，能有何缘由？"说着，眼里竟蓄了泪。

普六茹坚奔过来，扶住她的双肩道："夫人啊，我不仅要你的人，更要你的心！完完全全的心！"

伽罗这才破涕而笑，道："妻老矣！心都给你十几年啦！"

两人瞬时和睦起来，手牵手地并肩往里走。伽罗又道："郎君，那韦师为何竟不认你？"

普六茹坚道："我正琢磨，韦师居然是陛下请来的，为何？"

李圆通从后面跟上来，道："处道上次来，他透露说，有人参劾郎主，恐韦师来还是相面。"

普六茹坚立定，大喜道："陛下是请韦师来相面？苍天佑我，陛下请的是韦师！哈哈哈！"普六茹坚大笑，对着伽罗道，"夫人，你再细细瞅瞅，看你的夫君可有天子之相？"

伽罗惊道："小心些，我后背发凉。若非请的是韦师，岂不是要遭横祸？"

"惧有何用！"普六茹坚沉沉地叹了口气道，"陛下还是不信我啊。"其实，他早就听说，陛下还找了庚季才问过。庚季才就是那位曾以天象变动规劝宇文护还政于皇帝的内史大夫，他素以精通卜算和天象闻名。宇文邕曾命令宇文宪查抄宇文护的文书，宇文宪查出了他的规劝疏。于是，庾季才深受皇帝信任，还赏了他三百石小米和两百缎帛。只是，普六茹坚没有告知伽罗罢了。普六茹坚猜测，庾季才或许没有说出对他太不利的话来。否则，宇文邕不会再去找韦琼。

他真的找来了一面铜镜，对着自己的面容。难道，这便是命？

第十四章 丽华探母受教导 卫王起兵落笑柄

清晨，李九被屋外亮白的雪刺闪了眼睛。三九的天气，万物都冻住了，透出坚硬死沉的气息。昨夜落雪了，是大雪，厚厚的积雪堆在庭院里，树上、枯败的花草上、低矮的灌木上、假山石上，都被埋汰得失去了本来的颜色。在江陵，李九很少见到这么大的、这么粗粒的雪。他拿起铁锹和大扫帚，要铲扫出一条通往后院的路来，尽管雪还在下。

后院里又传来婴儿的啼哭声。前几日，独孤伽罗又诞下一个男孩，这已是夫妻俩第七个孩子。普六茹坚把这第四个儿子取名为秀，希望他木秀于林。可是笃信生辰八字说的伽罗暗暗忧心：这么冰天雪地里出生的人，未来可好？他的人生会不会也这么冰冷刺骨？

李九熬了小米粥，又将昨夜已碾好的大米浆，蒸成米糕。这是南方的吃食，热腾腾的，适合产妇。普六茹坚虽贵为随公、太子岳父，生活却是极为勤俭朴实，平日里的饮食甚为寡淡。好在他的朋友多，时不时的有朋友来看望他，他们上门拜访时，也会带上围猎的收获来。李九厨艺高超，煮、煎、蒸、炸、烤样样得心应手。因而，每当有人送猎物过来，李九在厨房乒乒乓乓地操作，也成为孩子们的节日。自从李九遭到李圆通的两记耳光之后，下人和孩子们都不敢擅自跑厨房自取食物，除了次子广儿之外。

普六茹坚立在雪中，他在想昨夜庞晃和他聊的那些话。庞晃一直是宇文直的属官，跟随他南征北战。但他却极看重普六茹坚，主动亲近。宇文护死后，宇文邕爱惜他是人才，并没有为难他，而是让他做了常山太守。每每来京城述职，厐晃总是亲临府中看望普六茹坚。自襄州结下的情谊，如今是越发深厚了。

厐晃告诉普六茹坚，陛下真的找了庾季才，专门问普六茹坚的面相。庾季才对皇帝说："普六茹坚虽面目奇特，却也不是异人，面目骨骼出格了些而已，于皇权无大碍。"但庾季才又与厐晃知交，他对厐晃说："普六茹坚真有帝王之相，要好好把握。"他是不敢触动了龙气，才对宇文邕说了违心的话。

树欲静而风不止啊。关于面相之说，让普六茹坚的耳朵都起了茧子。但是，这事能轻视么？关乎一大家口的性命啊，普六茹坚的脚下已经微微地湿了。站在雪地里，普六茹坚却浑身冒着热气。本不以为意，但说的人多了，心下也忐忑起来。他又想念起阿阇梨。阿阇梨啊，你是宽慰我激励我？还是果有其事？如果没有，为何众人都如是说？如果有，可自己都三十二岁了，未有寸长的军功，也未有显赫的职位，何谈什么帝王之相！这事依旧当不得真，但愿陛下也不要当真。"许坚一个机会吧，让坚为国效力吧。"普六茹坚在心里叹息道。

李圆通静静地站在普六茹坚的后头，见李九过来，刚想搭话，李九却偏过头，不理他。

普六茹坚笑道："阿九啊，你不要记恨我和圆通了。府中没有规矩，这是断断不可以的。无能治家，何以治国？"普六茹坚脱口而出这句话，把他自己也吓了一跳，转而解释道，"我是说家国一般，治理是同一道理。"

李九道："刘嫂犯的事，为何打我耳光？阿九不服！"

普六茹坚宽厚地一笑，道："圆通啊，你对阿九说句不是吧。"

李圆通愣愣地说："你不担当，我当然治理你。你若改了，我自然也不会了。"前几日，厐晃带来了两只野兔和一只狍子，并留在府中晚膳。李九用姜将之红烧，又配了几样小菜和点心。香气腾腾地飘向了厨房外，长子阿勇的乳母刘嫂，闻到香气就跑到厨房拿菜，李九也不敢说她。刘嫂精明能干，哺乳阿勇有功，伽罗特地将她留在府里。平日里她都这样，但那天却碰见了李圆通。

李圆通冷着脸说:“怪不得有时刚上桌的菜就少了很多,原来是有人先于主人就偷拿吃了。这还了得!”立即命令刘嫂将抢拿的狍子肉放回去。可刘嫂顶撞说:“厨房归李九管,李九都没有说她。”李圆通听了,气急败坏地扇了李九两个耳光。刘嫂见自己连累了李九,便讪讪地将食物还回去了。那个时候,皇家和士大夫家的乳母很有地位,有时堪比主人,可是李圆通却敢如此作为。刘嫂哭哭啼啼地去普六茹坚夫妇面前告状,却没料想,夫妇俩都没有偏袒她,反而认为李圆通做得对。

这之后,李九就不理睬李圆通了。不过,厨房里的规矩倒是立了起来。再也没有人敢随随便便地进来,更不敢拿东西了。

“好了。阿九啊,男人就要有担当。司厨管理厨中之物品是本分职责,圆通未做过分。”普六茹坚收敛笑容,正色道,“为太子妃准备的甜毕罗做好了么?太子妃该是到了。”

“郎主,做好了。”李九小声道。

“那就好。”说话间,普六茹坚已经移步,往前厅走去。阿母生孩儿,太子妃这是借庆祝的机会,回家省亲,昨日已有宫人来报。今日,普六茹坚也是守在家中,迎接太子妃的。

门前有很大的动静,看来,是太子妃到了。她的驾辇有好几辆,带了丰盛的礼品。有才开始种植的荞麦、薏苡,也有种植的茶叶。早先他们喝的茶以野生采摘的为主,去年开始,京师附近有农人尝试自己种植,被官府知道了,收获了一些上来,并进贡到宫中,太子妃也带了一些来。还有诸如牛、羊肉和几大坛子酒,甚至还有一大提篮红鸡蛋。

看到丰盛的食物,李九本能地高兴起来,吆喝着带领宫中和府中的婢子奴仆们往厨房里搬。嘴巴也快活起来,道:“太子妃这是嫌府中伙食差了,特地犒赏我们呐。”

几个宫中的婢子都笑了,道:“这是太子妃自己省下的。这些红鸡蛋,东宫里人人皆有。”

“为何？东宫有喜事么？”

“是呀。朱夫人前几日诞下男婴，太子高兴，赏赐了很多东西。”几个嘴碎的婢子答道，“太子妃将这些赏赐悉数带回来了。”

“啊？”普六茹府中正在搬东西的婢子和李九都为这个消息惊住了。太子妃还未有生育，太子倒是先有了子嗣。这件事，对太子妃今后的人生会有多大的影响呢？李九是梁朝的前御厨，深知宫中子嗣之争的严重性。

他的心沉重地往下落。本府的孩子中，李九觉得长女丽华最是懂事和乖巧识礼数。作为长辈，他也深深希望太子妃能生活和顺幸福。他默默地拿了几枚毕罗，给丽华送过去。丽华和郑姬一样，都喜欢吃他做的甜毕罗。只是，郑姬喜欢吃软一些的，而丽华喜欢吃酥一些的。

走到后院，见普六茹坚和李圆通站在院中。太子妃独自留在屋子里，与阿母叙话。见到李九手中拿着毕罗，普六茹坚道：“日后，孩子们肚子饿，让他们自己去取。”

李九道：“夫人说过了，广儿食量大，可自取。”

普六茹坚道：“儿郎众多，独善广儿，是何道理？”

李圆通答道：“广儿亲夫人，常常萦绕于膝头。夫人也说，广儿出生时受了惊吓，更要善待之。”

普六茹坚没有理睬李圆通的回话，对李九道：“阿九啊，你且不要进去。太子妃难得回府，让她与阿母好好说会话。”

李九这才把来意说了：“太子妃带回了很多很多的礼品，说是太子赐的。因为朱夫人为东宫添了世子，高兴。”

普六茹坚会意过来，难怪看丽华眉目间有愁容，原来是因为这个呀。他便沉吟着，接过李九手中的毕罗，李九转身走了。普六茹坚对李圆通道：“你也去吧，与他妥善说话。”转身朝屋里走。

屋内，丽华抱着四弟，眼圈红红的，对独孤伽罗道："阿母好福气。阿父一心一意，无异子，真好啊。太子若如此对儿，即便是死了，也是欣慰的。"

"怎么了？"伽罗坐起身子，问道。

丽华落下泪来，道："东宫的掌衣女朱满月为太子诞下子嗣，取名衍。哼，繁衍！"丽华冷笑道，"那朱姬竟比太子大出一轮，吴地的罪臣之女。如今，却先于我生下子嗣。想那昏庸太子，让儿如何处之？"说着，丽华又落下泪。

伽罗道："自古皇家便是如此。再说，哭有何用？有才识能断事，还怕在宫中不能立足？吕雉，听过么？你若如她，什么都不用怕了。"

丽华止住哭，抬起头。虽从小惧怕严厉的阿母，但如今自己贵为太子妃了，便道："儿不要做吕雉，太可恶了，儿不能害人。"

伽罗叹口气道："阿母不是要你做吕雉，阿母只是想你能助太子一臂之力，他也就不会太敷衍你了。常言道，伴君如伴虎，那个叫朱满月的也未见得一定能母以子贵。你是陛下亲许，还用惧她？你和太子的未来都还远着呢，谁能说得准？但有一点，他日若成了皇帝，你定是堂堂的皇后，要主政后宫，如今更要才德兼修。"

丽华道："儿谨记阿母的教诲，从未懈怠。"

伽罗又道："太子失德早有耳闻。陛下管教甚为苛刻，造成父子间隙。你当有所作为，让太子不要失了太子之位，这也是自保。唉，阿母都不明了，送你入宫，是对还是错。"

"夫人休要悲戚，我儿丽华，才貌双全，怎会不敌一个吴地罪臣之女？莫要说母以子贵，那李娥姿母以子贵了么？"普六茹坚走进来，对着母女两人宽慰道。"丽华，不要惧。惧也无用。阿父阿母都在你身边。"普六茹坚又道。

普六茹坚走到床榻前，拉着伽罗的手道："夫人，皇家子嗣甚是重要，不可能如你我一般不出异生之子，你当教会丽华明白事理。"

丽华红了脸，道："阿父，这个道理孩儿明白。只是……只是羡慕阿母吧。"

三个人都笑了。普六茹坚又吩咐小荻，去叫来李圆通和李九，还跟伽罗要了一套翠玉做的头饰。一会儿，两人都到了。普六茹坚道："圆通，你到库房去清一些贵重物品来。阿九，你不要把太子妃带来的东西都用了。清出大部分出来，过一会儿，让太子妃都带回去。这些是我府赠送朱夫人的贺礼。"

丽华惊异道："阿父，礼物也太多了吧？难不成我还矮下身子看她脸色？阿母也说了，我才是与太子举办婚典的太子妃！"

伽罗道："丽华，方才说的话都忘了么？既然已是太子妃，又为何没有太子妃的气度？"

遵循父母之命，太子妃回到东宫，连自己的房间都没有进，而是直接奔向了朱满月的住处，将礼品悉数奉上。还笑眯眯地将宇文衍抱在怀中，与朱姬房里的人谈笑风生。

东宫因是宇文直的旧邸改建而成的，因而在皇宫之外。平日里，皇帝宇文邕很少来此。这天下朝，宇文邕来到东宫，他来探望他的长子长孙。

太子妃手中抱着宇文衍跪在地上迎接皇帝。宇文邕看着欣喜，心道独孤伽罗调教出来的女郎果然出色，丝毫没有宫中嫔妃争宠暗斗的幽怨，难怪连小窦丽都很喜欢她。宇文邕亲手将丽华扶起来，仔细地看着她怀里的婴儿，朗声道："好！又是我宇文邕家的一代新人！朕之子孙生生不息，代代相传。希冀他能开启一个全新盛世，取名阐吧。"

宇文赟愣了一下，他已给孩子取名为"衍"。但是丽华却眉开眼笑道："好，陛下取的这个名字好。《文心雕龙》里有解释，曰：至精而后阐其妙，至变而后通其数。作为阐儿的嫡母，我先谢谢陛下了。"说着，又对宇文赟使了个眼色，两人便一起叩谢皇帝。

宇文邕哈哈大笑，道："朕甚欣慰。太子妃博学多才，通古识今。一声嫡母，也让朕宽慰，识大体。赟儿，你要善待之！"

"是。"太子心里也很高兴，难得父子间有这么和睦的时刻。想想这也是陛下欣赏太子妃的缘故，他不禁对丽华投去了欢愉欣喜的一瞥。

趁着这欢愉的气氛，宇文邕又道："过些日子，朕要去云阳宫休整。京师你可要监守牢固，你还要多多历练才是。"

"是。"宇文赟又简单地应了一句。面对苛父，他尽量少说话，怕言多生弊。其实心里是盼着阿父早日成行，免得日日苛责自己。

晨曦刚刚从窗格射进来，皇帝宇文邕和皇后阿史那都已经穿戴整齐了。今日，他们要驾幸咸阳的云阳宫。登极十余年，宇文邕第一次外出避暑。云阳宫是阿父宇文泰最喜爱的宫殿之一，他生前数次亲临。也许，只有亲政了，宇文邕才会想到去云阳宫，才敢真正直面阿父。他断定，云阳宫中一定处处留有阿父的影子。

阿史那皇后是欣喜的。入周宫数年，皇帝对自己一直冷冷淡淡。初始，还以为他是为了娶她花了三年时间而憋气。后来，才知道他从不宠溺任何一个妃子，怕妃子恃宠而骄，从而扰乱后宫，累及前朝。更怕宠溺她这位来自突厥的皇后，从而使得异族干预朝政。但自上月起，皇帝忽然就对自己热络了起来。究其原因，竟是襄阳公主六七岁女儿窦丽的一番话点醒了他。这也难得，堂堂的皇帝，能听信一个孩子的谏言。

辰时，太子宇文赟、大冢宰宇文宪、小冢宰宇文孝伯、随公普六茹坚、辅佐太子驻守京师的薛公长孙览、李询、司武尉迟运等一众大臣都来送行。卫王、大司徒宇文直没有来，他称病在家。

自从内史大夫王轨告太子失德之后，宇文邕对太子愈发严苛了。他都没有追问太子是如何失德了，因为他深知，除了宇文赟已经长大成人，其余的儿子都还年幼。岂能重立？年幼的君主不论才能如何，仅凭年龄就不能守得住江山！难道又要托付一位宇文护？皇帝真怕朝里再出现一个噩梦般的宇文护。

宇文邕将太子叫到几位大臣前面，叮嘱他要好好听话。普六茹坚虽无实职，但作为太子的岳父，皇帝对他更是寄予厚望。他拉着普六茹坚的手，语重心长道:“你既为朕的挚友,又是朕的姻亲,更应多费心思。唉,赟儿方长进些才好。”

普六茹坚点点头,望着宇文邕,又望着宇文赟。猛然觉得,宇文赟真就是阴柔有余而阳气不足。虽是眉目清秀,却怎么都不如陛下英武。

这边宇文邕与大臣话别,那边不远处的御驾里,皇后阿史那搂着窦丽在轻声细语地说着话。窦丽出生时就生就一头齐颈长发,被惊为天人。因此深得陛下喜爱,从此就养在宫中。数日前,宇文邕与一帮大臣闲聊,聊及冷淡皇后的原因。这位天人又冒出惊天之语,她对皇帝说道:“四边未静,突厥尚强。愿舅抑情抚慰,以苍生为念。但须突厥之助,则江南、关东不能为患矣。”此话一出,四座皆惊。一个小女郎,如何能说出此等话来?此刻,皇后也十分惊疑,她对着窦丽问道:“丽儿,那日你在陛下面前说的话,是何人教导的呀?”

窦丽未及总角之年,还是位垂髫小儿。耳旁垂下的发丝乌黑透亮,浓密顺滑。显得比实际年龄稍大,她仰着秀丽的脸蛋,噘着嘴巴道:“皇后娘娘,你们何故都如此问话?非得有人教授?难道我就不能是自己的意思么?”

阿史那笑了,道:“好好,丽儿聪颖。可你如何得知我突厥尚强?我朝还要伐齐?”

窦丽依旧歪着脑袋,说:“这些在宫中都不是秘密呀。前几日,我去了东宫,还听见太子妃和太子在议及此事。”

阿史那将她搂得更紧,道:“是了,丽儿灵性,听来的事也能自己思辨。太子妃可好?”

窦丽蹙着眉头,想起了另一件事,道:“太子妃好,貌美,人亲。倒是太子哥哥,十分凶横!上次见他惩罚一个婢子,打得她皮开肉绽,惹得太子妃在一旁哭。”

阿史那也蹙着眉头,叹了一口气,道:“丽儿乖巧。这话可不能告知陛下,免得太子哥哥又受罚,你可记住了。”

窦丽果然乖巧地点头,见到宇文邕迎面而来,又欢快地叫道:“阿舅,可以启程了吗？”

宇文邕心情愉悦，见窦丽站在御驾上，娉婷曼妙，道：“丽儿心野哟，都等不及了？”说着话，人已及至御驾前。见那阿史那，唇红齿白，肤色似雪，一双琉璃色的眸子，顾盼生辉。竟觉出她也是位大美人，只是原先不曾关注罢了。阿史那见到皇帝，嫣然一笑。这一笑，轻轻地拨动了宇文邕的心弦，竟脱口而出道：“朕要是与皇后也生出个如丽儿般精灵的孩儿来，朕便知足了。”

阿史那的脸上飞起一朵红云，低头浅笑。小窦丽也在旁边吃吃地笑，道：“阿舅，皇后娘娘好美哦。她的孩儿，我定会喜欢。”

宇文邕哈哈大笑，道：“朕的孩儿，你最喜欢哪个？”

窦丽闪烁着双眼，道：“太子妃，丽儿最喜欢太子妃了。”

这倒是出乎了宇文邕的意料，他与阿史那同声问道：“为何呀？”

“她有学识，有见地，待人和睦，还貌美，丽儿最喜爱和她一起戏耍。”窦丽虽不是公主，在陛下面前，倒比真的公主还放得开，什么话都敢说。

“哦，这么好呀？丽儿也有景仰的人了。”宇文邕呵呵笑着。突然又一阵心悸，使他的眉头蹙了起来。最近一段时间，他的身体备感疲乏，常常莫名心悸。这次去云阳宫，也是想找一僻静之处，好好调养身子。不过，他还带了一大堆的书简和奏疏去。“朕该想到的。独孤氏调教的女郎，定当如此。”他幽幽地说。

“阿舅，太子妃也常常赞叹她的阿母呢。”乖巧的窦丽，哈哈笑道，尽情绽放她美好的华年。

浩大的御驾队伍朝着咸阳逶迤而去，随着这队人马逶迤而去的还有皇帝的嫡亲弟弟卫王宇文直不安分不能平复的心。那天诛杀宇文护，不是自己在最关键的时刻挺身而出，单凭他与何泉那副怂样，能成么？可事成之后，他又是如何对待自己这位功臣的呢？蜗居在陟屺寺里的宇文直，想起连日来的遭遇，不禁悲绝。

前段时间，宇文直随皇帝和众臣围猎。仅仅因为自己在队伍中乱跑了几步，没有按照他的要求列队，他竟走过来，抡起鞭子就抽，像是对待一匹不听话的马。不，就是对待他最心爱的马，他也没有这么狠心地抽过，何况还当着众臣的面。这哪里将自己当成兄弟？甚至都不当成人看！站在一旁的众臣都掩口讥笑，这几鞭子，不是抽在身上，而是抽在我卫王的心上和脸上。我既身为卫王，好歹也是皇家血脉，也是上过战场的将军，他竟像对待一头牲口对待于我！想起这些，宇文直的眼圈就红了。这位皇帝兄弟，的确是无情乏味得很。

躺在床榻上的宇文直对外称病，连皇帝第一次出巡也没有去相送，其实质是心病发作了。他越想越气，且不说诛杀宇文护要论功行赏，自己当领头份功劳；就连渴望的职位一个也没有落在自己的头上，先是想做大冢宰，不成，被那宇文宪平白地得了去。那宇文宪有什么功劳？还不是宇文护后面的一条狗？可恨宇文邕却惧他。退而其次，想做大司马，也不成，先给了陆通，陆通死了，居然又给了越王宇文招。那宇文招又有什么本事？说宇文宪比自己厉害说得过去，可是，自己应该不比宇文招差啊，何况我还是他的亲兄弟！

更可气的是居然抢了我的府邸！望着四周灰暗的墙壁，宇文直气得吐血。这段日子，他已经摔了不少的东西，家人也没有一个好脸色。阿父啊，你泉下有知，要惩罚于他！你又不是他一个人的阿父。

对呀！阿父又不是他一个人的，难道江山就是他一个人的？

这个念头一出现，宇文直便觉得是黑暗中的一束光亮，瞬间将自己灰暗的心空照得清明透亮。是啊，他可以坐江山，为何我就不行？宇文护还是被我杀掉的，我坐江山，也是理所当然的！

宇文直被这个念头躁动着，身子燥热得不行，额头上有微微的细汗浸出。他掀开被褥，起身下榻，将窗格推开。忽地一阵凉风吹入，使他冷不丁地激灵了一下。皇帝出京，据说是因为身体有恙，要静养调息，眼下便是最好的时机。

七月，夏日的骄阳似火，亦如宇文直的内心，他已不能等待片刻。突然事发，给他们一个措手不及，一举取胜，号令天下取而代之！诛杀宇文护不也是如此么？宇文直已披好战甲，拿起佩剑。他迈出门去，想要成就一番事业。

宇文直从小在豪门长大，却又不似几个兄长，受到过阿父的特别培养。宇文直的记忆里阿父好像从未正视过自己，更不要说什么特别培养了。其生性浅薄急躁，才疏学浅，几个追随他身边的人也都是碌碌无为之辈。所谓起兵，只不过是纠结了几个党羽和为他们看家护院的兵士，并没有受过正规训练的军队。

这队人马从长安城招摇而过时，其要谋反的消息便随之传遍了城里城外的每个角落。这个消息仍然是杨素来普六茹府告知于普六茹坚的，但这次，普六茹坚与府中的贵客章仇太冀已经看出了京城的异动，也推算出了宇文直成功的几率几乎为零。

一开始，正如宇文直所料想的那样。事发突然，趁人不备，宇文直的队伍在宫外如入无人之境，一下子就攻到了内宫的肃章门，这里原本是长孙览值守。也许是见识过宇文直刀起人头落的凶残冷酷，长孙览见到宇文直冲过来，被震骇得乱了方寸，毫无抵抗的意识，竟像个傻子似的立在原地。正巧司武尉迟运巡守至此，他连忙命人去关宫门。两个士兵未及至城门，就被宇文直的人给射死了。尉迟运急了，自己带头冲下来，左摇右晃的好不容易到了大门口。沉重的宫门，他推得很是吃力，长长的铁链子也是笨重得很。幸好此时又赶过来四个人，他们一起将两扇门板终于合在一起。这时候，门外宇文直的士兵也赶到了，他们挥舞着刀和剑，乱砍一气。混乱中，尉迟运的手指被剁掉了两根。忍着疼痛，尉迟运还是拼尽了全力，将铁链子挂了上去，将宫门紧紧地关上了。

宇文直这时也赶到了宫门口，望着紧闭的宫门，他气急败坏地命人冲撞。可是，沉重的宫门只是稍稍地来回弹动，并未有破损倒塌迹象。宇文直在门前急得打转转，却是束手无策。过了一会儿，他的一个属下跑到他的身边说，大门是木制的，可以浇油火烧。“那就烧！还傻站着干什么！”宇文直恶狠狠地说。

木质的宫门尽管厚实，却也经不住大火焚烧。只一时半刻，大门就摇摇欲坠。这时，司卫上士李询奔将过来，见此情形不禁急道：“须臾，门将烧毁，贼人必入！”尉迟运也想到了这点，道：“如何退敌？”

李询是大将军李贤之子、李穆的侄子，素有父叔之风范，沉稳有大略。他盯着那火光，想了一下，猛然眼睛一亮，沉沉道：“他放火。好，我等就火上浇油！”遂命人将宫中的门窗木板、书册床榻等可燃之物多搬些来，并将宫中点灯的火油多浇上，让大火继续焚烧，以阻止贼军进入。同时，又命人在城门之上对着敌军射箭。

宇文直本想着只需一刻钟即可进入宫中，夺得帝位。哪里知道，宫内守军竟想出了火上浇油的办法，阻止了他们的进攻；又见宫墙上射下的箭，疾风暴雨般，又似排兵布阵，一排排、一层层，极有规范，便知门内的守将是沉稳睿智之人，自己是斗不过的。再者，宫内的兵已经缓过神来，正在有组织地反击，自己的这些兵倒是慌乱起来。已经毫无胜算了，退兵吧。

宇文直长叹一声，转身退去。

“薛公，还不赶紧追！”李询见宇文直转身逃走，内心高兴，大声叫道。可是，哪里寻得见长孙览的影子？属下来报，大火刚烧起来时，长孙览便扬鞭催马，疾驰而去！

“逃了？”李询不可思议地笑了。这仗还未打起来，怎的人就不见了？他飞速上马，与尉迟运一起带兵追击宇文直。

“现如今如何了？”杨素的报告，不亚于是现场记录，听得普六茹坚心里一阵一阵的波动。关键之处，人的本性便显现出来了。想那李询、尉迟运还真是人才，顺势而为，轻易地化解了宇文直的谋反。

“哈哈，还能怎样？那宇文直是个什么东西！公子你不是不知道，他出门打仗尽数败之。沌口之战，损兵折将，单舸败还。被宇文护差点骂死，弃之不用。却不思进取，转而投向陛下。现又想谋反，他死期已至！”章仇太冀哈哈笑道。

普六茹坚也笑道：“这恐怕是世上最笨的谋逆之人了吧？”平素里，那宇文直对待普六茹坚甚为轻薄。他的为人，确如章仇大师所说。

“处道，不妨。如大师所言，宇文直不可能成事。你且切记，不可与之有半分瓜葛，便无虞。”普六茹坚又对杨素叮嘱道。

杨素点点头，又小坐了一会儿，便离去了。他一离去，章仇太冀便顺着他们先前的话题说道：“公子，你看他的亲弟弟都做出这等举动，你不可不防啊。那太子如同他这位阿叔一样，乃是刻薄尖酸之人。”

普六茹坚还是摇摇头。章仇太冀此行的目的，就是劝普六茹坚组织一支自己的私兵，以做防御之用。组织私兵，这可是谋逆之罪。况且，陛下待自己不薄，至于那太子，未来之事，谁能料到的？

章仇太冀有些急，道：“你别不信我。若你阿阇梨在世，她也是很服我面相的本领。那太子眼呈三角，目光游离，最糟糕的是其鼻梁上方横纹密布，系凶残短命之人……”

普六茹坚再次摇摇头，打断他道：“阿叔，你莫要再提阿阇梨了，害得我心碎。组建私兵的事，在本朝不可论及。陛下知我、惜我、信我，臣不能负陛下！”说着，他双手抱成拳头，举过头顶，面向坎方。仿佛北面的云阳宫里，陛下正盯着自己。

云阳宫坐落在离长安城三百里的甘泉山上，又名甘泉宫，传说其故基是黄帝的明庭甘泉之地。秦时所建，汉武帝时扩建。站在宫中的天台上，可以遥望长安城。宇文邕长长地舒了口气，这里是阿父宇文泰的极乐之地。宇文泰曾经多次翻修甘泉宫，多次在此休憩及处理政务，就连薨逝，阿父也是选择在此处。在宇文邕的心里，这里不仅高大，更是阳光的。长安城里的宫殿，阴气太盛，死了那么多人，他们的阴魂都纠结在宫殿的上空么？

宇文邕灭佛，其实也是不得已而为之。他相信佛的轮回报应说，他的皇后阿史那也信佛。但是，他能怎么办呢？佛门真的干扰到了江山社稷的繁荣，他也只能如此了，这是身为皇帝的责任啊。来到云阳宫这几日，说是养病，但一天也没有休息。他的御驾里，带来了许多奏疏。恼人的心悸还是一直骚扰他，想与阿史那生个如同窦丽般的孩子，竟也显得那么的力不从心。

这天夜里，他刚准备就寝，何泉急急地跑过来报："陛下，长安出大事了。薛公来报，卫王反了。"

宇文邕此时已解开了上衣，急忙又系上，道："宣！"旋即又道，"朕随你去！"说话间，急急地走到了门口。推开门，就见何泉和长孙览两人站在屋檐下。或许是长途奔跑的缘故，长孙览衣冠松散，显得有些狼狈。见了宇文邕，长孙览作势要跪，被宇文邕拉了起来。

长孙览带着哭腔道："陛下，大事不好了。卫王反了，大火烧了肃章门！"

宇文邕并没有表现出长孙览想象中的惊骇，他的语气很镇定，道："休因，不要慌，你且清楚道明原委。"

长孙览哭道："那卫王带着数千人马，直扑肃章门。事发突然，我等只好关上大门。卫王攻了几次不成，竟放火将大门焚烧。陛下，那门能经得起大火烧？怕是已经攻入了内宫。臣只得冒死前往此处勤王！然，宫内太子怕是不妙啊！"

宇文邕听了半天，听出这么个结果。当下落下脸来，冷冷道："休因，贼人到底得没得逞？你尚且不知，勤的是什么王？"

长孙览面红耳赤，就地跪了，道："臣知罪。臣一时无措，然，心系陛下安危也是实情。"

宇文邕叹口气，缓了缓语气，道："你且起来。再烦你辛苦一趟，先回京师，速与普六茹坚商议，听从他的主张。"长孙览诺诺退下，领命而去。

宇文邕遂又命令何泉道："速传大冢宰觐见。"何泉也领命而去。

他站了一会儿，才转身回到寝宫。将已经躺下的阿史那唤起来，带着几名内侍卫找一偏殿歇息。疼痛的心悸再次袭来，宇文邕却只微微蹙着眉头，表现得若无其事，连阿史那都没发现，他不想让人以为他是怕了那浮躁的弟弟。

长孙览第二天找到普六茹坚时，是在宇文赟的东宫。太子与太子妃正襟危坐在上方，普六茹坚坐在他们的下首。看来，普六茹坚进来有一段时间了。

太子冷着脸，如同皇帝的冰冷语调，道：“薛公，卫王事变，你不思虑抗贼。身为守城之人，不见踪影，是何道理？”

长孙览吓得双腿一软，跪将下来，颤抖着声音道：“臣知罪。臣一心想着勤王，却有失职责。臣惶恐，一时乱了方寸。”

太子一拍案几，道：“巧舌！狡辩！陛下外巡，本宫坐镇京师，你竟跑到数百里之外去勤王，如何说得通？”他气得满脸通红，狠狠道，“分明是眼中没有本宫！”

普六茹坚见状，立即离坐，对着太子揖手道：“太子息怒。薛公怕是从未见过叛逆之事，一时惶恐也是情理之中。”又慌忙对着长孙览道，“薛公啊，陛下有何旨意？”

长孙览忙道：“陛下遣我见教于随公，听任吩咐。”

普六茹坚心下蔚然，微微点头道：“陛下不日即要回京，你我只须迎接便是。”

长孙览偷看了一眼太子，轻声问：“那宇文直如何了？”

普六茹坚笑道：“薛公是跑得快了些，那宇文直定然成不了气候，你自不必担心，且先回到肃章门去镇守。若再有贼人，定当抗击之！”

长孙览道：“是了，是了，随公教导的是。太子，臣告退。”说着，便退了出去。此刻，他真恨死了自己，当时为何如此怂包呢？那宇文直有何可怕？瞧普六茹坚，如此镇定，自愧弗如啊！

长孙览离去后，普六茹坚复又坐回，气定神闲地呷了一口茶，道：“卫王叛逆，只是一个小变故，碍不了大事。有幸让太子信我，今日诏臣来见，恕臣直言，太子要仔细应对陛下的伐齐思路。要明白，伐齐的基础便是陛下的灭佛之策。”

“灭佛？”宇文赟一脸的不解，“你的阿阇梨圆寂，不是因为灭佛么？你为何还要如此说？”

普六茹坚坦然一笑：“事实如此。再说，臣从未认为阿阇梨圆寂与灭佛有关联。即便是有关联，国家社稷的利益也应摆在首位。陛下如此，做臣子的更应如此。”

太子宇文赟却轻慢地一笑，也不知道是不相信普六茹坚会如此，还是不同意普六茹坚的说法，弄得气氛有些许的尴尬。

“殿下。”此时，坐在一旁久未说话的太子妃侃侃而道，“自陛下亲政以来，人心渐稳；又执行了汉民可以充兵役，增强了兵源；灭佛之举，增加了诸多土地和人口；国力日盛，正是伐齐的好时机。”

普六茹坚嘉许地望着自己的长女，想她果然得了其母的衣钵，思路甚清晰。却又故意问道：“请教太子妃，为何是伐齐，而不是击陈？”

丽华微微一笑，道：“阿父莫要考我了，这是显而易见的。齐先强而后弱。现齐主高纬昏庸无能，吏制腐败，宠溺的冯淑妃仅仅是一副空皮囊。南边的陈主却在励精图治，淮南一战，使得齐国淮南数十州、郡、县尽归属于陈。大有渐渐蚕食齐土之意。我朝此刻不出兵，岂不是要将齐这块肥肉拱手送给陈？陛下是英明之君，何以甘心？”

丽华的回话，深慰普六茹坚的心。有女如此，是独孤伽罗的功劳和本氏家族的欣慰。有太子妃如此，亦是我朝的大幸！

父女俩说的高兴，可是太子殿下的脸上却出现了阴霾，他有些不耐烦，道：“妻父，你们不要扯远了。请你来，只需要告诉本宫，若阿父回来，该如何应对，方能得之欢心？让东宫监国，如今出了这种事，他定会迁怒于东宫啊。”他忧伤地叹了口气。

普六茹坚心里也叹息，他有些同情起这位女婿来。虽贵为太子，却深惧其父。极尽讨好之能事，都没了自己的主张。他今日特地请来普六茹坚，就是想向岳父请教。皇帝外出，命太子镇守京城，却出了谋反之事。皇帝若要怪罪，也是很有可能的。

普六茹坚道：“太子可无惧。只需将陛下关于灭佛、伐齐之论语了解透彻，以备查问。”

宇文赟频频点头，赞曰："甚妙。妻父竟比小冢宰宇文孝伯明理多了。"太子本与太子宫尹郑译甚为投缘，两人时常腻在一起，却惹怒了皇帝。他将郑译踢出宫，贬为庶民。又将与他自己同年同月同日生的老友宇文孝伯作为太子傅。但宇文赟却不与之亲近，将之冷于一旁；又因为太子妃的缘故，渐渐的与普六茹坚亲近起来，凡事向岳父讨教。

大冢宰宇文宪赶到云阳宫时，宇文邕已将所有的书册等行装收拾完毕。见到匆匆而来的宇文宪，宇文邕故作镇定，道："阿弟反了，你可知晓？"

宇文宪道："先前不知，现在陛下说了，便知晓了。他如果真是逆天犯顺，则是自取灭亡！"

宇文邕的双眉要拧出水来，冰霜着脸，咬牙切齿道："自取灭亡，无人可救！你立即作为先锋前去缉拿，朕随后就来。"

宇文宪顿了一下，似有迟疑。宇文邕道："你不敢前去么？抑或是有所顾忌？"

宇文宪坦然地说："陛下，卫王素忌讳于我。此番前去，旁人会如何议论？"

宇文邕露出怒容，正色道："他都反了，你倒在乎起旁人的议论？也是啊，兄弟间的干戈，是朕的过错，朕没有平衡好！"

宇文宪脸上一红，道："臣知错了，这便前去，定将那贼人缉拿归案。"

宇文邕将手落在宇文宪的肩上，用力按了一按，没有再说什么。

隔了两日，宇文邕的御驾便转回了长安。而此时，李询和尉迟运已在荆州捉住了宇文直，又同赶上来的宇文宪一起，将他关在一处秘密的废弃的庙里，等待发落。

听说陛下回朝，众臣早早地等在肃章门外。大门已被烧毁，只剩下被烟熏火燎的黑洞洞的石质门框。地上杂物都清理干净，但大火焚烧的痕迹，却并未抹去。

数日没有上朝，如今又出了忤逆之事。宇文邕顾不得长途劳顿，让御驾直赴肃章门。看来，众臣的猜测是对的，陛下果然直接来了此处。十几年了，周朝的君臣日渐同心。

太子宇文赟见陛下从御驾中出来，率先跪下道："陛下，儿臣知罪！"众臣跟着也跪成了一排，道："臣知罪！"

宇文邕面目晴朗，并没有出现众臣想象中的严峻和愤怒，亲切地说："众卿快快请起，朕甚欣慰。除贼，李询、尉迟运有功，朕要赏赐。赟儿，你也起来吧。这次非你之过，倒是朕的不是。管蔡为戮，周公作辅，人心不同，有如其面。但愧兄弟亲寻干戈，于朕为不足耳。"

宇文赟遂放下心来，随众臣站了起来。他偷偷地瞄了一眼不远处的普六茹坚，心里感激。普六茹坚对他投以鼓励的目光，还让旁人不易察觉地微微地点了下头。

宇文赟站出队列，道："陛下，儿臣思虑过了。阿叔叛反，落此境地，属他咎由自取，不足为惜，更不是陛下的不足。儿臣觉得，此事不足与伐齐并论，伐齐才是正事。"

宇文邕的眼里闪过一道亮光，瞬间又被压抑下去了，他收敛起笑容，厉声道："谁怂恿你如此说话？"

宇文赟像是被人发现了秘密一样，脸红了一下，下意识地扫了普六茹坚一眼。但普六茹坚若无其事般转过脸，懦弱的太子只好道："六七岁的孩儿都明白的道理呀。儿臣欣喜地看到了诛护之后，我朝在陛下的亲治下国力日盛、兵马充足、内政外修，此时不灭齐，岂不是要将其拱手送与偏于南方的陈？"

宇文邕的脸上渐渐晴朗，听到最后，变成了阳光灿烂。他频频点头，道："太子终于成长了，朕颇为高兴。"他环视着众臣，又说，"赟儿，当年朕毁佛时，有僧说什么若他方异国远近闻知，疑谓求兵于僧众之间，取地于塔庙之下，深诚可怪。还说什么顽僧任役未足加兵，寺地给民，岂能富国？对这些言论，你作何解？"

宇文赟微微一笑，胸有成竹答道："以民为子，可谓大慈。四海为家，即同法界。治政以理，何异救物。安乐百姓，宁殊拔苦。剪罚残害，理是降魔。君临天下，真成得道。汪汪何殊净土，济济岂谢迦维。"宇文赟的这段话，全部都是陛下参与辩道时说的原句子，一个字都没有改动。但用在此处，胜如天衣，无缝。

宇文邕听了哈哈大笑，他将满意的目光投给了这个儿子，再次环视众臣，最后停在了普六茹坚和宇文宪的脸上。

宇文宪习惯性地向前列出了一步，道："陛下，太子所言极是。那齐主荒淫无度，草菅人命。又失去了斛律光和高长恭，伐齐正当时！"

普六茹坚也附和道："陛下，大冢宰见地极深。齐主无道，民不聊生，天必诛之！"

宇文邕大喜，他所带去云阳宫的奏疏，多数是谈伐齐之事。为此，他还暗地里召见了内史大夫王轨和他的心腹宇文孝伯。没想到他最看重的宇文宪和普六茹坚也在想自己所想，急自己所急，还有什么比这更好的呢？宇文邕一手拉着他们一个，欢喜道："朕有你们两人的支持，无忧矣。即日起，着手准备灭齐！"

普六茹坚道："为了鼓舞士气，恳请陛下先大赦天下、分封百官。"

"好！"宇文邕道，"你与王轨商议一下。"

普六茹坚心里暗喜，一举两得，想那李渊承袭唐国公之事也可以顺带提出来，按规矩办了吧。

众臣跟在他们的后头，个个摩拳擦掌。灭齐，终于又要开启了。

第十五章 统领水军获大捷 太子长子俱失德

建德四年，早秋的一天清晨，天气却显得有些不合时宜的清冽。长安城里没有太阳。天空中飘着霏霏细雨，仿佛也是为了应和人世间离别的泪水。

又要伐齐了，陛下宇文邕这次要亲征，调集了十八万兵马，长安城里家中有年轻男丁的都要充作兵役。虽说汉族农人踊跃当兵，因为可以免除家庭徭役赋税。但毕竟是在战场上厮杀，生离死别的悲伤在城中蔓延。

普六茹坚的府中，却是一场气势磅礴的悲壮离别。阿父终于可以带兵了，孩子们知道，这便是家族重新崛起的起点。长子勇、次子广、三子俊、四子秀、幼子谅和他们的表兄弟李渊站成一排，这是为阿父和李圆通送行。此时的李渊已是唐国公了，在普六茹坚的建议下，宇文邕让他继承了其父李炳的爵位。

除了子女们，全府上下近百人都穿戴整齐地站在中庭的院中，全然不顾天空中的霏霏细雨打湿了全身，气氛庄严肃穆。郎主首次出征，这是十几年来府中最大的事情。夫人独孤伽罗早在几天前就已经吩咐了，这一天，全府上下要有一个庄严的送行。李九一大早就蒸熟了上百个白面馍馍，每个馍馍的中心，都点上了一个红红的圆点，这是特地让李圆通带在路上吃的。当然，他这是多此一举，作为率军统领，他们何须自带干粮？但李圆通还是收下了，又将馍馍悉数发给了府中之人。并叮嘱他们，郎主不在家的时候，更要尽忠职守，以报恩德。

人群中，李渊的阿母独孤伽彩也在其中，她和李渊一起前来送行。这一次，她又将上次没有送出去的那套首饰带来了。上次见普六茹坚转身离去的背影，她的心里就拔凉拔凉，以为普六茹坚不会为她办事。没有想到，这回出征之前，普六茹坚到底还是记挂这件事，为她的儿子谋到了一份光明的前程。这一次，她是真心来感谢的。知道伽罗定不会收受，所以她将首饰放到小葵处，让小葵在她走后，再送给伽罗。自己便转身站在雨中，与下人们一起，为普六茹坚送行。

站了大半个时辰，普六茹坚和独孤伽罗才相携着走出来。普六茹坚高大英武，身披战甲，佩戴宝剑。面色红润，目光炯炯。独孤伽罗站在他的身旁，也是一身盛装，头上戴了一支凤凰金簪。这本来是一对龙凤簪子，昨夜，伽罗将龙簪交与普六茹坚，让他作为护身符带在身上。今晨，她又将凤簪插在自己的发髻上，这是她头上唯一的头饰。她说，她只插这支凤簪，直到普六茹坚凯旋。

望着眼前一排面目俊朗、虎虎生威的孩儿们，普六茹坚心中大悦，朗声道："承蒙陛下厚爱，让我统领兵马三万，此乃全部水军。我将全身心付与战场，府中一切事物交由夫人全权处理，有劳各位了。希望你们各司其职，做好本分。待我凯旋，定将重赏。你们都明白了吗？"

"明白！郎主！"众人齐心，声音洪亮，惊飞了瓦上的鸟雀儿。

独孤伽罗也朗声道："陛下垂青，夫君当为国效力，切莫分心。请相信妻子能治理好家政，教导好孩儿。我等静候夫君荣归。"说罢，深情地望了普六茹坚一眼，又对着雨中的下人们说道，"开府十几年了，想必大家也知晓我的为人。你们能助我实现这个愿望吗？"

"能！"这次的回答更是铿锵有力。

话音刚落，李渊便有些激动地向前跨出一步，大声道："姨父，可否带孩儿前去长知识见世面？"虽然只有九岁，但他无惧的模样，似一个成人。

普六茹坚微微一笑，道："唐国公有此志向，甚好。但是不成，此次是我首次领兵，不能有丝毫闪失。今后，你们有的是机会。"普六茹坚大手一挥，指着他自己的儿子们，又道，"勇儿、广儿，你们也要有渊儿一样的抱负与胆识。"

长子勇此时已有十二岁了。九岁的时候，他因为祖父普六茹忠的功勋，被封为博安侯。其个性宽厚温和，喜文胜于习武。见父亲和李渊都如此说，他也站出队列道："阿父出征，儿子虽不能左右。但可以助于阿母，维系后庭。请阿父放心。"

六岁的次子广，容貌俊美，额头阔大，鼻梁高挺，眼睛有其母伽罗鲜卑人的特性，细长却明亮。极为聪颖，深受阿母的喜爱。他也学着李渊的样子，朗声道："阿父阿母，孩儿还是想学唐国公，要上战场。这才是身为男儿的本分！"

伽罗欣喜道："广儿，你心存高远的志向，阿母甚为欣慰。只是，你年纪尚幼。今后有的是机会。"伽罗的眼角瞟了一眼长子勇，又道，"广儿说得极是，男儿当以国事为重。本府的后庭，我还治理得动。勇儿，你是长子，更应思虑军功才是。"

普六茹勇望向母亲的眼里有些许的惧怕，他矮下身子，单膝跪在地上道："阿母教训得极是，儿谨记在心。"

普六茹坚哈哈大笑，心情更加愉悦。方才母子间的对话，使他更加明了伽罗作为一个鲜卑女人的理政才能。他只身前去，偌大的普六茹府也会在伽罗的主持下，安然无恙。

这次宇文邕调集十八万人马，要亲征，极尽心思，志在必得。命宇文宪领兵两万作为先锋，向黎阳进军；让李穆领兵三万，进攻轵关和黄河以北的各县；他自己则领兵十万，围攻河阴地区。而让普六茹坚领兵三万，将整个水军交给了他。由此可见，普六茹坚虽是第一次正式领兵出征，但宇文邕对他还是极为信任的。这份信任，也让普六茹坚心潮澎湃。数十天来，他和伽罗每天都在琢磨战事，甚至还请来了杨素。宇文护时代，杨素跟随宇文宪数次上战场与齐交战，有实战经验。

辰时，李圆通已经将战马牵到了大门前的空地上。普六茹坚昂首阔步走在最前头，独孤伽罗紧随其后，子侄们跟在伽罗的身后，他们的后面是浩浩荡荡的府中下人。一众人等出得门来，送别的话还未说出口，就见一人穿着紧口常衣，简装轻马，疾驰而来，原来是普六茹坚儿时的太学同窗好友郑译。

郑译与普六茹坚素好，两人脾气相投。郑译做太子尹好几年了，与宇文赟相知相惜，却被陛下轰出宫。宇文邕认为皇子尤其是太子，不可与大臣走得太近，这使得太子伤心气愤了好久，并对宇文邕新安排来的太子尹宇文孝伯十分抵制。作为同窗，又是闲人，郑译前来送行，也在情理之中。

但他却不是单纯来送行的，他带来了一个重大的消息：昨夜，陛下又杀人了。

卫王宇文直发动那场轻率的叛乱，已有数月。如同李植协助闵孝帝谋杀宇文护一样，这场叛乱堪称大周朝的又一个笑话。幼稚的宇文直被关在一个残旧的破庙里，吃喝都由陛下派去的人全程把控。这样的一个被贬为庶人的废人本不足为惧。然，陛下要东征，留着他终归是个后患。昨夜，宇文邕将他的同胞弟弟宇文直及其数名幼小的侄子悉尽诛杀。

郑译道："随公不必惊异，这与汉文帝刘恒杀其弟淮南王刘长同出一辙。"

普六茹坚道："好几个月了，都没有杀，此时为何又提起这事来？"

郑译轻蔑地一笑，道："你相信么？说是卫王在狱中竟不思悔过，还想着谋反，所以满门尽诛。"

普六茹坚立在自己的战马前，抚着郑译的双肩郑重道："郑兄要辛苦了。太子肯听你的话，镇守京师还需你的教导。要让太子好好的恪尽职守，不要务虚敷衍。唉，陛下也是用心良苦。说到底，对太子的能力还是疑虑啊。"

郑译郑重地点点头，他也知道，宇文邕痛下杀手，也是怕他不在皇宫，宇文直又要闹出事端来，而太子宇文赟不能应付。普六茹坚的话语来得直接，好一个"务虚敷衍"。谁都明了，在陛下面前，太子是越来越务虚敷衍了。更令人不安的是，陛下昨夜又旧疾复发。但他并未声张，只有东宫的几个人知晓。郑译望着普六茹坚，想了想，竟将这个消息咽了回去。

正说话间，又一匹快马飞奔而至。来者却面生，因而被李圆通拦了下来。来者年轻，声气很足地自报来处："我乃车骑将军杨素的信使，有紧急要务面呈随公，请速速告知。”

原来是杨素派来的使者，要见普六茹坚。杨素作为先锋齐王宇文宪的部下，此次也要上前线。大军将出，他却派来使者，定是有极其重要的事。李圆通不敢怠慢，上前一步拦住了他道：“可有凭证？”

那信使拿出了杨素的“信物”，是一枚玉雕的印章。这印章李圆通识得，一寸见方，上好的羊脂玉雕琢而成。李圆通带着这枚印章，极速奔至普六茹坚处，也不言语，只是将印章递给了他。

这枚印章的籽料还是普六茹坚送给他的，自然也是识得的。多年的交往，两人心有默契。见章如面，定是重大之事了。会是什么呢？普六茹坚握着印章，思忖着。

见此情形，郑译连忙告辞道：“随公，你名为金刚不坏之身，这个名号自会给你带来好运的。祝你旗开得胜、马到成功！”说罢，飞身上马。

普六茹坚心里感动，关键时刻见真情，郑译此时此刻送来消息，是要冒风险的。这位同窗，行事一向小心谨慎。被迫出宫之后，更是如此。今日却只身前来，足以见其对自己的情义。普六茹坚道：“郑兄，谢谢你。太子，再托付于你，更是辛苦。”说着，他高大的身躯已经矮下，深深一鞠躬。但郑译已经飞驰而去。

那信使及至前来，道：“随公，车骑将军遣我来此，特向随公禀报，齐王为出征贡献了十六件宝贝，随公知否？”

普六茹坚张着嘴，面目微微惊异搐动，果然是件稀罕的事情。十八万大军将出，他却来献财？是何用意？不料，此时伽罗也站在了普六茹坚的身后，她轻笑道：“处道这是过虑了，宇文宪献财自有他的用意。他是皇弟，风头却堪比陛下，不作出姿态，能行吗？”

普六茹坚转过头，道：“夫人知晓么？如何得知？”

伽罗道：“前日昭玄来告知的，那宇文宪是上了奏表的，陛下没有宣诏么？”

普六茹坚道：“这几日庞晃回京，与他们精研战术，都没有过问朝中闲事。”

伽罗又是一笑，娇嗔道："你呀，都成了呆子。不过，昭玄那日谈及，我也以为不是什么大事，见你也未曾问过，便也忽略了，倒是费了处道的心事。"

那信使听闻，便道："车骑将军遣我来告知，定是大事，陛下嘉许了齐王。此次，齐王才领兵两万，虽是先锋。然，随公却统领了全部的水路，领兵三万。不也当有所表现么？"

信使想必是杨素的心腹了，对普六茹坚夫妇说话也极为坦诚，且分析得颇为顺理。伽罗笑道："将军言之有理。只是我府中人丁兴旺，夫君又不擅长理财。若真要学了那齐王，唯恐捉襟见肘，让人掩面失笑了。"

话音未落，普六茹坚收敛起笑容，厉声道："战事以战局为本，旁门小道的事还是少分些心术。你且带话处道，让他心无旁骛，建立战功为上！他的机会也是得之不易。"

"是了。"那信使一个立正，躬身退下。

伽罗拉着普六茹坚的胳膊，道："夫君休要发怒，杨素也是一片赤诚之心。若真要效仿，那只金龙簪可抵得一时……"

普六茹坚推开伽罗的手，道："用命抵也不会用龙簪！"他也飞身上了马背，又道，"夫人，府里托付于你，辛苦了！还有，休要理会府外之闲事！"言毕，战马已启蹄。

后面的一排孩儿及众人又跪成一片，长目远送。

夫君这一去，且不论凶吉，仅府中之事皆落于伽罗一人肩上，就足够沉重。最不省心的还是长子，本为头雁，有表率之意。可他竟是我行我素，没有一点建功立业的上进心。

亥时已过，普六茹府中的长子普六茹勇还未归来。独孤伽罗坐在儿子的房间里，守候着他。这个儿子，身材颀长，长相俊美，玉树临风，却不怎么让她省心。阿勇性情豪爽，酒色财气样样来得，喜好诗词歌赋，与他结交颇深的明克让等人都是朝野之文人大家。倘若是一般人家，他这样也就罢了。可是，他是随国公的长子呀，是堂堂太子妃的胞弟，是皇亲国戚，将来是要参与国政大事决策的人。如此这般，怎么可以？独孤伽罗这般想着，深深地叹了口气。

门被推开了，进来的却不是阿勇，而是次子广。广儿是早产，出生时，母子都受了惊吓，却因此在母子间增添了一种别样的情愫。让伽罗对这个孩子给予了更多的慈爱。广儿也乖巧，对阿母尤为亲近。比起另外的八个孩子，广儿更善言。

"阿母，九叔说你晚膳没有吃好，让儿送一碗菜羹来，阿母趁热喝了吧。"广儿端着一碗冒着热气的羹汤，亲近地送到伽罗面前。

"广儿，这么晚了，还记挂着给阿母送羹汤，真难为你了。"见了广儿，伽罗便笑了。

"阿母，别太为长兄操心了。若累坏了身子骨，可怎么好？这一大家子，都仰仗着阿母的操持呀。"见母亲没有接过羹汤，广儿仍坚持将碗呈送在伽罗的面前。

独孤伽罗眼里透出慈爱的光芒，她很少将这种光芒投给其他孩子。她是位严肃苛求的母亲，又学识渊博，说话从不容人反驳，连阿父都敬其三分。只有广儿是个例外，常常以贴心的举止，让她欢心。伽罗接过碗，顺势喝下一大口。

"广儿，你的孝心阿母尽领了，快去睡吧。"伽罗抚摸着广儿的头，轻柔地说道，眉宇间却锁着一层愁雾。

普六茹广见阿母喝下了菜羹，也满足地笑了，拿着碗，出门。正好遇见晚归的普六茹勇。长兄穿着小袖口常衣。却在常衣上私自做了改动，比普通的常衣多了些装饰，领口和袖口部位绣了两圈纹饰。配着阿勇俊朗的面容，更显得儒雅。像极了他的外祖父独孤信，也是位侧帽风流的人物。只是，他今日又喝了酒，走起路来竟有些趔趄不稳。

广儿见到兄长又是如此，伸了伸舌头，向房间回望了一眼，便一溜烟似的逃了。

阿勇进得房来，见阿母伽罗端坐在房中央。酒意立时醒了一大半，连忙奔至阿母的膝前,跪下道:“阿母,儿今日与著作上士明克让饮酒斗诗,归家晚矣,让阿母操心了。儿愿受罚。”

伽罗的嘴角轻轻撇动,讥讽道:“偌大个博安侯,阿母怎敢惩罚?”

阿勇知道这话里的不满,更加低声下气道:“阿母休要动怒,儿真的只是饮酒斗诗,没有……”

伽罗厉声道:“饮酒斗诗!你竟嫌闹的不够吗?若此,你何苦还要归家?”

阿勇跪在地上,见伽罗动了真怒,大气也不敢出了。

伽罗道:“堂堂的随国公府中的长子,竟是这么一副不出息的模样!让阿母羞愧!你阿父出征在外,你竟终日不归,还曾大言不惭地说什么要助我治理后庭!”

阿勇以首叩地,一动也不动,任由伽罗数落。如此,伽罗的火气便像撒到了墙壁,又被软软地弹了回来。伽罗盯着伏在地上的儿子,真恨不得去踹他,铁青着脸道:“普六茹勇,你可有话要说?”

阿勇咧咧嘴,小声道:“阿母教训的是,儿无话可辩。”

伽罗恨恨道:“好,你不自招,那我问你,你与芙蓉是怎么一回事?”

普六茹勇抬起头,脸上发红,道:“芙蓉……只不过是明府中的一个婢子,嬉戏了几回。能有何事?”

伽罗怒道:“好你个浪子!你招惹人家女郎,却又如此轻薄她。岂是正人君子所为?”

普六茹勇疑惧地望着阿母。心想,这难道是什么大事么?一个婢子而已,嬉戏于她,乃看得起。难不成阿母又要小题大做了?的确,在朝中,哪个官僚士大夫家中的公子,不是三妻四妾外加左拥右抱?远的不说,单是独孤家族亦或是普六茹氏家族,有谁不是这样?只有……只有自家的阿父除外,满朝也只有自己的阿父阿母是个例外。这个例外,甚至成了别人茶余饭后的一个谈资。说什么的都有,主要是说伽罗专横,刁蛮无理;说普六茹坚惧内。不管怎么说,一个惧内的人该是无能的吧？朝野之中，对普六茹坚久未建树而非议甚多，讥讽独孤伽罗的更多。

见阿勇久未说话，伽罗遂深叹口气道：“勇儿，你行事要知轻重，不要坏了人家女郎的名誉。像你这样放浪形骸，可怎么好？你要晓得，你是我府的长子，要作一个好的表率，更要效仿你阿父的沉稳专情。”

普六茹勇见伽罗的口气软了下来，赶紧道：“阿母教训的是，儿谨记。”

“要长记！”伽罗说罢，站起身来，向门外走去。

普六茹勇属性情中人，又善作诗，自然招女郎喜爱。伽罗想起这一层，叹气声轻了下来。唉，孩儿们大了，该操的心更多了。魏晋以来，人们的婚嫁年龄极早。普六茹勇虽只有十三岁，可伽罗自己就是十三岁嫁给普六茹坚的。而太子妃丽华十二岁就出了阁。但若要自己的长子娶一个婢子做妻，也是万万不可的。唉，伽罗又长长地叹口气。都怪他性子孟浪，惹出非议。

今日，小葭回府做客，将阿勇在明府干的这些荒唐事告知了伽罗。小葭嫁与杨素一年多，杨素常常不在家，府中的妻妾便时常聚首，弄些家长里短的消息来消遣。这个消息是另一个小妾告诉她的，她说勇儿在明府是人见人爱、花见花开的主。吟诗作赋，饮酒作乐，欢喜得紧。“夫人，在府里这些年，公子不是这样活泛的人呀。我先前还以为是那小妇人弄错了，后来才确定真的是长公子。”小葭一脸疑惑。她还说，勇儿已为芙蓉那婢子作了好些诗歌，且两个人呆在一起，常常是两个多时辰。“怕是……生米已经煮成了熟饭。”小葭说着，自己的脸倒是先红了，这让伽罗怎么不生气？

见阿母已离去，普六茹勇重重地跌坐在地上，抹了抹头上的汗。身为长子，阿勇对阿母的严苛甚是清楚。但没有想到，她却如此精明厉害。管理着上百口人的府邸，阿父又出征在外，这里里外外该有多少事？而她却能将目光扫到自己的身上，连芙蓉的名字都弄得清晰确切。这是多么旺盛的精力？看来，今后真的要收敛些了，以免跟她越来越生分。

回到后院寝房里的伽罗仍旧心绪难平。听小葭讲，被人诟病为痴傻的杨素长子杨玄感，其实一点也不痴傻。如今，即使杨素出征在外，他也是天天读书、练习骑射，毫不懈怠。前几日，居然在家中支使家奴婢子们排兵练阵，说是读兵书有感。杨玄感头颅硕大，体魄健壮。年幼时，浑浑噩噩，不读书的时候真如一个傻子。而现在，连他都转变了。当时，小葭讲得眉飞色舞的，甚是兴奋。这也难怪，近两年，杨素大胆做了几件事，在朝中渐渐立起了名头。他的妻妾也跟着沾光，小葭在伽罗面前也是越来越放得开了。

本来跟随了宇文护和宇文宪的杨素，是没有机会受到重用的。可是，杨素心胸阔达，谋略甚多，多次上书为已死在齐国的父亲邀功。引起了陛下的注意，并对他逐渐有了好感。这次出征北齐，杨素居然绕过了宇文宪，直接上书陛下，请求率其父亲的旧部作为先锋，终归得到了陛下的应允。那日，陛下竟亲自赐予他一条竹鞭，说："朕正要驱使天下。你执掌它，作为先锋吧。"陛下有这等贴心的许诺，该是何等的荣耀啊！现在，连他的儿子也一反常态，用起功来，积极进取。这是要拦在我府前头昂起么？哪像勇儿，身为长子，贪玩好色，死性不改！伽罗想着，越发的生气。她咬着牙，站起来，复又朝着普六茹勇的屋里奔过来。

也许是喝多了，又受到阿母的责备。此时的阿勇，疲乏至极，索性瘫在地上休息。想到阿母方才的告诫，又想着是谁这么多事？竟将自己了解得如此仔细？正懊恼着，却又惊见阿母怒气冲冲地转回，更是大骇，连忙顺势跪起道："阿母，怎地又转回了？还是遗忘了什么东西？"

伽罗气哼哼地道："我若再不回转，普六茹氏一门的声誉要葬送在你的手里了。"她站在勇儿的面前，对跪在地上的阿勇居高临下道，"我是遗忘了东西在你这里。那就是最要紧的几句话：从即日起，你休要再出门疯闹。要好好温习经书、礼仪、剑术。我要亲自监管你的日常！"

普六茹勇默不作声，心里是不服气的。心说自己一个堂堂的博安侯，难不成永远受制于你？虽说阿母也是深有学识，但毕竟是一介女流啊。

“你可曾明白？”见阿勇沉默，知他不满，伽罗故意冷冷地追问道。

或许是仗着酒气，勇儿依旧默不作声。

伽罗勃然大怒，厉声道：“你居然胆敢装聋作哑！连杨玄感都不如的东西，亏得你还是太子妃的胞弟！你不有愧么？”

普六茹勇感到心中的血全部都涌向了头顶，而胸中的恶气在腔内横流。把我比之于谁不成？非得要与痴傻的杨玄感比？而且在阿母的眼中，我竟不如他？普六茹勇觉得独孤伽罗简直太过分了，冲口而出道：“儿若连个痴傻的人都不如，那就不必劳烦阿母费心教导了！哼，我是绝不会如同阿父一般，与一个妇人承诺什么不出异子！酒色财气乃男儿本色！”声音虽小，却是字字清晰地落入了伽罗的耳朵。

“啪”，随着阿勇话音落下的，还有伽罗劈向他的耳光。第一次，伽罗动手打了她的孩儿。虽一向以严苛甚至冷酷出名，动手，却是罕有。

一时间，两人都惊呆了。普六茹勇怎么也没有想到，自己在做了博安侯之后，还会挨阿母的耳光。伽罗也没有想到，自己怎么就没控制住，居然粗鲁地动手了？这个耳光，打得房间里静悄悄的，两人尴尬地立在房中。普六茹坚夫妇节俭，朝中像他们这种官僚家庭里的孩子，都配备了专门的婢子，但他们的九个孩子都没有。所以，这场母子间的争执，连个说和的人都没有。

正在这时，次子广又出现了。他奔过来，急切地说：“阿母，莫要动怒，伤身啊。”他拉着伽罗的手，带着哭腔道，“儿不放心，又回转来。果然，阿母还在此处。”

伽罗见到次子，不知怎地，竟也红了眼圈。她蹲下身子，亲切道：“好广儿，你有心啊。你可不要学他，而要向叔德看齐。叔德懂事，既爱读书又擅长骑射，都做了唐国公了。”

“嗯。”杨广乖巧地点点头，道，“阿母，夜深了，儿送你回屋吧。”说着，拉起伽罗的手，要走。

伽罗站起来，看都不看长子勇一眼，拉着杨广，只留下一个母亲与次子手牵手的背影，给她不争气的长子。这个背影，在今后的若干年里，都深深地印在普六茹勇的脑海里，阿兄跪地遭母唾弃的样子，也深深地印在普六茹广的心里。

其实，也非怪伽罗的焦虑。前几日，她去东宫探望了太子妃。丽华已有孕在身，这本该是件大喜的事情。然，丽华见了母亲，却哭了。太子宇文赟越发的乖张、好色，性情暴躁凶残。隔三五日便要惩罚宫里的人，东宫里几乎没有没被他责罚过的人。连她这个由皇帝陛下亲自指派做媒且又怀有身孕的太子妃也不例外。那日，他明明喊着口渴，婢子倒的水嫌烫，丽华亲自调制的蜂糖水又嫌淡了，说不甜。竟为这事大发雷霆，居然摔了杯，还将丽华推搡倒地。若不是正好郑译赶来，怕是要小产了。

太子妃哭泣着，将受伤的小臂掀起来给阿母看。伽罗看见她葱嫩的手臂上，青红了一大块，上面还有隐隐的印痕，似牙咬的痕迹。却又不敢问，更不敢在东宫里嚎啕，只得将泪咽回肚里，还强作欢颜地劝慰。伽罗心里清楚得紧，这位太子变化无常。陛下亲征，京师留太子驻守，朝政由太子监国。可是，这位太子都干了些什么呢？归结起来，总共做了两件事。一是将内史大夫王轨狠狠地责罚了。将他的全家都关了起来，并扬言要灭门。这是为了报复他曾向陛下告状，说太子失德，建议重立太子，还因为陛下要他每日记录太子的行踪举止。可以说，太子每次受到责罚，都与王轨的报告有关。惩治王轨，实为杀一儆百，看谁今后还敢在陛下跟前乱嚼舌。二是从东宫到皇宫，一路撒下情种，临幸了好些人。并警告了所有人，如果有人胆敢把这些事告知陛下，他将会采用极致的手段惩罚，弄得宫中如阴曹地府一般。

原本以为太子及太子妃会是府中的依傍，但是，这位荒诞不经的太子会是依靠么？从东宫回来，伽罗的心里就堵得慌，倘若本府不自立强大起来，太子妃的日子岂不是更加难受？偏偏长子又如此不争气！伽罗打给长子的耳光，实乃心中郁结所致啊。这位长子其本质如同东宫的太子一样，风流好色，乖坚驱良。若不是忌惮于其父的威仪，还不知道要荒诞无稽至何等程度！阿父首次出征，他从未记挂，也不如广儿懂事能干。

伽罗心中的郁结，还是日夜挂念夫君的结果。初次出征，能否安然？夫君的水路，行至何处了？

入了黄河之后，普六茹坚命人将两艘船结为一组，作为自己的指挥战舰，前面只有几艘单列的小船开路。可谓是一马当先，身先士卒。

一盏青灯，幽幽地照着舱内一间隔出来的小寝房。普六茹坚坐在灯下，盯着一册书简。李圆通悄然进来，他的身上佩戴着一把大刀。出征以来，他一直是这副装扮，刀不离身地护在普六茹坚的左右。

"郎主还没休息？我去做一碗羹汤来吧？"李圆通轻轻地说。出征在外，普六茹坚的吃穿住行几乎全依仗李圆通的安排。

普六茹坚摇摇头，眼睛仍盯着书册道："圆通，我在读郧国公的平齐三策，真不错。原先只听说此人惯用小计谋，其实质是很有战略，属大智啊！"普六茹坚由衷地赞叹。李圆通发现，普六茹坚是越来越爱赞叹别人了，原先那个讷言不苟言笑的郎主似乎变化了很多。

早在二月，陛下刚提出又要伐齐的时候，郧国公韦孝宽就上表了"平齐三策"。自晋公宇文护死后，如今的朝堂里，灭齐，最有说话权的当属韦孝宽了。他是北魏时期就与太祖宇文泰并肩作战的元老级人物，历经了北魏、西魏和如今的大周。与齐交战了数十次，与伽罗的阿父独孤信一起被人称誉为"联璧"。最为有名的除了玉璧之战大胜高欢之外，还巧用离间计，让昏庸的齐主将齐国的大将斛律光和高长恭害死。除去了这两人，才有灭齐的可能。因此，韦孝宽的话陛下甚是重视。将他的奏表抄了好几份，供此次伐齐的首领们研读。

李圆通道："那是。郧国公乃当朝第一名将，只可惜年纪大了，这次未能前来。"

普六茹坚笑道："他的三策已经透彻了伐齐的战略，还用得着他亲自前来么？何况陛下都亲征了。这一役，定能灭了齐！”他的眼里，闪烁着激动的光芒，“我都想好了。河桥，将会是我普六茹坚建功立业的地方，定能歼灭齐军。”

李圆通点点头，却蹙着眉头，忧心忡忡地说：“怕是又要殃及无辜了。”

普六茹坚收敛起笑容，放缓了语调，声音里透着清冽，沉沉地道：“圆通，你该晓得我生于佛门，初长于佛门，本该最具怜悯之心。原先我也并不喜爱参与兵事，这也是我拒之晋公的缘故。可是，你没读史么？秦汉之后，三百多年了，各个并立的小国小朝，哪一处有安宁的时候？不是自朝内讧，朝政交替，就是对邻国的虎视眈眈，战争频繁。哪一朝的百姓有安宁的日子？现今陛下圣明，休养生息。如若平了齐灭了陈，天下一统，在明君的统治下，开创一个像秦汉一样的盛世，岂不甚好？圆通，那样的盛世是我的志向，这也是我倾全力追随陛下的缘故！陛下屡次对我说，他要将天下治理出一个锦绣的前程来！何为锦绣？平安、富足、男耕女织，才是天下人的向往。我且问你，那高齐朝能否向他的黎民百姓许一个锦绣的天下？如若不能，何不灭之，天下一统于明君之下？”普六茹坚说着，声音渐渐大了起来。

李圆通更深地点着头，道：“郎主，我懂了。圆通愚笨，但有了这番交底，圆通也是万死不辞护主。”他双手握拳，向普六茹坚深深一揖又道，“说到高齐朝，我也听说了。齐主高纬骄淫无度，猜忌凶残，君臣间离心离德，完全没有我朝陛下的风范。最近，我还听说……”李圆通转而一笑，道，“那高纬竟将其最宠幸的冯淑妃玉体横陈，供人观赏，他却站在一旁收钱。堂堂的一朝之君，竟做出这等下作之事。这样的齐朝，即使陛下不伐，它也会自灭的。”

普六茹坚轻啐了他一口，道：“你倒是喜爱聊闲闻丑事！不可再传啊。”普六茹坚的脸上又出现了惯有的严肃，道，“陆上可有战报？”

李圆通摇摇头，道：“这齐主怕是仍在他的亵衣锦被里未曾醒来吧，我们这一路也未遭遇到像样的进攻，邺城大抵可手到擒来！”

普六茹坚厉声道：“休要轻狂！这是战事之大忌。与齐打了这些年，邺城也未曾被攻破过！”

邺城，乃齐国之都。李圆通也听话，见普六茹坚变了脸色，倒也收敛了骄浮之态，低下声道：“后日可抵达河桥。”

普六茹坚点点头，道：“河桥，怕是要有恶战了。你我更要小心谨慎，切莫轻视！”

河桥，在孟津东北与孟县西南的黄河之上。距离北齐重镇洛阳仅三十余里，是戍守洛阳的第一道屏障。自晋开始，此处屡屡建设浮桥，又屡屡惨遭战毁。西魏大统四年，即公元538年，太祖宇文泰与齐主高纬的祖父神武帝高欢在此混战数十日，分不出胜负。最后竟是各自抱着伤痛，丢兵弃甲，狼狈不堪地回到东西魏阵营。这段历史，普六茹坚自是清楚得紧。那一仗，倒是成就了李穆，他在敌兵追上来之际，让太祖俯倒在地上，并用鞭子鞭笞他，边打边骂他无用：竟将要保护的大行台弄丢了。让敌兵误以为挨打的宇文泰不是他们要找的目标，从而放过了他们。

勇猛如太祖，在地势险要的河桥尚且如此。那么，等待我普六茹坚的会是什么？普六茹坚躺在船舱中，船底微微颠簸，犹如他纷乱的思绪，让他无法安然入眠。

凌晨，一支带着锦囊飞驰而来的羽箭，将守在船舱门口为普六茹坚值宿的李圆通惊醒。他不敢怠慢半分，直奔着内舱而来。

普六茹坚已然端坐于桌前，临近河桥，他是越发地小心。见李圆通拿着锦囊进来，便知是战报来了。打开一看，果然是先锋宇文宪的捷报。他已攻占了黎阳、武济，正在包围洛口。并充满信心地说，不日即可攻破。普六茹坚清楚，破了洛口，便可见得到洛阳了。这宇文宪果然不负陛下期望，是个人才啊！其实，普六茹坚也知道。伐齐，于宇文宪而言，是件熟识不过的事情。他自十七岁起就跟随在宇文护的身边，与齐国的名将斛律光、高长恭、独孤永业、王康德等悉数轮番对阵过。有勇有谋，战局胜多输少。

普六茹坚的手掌抚摸着战报，心下对宇文宪佩服至极。战报上还说宇文宪已经烧掉了齐军在洛口的船只，这是替我拔掉了前头的障碍！心中便宽慰了许多。说心里话，普六茹坚早就知道了，宇文宪曾力主陛下杀了自己。找的理由，还是那个老旧的面相之说辞。但是，对于这位强劲的对手，他就是恨不起来。出征之前，宇文宪写的那份献财的奏表，言辞切切，诚恳之心溢于言表。“……伏惟陛下继明作圣，阐业弘风，思顺天心，用恢武略。方使长蛇外剪，宇宙大同，军民内向，车书混一。窃以龙旗雷动，天网云布，粮草物资，急需供给。”这些句子，也是文采飞扬。如今又冲锋陷阵，攻城占地。这样的人才，真真是国之栋梁。怎能以一己私利，对其心生恨意呢？

正感慨间，又一封战报飞驰传来，申公李穆已攻占河阳南城，只是现在中潬城遇到阻碍，二十余日皆不能下城，这是因为北齐的永桥大都督傅伏增援至河阳。北齐的洛州刺史独孤永业扼守金墉城，陛下亲征的地方，却也是攻之未克。

读着这份战报，普六茹坚的心一下子就急切了。只怪那渭水大小无常，水流浅而泥沙深，使得他这一路的水军行动缓慢。再次命人加速行进，赶至前线。普六茹坚心里明白，那永桥大都督傅伏就是因为被宇文宪烧毁了船只，入黄河不成，才转而增援中潬城，造成了李穆的压力。

李圆通自然也清楚这个缘由，只是，船却无法再加速了。连日来，皆是全速，并未有一日懈怠。这水流缓慢，急也急不得的。普六茹坚脱口而出，道：“这渭水定当治理。平日若是治理了，现在也不至于如此被动。”

李圆通道：“郎主之急，我明白，只是治理水道，该是平定齐之后的事了。”

普六茹坚幽幽地叹了口气，忽然觉得自己的发火毫无道理。唉，都怪这一路走得艰辛缓慢，扰了自己的心境，这是大忌。他摇摇头，慢慢平复浮躁的心绪。

船至河桥，周边静静悄悄，连树梢都不动一下，怪异得很。令普六茹坚大吸一口冷气，难道遭到了齐军的包围？他望向李圆通。李圆通微微地点点头，会意了，他立即传令严阵以待。正在此时，从东北的山道里，冲出一队人马，为首的人高马大，尚看不清面目，没有丝毫的停顿，那队人马将手中带着火焰火油的箭靶，射了过来。

火攻，这是水战的主要战术。普六茹坚早就料到，齐军会采用这个方法。所以，他早早地做好了充分的准备。他的船队中，都布满了大大小小的皮囊，皮囊里都装满了水，这是用来灭火的；还预备了许多浸透了水的棉絮，这是用来防身的。所以，那些火把在他这里并没有多大的杀伤力。

李圆通冲到船头，比划着手势。前头那几只单列的船，此时已经调了方向，将船头指向东北方，又横在了河中央，形成了几条通向岸边的跳板。只见那普六茹坚飞身跃起，像只灵活迅速的豹子，三步两步地就跳到了小船上，跳跃的过程中，同时还射出了好几支羽箭。那李圆通更甚，奔在普六茹坚身前一米开外，为他抵挡。船上的士兵，也已经做出了反应，竟也是用带火的利箭射向对方。岸上缺水，被烧的人更多。

一时间，双方箭雨呼啸，人头攒动，马嘶吼，人嚎叫，乱成一片。而普六茹坚和李圆通犹如狮突豹奔，径直冲向敌军，后头的士兵也是似虎如狼，涌向齐军。

仅半个时辰，普六茹坚的周军便将齐军的这队人马悉数灭尽。方知对方仅仅只有五千人，是支轻骑军，他们是右丞相高阿那肱派出来专门放火的。那高阿那肱见宇文宪烧了齐在洛口的船只，便也想出其不意地烧了普六茹坚的水军。他自己则率领五万大军自晋阳直抵洛阳，南援独孤永业去了。普六茹坚心里喘息方定，难怪这场战斗胜得较为容易，并没有让齐军的偷袭得逞。

河桥一役，普六茹坚大获全胜。以三万人对战五千，胜得意犹未尽，也大大激发了将士的信心。他们嚷嚷着要挺进齐的心脏，要攻进邺城，取下高纬的头。

普六茹坚心里却记挂着陛下，前日的战报里称他在金墉城下，亦未能破城。如今又得知高阿那肱率了大军前去增援。那陛下岂不是凶多吉少？自己该不该出兵勤王？但自己的使命是水路，向齐腹地深入。这样一来，竟有些进退两难。

李圆通哂笑道：“这普天之下，也只有郎主如此这般心心念念地记挂陛下吧？依我看，还是快快建立军功要紧。机不可失，失之不再来啊。”

普六茹坚道：“记挂陛下乃人臣本分，况且，得一明君是我朝的福分，是天下百姓的福祉。你可否领兵一万，前去增援？”

李圆通面有难色，道：“护郎主左右才是我的本分。我要护郎主登临邺城铜雀台吟诗作赋！”

普六茹坚大笑，道：“你倒想得远。那铜雀台高大华贵，是一般人能登临的么？”

“曹孟德筑之，他能登临，郎主为何不可？”李圆通的眼里，仿佛已取得了邺城，目光热切。

“圆通休要胡说，不能讲的话不要乱讲，领兵前去吧！”普六茹坚的笑容僵硬在脸上。那曹操能自比么？那可是陛下忌讳的人呀。

“可是……”李圆通话未说完，又有战报及至。普六茹坚展开一看，大惊，脱口而出道：“撤？为何？”

李圆通指着战报说：“及时回撤。若退不及，可自燃战船，以阻止追兵。”

陛下，败了么？可有性命之忧？这个念头闪过普六茹坚的心头，令他的面色苍白如纸！

第十六章 天子反复呈心机 东宫无常现狂魔

大德殿内的早朝，拥拥挤挤的，增添了好些人。回朝的第二天，宇文邕便上朝了。这次班师回朝，竟是因为他的病。在金墉城外的御帐里，宇文邕心悸至昏厥。从前年开始，宇文邕的心悸越来越频繁。严格地说，是从含仁殿里的那把大火开始，他的心悸就发作了，但他却没有告知任何一人。这次出征在外发病，弄得朝中人尽皆知，却又增添了他的心病。

宇文邕的勤政是出了名的，但这次因病回朝又在第二天上朝，令许多人都没有想到。更令太子没有想到，却是害苦了太子。

宇文赟没有想到兴师动众的伐齐，这么快就回转了。更没有想到，陛下患恙，却仍不肯休息，这给他来了个措手不及。倘若陛下问及王轨，该如何应对？毕竟，处罚王轨是自己的私心作怪。

昨夜，他亲自登临普六茹府。他来的时候，普六茹坚才从宫里回来，他没有见到陛下，正郁郁寡欢，与伽罗谈着心事。

宇文赟穿了件绛纱的小朝服，头上虽戴的是玄冕冠，但他的冕冠上却用了三旒，每旒贯玉三颗，这是陛下平日上朝时常用的标准。普六茹坚辨得出来，太子这是件新的冕服。光鲜亮丽，招摇得紧。只是面部没有这般光鲜亮丽，年纪轻轻，竟是一副愁眉紧锁、忧心如焚的样子。见了普六茹坚夫妇，也顾不了寒暄礼仪，直接将他驾临的目的说了："明日陛下上朝，不知对王轨可有交代？唉，本宫这个太子当的实在是窝囊！随公可不要置本宫不顾，要救助于水火啊。"

独孤伽罗慌忙跪下，显得有些谄媚，笑道：“太子殿下，说哪里话来。承蒙陛下和殿下厚爱，本府当效犬马之力。”

宇文赟用右手抬了抬，示意伽罗平身，转而对普六茹坚道：“随公啊，那王轨舌头毒，心思也毒。你别忘了，他曾在陛下面前编排了你我诸多的是非。这次本想是给他一点教训，没成想陛下这么快就回朝了。你看明日早朝，本宫该如何应对？”

原来他是为这事而来的。

普六茹坚心里烦躁，心说你一个睚眦必报的人，就应该想到，既有今日，又何必当初？况且行事之前，不与我相商，现在又要拉上我。本不想理睬这种人，又碍于他既是太子又是自己的女婿，总不能伸手打上门的笑脸人吧？只好耐着性子问了一句：“那王轨现今如何了？”

“昨日已将他放回去了。”宇文赟道，“原先本宫还未曾得罪于他，他就在陛下面前胡言乱语。如今，受了这一遭遇，还不知明日会怎样妄言！”

普六茹坚冷冷地说：“太子殿下既然知晓他是陛下心腹，又何故如此？不是自寻烦恼么？”

那宇文赟的脸红了一下，道：“随公真就不记恨？那可是想要你命的人呐。本宫看看，你果真如他之言，生有龙骨么？”那宇文赟说着，竟真的盯着普六茹坚的头上脸上研究地观看一番，好像真要看出什么名堂似的。

普六茹坚也不理睬他的抢白，心里叹息。朝中在陛下面前窃窃私语的人多了，哪能一一记恨？那宇文宪就说过很多次。但他不想与宇文赟纠缠，思忖了一会儿，道：“太子殿下放宽心吧，料想那王轨也不敢。倒是殿下要记住的是，亢龙有悔啊。”

宇文赟再次红了脸，这次他有些不高兴，冷着脸道：“何为亢龙有悔？本宫让你想办法对付他，你倒教训起本宫来了！”

普六茹坚这才收敛了脸上的冷峻，微微一笑道：“请太子殿下不必忧虑。那王轨久浸于朝堂，早已是外方内圆之人。眼下，陛下正患恙，他有胆子告状么？殿下，快快请回宫吧。若想让陛下高兴，还是多多想想伐齐之事。伐齐，是陛下心头之重。”说完，普六茹坚显出疲乏之态。在心里，他实在是不想与眼前的这位女婿多呆一刻。

宇文赟脸上有些许的尴尬，站起身来，拂袖而去。普六茹坚竟也懒得相送，只有独孤伽罗一人将其送至门外。回转来，独孤伽罗心有不悦道：“虽与皇家结了亲，但能由得了你的性子么？不说摧眉折腰，但也不能这般冷若冰霜。”话虽如此，她竟不敢将丽华手臂上的伤告诉普六茹坚，只是说，“太子好色成性，宫中嫔妃甚多。而况丽华又只是生了个女儿，下次有孕还不知何时。你不从本府想，也当为丽华想。”

普六茹坚道：“我就是见不得他的怂样，比陛下差太远了。倒是穿的戴的，竟比之于陛下优胜，会有祸患的。”

伽罗脱口而出道：“这有什么办法？你的长子也比你差太远了。他是太子，固守京城，如此穿戴也不为过。勇儿却也鲜衣怒马，好色成瘾。”

普六茹坚摇摇头，长子不长进，他也是知晓的。管教？如陛下对太子般严苛？太子如此，自己的长子能好么？

两人又唠叨了一些家事，方才睡去。

今日上朝，普六茹坚想起伽罗昨夜的劝诫，便主动站到了太子的身后。还好，太子今日没有穿朝服，只穿了件普通的常服。其实，在普六茹坚看来，太子穿常衣竟比穿朝服要自然、贴切些。那冕服穿在他的身上，不仅体现不了皇家的威仪，反而有些滑稽与别扭。普六茹坚私下忖度，怕是陛下也会有这种感觉。

宇文赟见普六茹坚主动站在了自己的身边，舒心一笑，轻声道：“不知你的猜测是否准确，我心忐忑。”

普六茹坚颔首，伸出右手，在太子的手臂上握了一下，算是安慰。望着正前方，也没有说话。

宇文邕这时正好迈着大步走了进来，不经意地看了一眼。他的脸色仍然灰白，步履却是稳健，定定地坐在龙椅上道："此次东征，各位将军皆颇有建树，战功卓著。倒是朕拖了后腿。"他顿了一下，犀利的目光扫向众人，提高了声音，又道，"朕患的是小病小恙，不妨碍，警示旁人切莫要蠢蠢欲动！"他用心地将蠢蠢欲动这几个字，一字一顿清晰地说出来，并再次不经意地往太子这边望了望，沉沉道，"朕思谋了很久，决定设置上柱国职位。首次，即授予大冢宰宇文宪。大冢宰内能治民，外能御敌，公正明律，当担其责，不见疲乏，是治国大才，堪担此职。十六岁时，镇服蜀地，治理有方，稳定安良。蜀人为其立碑，歌功颂德。此次伐齐，又身先士卒，勇猛无敌。朕有此重臣，甚为欣慰。设上柱国，实乃朕之心意。"

陛下这番溢美之词，连宇文宪都没有想到，也令在堂的所有人都没有想到。加置上柱国，这是前朝都未曾有的荣耀！这宇文宪真真了得。先是随了宇文护，春风得意，荣耀至上。宇文护全家及其朋党都被灭了，独独遗漏了他。如今，在陛下面前也是得意至极。东征之前，满朝文武，仅仅只有他想出献财一招，俘获了陛下的心。河阳一役，又出尽风头。如此一来，顶顶不得了。有人摇头，有人浅笑。满朝堂尽是窃窃私语之声，人们都望向宇文宪。

那宇文宪脸上通红，伏地叩首道："臣不能受！臣不敢当！"

宇文邕满面春风，道："上柱国不必谦让，朕心中有数。"

宇文宪仍旧跪在地上，诚惶诚恐，与之在战场上的勇猛，完全判若两人。他战战兢兢，道："臣真的不能受！臣不能贪天之功据为己有！伐齐，若没有陛下亲征威慑，我等岂能攻城略地！再者，众多将士浴血杀敌才是……"

宇文邕笑着打断了他，道："朕自然都要赏，你且放心！好了，你不必谦让，朕还有封赏。"

宇文赟从鼻息中透出一声鄙夷，极其轻蔑，小声道："倒是会演戏。若四叔在，又要不服矣。"话未说完，普六茹坚就拉了拉他的胳膊，睃了他一眼，低声道："殿下自不必言论，免得起祸端。"他在心里叹息道，好个不见眼力的孩儿。此时提及宇文直，岂不是自戕？

陛下望着众人，蹙着眉厉声道："朕的主张，不能服众吗？"

顿时，朝堂之中寂寂无声。宇文邕道："朕还要升任申公李穆为太傅。此次，申公军功甚高。力拔齐的城池三十余座！国之栋梁矣！增食邑八千户。"

李穆生性豪爽，又因救过太祖的性命而平步青云。他的战功无人能及，因而获得的殊荣也没有人敢吭声，连太子宇文赟都对其抱拳表示尊敬。

随后，宇文邕又奖励了这次伐齐的大小将官数十人。杨素也在其中，他被封为清河县子，食邑五百户，又授予为司城大夫，高熲也在这次的奖励中拜了开府。令人意外的是，陛下独独对水军这一路未有任何奖赏，当然也没有罚，好似完全忘记了一般。宇文邕说了半个时辰，脸色越来越苍白，竟有豆大的汗珠浸出。看得出来，他的身体还虚弱得很，想必是硬撑着完成封赏。他挥挥手，站起身来，示意退朝。

竟在这时，刚刚晋升为太傅的李穆大声道："陛下，臣有个请求，不知当不当说？"

"准。"似乎在意料之中又在意料之外，宇文邕看了看李穆，却又看了看普六茹坚，有些迟疑，方才说出了这个字。

李穆侃侃而道："陛下，或许忘记了一个人。随公普六茹坚在河桥歼敌数千，有勇有谋，定当嘉奖。臣恳请陛下犒赏之。"

宇文邕并没有立即回答他，而是环顾众人，沉沉道："可有附议？"

众人皆惶惶相顾。皇帝圣明若此，何故会独独忘记了他的儿女姻亲普六茹坚？他的初战告捷，也是有目共睹的事，却为何偏偏被陛下忽略了？内有乾坤啊。皆默不作声。连杨素和高熲这两位他的好朋友都寂寂不语，只有太子宇文赟期期艾艾地说了句："甚是。"

宇文邕再度逼视众人，重复道："可有附议？"

满堂的大臣，静静的似只有一人。众臣有的望向了普六茹坚，有的望向了李穆，更多的是望着陛下。而陛下也将双眼紧紧地盯着普六茹坚，普六茹坚向上犟着头，坦然地迎接着陛下投来的目光，未有言语。

少顷，宇文邕沉沉而道："朕，深恶朋党！申公啊，朕是个昏君么？朕的分封用得着你来警示么？念你手握十张铁券，十次免死。朕且不追究你！"

李穆面无人色地退回，心下大骇。原先在他的眼里，当今皇帝终究是个少主。想当年，他救太祖宇文泰于河桥之时，宇文邕还未出世。太祖赐予他的十张铁券，可以永世荫护李家全族。然，太祖文帝已逝去多年，如今的陛下早已长大成人，掌控江山多年。他能任由你李穆倚老卖老？李穆冷汗涔涔，后悔不迭。想自己是唐突多事了，分明不是普六茹坚的什么朋党嘛，还让陛下忌讳了。

压下了李穆的口舌，宇文邕对着太子道："太子能发声，朕高兴，太子能有男儿的风范了。虽词意含糊。然，不足为罚。普六茹坚，你说呢？"他目光炯炯地盯着普六茹坚。

普六茹坚心里一惊，浑身震撼，不知陛下是何决意？其实，不只是他不懂，满朝的文武皆摸不清这位天子的意图。不知他为何对他的儿女亲家如此，简直是戏谑，简直是捉弄。

普六茹坚定了定心神，也沉沉地回敬道："天子圣明，自是决断英明无误，臣无言。"

宇文邕见普六茹坚如此不卑不亢，没有一丝一毫的害怕，有些生气，厉声道："普六茹坚，朕深恶你的无懈可击！你才像个圣人，有无处不在的能力。好，你既然无言。那，退朝。"

听了退朝两字，满朝的文武刚想松口气。不料，宇文宪抢出一步，伏倒在地，言辞恳切，道："请陛下恩准，臣请辞上柱国。"

众人又转回站立。也许是刚刚受到了鼓励，太子奔到宇文宪的身边，讥讽道："五叔啊，陛下的隆恩你照收便是，何故虚辞？"

宇文宪冷着脸，道："真不是虚辞，臣不敢贪天之功！"

宇文邕望着跪在地上的宇文宪，心里忽然就有些烦躁起来，不悦道：“你何故非要驳朕呢？朕想做的事，就这么难么？”

宇文宪抬起头望着陛下，流下泪来，道：“臣非拂圣意。只是臣深深懂得，盈则溢。臣已经是大冢宰了，足矣。又有何德何能，去当担前人未有之职呢？”

不待陛下回话，太子轻蔑地哼了一声，道：“虚势作态！朝中不可有此风气！大冢宰，你且说说，陛下连个分封都不成，那天子的威仪何谈？”

这话激怒了宇文宪，他冲口而出了一句话，令他后悔了后半生：“陛下自是圣明！可惜怎会有你这样的太子？那王轨又有什么错？竟险些被你灭门！”

宇文赟大骇，今日他最怕的就是有人提及王轨。他惨白着脸，一言不发地奔过去，照着宇文宪的背，狠狠地踹了一脚，将那跪着的宇文宪踢了个匍匐在地，额头都蹭破了一小块皮。那宇文宪一跃而起，要回击，被赶过来的普六茹坚紧紧地抱住了。众臣也紧紧地围过来，朝堂上乱成一片。

宇文邕气极。第一次在他的朝中发生这样的事！对于苛求自己完美无缺的皇帝来说，这简直就是奇耻大辱。勃然大怒的他疾步走下龙椅，顺手夺过李穆手中的笏板，照着宇文赟的头上劈过去，瞬间，鲜血流了他一脸。

事发突然，众人都呆若木鸡。他们都没有想到，陛下竟然在朝堂之上将太子的头劈出了血。都传太子在后宫挨过打，看来是真的了。宇文宪也惊住了，他十分的后悔，自己竟害得太子挨揍。这是多么严重的事情？普六茹坚的手，还拽着宇文宪的衣服，却被陛下狠狠地剜了一眼。那眼神里有令人伤心的不信任、伤感和鄙夷，普六茹坚的手下意识地放开了宇文宪。

宇文邕面红耳赤，用力摔掉笏板，又拉过宇文宪，两人转身离去，丢下一群目瞪口呆的大臣。

宇文赟抹着脸上的血，眼睛愈发阴郁寒冷，紧紧地盯着那两人的背影。他也学着陛下的样子，拉过普六茹坚，并肩离去。

普六茹坚的胳膊被太子拽得生疼。出了大德殿，太子的怒容仍未有释缓的迹象，气哼哼地道：“爱妃虽添的是位公主，你们也不要太轻薄了不是？明日遣妻母来东宫探望。”

仿佛丽华生的是位公主，错的却是普六茹坚似的。太子甩下这句突兀的话，便兀自向东宫走去。

天还没有亮，李九的厨房里热气氤氲。迷蒙的雾气里，李九挥汗如雨，干劲十足。太子妃的月子期满了，她生的是位公主，取名为宇文娥英。即便是生了位公主，但对于娘家来说，宇文娥英的出生，仍然是件大喜事，礼数却不能少。太子的责备，显然是不知情。伽罗早早地吩咐李九，尽可能地多做些太子妃爱吃的东西。还说，太子妃吃惯了他做的东西，定是念念不忘的。

他蒸了一百个白面馍馍，每个馍馍上都点了胭脂红的图案，是一些寓意吉祥的禽兽图；煮了一百个红鸡蛋；熬了一大鼎鲫鱼汤，汤汁如奶；烧了一只天鹅，被制成了酱红色的天鹅没有撕碎，用个大盘整只摆上，这是今日最主要的礼物。为了这个月子礼，李九使出了全身的解数。将所有的烹饪方法和手段都用上了，臑、炮、煎、脍、炙、䭣等悉数用尽，这也是为了在小葭面前展现一番。

昨夜，小葭又来府里了，并且还在府里歇夜，她越来越眷念这里了。嫁与杨素，她原本是欢喜的。可是，如今杨素常年在外，又续纳了两位小妾。偶尔回来，也是妻妾成群地围在他的身边，还争风吃醋。起先小葭也跟在一起闹，还曾跑到伽罗面前说三道四的，以为随着杨素地位的提升，她能沾上光。然而，久而久之，她心力憔悴、疲惫不堪，便渐渐地淡了那份心思，又没有与他生下一男半女的，杨素也就冷了与她的情分。

小葭来府里，与李九更为亲近。在厨房里与李九谈笑风生，渐渐地就有了风言风语传到伽罗的耳朵里。伽罗骂了几回，却也不见效果，自己的心倒是先软了。想那杨素三妻四妾，正妻郑氏是一位悍妇，学识浅薄，恶名在外。杨素不在家时，家事全由其做主，还不知怎样编排小葭们呢？可叹，小葭在杨素府中的日子是越来越不畅快了。

卯时，所有的礼品都装上了车。除了吃的，伽罗还准备了许多大到珠宝小到衣物的礼品，装了满满的一车。今日，伽罗穿上了盛装，头上也梳了个翻荷髻。这个髻流行了好久，伽罗都没有盘过。平日里事多，伽罗只是简简单单地束个高髻，插上珠花，也觉很好。戴上了那次陛下都说好看的耳饰，就是那对如同牡丹花雌蕊一样的吊坠。

小葭跟上来，与伽罗登上了同一辆车，她要与伽罗一起去东宫。这种事，本就是女人做才合适。普六茹坚没有出来，他昨夜子时过了才回府。伽罗的脸上有着与气氛不相和谐的郁郁寡欢，望着满车的礼品，她甚至叹了口气。

长安城的冬天，滴水成冰，寒风刺骨。马车在冰上吱吱呀呀地走着，四周是清冷灰暗的光。此刻，滴水成冰的还有伽罗心里的苦水。她真就不懂了，为何陛下会对他们如此反复无常？凭什么伐齐归来，又对她的郎君当头一棒？他在河桥出生入死，取得了大捷，凭什么未获封赏，竟不如那杨素？这样一想，伽罗的眼圈就红了。

小葭慌忙掏出绣绢，双手呈上道："夫人，莫要难受了，太子妃还会生王子的。"她还以为伽罗是因为太子妃生个公主而落泪。

伽罗不好意思地笑笑，这个婢子又跟从前一样贴心了。见她手指上缠着布巾，便问："你的手指伤了么？"显然，伽罗不想与婢子说普六茹坚的事。

"嗯。"小葭脸上一红，低头道，"是九哥替我包扎的。"

伽罗复又叹口气，道："你呀。何时开始那李九成了九哥？也不害臊。你可是有夫之妇。可想清楚了，往后要怎样？告诉你，处道这次又获得了军功。他的前程该是锦上添花，你不要错过了。"

听了这番心里话，小葭却流下泪来，道："这世上有几人能有夫人的福分？他杨素的前程再如何明亮，又与小葭我有何关联？他有六个妻妾，又常年不在家，那郑氏是出了名的悍妇。做他的妾，真不如做夫人的婢子自在舒服。"

伽罗拉过小葭的手，在她的手背上拍了拍，心里知道小葭说的是大实话，却轻声道:“傻婢子,身为妇人都如此啊,连太子妃都是过这样的日子啊。”

小葭红着脸,斗胆说:“处道人好心软,不是他已放走了一个小妾,我也不会起这心思。小葭想请夫人救我于水火,跟处道说说,放了我罢。”

伽罗惊异地转过脸,盯着小葭的眼睛,道:“你果然起了这等的心思!那李九竟比得上杨素?”

小葭急切地说:“恕小葭斗胆地再说一句。夫人与陛下自小有情谊,何故独恋郎主?郎主比之于陛下,孰好?孰对夫人好?”

伽罗重重地在小葭的手背上拍了两下,这回有些娇嗔的意味,故意瞪着眼道:“好个不要脸皮的死婢子,我真是宠坏了你,倒是说出这番不知轻重的话来!我且问你,你心已定,那李九可晓得珍惜?”

小葭撒娇地依偎在伽罗的怀里,双眼里有神往的光,道:“夫人啊。你与郎主的深情,真真令人心向往之!”

伽罗的眼里也有了一层温柔似水的波光,她从心底已经答应了小葭的请求。她晓得,前段时间,杨素放走了一个宠妾春红。处道性情中人,酷爱才俊,心地温厚。他本是极为喜爱春红的,却见那春红和她私自勾搭的人一往情深,年少相当,私定终身。竟是动了恻隐之心,放走了春红,还赠银数十万相送,成全了他们,在朝野之中传为美谈。

小葭又道:“夫人,杨素有前程有财富更有女人,将来还会有更多的女人。我一个小婢子在他的眼里不就是个礼物么?又算得了什么?李九就不同了,他答应了我,此生只会娶我一人为妻。同郎主和夫人一样,绝无异生之子。”

伽罗道:“小葭长心了,这番话有几分道理。我答应你,去找处道。”

小葭闻言,欣喜起来,越发地靠近伽罗,双眼也红了,哽咽道:“夫人如再生之母,小葭感恩不已,定当以死报答。”

伽罗笑道:“傻婢子,我疼你还不够,要你死干吗。”

两人说着话,一小会儿就到了东宫。伽罗下了车,立即要去问太子安。但东宫的门值说太子还未起床，伽罗便带着小葭到了太子妃丽华的寝房。丽华年方十四，身强力壮的；诞下孩儿，倒没觉得艰难；营养也好，面色也红润，只是眉目之间仍锁着解不开的愁云。

站在房中的乳母王氏，年纪轻轻，面貌姣好，皮肤白皙，尤其是那对乳房，硕大无比，汹涌澎湃地杵在胸口，让人看了面热。虽是个标致的女郎，面目神情却有些轻薄无礼，慵懒散漫的样子。丽华瞅着她，冷冷地说了句："你且出去罢。"

待她走出房门，小葭低声道："怎么讨了这么个尤物来？竟不像是正经人家的女子。"

不说还好。闻听此言，丽华便哭了，泪水噗噗地往外涌道："阿母啊，殿下竟是连她也不放过！临幸了两次。"她望着伽罗，泪水都沾湿了胸前的敷巾，也顾不得擦，终于将那句让她备受耻辱的话说了出来，"他竟是当着我的面，置我于何地啊？"

伽罗下意识地想捂住丽华的嘴，却没有来得及。这些不堪入耳的话，还是灌进了她的耳朵。连同丽华的眼泪一起，灌进了她的心里。好似有毒的熔浆，这些话和眼泪，将她的五脏六腑尽悉焚毁，浸透到她的骨髓，令她无法站立。伽罗瘫倒在丽华的床榻前，面如死灰。

良久，伽罗才缓过神来，咬牙切齿道："乾坤倒转了！他还有点皇家的尊严么？禽兽不如的东西，陛下怎就生出这么个孽障来！儿啊，走，跟阿母回府！"伽罗站起身，想去拽床榻上的丽华，被小葭紧紧地抱住了。

小葭哭道："夫人，夫人啊，切莫动气。这可是太子的东宫，门外有耳呀！切莫冲动，覆水难收。"

伽罗的手顿住了，也哭了，道："我的儿，阿母有愧啊。谁又能知晓他贵为太子，却是这么个下作的东西！将来的江山……"伽罗哽咽着，说不下去了。她怎么也想不到，严苛闻名的宇文邕，怎会教导出这么个孽畜来。这跟堵在她心里的长子普六茹勇，也是一丘之貉吧？泪水再次将她的双眼迷蒙。

看她哭得厉害，小葭宽慰道："夫人，要不让太子妃回府里养息一段时间也好。"小葭说着，眼睛望着丽华。

丽华低头不语，只是抽泣，她知道这是不可以的。太子妃回娘家的府里住，亘古未有的事。阿父普六茹坚还不要骂死她？且不说太子不会答应，就是陛下也会很生气吧？这种事怎能传出去？一旦传出去了，争强好胜好面子的陛下，还不将他们都赐死？祸及全府啊。

想必伽罗也是想到了这一层，她渐渐地平静下来，凄苦地望着自己的孩子，慢慢地坐下来，拉过丽华的手，任泪水长流。

回到府中，已是午后。伽罗得知普六茹坚仍然躺在榻上，便脚不沾地奔向寝房。她知道，这定是出了大事，否则，普六茹坚怎会如此？一起生活近二十年了，普六茹坚上次生病还是在阿阇梨圆寂的时候。

见到伽罗，小葖哇的一声哭出来："夫人，你可回来了，郎主这个样子已有两个时辰了。"

伽罗望见普六茹坚，满脸赤红，双眼紧闭。刚在东宫哭了一场，回来又见自己的夫君如此，伽罗感到胸中有一股甜甜的腥气涌上来，她不敢张嘴，怕喷涌出来，吓到众人，又强忍着吞咽下去。

她疾步抵至床榻前，用手抚摸着普六茹坚的额头脸颊，都是滚烫滚烫的，似有火烧火燎。解开衣襟，胸口微微起伏，似有一口气堵在此处，又被鬼神抑制，不得出。伽罗知道，这是昨夜寒风侵入了骨髓，更是浸淫了内心的缘故。

昨夜子时，普六茹坚才回到府中。

昨日下了朝，宇文邕与宇文宪并肩离去。太子也拽过普六茹坚，直到出了宫门，太子才放手。望着太子离去的背影，普六茹坚空白的脑袋，才缓过神来。刚刚发生的一切，太莫名其妙了，太匪夷所思了。陛下莫名其妙地冷淡厌恶自己；太子与齐王竟在朝堂之上打起架来；陛下不问缘由，照着太子的额头就劈下来。如若是刀，只怕也是照劈不误吧？陛下这是有多恨呀？为何？这一切都是为何？

普六茹坚边走边想，百思不得其解，想到了若干可能遂又被推翻。这样一路走着，竟不是朝回家的方向，而是不知不觉走到了冯翊般若寺，这是他出生和从小生活的地方。如今，这里已是满目疮痍。

陛下灭佛以征地用兵，普六茹坚从心里也是赞成的。但是，事关阿阇梨，他却是矛盾的。不过，不管他的意见如何，陛下对于灭佛这件事如同他灭宇文护，一样的处心积虑，一样的坚定毅然，只是苦了阿阇梨了。阿阇梨圆寂之后，普六茹坚收了她的舍利子，将阿阇梨的遗物埋在了庙里的小林子里。每年的清明和忌日，他和伽罗都要来祭拜。这里的房屋大多被摧毁，断壁残垣像块伤疤杵在里面。好在这片小林子，没有被人收没。

阿阇梨的墓地没有常见的土包。在普六茹坚亲自栽种的腊梅树下，撒下了她的骨灰。此刻，普六茹坚坐在树下，刺骨的寒风，将一阵阵梅香轻轻地送入他的周身，像是阿阇梨温馨的话语，宽慰着他。

阿阇梨啊，你的那罗延心里苦啊！陛下虽是明君，却也是疑心特重之人。他对我的态度忽冷忽热，飘忽不定，说不定哪日这小命就会莫名地葬送他手里。今日，他在朝堂之上将太子打得头破血流，对我是横眉冷对，厌恶至极。而我竟是心里一抹黑，不知他为何！普六茹坚想着殿堂上宇文邕望向自己的那一眼，忽然浑身燥热，好像那眼神里有炭火，灼灼的烧得他心神不定。

那株腊梅好像听懂了普六茹坚心里的叹息，花瓣竟纷纷飘落下来，落在他的眼前，迟迟不肯掉下去。阿阇梨啊，真的是我的容貌使陛下不安么？这些年，这副所谓的龙骨，害得我还不够么？坎坎坷坷，止步不前。靠着阿父的荫护靠着阿阇梨的激励，这些年，我如临深渊，如履薄冰，才苟且偷生。

普六茹坚伸手接住了那飘落的花瓣，对着它，竟是泪如雨下。

阿阇梨啊，明年的清明，你是否能给你的那罗延一些启示呢？

四月，春和景明，鸢飞燕舞，大地一片葱茏。长安城郊外，绿草如茵，花枝招展，一派浓郁的春天气息。

一大早，伽罗亲自叫醒了所有的孩子。近二十年的夫妻，普六茹坚和伽罗共同生育了十个孩子。算上逝去的头个孩子，刚好是五个女孩，五个男孩。直到去年，最小的女儿阿五出生，伽罗才笑说，该歇息了。她说这句话的时候，心情就像这四月的人间，幸福而满足。普六茹坚竟真的没有别的女人，更别说有异生之子。尽管这在朝中颇受争议，伽罗也因此而备受争议。

今日清明，这一大家子要去城郊的冯翊般若寺祭祀普六茹坚的阿阇梨。朝野，别人家中的女子是不能去祖庙祭祀的。可是，普六茹府中的女郎们却没有这么多的禁忌，也许是受了独孤伽罗的影响吧。她们虽是家学严谨，但在世俗礼仪面前，却是无拘无束。

刚刚过去的这个冬季，霉运好像在跟普六茹坚夫妻铆着劲拧着。普六茹坚的病看似不大，却久不见好。伽罗请了许多大夫，都说是邪气侵入了内脏，伤了心。但是什么促使邪气的侵入，且入之深深，大夫们也不得解。只好开一些养心的方子，却也对不了症。

陛下的病好像也是铆着劲，整一个冬季就没轻缓过。心悸得厉害，如今还伴着咳嗽，有时竟咳得上气不接下气，使得他心烦意乱。

这对曾经亲密无间的君臣，在病痛的折磨下，即使在朝堂相见，也是默然无语。

所以，今日清明祭祀，在独孤伽罗看来，也是一次出门散心。配合着美好的季节，难得的笑容，像梅雨季节里偶得的太阳，终于浮现在普六茹坚夫妻的脸上，照进他们的心里。

晌午时分，祭祀完毕。几十口人在一块宽阔草地上席地而坐，欢声笑语。一匹快马驮着两个人，急速前来，竟是十岁的唐国公李渊带着韦琼来了。伽罗眼尖，最先看到，惊异道："叔德，你怎会带着韦师前来？"说着，已经站起身相迎。

韦琼嘻嘻哈哈道："本来想去府上讨杯酒喝。没料到，你们竟跑进这里了。这不是成心要躲我吗？罢罢罢，这酒肉是没有的了。”

普六茹坚也立起身大笑道：“韦师说哪里话？倒显得我小气了。要吃酒肉，回府便是！阿九，速去备些酒菜！”见了韦琼，普六茹坚的心情大好。心中的阴霾一扫而光，好像韦琼就是一阵清风似的。

原来，今日李渊又来府里。他与勇儿、广儿交好，经常厮混玩在一起。这日，在普六茹府门前，碰到了韦琼。久仰韦师大名，便与他一起，寻到了这里。

韦师仿佛从天而降，普六茹坚心里高兴，好久没有和知心人畅谈了。他立即招来李圆通和李九，让他们先行回府备好酒菜，却被韦琼拦住了。

韦琼仰天长叹，道：“杨公子，你我的缘分尽了，我是特地来辞行的，要遁世了。”说罢，眼里竟有泪光。

眼见韦师不像是嬉笑，普六茹坚心里一惊，连忙问道：“韦师，遇到难言之隐了么？”

伽罗也道：“上次得罪了宇文护，隐匿了三年。这回难不成是得罪了陛下？是上回相面，被陛下看出了破绽。”

只见那韦琼将头摇成拨浪鼓，并不回答两人的问话，却是席地而坐。普六茹坚夫妻也只好跟着复又坐下了，定定地望着他。

韦琼将手抚在自己盘起来的腿上，轻轻地捏了捏。普六茹坚见了，刚将手伸过去，想要帮他捏。韦琼年事已高，又救过他的性命。按理，普六茹坚的这个动作并不为过，却将韦琼惊得跪了起来。

韦琼就这样跪在普六茹坚的面前，一本正经道：“我面前的贵人，定要登上九五之尊。本道怎敢僭越？只求到那时，佛道二教再不要压抑了。两教通天文晓地理直抵人心，天子何不用之？”

夫妻俩大惊失色，此话怎能说？韦琼性情飘逸，说话天马行空，神神道道的，但总是能语出成谶，连陛下和宇文护都深信不疑，此时也不像是打诳语的样子，一时把普六茹坚夫妻心里弄得七上八下的。普六茹坚慌忙起身，伸手扶起依旧跪着的韦琼。不料，韦琼却不肯起，伏地而哭道："天不佑我啊！本想助天子定乾坤！却落得跟你的阿阇梨一样，看不到了。"

听了这话，普六茹坚方知韦琼这次的辞行，其实是来辞世的。不觉心内悲戚，泪水瞬间就涌了出来："韦师莫要震骇我了。实情告知于韦师：去岁河桥大捷，归来却未获得寸长军功。我竟不知陛下为何冷落于我？如今我已三十有五，还能谈何出人头地？更别用什么九五之尊来诳弄于我了。"普六茹坚苦笑，内心有说不出的苦楚，又强颜欢笑道，"韦师啊，你我还是好好地做师徒，喝酒吃肉，游山玩水，这份惬意你能舍弃得下？"

伽罗也附和道："陛下何止是冷落，就是故意打击刁难！还求韦师能帮陛下解开这心结，再莫要提我家夫君什么天子龙相的话了。"

韦琼却朗朗而笑，大声道："这正是天将降大任于君的征兆啊！当今陛下虽勉强称得上是明君，却因灭佛灭道折了阳寿。君不见陛下的眉角处有隐隐的阴霾么？我可听说，有众僧诅咒于他，还有众道士于那华山之巅做法事，要取之性命。唉……"韦琼一声长叹，又道，"宇文家的龙脉气数已尽矣！那太子目光游离，内藏阴戾之气，丝毫无天子贵气，岂能守得住偌大的江山？纵观整个朝廷，除了公子，我且唤你一声公子，能有谁在公子之上？"

这种话听得多了，倒也不新鲜。普六茹坚依旧苦笑道："宇文家兄弟众多，人才辈出，我一个外戚，本就是他们防范的重点，纵使有三头六臂，却能有何机会？"

"公子这是要向我讨教么？"韦琼说罢，哈哈大笑，"宇文家已历经三代，可以啦。满朝之上，除了齐王大冢宰，岂不是人才凋零？"

听了宇文宪的名号，普六茹坚点头，深表赞同道："齐王真真是令我钦佩之人。有胆识，有谋略，有睿智，其武功、军事、治理才能均在我之上！他与陛下亲兄弟，有他在前面，岂不是屹立一块巨石？"

话未说完，即被韦琼给打断了，韦琼急急地接话道："正因为他是陛下的弟弟，才有危机。太子已经长成，陛下能将帝位传与其弟？他还没有这个胸襟！即便是宇文邕能留，那宇文赟也不能留。公子不知齐国的高长恭么？比之于宇文宪何如？就太子目前的情形，比之于齐主，又何如？”韦琼望着普六茹坚，目光定定的，接着说道，“公子登临九五之尊时，切记凡事不能过。顺应天时，才是王道。佛、道、儒皆是同一理。宫中已积怨太深，阴气横生，戾气纵贯，于天子身心都无益处，届时，定要择一阳气刚劲充沛之处，作为治理天下的殿堂。还有一件事，要特别叮嘱：一定要将你的阿阇梨之墓地重修，这也是我今日来此的重要缘故。”

一口气说完这几句话，韦琼竟有些气喘，语句也没有寻常连贯通畅。普六茹坚夫妻心里沉沉，似有块石头压住了。想那韦琼，曾在权贵面前都能嬉笑怒骂，调侃讥笑，极尽飘逸洒脱之人，如今说了这几句话，就似动了元气，想必是真的沉疴在身。还千里万里地来寻自己，泄露天机，这份真情真真难能可贵啊。普六茹坚的泪水立刻迷蒙了双眼，却轻轻说道：“韦师，你莫要再说下去了，好像你真的看见了我登极一般。其实，身为人臣，我怎能行大逆不道之事？想我普六茹坚也不会有那一日。当今陛下，虽对我有所猜忌，却也是隆恩于我，还联姻与我府，实乃杨氏之隆兴啊。说实在的，能匡扶汉姓就遂了心愿，哪里敢有非分之想？”

见了韦琼，普六茹坚说话便随性了很多，连藏在心里的杨氏都说了出来，实实地表明了心迹。

不等韦琼有所回答，独孤伽罗便用更轻的声音，急切地问：“韦师，倘若真如大师所说，有那一日，我们去何处寻那阳气刚劲之地？”

普六茹坚的头上浸出了汗珠，脸色变得和沉疴在身的韦琼一样惨白，他目光阴戾地剜了伽罗一眼，轻声而严厉地说道：“爱妻莫要生了这份野心！阿父的谆谆教导都忘了么？野心乃祸端之源！”

伽罗被训斥得满脸通红，将下嘴唇咬出了深深的一排牙印，却没有再说话了。

韦琼更深地叹了口气，道：“这世上，人人都被一个叫命的东西主宰，公子也逃不脱的。公子莫要怪我泄露了天机，实乃是我大限将至，无所畏惧了。公子即便不能信我，也要为他们着想吧？”韦琼抬起右手，指着前方。

顺着他的手指方向望去，只见阿勇、李渊、广儿三个少年，骑在马上，并排而行。每匹马的马鞍上，都挂着他们方才的猎获，几只野兔倒悬，与咽了气的锦鸡一起，耷拉在马鞍后边。三人的情绪高昂，笑容满面，露出一派春天的气息。尤其是那次子广儿，三人中年纪最小，却也不输于两个哥哥，与他们一问一答，互相嬉戏，谈笑风生，毫不逊色。

普六茹坚平日里忙于公务，在书房见他们多，很少看到这富于生机勃勃的一幕，不由得看痴了。没想到他们的孩童茂年，竟是这般的生趣活泼。比之于自身，却是天壤之别。这便是他们的命么？普六茹坚的心里感慨不已。

这时，三人在离他们不远处停下来，下了马。立即就有几个女孩儿围将上前，叽叽喳喳的，有的竟取下猎物，仔细瞅着，就连小葭和小葵也跟着，与他们厮混在一起。

伽罗见到普六茹坚的呆样，乘机说道：“夫君，韦师说的甚是。这一大家和和美美平平安安的日子，都仰仗于你！看他们多么亲密无间，此乃是一胞所生的缘故啊！”她将骄傲的目光许给普六茹坚，希望她的夫君也有同样的感受。

普六茹坚微笑不语。

韦琼指着小葭说：“她就是从杨素处要回来的女郎吗？果然有几分灵性。亏得处道是真性情，做了几番成人之美的事，让人不得不刮目相看，此人可用。”

伽罗一怔，没有想到连这种花边小事，韦琼竟也知晓。她一向以专宠闻名，想必韦师早已知晓小葭回府的全过程。前些时日，她竟真的去杨素府，让他将小葭放了回来，又主张李九娶了小葭为正妻，遂了两人的心愿。直到将这些事情做完，才告知普六茹坚。为此，朝中之人，又将伽罗的专宠添上了这一笔。韦师此时提及，不知有何深意？正要发问，却听韦琼说道：“独孤女郎，你既然尊称我为一声师，那我就妄自尊大一回，斗胆奉劝一句：凡事不能过啊！你有幸得公子恩宠，是你的福分，令人羡慕。然，母仪天下，却要放宽心胸啊！”

伽罗脸上一红，道：“韦师的教导，当然谨记。可是，那齐主不正是因荒淫而丧国么？”

韦琼哈哈大笑，道：“我已无力气与你争辩。纵观天下，几人能有你的福分？你已将杨公子雕琢成了圣人！唉，想必阿阇梨也是如此调教你的吧？”他望着普六茹坚，这不无酸叽的话语里，将韦琼那怅然至极的心态表露无遗。

歇息了一会儿，韦琼便站起身告辞，普六茹坚夫妻苦留不及。韦琼说再不走，恐已晚矣。也不知道他指的是什么来不及了。两人也不敢问，只得由着他去了。

望着韦琼形单影只的背影，普六茹坚再次泪流满面，伽罗拉过他的手，轻声道：“夫君，韦师这是来辞长行的呀，难得他的一份真情，你当听取他的教诲……”

“夫人莫要说了，我自心中有数。”普六茹坚抹了抹泪水，反手握住了伽罗的手，轻拍她的手背柔声道，“夫人，我清楚，一家老小系于我一身。龙相之说暂且放置一旁，保全性命乃是首要。陛下对我忽冷忽热，我这驭龙之术还不精道啊。”

伽罗另一只手抚上来，贴心贴肺地说：“夫君，有这番话伽罗满足矣。方才韦师教训的是，为妻性情硬朗，让君受了颇多的闲言碎语。往后，为妻是要收敛些了。”

普六茹坚笑了，亲昵地说：“你知道的，我宁可委屈了自己，也不要你委屈。”普六茹坚揽过伽罗，扶住她的肩，“夫人，先前你让处道退回小葭，我还有想法。如今，见小葭与李九情意绵绵，琴瑟和谐，觉得你做的是有福报的事情。想那处道妻妾一大群，的确也不在乎这么一个婢子，还落了个成人之美的美誉。呵呵。”

伽罗的脸上飞起一片彩霞，整个脸庞立刻鲜艳生动了起来，喜悦道：“夫君真是菩萨心肠。”她情不自禁地将头靠在普六茹坚的肩上，场面幸福温馨。

此时，夫妻俩心里都清楚，这世上没有不散的宴席，没有毫无间隙的君臣。世上的路，如同行舟于黄河，只有勇往直前，哪怕滩宽水浅。

第十七章　同心共德定伐齐　为人秉性天养成

“夫人,这密疏你通读了么?可否?”一大早,普六茹坚奋笔疾书,拟好了一份疏折,他要向陛下表明心迹。朝廷再次伐齐在即,他还想再次奔赴战场,再立军功。

小阿五尚未满半岁,伽罗甚为疼爱,一大早就从奶妈的手中接过了她,环抱在怀中。听普六茹坚问话,却是答非所问,笑道:“夫君啊,又跟我想到了一处。陛下忽然冷脸,定有缘故。作为臣子,只有反躬自省,哪能跟陛下争个是非曲直?”这番话,算是首肯了普六茹坚的做法。

普六茹坚道:“比之齐主,我朝该是大幸!昨日又听闻齐国无愁天子又在宫里编排《无愁之曲》,宫中五百侍者应和,却不知国破将至。我朝陛下,心系社稷,爱民如子,这样的明君,定当追随。”

伽罗道:“这些都是郑译告诉你的吧?”郑译昨日来府里,坐了一个时辰才走。普六茹坚的许多消息,都是这位好事的同窗告知于他的。普六茹坚点点头,算是回答。不过,他却不经意地补充了一句:“郑译还说到了太子,说他好像愈发的乖张,心意乱得不似常人,竟胡说要比之于那荒淫无道的齐主。”

伽罗的心倏地一下,就疼痛了起来。提起太子,她的眼前就会出现丽华讲的那些不堪言及的事,更会想到东宫里的丽华……此时,伽罗只能强忍着不去想,她不能破坏普六茹坚的心绪。

伽罗笑道:“夫君,你的文采着实令我钦佩!尤其是那个苌弘死于蜀,藏其血,三年而化为碧的典故用得极为贴切,足以让陛下见到你的碧血丹心。"

普六茹坚动情道:"夫人,你是懂我的,这真不是文章的矫情之作。若在生死关头,用到我,我定会舍生忘死,你能信么?"

伽罗点点头,她能信。可朝中的人未必都能信,陛下和太子也未必真能信。强忍着不去想东宫,也只是一瞬。方才那太子二字,足以令她心悸。前日,她去了宫里,见了郑姬。郑姬生着病,一直在咳嗽,也似垂垂老矣的妇人。她告诉伽罗,说了好些太子在东宫的丑事。竟真的将那太子比之于齐主,说太子只是没有疯癫,其荒淫下作是一样的。连她都在担心,若陛下先逝,她母子落在如此癫狂的太子手中,还有出路么?

见伽罗皱眉不语,普六茹坚道:"夫人有何心思,是这奏折里有不妥之处么?"

伽罗摇摇头,望着普六茹坚,眼里的忧戚更加浓郁,道:"你方才提到了太子,郑译怎么说?"

提及太子,普六茹坚的眉头也蹙起来,道:"哼,不成器的东西!他已三月没有看过一页书,没有习过一次武,每日除了在宫中嬉戏,便是外出狩猎。而这,陛下竟毫不知晓。今日上朝之后,我定当向陛下禀报。"

伽罗脱口而出,道:"不可。夫君,你可曾想过丽华?郑译没有告知你么?那太子以惩罚人为乐,素爱鞭笞于人之背。你去访一访,东宫的婢子妃子有谁没有受过他的鞭子?你若真禀报了,丽华还有活路么?何况陛下也久病,未曾痊愈过。"

普六茹坚大惊,呆呆的。他绝没有料到还有这种事,那太子竟如此疯癫了么?他的长女,贵为太子妃的丽华,竟在东宫挨受这疯癫之人的鞭子?这个消息,真的将他震骇到了。普六茹坚的心里,翻江倒海。他是太子,谁能治得了他?陛下!可是,正如夫人所说,陛下久病,心悸从未真正痊愈过,况且……况且,韦师说,华山之巅有人天天在挥剑诅咒于陛下,陛下的路,能走多远?可是……可是,话又说回来,陛下才三十三岁,比自己还小两岁,正是英年,那所谓的诅咒之法,能灭得了天子?唉,普六茹坚在心里重重地叹了口气,这往后的路该如何走?

少顷,普六茹坚咬着牙道:“夫人,如若我们都这样隐忍,到时候那癫狂之徒如何治理天下?不又是一个高齐么?你该知晓,那高齐的朝臣、皇亲国戚,百姓黎民,有哪个不是生活在恐惧之中,日日都有性命之忧?这样的隐忍,不是为大周自掘坟墓么?”

伽罗憋红了脸,狠狠地瞪着普六茹坚,嘴角微扬道:“夫君,你的奏折还未递上,自身且难保。还惦记改朝换代之后的朝廷!太子是他宇文邕亲自封立的,江山也是宇文邕的江山,你操个什么心?”

听了这颇为讥讽的话,普六茹坚站起身,拿过桌上的折子,哼了一句“妇人之见”,转身出了门,他还要上朝。

望着普六茹坚扬长而去的背影,伽罗气得咬碎了银牙,嘟嘟囔囔道:“自己是泥菩萨过江,还想着管千里之外的高齐!恨我不能入朝啊!”

近几十年来,伐齐一直就是朝堂之上的主题之一。自去年因陛下之病,伐齐无功而返之后,数月来,这个主题就和陛下的病成为朝臣关注的焦点。

这日,朝堂上的宇文邕露出了久违的笑容。这笑容像是四月里的风,吹暖了满朝文武大臣的心。

“朕之大幸!君臣同心,和衷共济,灭齐指日可待!”宇文邕坐在龙椅上,朗声说道,“旧岁,朕患小恙,却不敢耽误备战贼齐。如今,兵马粮草诸事准备妥当,只欠战术思路了。请各位爱卿费心思虑,今日当广开言路,朕还要亲征!”说到亲征,宇文邕便站了起来。

这一次,普六茹坚没有让宇文宪,而是自己站出来朗声道:“陛下经天纬地,要给百姓一个锦绣的江山。臣,倾力追随,尽犬马之力!”

在朝堂上,已经好久没有听到普六茹坚的声音了。这次,出人意料,他第一个站出来说话。不仅陛下惊诧,满朝的文武也觉得稀奇,都盯着他看,却没有人出来应和。

普六茹坚停顿了一下，四周静悄悄的，仿佛满朝的人都聋哑了。于是，他便接着说道："陛下圣明，选择了好的时机。那齐朝风雨如晦，灭齐志在必得；那齐土辽阔富裕，人丁稠密，得齐之后，我朝如虎添翼。北边的突厥、南边的陈、西边的吐谷浑都将望尘莫及！因而，此役意义重大。臣提议，此次战法可一改。"

"哦？随公已有主张？"宇文邕的眉毛上扬，露出欣喜之色，急急地问道。这位臣子所表现出来的沉稳睿智，总是令他侧目。只是，这位臣子同时表现出来的不怒而威的气势，也令他侧目。

"往常，我军从河南一线攻洛阳，齐人惯有防范；固守该处的齐将独孤永业也是一位良将。因此十数年来，双方各有胜负。臣自上次伐齐归来，不敢有一日懈怠，苦苦思虑。以为晋州乃齐之咽喉，可首先攻击之，仅为引线，若齐人主力北上救援，可分而击之。"普六茹坚没有说虚言，他的确是日夜思谋伐齐之策。虽然陛下对他忽冷忽热，但正如伽罗所说的，自己肯定有什么地方让陛下误会了，清者自清，误会可消除，伐齐却是正事。

普六茹坚的话刚落地，满朝都哗然了。

"这怎么行？从北边行军，道路崎岖且不熟悉，怎能取胜？"

"普六茹坚才打过几仗啊，就开始指手画脚了！"

"晋州还不是固若金汤！"

"听说他在府中听从其妇，这样的人能思谋战事？"

细听起来，反对的声音占主流。只有极少数的人赞同，其中有名不见经传的宇文弼是赞同的。可他却不是与陛下同族，只不过是同姓而已。

宇文邕拍着龙椅，厉声道："有何表态不能大声说吗？让朕也听听！"

济济一堂的人瞬时寂寂无声了，那些方才叫得响的声音都消失了。宇文邕环视了一圈，又将目光投给了他的姻亲道："随公，你继续说。"

"臣以为改换路线，可避开齐军的锋锐，又出其不意攻其不备，定然取胜。只是，”普六茹坚也环视了众臣，又仰望着陛下，正色道，“只是道路艰难。陛下若要亲征，怕是要吃些苦头了。臣以为，为了社稷，也是值得的。”

“放肆！你上了几次战场？敢在这指手画脚，信口雌黄？”上柱国尉迟迥跳将出来，对着普六茹坚怒道。的确，若论战事，还轮不上普六茹坚发话。这尉迟迥是跟随太祖宇文泰身后作战的勇士，连善战的宇文护都要敬重的人物。他的眼里，哪容得下小小的普六茹坚！哪里相信普六茹坚能谋划出什么好战略！

普六茹坚却并不看向他，只是望着陛下。宇文邕笑呵呵地对着尉迟迥说：“老将军不必动怒。老将军战场杀敌勇猛过人，有目共睹。但也不能因此而堵塞言路，是朕让随公说话的。”

尉迟迥这才知趣地退了回去。宇文邕再次环视众人，缓缓道：“今日广开言路，畅谈无妨。”

但经过方才尉迟迥的一闹，众人也没有话说了，场面忽然冷了下来。倒是宇文宪出来打圆场，道：“陛下，随公的提议也不是完全不可以，臣以为可以试探着验证一下。”

“验证？如何验？”

“可派一小支兵马前去骚扰，一探虚实。”宇文宪说话一向沉稳，他的意见宇文邕十分注重。

“这么说，大家宰也是同意随公的方略了？”宇文邕面露喜色，他再次击拍了一下龙椅的扶手，站起身，对着满朝的文武，朗声道，“朕，甚是欣慰。有众多的大臣可以倚重。”

太子宇文赟也站在队伍中，自上次挨了陛下那一笏板之后，朝堂上，他便不再主动说话了。朝中的事，都和他无关似的。但是，陛下却不放过他，屡屡提及。这天，宇文邕依旧说：“太子，你可有话要说？”

宇文赟浑身一震，这可恨的阿父为何总是像条狗似的咬着自己不放？他站出队列，干涩地答道：“臣无话。”

宇文邕勃然大怒，面对这样的儿子，他总是很生气。

普六茹坚忧戚地望着暮气沉沉的太子，又看着怒气冲冲的陛下。本来准备好向陛下禀报太子失德的话，又被这硬冷的场面给堵了回去。陛下心悸已有数年，此时再将太子弹劾，岂不是要夺陛下之命？若废掉太子，别的皇子都未成人，何人能替？岂不是要动国之根基？

动怒的陛下咳嗽着，已走下台阶。普六茹坚下意识地挡在太子面前，语气沉沉道："陛下，太子尚年轻，治国理政、军事外交，还需要慢慢历练。陛下，伐齐在即，保重龙体要紧。"

宇文邕停住脚，看着普六茹坚，叹了口气道："随公啊，太子被你宠溺太甚！你还不思虑其过么？"但他却没有要继续追究下去的意思，不耐烦地挥挥手，"罢了。今日朕不想议这个。你们几个留下来，退朝。"他指了宇文宪、王轨、宇文孝伯和普六茹坚等数位大臣和太子宇文赟，让尉迟迥等人都走。

留下几个心腹，宇文邕却并没有继续留他们在重信殿，而是将他们带到了文安殿。普六茹坚已经好久没有资格来此议事了，人们还记得，文安殿较小，适合皇帝和亲近的人亲密地议事。

到了文安殿，普六茹坚才知道，原来自己的主张与陛下的谋略竟是不谋而合。文安殿里，君臣较为随意，宇文邕也没有端坐龙椅。他站在群臣的中间，曾一度踱到普六茹坚的面前，拉过他的手，仿佛回到了十多年前的明帝时代。那个时候，他们俩是真正的异性兄弟。

宇文邕拉着普六茹坚的手，用那熟悉的兄弟般的语调，贴心贴肺地说："随公，选你做朕的姻亲是朕的英明，赟儿跟你竟是要亲近许多。所以，上次的事，你也不必太责怪朕。这次，让内史中大夫随朕出征，免得又弄出是非。并让你我的阿弟普六茹瓒监国，可好？"

直到这时，普六茹坚才豁然开朗，仿佛陛下不是问话，而是给了他一个答案。他目光定定地看着宇文邕，道："陛下的信任，才是最好的奖赏啊。阿三伉俪与陛下更为亲近，留他监国，自然没有话说。”普六茹坚深深地弯下腰，他的眼泪快要出来了。抬起头的时候，陛下已经转身，朝着宇文宪和王轨走去。而那两个人，均向陛下明确谏言过，要陛下杀了他。

普六茹坚伸手将贴在肉身的奏折拍了拍，仿佛是种安慰，却没有拿出来。报告太子？普六茹坚摇摇头，再也不准备向陛下报告太子的失德了。普六茹坚再次望了望不远处的那三个人，陛下、宇文宪和王轨，苦笑了一下。自己真是糊涂至极，果真不如夫人见识深刻。当下，能弹劾太子么？他毕竟是自己的半个儿子。这样的无才之人，竟是自己朝上的依傍！

方才陛下已经将话讲得明明白白，曾以为太子对王轨的处罚，是受自己唆使的。那段时间，尤其是郑译被轰出宫后，太子只与自己亲近。所以，想当然地认为，太子的失德，都是因为他的指使。如今，真的调查清楚了么？这样的怀疑何时是个尽头？还是永无止境？普六茹坚反复凝望那三个人，有点悲从心中来的感觉。连阿三都可监国了，自己身为家中长子，却总是在保全的漩涡里不能自拔。

普六茹坚不禁哑然失笑。三十有五，才明白了此中的玄妙。是自己愚钝么？保全，保全！几十年来，仿佛自己的生活中，就只是剩下这两个字。多么可笑！自己碧血丹心，忠肝义胆，却总是落成这两个字！

好在这次呕心沥血、殚精竭虑的伐齐良策被陛下采用，但愿牛刀小试的宇文神举能有良好的开端。

五月，待宇文神举得胜归来，朝中埋怨普六茹坚的声音才渐渐地平复了些。

宇文神举此次的出兵，是遵循宇文宪的主张，只是浮掠试探，但也攻占了齐国陆浑等五座小城池。宇文神举一直在熊州做刺史，与齐人素有交战，齐军官兵都很怕他。这次主要的任务，还是要探得齐人的布防情形。他带回来诸多消息，更坚定了宇文邕从北面进攻的决定。

宇文神举报告说，晋州的守军只有八千人，河阳那边仍是独孤永业率领的三万精兵驻守。由此可见，齐人的兵力布置并没有改变，这是其一。其二，这次小规模的试探并没有引起齐人的警觉。他们觉得这跟此前的数次小规模的战斗没有区别，打完了就完了，丝毫没有往更深的地方引申的意思，因为朝中已无人真正过问战事。第三点，也是最为重要的，那个无愁天子做到了真正的无愁。他带着那位曾经玉体横陈的爱妃冯小怜，一直在宫中自建的村庄里，做着乞讨的游戏。听说，不日将要前往晋西北祁连池去狩猎。国事？只怕他早已不操心了。

“前入贼境，备见敌情，观彼行师，殆同儿戏。又闻其朝政昏乱，政由群小，百姓嗷嗷待哺，朝廷不谋隔日之事。”听了宇文神举的报告，宇文邕大悦，“天佑我大周也！在朕的手中，灭掉齐国，统一北境，是指日可待了！”连日来，陛下都在文安殿里召见大臣。这回，陛下对普六茹坚又热乎了起来，因为普六茹坚又提出了新的主张，所以他也能进入其中议事。

数次的讨论争辩，宇文邕力排众议，他选择了普六茹坚的提议，确立了最终的伐齐方案：先攻击晋州，吸引齐军主力北上救援。在齐军措手不及、极度慌乱之时，集中力量尽可能多消灭其主力，并一直向东挺进。依照此战略，从最北的山西境内的雀鼠谷开始，一路往南至河南境内的齐子岭，呈一字形南北布兵。由齐王宇文宪扼守雀鼠谷；由越王宇文盛在汾水关布阵；陈王宇文纯在千里径驻扎；中心点临汾、平阳由陛下亲自挥剑，统帅全军，由王轨监军；再往南，华谷由赵王宇文招遥相呼应；最南端的齐子岭由尹升和韩明指挥；后援力量北部由达奚震、南边由辛韶率领精骑兵，以防止齐军从后方突袭；为了避免独孤永业的精锐偷袭，陛下安排了于翼主动牵制。

这主线的兵力部署名单上，没有普六茹坚的名字。但他还是要出征的，只是以右队第三军的行军总管名义出征。

这日文安殿里来了一位年轻人，瘦瘦高高的，面目白白净净，手中拿着一只长长的锦囊，却是看着面生。陛下见了他抚掌大笑，不待他叩首请安，陛下就笑眯眯地说：“安乐啊，辛苦了。全部都规制图画好了么？快给朕看看。”

年轻人点点头，将手中锦囊里的卷筒取出来展开，是一幅宫殿图。这时，普六茹坚和大臣们才知道：陛下，决定重新启用正武殿。

正武殿乃是文祖宇文泰料理国务的地方。在这座宫殿里，西魏的恭帝，就是躲在他身后的傀儡。尔后，强悍如宇文护，也不敢在这里指挥先祖的儿子们。他是忌惮宇文泰恨他僭越么？如今，陛下怎么想起了要修缮它？

年轻人面对图纸，神情立刻飞扬生动了起来，白净的脸上泛着一层红光，仿佛是面对极爱之物，在图纸上指指点点，侃侃而谈，原来这正是人性之绝妙处。年轻人名叫宇文恺，虽是复姓宇文，却不是皇帝的同宗。他的家族全部是虎将，父兄皆是赫赫有名的大将军，凭借战功，进位上柱国等职位。尤其是二兄宇文忻，十七岁就因为军功被赐为兴国县公。唯独他不喜爱兵马之事，而对整地造房，雕梁画栋，情有独钟。年纪轻轻，就被陛下委以重任，负责正武殿的修缮。这也是他的造化，要知道重返正武殿，不仅是一座宫殿的修葺，更体现了皇帝陛下的政治理想。

望着侃侃而谈的宇文恺，普六茹坚的思绪飞得很远。想当年，自己在他这个年龄的时候，也是神采飞扬，充满理想的。与当年的鲁国公在明帝的手下，心灵相通，成为明帝的左膀和右臂。后来，鲁国公成了陛下，在宇文护时代，虽为君臣，却也是贴心贴肺，还成了儿女亲家。再后来，君就成了真正的君，君的眼里，臣就只是臣了，不再是异姓兄弟了。虽是亲家，仍旧是臣，还是要提防的臣。普六茹坚苦笑了，那个时候，像“那殿堂的上方有两双眼睛盯着朕的背后”这样贴心的话，陛下都跟自己讲。可是如今，哪怕是立了军功也不授封，哪怕是重启正武殿这样的事，陛下都不肯跟自己透露半分了。唉，普六茹坚的心里不住地叹息。现如今，陛下和宇文宪的眼睛也成了使自己如芒在背的刺了。伐齐灭陈也好，锦绣江山也罢，说到底，都是他宇文邕的理想，是他宇文家的责任！自己三十五岁了，理想是何物？难不成自己三十多年来活着的意义就是为了保全身家性命？这次伐齐，自己提出了方略，却也没有被委以重任，前锋仍由陛下的两个兄弟宇文宪和宇文纯担任，主力仍旧掌控在宇文家族的手里。

“思虑什么呢？都半天没有说话了。”不知何时，宇文恺已经走了。陛下绕到普六茹坚的身后，轻声问道。

“臣为陛下庆贺，陛下终究回到了正武殿！”普六茹坚由衷道，“陛下之志，得以如愿，臣欣喜。”

“朕知道，只有你是懂得朕的。”宇文邕好像消除了芥蒂，又恢复了往常，将手扶在普六茹坚的肩头，沉沉说道，“随公啊，你若能与赟儿如此，朕更欣慰。从今日起，朕将太子交给你。你的话，他该要听。”

普六茹坚双手作揖，差点跪下了，道：“臣不敢。宗师中大夫博闻强识，仁厚贤达，在臣之上，太子当从他才是正途。”

宇文邕叹口气，道：“你莫要推卸此事。他若能听从宇文孝伯，那朕还有何操心的？朕看他只与你亲近，也不知道是不是因为太子妃的缘故？太子妃如若像她的阿母，朕也就无忧了。”宇文邕蹙着眉头，从他的话里，听得出他对太子妃好像不甚满意。

这话像是一击鼓声，敲在普六茹坚的心头，倒使普六茹坚脸红了。朝中对独孤伽罗欺凌于普六茹坚的说法甚嚣尘上，想必是早已传到了陛下的宫里。陛下这是正话反说么？他难道真的希望太子能听从于太子妃么？不知怎地，现在普六茹坚见了宇文邕，心事多了许多。

陛下也是心细如发，感到他方才的话刺激了普六茹坚，便转过话题道：“朕这次领你们伐齐，京师留胡三和恒生，由他们俩辅助太子监国。朕要将王轨带走，沙门智勇双全，累有军功，正直而有远见，不能放在家里被糟蹋了。随公，你说呢？”

普六茹坚赶紧点头。他心里清楚得紧，陛下问他，其实哪有一点真心征询的意思。陛下唤他们用的都是他们的小名或字，显得十分亲近。胡三即是宇文孝伯，他是陛下最好的同窗，心腹之臣，太子的老师；那普六茹瓒的字即是恒生，虽是自己同父母的亲兄弟，也是陛下的妹夫，平日里听从夫人顺阳公主的话，与亲兄弟生分，倒是获得了陛下的信任。这次做监国，他这个哥哥，岂不是只有点头的份？再说那王轨，军功、资历都在自己之上，也是陛下敬重的人，上次因为那不争气的太子闹出的动静，让陛下生了疑心和误会，这次岂敢说出半个不字？

陛下说完，已经走向龙椅。众人知晓，陛下这是有话要说了，遂恭敬地站在殿堂中央。

宇文邕道："齐主昏聩，齐民如倒悬凄苦。此次我大军压境，一定要严明纪法，不可抢夺民之财物，不可砍伐树木践踏庄稼，更不可奸淫掳掠人口。违者，可先斩后奏！众将军可明白？"

众人皆诺诺称是。普六茹坚心里叹息，这样的一位明君，那些道士佛徒竟为何不放过？竟要设坛诅咒？于是，普六茹坚问了一句："陛下，齐土兴佛，寺庙林立，佛徒甚众。我周军入境，如何处置？"

宇文邕呆了一下，他不明白普六茹坚为什么此时提出这个问题。当年灭佛灭道，他的阿阇梨圆寂，他的心结还没有解开么？少顷，宇文邕正色道："自废以来，民役稍希，租调年增，兵师日盛，东平齐国，西定妖戎，国安民乐，岂非有益？"

宇文宪鼓起掌来，少有的面色晴朗道："陛下说得极是！兴师兵马，没有强势的国力，如何使得？那齐人正是为佛、道所累，才落得此般地步。"

普六茹坚分辩道："齐人凄然，也不仅仅因为兴佛道所致！最主要的还是齐主昏聩淫乱。"

宇文邕笑道："好了，两位爱卿不要争辩了，朕自有分寸。"

普六茹坚低下头，默然。心里想的是韦琼的告诫，担心的是陛下的身子。若真是那些道士佛徒所为，自己隐匿不说，岂不是欺君？

宇文邕见到普六茹坚愁苦的样子，道："随公，你可是有话要说？"

普六茹坚终于昂起头，抬起眼，陛下注意到，他的眼里竟有微微的泪光。普六茹坚道："陛下，臣在意的是陛下的龙体安康。臣以为锦绣河山，也要龙体康健才成。"

宇文邕哈哈大笑，道："随公，你指的是华山之巅有僧徒设坛诅咒于朕么？朕不怕，朕是天子，岂能惧怕小人之术？"

宇文宪大骇，道："居然有此等下作之事？陛下，臣恳请率军诛之！"

王轨生性严谨，他很少有失态的时候，听了此话也变了脸色，急道："陛下，臣同意大冢宰上柱国的意见，用法度诛之！切不可坏了规矩。"

普六茹坚也跟着附议，道："内史中大夫说得极是，臣也附议。"

宇文邕摆摆手，又笑起来："朕说过了，朕是天子！不怕。倒是内史中大夫说得对，要用法度。朕听说，齐律倒是严谨详细，值得效仿。"

普六茹坚接过话，道："这个齐律臣也曾注意到。齐主高氏兄弟执掌朝政几十年，好似只做成过这么一件事。花了十五年，以《麟趾格》为基础修订的。有篇目十二，共计九百四十九条。其中有重罪十条不可赦，乃世上最全律法。"

普六茹坚说的时候，宇文邕频频点头。他心中欣喜，到底是跟这个臣子心灵相通啊，他所思所想竟跟自己不相上下。普六茹坚说完，宇文邕便道："随卿所说无误。齐律有很高的效仿价值。它是渤海著名律学世家子弟封述率领封隆、崔暹、李详等数十人而制。你们入齐之后，这些才子都不能杀，要为我朝多留些人才。建设锦绣河山，没有人才可不成。这非常重要啊，朕不要在史书上留下恶名。"

"是。陛下胸襟广阔，当以美名留青史。"几位重臣皆点头称是。

文安殿里的商议，持续了好长一段时间，说的大多是伐齐和灭齐以后的事。好像齐国已经被收入囊中了一样。宇文邕和他的普六茹坚宇文宪们已经在商议治理齐土的事了。而齐主，那位号称无愁天子的高纬，此时已经启程，带着他的宠妃宠臣，前往晋西北的祁连池狩猎去了。

九月，周军已经集结完毕，要出发了。那无愁天子还在祁连池，他真的如此无愁无忧么？世上竟真的有这样的弃社稷江山而不管不顾的君主么？普六茹坚想不明白，那高纬是否已经疯癫了？

出了文安殿，满天繁星如织，普六茹坚总是想起宇文邕曾经说过的话：似有眼睛盯在自己的背上。现在他的阿阇梨、韦师、阿父阿母是不是都如天上的星星一样，也在看着自己呢？

走在这样的星空下，普六茹坚仿佛走在自己人生的分水岭上。

其实，人生之路十之八九坎坷不平。所谓分水岭，总是猝不及防地撞进来，令人措手不及。生育了娥英公主的太子妃，也站在了人生的分水岭上。

入秋了。建德五年，长安城里的秋天，有些萧瑟。或许是皇帝陛下领着数十万兵马出城的缘故，城里显得人烟稀疏寥落。

天还未亮，太子妃怀抱着两岁的公主娥英，已经坐在普六茹府的大门前。昨夜，太子在东宫又似疯癫了。一会儿拿出大冕服，正儿八经地穿戴整齐，高兴得手舞足蹈；一会儿脱了衣服，沮丧地说自己是世上最窝囊的孩儿。又哭又笑，没完没了，整个东宫被他闹得鸡犬不宁。他不睡，别人也别想睡，倒是苦了娥英了。她这两日身体不适，吃不进东西。这日夜里好不容易睡着了，却又被太子的尖叫惊醒，大哭了起来。哭声惹恼了太子，他奔过来，扬起手，在她的脸蛋上掴了一大巴掌，再要甩巴掌的时候，却被太子妃拦住了。她抱起娥英，用背抵御太子的手掌，任由他的责骂。骂还不解气，直接将她踹倒在地，方才转身，搂着娥英的乳母走了。

晨曦微露，丽华擦了擦眼睛，却擦不去眼里的红丝。轻轻拍门而入，府中的厨房里，依旧是灯火通明，热气腾腾。丽华的印象里，李九好像永远在厨房里忙碌。

踏进府里，普六茹丽华就深深地吸了口气，又长长地吐出来。好像这便是换了一腔的血气，让人倍感清爽。太压抑了，那东宫，简直就不是正常人能呆的地方。

及至后院，父母寝房里的灯也亮着。阿父出征在外，阿母独自在灯下看书。见了太子妃，伽罗惊异得睁大眼，转而化为深深的叹息。这一大早悄悄回府，想必又是太子造了孽。她接过小娥英，将熟睡的外孙女放置在自己的床榻上。

果然，太子妃将昨夜太子的行为又在阿母的面前重述了一遍，还道出了太子的许多恶事，说太子不仅重色还记仇，一心想要出口恶气，好像他总是被压制一样。说了大半个时辰，伽罗见自己女儿的情绪渐渐平息了些，便道："你如今回府，太子还不知晓，你这是不打算回东宫了么？"

丽华止住了哭，木然地望着自己的阿母。她没有料到，自己的阿母开口便是这么一句冷冷的问话。

伽罗继续冷冷地说："这一大早，你身为太子妃，却跑到娘家哭嚎，哪有一点皇室的威仪！小小的东宫，才几个人？你尚且不能自治，若将来太子登基，你还能母仪天下么？"

丽华听了，看着自己的阿母，陌生而绝望。脑袋里一片空白，她竟不知阿母会是如此的冷漠。过了好一会儿，她像是才反应过来似的，倏地一下，猛然起身道："儿这就走了，绝不会连累普六茹府和阿母！"年轻气盛的太子妃三步两步就跨出了门，将正要送早食进来的李九撞了个满怀，手里的饭食都被撞飞了。这一闹，床榻上的小娥英又被惊醒了，哇哇大哭。

这注定又是个不平静的日子。

伽罗抢先抱起小公主，不让转身回来的丽华接过去，两人僵持了一小会儿。待勇儿广儿等几个兄弟姊妹来到后院时，普六茹丽华已经止住了哭，她已听了阿母的话，恢复了太子妃的仪容，安静地吃着李九再次送来的早食。阿母说得对，逃到府里能长久么？躲得过一日，躲不过一世啊！阿母再次提及了汉皇后吕雉。她可是个人中之凤！不像自己，这个妃子做得窝窝囊囊的。

刚刚平静了些。到了卯时，李圆通带着李渊进来了，他们是来辞行的。前些日，李景病重。虽然李景曾一度不认李圆通这个由普六茹忠府里婢子生出的儿子，李圆通一直也不想搭理他。但在李景人生的最后时刻，普六茹坚出征前，还是硬将李圆通留了下来，命令他照顾这个冷漠的阿父，并替他送终。现在，李景过世了。李圆通心里记挂出征的郎主，于是带着李渊要去追随普六茹坚。

见了稚气未脱，却又满身戎装铠甲的李渊，伽罗的心又被刺痛了。再看看自己的长子长女，一个虽贵为太子妃，却只知道回转家中泪眼婆娑地诉苦；一个人高马大，却只知道鲜衣怒马，不思进取。李渊才十岁，却要跟着普六茹坚上战场历练，争取功名。

伽罗道："圆通，你好好将叔德带着。他若有战功，你也高兴不是？"又转过头，对着自己的长子阿勇道，"博安侯，你比叔德大了好几岁，怎的就不思进取呢！还是不去么？"

普六茹勇低下头，轻声咕哝道："阿父也未让儿去。"

站在一旁的普六茹广这时已经奔向了李渊，羡慕地抚摸着李渊身上的铠甲，眼里放着光，转头对伽罗道："阿母，广儿要去！李叔，你也带上广儿吧。"

李圆通笑了，对广儿说："二公子，你还太小。等你超过十岁，李叔保证带上你。"

伽罗也走过去，拉过普六茹广，对着李圆通说："你们快走吧，早一点到达郎君的身边，我也安心些。叔德让你费心了，好好照顾他。"又望着李渊，笑眯眯地说，"唐国公，好好地跟着李叔，你还小，不要贪图战功，保全性命要紧。"

两人都郑重点头。李渊道："我只负责给李叔提刀便可。"

几个人说着话，李圆通揖手告辞。伽罗又叮嘱了几句，两人遂离去。

目送他们远离，转过头来，丽华已经吃完了早食。这顿饭，她吃得特别多。吃了一碗汤饼，两个毕罗，一小碟酱瓜，还嫌不够，又叫李九拿了两个毕罗来，仿佛她就是回来吃毕罗似的。

"阿母教训的是，儿若不能自立，怕是连这毕罗也没得吃。阿母放心，儿即便是被太子打死了，也绝不回到你的府上求助！"丽华吃得极慢，但刚一吃完，她即站起身，对着伽罗鞠了一个躬，说了这两句话，便要回去。

伽罗拉住她，面目依旧有些冷，沉沉说道："你还要置气？如此幼稚！阿母说的全是生存之至理！否则，你想怎么做？你又能如何做？”

勇儿和广儿奔过来，拉住他们的长姐。阿勇道：“太子屡屡遭受压抑，定然不快乐，阿姊要想开些。这世上有几个男儿是专情的？何况他还是太子。”

普六茹广却道：“阿姊啊，你要拿出太子妃的气魄来，你可是皇帝陛下亲自许配的太子妃！教训他们都要听你的话！”

丽华被这个好胜的阿弟逗笑了，她拍着兄弟俩的肩膀，道：“你们以后呀，都要善待疼爱你们的夫人哦！不要让她们受罪了。”说完，再次向她的阿母鞠躬，一转身，抱着小娥英，就走了。

伽罗望着她的背影，泪水再也忍不住，滴落了下来。普六茹勇一看阿母流泪了，赶紧溜之大吉。伽罗的心在滴血，她知道这一去，丽华的心也彻底绝望了。那东宫等待她的，是一个凶多吉少的未来！方才，丽华哭诉，太子又跟东宫里的婢子，就是娥英的那个乳母，生了个儿子。至此，太子都有三个皇子了。却在生了娥英之后，从未踏进她的寝房。她的膝下没有男丁，这个太子妃的位置能坐得长久么？将来的皇后之位，怕是岌岌可危了。

这一闹腾，已是晌午了。丽华的哭泣，冲淡了普六茹府中本该喜庆的气氛。李九与小葭婚后，恩恩爱爱，刚生了儿子，普六茹坚取名为李武，字习文，今日正好满月。李九来府里二十年了，今日才真正为自己置办了三大桌席面，他要宴请府中老少。

伽罗一向手宽，对府里的下人更是出手阔绰。小葭与伽罗素来亲近，这是她的长子满月，又拜了伽罗为干妈，因而席面也是置办得十分上眼。照着屈子《招魂》中描述的菜肴，一一如法炮制。初次见韦师的时候，李九与韦师相应相和地吟诵过。如今，李九是将那些诗句化作了宴席上的酒菜：清炖肥牛筋，微酸微辣的酸辣汤，叉烧羊肉伴着甜酱，烩水鸭里加点酸浆……

太子妃带来的不愉快随着她的离去，已经渐渐地淡了，这场酒席从晌午一直闹到了傍晚。伽罗一人独自呆在后院，紧锁的眉头未解开过。她真是后悔，当初为何想都没想，就答应了陛下许的这门亲事？如今，太子妃的未来真是令人堪忧。如此看来，今后每个孩儿的婚姻大事皆不可大意，俱要慎之又慎，丝毫懈怠不得啊。

想了整整一个下午，伽罗做出了一个重大的决定。戌时，伽罗亲自来到小葭的房里，将李九带至书房，对他说了一刻钟的话。当天夜里，李九打了个简单的包袱，便出了门。

亥时，折腾了整一天的伽罗正要解衣就寝，小葵慌慌张张地推门而入，说是独孤伽彩来了。这么晚了，这位风风火火的阿姊突然而至，定是有重大之事了。伽罗复又系好衣带，正要迎客，这位客人却不请自至。

"小妹呀！"伽彩手里拿着一张纸，带着哭腔，拉着伽罗的手，道，"叔德跟着你们府里的李将军上战场了！你为何不拦着呀，他才多大呀。"

伽罗吃了一惊，她自责，当时怎么就没有想到这一层？

"阿姊不知情么？叔德没有跟你请示么？"伽罗头上冒出了汗。这位阿姊，心性与自己大不相同。

伽彩扬起手中的纸张，道："这就是他的请示！"

伽罗只好硬着头皮说："叔德有此志向，也是好事。说实话，我还羡慕不已呢。你瞧我的长子，没有一点高志理想。"

话未说完，就被伽彩给呛着了："你不要在我面前说这种轻快的话。晓得你能生，我可仅叔德一个儿子，还指望着他养老送终！如若弄了个一手半脚的残疾，即便是得了功名又有何用？不行，你得把他们追回来！"

伽罗也急了，道："都走了整一天了，如何追得上？"

伽彩猛地跌坐在椅子上，大哭起来："走了一整天？你也不晓得告知于我！你的眼里还有没有我这个阿姊啊？你这是要置我于死地啊！"她捶胸顿足，一副要死要活的样子。弄得伽罗脸红脖子粗的，一转身，便出了房门。丢下她一个人哭闹。

伽罗在后院的花园里站了一会儿，眼圈也红了。少顷，小荚拿了件外衣，披在她的身上。伽罗道："你去把那套她给的首饰拿来。"叹口气，进了房门。

伽彩在房里倒是止住了哭，呆呆地坐着。这会儿见了伽罗，颇感无趣。一会儿过后，小荚捧着个锦袋进来。伽罗从小荚的手中接过，重重地放在伽彩的面前，道："阿姊，你也莫要气愤了。你想，即便是我们派人去追，叔德能听话乖乖地回转么？"伽罗拿眼角扫了伽彩一下，将锦袋往她面前推了推，"这些首饰我常常记着，烦心得很。只是苦于得不到闲暇。今日正好你来，带回去罢！"

伽彩见伽罗真生气了，心里有些怵，呆呆地望着小妹。从小，这位小妹身上就有一股气势，这股凛然不可犯的气势，让人不敢造次。不止是她，另外一些姊妹都有些怵这位最得阿父恩宠的小妹。

伽彩憋红了脸，讪讪道："小妹莫要动气，阿姊也是一时情急。这套首饰是我真心诚意要送的，小妹收下吧。"

伽罗拧起眉，冷冷道："你莫要推辞了。带上它请回府吧，我今日是真的累了。"

伽彩无趣，拿起锦袋，退了出去。小荚跟过去，又叫了两个门值，将伽彩护送回到唐国公府邸。

伽罗躺在床榻上，却又没有睡意。她忖度着，李九能平安顺利地办好差事么？

第十八章 旧齐邺城盛迎夏 忤逆储君出端倪

十月，前线作战快一个月了，普六茹坚这位右三军行军总管却没有开过一仗。宇文宪作为先锋，已攻克洪洞和永安两城。更向东进时，齐人方才惊醒过来，烧掉了汾河上的桥，毁掉了东去的道路，用以阻止宇文宪的大军。宇文邕于是命令普六茹坚的右三军，跟在先锋宇文宪精锐部队的后头，屯扎在洪洞，自己则率军围困平阳。

比自己年纪大的王轨、韦孝宽、刘雄、达奚震、韩明等等，比自己年纪小的宇文宪、宇文招、宇文盛、杨素、高熲、苏威，还有自己的弟弟普六茹整等等，数不胜数的将军大臣，都在真正的领兵打仗，唯独自己跟在宇文宪的后头，兵马未动。陛下对自己还是信不过啊！普六茹坚心下戚戚然，却也无可奈何。唯一的欣慰是陛下把自己年少时的好友郭荣，派给了自己作伴。

军中无战事，普六茹坚与郭荣倒是可以如同年少时一样，在月下促膝谈笑。普六茹坚与郭荣可谓世交，普六茹忠在同州做刺史的时候，郭荣的阿父郭徽在同州做司马。两人脾气相投，两家结好，经常走动。后来，普六茹忠过世，两人才渐渐地断了来往。这次被陛下分为一军，得以再续友谊，也是一件幸事。

这日黄昏，两人行至一座宗祠前，顿住了脚。抬眼望去，这宗祠很有些年岁了。灰砖灰瓦上，泛着点点深黑色，这是时间的印记。屋顶墙上长有野草，已入秋了，这野草呈现出衰败的褐黄，却仍然坚挺地立在墙头瓦顶。大门也不十分阔大，高不足一丈五，宽不足一丈。门头上有一木匾，上面书有四个大字，却是整整齐齐的没有抹掉一点墨迹。这四个字是:杨氏宗祠。

见了这四个字,普六茹坚的心里猛然汪出一腔水来。这乃自己的大姓!是自己作为汉人的姓氏。可是,这个姓氏,竟被“普六茹”夺了去!

大门虚掩,却是无人。自周军踏入,方圆数十里的人烟悉数奔逃,这宗祠自然是无人的。两人一前一后地进入。

这个杨氏宗祠与大多数祠堂的结构没有两样,与《鲁班经》里记载的同出一辙。分为前三门;接着是东西两边的走马廊;正中央的大厅,是用于祭祀和议事的享堂;之后有一座小小的茶亭;最后面是寝堂。寝堂里正北的墙上,中间有一个大神龛,左右各有三排小神龛。但是里面供奉的牌位均已不见,想必是宗族的人在逃亡时,带走了。

普六茹坚望着空空的神龛,走了神。

郭荣生性外向,看似马虎,实则心细如发。见普六茹坚失神,料想他又在感慨。果然,听见普六茹坚轻轻的一声叹息。

郭荣低声叫了一声:“杨兄……”

这声“杨兄”,差点使普六茹坚掉下泪来。多久了?自己这杨氏,没有被人唤过了?隐埋了数十年,自己一个汉人,却被冠以一个鲜卑的姓氏!显得不伦不类,可笑至极!更为可叹的是,朝中那些谄媚之人,竟觉得是无上的荣耀,连杨素也未能免俗。倒是眼前这位好友,懂得自己的心声,偶尔唤一声“杨兄”。

郭荣道:“杨兄,你这普六茹还是元姓的皇帝赐予的。如今,大周都二十年了,你没想过改过来么?”

普六茹坚苦笑,沉沉道:“难不成要找当今的陛下,再讨一个鲜卑的姓氏么?”

两人都笑了,边走边看。

郭荣又道:“这洪洞之于杨氏,可是一个根源之地啊。此处,孔孟时是杨国,秦汉时设的是杨县,可见杨氏之广。”

普六茹坚点头："正是。"他的眼里现出神往的光芒，朗声道，"日升汤谷，以此为杨。关西孔子，四知盛名。世传《尚书》之学的弘农杨氏家族，自杨震之后，四世皆为三公。可叹，轮到我辈却丢失了。"

博学的郭荣听得懂普六茹坚指的是杨氏的图腾和世祖杨震的典故，心里却不免有些吃惊。没想到，这位性情内敛的好友，对于自己的汉姓杨氏有这般的长情，便附和道："陛下圣明，对汉臣有足够的诚意，对汉俗也足够尊重，恢复汉姓也不是不可能。我私底以为，陛下会用汉律治国。"

普六茹坚会心一笑，道："长荣，你是否也知晓了，陛下已经在研究齐律？灭了齐之后，北方一统，齐律治之。陛下有雄心，志向宏大，图谋九州。一个统一的河山，当以强大的汉文化为主导。"

郭荣道："这个齐律我也注意到了，有名例、禁卫、婚户、擅兴、违制、诈伪、斗讼、贼盗、捕断、毁损、厩牧、杂律十二篇，覆盖了各个方面，详细具体，实乃是治国之良器。"

普六茹坚欣喜道："长荣，你果真是有心人呐，研究得这么细致。当年，你筑五城，遏抑要路要冲，抵御稽胡，其谋略超人。没想到，你在治国上也颇为用心，乃良臣也。说起齐律，如同商君之变法，三代不同礼而王，五霸不同法而霸。当今法度严苛混乱，想必陛下已经意识到这一层，如此关注齐律，是有因可循呀。"

郭荣哈哈大笑，朗声道："兄长这口气像极了陛下，朝中早有传言，说太子无才无德，只因亲近兄长，才得以立足。看来，这绝非空穴来风啊。"

普六茹坚也大笑，用手比试着两人的胸膛，诚恳道："此乃是真心流露。难不成兄弟之间，还设墙隔防乎？再说，流言蜚语何时没有？为兄早已不惧！还是说齐律吧，我以为借助齐律，制定出一个严明而体恤民情的治国之法器，也是当务之急。如此，陛下才能从宛如泥沼的国政中稍息脱离。"

郭荣见普六茹坚态度严正，心系齐律，又提醒道："杨兄心系黎民社稷，小弟自当敬重。只是你身处敏感，还是自保为要。这次，陛下仍旧将你我排布在宇文宪的后头，也是有深意啊。”

普六茹坚笑笑，道：“屡见不鲜啊，为兄我早已习惯了，只是改不了替人忧心的秉性罢了。”

两人说着话，即往回转。出了大门，普六茹坚吩咐守在门口的兵士，将大门锁好，切勿让人进去骚扰，违者格杀勿论。

隔一日，有战报传来，陛下围困平阳城取得了初步的战果，齐守将侯子钦投降了。此日，李圆通和李渊也赶到了军营。

复二日，齐晋州刺史崔景嵩也投降了，六军总监军王轨与中外府兵曹段文振和崔仲方率先登城。段文振手执杖槊，跟随已投降的崔景嵩，到平阳城主尉相贵的府邸，将他活捉了。

有了侯子钦和崔景嵩两人的投降，攻城变得容易多了。又三日，晋州城攻下了。这一战，倒是成就了段文振。他一向有胆有识，只是早年跟随宇文护，为其重用。后来，宇文护死，他便在中外府兵曹的位置上一直不能提升，这次陛下算是给了他一个机会。好在他也不负期望，攻城掠地，手擒主将，无一不令陛下欢喜。

见那么多人都立了战功，要说不羡慕嫉妒，也着实难为李圆通和李渊了。这两天，他们天天跑到普六茹坚面前唠唠叨叨。说不上前方杀敌，就不能算是出征了。再说了，攻齐简直就是手到擒来的事，能放着白白的功劳不要吗？

普六茹坚知道他这是眼红了。战功，哪有手到擒来的事？齐主虽昏聩，但齐将中也有忠勇之士，那宇文宪便在前方遇到了劲敌。齐将贺兰豹子、山褥瑰和段畅就像行军中的接力棒一样，紧紧咬住宇文宪不放。

原来，陛下攻下平阳城之后，便用了韦孝宽《平齐三策》中的第二策。即避齐锋芒，保存主力。于是，他便率主力回长安休整。只留下一小部分兵力，慢慢消耗齐军精锐。等齐军疲惫之时，还复出师，出其不意，一举歼灭。

冬月，北方酷寒到来之前，宇文邕便率大军班师回朝。留下梁士彦为刚攻下来的晋州刺史，让他握一万精兵驻守平阳和晋州。让宇文宪、宇文盛、宇文纯殿后。

这宇文宪也是尽心尽责，用尽心机，掩住齐军。先是用松柏枝做成掩体，装成驻扎的假象，迷惑齐军，让齐军以为他们坚守在此，而夜间不敢擅动，等到第二天，他们发现时，宇文邕的大军已经走远了。后又自曝姓名职务，吸引齐军的注意力，所以才被齐军紧紧追赶。

普六茹坚的右三军随陛下回撤，宇文宪的战报频频传来，不说是亲自参与，光是看着这些战报，也令普六茹坚眼界大开。这齐王果然了得，不仅武功谋略高人一筹，且对陛下也是忠心耿耿，可谓有德有才，真是国之良臣！平心而论，普六茹坚对这位大冢宰、上柱国、陛下的阿弟，是满心敬佩，敬重有加。只可惜，他却瞧不上自己，不肯亲近于自己。还曾多次在陛下面前间隙自己，使得陛下对自己忽冷忽热。

回撤的第二日，一大早，李圆通慌慌张张地跑来报告说，唐国公李渊不见了。

才十岁的小孩，在这混乱的战场上丢失了，岂不是凶多吉少？普六茹坚这下真是急了。他可是伽罗阿姊的独苗，倘若真有闪失，如何面对？

及至晌午，仍旧没有寻见踪迹。只是得回了一个线索：有人见他单枪匹马地奔着东边而去。普六茹坚大惊，忙吩咐李圆通，循着消息去追。寻了三日，才知道，李渊人小胆大，竟是奔着宇文宪而去了。在他的眼中，宇文宪冲锋杀敌，勇冠三军，才是值得他仰慕的人。寻到他的时候，他已经立在宇文宪的后头，亲历了厮杀，浑身脏兮兮的，却是兴奋异常。

平阳大捷后，高纬逃到了邺城。建德六年，陛下亲自率军攻破邺城，并捉拿了逃到青州的齐后主。至此，数十年的伐齐终于成为了灭齐，雄才大略的宇文邕终于将广袤的东境划归为周土之列。这位野心勃勃的皇帝计划在自己新的版图上，施发龙威。

庭院里花开依旧，只是美人的容颜渐老。紫薇宫里的灯火，飘飘忽忽。十几年的宫禁生活，将郑姬磨砺得沉静、淡然。方才，荆王宇文元已经来请过安了。惯常，儿子走后，郑姬差不多就要熄灯安歇了。

这时候，陛下走了进来。宇文邕已经有好久好久没有来紫薇宫里了，久到使郑姬觉得曾经与陛下的同床共枕是恍若一梦；久到她怀疑天和年末日的那场无声无息的恩爱是否真实存在过；久到紫薇宫里的雕栏画壁都失了颜色。宇文邕节俭，这次大张旗鼓地重修正武殿，却没有想到要将他的后宫修缮一番。尽管他略显凋零的后宫才不过上十座殿堂，他也不愿意费些许的钱财和心事用在上面。

同前几次相似，陛下迈进紫薇宫，就遣散了随从，也不要婢子阿奴们通报。他喜欢独自穿过郑姬的花园，更喜欢看郑姬见到他时的惊异模样。

陛下进来的时候，郑姬正坐在妆台前，将头上不多的几件首饰摘下来。宇文邕绕到她的身后，两只手心掌住了她的脸庞，柔声地唤了声："好雀儿，朕来看你了。"

郑姬果真惊异了一下，但这次的动静并不是很大，只是微微地睁着眼，半张着嘴，瞬间就恢复了常态。将头轻轻地靠在皇帝的腹部，泪水却禁不住地流了下来，也柔声地回了一句："陛下，妾身觉得地老天荒。"

两人相携着往床榻前走去。不同于以往的是，陛下对床笫之欢已经失去了兴趣，仿佛他的兴趣和精力都用在讲话上了，竟滔滔不绝地讲了大半宿。又仿佛他是来告别的，说了好些日常的琐事，絮絮叨叨的，涉及好些莫名其妙的地方。这使得郑姬的内心十分震骇，平日里陛下以寡言少语，不苟言笑而著世。今日的多语，是失了态么？是又有什么大事要发生么？天和年末日，陛下也是在紫薇宫里失了态。第二日，他便将一直横亘在龙椅前的宇文护杀掉了。

陛下盯着郑姬的脸，像是要从她的脸上看出什么来似的。喃喃自语，竟是将她与伽罗联系在一起了。一会儿说她的眼睛像伽罗，一会儿又说伽罗的嘴巴比她的好看。郑姬虽为陛下添了一子，终究还是生分，也不敢多言语，只得由着他说。心下却戚然，隐隐地感觉到陛下的兴奋里，埋着怅然。这怅然好像又联系着普六茹府，联系着普六茹坚，甚至还联系着伽罗。她戚然的是，陛下今夜的临幸，也是联系着普六茹府么？

陛下说，他曾经在普六茹坚面前许诺，要整治出一个锦绣的江山！如今，他做到了。灭齐之后，将齐辽阔的土地划归为大周的版图里，使这块版图扩大了一倍；毁齐之寺庙四万座，增加三百万兵源；人口增加了五百万。这算不算是锦绣的江山？重要的是，他普六茹坚并没有战功，且一直处在齐王宇文宪的阴影之下。宇文邕目光灼灼地盯着郑姬，仿佛他面对的就是普六茹坚。

陛下还说了他小时候的许多趣事，还特地提及了那次独孤伽罗救他的故事。尽管在郑姬听来，这未免有些矫揉造作。但陛下沉浸在他的回忆里，双眼迷离地说自己的阿父是个令人恐惧的人，为何小小的伽罗竟不怕呢？陛下还说，如今他只要一看见养在宫中的窦丽，就是那位曾规劝他要善待阿史那皇后的小外甥女，他就会想到小时候的伽罗，由此还想到伽罗的长女丽华，否则，他怎会让丽华做了太子妃？陛下在说起这些的时候，眼睛凝视着窗外，仿佛那儿站着位小伽罗。

唠唠叨叨的陛下，不知怎的又将话题移到了面相上。自然要说起普六茹坚。陛下说到这里的时候，竟像个醉汉，词不达意。陛下说，朕才是天子！天子还惧怕一个凡人么？朕让他飞黄腾达，亦可；朕要他灰飞烟灭，亦然！这天下是朕的，所有的臣子也都是朕的！

可是朕的天下要交给太子么？太子能堪此重任么？宇文邕压在郑姬的身上，又迷离起来，竟有些凶狠地问道："你的郎主对你可好？有朕好么？"

郑姬被他压得气喘，羞红了脸，最终回了一句："陛下用了四年稽查，还不能明了么？"

宇文邕并不生气，哼了一声道："你不要想岔了。朕不是小模小器！朕自忖，那普六茹坚能否佑护赟儿？"

这是宇文邕第一次将前朝的公务带入后寝，可郑姬不敢回应，她不敢回应任何与普六茹府相关的事务，那句“有关普六茹府俱无小事”成了她宫中生活最重要的警示。郑姬呆呆地望着陛下，陛下还讲了许多话。这一夜，陛下就没怎么睡，害得郑姬也不敢睡，使得郑姬几乎记不住陛下说的话。

这是建德六年立夏的前十日。这一日的夜里，陛下的样子也像天和纪年末日的那一夜一样，深入骨髓地刻进了郑姬的身体里。像个烙印，陪伴了郑姬的后半生。

次日便是出发的日子。大周的皇帝陛下宇文邕要带着他的文武百官及其家眷，去新的版图亡齐的旧都邺城，迎夏。他要在邺城的铜雀台上，举行一场盛大的迎夏仪式，这是陛下想了好久的庆祝方式。

修葺一新的正武殿，坐落在暮春的晨曦里，显得那么的与众不同。年轻的宇文恺用尽心思，将大殿顶部升高了三丈，首次建成了三层庑殿重檐。屋脊线条陡然弯曲，峻峭中兼有柔美。屋檐比原先的扩大了一丈，更显得庄重深沉，气势浩大。殿内的大柱也重新整饬，请了能工巧匠雕凿有鲜卑族的瑞兽郭落图案和汉人的龙之图案。

新修缮的大殿高大宽绰，有一种皇家威仪的压迫感。迈进这样的殿堂，众臣脚步更加轻小谨慎，好像都被这气势给压迫了。

摆放龙椅的龙台，也重新建设了。龙台的形状与正武殿的基座一模一样，四周和台面髹上了一层厚厚的金漆，这个样式是前所未有的。台阶也增加了二阶，往前又扩了一丈。新制的龙椅也更为雄势，应和着阔大的龙台，倒也十分的般配。

宇文邕着一身赤朱色的冕服，这是专门为迎夏定制的。肩背上的日、月、星辰和龙的纹章，均用金色丝线织成，华丽高贵自不必说。穿在宇文邕的身上，更有前几朝皇帝都没有的威仪和气度。一大早，宇文邕就到了正武殿。正如普六茹坚所说，重启正武殿于他有着更深的象征意义。在新雕制的龙椅上刚一落座，宇文邕便想起了普六茹坚的这句话。他在心里笑了一下，这个臣子，唯有这个臣子，才跟自己心灵相通。仿佛洞悉了他的内心，亦或是他一直就住在自己的心里。

夏，假大也，万物至此时皆假大也，一个万物生长的季节到来了。迎夏，迎的是自己的盛世啊！宇文邕复又笑了一下，唯有坚知朕啊。

卯时刚至，所有的文武百官都到齐了。宇文邕缓缓地从龙椅上站起身，下意识地拂了拂朱色夏冕的宽大衣袖，声音洪亮道："朕，今日着朱冕，带领众卿，踏入齐土，登临邺城，十日后，迎夏！此乃国之大幸，朕之大幸，民之大幸。"

众臣诺诺。早有消息传开，陛下这是要借迎夏，直接从邺城出征突厥了。之所以舍近求远，跑到邺城再向北出发，也许是顾及到阿史那皇后的感受吧。朝中谁都知道，当年迎娶阿史那公主，花了整整三年的时间。又废掉了李皇后，立她为一国之母后。现如今，刚刚灭掉了齐国，转而就要攻打母后的娘家、曾经的军事同盟，说得过去么？

陛下早就想到了这一层，不待众臣叽叽喳喳，便沉沉道："朕的妻父木杆大汗已逝，妻叔他钵继位，众臣知否？他钵素有凌轹中原之野心，脚踏周齐两船，玩弄于股掌之上，曾羞辱大周为其南儿。此辱，众卿忍得，朕，如何能忍？"宇文邕将宽大的袖子扬起来，再狠狠地甩下，像是表示了很大的决心。

众臣更是诺诺噤声。普六茹坚也站在其中，知道陛下说的并无不实。他钵可汗因为伺佛，与齐暗中通好。近日，在齐被灭之后，居然另立投奔于他的旧齐败将高绍义为齐帝，打着替齐报仇的幌子，竟率军攻打幽州，将守城的刺史柱国刘雄打死了。

即便如此，此时攻打突厥的时机成熟么？普六茹坚望着不远处的上柱国宇文宪，朝中唯有他能在朝堂上直抒胸臆，众臣也都将目光移到了宇文宪的身上。像是感受到了背后的目光，宇文宪浑身一凛，站出队列坦然道："陛下所言极是，臣请为先锋。"

朝中老臣尉迟迥也站出队列，却是底气不足道："只怕是阿史那皇后……"

他或许想借皇后的名义，拒战。但是陛下没有给他这个机会，而是抢先断掉了他的话头，厉声道：“他钵若是体谅皇后，就不会杀朕的良臣，夺朕的土地，抢朕的财物。太师，你莫要说了。”

陛下的态度如此明了，宇文宪怕是早已成竹在胸。旁人还能如何说？于是，普六茹坚也站出队列，朗声道：“臣请率军。臣自会裹粮坐甲，万死不辞。”

宇文邕见普六茹坚也如此表态，欣喜道：“随卿，你的心意朕甚欣慰，朕自有主张。这次，朕将太子托付于你，切勿再宠溺于他了。你们翁婿要同心同德，替朕监好国。”

普六茹坚怔住了，这位心思飘忽不定的陛下，怎么又让自己亲近太子呢？但是，他也只得跪谢：“臣定不辜负。只是，臣的家眷皆候在宫外，可否随陛下前往邺都，一睹齐土风情？”

宇文邕哈哈大笑，看得出来他今日的心境大好，道：“独孤女郎自小与朕熟识，朕尚欣赏她，那也将郑姬带上吧。”宇文邕并不避讳他对独孤伽罗的喜爱，并且还传话下去，让郑姬也随队伍出发。普六茹坚这才知道，这次迎夏，陛下本没有打算带上郑姬。本计划带上自己，却又临时改变了主意，让他留在长安，陪太子监国。

普六茹坚身上的衣裳与众臣无异，也是赤色礼服，佩戴着朱色玉佩。殿外等候出发的队伍，也是一片赤红。马鞍、车旗等均为赤朱色，就连宇文邕御驾上的纛，也染上了红色。

卯时的晨光，映照在这队车马之上，使得那些红色有些触目惊心。少顷，这支队伍缓缓移动，像一条河流，沉沉地向东奔流。鲜艳的红色，似血。

迎夏的队伍带走了大部分重臣，长安京师里，东宫独大。

东宫里，宇文赟少有的安静地坐在前厢厅。这里的几台条案，于他而言，似乎都很陌生。这两年，由于陛下全力灭齐，他则在宫中监国居多。昨日陛下的言行可以窥见，陛下暂时不会换太子了。

宇文赟深吸一口气，再缓缓吐出。回想起昨日，他的脸上呈现出少有的温和的光泽。

昨日午后，春和景明。文安殿。与高端阔气的正武殿相比，文安殿好似平民居室。小巧却温馨，有人间气息。在这个殿里，陛下罕见地召见了他一人，父子俩进行了一个多时辰的倾心交谈。严格地说，是陛下在倾心，太子在倾听。陛下罕见地将心底里最真切的感受剖给儿子听。关于朝中的人事，关于国政外交，面面俱到，像是做人生的最后交待。难道，他感到了异样？

太子妃进来的时候，宇文赟的脸上呈现诡异的微笑。其实，他是沉浸在关于陛下异样的揣测中。没有人知道，他曾偷偷地问过韦琼，自己何时能够亲政？没错，他当时用的就是“亲政”二字，把胆大包天的韦师给吓着了。

“殿下……”太子妃轻唤了一声。

宇文赟转过身来，仿佛惊醒一般，对着太子妃咧嘴而笑道：“这回是你的阿父和你的三叔监国，陛下对你娘亲家甚为亲近啊，你该满足了吧？”

丽华的脸上淡淡的，似一潭湖水，微澜不惊。

宇文赟又道：“本宫已遣人传随卿了。你也在座吧。”

丽华有些吃惊，尽管她的脸上没有表现出来。这位冷热不定的东宫太子，怎么想起让她陪同？她都有三、四年没有与太子并肩而坐了，她依旧没有说什么，只是在厅堂的上方找个位置坐下了。

宇文赟突兀地说：“陛下要你以独孤氏为榜样，好好辅助本宫，可本宫可不是你胆怯懦弱的阿父！”他奔到丽华的面前，夸张地咧着嘴，模样怪诞道，“你说本宫只能容你一个妃子吗？那阐儿的生母该如何处？娥英的乳母该如何处？王姬该如何处？简直是笑话！”

“那依殿下看来，该如何处？”一个沉沉的声音传过来，普六茹坚立在大厅的中央，目光定定地看着他的女儿和女婿。

宇文赟惊了一下，慢慢地转过身，似笑非笑道：“随卿到了啊？昨日那个朱满月闹得本宫烦躁不已，她吵闹着要立阐儿为世子，说太子妃未有男丁，可成为阐儿嫡母。”

丽华缓过气来，也立起身道：“按规矩，我早就是嫡母了，这个还用得着她来谄媚么？”

普六茹坚笑道：“太子妃乃陛下亲许，举国注目。一个嫡母算得了什么？你们正值春秋鼎盛，自然会有亲体血脉！”

“哈哈，妻父说得极是。”宇文赟打着哈哈，拉着普六茹坚的胳膊，往主座上牵引，亲热地说，“妻父啊，今日请你来，是有要事相求。”

“极尽所能。”普六茹坚落座道，“陛下今日还叮嘱臣，不要过分顺依殿下，当有所择滤。只希望殿下所求合乎情理，臣自当全力以赴。”

宇文赟佯装生气，竟有些小女儿忸怩的羞态。如若不是太子，倒也有几分可爱，他轻轻地说：“随卿的眼中，本宫竟如小儿一般荒谬么？今日请你来，可是正事。陛下要两份名录：灭齐中的奖惩名录和齐将齐士大夫中的可用之人，你替我办了吧。”

普六茹坚道：“作为监国，此乃臣分内之事。在臣下看来，齐武将少用，文臣中的薛道衡、李德林等文人学士皆可用；灭齐是我朝君臣同心协力的结果，要说奖励，全军当可，尤以齐王、内史大夫为先。”

提及宇文宪和王轨，宇文赟的眉头就蹙了起来，仿佛有点意外，随后便又是咧嘴一笑，道：“随卿倒是气度宏大，那两人你是真心要奖么？”

听了此话，普六茹坚跪将下来，定定地说：“臣绝无私念。臣亲历战场，目睹齐王与内史大夫俱舍生忘死，以陛下安危为己任。平阳之战中，两次救陛下于危亡，使陛下全身而退；邺城之战中，所向披靡，使齐人闻风丧胆……”

“好了好了。”宇文赟忽地就不耐烦，粗暴地打断了普六茹坚的话，总算是懂得些礼仪，伸手将普六茹坚牵扶了起来又道，“随卿啊，你总是这样，长人家的志气，消自家的气焰。那两人没有少欺凌本宫和你，你是怕了他们不成？本宫可不能如你一般胆怯！”他坐回椅子上，又像是自言自语，狠狠道，“仅此陛下一人，本宫无能抵御。但本宫不能懦弱，让一个臣子说三道四！”

久未说话的太子妃此时开口道：“殿下说得极是，殿下的威仪不容轻视。那宇文宪集荣耀恩宠权势于一身，说话无所忌讳，犹如当年的宇文护一般。殿下的思虑，妾身觉得极是。若就此纵容了他们，好比是在前方，掘下了自身的坟墓！”丽华的声音平平淡淡，脸上也是平平淡淡。但这几句话犹如一记响雷，在其父的心头炸裂。

普六茹坚呆呆地望着自己的长女，心下骇然。她才多大呀？一个二八女郎，竟能冷静地说出如此腹黑的话来！方才这番话，果真是她真心所想？东宫呆久了，她竟是如太子一般见识了？

太子微笑地投给太子妃一个赏识的眼神，转过脸对普六茹坚道：“太子妃说的才是自家的话！随卿，在东宫你就不必装模作样了吧，哈哈。”

普六茹坚也只好打着哈哈，三人又说了一些话。普六茹坚发现自己的长女也甚为关注亡齐，谈起齐国的名士，竟也是头头是道，极有见地。说那卢思道极富才情，诗韵尤胜，非一般人能比，随口还吟诵了他著名的《从军行》：“……从军行，军行万里出龙庭；单于渭桥今已拜，将军何处觅功名？”可见，她用心之深。连普六茹坚都在心里暗叹不已。这也使他渐渐地放下心来。伽罗曾经哀叹过丽华在东宫的处境，如今看来，她已然自立。只是，这自立中，有多少是委屈自己而求全的？普六茹坚将目光投给了长女，方才的话是她的本心么？有多少是她为了顺应太子而改变的心意？

然而，他在太子妃平静的脸上，看不出他要的答案。

又坐了一会儿，普六茹坚起身告辞。丽华也随身站起，轻声道：“阿父，娥英不太好，你要去看看么？”

太子听闻，忽地翻了脸，不耐烦地挥挥手道：“本宫最烦你的就是故作聪明！你想跟你的阿父单独说说话，本宫也没有说不准啊！去吧，去吧！”他再次挥挥手,像赶走一只苍蝇一样。

丽华还想再说什么,被普六茹坚止住了:“殿下,明日臣将名录呈上,告辞。”说罢,揖手,转身。丽华也转过身,疾步走在普六茹坚的前头。她走得极快,也不说话。既然太子那么说了,本来普六茹坚不想跟丽华单独说话,但看到丽华如此,只得跟着她走。

丽华一直走到了她的寝宫,方才停下,转身对随即而来的普六茹坚说道:“阿父,陛下沉疴在身,怕是不治。昨日,将太子叫到文安殿,面授机宜,大周的天唯恐要变了。非常时期,阿父千万千万小心,保全性命,保全族人。”

普六茹坚脸色大变,往丽华面前紧趋一步,低声道:“何有此言?”

丽华环顾四周,也轻声道:“千真万确。阿父无兵无权,留你监国,怕也是别有用心。”

普六茹坚的头上,浸出汗来。正要再问,房门却突然被推个全开,太子宇文赟大步奔进来冲到丽华的面前,猝不及防地扬起右手,照着丽华的面劈将下来,恶狠狠道:“说什么探望小公主,公主呢?”

恰好这时,娥英的乳母王氏怀抱着公主,慌慌张张地进来道:“殿下息怒,只怪妾身耽误了,让太子妃久等了。”

宇文赟恼羞成怒,走过去,对跪在地上的王氏狠狠地踹了几脚。再转过身,看了呆在一旁的普六茹坚,竟一言不发,转身扬长而去。

丽华奔过去,与王氏和小公主,哭成一片。不待普六茹坚有所应对,那宇文赟再次回转,像个疯子般拉扯着瘫在地上的太子妃,口里不干不净地说道:“走,走,走,你们不是要亲体血脉么?还不赶紧脱衣解带!”竟全然不顾一旁站着的妻父,将丽华拖拽着离去。

太子来去如风的这几分钟里,普六茹坚的脑袋一片空白。直到太子的身影完全消失,普六茹坚才仿佛从茫然中惊醒,全身的血液才流动,却又直冲脑顶。他的脸色由赤白变得赤红,一转身,他也奔出门,顺着太子离去的方向追去,却被王氏死死地拖住。王氏哭道:“阿翁啊,你不要追了。你不露面,太子妃尚无性命之忧。你若与之面对面,那太子妃今后堪忧!”王氏手中用力越来越大,说话的声音却越来越小,最后,她轻声说,“太子已非常人了,他可是什么都干得出来!”

普六茹坚猛地甩开王氏的手,对天长吼一声:“唉……老天啊,何时能佑我?”第一次在府外,潸然而泪下,遂踉踉跄跄地奔逃,出了东宫。

策马飞奔,从东宫出来,普六茹坚飞马穿过长安城,他也不知道自己要往何处去。马上的普六茹坚,像只遭人棒击的猛兽,懵懵懂懂,不知所以。出了城,马才渐渐地慢下来,信马由缰。陛下果真不久矣么?他留下什么人辅助国政?宇文宪、王轨、宇文孝伯这些人自不必说。自己呢?他对自己起了杀心?为何?骑在马上的普六茹坚心神不定。既然要杀我,为何又立长女为太子妃、将来的皇后?眼下,该如何选择?这位太子靠得住么?早就知晓,这位东宫不是善主!

天色微暗,普六茹坚才想到要回转。在门口苦苦守候的李圆通,远远地望见郎主,急急地奔过来道:“郎主,骠骑大将军庞晃和司水大夫郭荣已等候多时了。”

普六茹坚听说两位好友同时而至,心里大喜,大声道:“命阿九备好酒菜,今日,我要开怀畅饮!”方才在东宫里的所见所闻,真真令人恶心,似吞咽了一只苍蝇。一下午,普六茹坚都感到有异物堵在喉咙处,吐不出来,让他十分的不痛快。说实在的,他太需要一场畅快淋漓的酒局来发泄了。再说,前些日子,庞晃对自己说的那句话,那句绝对不可以示人的话,正好可以佐酒。

庞晃说的那句话是:燕、代频出精兵,兄若动兵众,弟助之,天下可图也。

第十九章 铜雀展翅以承日 隐忍伤痛待变天

立夏，铜雀台下的邺城，比千里之外的长安城要燥热些。伽罗带着她的长子和次子站在密密麻麻的人群里，等待着陛下的迎夏仪式。

掐算好了的日子。经过十日的长途跋涉，于昨日，这队人马才抵达邺城。令所有初次踏入齐土的北周人没有想到的是，邺城竟是如此的繁荣和富庶，完全没有战后的萧条与悲凉。这也难怪，平阳之战后，宇文邕的军队几乎没有遇到像样的抵抗。本来齐独孤永业三万戍守洛阳的军队算是精锐，但是在听说侯子钦关于投降的原因是“告急官军，永无消息，势之危急，旦夕不谋”。也就是说，皇帝根本不顾将士们的死活，一直在围猎。这样的朝廷，为其拼命，又有何益？最后，独孤永业也在韩擒虎的劝说下降了。

这也是令宇文邕颇为自豪的地方。灭齐，灭的是齐的皇室，并没有毁其城，害其民，所以他才敢这么坦然地率领众臣来齐土迎夏。如同上次灭掉梁朝一样，这次他们也是将北齐的朝臣掳至长安，皇室宗亲朝臣将军被杀的被杀，充奴的充奴。宏大的齐宫保留完好，那极尽奢靡的气息也未散去。倒是给了北周的众臣一个惊奇：五百人同时演艺的场景该是如何的宏大？相比齐宫的富丽堂皇，周朝的宫殿简直就如村落茅舍。

昨夜，在齐宫里歇息了一夜，阿勇和阿广没有睡好，他们都被齐宫的宏大给震撼了。硕大无朋的连片的宫殿，好像是永无止境、绵延不断。

辰时初，天已是大亮，邺城的阳光竟比长安来得要早许多。金虎台、铜雀台、冰井台等都沐浴在初起的晨光里，显得那么的熠熠生辉，气度不凡，尤其以铜雀台最甚。铜雀台的窗户都用铜丝做的罩子装饰了，初升的太阳照耀，更显得流光溢彩，贵气逼人。今日，陛下迎夏的仪式就是在铜雀台举行。它位于三台中心，是齐土乃至全国最高大的建筑。通晓天文地理的庾季才已经测算好了吉时，即辰时末，陛下便要诵读祭天长文。

铜雀台下，伽罗母子三人同所有参加迎夏仪式的人一样，为铜雀台的气势所震撼。始建于曹操之手的铜雀台，台高三丈，上有大屋百间，最高处是五层，离地有九丈。屋顶上置一铜雀，铜雀两翼张飞，有冲天之势。

普六茹广站在伽罗的身边，仰望着飞天的铜雀，对伽罗道："阿母，曹操建三台时没有设置铜雀，为何呀？依儿看来，这有铜雀的才名副其实。"

伽罗将嘉许的目光，许给了自己的次子。对这个孩儿，她总是掩饰不住偏爱。她抚摸着次子的头，却转过头，问长子普六茹勇："勇儿，你来回答广儿的问话。"

普六茹勇也仰望着那气度非凡的铜雀，见阿母考问，忙收回目光，侃侃而谈："灵雀被汉室视作为皇家宝物，曹操虽梦中揽有铜雀，不臣之心世人皆知，却也顾忌世人之口，仍要忸怩作态写奏疏让县，以表心迹。怎么好意思再在台上置有象征意义的铜雀呢？二弟不错，读了些书的，还晓得这番典故。这铜雀的确是高齐天宝年间修缮时所添，台下引漳河水经暗道穿铜雀台流入玄武池，可用来操练水军，实乃妙哉！"

伽罗喟叹一声，道："只可惜，那齐主重色轻国，将铜雀台用做嬉戏之地，误国误民啊。"

母子三人正在为铜雀台感慨不已，忽然两部鼓吹的合奏声响起。吉时已到，陛下要出场了。众人忙噤了声，又往中间拢了拢，人群里便纹风不透了。而普六茹勇却有意往后面退了一些，在他看来，陛下的祭文，并没有新鲜的内容，无非是宣扬自己的功绩，在祈祷上天的庇护。最为重要的是，他觉得非常非常的燥热。早上出来时，他穿多了一件，没想到邺城竟比长安要闷热许多。方才跟阿母说话的时候，他的背上已经热汗涔涔了。

出了密密匝匝的人群圈，普六茹勇猛然觉得神清气爽，步履也轻快了起来。战后邺城的大街小巷呈现出一种畸形的繁荣，所有的人都跑到街上，仿佛之前的战争将他们都锁在了家里一样。这会儿，人们的脸上都呈现兴奋、新奇的表情。许多人将家里的东西拿出来卖，叫卖声此起彼伏；各种流言蜚语稀奇传闻满天飞；街上三个一群，五人一伙地做了自觉的传播者。最大的奇闻莫过于胡太后带着穆皇后被迁长安之后，居然开了家妓院，还亲自接客。那胡太后在齐时本就是大名鼎鼎，放荡成性，与和尚通奸，沦落为全国的笑柄。而今，一个堂堂的太后居然带着皇后，做妓女都做到长安去了。妓院本来的名称却被忽视了，人们私下取名为“两后春楼”，这真真是千古的奇闻。

“公子，想要买件衣裳吗？”不远处传来一声问话。普六茹勇站在街头的拐角，不远处一群人正谈论胡太后的艳闻。其中一人大约是刚从长安归来，正吹嘘自己与胡太后的粉床艳事，普六茹勇听得是津津有味，却被这声问话给打断了。原来，他占据着一家店铺的门口多时，因而被人问话。

普六茹勇有些尴尬地退了退，不想那群人却又转了话题。被这一打断，他也失了兴趣，索性迈进店铺内。这是一间不大的铺面，仅仅出售衣裳和布匹。这种单一的经营，在大周也是罕见，却正合了普六茹勇的心意，他素来对鲜衣美服情有独钟。

方才问话的伙计见普六茹勇真的进了门，感到有些不好意思，分外热情，拿起一条绛色裤褶向他展示。这两年，下裳多由裙袍改为裤褶了，即两股各胯别也。普六茹勇温和地笑笑，这种更便于行动的裤褶，他已经有好几条了。但那伙计手中还有一根与裤褶同色系的锦缎丝带，这是在裤管膝盖部位紧扎用的缚裤。

普六茹勇接过缚裤，仔细地瞅着，心里欢喜得紧。这缚裤虽只为一截锦缎，却是做工精美。上面有细细的丝绣,花纹若隐若现,像个调皮的小孩,逗弄嬉戏,让人心情愉悦。

正在这时,门口进来一位女郎,张口就说:“阿正,穆后要的衣物都备好了么?”女郎年龄不及二八,却出落得丰腴美艳,似一枚夏果。她身材高挑颀长,穿了件大红的衣裳,样式为上俭下丰的新式衣裙。上面简约的紧身小衣,窄袖,将曼妙的身段勾勒无遗,一看就是位热烈奔放的女子。

听见女郎的叫唤,那位叫阿正的伙计连忙从里间拿出一个大大的包袱,递到女郎的手里道:“小女主,都在这里呢,要过目么?”

“当然。”女子答道,侧目才发现店里竟还站着一个人,手里拿着裤褶,忙走过来,百媚一笑道,“这位公子好眼力。这裤褶和缚裤原本是皇上最爱的样式和色彩,你要买的话,给五十铢吧,算是结个人缘。”

普六茹勇哈哈大笑,道:“好伶俐的嘴,诳语张口即来。什么叫皇上最爱的样式和色彩?难不成陛下还买你的衣物么?”

没想到女子立刻变脸,柳叶眉倒竖,本柔美的双眼也睁得大圆,气哼哼道:“哪里来的乡野小子,竟不认识我云中裳的名号么?你还真说对了,云中裳就是为宫里定制衣物的。”

普六茹勇笑嘻嘻地盯着她,拍着双掌,轻薄地说:“小小女郎,竟恬不知耻。本侯爷从未听说过陛下在宫外定制衣物。你说说,你的什么云中裳是何来头?”

那女子气急,一伸手便将普六茹勇手中的衣物夺了下来,又伸手推搡着他,轰他出门:“走走走,本姑娘不愿与你纠缠!阿正,将此人轰走!”

普六茹勇赔笑道:“别别别,我买我买。”伸手从上衣贴身处拿出钱来,却不是北齐的永安五铢,而是北周的五行大布。两人这才相视大笑,会过意来,方知弄岔了。普六茹勇一时弄糊涂了,他心里的陛下只有一个宇文邕,而女子口中的皇上,指的是北齐后主高纬。

年轻人相处默契,不一会儿,普六茹勇就弄清楚了,女郎名叫云朵儿,是旧齐主衣局子统云定兴的小女儿。作为主衣局副职的云定兴，负责的是皇宫的衣物玩弄之事，所以云朵儿说为皇上定制衣物并非诳语。只是齐被灭之后，云定兴被掳至长安，而他的家人仍留在邺城。云朵儿便开了这间店铺，作为养家糊口之计。阿正本是云府中的杂役，被抽出来做了店里的伙计。

普六茹勇也如实介绍了自己的情形，说自己九岁就被封为博安侯，此时阿父在长安辅助太子做监国，所以没有同往，自己与阿母和阿弟三人均是初次踏入齐土。

两人可谓情趣相投，普六茹勇言谈举止间甚是欢喜，眉眼里、满心里都是笑意，每根毛孔里都透着畅快，周身再也没有燥热难耐，全然忘记了自己从铜雀台的人潮中退出来的原因和目的。

此时的铜雀台上，热闹非凡，再现了当年建安三曹兴起的文学之盛景，这也是邺城迎夏的一个重要内容。建安年间，铜雀台上的登台公宴，诗酒风流，一直被传为佳话，宇文邕也为之所动。这次出长安，宫里的人没带出来几个，倒是将境内的文人骚客悉数带上了，说是要再现建安文学的繁华。

其实，众臣都清楚，当年台成之日，曹丕"飞间崛其特起，层楼俨以承天"的名句，仅仅只是写楼台么？曹公慷慨激昂地陈述自己匡扶天下的决心和意志，被史册铭记，流芳至今。陛下想效仿和再现的仅仅是文章么？陛下在位十八年，经天纬地，志在一统，不是更有资格站在这铜雀台上，向全天下昭示自己的志向和理想么？不管怎样，明君的雄心感染着众臣，像是一剂令人亢奋的汤药，铜雀台上群情激昂，热血沸腾。口若悬河者有之；深情诵读者有之；奋笔疾书者有之；仰天长叹者有之；嚎啕大悲者也有之。文人墨客，尽显放荡不羁之相。

这等机会，伽罗岂能放过？她带着两个儿子，本想让喜文舞墨的长子也在台上显露头角，一展才华。然而，这个不争气的竖子竟然临阵脱逃，不见人影了。伽罗气得咬碎了银牙，却是无可奈何。好在她还有次子，这个时刻，次子没有辜负她的偏爱，小小年纪，向母亲提出也要上台。

伽罗听了，心下大喜道："好广儿，你尽可上得台去！展示你的才学，让人们也见识见识太子妃的阿弟。"

虚龄八岁的小普六茹广其实是有些紧张的，但他却咬着嘴唇，用力地点了点头。见台上的人下来，便抢身上台，到了台中央，用还未变声过来的稚嫩童声，念了一首自己写的诗歌：青春上阳月，结伴戏京华，龙媒玉珂马，风轸绣香车，水映临桥树，风吹夹路花，日昏欢宴罢，相将归狭斜。

广儿年岁虽小，却也因诗歌才华，在台上的文人泛海里，掀起了一朵小小的浪花。

远在长安的东宫，太子宇文赟的心里也掀起浪花朵朵。或者说，他要以妻父的肩头为风口浪尖，站在上头，紧紧握住乾坤旋转。

从东宫到正武殿，这一路宇文赟走得有些急。他都催了三次，让御驾龙辇快些，再快些。语气急躁，却终归没有发怒，他的内心有说不出的轻松。仿佛自出世后，那块笼罩在自己头上的乌云终于要散去了。昨日，他让太子妃去了后宫，带回来的消息印证了他的揣测，他觉得自己坐上正武殿里龙椅上的日子已经来临。

这几日，他上朝似乎都上成了瘾。每天将夏冕整整齐齐地穿在身上，面对不多的几个留守官员，像模像样地议论着国事。但在普六茹坚看来，偌大的堂皇的宫殿，光鲜的年轻的殿下，零落的拘谨的大臣，共同构成了一幅令人发笑的图景。因为这段时间议论的很多大事小事，也只是议论而已。陛下不在，并不能决断。这就使得这幅图景中，掺进了滑稽的成分，甚至充满了儿戏的意味。

但此日的上朝，宇文赟却是一本正经，他当了真。拿着昨日普六茹坚呈奏上来的名录，念了一个开头，便重重地摔在地上。他对这两份名录，很不满意。

普六茹坚匍匐跪地，并不辩解，他早就料到有这一出。那天，在东宫，他将宇文宪和王轨两人的名字列入第一受封奖名录，被太子当场嘲弄和否定。但这次他依然如故，连他的亲弟弟普六茹整都排在其后，尽管阿整还以身殉国了。

太子从龙椅上站起来，踱至龙台前方，对着伏地的普六茹坚大声嚎叫：“你身为太子妃之父，却总是轻视东宫。那日，本宫特地叮嘱你的话，全忘记了！东宫就能让你如此轻看吗？你可掂量清楚了？”

普六茹坚并不答话，面对这样的殿下，他也无话可说。他能罔顾事实，将齐王宇文宪和陛下的心腹王轨扒至一旁？他能置陛下的心思于不顾？他能置天下人的目光而不顾？不说别的，单指灭齐，那两人的功绩举国瞩目，绝对是全军第一；两人在陛下心目中的地位和分量也是第一。他普六茹坚能抛开这一切，只为了顺着太子的意思？若真如此，还不被天下人的唾沫淹死？

“你倒是说话呀！”太子逼问着他。

“臣只凭本心做事。再说，”普六茹坚抬起头，冷峻地说，“臣无决断。臣制作的名录只是谏言，决断还在陛下和殿下。”

“好。今日，本宫就让你见识见识什么是决断！”宇文赟咧嘴大笑，笑声让人不寒而栗，“鞭笞二十！本宫亲自来罚。”宇文赟手执长长的软鞭，走下龙台，左手将右手宽大的袖口撸起，对着普六茹坚的背上头上狠狠地甩下来，亲口数着数。二十下数完，他将鞭子往普六茹坚的头上一扔，将宽大的袖口拂下，气势磅礴的样子，道，“退朝！”

普六茹坚爬起身，飞快地夺门而出，看也不看一眼自己的亲阿弟瓒，他也是监国。在普六茹坚伏地挨鞭子的时候，没有说一句话。

刚出宫门，来不及上马，就被斜插过来的一个人拉住了。来人低低地说：“郎主，有人在阿阇梨的墓地等你。”

普六茹坚定睛一看，竟是自己府中的李九，锁眉道：“你来凑什么热闹，快点回府。”普六茹坚心情不好，不想见人。

“是章仇大师，有要事。”李九低低地说完，转身就走了。他看起来，神情也不轻松，竟没有发现普六茹坚背上的伤痕。

听说是章仇太冀，普六茹坚沉吟了一下，又回望了一眼深邃的宫门，才翻身上马,朝着城外飞奔。

冯翊般若寺还是清明时节的模样,只是花草更为深密浓郁。章仇太冀一袭黑衣,袖口和裤管皆缚裤扎紧,连平日里常随身携带的酒壶也不见,可谓是非常的干净利落。他站在一棵大树的后面,警惕地望着四周。远远地看见了普六茹坚,闪身出现。

普六茹坚从马上下来,强颜欢笑道:“大师,为何不进府里吃酒?”

章仇太冀也不回答,而是再次环顾了四周,又拉着普六茹坚的手往僻静处走。走到一巨石后,才低低地说:“少主,兵已至,听候吩咐。”

普六茹坚的脸色巨变大惊,低吼道:“什么兵已至?你……你……你果然不安分!此时出现,不是要置我于死地么?”

章仇太冀听闻,脸色亦巨变,道:“公子何出此言?旧岁,你遣李九来找我,送来练兵计划,叮嘱我瞅住时机。眼下,正是千载难逢。”

普六茹坚头上瞬间流下豆大的汗珠,整个身子便矮了下去,竟比在殿堂上挨了鞭子还要痛苦。那章仇太冀好像怕普六茹坚不相信似的,自顾自地接着说:“李九一共来了四次,送了许多资费,说是要伺机而动,眼下便是机会啊。陛下前往邺城,且命在旦夕,京师空虚,此时不动,更待何时?”

普六茹坚惨白的脸,缓缓地抬起头,沉沉道:“你说陛下命在旦夕?你们派人去了邺城么?”

章仇太冀摇摇头,道:“这个倒没有,用不着呀。公子不知晓么?陛下背上有幼儿巴掌大的一块疮疤,永不愈合,已有三个月了。近日,已开始流脓了。唉,命不久矣。”

普六茹坚忽然发怒,一把抓住章仇太冀的衣襟怒道:“你参与了华山之巅的诅咒?抑或根本就是你所指使?这事有没有夫人的意图?”

章仇太冀大叫:“这都不关我和夫人的事!公子信不过我,还不能信夫人么?”

普六茹坚松开手，耷拉着脑袋，幽幽地说："伽罗糊涂！这等事竟不知会于我。如今，我既已知晓，便由不得你们瞎胡闹！大师，你快回去，解散了罢。"方才一激动，汗水流出，进了背上的伤口处，痛得普六茹坚咧开了嘴。

章仇太冀这才发现，他的少主竟然在殿堂上挨了鞭子。他霍地一下站了起来，道："恩公临终将你托付于我，有愧啊！你竟落得如此境地，让我情何以堪？我们这就杀进宫中，出其不意，定能拿下！"

普六茹坚一伸手，将他拽下来："我谢你的衷心，但千万不可莽撞！你若拿我当少主，就听我的，先散了罢。"普六茹坚双手扶住大师的双肩，几近哀求，"先散了吧。"他复又强调了一遍。

章仇太冀转过身，摇摇头轻声道："竟没有夫人的胸襟和胆略！等夫人回来再议。"却是无奈，只是叹着气走了。

普六茹坚瘫软地依靠在巨石旁，好像若无这巨石支撑，他便要倒伏了一般。万万没有想到，伽罗竟有这样的胆子，秘密组建一支私兵！那李九竟也口风紧。他们这是要干什么呢？还有多少事瞒着自己？他更深地叹了口气。这几日，陛下留他监国，实乃受尽了太子的凌辱。如果没有陛下的指示，哪怕是一点暗示，那无能的太子敢如此妄为？那天自己的两个异姓兄弟郭荣和庞晃分析得颇有道理，太子与陛下表面上势如水火，让自己来编制名录，最终的结果必然是要开罪一方。今日的鞭笞，即印证了庞晃的话。鞭笞，恐怕仅仅是个警告，得罪太子，丢掉性命也是理所当然的事。

想起庞晃，普六茹坚不自禁地打了个冷噤。灭齐之后，普六茹坚曾被陛下调任定州总管。定州，位居燕之咽喉，素以战事要塞闻名。地域广阔，设置在定州的总管府统领鲜虞郡。战国时，鲜虞郡的地盘上曾屹立一个中山国，达二百余年之久，可见其位置重要。哪知道，未满三月，又被陛下改任亳州总管。相比较，亳州在所有人的心目中，不能与定州相提并论。

与陛下诏书同时抵达普六茹坚面前的，还有他的旧日好友庞晃。庞晃性子爽，本是宇文护麾下的悍将，后又成了卫王宇文直的本官，也因这个原因，多年来受到陛下的压制。早就心生不满了，又有些心烦气躁，跑到普六茹坚面前聒噪，说什么自古燕地出英雄，陛下既然派你来了，何不利用这个机会，广结民间英雄？又说陛下疑心重，下手狠，连自己的亲弟弟都处死了，何况你一个外戚？还说陛下累年为宇文护所压制，任凭那宇文宪如何努力亲近，结局都不会好。总之一句话，要普六茹坚为自己铺一条后路。那句“燕地出强将，天下可图之”的话，就是在那个时候说的。

普六茹坚转回府里的时候，天色已暗。庞晃和郭荣又坐在后院，已有一个多时辰了。与前几次不同的是，今日，两人结伴而来，却无话语，坐在后院的花园里神情索然，默默无语。

普六茹坚背上的血痕浸染了两三个时辰，早已模糊一片。他速速走到寝房，换了一件衣裳。再出来时，李九也坐在了后院中，与他们俩正说着话。普六茹坚大惊，疾步过去怒道：“阿九，你为何呆在这里，还不快去司厨！”

李九站起来，道：“是两位将军传我过来问话的，那我走了。”

普六茹坚这才看见李九端来了三碗大骨炖制的浓汤。原来，两位挚友得知了普六茹坚在殿堂上的遭遇，便立即赶过来，又见普六茹坚没有回来，便让李九熬制了这肉汤。而普六茹坚却是怕李九提及了章仇太冀，所以慌忙将他打发走。

三人坐定，庞晃不免又是一阵牢骚。相比之，郭荣倒是沉稳许多。但这次，眼见普六茹坚挨鞭子，也是颇为气愤，也希望普六茹坚有所反击，至少要告诉陛下这一切。

普六茹坚沉沉道：“陛下临行前，与太子在文安殿有过一次长谈，两位知否？”

郭荣惊道：“杨兄的意思是陛下授意的么？”

这样一说，连性情急躁的庞晃也噤了声。他将李九端过来的大骨汤往普六茹坚面前推了推，自己也端起一碗，低头喝了起来。

三人都喝着汤，怀着铜铁一样沉重的心事，有一搭没一搭地说着话。

郭荣道："陛下心事重，临行前叮嘱太子这也是情理之中。难道陛下会授意太子来刁难你这位姻亲，为何？"

普六茹坚叹口气，将他的思虑说得风轻云淡："太子监国又不是独这一次，此次要叮嘱一个时辰有余，为何？陛下沉疴不治，他自是心知肚明。这满朝的文武，东宫那小儿岂能执于掌中？刁难于我，只不过是一个拙劣的警示罢了。"

庞晃跳将起来，大声道："有悖常理！你未有兵马，更无要职。一个区区的亳州总管，于东宫而言，谈得上是危险么？"

郭荣倒是理会了，道："症结正在此处啊。本来是定州总管，为何要转为亳州？陛下不放心。你们难道忘了，陛下请了数人为杨兄相面，这心底是有多大的症结呀？"

普六茹坚背上的伤隐隐作痛，这时候又听到了他最为忌讳的面相，不由得怒从心中来，道："欺人太甚！取而代之，也未尝不可！"

这句久久堵住在胸口的话，终于说了出来。刚一出口，普六茹坚便自知失言，变了脸色。倒是郭荣打了圆场，笑道："陛下都说了，你仅仅做个武将而已。别说气话了，竟与东宫的小儿置气。"

庞晃刚要开口，却被匆匆进来的李九打断了。李九进来报告一个惊人的消息：陛下没有攻打突厥，回朝了。

三人大惊：又要变天了么？

果真要变天了，只是他们不晓得。变天的征兆远在邺城，在病重的陛下身上，已经呈现。

夜幕低垂，华灯初上，铜雀台上的狂欢仍未结束。尽管次子广儿的登台，赢得了掌声和喝彩。但是，独孤伽罗的心里很不痛快。长子普六茹勇还未露面。他就像李九蒸笼上的雾气，被风一吹便消散了一样，无影无踪，不知去向。

伽罗心中堵得慌，早早地拉着普六茹广要走。广儿却是不愿，他竟不怵，小小的人儿竟要和满朝的文武名士一起把酒言欢，吟诗诵赋，文雅风流。伽罗自然是由着他去，有儿如此，她也是欣慰的。

雕梁画栋，窗幔轻舞。独孤伽罗坐在陌生的齐宫中，望着轻轻飘动的幔纱出神。这个长子，实在是让人失望。她也不知道，她的长子怎么会变成这个样子？是自己对他的管教不力么？

细碎杂乱急促的脚步声，打断了她的愁思，进门的是陛下的贴身内侍何泉。"哎呀，终于见到你了，我都来了好几趟了。陛下和郑夫人在昭阳殿里，快去觐见罢。"与何泉同时进门的，还有这句话。

伽罗都来不及施礼，就被何内侍抓住了手腕，拉着急急地往外走。走了两步，何泉低低地说："陛下的龙体欠安，夫人说话要慎之又慎啊。"他这才放开伽罗的手，小碎步的头里跑。

伽罗更是一惊，心里无来由地怦怦乱跳。脚步有些仓皇，跟在何泉的后头，在齐宫里绕迷一样地走着。也不知道过了多少道走廊、多少个院子、多少座亭子，廊阁之间，有流水潺潺，有花草芬芳。但伽罗的脑袋里也是绕迷一样，想不透这个时候，陛下为何要召见她。

终于走到了一处院落，也许是到了昭阳殿里的含光阁吧。何泉示意她停下，自己闪身进去。伽罗抬眼望去，院落很大，少有人走动，显得空寂寥落得紧。夜幕里，灯火跳跳跃跃的，像是她的心跳。这一路，差不多也走了一刻钟，伽罗的心仍是怦怦乱跳。

再抬眼，就见何泉急急地出来了，指引着她往里的路，他自己却是候在门口。

屋里也很宽敞，从屋脊上垂下来的布幔，有好多层，将宽阔的厅堂隔成了若干个逼仄的空间。伽罗径直往里走，往灯火最明亮处走去。及至尽头，方见到一宽阔的床榻，竟比普通家居的要大出许多。身材高大的陛下平躺在上面，显得瘦小而柔弱。郑姬坐在床榻边上，呆呆的，无助的，望着她的夫君。

直到了床榻前，第一眼瞄见躺下的皇帝，伽罗那突突乱跳的心，像是猝然停顿了，又像是被人突然摘取了般，空落落的，也感觉不到疼痛。张开口，却又没有说出一个字来，泪水却兀自流了出来，汹涌澎拜的。

郑姬见到伽罗，起身将自己的位置让了出来。伽罗也不谦让，坐下去。满脸的泪水也顾不得擦，呜呜咽咽的，低声唤了一声："陛下……"

宇文邕睁开眼，见到伽罗，眼里闪亮了一下，嘴唇舒展，呈现一个柔情的笑容，道："伽罗啊，是朕惹你哭了么？你肯为朕流泪？"他的手挪动了一下，想抬起来。伽罗的手下意识地伸过来，轻轻地握住了它，又轻轻地唤了一声："陛下。"

宇文邕的手不动了，安静地躺在伽罗的手掌中。陛下真是受苦了，原本宽厚温暖的大手，竟在伽罗的掌心中，显得单薄而冰凉。似一只老迈迟暮之人的手，瘦骨嶙峋，青筋暴露。伽罗看着这只手，泪水哗哗，滴了好些在上面。

宇文邕挤出一点笑意，道："这手已无力了，握不住美人，更握不住江山。伽罗，你是不是也觉得朕很无用？朕是天子啊，可是上天为何要让朕输给一班佛徒？朕也不是真的憎恨佛道，而只是为社稷想，为民生想。"

宇文邕的声音越来越大，竟有些气喘。他的眼里又放出烁烁的光芒，接着道："无惧！朕无惧！朕的孩儿已经长大，夺不走，朕的江山，旁人夺不走！"他将目光移到伽罗的脸上，定定地看着她，像是要将她的面容带走似的。叹息一声，又叹息一声，幽幽道："阿父为何不将你指派给朕！是朕结识你在先。可你们……"他将手掌从伽罗的手中抬起了，指着伽罗道，"你和坚却将自家的奴婢许给朕！"这句话说得有些重，站在一旁的郑姬也听到了。"哇"的一下，哭出了声，捂住脸，奔出去了。

伽罗的心蓦然一沉，望着陛下，又转头望着远去的郑姬。

宇文邕又道："朕已不怪你了，郑姬也为朕添了皇子。只是，朕走后，朕的皇儿们你要好好周全才是。唉，太子懦弱，太子妃要将后宫稳固啊。"一口气讲了这许多话，宇文邕渐渐呈现疲惫之态，微微闭着眼，调整呼吸。

伽罗这才呜咽道："陛下啊，坚对陛下的拳拳之心，陛下该明白的呀。待陛下康复之后，可以调看诸多坚亲自起草的文书笔录，全是为陛下想，为社稷想。坚的阿阇梨一贯如此教导，陛下一定要相信坚的忠贞呀。"

宇文邕睁开眼，又定定地看着伽罗，幽幽道："坚的阿阇梨朕也知道，不要提及了吧。伽罗，往后，你不可恨朕。"两滴泪水从宇文邕的双眼里流出，他转过头，长叹一声，竟有些呜咽，又重复了一遍，"你不可恨朕，你走吧。"伽罗站起身，将覆盖在陛下身上的锦缎整理了一下，方才转身离去。

郑姬坐在门口，脸上的泪水已经干了，神情却是木木呆呆。想起十几日前，陛下亲临紫薇宫的情形和他的那些絮絮叨叨的话。郑姬从中好像捕捉到了某种似有似无的情愫，却又无法诉说。方才陛下的话，其实是以心为笔，将那虚无缥缈的情愫，给描绘了出来。清晰透彻地展现在她的面前。

见伽罗出来，便站起身。受了委屈似的，扑向伽罗的怀里，又痛哭起来。伽罗轻轻抚摸着她的背，也是无声地流着泪。

转回房里，长子依旧未归，但伽罗已经顾不上这个了，她的脑海里全是陛下方才的样子，还有陛下说的那些话。关于郑姬，关于太子，关于太子妃，她竟不知陛下藏着这么深的心思。婢子，仅仅因为是婢子，他就冷落郑姬四年么？还有那句"不可恨朕"。不可恨朕什么？为何要恨朕？他做了让我恨他的事么？伽罗的脑袋嗡嗡，仿佛有人在耳旁，不断地将这些疑问灌给她，让她头昏目眩。连广儿进门，她也没有发现。

广儿披着一身的月光，带着微醺的酒气，进得门来。屋里的灯火很弱，他仍旧沉浸在自己的激动中，没有发现母亲的异样。

"阿母，你猜广儿拜见了谁？儿见到了大名鼎鼎的薛师薛道衡！薛师才高八斗，令人仰慕。十三便能作《国侨赞》，一举成名而天下闻。唉，可惜长兄不在，他对薛师也是最为推崇的。"

普六茹广一口气说了许多话，见阿母反应冷淡，遂走近些。发现阿母面色苍白，额头有汗珠浸出，好在神色却平静。

“阿母，身体患恙了？”广儿与阿母素来亲近，见母亲如此，自然急了。

独孤伽罗拉过普六茹广的手，急切地说：“广儿，阿母无妨，阿母是想家了。我们连夜回长安，好么？”

普六茹广有些不解，道：“陛下明日出征，我们不是要到后日才回转么？今日，我和叔德相约，明日还要登临铜雀台。”

伽罗已经站起身，边开始收拾行装，边对普六茹广说：“广儿听话，阿母今日定要回去。”

普六茹广拉着伽罗的衣裙，道：“兄长还未归来，我们要撇下他么？”

伽罗甩开广儿的手，冷冷道：“他已成人，不自知之明，阿母也无可奈何。”

“难不成兄嫂连夜要回转？这么急么？”一个声音传过来，把两人吓了一跳，郑译走了进来。

普六茹广高兴地说：“阿母，方才我跟郑叔一起回转的。阿叔，还未歇息么？”

郑译却没有理睬普六茹广，而是径直走到伽罗面前，低声问道：“方才在外头听见说话声，便冒昧进来了。阿嫂，你见到了陛下？”

伽罗按下心里的惊异，笑道：“郑兄，你到底有几双眼睛？”

郑译又趋近一步，道：“我是来向阿嫂报告一个消息的，下午我见到了长公子勇，他已经先行回京师了。托我来禀报一声。阿嫂，孩儿们都信我这个阿叔。”

“他为何要先行回转？几个人？有何要事么？”问罢，伽罗自己也笑了，轻叹一口气，“罢了，他是个不省心的东西。我本急着回转，也是惦记着他。”迟疑了一下，又道，“我是见了陛下，他……还好。”

这句迟疑的含义模糊的“还好”，已经透露出许多信息。郑译笑笑，作了个揖。然后，转身走了。

望着他的背影，伽罗呆了呆。这郑译貌似不起眼，却是一个幕后之人呐。他仿佛生就了许多眼，刚从陛下的宫里出来，他就能随后赶来。这样想的时候，收拾行装的手便慢了下来，到最后索性停下了，颓然坐在椅子上。

或许是闹腾了一天，兴奋了一天的缘故，此时的普六茹广感到疲惫从周身袭来，迷蒙的双眼，见伽罗已经坐下了，便倒头趴在桌上睡了。

愁眉紧锁的独孤伽罗脑袋又乱了，一会儿想到长子，一会儿又想到了陛下，现在又想起了郑译那意味深长的笑意。若真先行回长安，他也会知晓么？如果连他都知晓，那陛下还能不知晓？想起自己方才的冲动，她的背惊出了一层汗。她刚刚想要去见的人其实是章仇太冀。陛下说“不要恨朕”的话，其剑锋到底指向何方？郎君啊，你若在此，该如何处置？伽罗的手轻抚胸口，慢慢的使自己平静。

少顷，她站起来，像是下定决心似的，将刚刚收拾好的包袱拆开，将里面的东西回置于原处。又找出一件衣裳，披在广儿的身上，这才走了出来。

亥时都过了，硕大的齐宫里貌似静悄悄的，但伽罗却感到有暗流涌动。这寂静的夜里，好像一切都没有沉睡。院落里的花草树木，亭台楼阁，连同各个屋里的灯火，甚至无处不在的空气，仿佛都在等待。

等待什么呢？伽罗烦躁不安的心，被这个词一下子击中了，顿然平复。自己不也是在等待么？等待陛下最终的时辰。她知道，陛下是挨不过今夜了。她出门，只是想再去看看他。哪怕不说话，远远地看着，送送他也好。

伽罗沿着方才何泉牵引的路，走过了两个庭院，就发现有两个人一前一后地从侧面的小巷里绕了过来。她赶紧闪到一根柱子后面，那两人竟也是往昭阳殿的方向而去，这夜果然不平静啊。待他们走后，伽罗才出来，急速地穿过一条长巷，又从对面传来低低的说话声。伽罗环顾四周，发现右手边有一约半丈高的土台，台上建有凉亭。伽罗飞快地跑过去，藏在台基边。却没有想到，那几人也朝着土台走来。

“陛下恐不治，那宇文宪怕是又一个宇文护了。”

“我看也是。方才他挡住我们拒不让进，哪有一点顾及亲戚的情面？”

这几个人说着话，就上了凉亭，看来他们是想在凉亭里歇息。伽罗心里暗暗叫苦，这该如何是好呀？

“长兄，你可要拿主意。太子无能，尉迟家不能叫宇文宪踩在脚底下。”

“哈哈，阿弟此言差矣。宇文皇家终归与我族沾亲带故，不妨，倒是太子身边的异族要留意。正如阿弟所说，太子无能无德，而那随国公与其颇为亲近，倒是更要提防，此人绝非久居人下。”伽罗听了大惊，这是尉迟家的什么人呢？单听声音，她也分辨不出来。

“这个也无妨。儿听说陛下临走时，诸事都讲明白了。说那普六茹坚腹有鳞甲，如有失志，可立诛之。看来，陛下对这位姻亲也不甚信任。”这句话更甚，惊得伽罗差点儿站了起来。她动了一动，复又藏好，被迫成了一个窃听者。

“我还听说了，太子在朝里，为了名录的事，找了个理由将普六茹坚鞭笞了二十，太子也不是善主啊。”几个人扯着闲话。

这时，从远处跑来了一个人，小声报告说：“阿父、阿叔，已经打探清楚了。陛下亥时薨逝，现正准备起程，回京。”

几个人听了大惊，赶紧起身随那报信的人一起，急速离去。伽罗听了也是大惊，看了一眼那几个人的背影，影影绰绰的，看得不是十分清楚，便也迅即消失在夜幕中。

第二十章 真假传闻乱东宫 同窗暗助渡险关

雨，一直在下。先是淅淅沥沥的，随后就密密集集，现在是倾盆而泻了。普六茹坚躺在榻上，毫无睡意。心，没来由地慌乱，急跳个不停。一阵一阵，像极了这汹涌而至的雨，敲打在屋顶上，让人不安。不会是伽罗那里出了事吧？这个念头闪过普六茹坚的脑海，令他一个激灵，猛然跃起。现在约莫丑时，但他再也睡不着了。

不只是今日，这段时间，普六茹坚都是心烦意乱、寝食难安。朝中，各种传闻乱飞。虽离邺城千里之遥，但朝中每日都有陛下的消息。这些人，究竟长了多少双眼睛？多少只耳朵？听说，陛下的身体是一日不如一日。如果真的不治，自己该如何处？照目前太子对自己的态度来判断，往后日子会好过么？想起太子，背就隐隐地发痛。鞭笞的伤痕好像已经浸入了肉里，表面看不出来，却老是在隐隐发痛，像是警示。

雨还没有要停歇的意思，窗外的天仍旧黑黢黢，什么也看不清。普六茹坚收回目光，想把它落在书案上，却是不能落定。他的眼里没有字，心是乱的，看不见字。

这是要发生什么大事么？是陛下……还是伽罗……出事了？惴惴不安的心咚咚直跳。

有人在敲门，重重的响声，在黑暗的雨幕下，显得有些瘆人。使得普六茹坚一时恍惚，以为是幻听。他盯着房门看着，确认门确实在晃动，才起身开门。

太子妃丽华独自一人站在门口。

这样的雨中，陡然见到贵为太子妃的长女，普六茹坚不由得大吃一惊。太子妃浑身湿透，站立的地方，立时集聚了一摊积水。

“阿父，快快随我去东宫，太子有要事相商。”丽华的嘴唇发紫，声音也变了，不知是因为冷还是因为害怕。

普六茹坚从震惊中醒来，转身奔向后面的寝房，拿出一条伽罗的衣裙，让丽华换上。

“为什么遣你来报？他自己呢？”普六茹坚定了定心，这才问，“何事？”

穿上伽罗的衣服，竟也是合体的。丽华走近阿父的身边，低低道：“陛下前日驾崩了，太子请阿父去议事。”

尽管早有揣测，但此刻普六茹坚还是惊住了。他陡然跌倒在椅子上，道：“确切么？”

“毋庸置疑。”丽华边拉着阿父的手，往外走，边道，“阿父，趁太子高兴，可以多说几句话。”

太子高兴？为陛下的薨逝么？普六茹坚陡然甩开长女的手，心下凄然。陛下怎会有这么忤逆的孩子！丽华歉然，道：“太子的为人，阿父甚是清楚。快走吧，免得又生事端。”

普六茹坚只好随太子妃来到门外，却不见丽华的马车。一问才知太子让她单骑而来，以求速达，难怪她进门时全身湿透。

普六茹坚咬牙切齿道：“畜生！竟不通人性。丽华，你随阿父同乘一辆马车！”

丽华摇摇头，道：“阿父，这不合礼仪，儿还是独乘一辆吧。”

普六茹坚想了想，点头同意了。叫李圆通又备上一辆，并让他同去。其实，普六茹坚心里有些忐忑不安，背上的伤又疼起来。陛下在，他尚且如此，如今陛下已逝，他却唤太子妃来传自己，是凶是吉？怕是凶多吉少吧？

东宫里，太子宇文赟在屋里来回走动，所有的奴婢都跪在一旁，呼气都不敢大声。他们都知道，稍有不慎，触怒了太子，鞭笞是小事，弄不好就要丢了性命。

上天佑我！让我的揣测成真。宇文赟心中狂喜。终于没有人能压在自己的头上了，终于熬成了天子！今晨接到消息的时候，陛下已经逝去了三日。幸亏他们密不发丧，这三日里，那宇文宪、王轨都做了什么？接下来，自己该如何应对？这个时候，还是只有找妻父，让他为自己谋划。

想起随公，宇文赟便想起了自己的阿父在临行前的叮嘱。阿父说宇文孝伯可以用；宇文宪和王轨可以信任和依赖；而随公，不可依仗，如若有异常，当立诛之！因为他头生龙骨，腹有鳞甲。但是，他的妻儿都不要杀。不过，话又往回说。宇文赟想到这里，眉头又蹙了起来。自己的这位阿父总是为难自己，挑剔自己。从小到大，好像自己就没有做成一件对的事，亲近自己的人都被他视为奸佞，比如郑译；而与自己作对的人倒成了忠臣，比如王轨和宇文宪。哼，所谓一代天子一朝臣。这道理，阿父竟不懂么？难道他还想着在死后利用他的宠臣来控制本朝天子不成？他也不想一下，与天子作对的人，能有好下场么？

宇文赟这样想着，脸上露出不屑的笑容。阿父被他堂兄宇文护压制了十几年，难不成还要派他的兄弟来压制我么？那宇文宪竟敢在朝廷之上讥讽本宫，甚至害得本宫挨了笏板！这笔账还未算清，怎么能用他？这样的人不杀，岂不是让世人笑话？

进了东宫，太子妃让普六茹坚候在门外，自己先行进去禀报。出乎意料的是，一会儿太子亲自迎了出来，热情备至，笑眯眯地道："妻父啊，本宫的倚仗啊，总算是来了，快请进。"

普六茹坚笑笑，心里却警惕，这又是唱的哪一出？自己背上的伤还未好呢。也只好随着他进去。

"陛下前几日就薨逝了你说他好端端的要去灭什么佛啊？遭报应了吧。"宇文赟根本不想让普六茹坚说话，抑或是根本不想让他对陛下的死，表现出悲伤。他指着一张椅子，让普六茹坚坐下。自己却站在普六茹坚的面前，挥舞着宽大的衣袖，道："找你来，是想问你，第一个该杀谁？宇文宪么？"

尽管宇文赟常常语出惊人，普六茹坚也常常是屡听不鲜。但这句话，还是让普六茹坚魂飞魄散。眼前的这个人成为陛下，天下还不要大乱？普六茹坚惶惶地从椅子上跌落到地上，跪好，诚惶诚恐道："殿下……不可呀。臣以为殿下首先该礼葬先帝，平顺朝政，切不可妄动。"

"哼！"宇文赟气哼哼地坐到了普六茹坚先前坐的位子上，普六茹坚只好随着他，转了一个方向，面向着他。

"不灭他，难道还要等他养成了气候，再来欺辱朕么？"宇文赟对着普六茹坚大声吼道，"朕说过数次，朕的面前不要横着一个宇文护！他宇文宪像只狗样跟着宇文护多年，难道你要这只狗整日对着朕狂吠？"

"宇文宪拥有重兵，在军政中颇有威望，破齐又占头功，岂能轻举妄动？他和王轨都不能动。"那宇文赟都自称朕了，普六茹坚说话只好隐去了称呼。

"依你之见，这也不能杀，那也不能杀，朕只好先杀你么？"宇文赟阴戾的目光扫向他，顿了一下，觉得已经给了普六茹坚足够的威慑，方转口道，"朕不杀你。朕的阿父说你腹有鳞甲，头生龙骨。朕倒要看看，你是天子，还是朕是天子！笑话！那王轨居然说朕没有天子相，朕如今做了天子，那他的话就是诳语，杀无赦。"

普六茹坚面色惨白，黄豆大的汗珠滴落在地。真不知道如何向这位天子解剖胸襟，以示无辜。

丽华慌忙跪下，泣曰："陛下，妾身的阿父从来跟陛下亲近。陛下也说过多次，幸亏有阿父在朝堂上维护……"

"好啦。"宇文赟对普六茹坚的表现还算满意，居然没有动怒，还笑了起来，"随公啊，朕瞧你没有天子的气质呀，都吓出尿来了吧，哈哈哈……你不要劝朕，先保全自身吧。朕要杀，你也拦不住。"

"不可呀，殿下！"宇文赟的话音未落，从门口闯进来一个人，大叫道，"大冢宰是殿下的阿叔，战功卓著，为人宽厚，机敏豁达，于家于国，殿下都不能杀呀。”那人扑将进来，与普六茹坚跪成一排，原来是内史下大夫、监国期间负责掌控内阁政事的宇文孝伯。他虽不是皇族，但与陛下同窗，是宇文邕的心腹。陛下将郑译轰走之后，便让这位好友教导太子。但，不受太子喜爱。

宇文赟盯着地上的两个人，叹口气，无可奈何道：“你们倚仗着是朕的长辈，联合起来教训朕！哼，退下吧！”却出乎意料地对跪在一旁的太子妃极其亲热，亲自将她扶起来，柔声道：“爱妃，你今日着衣得体，风韵优雅，朕喜欢，朕要封你为皇后。”

普六茹坚和宇文孝伯并肩而出。这位同僚平素讷言，很少与普六茹坚有贴心之谈。今日，或许是气愤不过，拉着普六茹坚说：“殿下此时称朕实在是不妥，你既然要升为国丈了，该管的还是要管。”

普六茹坚道：“这位少君谁能管教？你难道忘了，我背上的伤还未痊愈呀。”

宇文孝伯一怔，迅即点点头，又叹口气道：“也是。世风日下，社稷堪忧。偌大的正武殿交与他，何守？何固？”遂与普六茹坚相揖让，告辞而去。

他们前脚刚出宫门，郑译与刘昉后脚就到了。于东宫而言，这两人是出入最方便的臣子，尤以刘昉更甚。刘昉虽不及郑译有计谋和才能，却更会讨太子欢心。他时常谋得一些稀罕之物件敬献给太子，还常常陪太子一起嬉戏于春楼烟巷中，比太子的内侍更为亲近。

郑译从邺城回，他被宇文赟派去探消息，每日再派人送回。宇文赟犹疑疯癫，却相信郑译，他的话多半是要听的。

刘昉却是从城里的春楼来。高齐的胡太后和穆皇后流落长安后，真的开了家“两后春楼”，邺城的传闻竟是真的，它变成了刘昉新的去处。有两次，他还想着把穆皇后拽回宫中，却被胡太后拦下了，说就是去做皇后也不干，在这里无拘无束的，到了宫中，勾心斗角的，哪里有如此的快活？于是，刘昉只好掳了两名春楼的婢子，献给了宇文赟。

见两位心腹到来，宇文赟又恢复了好心情。将方才普六茹坚与宇文孝伯的话转述给两人听，又扬言要杀人。

“殿下即将登极，各方势力虎视眈眈。”郑译不经意地瞄了一眼站在太子后面的太子妃，躬身道，“陛下刚驾崩，朝中要有我们自己的人扛鼎不是？仅凭我与刘兄是万万不成的。孰人能灭宪？依我看，非普六茹坚不可。”

“可是陛下曾有交待，坚不可久居人下，要诛之。”宇文赟也不顾忌，终于将宇文邕最后的叮嘱说了出来，“五叔终究是自家人，随卿毕竟是外戚。”

“哈。”郑译笑了一下，声音干涩至极，语速却很快，“先帝难道忘了宇文护也是自家人么？他不是将闵孝帝、明帝都杀了吗？宇文宪追随宇文护多年，难保他不会重演这一出。说句大不敬的话，先帝以苛责闻名，对殿下苛责，对臣苛责，对坚也苛责，独独对宪、轨、孝伯恩宠有加。恕臣直言，如今不是改朝换代了么，哪能还用其宠臣！”

“这倒也是。”宇文赟跌坐椅子上，喃喃道。他背后的丽华已是汗如雨下，她怎么也想不到，陛下亲自将自己许为太子妃，却要杀阿父！她用手撑在椅子靠背上，费了好些力，才没使自己跌倒在地。

“小御正，你以为呢？”宇文赟看看刘昉。最近刘昉频繁出入两后春楼，精神萎靡，面目都有些浮肿，心不在焉的。

被太子这一问，只好随着郑译的话说：“郑兄鞭辟入里，臣亦附议。臣以为太子要享受天威天乐，纷繁复杂的国务政务，交由能臣办理也未为不可，也是天经地义。再说，若陛下的妻父不可信任，那还能相信谁呢？”

“哈哈，哈哈。”宇文赟猛然爆发出一阵大笑，“与两位爱卿议事，令朕愉悦！只有你们才真正懂得朕啊！爱妃啊，”他向后伸过手，将右后侧的太子妃牵引出来，面目愉快，笃笃地说道，“朕要封你为皇后！”

“谢陛下！”丽华心里轻轻地松了一口气，由衷地感谢。她看了一眼郑译和刘昉二人，这句谢谢，实际上是想说给他们听的。

窗外的雨还在下，屋里的每个人心里也都下了一场雨。其实，他们谁都不知道，真正的陛下宇文邕此刻正睁着眼，想要看看他的臣子们，会怎样对待他的死。尤其想看看，那对让他既喜爱又提防，既羡慕又嫉妒，既想信任又时常怀疑的夫妻，会在他“薨逝”后干些什么？那自儿时留下美好印象的女子会有悲伤么？可以肯定的是，以她的精明强干，其心中怕是早有打算了吧？

出了城，伽罗便弃了马车，脱离了回京的大队伍。带着次子，并骑一匹单马，朝长安飞驰。伽罗用一根布带将两人捆在一起，广儿很乖，坐在伽罗的身后很不舒服，但他咬着牙，一声不吭。阿母说得很明白，阿父在京师有危险。他们要赶在陛下的车马前，回到长安。

晌午，他们已经奔驰了五十多里，可谓是人困马乏。路边有小客栈，伽罗与普六茹广下马歇息。一路上，普六茹广都没有说话，骑在马背上暗暗使劲。这会儿，喝了茶，吃了点心，身心舒缓，人就活泛了。

“阿母，你的骑术不输于男子！真是英姿飒爽。儿要作诗，歌颂阿母！”普六茹广性情不似普六茹坚内敛，颇得其母神韵，人活泛，言辞也活泛。

伽罗笑笑，没再理会广儿的恭维。她心急如火，马累得不行，自己的大腿双胯也磨掉了一层皮，疼痛难忍。她正思谋着，想要换一匹马。小客栈后面的马厩里，有三匹单马，还有一辆三匹马的马车，这些马自然没有自己的马那样疲乏。她让店主去唤马的主人来，想以重金换马。

“不卖不卖，我的马怎会卖？”伽罗刚刚走近马车，后面就传出一个声音，“我们要去长安，路途遥远得很。怎能卖马？”声音清脆，是位二八佳人，绿衣红唇，一口细牙白得耀眼。眼睛很亮很大，步履极快，一下子就闪到了伽罗的面前。

“这位姑娘，请帮帮忙。家翁患病，急等着我回去长辞，姑娘体恤啊，我可以多许些五行大布。”伽罗堆满了笑。

“不行不行。我云朵儿什么时候缺这几个钱？你请回吧，不要在此浪费时辰了。”自称云朵儿的女子挥挥衣袖，已经不耐烦了。

“我的马是匹好马，只是今日跑得太累。你三匹马一起，又不疾行，做件善事吧。”伽罗是真看中了那马。

“不行！”云朵儿提高了音量，已经很不耐烦了，“你莫要瞎纠缠了。”

“你这位女郎怎的就不通情达理呢？”不知何时，普六茹广也来到后院，他从后面插上来，对着云朵儿叫道。一时间后院热闹了，人叫马嘶的，沸沸扬扬。

“不要吵了。”一个声音传来，不啻是一声惊雷，众人都惊住了，因为这是普六茹勇的声音，母子居然在此相会！伽罗见到长子，先是惊喜，转而愤怒，她指着勇儿，怒道：“竖子！你竟撇下阿母和阿弟，独自戏耍！真是忤逆！”

普六茹勇也没有想到，竟然在这里撞见了阿母，忙解释道：“儿已托付郑叔请辞了。实乃是云姑娘要独行千里，儿心生怜悯，护送她去探父。”

云朵儿也听明白了，这位来换马的妇人竟是普六茹勇的阿母。她脸色通红，欠身施礼道：“原来是伯母啊！只怪我有眼无珠。你们只管将马牵走！快去探望阿翁。”云朵儿灵巧，笑容可掬，将手中的马缰绳往伽罗的手里塞，还不停地说着歉意的话。

伽罗想着方才是找了个托辞，说家翁病了。现在当着儿子们的面，谎言要戳穿了，终归不好。她凌厉地盯着云朵儿看了一眼，又盯着普六茹勇看了一眼。心里一惊，觉得他们眉目神情竟是十分相似，不仅仅是貌似，更是神似。想这大概就是阿阇梨所说的孽缘吧。于是，侧过脸对云朵儿道：“这位女郎是齐人么？这是要去长安？为何要去长安？”

云朵儿落落大方，笑答：“小女名唤云朵儿，阿父是主衣局子统云定兴。他已被周人掳至长安，骨肉分离，我这是要去长安与之团圆。车中带了些衣物，是要卖给两后的。”

伽罗冷笑道：“还敢称两后？齐人国母尚如此，能出什么好女子？你将自家托付给勇儿了么？他是能托付的人么？”

见伽罗话说得难听，普六茹勇拦在云朵儿的前面道：“阿母，怎能一句话将一个朝廷的女子都贬损了？云朵儿甚好，儿也不差。”

不待伽罗说话，那云朵儿竟将普六茹勇拽到身后，挺身而出道：“阿勇心地纯良，待我如亲人。”她转过头，对勇儿含情脉脉看了一眼，又转过头，对伽罗嫣然一笑道，“小女子以为，阿勇就是可以托付终身的郎君。”

伽罗被他们的举动气得冷笑，道：“好个不知羞耻的女子。那两后做出令人唾骂的千古丑事，你竟还念念不忘？还给她们送去衣物？不怕沾染了淫秽之气？”

云朵儿也不怵，竟也冷笑道：“伯母高高在上，又怎知亡国之痛！苟且，只为活命。”

站在伽罗身边的普六茹广听了这话，终于忍不住了，冲到云朵儿面前怒道：“这位女郎好无礼。即是苟且活命，为何要如此招摇？堂堂一国母后，苟且的办法甚多，为何要选最不堪的那种？”

“阿弟，休得无礼！”普六茹勇赶过来制止普六茹广，“小小年纪，你懂什么！”

“我看广儿比你要明事理多了。他方才的话，哪一句失礼了？出错了？倒是你，身为兄长，却说不出如此明理的话来！”伽罗怒道，她的心里还是惦念着长安的危局，语气平缓了些道，“广儿，你跟着阿兄坐车回去。阿母单骑。勇儿，好好带着他们，一路小心。”

普六茹勇和云朵儿异口同声道：“这不行。阿母，你们坐车，我们单骑。”

伽罗见两人皆有这般孝心，倒也宽慰，却仍旧冷着脸道：“指望你么？”边说边从三匹马中挑了一匹正中的大马，牵出来，走了两步，又转过头，对着普六茹勇说，“你们跟着大队人马回去，稳妥些，也可替我遮挡。就说我躺在车里，身体有恙，记住了啊。”

普六茹勇这回郑重地点头，几人就此别过。再三日。伽罗便回到了府中，却与普六茹坚爆发了结婚二十一年来最大的争吵，竟是与章仇太冀有关。

那日，章仇太冀别了普六茹坚之后，并未离开长安，而是将私兵散落于终南山各处，自己则在城里候着伽罗归来。他与伽罗一起回到府中，普六茹坚正在房中责罚李九。他第一次动用了皮鞭，将李九抽了一顿。见了刚刚从邺城回来的伽罗和章仇太冀，竟也没有笑容。

进门就见这种情景，伽罗心里有气。上前夺过普六茹坚手中的皮鞭，掷于地上，又亲手将李九扶起来，眼里就含了泪。

“人家已经将刀扬起，你非但不躲，还将头颈伸过去！这不是寻死么？你不活，我还想活，我满堂的儿女还想活。”她转过头，对着章仇太冀说，“当年我阿父死得冤屈，不谈报仇，但绝对不想死得那般窝囊。”

章仇太冀点点头，道：“郎主早就有交待，关键时刻可由少夫人做主。公子心有忧戚，少夫人果断。”

普六茹坚怒道：“章仇，你且停下！我这哪里是寻死？倒是你们，才是自寻死路！”他指着章仇太冀和李九说，“你们有几个兵士？就算杀了宇文赟，有用了？那宇文宪呢？尉迟迥呢？韦孝宽、李穆等一众柱国上柱国，你们都有把握战胜？若宇文宪有意自立，你们刚好为其扫除障碍，将祸害背上身！”

“陛下已经起了杀心，我只是不想坐以待毙，死得像阿父一样憋屈。”伽罗便将那夜在齐宫中听到的话，一五一十地向他们复述了一遍。又将陛下临终时对她叮嘱的话，说了个大概，自然隐去了她觉得不妥更不宜复述的内容，“陛下让我照全他的皇子，却又让我不要恨他。为何不要恨他？我这一路，就是没有想明白。”又提到了那句“你们却将自己的婢子许与朕”的话。这些话，将几个人都说得不寒而栗。

普六茹坚也联想起自己在东宫的遭遇，背上的伤又痛了。居然远在千里的邺城，都知晓了他挨受鞭笞的事情，这势力之大之广不可想象啊。他不禁悲恸，万万没有想到，为人臣子，竟是如此凶险，真真亏待了自己痴痴的丹心一片！

连同李圆通和李九一起，五个人下意识地聚拢在一盏青灯之下，商议如何应对。起兵，普六茹坚是明确反对的。还是那些理由，单一个宇文宪都斗不过，起兵岂不是找死？这个理由也说服了众人。

灯芯跳跃，火光摇曳。几个人围在一起，心心相印。一个时辰之后，思路渐渐明了：避其锋芒，力争保全，防范为上。

落实在李九身上的具体任务是，带着三子俊儿，沿着回京的路，与长子和次子会合，立改姓氏为杨。带些钱财，潜回齐地，隐居下来，若真有事变，也能为汉氏杨家留下一脉。并约定明年立夏，遣一人回冯翊般若寺探听消息，再做后一步打算。李九一一记下，速速带着杨俊当夜离去。

章仇太冀的任务是亲自去终南山腹地，挑选五十名精兵强锐，化成普通百姓，潜伏于府邸四周，一旦府中临难，即如天兵天将救全家老小性命。章仇太冀自己则领兵十人在普六茹府之中昼夜宿卫，司警卫之职。

伽罗负责府中日常事务，包括饭食，都要亲力亲为，以防小人祸害，而普六茹坚争取一切可以争取的力量。章仇太冀说，宫内可以联络郑译、刘昉，宇文赟听他们的；宫外联络庞晃，他才是第一个提出让普六茹坚举事的人。两人之中，尤以郑译为重。因为郑译若说服了宇文赟，那可以不流血地保全家族。

又三日，普六茹坚才在通往正武殿的永宁巷口遇见郑译。这当然不是偶然的遇见，普六茹坚日日守候在此。目前而言，唯有郑译一人能在宇文赟面前替自己说话。

见了消瘦骨立的普六茹坚，郑译着实吃了一惊。这位同窗心怀大志，一直是同窗中的佼佼者。如今，却又落得如此境地，令人唏嘘。幸好他得意之时未曾张狂，否则，此刻落井下石的人会很多。

见了郑译，普六茹坚像是见到了救命恩人，拉着郑译的双手道：“郑兄，可算是见到你了，你要救我呀。”

郑译道：“阿兄多虑了。上回东宫已表明心迹，不仅不会杀你，更要倚仗你鼎立朝纲。”

普六茹坚见郑译说得云淡风轻，心里便好受些。却是才下眉头，又上心头，叹道：“夫人从齐宫回。陛下那句致命的话，也有所耳闻。想想真是令人寒心，跟他和谐相处了一辈子,临终却落个杀身遗言。”

郑译将手从普六茹坚的手中抽出,轻轻地拍着他的手心,诚恳道:“阿兄,切莫要伤心、伤了身子。从另一处想,或许仅仅是警示。汉武帝杀钩弋夫人,目的是立其子。陛下若真有遗训,也是怕主弱臣壮。再说,陛下不是驾崩了么?将要主事的殿下那边,我还是说得上话的。”

普六茹坚点点头,正要再说。这时候,有一东宫的内侍急急忙忙地奔过来,他的面色苍白。见了普六茹坚和郑译在一起,也没有回避,惶惶地说:“东宫传话,请两位速速去正武殿。”

普六茹坚这才相信了郑译的话,觉得在宇文赟这里还是有一线生机的。他何尝不知道钩弋夫人的遭遇?如今,只能紧紧地傍着这位东宫了。遂急忙跟着内侍,急急地往正武殿赶来。进了殿内,只见宇文赟穿着绛色的夏冕,头戴十二旒珠,端坐在龙椅上,刘昉和御正中大夫颜之仪两位亲信都已经到了。

见普六茹坚和郑译进来,宇文赟这才从龙椅上站起来,匆匆走下盛放龙椅的龙台,将四位心腹拢在一起,低声吼道:“你们的消息有误,陛下没有逝去!他是在诈死!”

“啊?”几个人都惊得嘴唇大张,这个消息太令人意外了。自古都是秘不发丧,哪有诈死的举动?几个人都从这个消息中嗅出了危险的气息。

“本宫该如何处置,才能得这个乖张的陛下欢心?”宇文赟蹙着眉头,转过身,再次面对龙椅,众人也只好跟着他,面向龙椅,“这会儿怕是只有四十里了。陛下眼看着就到了宫里,你们赶紧拿个主意。”

“殿下速速换身孝服,城东二十里外设置灵堂,宗师中大夫宇文孝伯和御伯中大夫普六茹瓒随殿下一同前去哭灵。臣与郑兄回亳州,刘兄与御正中大夫留守。殿下,看此方法可稳妥?”稍稍思索,普六茹坚便做出应策。

“我看不妥。”御正中大夫颜之仪说,“既然已经知晓陛下未逝世,何苦还来演戏?随公,你们回亳州,害怕什么呢?”

“非得要间隙陛下和殿下的父子情分么？”刘昉对颜之仪这位老古板很生气，抢白道，“非得说破殿下在陛下眼前有眼线？再说，除此，颜兄有更好的法子？”

“好了好了，就依随公的策略吧。”宇文赟挥挥手，道，“他深谙陛下心思。”

众人皆依策而行。

出得门来，郑译脸上的汗还没有干。他望着同样面目苍白的普六茹坚，道：“还说你腹有鳞甲，陛下竟连这种事都干得出来！圣心，哼！圣心还真深渊啊！”

普六茹坚也吐出一口粗气，道：“郑兄，现在还不是牢骚的时候，小心遍地有耳。你是否要与我一同去亳州暂时一避？”

郑译想了一下，摇摇头道：“不去了吧？你也好好想想，去亳州是否稳妥得当？陛下临走前，命你在京师监国，而你现在却要跑去亳州？连颜之仪都有疑问。”

普六茹坚怔了一怔，道：“我先回府商议，你也不要呆在京师，惹人注目。倘若陛下得知，终归不是好事。”

郑译点点头，抱拳道声保重，两人便各自策马飞奔而去，留下忤逆的太子独自面对陛下。无论陛下与太子的间隙如何深，他们也必须坦诚相见。

宇文赟白衣素缟，悲戚地坐在临时搭建的灵棚里。此刻，他的悲戚是真实确切的。他怎么也没有想到，阿父竟然用诈死来考验自己。幸亏自己在妻父的阻拦下，没有干出什么出格的蠢事。否则，这位性情乖张的陛下，还不知道会怎样惩罚自己。

一阵风吹来，灵棚里的仙鹤起舞，摇摇飘飘，冲淡了悲戚的气氛。妻父说了，自己要装成什么都不知道，只记得哭泣就行了，什么也不要做，免得节外生枝。宇文赟想着，为一个没有死去的人，装哭，他想着就想笑。这个随卿，倒真是有些谋略，自己也着实离不开他。难怪阿父在最艰难的时候，也只与他相亲近相倚仗。这样的一个人，怎能轻易杀掉？阿父自己不仅不肯杀，还重用，为何让我去杀？阿父又在刁难自己！

午时都过了，何泉才过来。他的脸色虽不太好，但也属正常。陛下身边这位内侍如今也老多了，佝偻个背，显得老态龙钟。

“太子殿下，将灵棚撤了吧。这就随阿奴入宫。”

宇文赟故作迟疑，悲戚地说：“陛下已到达宫里了么？何内侍，本宫该如何自处啊？”说着，就要流下泪来。

何泉忙宽慰道：“殿下节哀。陛下身子不济，倒也无性命之虞。也不知怎么，就传陛下薨逝。查出了造谣之人，当割了舌头喂狗！殿下，赶紧收拾一下，随阿奴禀见陛下。”

宇文赟用手扶住胸口，长长地吐了口气，面向皇宫的方向，仰天而道：“阿父啊，你果然没有弃儿不顾啊。”又指着自身道，“本宫脱了这身素缟，便随你走。”说着，便转过身。那何泉见状，立即退出了灵棚外。宇文赟将浑身的素服脱下，再次抚摸着胸口，里面有一硬物抵着。他的手伸进去，想拿出来，随即又顿住了。想了想，便转身走了出来。

进了宫，宇文赟才知道，陛下还是歇息在紫薇宫。小小的紫薇宫里挤满了人，就连久不露面的阿母帝皇后和阿史那皇后也都端坐在厅堂。匆匆请过安之后，宇文赟来到后庭。

看见阿父的第一眼，宇文赟一颗悬着的心终于放下了。阿父再善于欺瞒，也是装不出这种濒临死亡的样子。宇文邕浑身整个地缩小了一圈，眼睛塌陷，浑浊无光，脸色灰暗，颧骨突起。见了自己的长子，眼睛倒是亮了一下，便像彗星扫过，稍纵即逝。很快，眼里的光芒就消失了。

在一旁服侍的郑姬见宇文赟进来，赶紧起身让位。宇文赟蹙着眉头，重重地看了她一眼，这才坐下。不待宇文邕开口，他便抢先说道：“陛下，你怎可歇息在此处？厅堂里还坐着两位皇后！”

宇文邕再次睁大了眼，这回是意外。他没有料到，这个竖子竟敢对病床上的自己指手画脚了。可叹，上天为何不多赐些时日于朕？他长长地叹了口气，忍下了，轻轻地说："郑姬深得朕心，你今后也要善待他们母子。"转而，强坐了起来，道，"宣你来，朕还有几件大事叮嘱。立太子妃为后，宇文宪、宇文孝伯、王轨、尉迟家族等都是你要倚仗之人，要善待要亲近。你的妻父普六茹坚，这次虽未有异动，但终究不能让朕放心。朕曾让韦琼相面，不久之前才知晓，韦琼与他深有渊源。看来，你五叔和王内史大夫的话有其根源。他的才能不在朕之下，只是被压抑而已。朕在世，尚能把控，若朕……你终究年少，定不能控，借助于五叔，方能除之。他的妻与子不可杀，切记切记。"

宇文邕说的断断续续，有些累；宇文赟听得也有些累。"儿知道了。阿父只管好生将养身子。儿已长大成人，自有主张。"

宇文邕摇摇头，急切道："你一定要听阿父的。今日就下诏书，将晋公宇文护重新厚葬，恢复其爵位，追谥。赟儿，你一定要听，这都是稳固江山之举。"

曾经那么处心积虑才除掉的权臣宇文护，如今又要厚葬、追谥？宇文赟知道这是陛下在为自己着想，是做给齐王宇文宪看的。但宇文赟却并不赞同，这样一来，那宇文宪不更是有恃无恐了么？阿父啊，你既然已将江山传于我，为何非要在我前头搁置个障碍？我怎能倚仗于他？

这时郑姬将熬好的汤药送进来，宇文赟站起身，并没有接过碗要自己亲手喂的意思。郑姬只好说："陛下，喝药吧？"

宇文邕点点头，柔声道："这些年苦了你。其实，朕看你第一眼，就喜爱你了。唉，上天竟不厚待朕。那日在伽罗面前说的话，你不要记在心里。朕早已解了这心结。否则，又怎会宠幸你？朕要治她，总要找个缘由不是？"说着，就有泪水流出。郑姬心里难过，眼圈也红了。

宇文赟看得有些腻味，音调冷冷地说："陛下，你且好生养息，儿先退下了。"

宇文邕不舍，转过头，道："赟儿，阿父还有几句话要讲。"

宇文赟便停下了脚步，不等陛下开口，蹙着眉头道："阿父总是不放心于我。

唉，儿已成人，自有主张。”宇文赟将先前说的这两个词又重复了一遍，“要说你就说吧。”

宇文邕气急，却是动弹不得。他看着郑姬，她早已是泪流满面。宇文邕只好用恳切的目光转向自己的太子，道：“郑姬是汉人，你可否不纳她？”鲜卑族有风俗，父死儿可继承除生母之外的所有女人。

这句话将郑姬惹得哭出了声，她抽泣着说：“陛下呀，陛下若不嫌弃妾身曾是奴婢，就让妾身随了陛下去吧。”

宇文赟却不正面回答，他是成心要气死阿父，道：“这等小事，还用得着特别叮嘱么？倒是那个五叔，儿一定要防着他。免得他像晋公压制阿父一样，压制我数年。说实在的，儿可不想像阿父那样，窝窝囊囊地怂十几年！”

这几句忤逆的话，使得宇文邕怒目圆睁，他大叫：“够了！忤逆的竖子！”然而，声音却如此虚弱，就连门外的两个皇后都没有听见。

郑姬目瞪口呆地盯着东宫太子，但宇文赟铁了心，他并不理会陛下的愤怒，接着说道：“你难道对我就没有一丝一毫的愧疚么？曾在朝堂之上，联合宇文宪欺辱于我！曾鞭笞我，用笏板击我！我一个堂堂的太子，被你弄得颜面扫地！你还将我亲近的人都赶走，让不通世故你的好友监视我！就是不想让我过上一天舒坦自在的日子！”宇文赟的目光渐渐冷酷起来，想起曾经的受辱，他已经气愤难耐，称呼上再也没有一句陛下或阿父，直接用你我代替了。之所以这样肆无忌惮，是因为不用请问太医，他已经知晓，眼前的这位陛下活不过三日。这使得他还有一个揣测，陛下真不是诈死，只不过是太医们用汤药维持了他几日的性命罢了。

一口气将这几句话说出来，宇文赟觉得浑身都畅快了。真要感谢那些太医，让这个该死的阿父多苟延残喘了几日，使得自己有机会可以当面对他吐出这口恶气。宇文赟浑身的每个毛孔都向外冒着欢愉畅快的气息，竟是一路哼着宫廷艳曲回到东宫的。

东宫的后庭，太子妃丽华与郑译已喝过一壶茶了。郑译没有随普六茹坚去亳州，也没有离开京师，而是潜回东宫，这也是宇文赟的意思。心底里，宇文赟只把郑译一个人当成心腹挚友，他也清楚，刘昉只是陪乐，太没有办正事的能力了。

进了东宫，宇文赟高声叫唤着太子妃。他今日高兴，陛下并没有像妻父想象的那样孔武有力、诡计多端嘛！堵在自己胸口十几年的恶浊之气，今日终于全吐向了他！吐向了那个曾经高高在上现在躺倒在病榻之上的陛下！从此，再无人敢欺辱自己了。

宇文赟欢叫着奔向后庭，如同一个不谙世事的幼儿，向郑译和太子妃炫耀着自己的战斗成果，却把两人吓得面如土色。郑译跳将起来，转着圈地移动略显肥硕的身体，双手不停地摩搓。他不能确定，那胸有沟壑的陛下是否真如太子所说，已经病入膏肓了。眼前这位太子得意忘形，实在是太荒谬，太无德了。

太子妃也被宇文赟的举动吓到了，她移步到郑译的身边，轻声道："阿叔，你当拿个主意才是。西厢那边今日还要大摆喜宴，阿叔觉得是否稳妥？"

"喜宴？为何？"郑译又是一惊。

"为长子阐儿庆生！"太子妃压低声音，望着不远处的太子。

宇文赟正在掌衣女的服侍下换衣裳，阐儿生母朱姬就是位掌衣女。他又和掌衣女调笑嬉戏，并没有在意这边。

"那个朱满月也是太不懂事了。这种时刻，自然是不妥的。"郑译怒道。

"这还真不能怪朱姬。她本不想，倒是殿下上心了，非要大办，也不知是做何想？"

郑译也随着太子妃叹口气，道："你阿父去了亳州么？唉，还是要他拿主意才好。"

"这我还不甚清楚。"丽华摇摇头，又像是自言自语道，"我还是回府中一趟，讨个主意来方好。这种时刻，我心慌乱，让阿叔见笑了。"

郑译道:“且不说你,我痴长几岁,心也是慌乱得紧。”

两人无奈地望着宇文赟,他已换好了衣裳,却还是紧紧地搂着那个掌衣女,将头颅蹭到掌衣女的胸口胡乱地磨蹭。很不检点,倒把这边的两人看红了脸。郑译轻声道:“太子妃还是陪在太子的身边吧,省得他又不高兴,我去尊君的府上探探。”

太子妃欠身施礼:“有劳阿叔了。”

郑译转身走了,他没有打扰宇文赟的兴致。丽华的心里深深地悲哀,既羡慕朱满月的运气,又恨宇文赟的无情。宇文赟已经有三个儿子了,可没有一个是自己亲生。现在陛下重病,宇文赟早有登极之势,这皇后之位一定是自己的么?以宇文赟的性情,若做不成皇后,往后这日子是没法过了。一直以来,若不是有与太子亲近的郑叔照应,怕是已经覆水难收了。望着郑译匆匆离去的背影,太子妃的内心灰暗至极,却也只得强做欢颜,跟在宇文赟的后头,前去西厢,为阐儿庆生。

天色渐暗,郑译来到普六茹坚府前,发现府中还没有点灯,出奇的安静。门口的宿卫也换了新的面孔,不过见他独身一人,也没有过多的为难,很快就让他进去了。

独孤伽罗独自一人端坐在中庭。她的脸上平静淡然,看不出喜乐,其实内心颇为焦虑。陡然的变故,使得府里的开支陡增,她的首饰已经变卖了好些,家中已有多日吃不上肉了。章仇太冀刚刚领了俸禄,她都不知道还能维持多久。

伽罗告诉郑译,普六茹坚已经去了亳州。没有见到普六茹坚,郑译想了一下,还是将宇文赟在陛下面前的荒唐举动,对伽罗和盘托出。又说到东宫现在正在摆欢宴。“陛下会怎么想?我等该怎么办?”郑译很自然地将他与普六茹坚归为一体,这让犹如在汪洋中颠簸飘荡的伽罗,感到暖心,使得她差一点点就将普六茹坚没有去亳州的实情告知郑译。

“太子既然已经与陛下翻脸。那就没有退路了。你且转回东宫,让太子做两件事。一，将宫中尤其是正武殿、紫薇宫的值宿全部换成东宫的人，让陛下之令不得出宫。二，如今，最重要的是防范各王，齐王为甚。我且去紫薇宫探探究竟。”伽罗略略思虑，便对郑译如是吩咐。

听着伽罗冷静的布置，郑译的内心极为震骇，对眼前的这位女子刮目相看。那句“让陛下之令不得出宫”，瞬间化解了郑译的担忧。这个女人了不得！郑译在心里叹道。难怪传闻陛下对她也高看三分。难怪普六茹坚与她无异生之子。如此险境，竟敢亲临深宫，可谓是有勇有谋啊，当下决定听从她的吩咐行事。

伽罗的双眼望着窗外，想起那日在齐宫见到陛下的情景。兀自不甘心、不妥帖了数日。老想着要当面去问一问那些传闻，遂转身去里间换了件衣裳，与郑译一起出得门来。

伽罗没有坐车，也没有戴幂罗。而是穿着常衣，将头上的首饰全部取下，用一顶大大的毡帽包裹住浓密的头发，看起来利落干练。而郑译却觉得这正是女人的英气，是伽罗的特质。自家的夫人若是这般装扮，怕是要遭人讥笑的。

两人骑着两匹马，各自离去。

第二十一章 素缟刺目抢登基 弟兄各异有分歧

青灯黄卷，古佛陋室，普六茹坚静静地坐在桌前。这是一处焚毁的庙宇，前年，陛下命令摧毁全国的佛道庙宇，这座冯翊般若寺也不能幸免。这几日，普六茹坚没有去亳州，而是带着李圆通，将这里稍事整理，住了进来。

看似平静如水，实则如何平静得起来？从明帝开始与宇文邕相识相交，又与他结为了儿女亲家。若不是伽罗亲耳所闻，怎么敢相信他最终对自己的评价是腹有鳞甲，头生龙骨？因而还招致杀身之祸。陛下呀，我何时有过异心呢？即便是头生龙骨，那又如何？那又能如何？

门被轻轻地推开了，一个身影闪了进来，伽罗披着月光进来了。她才从宫里回，陛下已不在宫里，而是带着两位皇后和一大群太医去了云阳宫，养病。所以，她想问皇帝的那句话，也没有机会问。令人意外的是，前去云阳宫的队伍里，有人辨认出了佛徒的身影。陛下这是怕了么？天子的身份也未能拯救他？然，他的觉悟是否晚了点？数月前，灭了齐国的政权，接着，就将齐土的佛、道两教给灭了。如今，又想请求佛祖的原谅么？

伽罗从郑姬处得到了证实，郑译说的都是真的。太子已经迫不及待了，对陛下说的话极其难听。这也证明了一个事实，陛下真的无力回天了。

“夫君，如何处？”讲完了这一切，伽罗双眼灼灼地盯着普六茹坚。

普六茹坚没有接她的目光，而是低下声音道：“我不甚明白，陛下既起了杀心，为何又不下诏令？既留给太子杀，为何又让我监国？陛下不忍心啊，陛下对我还是有情义的。”

“你一口一声陛下。告诉你,陛下对你没有那般亲近!陛下恨你送婢子给他做妃子,恨……”伽罗咽下了那句关乎自己的话,“还是那句话,我不想坐以待毙。我的长女没入深宫,每日炙烤;三个儿郎流落在外,隐姓埋名,有家不能回;我们自己要躲在这间陋室里,你还在记着陛下。”伽罗说着,又哽咽了,想起奔逃在外的三个儿子,心如刀割。

“夫人,皇帝不是没有诏令下来么?就算是留给太子处置,可是宇文赟还离不开我。因此,还不能冒进。”普六茹坚落下脸,也不顾及伽罗的眼泪,冷峻道,“我乃一大男人,自有分寸,你不可聒噪了。”

伽罗见普六茹坚冷酷的脸,便将反驳的话硬生生强咽回去了。

普六茹坚缓缓语气,道:“你先前说陛下恨郑姬曾是我的婢子?”

伽罗叹口气,道:“从邺城回来,陛下宿在紫薇宫。可见,他对郑姬还是有情义的。那个结,想必已经解开了吧。”

普六茹坚默不作声。想自己当年也是唐突,竟愚忠得像个傻子。凭本心做事,没想到竟给陛下留下一个心结。若放在现今,还会如此么?普六茹坚自己也不能确定。

见普六茹坚沉默不语,伽罗像是自语,呢喃道:“我又想广儿他们了,那个云姑娘也不晓得跟他们在一起否?若多个女人帮着小葭照应,三个孩儿也好过些。”

话不投机,呢喃了几句,伽罗起身要回转。这时,门外宿卫李圆通急急地跑进来,道:“陛下驾崩了,这回是真真切切。”

夫妻俩大惊:“何处得来的消息?”

“内史下大夫郑译又来了府中,特向夫人禀报。”李圆通面向伽罗道,“章仇大师将他带至此处,正在门外候着,郎主夫人可否一见?”

“什么?章仇大师怎能示人?”夫妻俩又是一惊,对望了一下,均微微点头。事已至此,已不可隐瞒了。

少顷,郑译和章仇太冀进来。郑译见了伽罗和普六茹坚,犹如见了救星,趋步向前急道:“夫人,陛下真的驾崩了。我已按你的吩咐布置了,各王也未见异动。太子遣我来问,何时登基?”

“登基?按礼制最早也要一个月后,也不能太不讲规矩了吧?”普六茹坚道。

“我看他是等不了那么长时间的,怕的是夜长梦多。”郑译回答普六茹坚,却朝着伽罗看。

“他难道是不知礼制么?要的就是你们的奏请。非常时期,这也情有可原。”伽罗转向两人,嘴角扬起一缕笑意道,“唯一值得欣慰的是,我等暂时无性命之忧了。”

章仇太冀道:“这还得看那几位宗室大王是否真无异动。而况,齐王宇文宪在宇文护时代就对郎主怀有忌惮。如今,朝中算他势力强大,这也是郎主的威胁。”

“无端揣测毫无意义。郑兄,我这就随你进宫。”普六茹坚站起来,换了件紧袖口常服,用一条缚裤将裤口也扎紧了,一身轻便装扮。

一行人来到门外,郑译和普六茹坚两人往宫里去,章仇太冀和独孤伽罗、李圆通回到府中。

有郑译带路,两人很顺利地抵达宫中的文安殿。殿里灯火通明,宇文孝伯、刘昉、颜之仪都在场,东边的角落里还站着两个人。一个是宇文赟身边的内侍阿炳,另一个便是新开府于智。他们两个的头凑在一起,像是说着隐秘的话,却没有背着殿内的人,想必他们也是宇文赟的亲信了。于智这个时刻冒出来,令普六茹坚和郑译都有些意外。

宇文赟见两人进来,竟然笑了一下,亲热地说:“随卿啊,这次你失算了吧?陛下没有你想象的那般强大,害得本宫白白地哭了一场!好在,本宫要说的话都说了,他也识相,听了本宫的意见,由两后陪着去了云阳宫,而不是呆在破旧的紫薇宫里。”

陛下去了云阳宫，据说是因为觉得云阳宫的风水好，适宜疗养身子，这位太子却说是因为他的建议。普六茹坚也不跟他争辩，倒是宇文赟毫无顾忌的几句话，引来了宇文孝伯和颜之仪两人热辣辣的目光。他们盯着普六茹坚，像是刚认识普六茹坚似的，又好像是终于知道普六茹坚是什么人似的，目光阴沉。

普六茹坚被他们盯得很不自在，脸也不禁通红，仿佛做了亏心的事被人戳穿了似的，竟然低下了头。倒是郑译不惧，他也怒视着那两人，尖声道：“你们俩还有脸站在此处！东宫危急的时刻，首先想到的竟是求助于随公。而身为宗师中大夫和小宫尹的你们，却只知道在陛下面前搬弄是非，指指点点东宫的过错！”

郑译的话很不友好，却也道出了实情。两人遂变了颜色，好在，今日东宫心情很好，没有深究。宇文赟打了圆场，说：“郑译，你不要扯远了。今日要务是朕何时登基，选个吉时吧。”宇文赟再次迫不及待地用“朕”来称呼自己了。

众人面面相觑。这位太子也太忤逆了吧？陛下刚逝世，灵柩还未回宫，他倒是笑容满面地让臣子谈论商议登基的事。若史书记载，这些臣子，要背上千古的骂名了，谁敢出声？

见没有人吭声，宇文赟很不高兴，厉声道：“怎么，连你们也反对吗？难道还要等那些叔王们来抢朕的龙椅吗？”宇文赟变了脸，五官蹙在一起，比平日的相貌要凶狠丑陋许多。

刘昉嗫嚅道：“这也是，早日登基，早日安稳。太子是理所当然的继位者，别人再来抢，便是谋逆了。”他望着众人，有些无奈，也是希望大家都同意，不要再生出事端。

众人果然都默认，连掌管符玺的颜之仪也没有明确表示反对，他素以固执耿直著称。

宇文赟道：“既然都无话，那越快越好，明日一早，正武殿里登基。”

普六茹坚本想说太匆忙，会削弱登基的威仪。但于智匆匆进来，道：“陛下的灵柩已到达宫外，停放何处？请示殿下。”

“随意。”宇文赟冲口而出，他的思想仍停留在明日登基的事上，“这等琐事也来问，真是无用。”他抱怨着，却突然瞥见众人都齐齐地张大着眼望着自己，猛然觉得是否太过分了，转口道，“他说过喜爱郑姬，就停在紫薇宫吧。”

“是。”于智领命，转身要走。

“且慢。”郑译将宇文赟拉过一旁，对着他的耳朵说了几句话，普六茹坚望过去，只见宇文赟不停地点头。

“你还是守在先前的位置。”宇文赟对于智说，“你的位置极其要害，不要随意动了。”于智这才转身离去。

“辛苦你去一趟，安顿好陛下之后，你和颜爱卿负责筹备明日的大典，就不要去吊唁了。”宇文赟柔声地对刘昉和颜之仪吩咐，特地让颜之仪将文书及符玺绶带都准备好。

“宗师中大夫宇文孝伯听令，你将几位在京师的王叔都请至宫中。陛下逝世了，他们也该有个吊唁的样子，要穿素缟，不准带兵器进宫啊。长安城之外的宗亲，也是一致对待。”宇文赟特地叮嘱，想必这便是郑译方才的提醒。

“是，陛下，臣这就去办。”宇文孝伯竟自觉称宇文赟为陛下了，这使得宇文赟又笑了一下。

宇文孝伯也走了，文安殿里只剩下宇文赟、郑译和普六茹坚三人了。宇文赟这才轻舒了口气，叹道：“总算是理出个头绪了。郑译啊，幸亏有你在朕的身边，明日就用你做内史大夫。”

郑译看了看普六茹坚，转而对宇文赟道：“臣不敢贪功，此乃陛下的妻母之策，臣只不过是转述而已。”

宇文赟点点头，笑道：“你不用替他们挣功劳啦！朕知道了，朕封太子妃为皇后便是。”说着，已经移步了，郑译拉着普六茹坚，跟在宇文赟的后头，往紫薇宫而来。

“妻父，方才这一段，还未听到你的一句言词呢。想什么，嗯？”宇文赟走着，忽然掉过头来，问普六茹坚，“你还有更好的计策么？”

“殿下……”普六茹坚想了想，又改口道，“陛下，若王叔们无动静，可千万别动兵了。”普六茹坚从宇文赟方才的吩咐中，嗅出了危险的气息，他想避免血腥。

宇文赟落下脸，冷冷道：“朕不想再有一个阿父或者宇文护骑在头上拉屎拉尿！”

郑译连忙碰了碰普六茹坚的手肘，示意他不要再说宇文赟不喜欢听的话了。三人默默地走了一小段路，不一会儿就到了紫薇宫。

紫薇宫小且破旧，陛下的灵柩已经摆放在厅堂的正中，临时扎就的白事用品也不甚精致，可能是赶工的缘故，披挂的素缟、素绢和白纸花竟有好些都脱落了、裂开了，看起来很寒碜。哪有一点皇家的体面？何况是一代明君的丧事，岂能如此草率？普六茹坚心里想着，便吩咐守在一旁哭泣的内侍何泉，将脱落的素缟都整理修复完妥。

宇文邕还未入殓，被放置在郑姬的床榻上，浑身裹着白素的绢。普六茹坚没有想到，躺在素缟里的陛下，曾经威武不屈、胸怀乾坤的陛下，现在变得如此单薄瘦小。背上莫名其妙的烂疮，将他折磨得不成人形。整个脸庞、五官都塌陷下去了，好似被蒸干一样，皱褶遍布，干瘪苍老。他正值春秋鼎盛啊，却是壮志未酬！落得如此境地。悲戚像洪水猛兽，漫过心肺，吞噬肝肠，瞬间摧毁了他的五脏六腑。普六茹坚的泪水汹涌而至，湿了双眼，湿了脸庞，湿了衣襟，也湿了内心。

“妻父，你看他还能指点江山么？还能控制朕么？”不知何时，宇文赟走到普六茹坚的身后，也目视着宇文邕的面容，“他毫无生机，却不自知！”宇文赟又加了一句。

普六茹坚的泪水像浪涌，夺眶而出，他迷蒙地看了宇文赟一眼，终于哭出了声，呜呜咽咽道：“陛下呀，竟是带着天大的遗憾走的！那锦绣的江山也留不住你么？甘心么？”再也挺不住了，瘫倒在宇文邕的榻前。

宇文赟有些吃惊，他不明白这位被陛下判了死刑的人，居然会对陛下的死如此伤心。他的泪水有几分是真诚的？宇文赟扬起嘴角，掀起一个鄙夷的笑容，用脚碰了碰地上的普六茹坚，冷酷地说："你真的为他嚎丧么？他可是对本宫说过，你腹有鳞甲，当诛则诛！"

普六茹坚以头伏地，悲怆道："臣不信，臣不信啊。陛下知我、懂我、亲近我！陛下曾与臣歃血断金，披心相付！要创造出一个锦绣的江山来！如今，锦绣的江山已在眼前，可陛下却弃世而去，让臣如何自处啊？"

见此情形，郑译慌了，奔过来也跪倒在普六茹坚的身边，低声道："各王爷都已到了，你这副样子易授人口实。告退吧。陛下，臣等告退。"

宇文赟怔怔地看着眼前跪着的两个人。普六茹坚肝心若裂的悲伤，令他都有些动容。他挥挥手，让郑译将普六茹坚拖下去。

门外，宇文赟的王叔、王弟们陆陆续续到了。就连小小的窦丽，也由其父窦毅牵着手，哭哭啼啼地来了。她一直与舅父宇文邕很亲，哭得十分悲绝。

在场的人，全是白衣素缟。这让人惊悚的素白，将破旧的紫薇宫淹没了，又好像正酝酿着什么。

唯一令人欣慰的是，依照郑译的判断，普六茹坚一门暂时无性命之忧。如此，李九和三个流落在外的儿子可以归家了。他们会在哪里？会依约在旧齐候着么？

小小的院子里，被月光洒满了。紧挨着墙跟，有一丛带刺的蔷薇，开得热热闹闹的。已改姓为杨的广儿坐在蔷薇旁边，静静地望着月亮。他想家了，想阿母了。

九叔的儿子李武和三弟杨俊年纪相仿，两人喜欢一起嬉闹。这会儿，一个拿着扫帚，一个拿着小木棍，从屋里奔出来在院中乒乒乓乓。小葭姨在厨房里收拾，九叔陪在旁边，他们两人似有说不完的话。即便是这种流落在外的时刻，两人依旧心心相印。西厢房里，大哥和云嫂也黏糊在一起，他们也有说不完的话，这会儿云嫂在做衣裳也不得消停,大哥的嬉笑声时时传出来。

这是他们搬的第三个家了,前两个在邺城附近。云朵儿将原本送与长安两后春楼的衣裳,拿到城里去卖了,生活也还无忧。可是,李九说云朵儿在邺城很是招摇,怕被人认出来,过了一段时日就搬了。

如今这个院子在东京洛阳附近。此处自古为兵家要塞之地,是泱泱中原的重镇。李九却没有这么多理论,他只是觉得这里人口稠密,来来往往的人多杂乱,其所谓大隐隐于市。李九将这个理由一提出,立刻得到了杨广的赞同。实际上,每次的决定,基本都是李九和广儿做出的。作为长子,杨勇好像对这些都漠不关心。他的心窍被云朵儿迷住了,而云朵儿又被她做的衣裳迷住了。

也不知为什么,杨广对这个汉魏故城有着天然的亲近感。刚从邺城归来,铜雀台上的文艺气质已经征服了他。如今又来到曹魏父子亲手创建的古城,杨广的内心,一直被尊崇的膜拜感充斥着,激荡着,思考着同龄人都不曾思索的问题。

这会儿,杨勇带着他的笑声,从屋里来到了屋外。他拥着云朵儿,也到了院中。

"阿弟,又在望月吟诗呀?"杨勇看见呆呆坐在墙边的杨广,打趣道。

杨广蹙着眉头,十分厌恶大哥这副没心没肺的样子。要知道,他们是出来躲难的。过的是离家改姓、颠沛流离的日子。他倒好,把这份日子过成了游山玩水。杨广扭过头,不理睬他。杨勇却不知趣,走过来竟抚摸着杨广的头顶道:"想些什么呢?"

"想阿母,想长安,想府里可能遇到的灾祸!"杨广用力甩开杨勇的手,没有好声气地说。

"阿弟,不是我说你,你这样想有什么实际用途?你能帮上忙么?除了忧心伤心,还能有什么益处?"杨勇也不满意杨广的表现。

"那你们这样就有用了么?"杨广站起身道,"这段日子,你只晓得饱食终日,浑浑噩噩，你说你这副样子，我们怎么能回长安？”

杨勇怒道：“你这是什么话？回长安，是我能说了算的？小小年纪，成天胡思乱想。”

杨广冷笑：“哼，你作为长子，没有一点主张么？”

云朵儿拉过杨勇，狠狠地瞪了他一眼，又拉着杨广安慰道：“阿弟，不用忧心。今日上午，我去集市打探到陛下去了云阳宫，没有人被杀的消息，府中应该安然无恙。”

杨广仰起头，眼里竟闪着泪光，道：“云嫂，阿弟我真的想长安了，想阿母了。你说，这种时刻，作为孩儿，竟不能替父母分忧，岂不是无能无孝道？”

这句话，让站在不远处的杨勇红了脸。作为长子，竟不如阿弟将这层看得重。

云朵儿揽住了杨广的肩头，柔声道：“阿弟有这份心就很好了，何必苛求自己呢？你这么小，能做什么呢？好好活着，将来延续香火，将杨府发扬光大才是有用的。”

“好朵儿，明事理。阿勇何德何能承受你的一片真情？”不知何时，小葭也来到院中。听了云朵儿的那番话，喜上眉梢，将她拉过一旁，悄悄地问，“延续香火？你是说你有喜了么？”

云朵儿的脸上飞起一朵红云，模样娇俏可爱，微微地点点头，却又锁了愁眉，叹了口气道：“上次路上巧遇夫人，却又闹出误会，还不知她对我是否已有成见？如今又这么不明不白地怀了。葭姨，夫人和阿父会不会看轻朵儿？”

“怎么会呢？”小葭安慰道，“夫人心胸旷阔，于这非常时期，足以见你赤诚，感动还来不及呢。葭姨的事你听勇儿讲了吧？全是夫人做的主，她开明豁达。”

这边两个女人说着私房话，那边两兄弟又和好如初了。他们的话题从铜雀台上的诗酒文章，谈到了洛阳的战略地位。这是杨广喜欢的话题，只听他慷慨激昂，振振有词道：“洛阳居于中原腹地，东南西北皆可达，且人口密集，物产丰富，水系发达。从商周开始，就筑城建都，曹魏父子对此也情有独钟。要我说，灭了齐，得了东边大片山河，迁都此地也未为不可。”

杨勇哈哈大笑，道：“你一个黄口小儿，尚在逃难之中，却想着这天大的事？阿弟啊，难怪你一天到晚的，除了读书，就是痴痴傻傻，原来是想这些不着边际的东西啊？”

杨广被笑得发窘，有些恼羞成怒道：“说远也不远呢。传闻陛下病重，若姊夫登极，那不是日日可见皇帝？我要做个栋梁之臣。哪像你，成天只晓得粘在云嫂身上。”

“哎呦呦，快快住嘴。在家阿母管教得紧，这出了门倒受起你的教训不成？”杨勇性子涣散，倒也不失为一位性情温和的兄长。

“你就是不听阿母的教诲！那窦丽年方六龄，就能给陛下出谋献策，传为美谈。可你却常常将什么黄口小儿挂在嘴上！”杨广与杨勇总是话不投机，他扔下这句话，往屋里跑去了，“不跟你废话。我要去看书了。”

兄弟俩的谈话，全被站在门口的李九听到了。这样的谈话，兄弟俩之间时时发生。他总在想，这对性格迥异的兄弟，根本不像是一母同胞。长子鲜衣怒马，风流倜傥，涣散慵懒；次子胸怀大志，朴实无华，勤思敏行。

“哇，你坏！”李武哇的一声哭了，扔掉扫帚，跑向李九，将李九的思绪打断了。原来是他与杨俊打闹中，被杨俊敲了一棒，跑过来告状。李九爱抚地抚摸着儿子的头，道：“又被打败了？好好练，超过他可好？”

武儿乖巧地点点头。小葭和云朵儿被武儿尖锐的哭声吸引过来，都看见了武儿胳膊上通红的印痕。小葭心疼，回头给几步远的杨俊丢了一个白眼，生气道：“俊儿，你又不听话了，又欺负武儿！”

云朵儿走过去，揪住杨俊的耳朵，狠狠地骂道：“小该死的，为何老是欺负人？真是个累赘！”

这一揪，将杨俊也揪哭了，他咧着嘴大叫：“痛死了，痛死了。是他技不如人，又不是我的错！每次都是你袒护他！二哥，救我。”可是叫了半天，也不见杨广出来，或许是他在里间看书太过专注而没有听到吧。一般碰到这种事，杨广总是来拉云朵儿的手。外头的人都像是没有听见一样，由着杨俊大哭大叫。

这时，从墙外跳进来一个人，冲到云朵儿面前，扯过她的手吼道：“大胆的婢子，竟敢对我府中少郎主动手！”

云朵儿被来人推搡着，立时傻了，站在一旁。杨勇奔过来，刚要发怒，却见是章仇太冀，转了脸色，指着云朵儿说：“这位也不是外人，她是我的夫人。”又道，“你如何来此？府中有变么？”

李九和小葭牵着李武刚进堂屋，听见门外的动静，转过头见是章仇大师，连忙转了回来，几乎与杨勇同时发问：“真是你么？府中如何了？”

几个人一起将章仇太冀往屋里迎，而章仇大师却手牵着杨俊。大师笑道：“没有变故。我奉夫人之命，特来接你们回府。”

众人听了，皆大喜过望。原来，伽罗见宇文邕已经薨逝，宇文赟也没有要杀普六茹坚的意思，便知这一危机已过，连忙解散了章仇太冀潜伏于终南山的人，又让章仇带着数十人，分头遣回旧齐境内，寻找李九等人的下落。章仇太冀从邺城开始，费了几十日，循着蛛丝马迹才寻到此处。

杨广从里屋出来，他果然是看书入迷。即使是出门在外，也是手不释卷。小小年纪，倒是显得与众不同。小葭忙折回厨房，亲手做了一碗蛋汤，还烙了一张饼。端出来的时候，众人已聚坐在一起，正谈论着路上的见闻趣事。

章仇太冀正讲得兴致勃勃，说在十几日之前，他淋了场雨，又因连日赶路，心中焦急缘故，竟晕倒在一座寺庙之前。好在佛门慈悲，哪怕是正在遭受陛下的摧毁，也还是设法救了他的一条性命。躺在寺庙的客舍里，他忽发奇想，觉得李九他们应该也会躲在废弃的庙里，这才有了他后来追寻的思路。果然，过了不久，就寻见了他们。他笑曰：自己还是很有智谋的。

原来，这个小小的院落，正是一个被废弃的寺庙里的一个角落。这座寺庙原是旧齐一个王爷私属的，硕大无比。后来因为宇文邕的毁佛政策，被肢解了，破碎不堪，七零八落。西南的一角，有四五间房，大墙之中独自成院，被李九看中，花了五十铢，从先占者的手中买了下来。

众人皆称赞章仇太冀的谋略，说真不愧为是大师。唯有李九眼含着泪水站起身，扑通一下跪在大师面前。他想起了那年，凭借着章仇太冀的指点，才寻到杨府，寻到了下半辈子的活路。"大师，谢谢你的救命之恩。"李九趴在地上，叩了三个响头。站在一旁的小葭，连忙拉了李武，也跟着跪下了，叩头谢恩。

"快快请起。哪有见一次叩一次的道理。"章仇又转过头，对着杨勇杨广道："当时虽有卦象启示，却也是藏了私心的。这不，你果然不负主府恩泽，也能为少郎主和夫人办些事情了。"

众人又是一阵赞叹。杨勇叹曰，看来灭佛也不尽然是坏的，竟给大师提供了线索。众人知道这是一句玩笑。灭佛，对杨府众人来讲，都是一件极其痛心的事。普六茹坚和伽罗笃信佛，所以在场的三兄弟都有深深的佛缘。尤以杨俊为甚，年纪虽小，却是心诚至极。听了他们的议论，杨俊就大骂起来："陛下真是妄为，佛门动土，也不怕报应！"

李九连忙制止道："小祖宗，你刚欺负我儿，也就罢了。现在连皇帝都敢骂了，真真不要命了？"

章仇太冀欣赏地看着小杨俊，才想起刚刚云朵儿打骂他的情景，不觉又着意看了她一眼。只是她和杨勇都没有觉察到，两人不知在说什么私房话，嘻嘻地笑着。

杨广笑道："俊弟出息了，不仅用木棒当枪使，竟还晓得灭佛政策。"

李九听了这句也笑了，又对章仇太冀神神秘秘道："大师，听闻陛下得病，真是因为灭佛的报应？"

章仇太冀笑而不答。

众人又是一惊，但很快就淡然了。两个女人已经在收拾回府的行装，又坐了一会儿，商议着明日回程事宜。

他们竟不知，此时的长安城已换了天日。自己的未来，会不会也换了天日？他们的长姐夫要做皇帝了，仅有一女的长姐会是皇后么？他们由此会成为无比尊贵的皇亲国戚么？

与停放宇文邕灵柩的破旧悲凉的紫薇宫相比，硕大的金碧辉煌的正武殿里充满了喜庆。大殿虽未见红色，却是各种黄色充斥其中。大柱上是金黄的雕龙；龙台四周的帷幔都换了新的，还是那种土黄色的锦；就连新晋的陛下也是着一身明黄的龙冕，显得明艳亮丽。整个殿堂暗暗流动着富贵华丽的气息。

在这之前，宇文赟已经穿戴了好几次正式的龙冕服。还引起了宇文孝伯、王轨等一批老臣的窃窃私议和抱怨。但那时，他是太子监国，陛下都没说什么，也就罢了。昨日陛下的灵柩才刚刚抵达宫里，宇文赟就如此迫不及待地穿上龙冕服，也未免太露骨了吧？普六茹坚看着龙台上的宇文赟，心里叹息。昨日太过伤心，今晨又早早起床。站在正武殿里的普六茹坚又恍惚起来，他似乎听到了从紫薇宫里传出的阵阵哭声。那哭泣声缭绕在这登基的庆典之上，显得多么不合时宜。

陆陆续续的，百官都来了。有人从紫薇宫里吊唁了先帝，又来觐见新陛下。这些在朝廷里做了多年的官员有些张皇无措。因为这是自西周开始，礼仪规制之外的举动。哪有陛下头天刚逝，第二天太子就登基的先例？哪有一会儿吊唁哭泣，一会儿又要欢庆喜笑的事情？这些在官场上浸淫多年的人，都不知道是该哭还是该笑了。所以，他们只好面无表情地将孝服脱下，放在殿外，然后才进殿。

宇文宪随着他的几个兄弟一起，也是从紫薇宫里赶来的。到了正武殿外，已有两大堆白素缟服触目地杵在门口，在清晨淡淡的阳光下，白得甚是耀眼，令人目眩神迷而不敢言语。赵王宇文招、陈王宇文纯、越王宇文盛、代王宇文达、滕王宇文逌都立在它的面前，互相对视，默默不语。先帝在时，将他的几个兄弟都封了王，却都没有留在京师，做了地方上的王。虽远离了龙椅，也让宗亲的影响远离了皇宫。

赵王宇文招率先解开了素缟，慢慢地脱掉，又轻轻地将素缟放置一旁的一丛冬青上。陈王、越王、代王、滕王都照着做了。只有齐王宇文宪迟疑了一下，定定地立了半晌，最后才慢慢地脱了。那几个兄弟没有等他一起，而是依次进了殿内。

先祖文帝宇文泰共生有十三子、十三女。十三子中早年已有三子病夭，宇文护杀了两子，宇文邕又杀了其同母弟弟卫王宇文直。如今，宇文邕也死了，十三子中只剩下这六子。其中以齐王宇文宪最有名望，势力最大。可是大家都清楚，陛下宇文赟最恨他。

大德殿内的流血事件并未走远。前年，他害得宇文赟挨受了陛下的笏板敲击，血溅大殿。如今，大德殿已换成了正武殿，陛下也已换成了当年头破血流的宇文赟。这金碧辉煌的正武殿里，还会有自己的立脚之地么？

宇文宪慢慢地慢慢地往正武殿移步，他是最后一个进殿的人，就站在靠门边的一个角落处。此刻，殿内的仪式早已开始。司仪已经将遗诏念完了，他的侄儿宇文赟已经是堂堂的正宗的陛下了。

新晋的陛下宇文赟脸上泛着红光。从他如今想坐就坐的龙椅上站起来，直直地走到龙台的最前面，铿锵有力地说：“朕，今日高兴！我大周灭了泱泱齐国！阿父交给朕一个阔大的江山！朕，即是天啊！是大周的天，是你们的天！”这位大周的天，说完了这个字，仰面哈哈大笑；又学着其父发怒时的样子，将高昂的头俯下来，环视着众人。还好，满朝的文武，没有一个人对这个“天”有微词，皆沉默。沉默，该是臣服了吧？

随后，宇文赟封自己为天元大皇帝，将普六茹丽华由太子妃升任为天元大皇后，从明年起以“大成”为纪年。从此，皇宫还是那个皇宫，他住的地方却改称为天台了。

“立长子宇文阐为太子，立其生母朱姬为天元帝皇后！”宇文赟看了一眼站在一旁的长子，竟然打断了司仪的话，自己亲自诏令。

众臣皆惊异地望着他。也许，这位年轻的陛下要的就是这种效果。他粲然一笑，道："普六茹氏是阿父亲许、朕亲迎的，又为太子妃多年。该不该做皇后？有反对的么？"底下一派默认，皆点头。他再度环视众臣，厉声道，"而朱氏，自朕年幼时一直陪伴身边，温柔体贴，又为朕添了长子即是当今太子，该不该也封个皇后？朕有情有义，封朱氏满月为天元帝皇后，你们能有何意见？"

众人面面相觑。唯有内史上大夫王轨站出队列，沉静道："陛下，臣有奏。普六茹妃与朱姬贤忠淑达，德言容功，样样皆得，均可立为皇后，尤以原配太子妃普六茹氏为正统。只是同时立两位皇后，有悖礼制，臣请陛下三思。"

宇文赟露出满口的白牙，咧开大嘴，冷笑道："王轨呀，为何又是你？就你懂得礼制么？你知否？当面顶撞陛下，顶撞你的天，也不合乎礼制？你不是渊学么，竟不知史上的汉赵皇帝刘聪，并立了三位皇后的先例么？你这不知深浅的老东西，竟不知刘聪皇帝杀了企图阻止他封后的蠢臣尚书令王鉴和中书令崔懿之么？你这也是要和他们一样，自寻死路吗？你还不明白，朕即是天！天晴下雨打雷闪电都得由着朕！"

看来这位新晋的陛下，早就有备而来。一口气反问了王轨那么多的问题。只是没有想到又是不通世故的王轨撞到他的阳谋里。本以为会是普六茹坚，毕竟，天元大皇后是他的长女。

可怜的王轨再也没有话说了，自知又闯了大祸，这条命看来也是不保了，面色苍白地退回到队伍里。于智已经潜移到王轨的身边，拉他出了列，并将他踢倒在地。

宇文赟忽然就冷了脸，道："君要有君威，臣要有臣心。今日，朕要立规矩！"他的内侍早已呈上来一条一丈长的皮鞭。他夺过来，盯着皮鞭看了两眼，又将皮鞭掷于王轨边上的于智面前。

这条皮鞭足以让众臣惊骇丧胆。他这是要将东宫的规矩，搬弄到正武殿了。

东宫中鞭笞的人还少么？这都不知道已是第多少根皮鞭了。于智拾起地上的鞭子，对着跪地的王轨劈头盖脸地刷下来。三十鞭毕，才停住手。可怜的王轨，入朝几十年，被先帝宇文邕倚仗为心腹，今日却遭到如此酷刑。他瘫倒在地上，多处衣裳被皮鞭粘进肉里，弄得是血肉模糊。

宇文赟望着众臣的脸，皆变了颜色。竟诡异地一笑，显得有些邪恶，道："阿父的帝皇后荣升帝太后，皇后升为皇太后。其余嫔妃含有郑姬在内，一律留充为朕的后宫。"按照鲜卑人的习俗，父亲的非生母的女人，可以由儿子继承。但是，此时鲜卑文化已经汉化得透彻，多数风俗尊崇了汉俗。何况阿父亲口交待过，让他放弃汉人郑姬。所以宇文赟的话，又是一记惊雷，震呆了所有人。

满朝之上，再无人说话，宇文赟转而对站在前排的普六茹坚道："随卿，你为何也不说话？"

"陛下年轻有为，心怀乾坤，臣仰止；臣老迈衰弱，负薪之忧，臣无话。"普六茹坚的脸色比早晨进来时候还要差，灰中泛白，没有一点血色，的确是有负薪之忧的样子。

宇文赟无视普六茹坚的脸色，也无心分析他的话，忽然又笑眯眯地说："作为国丈。用王轨的话说是正统的国丈，朕要封你为柱国大将军、大司马。朕还要封一批。"

普六茹坚忽然跪地，泣曰："请陛下收回诏命。臣的身子疲惫，不堪重负。臣无德无能，不可受啊。陛下！"

宇文赟怒道："你这是何意？朕的话没有意义么？"

普六茹坚抬起头，已是泪流满面，道："臣乃肺腑之言。"

宇文赟冷笑道："好，朕成全你。"

刚刚受封为内史上大夫的郑译连忙跪在普六茹坚的身边，急急地说："陛下，随公自谦、淡然，请陛下体谅。随公丹心一片，实乃国之栋梁。"

奇诡的是，宇文赟没有再理睬两人，因为他突然发现了站在门口角落处的齐王宇文宪。一丝诡谲的笑意又在嘴角荡漾,他厉声道:“五叔,朕且尊称你一声!你想要个什么官呢?朕封你做三公吧?朕的阿父将你树得比天高,呵呵,上柱国!”

宇文宪心里一沉,还是被他盯上了,只得硬着头皮往前头走来。及至前排,身子匍匐倒地,却是高昂着头道:“回奏陛下,臣虽门庭若市,但臣心如止水,臣无意三公之位。”

宇文赟又遭受到这一顶撞,气得面目狰狞道:“你们居然一个鼻孔出气,在阿父的面前如犬吠,朕使你们不屑么?”他狠狠地盯着地上的数人。

于智已经移步到了宇文宪的身边,门外长孙览带着几十人持械巡防守卫,他已是司卫了。非常时期,宇文赟还是将军权交给他了。这一切都让宇文宪看在眼里,他心里冷笑,真如小儿之嬉戏!本王若真起事,启用这个长孙览抵抗有什么用?他能挡得住么?想当初,宇文直谋逆,还不成气候,他即弃城而逃,丢的脸还不够大么?宇文宪面露讥讽的笑容,冷冷地不回答陛下的反问。

宇文赟见宇文宪这副样子,愣了一下,遂用眼神支开了于智,道:“五叔啊,朕羡慕你对先帝的忠诚啊。朕知道,你的心里有社稷,有江山。你且回府,思忖着怎么才能帮辅朕。要想清楚一件事,你毕竟是朕的阿叔啊。”

宇文宪这才低下头,道:“臣谨记陛下的教诲。”

看着地上的王轨、普六茹坚等人,宇文赟的内心又烦躁起来。他将宽大的袖口用力向下拂掷,背过身去,走向龙椅,再又稳稳地坐下,却有些疲惫道:“朕,今日心里乱。毕竟阿父还停留在宫里。他一生戎马倥偬,辛苦备至,又灭了齐,谥号为武皇帝吧。武皇帝的国葬马上就要开始了,众卿多多思谋,退朝。”他将手挥了挥,自己先走了。

宇文赟真是位率性的陛下,普六茹坚心里有说不出的怅然。他最为景仰的宇文邕,死后却被陛下如此草率处置。这谥号虽还名副其实,却不等史官上表、众臣商议,就被陛下轻飘飘的一句话给定夺了。还有,按照他刚刚说话的意思,怕是等不了一个月，就要将武帝安葬了。他的登基，不也是不按照礼制么？

退朝的人群中，宇文宪走得很快，像是要逃离这个地方似的，他的几个兄弟也跟在他的后头，往门外疾走。普六茹坚却走得很慢，女儿是皇后了，自己也升为大司马、柱国大将军了。可是他的心里却很空落，孤独和无奈一直浸淫着他。这样的陛下，让自己如何辅佐于他？让自己如何甘心辅佐于他？这样的社稷，还是自己追求的锦绣江山么？

门外的孝服堆，宛如这六月里的雪，与时节反逆，像个怪物，显得那么的触目惊心。闪着人眼，刺着人心。

第二十二章 草芥国祭寒臣心 长媳长孙遭冷落

李九端过来的早食，被伽罗亲手接过来，放在小圆桌上。普六茹坚已合上了书册，这个早读的习惯，伴随着他的一生。

今日陛下出殡。不对，普六茹坚摇摇头。宇文邕他早已不是陛下了。他的儿子在他死后的第二天，就取代他做了陛下。仅仅停放了十天，宇文邕就要被下葬。按礼制，皇帝的灵柩最少要放置一个月。可是，他的长子、这位勇于践踏礼制的陛下就是要超越，他可不管这些。前几日就下了诏，定于今日出殡。别看他年轻，在朝堂上发起狠来，却超越了其父。

王轨和他的全家前天就已被杀了，他是在宇文赟成为陛下之后，第一个谏言反驳陛下的人，也是第一个在殿堂上被鞭笞的人，还是第一个被新陛下杀了全家的人。当然他也是第一个捋过先帝胡须、说时年为太子如今是陛下坏话的人。也许王轨早已预料到自己的死期，据说，在临死的时候他说："忠义之节，不可亏违。臣蒙先帝之厚恩，不能背德于先朝，死而无憾。冀千载之后，知我此心，足以。"这番话，也未能使陛下动容，还是杀了他。

自此宇文赟的正武殿上，只有他一个人的声音，如同他在正武殿里的祖父一样。他说他的阿父什么时候出殡，即是什么时候出殡。王轨已死，谁愿意做第二个？

普六茹坚已有多日没有上朝了，称病。事实上，自宇文邕逝世后，普六茹坚的身体也虚脱了。仿佛是被人抽去了全身的经脉，软塌塌的，立不起来。连脑袋里的脑浆髓汁都被人掏空了般，空洞洞的，想不了事。更何况自王轨之事后，朝中无人议事，宇文赟也乐得轻松。

但今日是先帝下葬的日子，是大周的国祭，普六茹坚一定要去参加的。不管宇文邕关于自己最后的遗言是什么，普六茹坚始终认为他是自己人生中最为重要的人。

今日的早食仍是简单，一碗小米粥，一份烙饼，一碟酱瓜。吃过早食，夫妻俩前往中庭，等待郑译。昨日，与郑译约好，今日一起去。

夫妻俩延续着昨夜的话题。普六茹坚觉得随着宇文邕的离世，自己的政治生涯也要结束了。想眼前这位陛下，刚愎自用，心狠手辣，辅佐这样的人，有何意义？伽罗也赞同，她的心仍纠缠于宇文邕的那句遗言。按理，他们夫妻与先帝是最好的君臣了，临到终了，却落个腹有鳞甲，若不是郑译，若不是天意，自家几十口人的性命已是不保，这怎不让人心寒意冷？

未及卯时，郑译急匆匆奔进来，脸上又出现了前些时候老是出现的慌乱无措的神情。这神情总是让夫妻俩心生沉重悲戚，定是又出大事了。

果然，不待坐定，郑译沉沉道："昨夜，郑姬殁了，荆王宇文元也被赐死了。"

哐当一声，不啻是一声响雷，在普六茹坚的府中炸开。伽罗正在吃茶的杯子掉在地上，摔个粉碎。她捂住胸口，好似那杯子是碎在心头。

只听郑译又道："昨夜，陛下吃了酒，又醉了。在紫薇宫里碰见了郑姬，一时兴起，要幸了她。郑姬不从，听说还开口骂了陛下，被勒了脖子。"

普六茹坚的手指摁得噗噗直响，道："在紫薇宫里么？在陛下的灵柩旁？在众目睽睽下？"他的声音阴冷清冽，似尖刀刮骨的摩擦声。

"是。"郑译答道。

"荆王为何也死了？他不在封地么？"伽罗也没有泪水，瞪着一双红通通的眼，似有不信。

"荆王来宫里吊唁，被陛下赐了鸩酒。"郑译又答道。

“竖子！”普六茹坚大叫一声，扑到郑译面前，咬牙切齿道，“这样禽兽不如的东西，你还让我去辅佐！助纣为虐么？”

“夫君。”伽罗也奔过来，死死地拽着普六茹坚的胳膊，“郑兄好意，为我们这几十口人着想！你不可胡乱了。”

郑译深深地叹了口气，沉沉道：“也非全是。说到底，我也是为自己想。这样一位喜怒无常、毫无礼制的主，我如何应付得了？没有你们的帮衬和谋略，我怕是待不长远的。”

伽罗又拽着郑译道：“郑兄休要妄自菲薄，你的情义，我们是知晓的。”

郑译苦笑道：“此乃本心话。夫人的谋略，郑某自叹弗如，何况普六茹兄？或许，这便是阿兄的宿命。若非如此，束手待毙么？当朝陛下比之于齐后主如何？齐土冤死的能臣贤将还少么？郑姬死得烈，尚有名节，若如亡齐两后，倒是千秋万代的耻辱了。”

这番话，如针，字字刺在夫妻俩的五脏六腑，没有半字不实之言呀。陛下用刘聪自比，行事风格又与齐后主同出一辙。亡齐两后的下场……郑姬已逝……丽华会怎样呢？伽罗的泪水已是喷涌而出。

李圆通推门而入，他已将马车备好，迟迟不见郎主出来，便进来了。看见三个人都面目凄然，似有泪痕。呆了半晌，才得知是郑姬母子已死，也是身心俱焚。郑姬还是舞雀儿的时候，就与他厮混在普六茹坚的左右，与他也是手足之情，如今却落个这样的结局。他握紧了拳头，低吼道：“倒不如遂了庞将军的心愿，死也无憾了。”

伽罗厉声截住李圆通的话头，道：“什么叫死也无憾？王轨死得其所么？千万不要以死博名！庸人之举！”

郑译点着头，又望了望普六茹坚。普六茹坚紧闭着嘴，铁青着脸，率先走出门。郑译和李圆通也默默地跟在后头，出了门。

三人往皇宫方向疾驰，远远地望见了长长的送葬队伍立在宫门外。先帝宇文邕丧事从简，该有的礼仪程序都是草草了事。陛下省略了招魂、凶门柏历等步骤，灵座设置也是极为简陋。奇怪的是，齐王、赵王、越王、陈王、代王、滕王先帝的六个兄弟，没有一个人提出异议。今晨他们倒是早早地到了，排在队伍的前头。宇文赟坐在龙辇里，神情自若，正要出发。

普六茹坚冷眼望着陛下，对郑译轻声说："他是不自知，若此时六王起事，他能坐得稳么？他倚仗的是长孙览还是于智？"他轻蔑地从鼻孔中哼了一声。

郑译大骇，惊惧地说："你可不能撒手不管，丽华可是皇后啊！"

普六茹坚又冷眼望着宇文赟后面的龙辇，天元大皇后丽华和天元帝皇后朱满月两位皇后一并坐在一辆车上。"千古奇事！"普六茹坚在心里叹道。他本想找个机会问问丽华，郑姬的后事如何处置了？现在，见她们坐在高高的龙辇上，只好作罢。

李圆通伸长脖子，在普六茹坚的后头东张西望。他是想寻找郑姬和荆王的灵柩，却是什么都没有看到。心里默默祈祷，但愿是郑译的消息有误。

队伍已经缓缓移动。这种送葬的队伍当时称为至圹，由吉部和凶部组成。吉部即是魂车，内装有先帝的衣冠和生前重要器物。凶部即是用招魂幡引导辒车，龙辒周围有数十人的仪卫，含有羽葆、鼓吹、班剑的仪卫们，卖力地做着法事。三人又疾步往前赶。少顷，就到了最前头的龙辇附近。普六茹坚这才发现，先帝宇文邕的陪葬物：数十件陶俑，二十来件陶瓷器物，都是些生活器皿，与百姓家常无异。只有两件大一点的玉器，这些器物的上头都蒙着白纱，随队伍移动。这也太寒碜了吧？以宇文赟做事风格，这些连赏赐给大臣的都不够。普六茹坚望着前头高高的龙辇，想这龙辇里的陛下，对先帝该是有多恨呀。

宇文邕被安葬在孝陵，在长安城北面的咸阳附近，不过几十里的路，一个时辰便到了。在这一个时辰里，李圆通打听到郑姬和荆王的下落：郑姬就随宫里的下人一样，由典祀中大夫随便指了一处，作为墓地，竟连一口薄棺都未得到，用一张草席一匹白布裹了，于昨夜就埋了。陛下说她本是婢子，这样处置，也是应得。陛下对荆王还算客气，三套衣衾包裹住尸身，算是大敛、小敛一起做了，还赠了一套命服和一口薄棺，连夜派人将灵柩运回了封地。

普六茹坚听了，又是泪流满面，愧然不已，竟让这位如同亲人的小女子落得这样的一个结局！不自禁地抬起泪眼恨恨地望向龙辇，却是模糊一片。只听最高处的挽郎用尖锐的声音吟诵着先帝的功德，这挽郎也是破天荒地用了位女孩儿，她便是先帝的外甥女、襄阳公主与窦毅的小女窦丽。这窦丽从不输于男儿，又是亲戚，还是先帝最喜欢的孩儿，做挽郎也说得过去，陛下的几个王叔也首肯了。

六月，郊外的艳阳有些野。晌午，墓地周围热浪肆虐，升腾得很快，小窦丽尖锐刺耳的哭声，领着众人哀哀地哭泣，使得陛下浑身燥热难耐。自上次头部遭到阿父的笏板敲击，如今，他是越发的不耐热了。

“冗繁的礼仪能删则删，能减则减吧，先帝也不是庸奢之人。”宇文赟满脸的大汗，对着典祀中大夫说。

典祀中大夫是位新任的年轻人，听了陛下的话，显得呆呆的，他怎敢擅自做主减掉礼制中的程序？他害怕稍有不慎，惹恼了这位无常的陛下，绝非善事。郑译升任为内史上大夫，而关于先帝的葬礼，陛下却对他没有特别的交待。此时，见到典祀措手无策，便走上前对宇文赟道：“陛下，先帝有遗诏，堪为盖棺定论，是否宣读后即行事？也合乎礼仪。”

宇文赟道：“准。干净利落些。”

郑译点头。那典祀中大夫像获得赦令般，赶紧拿出宇文邕的遗诏念道：“人肖形天地，禀质无常，修短之间，莫非命也。朕君临宇县，十有九年，未能使百姓安乐，刑措罔用，所以昧旦求衣，分宵忘寝……朕上述先志，下顺民心，遂与王公将帅共平东夏……将欲包举六合，混同文轨。今遘疾大渐，气力稍微，有志不申，以此叹息。天下事重，万机不易。王公以下，爰及庶僚，宜辅导太子……丧事资用，须使俭而合礼……四方士庶，各三日哭。妃嫔以下无子者，悉放还家。”

终于枯燥地念完了，宇文赟对先帝未有任何的评论和颂赞，更未有些许的悲苦与怀念，便迫不及待地下令安葬。他是越发地热了，大汗淋漓。众臣在他的催促下，体感也燥热了起来。不到一个时辰，宇文赟已经下令回转了。

令人感到惊讶的是，龙辇刚一调转方向，宇文赟便在众目睽睽之下，脱掉了素服。他的素服下面，竟还着有一整套绛色的夏冕！难怪他是如此的燥热！

跟在龙辇的后面，众臣皆有些瞠目结舌似的迟钝。这位陛下的举动也太荒诞不经甚至是大逆不道了吧？普六茹坚与郑译对望了一眼，竟是无语。

前头的赵王宇文招嘀咕了一声："五兄，还是你那句问得准。你说，先帝怎会有这样的子嗣？"

齐王宇文宪瞪了他一眼，没有吱声，越过他，往前走去。

越王、陈王、代王、滕王等也冷眼看了赵王一眼，都不言语，默默地走着，默默地看着稍稍走在前头的齐王。殊不知，这是他留给自己几个弟弟最后的背影。他的侄子已视他为第二个宇文护了，怎可以容他？尽管他无意于做宇文护，却不成想，成就了宇文孝伯的英名。

从宫里出来，宇文孝伯双眼无奈地望着天空。已是暮色苍茫，他站在宫门口，深深地吸口气，再缓缓地叹出来，这是一个悠长的感叹。宇文孝伯在慢慢地抬起脚之前，回望了一眼宫里。感到宫门是那么深远，而宫中是那么幽暗。

在去往大冢宰、齐王宇文宪府衙的途中，宇文孝伯停顿了好几次。想着陛下方才对他说的话，他就禁不住起了好几次鸡皮疙瘩。他的背已经被冷汗浸透了：受这样的陛下指使，自己前去岂不是为虎作伥？自诩忠诚贤达了一辈子，岂能为伥？

大冢宰府高大的门楼，近在咫尺，宇文孝伯却再次停顿。仰望着肃穆的门庭，说实在的，齐王宇文宪在他心目中的形象，犹如这门庭一样高大庄重。此刻，自己若真迈进门，岂不是要被后世辱骂千年？却又怎能不进去？府中父母高堂、妻儿老少的上百条性命呐，都攥在陛下的手中！

方才陛下说："大冢宰一直轻视朕！若再放任自流，岂不是又要养成一个宇文护？你去灭了他，他的一切都交给你，如何？"

如何？亏他问得出来！宇文孝伯恨得牙痒痒。陛下怎能对自己说出这样的话来？这不是在侮辱我蔑视我的人品么？宇文孝伯深知自己方才的回答，早已得罪了陛下，早已惹祸上身了。否则，怎会让自己来请齐王去宫中送死？他将刚刚脱下的孝服又穿上身。他要做出一个惊人的举动，去警醒齐王！

齐王宇文宪刚从宫里回来，还未喝完一盅茶，就见小冢宰宇文孝伯着一身素服进来。心里一沉，果然出大事了么？今日一整天，心里都是乱乱的，好像有凶事发生。现在见到一向沉稳有度的好友宇文孝伯竟会着一身孝服进门，心里又慌乱了，赶紧站起身，指了指左边的椅子。宇文孝伯却是没有坐，反而做出了一个令人瞠目的举动来。

身为陛下的老师、小冢宰的宇文孝伯竟然双膝跪在地上，跪在齐王的面前，泣曰："请大冢宰移步正武殿，陛下有要事相商。"

齐王身边的侍从慌忙上前，想拉宇文孝伯起来，却被宇文宪制止了。齐王亲自上前，矮下身子，与宇文孝伯平视而道："小冢宰何故如此，本王早已是心知肚明。七年前本应随晋国公去了的，是先帝不忍心罢了。所以，这七年都是赚的。"说罢，拉着宇文孝伯的胳膊。

但宇文孝伯掰开了他的手，兀自放声大哭了起来，道："大冢宰啊，你杀了我吧。只要保全我族，死于你手，是我最好的归处了。"

这一哭，引得府里的家眷们都围将上来。看见宇文孝伯的反常，有人猜到了什么，便跻身上前拉着宇文宪，劝阻道："这一去，凶多吉少，还是不要去了。"

"怕他作甚？先帝也未曾奈何我族！"

"他连起码的孝道礼仪都不遵守，若起事，会有很多人追随的！"

大家七嘴八舌，混成一团，乱糟糟的。

宇文宪挥掷衣袖，大声叫道："够了！如此聒噪！先失了皇家的威仪！本王自有分寸！”齐王的威严肃穆一直被人敬畏。此话一出，满庭的人俱诺诺不敢吱声。当年宇文护被杀，一直追随他的齐王入朝免冠请罪，却受先帝恩重，还迁为大冢宰、上柱国。如今，也只好随着他的意愿吧，众人都望着他和一身素缟的宇文孝伯相携而去。

出了大冢宰的府衙，宇文宪扯着宇文孝伯的袖子，苦笑道：“你这又是何苦呢？陛下的素服早早地脱掉了，宫中已是披红挂绿地庆祝，你这不是要堵塞朕心么？”

宇文孝伯可笑不出来，仍是面目悲戚，指着自己的胸口道：“齐王，你可明白我的心？我素敬重你。虽奉圣命，心迹却已明了，你不可心存侥幸。当今陛下……唉，先帝竟是不听，怎能让他继位！”话虽如此说，却是将那素服脱掉，丢弃于路旁。

宇文宪收敛起苦笑，望天长叹：“这人世本王早已看得透彻！晋公既风光又劳碌了几十年，如何？全家焚于一旦。先帝亲政，江山倒是如随公所说，锦绣了，可又如何？陛下如此葬其阿父，竟不如一介草民安然。本王贵为皇叔，能奈何？往远处说，那恭帝也是温良之人，又如何？本王早已明了，先帝在时，就如同一只老龟，请辞称病……唉，不说也罢，听天由命吧。”

宇文孝伯拉着齐王的手，只觉得他的手掌已是冰凉，不似一只活人的手，顿觉有无尽的悲伤涌上来。齐王可是陛下的嫡亲叔叔，也落了个这样的结局。自己呢？又能好么？想起方才自己回陛下的话，就已经注定了结局。方才，自己是这样回答陛下的：“臣深知齐王忠于社稷江山，出生入死，却一直为人所害。先帝临终嘱托臣下，命令臣好好辅佐陛下。如今劝谏而不听从，实在是辜负先帝的信任。陛下只能以此来定臣下的罪，才能使臣下甘心服罪。”本是一番赤心忠诚的话，但面对这样一位睚眦必报的陛下，岂不是自寻死路？

两人一路默默地走着，再也无话。

刚到宫门口，就有一队人马奔过来，像是伏击在此处的。见了两人赤手空拳地进来，便一拥而上围了个水泄不通。立即有人拿了绳子，将两人都绑了，往宫里送。

宇文宪气急，大声怒斥道：“我俩乃堂堂的大冢宰、小冢宰，哪里容得下你等的侮辱！本王要讨个明白！”

对方一个领头模样的人，嬉皮笑脸道：“绑的就是你堂堂的大冢宰！于智大人告你谋反！”

“哈哈，哈哈。”宇文宪哈哈大笑，“幼稚！你们叫他过来对质！本王有话要问他，看他如何面对于本王！”

那人也哈哈大笑，道：“想不到鼎鼎大名的齐王也是如此的幼稚！此时对质，还有意义么？来人，将反贼押送内宫。”

宇文宪忽地红了脸，想必是大量的鲜血涌上了头顶，竟有些大气接不上来的样子，却是咬着牙，不再说话，让几个人推搡着往内宫走。宇文孝伯很安静地让人绑了，没有过多的挣扎。想齐王战场上的猛将尚且如此，自己的反抗又有何意义？

于是又往前走，过了两三道宫门。此时天已暗如黑漆，阔大的皇宫里，更显得阴森幽暗。不远处有一宫殿，倒是灯火通明，里面似有人声。两人被带进去，陛下正端坐在此处。

见两人进来，从殿内的另一处又涌出一队人马，领头的正是开府于智，他们瞬间围住了两人。见宇文孝伯也被绑着，宇文赟很生气的样子，让于智将宇文孝伯身上的绳子解开，他这才从龙椅上走下。从龙台上走下的陛下，令人意想不到地突然扬起脚，狠狠地踢了自己的五叔齐王一脚，再次将他踢倒在地道：“五叔啊，你可曾记得，那年在先帝面前，你将朕害得头破血流？但如今，朕仍将以德报怨，让你位列三公。你却不知好歹，自寻死路，竟寻思着谋反！”

虽然被踢倒在地，可宇文宪却依旧目光灼灼，沉静道：“我位重辈高，若谋权，还用得着被尔等捆绑？生死只不过听天由命吧。想你的阿父，臣的先帝，逝去后也不过尔尔！臣倒也不奢求甚了。”说罢，便将头颅低下，将颈脖拉直，做出一副让人宰割的概然之势。

宇文赟被他的这副样子给气得半死，再次上前，又踹了他几脚。这时，内侍急冲冲地进来，禀报内史上大夫郑译和随公普六茹坚觐见。

宇文赟瞪了内侍一眼，道：“这时候来打扰朕做甚？进来便是。”

其实，这时候普六茹坚和郑译差不多是跟在内侍的后头，听了陛下的话，两人赶紧上前。见了呆立一旁的宇文孝伯，便拉着他一起走向陛下。可是，未及言语，陛下却怒道：“你们这是要求情么？免了吧，他自已都一心求死，旁人又怎能奈何得了？”

普六茹坚望了郑译一眼，还是说了：“陛下新近登基，已惹人侧目。若再杀重臣，岂不是要让史官难堪了？让其如何落笔呢？史书若记载，便是万世。”

“呵呵，呵呵。”宇文赟发出怪诞的笑声，“你们还有你们口中的史官，也要掂量掂量自身。若朕要实施鞭笞，倒是谁更难堪？这才是万世之言！”

鞭笞二字，让普六茹坚背上一凛，已然让他难堪了。陛下还是东宫太子监国的时候，就鞭笞过他。

宇文孝伯和郑译正要说话，却被宇文宪抢断了话头，他依旧沉沉而道：“小冢宰，你们不要视丹如绿，昏了头脑。宇文皇家的气数已尽，哪怕是被人夺了江山，本王也不讶异了。随公，这都是命啊，本王不再恨你了。”

宇文宪没有慷慨激昂，却是字字清晰。这些话吓傻了在场的人，普六茹坚的脸色也变了，蹙着眉头道：“齐王，你该清楚，我素敬重于你，何故又出此言？视丹如绿了么？”

宇文宪坦然一笑，道：“天象玄妙，不可不信。气数已尽，无力回天。”说罢，目眦尽裂，仰天长叹，愧恨不已。

宇文赟到底年轻，眼看着这气场要被宇文宪夺了去，气急败坏。他猛然抓住宇文宪的衣襟，丢掉了陛下的威仪，大声叫道：“临死还诅咒朕！岂不是天大的谋逆？”便用力将自己的皇叔往后一推搡，挥舞着衣袖道，“快，快，拖下去，灭了吧！”

一群人从里间鬼出电入，闪身之间便扭断了宇文宪的脖子！可怜一代猛将，竟死得如此窝囊！年方三十五岁，正值春秋鼎盛，国之栋梁，如此轻易地被新晋的陛下给灭了。正如他所说，宇文皇家的气脉要尽了么？望着地上横死的宇文宪，普六茹坚被泪水迷蒙了眼。

年轻的陛下哈哈大笑，道：“朕的心疾大患已除。朕高兴！妻父啊，五叔的话，朕该如何去听？”

普六茹坚还没有从齐王的暴死中惊醒，又被陛下的一声妻父吓得魂飞魄散！这个齐王，临死也不忘让我难堪么？什么叫做天象玄妙，不可不信？什么叫做宇文皇家的气数已尽？这是要置我于死地啊。普六茹坚心中一个凛冽，嗫嚅道：“陛下春秋鼎盛，江山永固，子嗣绵延。怎能听信一个将死之人的臆断和诅咒？快快不要想，不吉祥。”

“哈哈，哈哈哈！”陛下大笑了几声，忽然又嚎啕大哭了起来，“妻父啊，朕终于也有了今日！你该知晓的，朕的阿父对朕是多么的苛责！朕哪里过了一天舒坦的日子？朕做太子，就是朕的一段噩梦！可笑的是，他死了，竟还要用他的兄弟来束缚朕！朕不杀之，还有朕的安生日子么？”

听见陛下唤了几次“妻父”，普六茹坚的心略略放下来。是先帝用联姻救了自己的性命？还是陛下对丽华有情？或者是曾经太子与自己互为倚仗才救的自己？普六茹坚无法细细去想。值得庆幸的是，自己终于从先帝遗嘱的阴影中逃了出来。

如果生命是条河，那么自己的这条河，只能是随势而流，随波涌动，哪里能自主？至于前方在何处，前景在何处，岂能自控？

这样想来，自己竟不如小葭。她遇上了杨素，又能从杨素众妻妾织成的错综复杂的网中全然脱身，安安心心地做了李九的正妻。也和她的主母伽罗一样，是唯一的妻，没有妾。想到伽罗，普六茹坚的心暖了一下。唯有此，算是稍稍抵消了一些她跟自己战战兢兢、如履薄冰的苦楚。按理，长子勇也该给长媳一份这样的安慰。却是无奈，那云朵儿与云定兴……唉，普六茹坚长叹一声，摇摇头，不想也罢。

"哭，就晓得哭。烦死人。"晌午时分，普六茹勇的东厢房里传出的哭声，是普六茹府里第三代人俨儿发出的。他是阿勇和云朵儿的长子，也是普六茹坚和伽罗的长孙。可惜他的哭闹，并没有得到相应的照料，反而遭到了其母的呵斥。本来又添子孙，该是高兴的事，可是府中的人好像都有意回避，没有什么喜庆之色，竟不如小菼受到的关注多。

去年，李圆通娶了小菼。两人是郎有情妾有意，恩恩爱爱。不输于李九和小葭。如今，小菼是身怀六甲，挺个大肚子，在府中受到的呵护，竟比云朵儿还甚。

此刻，听见儿子的哭闹，云朵儿颇为烦躁。其实，自打进了普六茹府的门，她的心情就没有好过，抱怨也没断过。"我舍身跟了你，竟是这么不受人待见。唉！命苦！"这句话，成了她的日常用语。

阿勇抱起俨儿，往云朵儿怀里送，道："你看你，又如此这般抱怨。当初，我也是看中你豪爽无忌。如今，你却这般小女子气，叫我如何处？不管怎么说，俨儿是我长子，终归不同的。"

云朵儿的脸上有羞愧之色，她非常清楚普六茹勇对她的好。深叹一口气，这高门阔府的院子，真不如在外流浪的小屋。自己的婆母为何对他们母子是这般的冷落？对自己进入她的府中没有一丝一毫的欢迎。好像是阿勇在外拣了件不相干的东西回来，对这位生育了普六茹家血脉的儿媳，熟视无睹！

"前些日子，我已经跟郑叔说了外放的事，他也答应去恳请陛下。到时候，我们一家就可搬离府中，也不用计较阿母的脸色了。"普六茹勇用手指点着云朵儿怀里俨儿的小脸蛋，又轻声安慰道。

"如若可成，倒是皆大欢喜。"云朵儿轻声叹道，自己好歹也是一齐臣之女，从小也是锦衣玉食的。如今,丢了这身价,赤条条地跟了他,却被其家人轻视,真是让人生恨啊。可叹,国都亡了,恨又有何用?还不是苟且罢了。如若他能外出做官,倒是苦去甘来的事。

云朵儿想着心事。这大半年来,她的心性都改变了,夫妻俩说着体已的话。这时候,外头似是李圆通的声音,他在喊:“博安侯,唐国公来了。”话未落音,人已经迈过门槛,进来了。

进来的共有四个人。李圆通和李渊走在前头,后头跟着唐国公的阿母伽彩和小葭。小葭是作为婆母的代表陪同姨母来探望本府的长子长孙的。两个女人见了云朵儿,脸上堆满了笑容,热热闹闹地弄出了喜庆的气氛来。伽彩从随身的包袱里摸出了一只锦囊,打开,取出一只小锁、一对手环、一只项圈,均是赤金打造的,闪着华贵富丽的光芒。伽彩把这几样东西往俨儿的身上戴,云朵儿稍稍避让,动作也不是很大,口里谦让道:“这可使不得,姨婆母啊,你真是太贴心了。”

小葭笑道:“少夫人,你也别谦让了。姨婆母赐的,接受了便是。那唐国公不久也要婚娶,你还怕没有还情处?”

三个人都笑了。小葭也拿出一对精致的银锁,递给云朵儿道:“这还是武儿出生的时候夫人送的,今天转赠给你了吧。我实在是没有什么像样的东西了。”

“这怎么可以收?”云朵儿抱着俨儿的手臂左摇右摆的,这次拒绝的动静很大,脸色也变了,眼圈都红了,又凄凄惨惨地怨了一句,“我这长子长孙出世,她都没有送呢,怎敢贪武儿的东西?”

这一说,倒把两个送情礼的人弄尴尬了。两人站在一处,也不知接什么话才好,讪讪的样子。李渊大步流星地走来,笑眯眯地对云朵儿道:“阿嫂啊,姨母有几句话,让我带给你,她让你也不必记恨于她。想想你们自己,私自订下终身,珠胎暗结,也没有告知于她嘛。如此,就不要太计较了。况且,博安侯很快就要出京做官了,你跟着一起去,不也是件美事么?人啊,要往乐处想,才好。”

一番话,说得大家频频点头。没想到,在座的众人之中,倒让年纪最小的唐国公点拨了。伽彩欣喜地望着儿子，心里欢喜得紧。自继承了阿父唐国公的爵位之后，小叔德是越来越懂事了，武艺也见长。看得出来，他将来必有一番大出息。

普六茹勇也道："唐国公说的甚是。朵儿，你可要听啊。叔德，你也知晓我要出京么？陛下恩准了？"

李渊笑道："陛下新近主政，正当用人之际，你我更当挺身而出才是。我听说东北边的幽州人卢昌期、祖英伯等人聚众谋逆，已占领了范阳，平叛岂不是更能获得功勋？这正是你我建功立业的好机会啊。"

普六茹勇哂笑道："小小年纪，功名心倒重。"

云朵儿抢白道："我倒喜欢郎君有唐国公一样的功名心。阿母总是在夸二弟有出息，我看他也是和唐国公一样，有上进心和功名心。"

几个人屋里说着话，竟没有听到屋外的脚步声，直到普六茹广进了门，才发现。阿勇笑道："二弟，真是巧了。正夸你呢，你便到了。"

普六茹广也笑道："幸好是夸我。否则，不就尴尬了么？"

云朵儿白了他一眼，落下了脸。小葭是看着几位公子长大的长辈，蹙了一下眉头道："二公子说哪里的荒唐话？自家人，怎会无故说些是非？我看你倒是要向唐国公学学了。"

普六茹广红了一下脸，讪讪地说："我也只是玩笑罢了。"他是受了阿母之命，前来唤姨母与表兄去用膳的。平素里，他基本不往东厢房走动。因为读书和习武占去了太多的时间，也因为阿母总是在批评这位兄长，说他不甚长进。因此，与他的关系倒不如与唐国公亲近了。

几个人来到前厅，李九已经备好了一桌待客的饭菜，府中的家常饭菜一向节俭。今日，李九却做了三个荤菜，有鸡，有肉，还有一锅鲫鱼汤。只是，鲫鱼汤是外人不能动的。李九说，这是夫人特地吩咐的，只留给小葭和云朵儿。

有了这道命令，李九自然是高兴的。他拉着大公子阿勇往内厨里走，从橱柜格子里端出一钵浓白的鱼汤道："这道汤，我熬制了多时，要给云姑娘送去。夫人说，让你来拿，夫人心里还是很疼爱长孙的。”

普六茹勇蹙着眉头，脸上的表情极为复杂。他想不透为何阿母要这般刁难他们？遂叹了口气，道：“九叔，你给评评理，云朵儿连下人送口汤都受不得么？我不去送，不要她这份情也罢！”

李九忙拉过他，环顾四周，低声道：“长公子，快别置气了啊。若不是诞下长孙公子，云姑娘怕是早已离开府里了。你也不想想，你们这非媒妁之言，又非明媒正娶的，让夫人的脸无处放啊！再说，”李九说着，便停顿了，望了长公子一眼。

普六茹勇道：“怎么了？有什么话直说好了，我受得住。”

李九说：“反正话题已经说开了，也亏你当我为叔，就直说了吧。那云朵儿的爹云定兴口碑不堪，受人挤兑。朝中的富贵，都被他巴结着，还不说他好，夫人岂甘心与他联姻？”

阿勇脸上一红，仿佛被人握住了短处，顺势接过了汤。李九却没有停，道：“你们呀，也要好好改改秉性，不要再率性而为。那三公子是云姑娘能教训的？管好自己的事，就很不错了。”

“啊？九叔还得摆清楚，朵儿什么时候教训过俊弟？”普六茹勇刚迈开的腿，又收了回来，定住了般望着李九。

李九笑笑，道：“你也别见气。在齐土时，云姑娘没少训斥俊公子，不知怎的被夫人知道了。你该清楚，绝不是你九叔和小葭姨娘多嘴碎舌。”

普六茹勇冷笑道：“云朵儿性子爽，喜闹，那是跟俊儿亲近，这会儿成了罪过了？当时他的衣裳都是朵儿洗的，怎的没有让夫人知晓？”顿了一会儿，普六茹勇叹口气，幽幽地说，“九叔还知晓些什么，快快告诉我吧，可别让我还蒙在鼓里！连累朵儿受气。”

李九再次环顾四周，低声道：“云姑娘做少夫人是不可能了。前几日，夫人和开府高大人在谈论联姻的事，你当有所知啊。”

普六茹勇喃喃道：“高家还不一样是汉人。”额头上的汗珠就浸出来了，又瞪着死鱼样的眼睛望着李九，似要流泪的样子。

李九看着心疼，轻声安慰道："三妻四妾是寻常的事情。你只要真心对云姑娘好，也不碍事。再说，你也不要太苛求夫人了。陛下新近选上的秀女，听说有两人十分得宠，皇后的日子更难了，夫人忧心啊，你们也要多体谅她。"李九说着，眼圈也红了，看似美好的大家庭，其实烦心的事也多如牛毛。

阿勇这才抬起眼皮，看了看李九，嘴唇动了动，却没有说出什么。端着浓汤，往东厢房而去。

前厅饭桌上的气氛很冷清，全然没有亲戚相聚时的热闹，这都是伽罗的阿姊伽彩造成的。也许是见普六茹坚不在座，伽彩说话便随性了些。先是叨叨地夸了渊儿教训云朵儿的事，说渊儿日后定可成大器，后又将话题扯到陛下选秀的事上，说那陈月仪和元乐尚两人在宫里如何受到陛下的恩宠，似乎亲眼所见似的，终于将伽罗的脸说得落下了霜。

陛下自登基以来，已在境内大肆选秀了两次，谁不知道？这回从武将中选中了大将军陈山提的第八个女儿陈月仪，又从文臣官僚中选中了仪同三司元晟的女儿元乐尚，陛下在众多的秀女中独宠这两女。独宠文臣武将之女，想必也是陛下深处的心思。偌大的朝廷，当平衡不是？岂能独独倚仗普六茹氏？两女花容月貌自不必说，更是会哄得陛下开心。成日围在陛下身边，不离左右。弄得天元大皇后丽华数日未曾与陛下谋面。

这些作为皇后的阿母独孤伽罗哪里会不晓得？伽彩却没有这个眼力劲，噌噌噌的废话往外冒。弄得伽罗闷闷地吃了几口饭，很快地放下碗，这才止住了伽彩的话头。

吃完饭，姊妹俩并肩往后院里走，伽罗这才主动问了一句："阿姊，刚刚叔德对云姑娘说那番话时，她如何应对？"

伽彩又有些许的兴奋，道："她能如何回话？不作声呗，脸上倒是红涨了。"

伽罗的心无端地烦闷了，她想起那回章仇先生从齐地寻他们回来，无意中说起了云朵儿揪住俊儿耳朵的事，心里头对云朵儿的不满又更甚了。若不是她与勇儿木已成舟，早已将她轰出了府门。

闷闷地走了一段，伽彩又凑近伽罗的耳朵，轻声道："听说陈月仪十分得宠，那大将军陈山提怕是要夺了兵权吧？你得提醒随公小心行事。看他今天连饭都未回来吃，是当与外多联络才好。"

伽罗转过脸，对着伽彩淡淡地说："当年追随先帝，披心相付，临到终了也未见得落个好。如今，陛下如此荒诞，随公早已心如止水，这大司马也只是挂个名而已。"

伽彩连忙说："那怎么可以眼睁睁地让旁人夺了权去？丽华可是正宗的皇后，是先帝主持的大婚！树争一层皮，人也要争口气！"

伽罗微微一笑，止住了伽彩的话头道："阿姊莫要说了。随公的事，旁人岂能做得了主？"这位阿姊，怎么说呢？几位姊姊里，伽罗并未与她最投缘，倒是她上府里来得最勤。或许是她的夫君唐国公死得早，带着幼年的叔德，显得无依无傍，伽罗才对她亲切了许多。却又是每次说话都不投机，弄得伽罗也是烦闷。若不是叔德与勇儿、广儿交往甚密，两家怕是早断了关系。

第二十三章 淫帝荒诞碎玉瓒 父女内外撑朝堂

做完了早读的功课，普六茹坚立即沐浴焚香，今日要上朝。三天前，陛下已下诏令，定于今日朝议。这位陛下可不似先帝勤政，一般不怎么上朝，大臣有事，也不是想觐见就能觐见的。这得要看陛下的心情，高兴了，便让大臣斋戒三日，沐浴焚香，之后才能觐见。有时候，觐见时谈论的事情让他不高兴了，大臣就要遭殃，轻则鞭笞，重则天杖。朝中已多日是乌云遮顶、暮气沉沉。

清清爽爽地沐浴出来，伽罗已经准备好了上朝的冕服，面目却是愁苦道："你不能进餐么？朝上不知要几个时辰，你怎能受得住！"

普六茹坚整理着衣裳，柔声道："不碍事，你不要怕。陛下虽喜怒无常，但毕竟还尊称我为妻父，这点情面还是要讲的。"

伽罗笑了一下，脸色并未转晴，道："我怎能不惧怕？满朝的文武，都视上朝为入鬼门关。王轨与齐王，这样的重臣都暴死在宫中，还不令人胆惧么？"她摇摇头，无比的绝望，"大臣尚且如此，何况日日呆在宫里的丽华。唉，先帝怎会生下这么个东西！"

"好了，自家说话也要小心。这种话，你怎能说出口！还能教导孩儿谨言慎行么？"普六茹坚落下脸，打断了伽罗的话头。朝堂上的情形，他能不清楚么？虽是妻父，却是朝堂上受鞭笞的第一人。陛下在抽他的时候，并未给其情面。方才的话，只不过是安慰她罢了。不然，又能如何？

这番话，说得过重，普六茹坚缓了缓脸色，轻声道："天子终归是贵人，不可辱之。俨儿出生，你我都为人祖了，更要为表率，平日里你多担待些。俨儿之母，你该如何处置？”

伽罗的眼里竟蓄了泪，轻声回道：“云定兴从齐土来，与尉迟迥父子、韦孝宽父子、李穆家勾勾搭搭，听说还搭进去不少钱财。这种人既无智又贪婪，与他联姻，唯恐日后有乱，于勇儿不利，只是苦了云姑娘。”说到这，伽罗眼里的泪流了出来，“她定是恨死我了。前几日，昭玄来府里，有意提及其女，我差点就应下了。”

普六茹坚走过来，扶着伽罗的肩安慰道：“夫人所思虑的极是。我也听说了云定兴好衣裳、人浮夸，不能与之为伍，云姑娘清楚不该含恨的。勇儿毕竟是皇后的胞弟，不可让云家搭上了牵扯，以免日后生乱。”

这样一说，伽罗便收了眼里的泪，心里微微宽慰了些。

辰时。普六茹坚、郑译等一众大臣都已候在正武殿里了，密密匝匝的。可是陛下却仍未出现，就连陛下的内侍阿炳也没有来。众臣皆站着，面面相觑，以目神会。这位陛下比先帝要严酷得多，谁又敢在朝堂之上轻易开口讲话？偌大的正武殿里死气沉沉，那些豪华的雕有金龙的大柱子上布满了尘埃，黯然失色。想当年，正武殿新落成，先帝是何等的意气风发踌躇满志！只可惜天不假年，先帝只正经地用过一回新修的大殿，便英年早逝了。而陛下只不过用了几个月，就给人陈旧破败之感。普六茹坚转过头，望了望后方的设计修造者宇文恺，却看不清他脸上的表情。想必他看见龙头上满是灰尘的眼睛，内心也有凋零之感吧。

又足足等了半个多时辰，普六茹坚的腿都站软了，方听见陛下的内侍懒懒地叫道：“陛下到。”声音里，有百般的不乐意。

令人瞠目的是，与陛下同时出现的，还有两位打扮得花枝招展的女子。两女子头上都戴着粉色幂罗，不见其面，身材却是曼妙。宇文赟并未坐下，而是直直地走到龙台的前头，高亢地说道：“天佑朕啊，让天子尽得佳人美女！”他转过头，怜爱地望着身后两女子一眼，又对着众臣道，“陈妃和元妃让朕视若珍宝、爱不释手。两妃让朕身心欢愉，朕要如何才得以回报呢？刘卿，你身为御正下大夫，对此事有何见策？"陛下今日看起来心情很不错，笑眯眯地看着他的宠臣刘昉。

"陛下乃天之子，社稷之主，想怎么办就可以怎么办，都是顺天意。"刘昉躬身答道，自是顺遂着陛下的心愿。

"嗯？"宇文赟从鼻孔中哼了一声，他对这句话不甚满意。

刘昉又赶紧说："哪怕将陈妃和元妃都升为皇后，也未尝不可。"

普六茹坚听了心里一紧，他稍稍偏了头，向后排望了一下，后面的几位大臣也受了惊吓般，微微地张着嘴。相互望望，皆不作声。

"可以吗？"宇文赟这才转怒为笑，自言自语道，"那朕岂不是有四位皇后了么？这也无妨。"他赶紧将这四个字加上去，仿佛怕有人趁隙插话似的，"那赵皇帝能有三位，凭什么朕就不能有四位？哈哈哈，朕即是天呢！就按众臣的奏意，定了吧。迁陈月仪为天元左皇后，迁元乐尚为天元右皇后。"

两女子皆欠身施礼："谢陛下。"声音轻巧，莺莺燕燕，稚嫩清脆。

宇文赟又将眼光移到普六茹坚的身上，道："当然，居正者还是朕的天元大皇后。妻父啊，你要为朕做好大司马啊。朕对你还是很有情义的，可不要辜负了。"

普六茹坚脸色铁青，站出队列，颔首，却未回话。

众人都将目光扫向了刘昉。这位皇帝身边最亲近的人，仿佛承受不了众人沉沉的目光，也低着头，后颈窝处很不自在，好像那里有脏东西似的。他情不自禁地用手拂了拂，像是要拂去这不自在。

众臣都不说话，呆呆地立着，如木偶般。年轻的陛下站在龙台上，有些无趣。他瞄见了郑译，像是又想起什么来了，说："随卿，将你的长子放到洛州去做总管吧。这位国舅，老不历练，也不成器。你说呢？呵呵。"他干笑了两声。

普六茹坚这时才闷闷地说了句："谢陛下。"

"哈哈哈……朕今日高兴。众卿有何事，奏上来，俱准！"宇文赟终于展开面容，退回到龙椅上，稳稳地坐下。来朝的时候，他心里也有些忐忑，怕又冒出了王轨那样死谏的大臣，弄得朝廷上的局面很不好看。四个皇后，说起来是多了些，出格了些。可是朕是天子啊，是皇帝啊，想干的事岂能容臣子阻挡？他做好了杀人的准备，可是还好，这班臣子温顺了许多，竟没有人反对。当初定下沐浴焚香、斋戒三日才能上朝的规矩，也执行得非常顺利，严丝合缝，没有出现一丁点错乱的迹象。看来，高压之下，才能使人驯服啊，他的脸上扬起了笑容。

陛下难得的笑容，使正武殿内沉闷的气息稍微松动了些。像是受了鼓励般，大前疑尉迟迥站出队列，躬身道："陛下，范阳事发，臣请伐之。"

宇文赟一愣，刚刚想起了这事，不经意地再次朝普六茹坚望了望。前些天，一直没有上朝，普六茹坚让刘昉递进过一个奏折，禀告过此事。说是幽州人卢昌期、祖英伯率众谋逆，都要占领范阳了。请求派兵平叛。可是，自己怎么就忘了呢？宇文赟不好意思地拍了拍脑袋，笑了："这事啊，朕想了好久。知你衷心一片，无奈年龄太大。"他将眼光扫向众人，望见了宇文神举，又道，"东平公，你去吧，先帝说你可以胜任。"陛下疯疯癫癫随随便便地冒出了"先帝"，让众臣大吃一惊。

"妻父，你身为大司马，你也评说评说。"陛下指着普六茹坚道。

"回陛下，东平公英勇神武，的确可以胜任。请求陛下速速下令，以免范阳失陷。"普六茹坚躬身答道。这件事一直盘桓在脑海，本来就是今日要参奏的主要内容。现在陛下询问，正合心意。然而陛下看起来，很不在意。倒是先帝显灵了么？他的苛责在陛下的身上留有深刻的印记。此刻，让陛下想起了宇文神举。

宇文神举慌忙领命，他的确深受先帝喜爱，勇猛善战，是位可用之材。可是，他与王轨、宇文孝伯一起，曾在先帝的面前，参奏过陛下。真是先帝让陛下启用他么？

"随卿，朕还记得你曾说过齐律甚好。朕也要颁一部法典，要严苛些酷重些。朕想明白了，严苛才能治邦安国。"宇文赟的眼里又闪烁着阴戾的光，仿佛真的想起了他的阿父，想起了阿父的严苛，他要将阿父的严苛施加于所有的人。

普六茹坚屏心静气，小心翼翼地说："陛下，齐律甚好，借鉴便是。若再加酷重，以免生变。孟子曰，不嗜杀人者能一之。天下一统，是先帝的遗志，也是陛下的重任啊。"

"哈哈哈……妻父啊。"宇文赟哈哈大笑，这几句话，怎么会引发陛下的大笑？这无来由的笑声使众臣惊骇莫名。陛下笑了好几声，忽又痛哭起来，满脸的泪水，道，"妻父啊，唯有你，在朕的面前提出天下一统。你们，"他用颤抖的手指着众臣道，"你们还有谁对朕有此信心？朕晓得，有人背后对朕说三道四。朕，"宇文赟故意停顿了一下，阴沉沉地说，"朕，要用苛律惩治你们！"

众臣大骇，惊惧着跪成了一片，唯有刚刚领命的宇文神举朗声道："陛下请放宽心，臣定当全力以赴，踏平范阳城。"

但是，宇文赟并不理睬他，而是蹙着眉头，情绪忽又低落了，幽幽地说："朕，也思虑过了。蜀之刘禅，想过几天舒坦的日子，却被那诸葛孔明一帮人闹得没完没了。朕心里在想，蜀国到底是谁说了算？那孔明只不过是想凭借出征，操纵国事罢了，实现的是他自己的心愿。朕，不要成为第二个刘禅！"他又转过头，望了一眼站在龙椅边上的两位新晋的皇后，提高了音量道，"朕只要一个平和安然的盛世，陈、梁让其自生自灭吧。"

众臣面面相觑，陛下这到底是想说什么呢？这正反的话都让他说了。众臣也揣度不了陛下的心思，也就不敢再出声了。唯恐触碰了他那已然错乱的神经，给自己带来灭顶之灾。

好不容易等了数日，沐浴、斋戒之后的朝上，却只有陛下一个人在说。众臣木木讷讷的，像极了一尊尊木偶。刘昉止不住悲戚起来，这木偶般的朝堂让自己做成了一个千古的罪人。昨日，陛下单独召见了他，让他这位内史官今日朝上主动上奏封两后的事。他哪里敢反驳和退却？陛下的心性他清楚得很。除了顺应，难不成还要像王轨内史一样，被灭了满门？

“既然都无话了,那就散了吧。往后若无极其重要的事情,少来烦朕!”宇文赟打了个深深的哈欠,语音里有深深的懈怠。今日的早起,让困倦又袭击了他。“你们各司其职,朕只想过几天舒坦的日子。”临散朝时,宇文赟加重了语气说。

九月,大周一部最为严苛的法典出世了,取名为《刑经圣制》。密令左右伺察群臣,小有过失,辄行诛谴。普六茹坚对此很不以为然,但又无可奈何。作为大司马,作为四位皇后中最为“正统”的国丈,普六茹坚已有数十日未曾见过陛下的面。朝政,离这对翁婿是越来越远了。

皇后也有二十多日未见到陛下,这种情形,是丽华成为皇后之后的生活常态。

新修葺的天台灯火昼夜通明。称做天台,却不止是一个台,而是一大片宫殿相连。陛下呆在天台的深处,有两位新晋的皇后相伴,几乎不怎么上朝了。

二十多岁的天元大皇后普六茹丽华陷没在天台的灯火里,影影绰绰的,有点不真实。她的内心深觉这个皇后做得也不真实。这种感觉,天元帝皇后朱满月也有,虽然贵为太子的生母,朱皇后也没有得到陛下特别的恩宠,出身贫贱的她,同样过着冷宫般的生活。

朱满月在四个皇后中,年龄最大,性子却最柔弱。倒像是天元大皇后的妹妹,凡事还是倚仗丽华做主。这些天,她老是到天元后的昭阳宫里,为的就是向丽华讨教太子圣诞庆典该如何办得体面。太子生日宴,满朝文武连同他们的夫人都要来参加。场面盛大,要有气势撑住。朱后心里发怵,好在有天元后。

“朱后啊,我说过了。你不用太忧心,调剂身子骨要紧。万事我都会帮你。”朱皇后过来已坐了一会儿,两人有一搭没一搭地说着话。丽华安慰着她,这话已说过两遍了。

不远处陛下的天德宫里,又传来一阵乐舞声。本该轻歌曼舞的宫廷乐舞,却被这班人弄得市井般乱杂。据说,这是齐宫的旧曲子。陛下喜欢,却不完全按照旧音律，便成了这副模样。哼，阿父说得对，陛下如今是越来越像齐后主了。丽华被这嘈杂的音律打搅了，心绪又飘到陛下的身上。陛下的行为做派与齐后主同出一辙，有过之而无不及，比如说这同立四后，简直将曾经是皇帝亲许的太子妃之颜面踏在唾沫里……丽华轻轻叹息，二十岁的她，内心已是万水千山的沧桑。

“大皇后安歇，我告辞了。”朱满月站起身。自被命为皇后，朱满月反而觉得对不住丽华似的，对她是更为亲近和谦逊了。

丽华也站起身。从东宫的太子妃升为皇后，本该是顺理成章天经地义，只不过被陛下胡闹成了四后之一，但这居正皇后的气势要自己撑得起来。丽华微微一笑，正待扬手送客，却听见门外有人轻唤：“天元大皇后还没安歇吧，我们有急事要禀。”

随声而入的是陈皇后和元皇后，这两人像孪生的亲姐妹般，形影不离。这天两人穿的衣裳也极为相配。一个是湖月色的斜襟裳，配大红的画帛；一个是蛋清色的斜襟裳，配柳绿的画帛。两人婷婷袅袅地立在丽华的面前，使得略微黯淡的昭阳宫瞬间明亮了许多。

“二位皇后怎么来了？不是在陪陛下吃酒赏乐么？”丽华淡淡地笑着，指了指边上的椅子，让她们就坐。已经告辞的朱满月，想了想，也坐下了。

两位新晋的皇后，二八佳人，脸上的喜怒哀乐都带着稚嫩。陈月仪面露愁容，道：“天元大皇后，你要过问啊。陛下又去了两后春楼，有两日未归。”

普六茹丽华微微有些吃惊，道：“有两位妙人陪伴左右，还嫌不够么？怎的出宫了？那边的宫廷歌舞是怎么回事呢？”

元乐尚答道：“陛下不让说。他故意拉下一个帘子，以内侍阿武坐在里头扮成他的模样，做出没有出宫的假象。大皇后，对外我们可都没有说啊。”

丽华点点头，深叹一口气，沉静道：“两位妹妹做的甚好。陛下他要乐，也只有由着他乐，我等将后宫稳住便是。姐妹们回宫以后，备一份礼。今早来报，南苑的王姬诞下皇子，明日可一起去探望。”

陈月仪噘起双唇，道："哪个王姬？怎的有这等福分，诞下皇子？哼，陛下用情倒广！"

几位皇后都抿着嘴笑，叽叽喳喳地说，陛下皇后之多，史无前例，后宫怎会凋零？还有许多的姬和妃呢。少顷，丽华收敛起笑容道："才说的要稳住后宫，我等已贵为皇后了，还有什么不满足的？"

朱满月道："大皇后说的极是，妹妹们可要听话。"

两位小皇后撒着小女儿的娇气，嘟嘟囔囔地翘着嘴唇道："明白了。大皇后居正么，我等明了。陛下迁我等为后时，叮嘱过。"

几个人说笑着，看得出来，几位皇后相处得还算和睦，对丽华除了依赖，还很亲近。丽华居正的气势，也执掌得恰到好处。夜已深了，几位皇后还没有要走的意思。陛下不在宫中，她们的日子便没有了日夜。饮食起居，吃喝玩乐，又何在乎日与夜？

正说着话，外面有嘈杂的声音传过来。不等禀报，刘昉面如土色，已经闯了进来，见几位皇后皆在，便伏地大哭道："皇后们，陛下……已不省人事，抬回宫里了。"

几位皇后吓得魂飞魄散，朱后、陈后、元后皆呆住，惊惧不已，唯有丽华冷静道："姐妹们莫要慌张，这就随本宫一起去天德殿查看。"

说着话，她已站起身，跨出了好几步，随刘昉往天台的深处走。刘昉边走边说，及至天德殿，丽华已经明白了事情的大概。原来，这两日陛下一直呆在"两后春楼"里，被齐废后穆氏迷得三魂失了两魄。两人对赌：喝一大玉瓒酒，行一回性事。再喝酒，再行事。如此往复，直到一个人倒下。"别看陛下年轻，却不敌那浪荡成性的穆后，败下阵来。先是醉了酒，后就迷乱了神经，不会说话了。"刘昉瞄着丽华的脸，小心地选择用词。

丽华听了，咬着银牙，恨恨道："三国时，讲究清君侧。刘大人，本宫不是苛责于你。你怎能带陛下去那种地方淫乐？还有皇室的体统么？"

刘昉立刻委屈，似乎要哭出来道："大皇后啊，我早晓得朝野上下恨之于我，有人扬言要啖我肉身。旁人不知，大皇后难道不知么？陛下想做的，是我等人臣能阻止得了的？"说着，他指了指已飞奔向前的陈后和元后的背影，低声道，"立她们俩为后，除了陛下，臣哪里敢起这个心思？那日陛下掐着臣的脖子，说若不提，便要灭了臣的九族！"刘昉说着，便哭出了声，又凄凄惨惨地叫屈，"大皇后啊，臣有几个九族可灭呀？这事我已同随公提及，他也无可奈何呀。"

丽华叹气，她知道刘昉说的绝不是假话。对这位陛下，要么顺从，要么去死。问题是即便以死相谏，他也未必会听。死也是白死了，犹如王轨。

天德殿里已涌进了好些人，好几名太医在战战兢兢地医治，陈后和元后两人已哭得梨花带雨。及至榻前，丽华的心猛然一紧，这哪里是她年纪轻轻的夫君啊。躺在病榻上的宇文赟形销骨立，脸色雪白，没有一丝血色，眼窝深陷黝黑，如已弃世一般。算起来，丽华已有二十多天没有见到陛下了。可是只有这二十多天，陛下已经完全没有国君模样了。泪水一下涌出来，迷蒙了她的双眼。

几个太医跪在地上，诺诺的不敢做出定判和结论。

"你等将实情道来，不管结论如何，我都不会怪罪。如不讲实情而耽误大事，那就要受罚了。"丽华态度温和，语调沉稳，语速缓慢，却有不怒而威的气势。

几个太医对视了一下，领头的长者轻声道："大皇后，臣就直说了啊。陛下是过度消耗了体力，枯涸了精血，从而导致龙体亏虚至极。已用了汤药调理，将息数日，切勿动情行事，该好。"

"没有性命之虞吧？"朱后担忧地问。

"没有，没有。"太医肯定地说。

丽华心里稍稍安慰。点点头，将几个太医放出去了。八岁的太子宇文阐哭哭啼啼地进来，立在丽华的面前，哭道："阿母，陛下龙体无恙吧？"

普六茹丽华拉过太子，抚摸着他的头，也流下泪道："不怕，阐儿。陛下无恙，陛下会安康的。

太子的生母朱满月也立在一旁。虽然被立了皇后,但由东宫延续而来的习惯却没有多少改变,太子对她这个嫡母还是很尊敬和亲近。

“阐儿怎么也没睡?你如何晓得陛下回宫了?”丽华轻声问道。

太子不经意地望了生母朱后一眼。只这一眼,丽华的心里便轰然雷动。是了,若陛下真有个三长两短的,阐儿便要顺理成章地继承大统。这个时刻,生母和嫡母首先想到的竟是如此不同啊。朱后心里也清楚,这顺理成章中,暗藏着千山万水的艰难困苦。看起来柔弱毫无主见的朱后,其实一直在暗暗为阐儿使劲呢。

几位皇后怀着各自的心事,彻夜地守候在陛下的榻前。殊不知,宫外的大千世界,也是一番草木皆兵的景象。长安城四周已布满了兵将,直通京师的官道上,急促的马蹄声,越来越近……

陛下病重,子嗣弱小的皇室,暗暗为之使劲的人真不少。宫外,也有许多为自己使劲的人。

夜深,人未静。来普六茹府的人,川流不息。普六茹坚没有想到,一向孤傲且为陛下远亲的宇文神举竟会独自来府中。齐王在世的时候,他可是素与齐王交好的人。这次平定范阳,功勋卓著,在朝野声望日隆。论武功已盖过了普六茹坚,怎会屈尊前来?令普六茹坚更没有想到的是,身为东平公、并潞肆石四州十二镇诸军事、并州总管的宇文神举此行的目的,是让普六茹坚救自己。上天庇佑大周,上月前宇文神举不负众望,很快平定了范阳的叛乱,归京,却是如此结果。

“东平公,此话怕是言重了。陛下再犯糊涂,也不至于要害你。才立的军功,难得的将才。齐王之后,朝中将才凋零,东平公堪称中流砥柱,陛下要重用才是。”普六茹坚心里清楚,既然宇文神举都上了门,不是十成的不安,何故如此?自己的这番话,只是宽慰罢了。

宇文神举的面色晦暗至极,他耷拉着脑袋,一副颓废的样子,苦笑道:“随公不提齐王还好,齐王就是陛下的腹心之疾,我即是这痼疾上的烂疮。按理,眼下朝中情形正如随公所述，我等不必自危。可是……”宇文神举一伸手，扇了自己一个耳光道，“在先帝面前，我曾跟着齐王参劾过陛下，能不惧么？如今，几位王爷各自为政，诸侯为王。随公啊，陛下素与你亲近，唯有你挺身行事，恳请你主事。唯有你主事，我或许得救。”

“东平公，此话只在此处说说便罢了。若传出去，是要给我府带来祸患的。”坐在一旁的伽罗，敛起笑容，正色道，“你也不是不知道，如今朝中有四位皇后，陛下最宠爱的是陈后和元后两位，随公能说上话么？”

宇文神举略显尴尬，但很快就恢复了平静，讷讷地站起身。

普六茹坚道：“夫人的话虽说硬朗了些，却也是实情，东平公可要见谅。如若有机会，我一定会尽全力。心底里，我真真觉得你是我朝难得的人才。”

宇文神举讷讷地点点头，仰天长叹：“天不佑我大周啊！”转身踟蹰着，终离去。

“你这话也太不近人情了。他的情景堪忧，你该体谅才是，何苦要咄咄逼人？”宇文神举孤独的背影一消失，普六茹坚皱着眉头，对伽罗道。

伽罗冷笑道：“体谅？该说你可以救他么？你能做得了什么？给他以虚妄的念想么？”

这时郑译和刘昉急急而进，也顾不了屋内两人的情绪，急急道：“随公，出大事了。兵临城下，城外涌出了好些兵马，你要快快拿主意才是。”

伽罗哑然失笑，心想这世道轮轮转转的，果真要转回来了？这一天门庭若市的，热闹得紧。好似一股急流，将她的夫君卷入了漩涡中心。

普六茹坚却是面色凝重，道：“何处来的兵马？为何而来？”

郑译道：“陛下去两后春楼二日，前日是被抬进宫的。几位王爷得知，恐有变，勤王来了。但又不进宫，没有檄文。”

普六茹坚冷笑道：“好一个带兵勤王。走！”说着，人已经步出了门外。

伽罗急急跟在后头，拽住他的胳膊道：“去哪里？这是陛下的家务事。针尖对麦芒时刻，切勿妄动。”

普六茹坚甩掉伽罗的手，道：“兵至城外，你还说得出这等话！”

刘昉也奔过来，拉着普六茹坚的手，生怕他被伽罗拽走似的，急急地对伽罗道：“天元大皇后还在宫里呀！夫人慎重。”

三个人飞奔出来，分骑三匹单马，朝皇宫奔去。离开了伽罗，郑译说话的声音也大了许多：“随公，有些话，我只敢对你直说。陛下如此……荒诞，你若不挺身而出，待王爷们得手，只怕……你与我们都有性命之忧啊。”

刘昉也道：“是啊随公，朝野上下对我是恨之入骨。我冤呐，陛下的性子，谁能忤逆？若放在他们身上，只怕是比我更甚！”

普六茹坚也不说话，狠命地策马飞奔。宫外有影影绰绰的人，却不见兵马。三人顾不了查询，径直进了宫门里面，弃了马，又向天台急速而去。宫里各处也算正常，没有出现兵临城下的恐慌。

“三位爱卿终于到了。”未及天德殿，面色惨白的陛下已经迎了出来。

刘昉大喜，欢喜地叫道：“陛下龙体安康，竟可以下榻了！”

“哼，再不起来，怕是要被气死了！”到底是年轻气盛，被抬回来的宇文赟只不过躺了十几个时辰，就可以站起来，他望着普六茹坚，亲热地问：“妻父啊，眼下该如何处？”

普六茹坚轻轻松口气，将门外的情形说了。他分析，那些以为陛下病重想乘机进宫闹事的人已经撤走了。因为陛下好端端地站在宫中，所以暂时应无大事。

郑译抹着头上的汗，道：“听说城外和终南山都有兵马，他们也撤了么？怎会这么快来？又这么快撤？”

普六茹坚沉吟了一下，转向宇文赟道：“陛下，可令东平公宇文神举前去一探究竟。此人胆大心细，有勇有谋，先帝在时，极为器重……”

“够了随公，你说得够多了。”病后的宇文赟用了最大的声音，打断了普六茹坚，轻蔑地哼了一声，“先帝在时，他也跟在宇文宪的后头，对朕横说竖说，数次向阿父数落朕的不是！上次让他去平叛，居然命大，没有死。朕不要他！”

普六茹坚大骇，果然如东平公自己所料想的一样！杀宇文神举，与齐后主杀兰陵王有何区别？大周已经损失了一个齐王宇文宪，可再不能折了宇文神举！普六茹坚心里急，竟趋步向前，直直地杵在陛下面前道：“陛下万万不可呀。那齐后主杀了高长恭和斛律光，便亡了国。宇文神举纵有百般的不是，可也不至于死罪呀。他英勇神武，若伐陈，用得着他！”普六茹坚于激动之中，情态就有些咄咄逼人之势，惹得宇文赟连连往后退了两步。本来就是病后初愈，这一下被普六茹坚逼得站立不稳，差点跌倒。骇得郑译和刘昉两人慌了神，好在扶住了陛下。

宇文赟气极，瞪着充满血丝的眼睛，大叫：“你要反了么？竟敢如此和朕说话！放肆！将他押下去！”

有人应声而来，郑译护在普六茹坚身前急道：“陛下息怒！随公是我等特地请进宫来为陛下解困之人，怎可押走？陛下呀，长安城外终南山中或许有人正虎视眈眈盼着宫里生变呢！切不可妄动啊！”

刘昉也急辩道：“陛下，郑御正说得极是，切不可因为一个宇文神举而坏了大事！唉，那个宇文神举，谁叫他多嘴多舌，陛下要杀就杀了吧！”

普六茹坚瞪着刘昉道：“暴戾恣睢！刘昉，身为人臣，不可如此！”

郑译拽着普六茹坚的胳膊，怒视着他，恨不得去捂住他的嘴巴。果然，宇文赟听了这话之后，又指着普六茹坚大叫道：“你不要以为朕曾唤你为妻父就胆子大了！朕有四个皇后，天元大皇后也是可以废掉的！朕偏要杀了宇文神举！朕倒要看看，究竟是谁在定乾坤！”

郑译和刘昉双双跪下，道：“陛下，定是陛下在定乾坤！宇文神举，陛下要杀便杀，旁人的话都不要在意。”

宇文赟仰天大笑：“你们要明白，朕即是天！朕是所有人的天！来人，给宇文神举赐酒！”

普六茹坚面如死灰，这杯酒像是赐给了他。其实，这杯酒已经赐给他了，赐在了他的心里，将他那副对君主赤诚衷心毁于一旦。宇文神举有何错？王轨有何错？齐王又有何错？他们都死在自己的面前。这杯酒，让他重新将自己定位。几十年来，自己都是一边披心相付，一边慎重保全。战战兢兢，如履薄冰，提心吊胆，艰难求生。面对先帝那样的英主，也就罢了。可还要继续面对眼前这位陛下，能一如既往么？他俨然失了心智啊。普六茹坚定定地站着，面对仰天狂笑的宇文赟，说不出话来！

“你……无话了吧？”宇文赟指着普六茹坚笑着说。“朕即是天”，在天面前，无语的普六茹坚终于低下头来。

“陛下，”仍然跪在地上的郑译小心翼翼地问，“城外可派谁去巡探究竟？若置之不理，难免放心不下。”

宇文赟终于止住了笑，瞄着普六茹坚问道：“随卿身为大司马，你意下如何？”

普六茹坚抬起头，道：“臣请前去。”

宇文赟摇头，轻蔑地说：“不用你去，让大前疑去威慑一下即可，又不是真要打仗。退一步讲，若真要打，你也不会比大前疑尉迟迥强啊！”宇文赟像是吐出了一口恶痰，将这句话吐向了自己的岳父，“你还是随朕进殿，朕还有话要问。今日情急，免了你们未曾斋戒的罪。”顿了一下，宇文赟缓了缓语气说。

天德殿里雍容华贵，比先帝时最好的正武殿要奢华万分，用料无一不极致。一尺见方的地砖严丝合缝，楠木的柱子，雕龙刻凤，龙腾云绕。那把金丝楠木打造而成的龙椅，在桐油的润泽里，每根金丝都像在游弋，活着的一般。看来，这位陛下对自己的花费甚是舍得，完全不似先帝的节俭，更没有将先帝要节俭的遗训放在心里。

“妻父啊，长安城外有伏兵么？你给朕参奏参奏。郑卿说朕的四周有奸人，是么？”刚刚坐在宽大的龙椅上，陛下便问及。

“诚然！郑御正说得对。陛下被抬回宫，消息就像长了翅膀，飞出宫外数百里。于是，有人便蠢蠢欲动，派兵前来。现如今，得先帝护佑，陛下康复，城外复又不见了踪迹。这消息之敏捷，行动之迅疾，人数之广众，让人毛骨悚然。陛下，据臣所知，有好几路人马，甚为复杂，不得不防啊。”普六茹坚躬身向前，诚恳地说。

“你可知晓都是哪些人？”宇文赟困顿得不行，勉强地睁着眼。

普六茹坚摇摇头道：“陛下，年少力壮的大将军们可不要再杀了，免得自毁力量。”

“呵呵，呵呵。”宇文赟干笑了两声，迷迷瞪瞪的。巨大的困倦一波一波地袭击着他，瘦弱的身子歪斜在宽大的龙椅里，差不多要躺在上面了。他努力地睁开眼，断断续续地说：“妻父啊，朕真的很累……这个皇帝的位子把朕给累着了……今后，这些琐事……你多想着些，都替朕给办了吧……朕累啊，朕要睡了……”他的声音越来越低，越来越迷蒙，到最后，竟无声无息。陛下的头一歪，竟真的睡了，留下三位面面相觑的大臣。

刘昉忙命内侍阿炳将陛下抬到天元大皇后的宫中，郑译拉着普六茹坚道：“随公，都看见了吧。这样的陛下，他治理下的朝廷，如若被旁人掌握了去，还有你我的活路么？再者，又有几人能实现先帝的遗愿？于社稷于先帝，能好么？”

见普六茹坚沉吟不语，郑译又道：“我晓得你素有远大的抱负，苦于先帝的猜忌，现在正是施展抱负的大好时机。若不动，岂不是愧对此生？郑某自知不才，若有你一半的才华和抱负，我便冲向前了。”

两人向殿外走去，转过了一个拐角，便是一片开阔地。四下无人，郑译接着说：“辅助明君，当是一件幸事。如若救民于水火，更是一件功德。齐之亡国，近在眼前，陛下比之于齐后主，何如？那两后春楼一直门庭若市啊。”郑译意味深长地望了普六茹坚一眼，抱拳告辞而去。

普六茹坚瞪着眼，看着郑译离去的背影，呆呆的，竟动不了脚。两后春楼，门庭若市？普六茹坚惊惧地转过头，掉向昭阳宫的方向，仿佛自己的长女天元大皇后正眺望着自己。

过了秋分，宫里的花草，复又深绿。零星的秋菊悄悄地绽放，恬静、温和，不似人间大红大紫的躁动。几天前，天台各宫各殿张灯结彩，喜气洋洋。太子阐的东宫更是喧嚣，大红的帷幔从屋顶处垂吊下来，像是红色的瀑布，层层叠叠的，将深邃的皇宫衬托得更为深邃和冗长，让人无端地莫名地燥热和不安。

周制，宗室内命妇和异姓外命妇要定期进宫朝见皇帝和皇后，这次的觐见日刚好和太子阐的诞辰前后只隔了三日。天元大皇后本想请人定个吉日，将两个庆典合二为一，却被陛下给否定了。陛下的旨意是不仅两个庆典要大肆操办，就是中间间隔的三日，也不能轻慢了，其宫乐礼制、珍馐美味，要毫无二致，只有这样才能配得上皇家的气派。天元大皇后知道自从东宫搬至天台以来，陛下便新增添了两个嗜好，除了鞭笞杖责大臣外，还喜爱上了嬉闹。与皇后们嬉闹，与宫里的婢子嬉闹，甚至喜爱跑到宫外与齐废后嬉闹。遇到正当名录中的庆典，岂能轻易放置不理？那定是要大张旗鼓的。

天元大皇后只好按照陛下的旨意，请了修建正武殿的宇文恺将东宫修葺一番。殿顶上髹漆，雕梁画栋上鎏金，就连宫里的各个门槛上也鎏了金，大殿的台阶上还砌了白玉。陛下对此事十分上心，亲自督查了两次，方才满意。

这天临近晌午，陛下才在陈后和元后的搀扶下出现在东宫，看起来精神头颇足。戴着高高的通天冠，通天冠上用金色丝线织成的金蝉纹，细巧精致，是丽华亲手织成。尽管颇受恩宠，但陈后和元后还是识得礼仪，不敢就坐于陛下身边主后的位置，这个位置专属天元大皇后。

东宫大殿早早地被内外命妇按礼制分列左右，站成了一条殿内御道，大长公主宇文娥英以下的内命妇在道东，依等级排列，向北面的帝后施礼；太夫人以下的外命妇在道西，也是按等级排列，向北面的帝后施礼。自周公制定礼仪开始，历朝都严格按朝制行礼，唯有当今陛下，时常打破礼制，自行妄动，常常纠集百官和宫人、命妇等，大列妓乐，毫无节制。禁止民间戴通天冠描眉粉黛，却在宫中放任纵容，提倡不穿冕服参加庆典，毫无礼制之威仪。

今日如是。陛下刚一坐下，内侍阿炳就呈上汤药。据说，陛下服下此汤药便会精神倍增、孔武有力。喝了汤药，陛下果然神采焕发，看着缓缓行进于眼前的花枝招展的内外命妇们，笑容可掬。

满目粉黛，都是些熟识的面孔。只一小会儿，宇文赟就看得有些腻，有些兴味索然。正待转目，却被一陌生的女子吸引了目光。女子眉眼细长，宛如初生的柳叶；鼻梁直挺，仿佛刀削斧劈过一般，线条硬朗；特别之处是有着长长的白皙的颈脖，配一个高耸飞卷的九仙云髻，将脸庞凸显得小巧靓丽；着一袭明黄的长裙，顾盼生辉，步步莲花，于人群中，顿时有鹤立鸡群之感。此刻，她正向陛下款款而来，宛如嫦娥来到眼前……

陛下的眼睛都不会转动了，可谓是目不转睛地盯着，内心却不由地生气。如此上等绝妙的尤物，竟没有敬奉于天子，而是流落在宫外！朕的颜面呢？正想说话，却见那女子已然从眼前飘过。

宇文赟急了，伸出手来，却够不着，眼见着女子又往前走了两步。宇文赟腾地一下站起身，差点碰翻了膝前的几案，他也顾不了礼仪，趋步向前，伸手想拽住女子的胳膊，却又未够着。

陛下的这个举动，惊骇了所有人，皆停下脚步。那女子也似被惊吓了，蓦然回首，惊惧地发现陛下竟站在自己的身后。细长的眉眼瞪得溜圆，薄如蝉翼的肤质，立刻变成了浅浅的粉红，让人顿生怜惜之情。惹得本是爱花怜花的陛下，禁不住伸手在她的面颊和长长的脖颈处抚摸起来。

众人哗然，惊愕的尖叫也止不住陛下的手在女子的身上游弋。女子满脸通红，娇羞至极，想要移开陛下的手，却未能做到，于是求救似的望着业已赶过来的四位皇后。

天元大皇后从陛下的身后绕到了前面，与女子并立，也是红着脸轻声道："陛下，阐儿诞辰呐，该唤太子来了吧？"

宇文赟悻悻地停了动作，手却仍放在她的身上，没有移开，冷冷道："你要唤就唤，烦扰！可恶！"

天元大皇后低下头，仍犟了一句："她是宗亲命妇，其大人公和夫君都在御陈，陛下不可……"

"放肆！还晓得朕是陛下啊？"宇文赟这才移开了手，愤愤道，"就你会败兴！你且随朕来坐。"

天元大皇后跟着陛下往北面放置龙椅的龙台处移步，走了几步，宇文赟一转身，见只有天元大皇后跟在后头。跳过她，望向人群，那个女子已没入人群中了。宇文赟气急败坏，对着天元大皇后破口大骂："你也不照照自己，可有她的美貌？朕让她来坐，你跟着来添烦啊？滚回你的宫里去！"

原来陛下方才话里的两个你，指的是两个人。却只有丽华一个人跟了过来，而那女子又没入了人群中，宇文赟越想越气，越发的恼火道："你和你的全家都让朕厌恶！"

丽华捂住了脸，泪流满面地往外奔去，朱后想追去，看了看盛怒的陛下，又止住了脚。殿内所有的人都呆呆地立着，呆呆地望着年轻的陛下。宇文赟生气地拂了拂袖子，复又走下龙台，往人群中来，寻找那一抹明艳的黄色。

人群中自是闪开一条通道，将明艳的女子暴露出来。女子复又红了脸，娇羞胜过了惊惧，红唇白齿间流露的柔媚，更是醉了陛下的心。

宇文赟朝着女子款步而来，及至近身，遂伸出手，猝不及防地抓住了女子葱白样的手臂，像是怕她又逃了似的，用力将之揽入怀中，对着呆呆的众人道："你们退出去吧！"

众人逃也似的向门外涌去。女子在陛下的怀抱里，挣脱不得，轻声道："陛下，阿奴上月已为人妇，陛下迟了啊！"

宇文赟微微愣了一下，仿佛才想起这回事似的。但只有一瞬的迟疑，复又笑道："朕想做的，从未有迟！朕要得的，从未有失！"遂拥着她，往龙椅那边走。龙椅旁还立着三位皇后，不知什么时候，太子阐也进来了，朱后领着他，也是静静地站着。朱后的手下意识地想捂住阐儿的眼睛，却被阐儿挣脱了。阐儿走到宇文赟面前，道：“这位夫人美若天仙，是哪个府里的呀？”

宇文赟哈哈大笑，右手还是紧紧地揽住女子的细腰，对着阐儿笑道：“阐儿大了，见了美貌的女子，也会爱慕了。哈哈，阐儿聪慧，问了朕想问的话。”

女子重重地回道：“阿奴乃杞国公的儿媳，阿奴的夫君名唤宇文温，大人公和夫君都在淮南伐陈。”

宇文赟心里一沉，果然是宗亲命妇。算起来，宇文温乃是自己叔伯家的侄儿。按辈分，要矮一辈。

久不说话的朱后，故意沉沉地问道：“方才天元大皇后说了你的夫家是军中将士，为国效命。陛下问的是，你名唤什么？”

“回朱后的话，阿奴名唤尉迟炽繁，是蜀国公的孙女。”原来这位女子是名门望族之后，论出身，竟比眼前的三位皇后都要高贵。陈后和元后素知蜀国公尉迟迥的鼎鼎大名，咽回了想要说的话。

宇文赟并不理会朱后话里的深意，拉着尉迟炽繁往龙椅上坐。这可是亘古未有的待遇，以一宗室命妇的身份，与陛下在龙椅上并肩而坐。尉迟炽繁怎敢如此造次，再次求助地望着几位皇后。陈后和元后均噘着嘴巴，有些生气。朱后看情势不对，拉着阐儿向宇文赟告辞。此刻，陛下的眼睛、心思全在尉迟炽繁的身上，正懒得搭理他们，便准了朱后和太子的告辞。

偌大的闹哄哄的宫殿空旷了，甚合圣意。宇文赟拉着尉迟炽繁坐在了龙椅上，陈后赔着笑脸道：“陛下，我们几个在此枯坐有何趣味？倒不如宴乐……”

宇文赟眼睛一下子闪亮了，转向尉迟炽繁笑眯眯地问：“朕请你看胡人浑脱舞，如何？”

不待尉迟炽繁回答，陈后和元后均雀跃起来，直呼甚妙甚妙。尉迟炽繁也不知浑脱舞为何物，也只有应了。

少顷，龙椅前摆上了硕大的几案，几案上摆满了珍馐美味、山海奇宝，武帝从阎姬处得来的玉瓒也赫然在目。那尊玉瓒，武帝用它收回了江山。临终时，将它交给了自己的儿子，让它时刻警醒着儿子，不要让旁人再次窥探皇权。此刻，这尊玉瓒里，盛满了美酒。

几位浓妆艳抹的胡人正舞蹈得起劲。浑脱舞又称乞寒舞，本是北方干旱的胡人在腊月间，乞求上苍使天气寒冷而让来年风调雨顺的一种民俗舞蹈，舞者要赤裸身体、互相泼水，以示寒意。如今却被陛下改造成了宫廷艳舞，不定期地在宫里表演。为此，还禁止了民间祭祀祈祷。

今日的浑脱舞也是临时安排的节目，却无人敢怠慢。壮硕的男人和丰满的女人，赤裸的身体，交织在一起，肢体颇为夸张地舞动。这幅图景，像一剂春药，总是能让年轻的陛下血脉偾张，不能自已。陛下的手很不安分，在尉迟炽繁的浑身上下胡乱摸索。小女子怎能抵御这种场合，又被灌了不少酒，渐渐地迷离过去。

尉迟炽繁迷离的醉态，终于使陛下彻底地迷失了心智。他亲手将几案上所有的器物，连同那先帝遗留给他的玉瓒，统统地扫在地上，将尉迟炽繁横陈于几案上，宽衣解带，扑将过去……

那被扫出几案的玉瓒，坠落在坚硬的地砖上碎了一地。它的身下有涓涓的美酒流出来，清澈透明，如同先帝的眼泪。

第二十四章 五后并立行荒唐 重臣旧友齐归心

远远的，就看见了普六茹坚的府邸。这么多年，它依然静静地竖立在这里。府中的灯火也依然明亮，只是从未耀眼，却是那么温暖和贴心。杨素骑在马上，奔着这灯光而来。他的坐骑似懂得主人的心思，走得有些犹疑。

曾唤普六茹坚为郎主的杨素已有五年未曾踏入该府了，今日冒昧前来，他的门还为自己敞开么？

杨素深深地叹了口气，再缓缓地吐出来，自己该是堂堂正正的模样！这几年虽未临门，却也从未做过愧对他们之事，还时有微微照应。再说，跟随宇文护和宇文宪，郎主也是默许的，谁不想往上走？普六茹坚的府中一直风雨飘摇，即是今日，也未曾立稳立定。且不说先帝的遗诏传闻，就是前几日，陛下在殿上还公然骂了天元大皇后，连带着把他们全家都骂了。这种情形下，此举也算不得是攀龙附凤。

想到此，杨素便挺直了身子。门值中有两位年长者，识得杨素，便捷地放他进来。前庭依旧，回廊依旧。这些年，普六茹坚的府邸都未重新修葺过。廊檐处有细微补、贴的痕迹，想必是李圆通和李九的功劳。廊柱却是泛着油光，噌噌地发亮。虽用了二十多年，却未见明显的衰落和破败，反而有种深厚的沉淀感。像一位沉稳的智者，于岁月中不动声色地岿然矗立。

府中长子普六茹勇被放出去做了洛州总管，次子普六茹广也被封为雁门郡公，成了府中的当事之少郎主，也是阿父阿母的得力助手。今日于巡防中，不期遇见了杨素，略略有些吃惊，也有些惊喜道："阿叔，久未曾见，今日怎得空前来？有何要事么？"说着，便将杨素往中庭引。

杨素道："郎主与夫人都在中庭么？阿叔有要事禀见。"

普六茹广立定，笑曰："阿叔今日来，恕广儿不知，未曾远迎，也未曾禀告阿父阿母，还请见谅。方才阿父在后庭迎客，叮嘱孩儿休要打扰。请阿叔稍等片刻之后，广儿自当禀报。"定定地说完，又做迎请之势，将杨素往中庭牵引。

杨素被一个孩儿所阻止，心中不快道："来的是谁啊？竟见不得人？"

普六茹广灿然一笑，却摇摇头道："阿叔，这个广儿也不知晓，待会儿尽可询问阿父。"他的手一挥，"上茶！"见两人进门，早有婢子捧了茶水来。普六茹广亲手接过，又双手捧奉于杨素面前，亲热地说，"阿叔，玄感现如今还好吧？听闻他已长进不少。"

杨素被普六茹广客客气气地拒绝了两次，心中颇为生气，又听普六茹广提及自己不怎么出色的儿子，便阴阳怪气地说："杨玄感要是有你一半的伶牙俐齿倒好了，你都敢拦阿叔了。"

普六茹广讪讪地笑着，顺着杨素的话道："实在是阿父阿母的叮嘱过严，广儿岂敢不从？阿叔就不能体谅孩儿么？玄感也好么？广儿好久没见到他了。"

杨素生气，却也不便与一个孩儿多纠缠。两人有一搭没一搭地说了一会儿话，普六茹广便起身往后庭而来。他的父母的确是在待客，一位及其重要的人物不速而至。

来者竟是李穆，这连普六茹坚和独孤伽罗都未料到。

当朝之中，李穆可是位了不得的人物。在太祖时期，他就拥有十张铁券，护佑家族；先帝时期，他便升为太傅，位列三公；如今身为大左辅，更是朝中参政重臣。虽在侄儿李植除护败露事件中受到轻微牵连，但几十年来，深耕官场的他，如同一棵根深叶茂的大树，风雨不倒，自成一股非宗室又与宗室有着千丝万缕关系的强大力量。

得知李穆亲自登门，普六茹坚夫妻不敢怠慢半分，重整衣装，双双恭迎于大门，又牵手迎至后庭密室。

刚坐定，李穆便开门见山道："随公，没想到我会亲至吧？呵呵，我也是思虑了两日，方才决意要来的。朝中政务瘫痪，令人堪忧！"

普六茹坚和独孤伽罗对视了一下，迅即移开目光，均未说话。李穆身为长辈、朝中重臣，官至大左辅、太傅、并州总管。今日亲身莅临门下，想要说的话一定极为重要，夫妻俩不敢贸然接话。只听那李穆又道："纵观朝野，人心浮躁，无人能理事。宫中出现了亘古未有的四位皇后，贵妃姬嫔不计其数，唯有天元大皇后正直贤淑，具国母威仪。另三位皇后其背后势力也是错综复杂，陛下却浑然不清，尽惹事端，自灭宗室亲族。只恨我已老矣，力不从心啊。"

普六茹坚听了此话，脸色微微变化，心下踌躇，十分诧异。这种话能对外人讲么？平素里，自己跟李穆未有如此亲近啊。普六茹坚不知李穆为何如此剖心置腹，讷讷地点点头。李穆见普六茹坚这样一副样子，微微一笑道："随公不必太拒我！李穆今日来，也是深思熟虑的结果。"他一字一字地将这句话说完，仰天长叹，"有道是天意难违啊！齐王临终悲叹皇室气数已尽。唉，当今陛下……臣怎能评判陛下……今日郧国公来我府，追悔莫及，悔不该杀了杞国公宇文亮啊！你说，这宇文家的江山还有指望么？你头生龙骨，身为天元大皇后阿父，如日中天，齐王预料得很准啊！"

普六茹坚大惊大骇，险些从椅子上跌落。他摇摇地立起身，移步到李穆面前，躬身揖手，诚惶诚恐道："大左辅，坚未有一刻异心！天地日月可鉴！坚是否有做的不当之处，使大左辅不满？请直面指证便是，坚可立誓，立改之，可不要再拿面相说事。说来可笑，这一生，为这副面相尝尽苦楚！"

独孤伽罗也变了脸色，起身附和道："是啊，大左辅，坚未有半字虚言。我们自忖目光端正，未有旁视，更无觊觎！大左辅何来此言？"

李穆也站起来，拂了拂衣袖，跻身至普六茹坚面前，正色道："你们不必与我设墙隔肺，韦琼早有预言在先。数年来，你能秉公正直，勤勤勉勉，辅助先帝也未见私心。尤其是对于宇文宪和宇文神举，正气凛然。即使是在陛下面前，也未见有一丝偏失，是个朗朗君子。即使主政，也于社稷无害。当年我那不争气的侄儿拉你下水而你不入，便知你能成大器。李穆今日唐突了些，可想着与你披心相付。日后真若大乱之时，你能多一些可用之人，也能少一些生灵涂炭，可谓社稷之福祉。若仍不信，就当李穆今日未曾来过！”

一席话说得普六茹坚满脸通红，独孤伽罗抢言道：“大左辅，我等说的也是肺腑之言。前日陛下对我府恶语相加，不堪入耳，我们不想再为天元大皇后添乱罢了。”提及天元后，伽罗的眼圈又红了。

普六茹坚亲手将李穆扶回座椅，诚恳道：“坚怎能不信大左辅！那年大左辅为坚邀功，本是本心而论，却险些被先帝治罪。坚未有报答，却一直铭刻于心，丝毫不敢忘却。”说着，自己复又落座，双目直直地望着李穆，“陛下此次于杞国公家确实丧义丧德，从而失了度，失了人心和军心。想必那杞国公也是一时情急，失了谋略，才致此结果。”两人不停地叹息，以此事为基点，阐述看法，互相试探，相互靠近。

原来这杞国公宇文亮身为韦孝宽伐陈的行军总管，得知儿媳尉迟炽繁在宫中的事情之后，不堪忍受，决意起事。苦于手中无兵，想先杀了掌兵的韦孝宽，夺了他的兵，进攻京师。无奈消息败露，事与愿违，反被韦孝宽所杀。回京之后，韦孝宽才知宇文亮府中的变故，懊悔不已，又恨陛下失德，借此杀了宇文温。这对父子的死，让韦孝宽愧生心疾。于是亲自登李穆府中，畅吐郁结。李穆深有同感，这才有了贸然来到普六茹坚府中的举动。

李穆道：“更悲叹宇文温的命途多舛。年纪轻轻，因夫人美貌，早早地丢了性命，还祸及全家，真可谓是红颜祸水啊。那尉迟炽繁第一次觐见陛下，就为夫家招致灭顶之灾。”

独孤伽罗狠狠地剜了李穆一眼，待要反驳，却被普六茹坚一个严厉的眼神止住了，道："或许这就是运，是命。本是好端端的一个家，顷刻间就灰飞烟灭了。不知大前疑做何感想？毕竟，是他们家的女郎。"

李穆从鼻孔中吐出了一个哼字，轻蔑道："他能做何感想？已是大前疑了，如今孙女被封为长贵妃了，又成了外戚，美事一桩，倒是让韦孝宽做了恶人。"

李穆话里的酸气，已经溢出来了。普六茹坚听了，心里暗暗一动，似乎摸索出一点李穆今日来府中的目的和意图了。于是，只平和地笑笑。这时于门外等候多时的次子普六茹广，迈步进了门。他先向李穆施了一礼，再走向父亲的身边，对着普六茹坚的耳朵，轻声道："阿父，处道叔在中庭候了多时，要不要……"

普六茹坚仍是点点头，未有吭声。倒是李穆见此情形，道："今日做了不速之客，打扰了，告辞。"

普六茹坚夫妻立即起身相送。

"随公，府中可是门庭若市啊，哈哈。若有疑，就当今日李穆未来过，可不能造次啊。"李穆再次警示道。

普六茹坚立定，抱拳朗声道："大左辅，此话言重了。坚今日是三生有幸，怎敢造次？坚理当将大左辅的话铭记于心。"

李穆点点头，抚着普六茹坚的肩膀，重重地按了按道："天佑我李穆，未曾眼拙，未曾识错人。"说完，便出了大门。

回转的时候，伽罗小声说："明明是陛下的恶念，却怪罪到尉迟氏的头上，你也跟着附和。"

普六茹坚回了句"幼稚"，两人遂往中庭来。中庭里的杨素，听见后面的动静，便移到窗下，往外瞄了一眼，听见李穆的声音，遂矮下身子。这时心里才暗暗赞叹广儿，小小的年纪，却是处事得当。若自己贸然进去，岂不是十分的尴尬？普六茹府出人才呀。正感叹间，回转的普六茹坚夫妻，推门而进。

普六茹坚像是昨日还见到杨素似的，脸上毫无异样，笑眯眯地道："处道，莫不是嘴馋了，想酒喝了吧？哈哈，让李九准备酒菜乎？"

一句话，将杨素的心说得暖暖的，也让杨素红了脸。杨素道：“郎主，今日处道来是有要事禀报。”

普六茹坚正色道：“处道，你我深相结纳，本为挚友，可不要再称郎主了。年少轻狂，不知深浅。当时应了，也就罢了，如今再不要折煞我了。什么要事？说来便是。”

杨素诺诺。此时他也受了封，已是车骑将军。再称郎主，的确不是很妥当。想必普六茹坚也是想到了这一层，便道：“阿兄，陛下要封长贵妃尉迟氏为皇后。”

“什么？”与普六茹坚并肩而立的独孤伽罗失声叫了起来，“有四位皇后还不能行么？这位陛下，果然是失了心智么？”

普六茹坚也蹙着眉头，指了一张椅子让杨素坐下，沉沉道：“消息确凿么？陛下亲口许诺的么？哼，如此下去，要许下多少位皇后才可止？”

杨素肯定地点点头，道：“处道今日来是想说，以大前疑的势力，再加上尉迟炽繁成了皇后，只怕尉迟家族会外戚专权。”

独孤伽罗道：“有如此荒淫无度的陛下，外戚专权是迟早的事！”

普六茹坚心里一沉，心想这么重大的事情，为何郑译和刘昉未来报之？难不成他们也不被陛下信任了么？遂问道：“郑御正呢？他们怎么说？”

独孤伽罗不屑地说：“陛下要做的事情，听过群臣的意见么？处道，你的消息是来自宫中吗？有没有人提及天元大皇后？”

几个人正议论得热烈，这时普六茹广又领着一个人匆匆进来。普六茹坚夫妇正眼望去，来人急切道：“随公、夫人，快进宫吧。天元大皇后出了大事。若迟了，恐有性命之忧啊。”

来人正是郑译，他也是来通报消息的。

奢华的天德殿里，一片狼藉。盛怒的陛下将杯盏玉盘等器物统统扫在地上，碎了一地。先帝遗留的玉瓒被摔碎之后，陛下更不知爱惜宫中的器物了。那玉瓒是阿父临终时唯一特别交待的遗物，说本想自己带走，想想还是留给了宇文赟，作个警示。

朱后、陈后、元后三后站在一起，粉脸俱变成土灰色了。长贵妃尉迟炽繁独自一人站在一处，陛下烦躁地在殿堂内来回地走动。唯有天元大皇后跌落在地上，眼角处、嘴角处、小手臂上都有血迹，右手臂上有很大一块淤青，触人眼目，肩部到领颈部的衣服也被撕破了，这些都是陛下赐予她的。

今日午后，陛下召来了长贵妃。刚刚经受了人生巨大波折的尉迟炽繁有些落落寡合，好看的眉头纠结在一起，似乎要拧出水来。陛下看了心疼，想要用一个皇后的桂冠解开这纠结的眉头，于是便召来了天元大皇后。往常这种事，都是由她来主持的。

不料想，天元大皇后见了陛下，却是不顾陛下和长贵妃的面子，极力反对。说什么陛下刚为这位妇人杀了几十条人命，天下骇闻；杀了两位将军，伤的是千百位将士的心；又说皇后越多，宫中会越乱；已有四位皇后了，破天荒了，再添一位，岂不是让天下人笑话？

天元大皇后也不思量，她的话有一句陛下可接受？劝谏的结果，便是方才的这一幅景象了。

独孤伽罗赶到时，陛下仍指着地上的天元大皇后大骂："给脸不要脸，朕封一个皇后，需要你的恩准吗？你和你的全家都让朕讨厌！你的那个阿父与先帝一样严苛冷酷！你们从心底里都不认朕即是天。朕要废了你，朕要杀了你们全家！"提及先帝、自己的阿父，宇文赟又道，"阿父说过，不可太倚仗外戚！你们终归不是宗族！"他扬起右手环指着众皇后道。或许，先帝的警示一直藏在心底处，这时候跑了出来，让天元帝亲自对着四位皇后说出来。

伽罗顾不得给陛下施礼，奔到丽华身边，以膝席地，想要扶起天元大皇后，却被止住了。丽华轻声道："阿母，快快给陛下请安。"

果然，宇文赟见了伽罗竟敢当面护着天元大皇后，气得大叫："你还敢护着她？不知她已冒犯了朕么？你说，朕要封尉迟氏为后，有错么？"

伽罗本就以膝席地，此刻便顺势跪叩曰："陛下是天子，永无有错；天元大皇后心直，将陛下视为亲人，将江山视若性命，故有肺腑之言啊！天元大皇后严词苛责，陛下要体谅其丹心啊！"

这时候，郑译也进来了。他跪在独孤伽罗和天元后的身边，对宇文赟谏曰："陛下，独孤氏贵为陛下妻母，叩地泣曰，一片丹心可鉴。陛下，独孤一门乃前朝重臣，与普六茹氏一族颇为先帝倚重，陛下三思啊！"

宇文赟冷着脸道："你不懂朕的心思么？朕最烦倚重的话！阿父让朕倚重五叔，朕偏要杀了他！朕可不要一个宇文护拦在朕的龙椅前！朕立五后，就是不让天元大皇后独大。"

郑译大惊失色，几位皇后也失了颜色，齐齐地跪了下来，就连长贵妃也跪下了。郑译抽了自己的脸一掌，忙道："臣不敢提了。臣的意思是当年陛下于东宫时，与随公是何等的亲近！以致让齐王生了疑心。臣素知陛下重情重义，于朱后如是，于长贵妃如是，切不可因为天元大皇后，而失了美誉……"

郑译说着话，独孤伽罗便伏地不起，时时哭出声音。郑译还未说完，独孤伽罗便接着说："陛下，承蒙先帝垂爱，将长女纳入东宫。从此，普六茹氏一族未敢懈怠，处处殚精竭虑，启承先帝与陛下之间，调和鼎鼐，坦诚如赤子。如今，陛下的身边仍然需要如此赤诚之人，陛下啊……"说罢，再次伏地失声痛哭。

宇文赟被哭得有些心软，稍稍平静，坐了下来，口气便软了些，指着天元大皇后道："你且起来吧，朕也不是真的要杀你们。随卿曾对朕的好，朕也未忘记。只是她太过刚强了，让朕难受。朕也不想管事，朕累啊。"

听陛下这样说，伽罗伏地叩头，像祈祷菩萨般，念念有词道："陛下宽宥，菩萨心肠，独孤氏之福，普六茹氏之福，万民之福啊！"遂顺势将天元大皇后扶起来，回转到自己的昭阳宫。

天元大皇后抬起泪眼，望见阿母也是涕泪横流，额头正心处有隐隐的红印，泛着紫淤色。天元大皇后又涌出一波泪，阿母方才是用尽了气力叩地啊。自己身为皇后,却要连累阿母如此作践自身,真真是辜负了父母大人的养育。天元大皇后一出殿门,便轻声说了句:“对不起。”却被阿母掩住了口。伽罗的声音更低沉地说:“阿母曾叮嘱你要学吕后,吕后可知道如何善护自身!”

天元大皇后发现阿母的眼里有着冷冷的寒光, 这寒光与额头上的淤青伤痕,留给了天元后一幅刻骨般的图景,陪伴了她的后半生。

又走了几步,拐过一道宫内的小长巷,快要临近昭阳宫时,黑暗处闪身出来一个人,及至跟前,天元大皇后才发现是李圆通。原来李圆通跟着独孤伽罗进宫,未能进殿,便在此处候消息。

伽罗轻声道:“已无碍,不可妄动。”李圆通一个闪身,又不见了人影。

天元大皇后道:“阿父很失望吧?”

伽罗摇摇头,抚摸着天元大皇后手臂上的伤,悲戚道:“很疼吧?心里是不是更疼?”她知道,此刻普六茹坚的心里是疼的。不知道的是,夫君可有妄动?

郑译匆匆来报,真就激怒了夫妻两人。这位陛下荒诞不经,从未消停。可怜长女贵为皇后,却无一日平静。普六茹坚立时起身,要去宫里理论,却被杨素和郑译挡住。几个人相商议,让伽罗进宫,恳请陛下息怒。若不成,再做打算,李圆通便是跟过来传递消息的。

此时的普六茹坚已经到了李穆的府中。李穆从普六茹坚的府中出来,不过半个时辰,普六茹坚便要上门求助,这不是天意是什么?普六茹坚心中叹息,既是天意,那不可违!

李穆的太傅府十分阔大,比之自己的府邸要阔绰豪华许多。普六茹坚随着门值往里走,一路弯弯绕绕过了好些廊、桥、院。这些廊、桥、院都一尘不染,雍容富贵的样子,却比之自家的院落少了些烟火气息。

至后庭花园中,奇山异石排序井然,错落有致,花草茂盛。一年轻男子赫然立在园子正中,牵引普六茹坚来此的门值,对着那男子躬身施礼,也不说话,又对着普六茹坚一抱拳,转身走了出去。

年轻男子笑眯眯地走到普六茹坚面前，笑道："随公亲至，蓬荜生辉，阿父遣我立于此专候。"

普六茹坚见男子高高大大的，留有一髯美须，英武俊朗，听他介绍是李穆的儿子，遂问道："有子如此，太傅好福气。敢问公子是第几子？"

男子躬身答道："我乃金才，太傅第十子李浑是也。随公，请吧。"遂转身引路。原来是李浑等候在此，他是李穆最喜爱的儿子之一。李浑早已美名在外，为人和善，能言巧辩，与太傅素为亲近。

后庭的花园精致小巧，立有一块两人高的巨石，它的边上有一丛浓密的修竹，竹叶茂盛，将巨石覆盖了一大半，另一小半的石头前有数株紫薇。李浑拨开紫薇，露出一条小小的甬道。普六茹坚来不及惊愕，便随李浑进了甬道。

这甬道并不通往地下，而是平行于巨石后。普六茹坚方明白石头前的那些紫薇，是用来装饰一道门的。约走了几十丈，转过一个拐角，一间小小的房屋落在普六茹坚面前，里面有灯光透出。

两人立在门口，还未请示，李穆在里头发话了，道："请进来吧。"

李浑伸手让普六茹坚进去，自己却转身离去了。普六茹坚心里暖暖的，第一次上门，就有这等待遇，看来李穆是诚心相交呀。进得门来，里面只有两丈见方，摆了一张几案，几案上一盏二层的陶瓷灯台，将室内照得透亮，却不耀目。只有两只高足的凳子，用料极其讲究，与几案一样是由南边的酸枝木制成。北面的正墙上镶嵌有一木龛，里面却不是供奉神祖，是一只小铁匣子。普六茹坚只瞄了一眼，便赶紧收回目光。

李穆笑道："随公也猜到了吧，那里面是太祖文帝恩赐的免死铁券。有它护佑，我李穆还是能干一些事的。随公有何请求？请说吧。"

普六茹坚的眼里差点掉下泪来，躬身道："大左辅，请恕我唐突冒昧。坚有难了，恳请救我。"

"不敢不敢。"李穆将手按住普六茹坚的肩膀，将他引于凳上坐下，自己倒站着道，“无碍。你不记得智仙大师说的么？宇文家奈何不了你。”

普六茹坚蓦然定住了，内心突然就汪出一片水来。阿阇梨？李穆提的可是阿阇梨？他们可曾有交集？普六茹坚目光定定的，像是中了魔怔一般。

李穆看了普六茹坚一眼，转身从木龛中移出铁匣子，木龛里露出一个小坑。李穆从坑中拿出一方金黄色的锦帛，锦帛上有四个字：调和鼎鼐。普六茹坚一看，立时泪流满面，这是阿阇梨的字迹啊。李穆复将锦帛收藏好，复归铁匣子。再转到普六茹坚的对面，坐下沉沉道：“随公，天意啊。谁能知晓，陛下竟是这般不争气！天元大皇后受了难，却错不在她，随公莫要慌。”

普六茹坚也沉沉道：“坚并非惧死。只是若让天元大皇后蒙辱而亡，坚心有不甘啊，坚不想步杞国公宇文亮的后尘。这个尉迟炽繁已让陛下失了心智，屠毒了几十条人命，非国之吉祥啊。”

李穆低声道：“你想怎样？”

普六茹坚道：“坚已失了心智，惶惶不得所以，请求太傅指教。”

这时候门轻轻地叩响了两下，屋内的两人都住了口。李穆将门拉开一条缝，屋外的人轻声说了句什么，便消失了。李穆关上门，再见普六茹坚时，脸上露出笑容道：“随公，你有阿阇梨神助，无碍。你且回去，静候夫人的佳音吧。”

普六茹坚大骇，这个李穆到底有多少双眼睛？对于宫中的一切，宛如坐在墙头上观看，洞察明了。那么，自己今日妄动了么？伽罗进宫的事，他也是明了的。千恩万谢的是，伽罗可能已经带着佳音而归。遂告辞，从原路返回。出了李府大门，又回望了一回，惊若梦醒。这一路黑灯瞎火的摸索，真真宛若一梦啊！

不远处，李圆通已将普六茹坚的马牵了出来。他从宫中得了夫人的指示，回禀郎主却晚了一步，只好候在此处。

他来告知郎主，明日，朝廷又有昏招奇出。

辰时，久未启用的正武殿里，人声喧嚣。前几日，陛下诏令今日上朝，他有重要谕旨要宣布。因此一大早，内侍阿炳率领宫人婢子数十名，将殿内蒙了灰的龙椅、龙柱等，都打扫干净。

近来，陛下龙体时好时坏，一直靠丹药维持。心情好的时候，龙体尚安，但这种情形较少；日常的状态，都不好。也不知是身体欠安带来的心情烦躁，还是心情欠安导致的身体不适。反正，陛下总是发脾气，不仅大臣来觐见的少了，就连宫内上至皇后下到宫女婢子都神情紧张，尽力回避。

刚近巳时，陛下已经穿戴整齐。今日天气微寒，窗外的绿意仍浓，陛下却穿上了厚厚的大裘冕。他说大裘冕服不仅暖和，更让人安心。连阿炳都不知道，为什么陛下说大裘冕会让人安心，只有站在一旁的天元大皇后心领神会。陛下头上戴的，还是他喜爱的通天冠，其正前方的金博山显得巍峨耸立，将陛下衬托得更为高大，却也将他瘦削的脸庞衬托得更为瘦削。

巳时，陛下已于正武殿的龙椅上稳稳就坐。太子阐儿站在龙椅旁，他的身子还没有龙椅的后背高。阐儿也穿着冕服，他这身夹冕，有着精致的纹章，日、月、星、辰、龙、山、彝、火、米、黼等十二章纹一样不少。这是生母和嫡母共同的精心之作。

殿堂内站满了大臣，大臣们都跟太子一样穿着夹冕。这样一来，将穿厚厚的大裘冕服的陛下凸显得更为特别。有细心的大臣发现，其实这位陛下不仅在礼仪朝政上不讲规矩，就连穿衣吃饭也不甚讲究规矩，他的朝冠比史上所有帝王的旒珠都多一倍。

陛下一开口，就惊吓到了众臣："朕，今日有三件要事昭告天下。无人拦得了朕！你们要知道，朕即是天！天要下雨，要闪电，谁能拦得了？"

众臣皆无语，睁着眼，静静地望着他。这位陛下经常语出惊人，若不惊人，就不是"天"了。但今日他一开头就如此警示，想必这三件要事，的确惊人。

"朕要封长贵妃为皇后！以前的四位皇后，也不废掉。朕，要五后并立！哈哈。朕的朝中又多了一门至亲。"宇文赟高声说道。

话音刚落，尉迟迥便挺身而出，朗声道："谢陛下。陛下皇恩浩荡，尉迟一族当誓死护佑！”

众臣寂寂无声，天元大皇后曾想阻止封尉迟氏为后却挨了打的事，已传遍朝野。谁还敢再废话？再说，四位皇后与五位皇后又有什么区别呢？李穆与普六茹坚互望了一眼，皆无语。

宇文赟又道：“朕累了，想谋一个宽绰的位置休养生息。朕为此思谋了好些时日，与随卿、郑卿、刘卿相商议了，决意迁都洛阳……”

这等大事，怎可如此草率？众臣皆哗然。普六茹坚浑身热汗涔涔，陛下的谎言，犹如一盆洗脚水，将他泼得昏头转向。这次众臣之中的异动声较大，李穆望了普六茹坚一眼，复又收回。这目光被普六茹坚捕捉到了，犹如冰刀，将普六茹坚刺得一个凛冽。

于嗡嗡的嘈杂声中，普六茹坚往前一步，凛然道：“陛下要谋一个宽绰的位置休养生息，可在京师重建宫殿，何必要迁徙国都？迁都乃国之要事，需慎重再慎重，况且我朝财力……”

“啪！”一声惊雷般的响声在龙台上炸起，打断了普六茹坚的申诉。他这是在告诉李穆，自己是清白的，没有参与陛下的迁都计划，也没有背着他与陛下合谋过任何事情，却惹得陛下龙颜大怒。他取过龙椅旁的龙杖，重重地在地上敲了一下，方才的响声就是由它发出的。陛下怒道：“你今日有胆子了？忘记昨日你的夫人是怎样哀求朕的吗？哈哈，头都磕破了！朕心慈，饶了你们，可是你却不懂得报答朕的皇恩！”

普六茹坚的脸通红，像是被人剥去了内衣，待要说话，却被李穆往后推了一步。李穆自己往前跨了一步，沉沉道：“陛下，普六茹坚的话虽有失偏颇，却也是丹心一片，请陛下谅解。人间煌煌，皆由天子主之！洛阳曾是齐之重土，中原腹地，修建新都，未为不可！”

宇文赟见朝中鼎立之臣李穆都表示要支持自己，很意外，大喜。这件事就这么定下了？他望了普六茹坚一眼，凌厉的目光居然柔和了许多，道：“随卿，你真让朕失望。但太傅出面，朕就免责于你！”他又转向众臣道，“迁都，谁还有话说？”

谁还敢有话说？李穆且明确表示了支持。他是有免死铁券的人，他尚且如此，谁还敢往陛下的龙杖下撞？

宇文赟见最难办的一件事，竟解决得如此容易，心中大喜。他抚摸着还没有龙杖高的太子阐的头，语气活泛轻快了许多，道：“朕真是累啊，朕要做太上皇逍遥一阵子。从今日起，朕要让太子坐龙椅听朝。来，阐儿，龙椅上坐。”他竟然将阐儿扶上了皇位。

众人面面相觑，转而表情也轻松了起来，有好几个人竟笑出了声。这位陛下才二十一岁，居然想着做太上皇？千古奇闻。日日喊累，天台里的乐声可从未断过！有了笑声，殿堂内的气氛松弛了下来。在宇文赟朝，这种轻松的场景较为罕见，今日却是破例了。难不成是因为拥有了五位皇后？还是要建立新都？抑或是拥有一位儿皇帝和一位二十一岁的太上皇？不过没有人说话，大家都在笑。

普六茹坚和李穆再次相视相顾，不觉也都笑了起来。远处的郑译和刘昉都不觉得有何好笑，却也笑了。

“朕，一直在想。三国之蜀国的刘禅有什么错？该受到你等的讥笑！那诸葛孔明就对了吗？凭什么要年年征战？把个好端端的社稷搞得民不聊生！弄得大家都很累。以蜀国之力，能一统天下吗？你们不要笑，朕即使不如刘禅，也不似你等无趣浅薄！再说，南边已安定，韦孝宽已将大江以北郡县悉数收回，整治即可，要知足。”宇文赟见众臣都不可思议地在笑，便冷冷地再一次提及了刘禅。同时，很难得心平气和地说了这么大段的话。

众臣赶紧收敛了笑容，再要笑，恐有性命之忧。宇文赟停顿了一下，望着众臣一张张故意绷紧的脸，说：“西北突厥人强悍凶猛，朕只想与之周旋。和亲吧，这也是一个好的法子。可是朕不想与先帝一样，花几年的时间要一个突厥公主回来，朕要送个公主给他们做王后。朕想了一下，就选七叔赵王的千金公主吧。”

这突如其来的诏令一个接着一个，群臣已不惊异了。只有赵王宇文招猝不及防地颤栗了一下，像是被这个从天而降的闪电一般的消息给击中了，人就显得木木呆呆的。他知道这是陛下故意为难他的。几个还存于世上的叔伯王里，赵王一开始就是离宇文邕父子比较远的那位，因为他跟齐王比较亲近。如今齐王被杀了，陛下便要将自己的女儿送给突厥人！可是宇文招也只是静静地站着，未曾出列提出反对的意见，心里却对普六茹坚恨意陡增。他以为这是以普六茹坚为首的汉人士族们的授意，这分明间离叔王情分、削弱宗室皇亲力量的结果，不正是他们所需要的吗？赵王宇文招的心里凉透了，他清楚这件事也求不得王弟们的帮助。因为陛下的公主尚幼，自己若推脱，又有谁会引火烧身？

宇文赟的朝会很少超过半个时辰，今日又是破例了。既然大家都默认了他方才的决意，宇文赟索性将决意往前推进一步，道："听朝者皇帝也。从今起，太子便不是太子了。朕也不是简单的帝王了，而是天……"他停顿了一下，环顾着众臣，似乎有些为难，先是瞄了一眼普六茹坚，随后又瞄了一眼尉迟迥，还看见了站在普六茹坚不远处的李穆。看见李穆，宇文赟好像悟出了什么。李穆位列三公，当在最前列。但他今日稍稍往后靠了些，更接近普六茹坚。难怪方才他挺身而出，实际是想拯救普六茹坚。一丝不易察觉的冷笑爬上了他的嘴角，也似有些不甘，他接着说道，"朕是天元大皇帝，那朕的原配夫人普六茹氏为天元大皇后吧；朱氏为天元帝皇后；尉迟氏为天左大皇后；元氏为天右大皇后；陈氏为天中大皇后。从即日起，改为大象纪年。"

大象？众臣又想笑，好一个宏阔之词。众臣似无视听，好像这都是皇帝的私事，与众臣毫无关联。只有尉迟迥是欣喜的，这么多年，自己的荣光再高再多，也比不上这皇后的阿翁来得光耀！从此，尉迟一族也是正宗的皇亲国戚了，何况陛下是那么宠爱自己的孙女。从此，陛下也要尊称自己一声阿翁了吧？虽然老矣，然，人生的最高处正在不远的地方，等着自己。

过了午时，这冗长的朝会才结束，这是陛下破天荒的一次。今日之后，也不会有了，他都要做太上皇了。明日起，便换了副天地，是大象朝了。

普六茹坚走出正武殿，散朝的人群看似无序，细看却是三三两两，成团结伙。今日朝堂上那么多的新鲜事，他们也只能在朝堂下议论。李穆的周边有好些人簇拥着，普六茹坚本想追过去道谢，见众人如此，想想就放弃了，故意缓了缓脚步。不想，尉迟迥贴了上来。

孝闵帝时，尉迟迥曾受宇文护之遣，游说普六茹坚为护效力，未果。之后，普六茹坚与尉迟迥几乎未有交集。今日，尉迟迥主动贴上来，这让普六茹坚有些不适应。

尉迟迥讪讪地笑着，找合适的词开口，有些不自然地说："随公啊，承蒙陛下隆恩，炽繁也做了皇后，今后你与我可要同心向外，呵呵。"尉迟迥比普六茹坚年长二十五岁，在先祖文帝时期就已经是大将军了，尊称普六茹坚为随公，已是矮下身子示好。

普六茹坚躬身，抱拳道："大前疑，先帝在时屡屡教导，不可结朋营党，以权谋私。当今陛下纳娶五位皇后，也是希望相互制衡，互相监督吧？呵呵，大前疑，不知我的话，可中听？"

尉迟迥脸色一变道："你以为天元大皇后摆在首位就很了不起么？陛下都说了，你的夫人头都磕破了，才保住命！以我大前疑的身份，需要讨好你么？真是给脸，而你不要脸！"

普六茹坚凛然，高声道："实乃尊你是长辈，才尊你一声大前疑。你且说说什么叫同心向外？谁是外？坚听不懂，也不想在贵处长脸！"说罢，拂袖而去。

尉迟迥气急败坏，对着普六茹坚的背影，骂骂咧咧了半个时辰。

普六茹坚也不回头，疾步奔向宫外，像是要逃离似的。今日殿上陛下宣诏的诸多事，没有一样遂心遂意。哼，大象朝，陛下会折腾出一个怎样的大象朝？陛下说了要征召四万人赴洛阳修建新都，人力不够，以戍边将士充之，真真的劳民伤财；五位皇后，她们背后都是一股不可小觑的势力，尉迟氏已经迫不及待地跳将出来同心向外，他跟多少人说过了这个话？宫中更为诡谲多变了，六七岁的孩儿怎么坐朝？陛下自己要干吗？陛下这是要作死呀。将刘禅比之，他还不满意，他能比得上刘禅么？

普六茹坚一路想着，替先帝不值。先帝，为何将一个锦绣的江山托付给这么一个不争气的东西！你且起来看看，陛下要将你的江山糟蹋了。大象朝，可不是你希望的样子！

第二十五章 妙女恃宠难逞强 巡游观兵空龙台

月光像是蒙了一层薄冰，清幽清冽，冷冷地洒向人间，这与洛州总管普六茹勇府中大红喜庆的氛围极不相称，却是道出了云朵儿的心境。西厢房里有笑声隐隐地传来，想必是新妇和夫君的笑声。云朵儿抚摸着自己的小肚子，两个月的身孕，还看不出任何的异样，却成为了夫君纳娶新妇的借口。

新妇高氏乃开府高熲家的女郎，与独孤夫人娘家有世家渊源。高熲的阿父曾追随独孤信，如今两家联姻，岂不是正当？人家是女受父荫。哪里是自己能比得了的？想起自己的阿父，云朵儿便退去了对夫君杨勇的恨意。她的阿父云定兴如今在长安城也算是一介名流，只是这名却是臭名远扬。云定兴曾在齐为官，齐亡后将亡国官僚的颓废气息带进了长安，游弋于京师各官府世家之间，其实也没干什么坏事。只是千不该万不该，不该陪着他们吃喝嫖赌。贴了钱财不说，还弄得声名狼藉。夫人就是因为这，而轻薄了云朵儿。

云朵儿抹了抹眼泪，拿了件外衣披在身上，推门出来。月光洒满了整个院子，落在黄菊红叶上，倒现出鲜活的气息。朵儿深纳了口气，将这口气缓缓地吞进肚里，像是期盼它能润泽心田一样。她想，这一刻自己的心头一定长出了皱纹。

“好朵儿，你莫要难受了。要知晓，我的心还是在你处。”不知何时，普六茹勇及至东厢房的院里，看见云朵儿孤独地坐在院中，心有戚然，轻声道。

“你怎么来了？”这种时刻，见了他，云朵儿的心还是暖了一下，“你快回转去，省得高家妹妹伤心。”

“朵儿，莫要说了。你知道我性子软，阿父阿母的话总是要听的。”普六茹勇说的是实情，这门亲事便是阿母应下的。他在洛州做官，新妇便被径直送了过来。

云朵儿咧嘴一笑，语气有些冷道：“夫君，我就不明白了。她与大人公不出异生之子，为何让你出异子？你若如大人公一般，她又奈何？”

普六茹勇垂下眼帘，这句话，朵儿讲过好多回，他都不能回答。他做不到与阿父一样，三妻四妾，这才是正常的。普六茹勇在朵儿的身旁坐了下来，拥着她，露出一口整齐皓白的牙，掏出了心里话：“好朵儿，你莫要纠缠这个了。整个朝中就没有人如阿母一般，不少人还哂笑过阿父。我虽做不到不出异生子，然，你和孩儿我会始终善待！”

朵儿咬着嘴唇，看着已被人分享的夫君，无泪，阿勇说的无一句不实。那独孤伽罗享受的可是朝中独一无二的一份，就连皇后也不能比。阿姊贵为天元大皇后，连她的心底里对阿母也是钦羡不已，何况自己？

“好朵儿，莫要难受了，说个高兴的与你听。”普六茹勇宽慰着朵儿，“方才得报，陛下出京，指定阿父监国，我要封为世子了。陛下决意要在洛阳建造新都，相州六郡被迁移归为洛阳，称东京六府了。朵儿，我的前程远大。”

那又如何？即使你升上了天，那与我又何干？我还不是仍无名分？云朵儿心里想着，脸上却露出了笑容，拥着阿勇道：“好啊，你可要记得你的承诺，善待我母子。”

“这个自然。”两人说着话，全然没有注意到东厢房的院外，站着新夫人。

新婚的房里，不见了夫君。新夫人心里自然不舒坦。追出来，发现夫君和东厢房的夫人在月光下情深意浓。她便站成了一尊雕像，脚步竟是动弹不了。

静了一会儿，只听云朵儿又说：“夫君，你今日能来此处，我已是万分感念了。你还是回西厢去吧，免得高家妹妹难受。唉，说起来，她竟与我是一般之人呀，夫人并没有允许她一个正妻的名分吧？”云朵儿叹口气，她说的也是实情。独孤伽罗虽然让高熲的女郎嫁了过来，却没有许她一个正妻的名分。不知道，独孤伽罗对他这位长子的婚姻还有何种打算？

云朵儿这声发自本心的叹息，像是一记闷锤重重地敲在高氏的心上，瞬间把她的眼泪砸将出来。是啊，分明是明确应允了这门亲事，却又没有许一个名分。阿父怎么能答应？出嫁的时候，她就问过阿父。阿父说，自家还有一个姓氏，为独孤，是独孤伽罗阿父独孤信赐予的。如今你能嫁给独孤伽罗的长子，即使不是正妻，也该满足啊。

高氏呜呜咽咽地哭出了声，主动走向阿勇和云朵儿。蓦然见到哭泣的高氏出现，夫妻俩着实吃了一惊，以为是来闹的，心生不满。普六茹勇刚要说话，不想那高氏躬身施礼，对着云朵儿道：“阿姊啊，你比我的亲阿姊还要善待我呀。有你方才的体恤，我……我嫁过来，也值了。”说罢，竟跪在了两人的面前，“妾身不求正妻的名分，能与阿姊和夫君陪伴便足矣。”

云朵儿忙扶起高氏，掏心掏肺地说：“妹妹，你如此通情达理，阿姊欣慰。”她看了阿勇一眼，拉过高氏站在一旁，对着她的耳朵轻声道，“我已有了长子，肚子里还孕有一个。你刚好趁着这空当，好好侍奉夫君。若有子嗣，老来也有依傍不是？”又转身对着普六茹勇道，“哪有洞房之夜夫妻两人都跑出来的道理？快快回转吧。我也累了，要歇息了。”说着，便放开了高氏，自己疾步回房，并关上了房门。

月光冷冷清清，安安静静，仿佛要洗涤人间风尘。云朵儿在这样的月色里，感到浑身发冷。她拥着衾被，无眠。

此时，长安的天台宫里，也有人是满腹的委屈。才被封为天左大皇后的尉迟炽繁也是这样坐在衾被里，抚摸着肿胀的脸庞，无眠。方才她被陛下惩罚了，虽未受龙杖，但一个沉重的耳光，也将她美丽的容颜扇变了形。变了形的还有她内心深处的愧疚和不甘。这跟了陛下才几天？就挨受了耳光。几个月前，风风光光地嫁给宇文温，那是百般的宠千般的爱万分的怜惜。可惜，前夫君却因为自己，闹了个家破人亡。

可是阿翁不这么看，阿翁说了，进了宫，就不比在自家和宇文亮家。宫里可容不得善弱者，要力争陛下的宠爱，为尉迟一族带来隆恩和荣耀。阿翁还用普六茹的家族做比，说那普六茹坚受宇文护打压，未有战功和建树，却是因为天元大皇后的缘故，也能在朝廷稳稳地立着。阿翁就是家族的大树，全族人都受他的荫荫，他的话便是家中的圣旨，岂敢不听？

陛下自朝内禅让之后，越发地贪图逍遥了。今日，竟命人烧了三大盆红红的炭火置于天德殿内，将偌大的天德殿弄得热气腾腾，犹如沐浴房一般。陛下戴着高高的通天冠，身着薄如蝉翼绣有金蝉纹的金缕丝衣，将一根宽一尺的绶带斜挎在上身，而下身仅用一块绣着鸳鸯图案的红布遮体，赤裸着双腿，又用一段柔滑的丝绸裹住了双脚。这身非胡非汉的奇异装扮，成了陛下的最爱。他经常这样奇奇怪怪地出现在宫中，还命令宫女婢子和太监内侍互换装扮和身份，与众奴嬉戏。最让天左大皇后难以接受的是，陛下居然让天中大皇后、天右大皇后和自己一起也扮成男人，和宫人玩耍嬉闹，却允许天元大皇后和天元帝皇后可以不参与。天元帝皇后是皇帝阐的生母，当然可以不参与，但那天元大皇后凭什么不来？

尉迟皇后这样想的时候，就有些生气，本想凭借陛下的宠爱发作一下。不想这时，刚被授予东京营构造总监丞的高虬，被内侍阿炳领了进来。

高虬见了陛下的样子，想笑又不敢笑。高虬是齐国旧臣，见过齐后主奇特的样子，也就不足为奇了。他拿出东京的构造图，宇文赟草草地看了一眼，只是强调要搭建一个比长安天台还要大而豪华的新天台。尉迟后站在一旁，附和道："还要搭建一个比邺城铜雀台还要阔大体面的龙凤台。"

宇文赟微笑着，用手抬了抬尉迟后的下巴，道："嗯，这个主意好。当年阿父在邺城的铜雀台上，迎夏。朕，便要在新都的龙凤台上，迎夏。"

尉迟炽繁见陛下高兴，自己更高兴，又道："洛阳自周公开始，乃建国都，曾是齐之要塞。先帝圣明，收复齐土。如今，居于我大周正中，连贯东西。陛下圣明，移都洛阳，实乃中兴之举……"

"嗯，好。"宇文赟敷衍了一句，脸上的笑容隐去了不少，又道，"你一介女流，倒能侃侃而谈，看来用了不少心思嘛。"

尉迟炽繁道："承蒙陛下厚爱，妾身贵为皇后了。也想学着天元大皇后，为陛下解烦解忧……"

宇文赟忽然就冷了脸，冷冷地说："朕即是天，有何忧？你说朕有何忧要皇后解？你这是要参政么？朕的皇位让给你好了！"

尉迟炽繁吓得花容失色，面目惨白，刚刚还是愉悦异常的陛下，怎地就翻了脸？急切辩解道："天元大皇后以才学示人，深得先帝喜爱。妾身只是要学她……"

"够了！"陛下真的怒了，扬起右手，在尉迟皇后的脸上留下了一个掌印，"今日朕的好心情都被你败坏了！讨厌。"说罢，丢下众人，拂袖而去。边走边嘀咕，"敢提先帝，你也配提及天元大皇后的才学！你有她的才情么？"

尽管这句话不是当着面说的，但还是钻进了尉迟氏的耳朵里。之前，陛下说的所有恩爱的话，都不及这一句来得刻骨铭心。枯坐在床榻上的尉迟炽繁，抚摸着脸庞，又想起了这句刀割人心的话，竟狠狠地将自己的脸庞拧了一下，疼痛使得她皱起了眉头。

太难了，阿翁交待的事太难完成了。陛下的话，使她忽然明白了，自东宫太子妃开始，那天元大皇后与陛下、与先帝就有着千丝万缕的情谊。像是蜘蛛的丝线，这情谊将两个家族罗织成一张硕大的网，岂是我小小的尉迟炽繁能够撞破的？听陛下临走时丢下的话，可以觉察，在他的内心深处，陛下还是很在意先帝的，也很在意先帝为他选的普六茹氏。尉迟炽繁深深地叹口气，似乎这才明白，虽然陛下立有五位皇后，但在朝野上下，只有天元大皇后才被人们视为真正的皇后。今日看来，在陛下的心底里也是如此吧？

清冷的月光泼洒进来，将屋里照得更为冰冷，如同天左大皇后日渐冷却的心境，她已无意趣与喜怒无常的陛下嬉戏。听闻陛下正谋划去新都巡视，可她已打定主意，以借生病为由，不随从而行了。

腊月，长安城已是大雪纷飞，满城银装素裹，寒气逼人。可是，年轻的天元帝却是热情洋溢，兴致十足。他要出巡，要去东京监工，要去玄武阅兵。总之，他不想呆在皇宫的天台里，听闻大臣们枯燥的奏表。

出巡的队伍十分浩大，长达十数里，比先帝去邺城迎夏的队伍要长出许多。出人意料的是，天元帝宇文赟这回居然连御辇都没有备，而是亲御单马，带着郑译、刘昉等一众亲信和普六茹广、李渊等一众少小亲友。更让人惊异的是，他带了四位皇后，也都没有坐车，也是单骑马跟在他的身后。尉迟皇后没有出现，那天她受了罚，病倒了。

普六茹坚站在阐帝的身侧，他升迁成为了大前疑。天元帝出巡，他作为监国留在阐帝身边。此刻，他们是在为天元帝送行的。普六茹坚想起了那年先帝去云阳宫，他也是陪在太子身边送行。当时，先帝拉着他的手，让他好好辅佐太子即是如今的天元帝太上皇，那时君臣是多么的同心同德！才不过十几年，相似的一幕再次出现，却物是人非。先帝呀，眼前的一切，你可曾料到？坚有错么？面对如今的太上皇，坚该如何处啊？

普六茹坚望着骑在马上的高高在上的宇文赟，内心百味杂陈。可是宇文赟并不看他一眼，像是他并不存在一般。他知道，天元帝还在生气。方才在天德殿，普六茹坚差点又触怒了他，将气氛弄得很不愉快。

宇文赟此次骑马出巡，目的是为了早一刻抵达。他不放心正在建造的新都，要亲自督查。自建新都以来，全国各处的大型营造都停了下来，其工匠悉数调往洛阳，为了保证昼夜施工，宇文赟还征发了太行山以东的诸州兵士，将原来他们每年一个月的徭役，增加为一个半月。可见，宇文赟对营造洛阳宫殿的重视程度。而普六茹坚却不迎合，三番五次地劝谏，败坏了天元帝的好心情。就连这次骑马，他仍想阻止。若不是李穆挺身解围，还不知道又会惹得宇文赟做出什么样的非常之举动。

直到前方队伍已缓缓移动了，宇文赟才转过脸对着阐帝道："阐儿，大前疑的话你还是要听，他是有谋断的人。"说罢，仍不看普六茹坚，掉头策马，飞奔而去。可怜平日娇生惯养的四位皇后，也跟着策马飞奔。

望着他们绝尘而去的背影，普六茹坚和阐帝静静地呆了一会儿，方转回。八岁的阐帝，身长有四尺高，虽被宇文赟强行推上龙椅坐着，听了好几次朝，却仍旧是个孩儿。看见阿父阿母嫡母都走了，竟有些忐忑，他拉着大前疑普六茹坚的手，要他一起坐进龙辇。普六茹坚吓得连连后退，道："陛下，这龙辇可不是大前疑能坐的，我只能跟在龙辇的后头进宫。"

阐帝见普六茹坚惊慌的样子，笑了起来，歪着头道："如今阿父阿母嫡母都不在身旁，我只有大前疑可以依傍，我授你假黄钺吧？"

这下更把普六茹坚吓得跪在了阐帝的面前。这位陛下，连称"朕"都没有习惯，假黄钺怎么可以？普六茹坚诚惶诚恐，道："不可呀陛下，如此一来，天元帝会疑臣蛊惑陛下，大前疑必死无疑。陛下，若想大前疑多活几日，往后这句话不可轻易出口啊。"假黄钺即是行使黄钺之权，统命天下，是皇帝的权力。

阐帝再次笑了起来，道："都道你是有勇有谋，怎的胆小如鼠？看来阿父竟是多虑了。"遂遣散了送行的各大臣，独留普六茹坚进宫。

龙辇疾行，不一会儿便迈进了肃章门。城门早已修复，只是被烟熏火燎过的石质门框上，还留有黑乎乎的印迹依稀可辨。想起卫王宇文直那回可笑的谋逆，普六茹坚的心里便不住叹息。这宇文皇家，兄弟竟是如此不睦。卫王无才无德，死不足惜。可是齐王呢，也被宇文赟给害了。先帝圣明，却也是禁锢了思路。明知太子无能无德，也要传袭之。若传位于齐王，会是怎样？普六茹坚摇摇头，竟被自己这个想法吓了一跳。如若那样，唯恐自己也活不到现在。但是，于社稷，该会是好出许多吧？哼，先帝锦绣的江山，说到底，还是他自家的呀……

正胡思乱想间，忽然听见前头传来阐帝的哭声，慌慌地跳下马车，见状大惊。前面的龙辇已侧翻在地，阐帝滚落于车辇外，头被磕破了，有鲜血渗出。御驾的侍应，俱吓得半死，跪在地上瑟瑟发抖。

普六茹坚疾步驱前，将哭泣的阐帝揽入胸前，又用宽大的衣袖擦拭阐帝额头的伤口，口中宽慰着他。阐帝这才止住了哭，稍稍平复下来。普六茹坚放开他，起身检查车辇。令人惊异的是，道路上未有丝毫的异常，更无伏击的机关暗箭。车辇四周极其正常，只是在车轱辘前有一成人拳头大小的石头，即使是碾压了它，也不至于使车辇侧翻呀，遂将石头藏于衣裳里。再检查车身，更为诡异的是，车身与车轱辘连接处居然有撕裂的新痕，由此可以肯定，根本不是故意的刀斧人为之痕迹。

普六茹坚背上冷汗涔涔，头皮骤然紧绷了起来，似有芒刺在背，使得他浑身不自在。这里，正是这里，不会错的。这里是齐王宇文宪被宇文赟害死的地方！普六茹坚情不自禁地闭上双眼，但脑海里，宇文宪临死前盯着自己的一幕还是跳了出来。那诅咒般的狂笑，又在耳旁炸起：宇文皇家的气数已尽，本王不再恨你了。天意啊，哈哈……

他睁开眼，目光骇然，望着已悄然站在自己身旁的阐帝，普六茹坚的声音竟有些颤抖："陛下，赶紧移步天台吧。"阐帝乖巧地点点头，不再哭闹的他显得安静异常，似暮年的老人。

于是普六茹坚也遗弃了自己的车驾，与阐帝一起步行至天德殿。一路上，君臣二人亦无话，像是有默契似的，两人不时地对视一下，皆急急地寂寂地走。

到了天德殿，刚一坐定，就有内侍来报，越王宇文盛带着开府高熲觐见。普六茹坚知道，他们这是从隰州平定稽胡凯旋。阐帝望着他的大前疑，示意要不要宣？普六茹坚微笑地点点头。

宇文盛是太祖文帝的第十个儿子。建德年间，先帝宇文邕将丰州武当、安昌二郡，邑万户作为越国，封宇文盛为越王，使之就国，又于上月出征隰州。今日，该是来领赏的。可是，天元帝已出巡，阐帝幼少，普六茹坚虽为监国，也不便做主行封赏之事。再说两人原本就交集甚少，枯燥地说了几句话，越王便回到越国去了。

宇文盛走后，方才受到惊吓的阐帝也现出了疲乏，于是也回宫歇息去了。偌大的天德殿里，只剩下普六茹坚与高熲两人和一把硕大的空空的龙椅。因是姻亲，又有独孤氏一族的关系，两人较为随性，便在龙椅前的龙台上坐了下来。高熲十七岁就到了齐王宇文宪的府邸做记室。如今，宇文宪死了。他便空虚起来，朝中要员偶尔想起他来，临时借用一下，像一枚工具似的。这次去隰州平叛，也属于此情形。

高熲道："随公，阐帝幼少，诸事要劳烦于你。可你也要注重身体，今日你面色灰暗，有恙乎？"

普六茹坚苦笑了一下，摇摇头没有回答，却问道："稽胡时常骚乱，这回辛苦了。"

高熲道："隰州稽胡之变虽已平定，但据我之查，稽胡苦于苛律强税，不堪承受，平定只是暂时灭火而已。若不减轻苛律强税，此祸根不可除。"

普六茹坚听罢一惊，深深地看了高熲一眼。听伽罗讲，高熲熟悉军事、思虑深远、计谋丰富，心想果然是了。还未说话，只听高熲又道："昭玄素知先帝倚重你，要建一个锦绣河山。可如今，随公觉得还有锦绣河山么？阐帝就不必说了，天元帝？哼，好一个天元帝。"

普六茹坚没想到高熲竟然不管不顾，妄自狂言，便拉着他出了天德殿。已近午时，微弱的太阳光，此时才得以穿透重重的阴霾，照在两人的身上，斑驳陆离。普六茹坚将高熲往方才阐帝摔倒的地方上引，从内里拿出那块石头，出示给高熲看，沉沉道："昭玄，这块石头能使龙辇侧翻么？你知否，齐王正是在此处被害的？这处，"他用脚点着方才阐帝磕破头的地方，仔细看，地上还有依稀可辨的血迹，"这处便是方才阐帝摔落之地，你道奇不奇？"

高熲闻听，脸色微微泛白，低声道：“随公，齐王临终果真说了皇家气数已尽么？我知道，齐王内心惧你，只惧你一人。”

普六茹坚微微一笑，这一刻，那诡异附身的感觉才消失殆尽，从容道：“我还知道，齐王曾数次在先帝面前数落我的面相。倒真的是天意，最后怎么样？是他倒伏于此！”

高熲深深地看了普六茹坚一眼，沉沉道：“昭玄知道，随公话虽说的轻巧，胸襟之阔却是世上无双。齐王临危，只有随公挺身，说出公允之语。朝野上下，无不为你惊叹钦佩。”

普六茹坚笑道：“莫要诳我了。”其实，心里是高兴的。同时想起了李穆的评说，也是同出一辙。先帝常常说有两双眼睛盯着他。其实，满朝文武无时无刻都在盯着，好也罢，歹也罢，都盯到心里去了。想自己于宇文宪、宇文孝伯、宇文神举临难前几句本心公允的话，倒被人高看了去，心里头遂敞亮起来，像是那股阳光照进了心扉，满腔都是畅快和欢愉。

两人又站了一会儿，遂携手出了宫。到了宫门外，高熲拉着普六茹坚却不肯离去，执意要去府中吃酒。普六茹坚深知，他这是有心结纳自己。于是，都弃了马，同乘一辆马车朝大前疑府而来。

钻进车厢，高熲便道：“随公，方才宫中说话多有不便，昭玄实乃是憋了许多的话。当今朝政，比之于亡齐如何？天元帝比之于齐后主如何？可怜大冢宰宇文宪竟舍身，却未救得了国！”

普六茹坚问道：“如何讲？”

高熲愤愤然道：“都道先帝圣明，竟不知太子不能胜国么？为何还要传位于他？依我看，从社稷讲，最该传位于齐王。他有深度，有胸怀，有谋略，更以慈柔之心关怀天下。那天元帝谋害他，他能不知么？他若起异心，天元帝岂是他的对手？可怜齐王竟舍身赴死，以求天下安宁。可是他死了，天下能安宁么？随公，前车之鉴啊。”

高颎滔滔不绝，这番大逆不道的话，也只敢在车厢里讲，却是句句敲在普六茹坚的心上。他警觉道："昭玄，朝内外又有何风声了么？何谓前车之鉴？"

高颎不屑地一笑，道："随公还怕风声么？几十年来，关于你的风声断过么？宇文皇家对你的猜忌断过么？倒是你仍能如此从容，也是令我钦佩的。"

普六茹坚又是微微一笑，高颎的话也是实情。心想，惧有何用？自己累及家族的事情，件件都不能张扬。就连同胞兄弟阿三都屡屡怪罪，不从容，能如何？

高颎今日谈兴甚浓，见普六茹坚默许，又滔滔不绝起来："先帝曾许诺要还民一个和睦繁荣的江山，可是在家族传世面前，社稷竟是往后退了一步。纵观朝野，唯有随公可以实现先帝这个愿望。所谓前车之鉴，只是教你不要步齐王后尘！方才阐帝倒伏之地，岂不是暗喻？随公若有心，昭玄愿从之，誓死无悔！"

这个高颎，越说越控制不住了。普六茹坚赶紧打断了他，道："到了府里，昭玄，府里不议事，只管吃酒。记住了啊，不议事。"

高颎不好意思一笑，道："昭玄也是想赶在吃酒之前，说些疯话罢。"说完，收敛了脸上的笑容，深深地望着普六茹坚又道，"昭玄今日唐突，却是出自肺腑。"他用手点着自己的胸口，"这里，日月可鉴！"

马车停了，果真到了大前疑府。几十年了，该府一直这样静静地矗立在此处。不管府内的人如何变迁，府外则是一如既往的不动声色。

这种伟而大的气度，令高颎十分钦佩。这种气度，在荒诞不经、如痴如狂的大象朝，犹如浪涛中的中流砥柱，让人安心。不似那癫狂的陛下，如今，他急吼吼地去到新都，想必将那洛阳城掀得人仰马翻了吧？

到洛阳时，天近黄昏。一日三百多里的行程，将跟在宇文赟后面的普六茹广累得快要瘫倒了。这次出巡，广儿央求天元大皇后要一起来，殊不知，这次陛下竟然发了疯似的赶路，一日竟跑马三百里。到了洛阳，也不肯歇息，不肯去行宫。而是直直地奔向了新宫的基址。

一路走来，绵延十数里，沿途的人俱是行色匆匆，推车的，挑担的，肩扛的，运送石料和泥土的人络绎不绝。还有较为整齐的大队人马，推拉着车，风尘仆仆的，一看便知是长途跋涉而来。细看，方知车上驮的都是石经。说起来，这些石刻经书本就在此处，是齐后主从洛阳运到邺城的，如今，宇文赟又要求从邺城运回来。

天色已暗，新宫基址却是沸腾得紧。数百处熊熊燃烧的灯火台，将方圆数里的场地照得明如白昼。地上已现出数处大坑，泥泞不堪，像块大伤疤。敲石头的声音，锯木头的声音，钉木器的声音，声声不断，互相交融。却不见吆喝声，密密集集的人群，没有几个说话的人，人们都在低头劳作，仿佛被提线的木偶般，浑身脏兮兮的，毫无生气。这场景，让少年的普六茹广目瞪口呆，惊惧不已。

东京构造营总监丞高虬匆匆赶来，见到天元帝宇文赟没有一丝笑容的脸，吓得将要说的话咽了回去，跪在天元帝的马前，一句话也说不出来。

宇文赟跳下马，对着高虬踢了一脚，恼怒道："朕费了偌大的气力，怎的还是个基址框框？连个雏形也没有。太慢了，你们是不是消极怠工了？"

高虬被踢倒在地，伏地叩首，战战兢兢，小心翼翼地道："陛下息怒。营造之事需一石一瓦砌垒而成，昼夜劳作，实在不敢有片刻懈怠。"

宇文赟哼了一声，拎着马鞭，复又走到高虬的身边道："你还狡辩！朕急匆匆赶来，就见到这么些大坑框框？你倒说说，何时才能平出地面？"他将马鞭对折过来，在高虬的头顶上指指点点，好在终究未曾落下。

高虬诺诺的不敢吱声，在这位陛下面前，可能会因为一句话而断送性命。

郑译跳下马，也踢了高虬一脚，却轻声对宇文赟道："陛下今日累极，先行回宫歇息，臣留下来细问便知。陛下明日再来吧。"

宇文赟气哼哼地啐了高虬一口痰，转身复又骑上马，在场地边缘象征性地查看了一小段，便回行宫歇息去了。

高虬的双眼圈泛着青色，目光慵懒，一看就知道是长期得不到充足休息的结果。他拉着郑译道谢，郑译方才的话，无疑是救了他一命。郑译道："总监丞你说实话,新宫何时能有雏形?陛下性急,这次是骑马而来,史无前例。看到基址这副样子,陛下很失望。”

高虬委屈道:“上月我从京城回,才确定了样式图纸,目前已经是昼夜兼修的结果。我估计还要两个月。”

普六茹广从后面蹿出来,手里竟拿着一册图样,摊开在两人面前,一本正经地略显突兀地说:“御正大人、总监丞你们看,洛阳地处中原腹地,粮广物丰,乃齐土富庶之地、要塞之地。建新都,也未为不可。”他一口气快速说完,唯恐被人打断似的。

“没想到,你倒有心研究。”郑译笑起来,又道,“听你阿父说的吧?”

普六茹广道:“阿父不以为然,他称是劳民伤财。”

高虬变了脸色,忙制止道:“小孩儿不要胡说,更不要瞎传话。”

郑译道:“你的图册从何而来?”

普六茹广恭恭敬敬道:“先辈教训的是,这图册是从麟趾殿借来的。”

高虬这才转了脸色,称赞道:“喜读书甚好,你怎能从麟趾殿借书?”

郑译便介绍,说广儿是天元大皇后的阿弟,随国公普六茹坚的次子。几个人又说了一会儿话,普六茹广得了一个说话的机会,又滔滔地说着洛阳作为新都的优越条件。没想到,朝中只有他成了陛下迁都的拥趸。

次日几近午时,天元帝才从睡梦中醒来。本是兴冲冲地来看新殿,不想只是见到了几个丑陋的地基,用他的话说,便是几个大坑框框,真真令人失望和扫兴。那泥泞的嘈杂的场地,是不能再去看了。宇文赟睁着眼,懒懒地盯着床榻的上方,谋划着下一步该去何处。

四位皇后皆早早起床,候在陛下寝房的外头。陈后和元后两人低着头,窃窃私语。天元大皇后看了她们一眼,知道她们实际上是在低声抱怨。这次一路骑马,真真辛苦,最为不堪忍受的是陛下的不近情理。四位皇后,不论是谁,只要落后了,便要受到责罚,要受到天元帝的鞭笞,其中尤以元后和陈后为甚。所以,两人至此还是心绪难平，怨声载道。

门，哗然大开。宇文赟穿着单薄的衣物，站在门中大声叫唤：“快，快，快拿朕的铠甲来！朕要大阅、观兵！”他的情绪高昂，想必是想到了阅兵的情景，使他颇为兴奋。

天元大皇后赶紧命人去拿铠甲，又奔向床榻，将一件厚厚的大裘冕给宇文赟披上，轻声问道：“天帝，要去何处观兵大阅？天寒地冻的，可不是什么观兵的好日子。”

宇文赟落下脸，道：“朕就知道你又有话要说了。朕就不明白了，你真就不惧朕的惩戒么？难怪你的阿翁被称为掹于，朕也要叫你掹于了。”

掹于是鲜卑语中的猛兽。三位皇后见天元帝的脸落了下来，又称天元大皇后为掹于，皆连忙奔过来，拉了天元大皇后退到一旁。天右大皇后接过大裘冕，巧笑道：“天帝，这天下全是天帝的。还不是想干什么就干什么，观兵，能扬我国威，很有必要啊。”

宇文赟这才转阴为阳，笑了，用手点着天右大皇后的额头，道：“朕的亲亲，你是越发得朕的欢心了。”

天右大皇后的话，也是替天元大皇后解围。这四位皇后在陛下严苛的责罚下，逐渐融为一体，相互帮衬，尽量避开陛下的天杖。尤其是天元大皇后虽然位份最高，却最能温和待人，处事公道，深受另三位皇后敬爱。只可惜，最后封为皇后的尉迟炽繁还未融入进来。

天元帝皇后悄悄地扯了扯天元大皇后的后衣，对她使了个眼色。天元大皇后这才微微地点点头，万般无奈地走向天元帝，面色和悦道：“天帝，既要大阅观兵，那就尽快吩咐下去吧，天帝要看到最好的效果啊。”

宇文赟见天元大皇后回转态度，竟孩子般的开心一笑，几位皇后中，只有这位由阿父亲自指配的原配才学甚高，敢于说话，有居正皇后风范。内心里，对她还是终究有所不同，始终要高看一等的：“皇后啊，朕观兵，是想看看军中实力，朕还想着伐陈呢，这也是两位阿父的野心。”几位皇后中，宇文赟也只是偶尔称普六茹坚为妻父，别的皇后都没有享受过这个殊荣。

几个兵士将全副的甲胄抬了进来，郑译和于智也进来了。趁着元后和陈后替宇文赟披上铠甲的机会，天元大皇后将两人拉到一旁，轻声道：“昨日天帝去了新宫基址，不悦。今日想去观兵，我想也是个去处，免得又开了杀戒。你们速速去办。”

郑译和于智点点头，心生感念。陛下不悦，难免开杀戒，也只有天元大皇后能从这个角度体恤臣下。

从洛阳去建康，一路仍是骑马，只是没有那么疾劲了。朱后身体患恙，在天元大皇后强烈要求下，宇文赟终于同意四位皇后乘马车随行，而他自己依旧一身戎装，骑在高头大马上。

临近建康，官道上的行人几乎绝迹。路两旁站着荷戈持戟的兵士，一列列，一排排，一动不动，其实是在夹道欢迎。绵延十数里，都是这样，颇为壮观。骑在高高的大马上，俯视着士兵，这让小小的普六茹广激动不已，不自禁地挺直了腰板，将两肩端得平平正正的，抿着嘴唇，脸上肃穆得紧，没有一丝一毫的笑容。像位凯旋的将军，跟在天元帝的后头，正经地观阅着他的军队。

越是临近观阅地，路边的兵士越密集，及至玄武湖边的广场，已有十万精兵聚集的场景，蔚为壮观。广场的正坎方，临时搭就的高台，宽广约十五丈见方，离地三丈高，高耸触目，宇文赟只带着四位皇后和普六茹广及郑译等几位近臣上高台来。站在高台上，连小小的普六茹广也感到了一种至高无上的凌云之势。十万步骑兵马聚集于此，密密麻麻，乌鸦一样黑黑的，乌泱乌泱一大片，形成令人震撼的气势。

远处的湖面上，数百艘大型楼船战舰排列在一起，每艘战舰上数十面旌旗迎风飘扬，遮天蔽日，战鼓雷鸣，排山倒海，轰轰烈烈，正缓缓地从湖面朝瓜步江口驶来。岸上十万士兵在雷声般的鼓点激荡下，在令旗官的指挥下，迈着方正的步伐，摆示出各种队形和序列，只为表演给高台上的人观阅。鼓吹声，号令声，呐喊声，声声令人血脉偾张，声声响彻云霄……

宇文赟终于咧开嘴笑了，望着远处鱼贯而出的战舰，挥舞着双手，大声说道："我朝盛世繁荣，军中威猛无敌，朕要封赏！"

掌声雷动，震天动地，俨然迎来了欢快的节日。站在皇后身旁的普六茹广甚是兴奋，这浩大的场面，让十数万人敬崇仰望的感觉真是舒爽！普六茹广觉得身上的每个毛孔都被这场景激越着、扩张着、膨胀着，每寸肌肤都洋溢着从未有过的欢快！满头大汗，小小的脸上全是红晕。

"妙，甚妙！"宇文赟也是激动得满脸红晕，"朕要的就是这旷世之举。皇后啊，朕不愧为是天帝吧？朕，也有阿父的气魄！"他的双眼通红，连日的劳累奔波，使得他没有得到充足休息的身子摇晃起来，高扬的双手忽地垂落下来，整个人随后倏地一下，栽下马，滚落一旁。

众臣惊呆了，元后、陈后、朱后和刘昉不约而同地尖叫，惶惶地奔到宇文赟的身边，底下的士兵也有尖叫，人群中有微微的骚动！十万人的广场，稍有骚动，便是波涛汹涌、大浪滔天！

天元大皇后瞥了一眼滚落在地的天元帝，又望了一眼台下的士兵，微微咬了一下嘴唇，便趋马向前，来到高台的最前端，取下幂罗高声说道："将士们，辛苦了！陛下和本后深知，你们乃社稷江山之本！十分感念。千里疾行，前来观兵。见我军将士精神抖擞，威猛无敌，深感欣慰。我朝盛世，君明民和，万代相传！"底下渐渐安静，只听皇后继续说道，"今日，各位多有劳累，先行歇息，依序退回。明日，陛下将亲自封赏！"

天元大皇后的一席话，暖了十万将士的心。将士们依言，果真缓缓地有序地移动。正在查看宇文赟伤情的郑译，听了天元大皇后的话，呆了一呆。再看她时，她已优雅地转过身，也奔了过来，急切而低声道："郑叔，陛下无碍吧？"

一声郑叔，差点击落了郑译的眼泪，他心中蔚然。五位皇后，只有她才能识大局,断大事且与自己贴心。纵使陛下有个三长两短,有她在,也不惧。

遂与众人一起,将倒在地上的天元帝抬起来,向行宫奔去。

第二十六章 帝心犹疑犯两难 郑译相助过鬼门

进到皇宫腹地，越是临近天台，普六茹坚就越对天台特有的气味厌恶。就是那种稠腻腻的、酸腐的、潮湿的混合在一起的脂粉气。在天德殿里坐久了，这种无处不在的气息，总是使得普六茹坚的肠胃十分不适。

方才经过正武殿，普六茹坚特地停下脚步，在殿前站立了小半个时辰。他还清楚地记得，正武殿修葺过后，先帝宇文邕才用过一次，并把那次重返正武殿当做是对阿父文祖的告慰。可惜，这之后的陛下宇文赟却没有雄心，弃置不用，修建天台，搬至天德殿。如今，这正武殿的豪华依旧，却是了无生气；门楣高大依旧，却是无人支撑。想起宇文赟父子，普六茹坚不住地叹息。这父子两人，如何撑得起这偌大的江山？宇文赟疯疯癫癫，似得了魔怔。阐帝的性子随朱后，虽敦厚，但终究只有八岁，毫无主张。而那陈后、元后、尉迟后的外戚家族均是虎视眈眈，盯着朝政，盯着龙椅。朝中已是分崩离析，宗亲王室也因分封到各处，在朝廷正堂声音稀落，朝廷的暴风雨随时即来。不，这朝廷已陷入风雨中了。似一叶扁舟，飘摇不定，随时都有倾覆的危险。

又走了一段，远远地望见了含仁殿旧址，全烧毁了。八年的时光，它一直触目惊心地杵在皇宫的心脏上。宇文赟兴建了那么多殿堂，却是不肯在此处动用一砖一瓦一草一土，任由它风吹雨淋。说来也奇怪得很，被火焚烧过的黑乎乎的痕迹，经历雨水冲击太阳暴晒，也不肯褪色半分，仍旧像块伤疤立在那里。又像瞪着一双幽怨的眼睛，憎恨地望向天空。其实，说它是块皇亲国戚的伤疤也是恰如其分的。普六茹坚叹着气，避开了它的注视，绕道走远了。

前日，高熲又来禀报，说齐土旧臣旧主有蠢蠢欲动之迹象，齐地百姓也颇有怨言，刑法苛责严酷是其中缘由之一。今日，来见阐帝，是该有所作为了。皇帝虽年少，终究是天子，是社稷之主，该知道国情国事。否则，也对不起监国这个身份。普六茹坚摸了摸胸口处的锦囊，深吸了一口气，要做些力所能及之事，缓一缓与齐民剑拔弩张之势。比如说，齐人笃信佛，适时修建一些佛塔，也能表明朝廷的态度。遂迈着阔步，向天台走去。

阐帝喜静，在看书，性情也温顺，知礼仪。见监国来了，站起身，复又坐下。赐了张与之对面的椅子，让普六茹坚坐下。

"陛下，"普六茹坚坐了下来，因不是殿堂朝议，倒也不必太拘礼仪，"臣有事请奏。"

"准。"阐帝放下书，温和地说。

普六茹坚从内衣里掏出锦囊，并未打开，道："此乃恩师阿阇梨的舍利子，臣一直带着。昨夜，阿阇梨托梦要安然入定。臣想在冯翊般若寺修建佛塔，以慰恩师之灵。"

"这个啊……"小小的阐帝拖长了音调，或许是想起了什么，沉吟了一下，"随公为何不等天元帝回来定夺呢？"

"天元帝何时能回来？"普六茹坚蹙起了眉头，"齐土旧臣蠢蠢欲动，将高氏后裔抬出来，野心勃勃。在瓜州、甘州等地聚众滋事，兴风作浪，更有甚者，与突厥人勾勾搭搭，窥视我朝。本应排兵御敌，可臣无权，这等大事要等天元帝归来定夺。诸事都要等天元帝定夺么？区区小事也要等么？"

阐帝面露难色，道："那怎么办呢？你是监国，你觉得此事可办，那就去办好了。"

普六茹坚展露笑容，道："正是。天元帝累，嫌国事繁琐，才让陛下登基听朝，不要凡事俱劳烦天帝了。臣还想着重修律法，先帝注重齐律，可用之。再有，臣修建佛塔，名为告慰恩师之灵，实则有缓和局势之功效。”

“呵呵，随国公倒是处心积虑了，蛊惑陛下用尽手段！”一个声音传来，是阐帝皇后司马令姬的阿父大将军司马消难的声音。

“荥阳郡公，你怎么来了？”普六茹坚赶紧起身，问道。司马消难从北齐归降，是普六茹坚的阿父普六茹忠亲自迎纳的。后来两人结为兄弟，因而一直以来，普六茹坚都是以叔辈之礼仪事之。

“呵呵。”没想到，司马消难又干笑两声，轻薄道，“你我同为外戚，你竟可以在此高谈阔论，我连进都不能进么？”他这是端着叔辈的架势，给普六茹坚脸色。

“非也，非也。坚身为监国，只能在此固守。阿叔固守郧州，怎的突兀地来到宫中？”普六茹坚淡淡地收回了笑容，淡淡地答道。普六茹坚的问话毫无它意，却被司马消难呛着了。本来，他径自闯入，未待通报，甚是不妥，进门之后，又逞咄咄逼人之态，让普六茹坚心生不快。

“天帝离京，宫中空虚，我来看望皇后，有错么？”司马消难竟无视阐帝，自顾自地坐了下来。

“大胆！”普六茹坚竖眉怒目，“天帝离京，陛下临政，我等监国，怎的就宫中空虚了？退一步讲，即便是宫中空虚，你为何又凭空闯入？想僭越吗？”普六茹坚哪里受得了他屡次轻薄浅待？早已怒气填满胸腔了。

见了普六茹坚生气的样子，又被戴上了沉重的大罪名，司马消难这才有些慌乱，连忙起身，移步到阐帝的面前，道：“陛下，臣一时情急糊涂，却没有僭越之意啊，望陛下明察！”

阐帝见两人之斗，竟笑了起来，轻松道：“你们不要闹了。朕年幼，还要倚仗你们，都是忠心便好。”

小小的阐帝如此发话，两人觉得无趣，遂停了口。

司马消难真是来查探虚实的。正如他所说，宫中空虚，又闻普六茹坚监国。作为国丈，他终是不放心，相有奇表的普六茹坚成了他的一块心病。天元帝出巡前特地召他来，颁了一道密旨，让他密切注意普六茹坚的动态，稍有反意，可除之。可是他远在郧州，如何关注宫中之事？想了两日，便借口自己的阿母有恙，回京师探望。所以进宫来，他才有恃无恐。

正在气氛有些许尴尬之际，内侍来报，说高熲请求觐见。自齐王宇文宪被灭之后，高熲未有功名，他会有何事觐见？而年少的陛下，竟不识得高熲为何许人也。普六茹坚心里一沉，知道是有重大之事，他是来见自己的。否则，高熲不会贸然进宫来。

“准。”普六茹坚说道。司马消难看了他一眼，阴戾地笑了。

高熲果然急急忙忙进来，睁着双目盯着普六茹坚看一眼，转而扑向龙椅。阐帝见有人觐见，已端坐在龙椅之上了。

“陛下！”高熲跪在龙椅前，拉长了声音，极为恳切道，“城外疑有兵马调动，臣特地来警报之。”

阐帝大吃一惊，连普六茹坚也变了脸色，慌忙道：“昭玄，你可瞧真切了？你何处得到的消息？切莫有误啊！”

小阐帝已立起了身，奔到普六茹坚的身边，拉着他的衣袂问道：“阿翁，有人谋逆么？”情急之下，阐帝对普六茹坚的称呼不知不觉改了。

司马消难也变了脸色，对普六茹坚厉声道：“你竟真的不知？”

普六茹坚剜了他一眼，方才乍一听，他马上想到的是司马消难所为，现在观察他的慌乱不似假的做作，便放下心来。他转向高熲，问道：“可有蛛丝马迹？”

高熲摇摇头，低声道：“实乃是夫人遣我来报，圆通又已出了北门。”

普六茹坚心里一沉，他知道自己的夫人心有不甘。昨日，他在自家府中见到一个飘忽的身影，像是章仇太冀。问伽罗，她却矢口否认。伽罗、丽华屡次受到宇文赟的欺辱，趁着宫中空虚，以她的性子，让章仇太冀带私兵来，也不是没有可能。真如这般，那就闯了大祸了。除此，还会有谁呢？普六茹坚只认定了一个人，那就是尉迟迥。他拥兵自重多年，要兵有兵，要将有将。如今，只有尉迟皇后独在宫中，里应外合，也是有可能的。

正想着，他的手被牵动了一下，阐帝带着哭腔道：“阿翁，你可要拿个主意呀。朕，只能靠你了。”

普六茹坚俯下身来，揽住了阐帝安慰道：“不怕，有臣在，陛下便能安然无恙，臣这就出宫查看。”

“不，不，”阐帝更紧地拉住普六茹坚，声音里带着颤抖，“朕不要独自留在宫中。”

“好，好，臣陪着陛下。”看见阐帝的懦弱惊惧，普六茹坚的心被揉碎了。于是，更紧密地拥着他，两人形成了依偎之势。

“你说会是谁呢？”阐帝依旧沉浸在他的恐惧里。

“不可妄自忖度，陛下。眼前城中、宫中皆安然，未有异样。”话虽说得如此坦然，但还是加强了宫中戒备，又命令司马消难和高熲去城外探明情况。其实，他本想去一趟李穆的府中，如今被阐帝紧紧抱住，动弹不得，只得作罢。

司马消难和高熲单骑出宫，城中、城外俱安安静静，未见异动。司马消难不由得发起怒来，道：“你这是眼花了？还是故意为之？你不见陛下被吓得要……”还好，那个“死”字终未说出来。

高熲也纳闷，觉得事出蹊跷。今日辰时，得李九来报，独孤伽罗将他招至府中，拿出一张小信函，是不明之人用刀钉在府门上的。信函上说，城外有兵，包围京师，要让监国知晓，做出应对。伽罗觉得此事莫名怪异，没有让普六茹府中的人贸然出面，而是招来了阿父旧僚之子高熲，让他处理。早晨他还亲临查验过，才去宫中报信。现在不知怎的，又不见了踪迹？

面对司马消难的责问，高熲一时也道不清楚。自是不敢将以刀送信的事，和盘托出，支支吾吾的。又在地上寻蛛丝马迹，也是一无所获。

两人恹恹地回到宫中，没想到，天德殿里已有数人，李穆、尉迟迥、韦孝宽、李询等好些将军，还有好些高熲不认识的人，团团坐在一起。众人已证实了高熲所言，正在议论着。

众人对此事也是颇感蹊跷，议论来议论去，也离不开这个疑问。只是在普六茹坚的心里，有一个更大的疑问，那就是为何这些地方大臣大吏都如此迅疾地来到宫中？难道是潜伏在京城里么？陛下出巡，幼帝和他这个监国怎的就不知晓这些兼任地方大吏都跑到京城来做什么？今日，稍有异动，就像深水处的鱼儿见到了诱饵，都浮出水面，围绕诱饵伺机吞咬么？

鱼儿和诱饵，这个充满动感的形象一闪现出来，普六茹坚的浑身轻震了一下，静静地顿悟了。突然间就明白了，眼里便更加坦然。这是天元帝的试测，他想以此来引诱我出“私兵”？或者是引诱我僭越调禁军，然后治罪？天元帝不信我啊。这也难怪，他连他的皇五叔都杀了，还能指望他信任一个外戚？

随后的两日，普六茹坚都没有离开皇宫，没有离开阐帝半步。哪怕是夜寝，他也是在阐帝的寝房外头的长椅上将就，直到天元帝归来。

从马上跌落，静静地睡了三日，像是经历了生死劫，天元帝宇文赟终于睁开了眼，望见了床榻边上的天元大皇后，她竟是赤红着双眼，惊喜道：“陛下福报大呀，挺过来了，甚喜甚喜！”

宇文赟浑身暖暖的，饱睡了三日，过度消耗的身子又活泛了起来，他伸手在天元大皇后的头上抚摸了一下。这一跤，不仅仅跌落了他的身子，仿佛也将他身子里的戾气跌落了一般。他的性情竟温和了不少，柔声道：“皇后，你竟是昼夜不息地服侍在朕的身边么？真难为你了。你知否？朕在梦中见到你了。”

这短短的一句话，便使得天元大皇后红了眼圈。嫁给他八九年了，得到的多数是他的训斥辱骂，像这么柔和的时候，极其少。宇文赟又道：“皇后啊，朕晓得你的心已冷。可你晓得么？朕的一切，阿父都不满意，都不喜欢。唯独你这个他亲自指给朕的皇后，他才是满意的。朕偏不服，要自选几个皇后给他看看，朕的皇后比他的女人美貌。”他的脸上泛着红晕，说到后来，声音也大了许多，仿佛他的阿父就在身边一样。

宇文赟将他瘦骨嶙峋的手从天元大皇后的头上移下来，握住了她的手，又将她的手拉过来，放在自己的胸口处，竟有些情深意浓的意味道："你摸摸，朕的此处有没有热度？朕的心不是冰冷的石头！朕还晓得，你的阿父心有不甘，但又如何？朕已经是恩重于他了。朕的阿父昨日还问朕，为何忤逆他？朕不杀他，是想着他曾经的好。唉，朕累啊。"

天元大皇后这才明白，这几日，不仅是自己进入了他的梦中，先帝更是主宰了他的梦。她也彻底相信了，先帝于文安殿里临终的叮嘱，果然涉及自己的阿父。先帝说阿父腹有鳞甲，其实他才是！这么想的时候，却是说不出一个字来，只是脸上一片潮红。因为，她发现宇文赟的手伸进了她的衣衫，在她的胸口处摸索着。更没想到，宇文赟又道出惊天骇语来。

"让朕摸摸，你的此处是否已冰冷？朕纳五位皇后，只是不想让你专宠专权，不想让你的阿父专宠专权。但上天戏弄朕啊，竟没有一人有你的才情！朕其实是喜爱你的。这几日，只有你在朕的梦中！"宇文赟深深地叹了口气，流下泪来，"可朕不得不提防你的阿父，他腹有鳞甲又生有奇表。唉，朕累啊。"他可能真的是身心俱疲，再次说了一个累字。他的手还没有从她的衣衫中抽出来，这就使得他罕有的温柔，也让丽华十分难堪。有好几年了，两人无肌肤之亲。

丽华也流下泪来，红着脸，轻轻地移开了天元帝的手道："天帝，摸着了吧？此处是否也有颗活泼泼的心？妾身也是女人啊，这颗心也需要郎君的爱抚呀。"这一刻，该是他们夫妻间最后的亲昵。

年关将近的时候，宇文赟带着四位皇后回到了长安。这一路，他与普六茹丽华是一对和谐的伉俪。从马上坠落下来这件事，好像成了一条纽带，将夫妻两人纠缠在一起了，却也仅限于这一路。临近长安，见到尉迟炽繁后，情形就又恢复到原样。

得知天元帝回来，尉迟后特地将第一次见到宇文赟时穿着的那件明黄艳丽的衣裙穿在里面，外披一件朱红的裘皮大氅，鹅颈般的长脖子上缠绕了一条浅黄的画帛。画帛本是暖季披挂在手臂上的，可是尉迟后偏将它对折，圈于长脖上，更显得与众不同的妩媚。头饰也与那天一样，是一个高耸的九仙飞云髻，乌黑的发髻上，独独插上一支带翠的玉雕鸳鸯步摇，走一步，步摇晃三晃，与那日相比，竟多出了几分高贵雍容的气韵来。即使戴上了幂罗，也遮不住这份气质。一大早，尉迟后便是这样的一身装扮，来到城外二十里处的官驿里，迎接观兵回来的天元帝。

申时，官道上终于有了动静，天元帝御驾车队的前锋，马蹄急急。尉迟皇后连忙整了整衣裳，一个多月不见陛下，心中热切盼望，策马相迎。这次没有追随陛下去观兵，被阿翁狠狠地责罚。若真如阿翁担心的那样失了恩宠，便成了尉迟一族的罪人。心里想着，无论如何，一定要跟普六茹氏争一争。

远远地，天帝硕大的御辇上旌旗幡扬，缓缓而来。与尉迟皇后相见，天元帝竟也是柔肠百结，拉着她进了自己的御辇。令尉迟后颇感意外的是，御辇里还端坐着天元大皇后！自她结识天元帝，就没有见过他们两人如此亲密过。

宇文赟拥着尉迟炽繁，手不停地在她美丽的脸蛋上来回摩动，口中尽是些艳曲一样的情话，弄得天元大皇后十分不自在。

天元大皇后抻平衣袖，遮住眉眼，轻声请求道："天帝与尉迟后久别重逢，尽叙情话，妾身还是告退了罢！"

"不准。"天元帝并未停下手中的动作，漫不经心道，"皇后心有醋意了么？即日起皇后不要离开朕半步，朕要处理国事了。"

"为何？"天元大皇后不解，问道，"天帝处理国事，为何要妾身陪着？"她想起来，后宫过问国事，是天元帝的大忌。

"呵呵。"宇文赟阴戾地笑了。

尉迟皇后不屑，道："你不可再有机会通风报信了，都道你聪明，竟连这都未会过意来么？"她与宇文赟又是相视一笑。

笑声中，天元大皇后放下遮目的衣袖，气定神闲，平静地问："天帝是真的不放心阿父？阿父监国又犯事了么？做了不称天帝心的事了？还是要以尉迟氏替而监国？”

宇文赟的脸上呈现不自在的微红。的确，普六茹坚监国该是无懈可击，自己若是盲目惩罚，是牵强了些。可是他的势力日渐强大，朝中也是有口皆碑，怎么能任由他发展下去？昨日，梦中的阿父又出来了，说他很冷很孤单，想找人说说话，这是不是想招普六茹坚去？

正想着，尉迟炽繁插话了，冷冷地说："大皇后这是在标榜随国公于朝中是无人替代吗？可笑至极。我尉迟族、李穆族还有五大王叔族中都挑不出一个随国公？别看他监国阐帝信他，可出份位的事也不少。本后一直在宫中，都看着呐。”

天元大皇后凛然睁目，端庄肃穆道："先帝将本后指为太子妃的时候，眼里可有你尉迟氏？随公于朝堂上护佑天帝抵御齐王之辱的时候，你的尉迟氏又在何处？天帝与本后情分深厚，不是你能随意揣测与间离的。休得在此聒噪！”丽华知道，她这是在报复自己当初不同意封她为后之辱，也含有取而代之的野心。与她交锋，岂能心软。

尉迟炽繁的粉脸气得煞白，刷的一下眼泪就出来了，扑到天元帝的怀里，无辜求助地望着天元帝。宇文赟听见丽华的这番话，倒也触动了他的心事，讪讪道："皇后啊，不是朕狠心，只是近期朕越发地感到力不从心。阿父每日在梦里叨扰着朕，仿佛要来索命般。你说，朕该如何处？他们将刘禅比之于朕。那刘禅有诸葛孔明，有蒋琬，有姜维，也有黄皓。朕有谁？朕能信谁？朕的王叔都不能信，还能信谁？都说黄皓亡国，朕实在不想用一个黄皓让后世笑话啊。”

这是天元帝在天元后面前谈国事最为认真的一次。他或许是感受到先帝的不满，可见他十分在意先帝的临终叮嘱。天元后耐心地听完，小心地选择词语，生怕激怒了他，道："先帝与随公的情分朝野皆知，临终之时怕是玄幻的面相说法扰乱了心智。当初齐王、内史大夫王轨、小冢宰宇文孝伯都曾劝谏先帝诛杀，不是被驳斥了么？彼时先帝是清楚理智的吧。还有，先帝将妾身许给天帝，也是用心良苦，堵住了这些人的口，又让随公帮衬于天帝。即便是对天帝有叮嘱，也该是昏聩时的犹疑，否则，为何他自己不动手？”

“好了，好了。”宇文赟忽然就不耐烦起来，“你们总是左边说说，右边说说，让朕心烦，朕又不是傻子。你说说，他有何出离之处？”后面的一句话，是问尉迟炽繁的。

尉迟炽繁望向天元大皇后一眼，有些怵，嘴唇动了动，没有发出声音，又望向天元帝，他正瞪着眼看着自己，这才轻声道：“他修建了一座佛塔，说是要安放智仙师太的舍利子。先帝灭佛毁寺，用尽气力，扩其田耕。他却反其道而行之，又下令修葺麟趾阁，要大肆藏书。但那是明帝的遗物，臣子岂能轻易动之？要治一个僭越之罪，也是可以的。”

难怪方才尉迟炽繁那般恃宠傲娇，原来是受了天帝的重托，监视阿父的么？难怪不让自己离开半步，原来真是要对阿父动手了么？丽华不可思议地望着宇文赟，想起他那天说纳五位皇后的缘由，不禁悲从中来。

见天元帝天元大皇后都未说话，尉迟炽繁索性又说道：“那次阐帝摔破了脑袋，虽未见重伤，但也未见随公惊骇慌乱，究竟是阴谋还是阳谋，未有定论，请天帝明察。”

宇文赟终于淡淡地说了句：“搞了半天，也没什么有用的东西，如何治其僭越？你倒是说说，那天见了呼啸而至的兵马，他有何举动？调兵遣将了么？可有私兵？”

尉迟炽繁顿了一下，看了看一动不动的天元大皇后，道：“虽不见有举动，却是奇怪的很。那一天，阐帝缠着他不离半步。反过来想，这算不算是他的举动呢？史上有许多挟幼帝而令天下的先例。”尉迟炽繁的声音大了些，仿佛吐出了一口恶气般。

这两人说了许多话，句句都是关于随公普六茹坚的，却视普六茹丽华而不见，如同空气般，似乎与她毫无干系。既不回避，又不给她插话辩解的机会。

说话间，便到了宫中。这一路，天元大皇后的胸口不停地刺痛，就好像有人故意用根木头楔子，细细的尖锐的锋利的楔子，时时照着她的心头锥刺一番，使她难以承受。下了御辇，她跟在天元帝和天左大皇后的后头，只走了两步，便一头栽倒在地上，不省人事。

宇文赟听见惊呼声，回头瞧见天元大皇后栽倒地上，头都磕破了。脸色大变，急急忙忙奔过来。蹲下身子，大声疾呼："爱妃爱妃，你这是怎么了？遗弃我了么？恨之入骨了么？"他抱着丽华的头，情急之中，将在东宫时期的称呼给喊了出来，连"朕"都忘了自称。

内侍阿炳急得跺脚，尖着声音，颤颤地叫道："这该如何是好？这该如何是好呀。"

宇文赟对他恶狠狠地叫："无用的东西，快去叫太医呀。"他摇晃着皇后的身子，想抱起她，却是抱不动。

宇文赟慌乱无比，口中不停地叫唤着爱妃，又垂下头，眼泪都泼洒到天元后的脸上，含糊不清地说："都是我伤了你的心，是我害的呀。"仿佛又回到了东宫初婚时。

尉迟炽繁从未见过宇文赟伤心成这个样子。这位皇帝真是令人难以琢磨，方才还跟自己说得好好的，好像成心要气死她似的。转眼见她昏厥，又是这样一副伤心欲绝的悲观，好像天塌下了一般，这究竟是哪一处哪一时是真啊？尉迟炽繁站在一旁竟恍惚起来，想起那日天元帝鄙视自己，说自己不及天元大皇后的才情，便默然了。到底谁才是天元帝手中的棋子？

数位太医将天元后抬上木架，天元帝竟扶住木架不肯松手，还恶狠狠地对太医们说，若是救不了皇后的命，都不要活了。

一行人竟是丢下两旁跪立迎接的公卿大臣，向天台内疾风般奔去。这一刻，天元帝纷乱的心里，忽然空洞了。满心里唯有他的爱妻、五后之居正皇后丽华的生死才最为重要。这种下意识的意识，维系了两个多月，直到天元大皇后康复。

大象二年的春天，太阳就像患了重病一样，恹恹地躲在云里。整个阳春三月，太阳就没有正经像样地普照过大地。弄得长安城灰头土脸的，毫无生机与活力。宫中也像患了重病，阴霾灰暗，暮气沉沉。郑译每日行走在这样的宫里，感觉就像行至末日，是大象朝的末日。先帝雄心勃勃创下的锦绣山河，如今在这病恹恹的日光下，毫无生机。

观兵回来，天元大皇后就病了。太医说是过分伤心，从而伤了气脉。昏睡了好几天，后宫便乱了。朱后性子弱，虽贵为阐帝的生母，却不能像天元大皇后那样主政后宫，陈后和元后被尉迟皇后夺了宠爱，也失了话语权。只有尉迟后，凭借阿翁尉迟迥的势力颇受陛下看重，便有些恃宠盛气凌人，将天元大皇后维持了几年的平静的后宫，弄得乱七八糟，人心背离。

紧接着，天元帝也病了，郑译更是忧心忡忡。在位两年不到，天元帝不仅没有任何政绩，还把君臣关系搞得紧张万分。就连病中的他，周边也没有几个臣子真正关心，偌大的朝廷也已没有人上朝了。如若有个万一，该怎么办呢？郑译望着日渐消瘦的陛下，想的只有这个问题。

前天病榻上的天帝拉着郑译的手，很有些交待后事的意味，让郑译尽心辅佐阐帝。他知道只有郑译和刘昉没有大的野心，没有夺取江山的迹象。郑译说，普六茹坚也没有。天元帝叹着气，道："不管他有没有野心，先帝叮嘱不能留，朕已经留了他多年。如今，怕是不能再留了。先帝日日夜夜的叨扰，让朕心烦意乱。"

正武殿的豪华依旧，只是失了人气。失了人气，便也失了生机。郑译经过正武殿的时候，脚步慢了起来。天元帝说正武殿阔大，是先帝最钟爱的宫殿，要在此处布置伏兵，召普六茹坚进殿。若他有异心，即除之。天帝还说，这如同除去齐王宇文宪一样，是将横亘在龙椅前的"宇文护"都搬开，为阐帝清障。

郑译在正武殿前的台阶上坐下。什么时候开始，天元帝的眼里，普六茹坚成了障碍了？难道他做得还不够隐忍么？用他夫人的话说，这半生的光阴，只过成了两个字:保全。而他们的长女是五位皇后中最为德才兼备,最有能力主政阐帝的朝局。舍她?能取谁?八岁的阐帝皇后司马令姬么?

台阶上的郑译,将双掌撑住了脸,像个无助的孩子。如若普六茹坚倒了,连同那司马令姬皇后一起,会不会导致五后乱朝?目前,天元帝尚在,天元后也尚在,只是病了而已,那尉迟氏就开始祸乱后宫了。她借口阐帝生母只是位掌衣女,蛊惑王姬为儿子谋一个名分。幸亏被天元大皇后压制了,才没造成大乱。还有那分封在各处、各自拥兵分疆的五王,会不会五王争雄?到那时,谁能控制?自己么?自己岂有这个能力?天元帝啊,这危如累卵的朝局,你怎能不惊醒呢?怎能又自砍手臂呢?

郑译蓦然一下站起身,他要去禀告随公。朝廷要有普六茹坚主政,才是正道。阐帝在危急时刻,首先想到的竟是扑向普六茹坚的怀里躲避。若是天意,岂能抗之?

郑译往前迈了两步,却猛然瞥见了两个人影飘忽过去,一闪便不见了。再一睁眼,还是不见人影,遂又往前迈出两步,那人影似又飘忽出来。郑译心里一沉,复又重重坐下。是啊,为何天元帝独独给自己宣讲那么机密的事?他真的不知自己与普六茹坚是同窗好友么?原来,这人影正是替他来监视自己的眼睛啊。

冷汗顺着后颈窝处流了出来。罢罢罢,朝廷是你宇文家的,危机也好,安定也罢,随天意吧!郑译擦了擦汗水,缓缓地站起身,朝天德殿走去。

天德殿里的脂粉气依旧浓郁,郑译也是越来越不习惯这股气息了。私下里,与普六茹坚说了好几回,但也无可改变。这会儿,宇文赟坐在龙椅上,身形并不端庄,面色潮红,懒懒的提不起精神。最近一段时间,他老是心悸、烦躁。太医们也没瞧出病根,只说要多休养,不可劳累。每回听到这四个字,宇文赟就很是生气。这分明是和阿父要求的一样,要勤于政事,少于嬉戏。于是,将调剂的汤药都弃之不用,身子骨也就一直不见好转。

今日算是破例了,强打起精神坐朝,他已派于智去召普六茹坚进宫。郑译进来的时候,宫内紧张的气氛还未散去,殿墙根处、窗棂下、拐角处都有人影飘荡。郑译望了望龙椅上的宇文赟,心里冷笑。刚才分明对自己说的是要在正武殿行事,现在却埋伏在天德殿周围。天元帝啊,你竟对臣起了疑心么?臣又有哪一处不是为社稷想、为阐帝想?

郑译扑通一下跪在地上,双眼湿润,哽咽道:“天帝,臣心如故,所思所想无一刻不是惦念陛下。这颗心,天帝难道不信了么?”

宇文赟抬起手,温和地说:“郑卿,起来说话吧。朕非不信你,朕……只是累了。不想再去折腾正武殿了。你还记否?朕的阿父曾说正武殿里有双眼睛盯着他。其实,朕也是怕那双眼睛盯着朕呀。你可坐到朕的身边来,朕好冷。”

郑译吓白了脸,怎敢与天帝并坐?慌忙道:“谢天帝,臣不敢僭越,站在此处便好。”话声未落,于智带着普六茹坚进来了。

郑译不禁有些紧张,盯着普六茹坚,想从他的脸上看出些什么,却是什么也没看出来。也不知于智是以何名目请他进宫的,普六茹坚的神情平常,毫无二致。

宇文赟移了移身子,稍前倾提高了声音说:“随卿,前些时监国很辛苦嘛。做了许多的事,连朕都不知晓,想到过僭越二字么?”

普六茹坚跪了下来,道:“臣所做所为,天帝都知晓。兴佛、藏书等,在东宫时期,臣就多次启奏,天帝是首肯的。”普六茹坚声音平稳,不疾不徐,仿佛知晓天帝会如此问话似的。

宇文赟再次提高了声音,道:“你不要老是提及东宫,提到东宫,朕就像亏欠了你似的。”

普六茹坚便低垂着头,没有说话。

宇文赟又道:“朕知晓,朕纳五后,你怨恨;朕宠尉迟后,你忌惮;朕提迁陈后阿父,你嫉妒。但是,他们都有累累的战功,较之于你,强多了。”

普六茹坚扬起头,清晰、凛冽道:“禀天帝,臣从未有怨恨、忌惮和嫉妒。几十年来,臣承蒙先帝厚爱,辅佐朝政。战战兢兢,如履薄冰,不敢有半分差池。罕见战绩，是实情。正如天帝所言，尉迟氏一族累有战功，势力日隆，人脉已广，远非普六茹氏能比，这也是实情。如此，谁更该忌惮呢？”

“大胆！你这是间隔朕与尉迟后的情分么？”宇文赟用手猛地拍击龙椅扶手，站了起来，动作太猛然，致使他有些头晕目眩，遂又坐下。

郑译前趋两步，又慌忙跪下道：“天帝，臣附议，随公所言甚是。若要制衡朝政，当有利器呀。天帝不妨想想，谁能制衡？”

宇文赟睁开眼，疲惫地说：“不要逼朕了！依郑卿所言，何如？”

“天帝，臣只想外放。”普六茹坚乘隙插了一句话。说话间，又往前趋伏了两步，叩首道，“臣想外放已久。那年先帝放臣去随州，臣本有心治理出一个盛世典范。无奈世事难料，家母病重，回乡侍疾。现如今无丁艰之忧，恳请天帝随意指一处，臣完成夙愿。”

“你是说愿意外出做官？”宇文赟的眼里放出光来。

“臣附议。”郑译抢过话头，“普六茹坚屡次让臣奏请天帝。臣思虑朝中空虚之时，该有自家人护佑阐帝，未肯。如今天帝归京，依臣之见，随他去吧。”听普六茹坚的话说，又见陛下眼里有光亮，郑译感到这才是个两全之策。

宇文赟的脸上露出笑容，缓缓地起身，走下龙台，将普六茹坚扶起来道：“妻父能心系黎民，朕甚蔚然。唉。”他重重地叹了口气，“朕近来老是心悸，不想再杀人了。”他在普六茹坚的臂膀上重重地拍了两下，诚恳道，“你曾怎样答应先帝，就怎样去做吧，也算是对阿父有个交代了。要不就去扬州做总管，那里近陈，准备伐陈吧。”

普六茹坚的眼里也闪过一道亮光，急切地问道：“伐陈？天帝下了决心么？臣久有此心啊。”

宇文赟温和地笑笑，并未正面回答。突然扬起右手，宽大的衣袖像是面旗帜般，往坎方挥舞。墙外人影应和移动，眨眼的工夫就了无踪影，如一波退去的潮水瞬间安静了，这潮水在三人的心中也退去了。那日故意在宫门外布置疑兵，本意是诱惑普六茹坚领私兵抗之。有传闻说普六茹府中有私兵,用此法可以试之。却不成想阐儿缠着他,躲在他的怀中不肯出来。唉,宇文赟深深地叹口气,不仅自己倚仗于他,阐儿更是依傍于他啊。如此,若除去他,阐儿还愿意依傍何人?

“朕累了。妻父,择吉日即刻启程,退下吧。”宇文赟像是铆着劲完成一项重大的事情样。事成,人便泄气了,疲惫地瘫倒在龙椅上。

普六茹坚轻轻地吐了口气,遂迈着沉稳的步子,退出去了。

“天帝,如此一来,倒是省去了一番心事。”盯着普六茹坚的背影,于智说道。

“嗯,嗯。”郑译点头,接口道,“留他在扬州,是盯着尉迟一族的眼睛,也可震慑陈后主,是一件两全其美的事。”郑译望着天元帝,一颗悬吊的心终于放下来。暂时,普六茹坚的性命无忧了。

出了宫门,普六茹坚抹了抹头上的汗水,坐进车里,脚竟是微微颤抖,且止不住。今日一大早,心就莫名其妙地慌乱,首先想到的是天元大皇后。那日回宫晕厥在地,直到第三日复苏,他与伽罗才得知。陛下封锁得严,还是有风言风语流出。但这半生,风言风语何时断过?直到后来见了于智,一颗心才静下来,原来这心慌竟是冲着自己来的。

进了府中,伽罗立在前厅等他,见到他才展颜一笑道:“都说进一次宫,就是入一次鬼门关。你安然回转,我就安然了。”

普六茹坚拉着伽罗的手道:“又让你受惊了。赶紧收拾行装,陛下应允我去扬州做总管,离开这处也好,只是苦了你了。”

伽罗的眼里就蓄了泪,道:“你安然,全府就安然。”

夫妻俩相携着往里走,普六茹坚紧紧地拉着伽罗的手,彼此的手心都有汗了,也舍不得松开。方才在宫中,正如伽罗所说的,是过了一次鬼门关。这会儿,能拉着伽罗温热的手,感觉又重回了人间般,府中的一切都是如此温暖和美好。

第二十七章 跪坐佛塔顺天意 子婿羸弱人嗟叹

从李穆的太傅府中出来，普六茹坚没有回到自己的府里，而是去了郊外的冯翊般若寺，他要向阿阇梨辞行。这次去扬州做总管，只是权宜之计，陛下也只是落个眼不见为净，图个暂时相安。还好，太傅李穆心细如发，想得很周全，怕远行的途中有变，还安排了人暗中保护。

去年底，趁着天元帝远巡，普六茹坚请宇文恺设计，兴建了这座小佛塔，用于安放阿阇梨的舍利子。虽只有五丈高，却是巧尽心思。单层的亭阁式，既不张扬，又十分新颖漂亮。它结合了刚从西域传来的覆钵式塔的因素，外表像座小亭子，在顶部加建了一个小阁。小阁中放置的是阿阇梨的九颗舍利子。底座为平面六角形，九尺见方的样子。塔身描有佛像，震、离、兑、坎四方都开有一券门。塔内置一佛龛，供奉着阿阇梨的画像。

今日来，是想跟这位亲人再说说心里话。要远行了，就像打扫积尘一样，普六茹坚也要打扫心房的积尘，方能前行。从酉时来到此处，普六茹坚盘腿静坐于龛前，一个多时辰了，仍是意犹未尽。想到那些年，阿阇梨对自己的鼓励，不禁苦笑了。说什么龙相奇表、入主殿堂。现如今，自己年近四十，已为人祖，刚刚挤入殿堂，又被赶至千里之外，还何谈入主的话？这半生浮浮沉沉的，临终了，还要孤独地奔向那遥远的齐国旧土。昨日上表请奏，让庞晃随行赴任，也不知天元帝应允了么？离家千里，有个知心的好友在身边，也算慰藉。

盘坐已久，想要移动腿脚，却是动弹不得，脚都麻木了。普六茹坚用手轻轻推动脚踝,却被一阵刺心的疼痛弄得满头大汗。今日出门,穿的是小常衣,缚裤束缚得紧。现在打开,才猛然发现竟如桎梏,将小腿处、脚踝处勒成了一个红肿的馒头。又仿佛被开水烫伤,皮肤被撑得异常光滑,有隐隐可见的水样物质流动,蓬松似李九蒸熟的米粑粑。

普六茹坚试了好几次,他已经无法立起身了。阿阇梨啊,你这是要留我在此么?我怎能留在死地?外放,乃是一条求生之路啊。普六茹坚的心里悚然一沉,这突如其来的腿疾令他懊恼莫名。

又呆呆地坐了半个时辰,终于听到了由远及近的马蹄声,李圆通和庞晃两人并骑而至。庞晃在普六茹府里久候而不得见,遂与李圆通一起,寻到了此处。见普六茹坚的腿脚如此,俱惊骇不已,急急地将他送回。

大夫说,这是久静未动又压迫而致使血脉不通,现只能做一般的疏通,还需静卧调养数十日才会好转。普六茹坚内心恍然,从小打盘坐,从未有异常。今日却是为何?难道要拖着脚疾赴任么?

庞晃久未被启用,这次被普六茹坚拉上,又获得天帝恩准,正跃跃欲试。两府家人都已将行装准备妥当,只等出行,不想却遇到这种情形。庞晃失落可想而知,也只得闷闷地守在普六茹坚的身边。

隔日一大早,郑译遣刘昉来访。刘昉说天元帝听闻普六茹坚莫名地犯了脚疾,不能成行,十分震怒,郑译正在宫中劝慰。刘昉来,是想让普六茹坚去宫中,面见天帝,以证病疾。

庞晃性急,脱口道:"小御正,你也瞧得清楚了。随公已是脚不能着地,人不能立身,如何面圣?天帝竟不能信么?你还可以去瞧瞧我等的行装,早已打点好了。突降横祸,十分懊恼。"

刘昉也急了,道:"随公,这哪里是我能做主的呀?你心里清楚,对你,我是倾心相随,哪里有半点疑虑?只是天帝这性子谁敢有一星半点的忤逆?郑译也是迫不得已才想到这么个主意,也是为你及天元大皇后着想。"

庞晃还要再说，被普六茹坚止住了，他沉沉道：“御正、小御正的好意坚哪能不知感激？我这就随小御正进宫。圆通，备车。”

独孤伽罗也点点头，这种时刻，即便是抬，也只能是抬，也要将普六茹坚抬进宫中。让天元帝看看这来得不是时候的脚疾。不一刻，李圆通推进来一个木头支架，与庞晃一起，将普六茹坚移上支架。

或许是病痛的折磨，年轻的天元帝瘦弱得不成样子。面色苍白，皮肤起皱，成日地喊累。他的身躯已经支撑不起这沉重的病痛似的，已多日不上朝了。这几日，也不知是怎么想的，竟没有进宠爱的陈后和元后的宫中，连尉迟皇后的宫中也不进了。而是呆在昭阳宫里，仿佛他又想起了天元大皇后才是他的原配。

普六茹坚被庞晃和李圆通抬进来的时候，天元帝正歪在椅子上喝清粥。羊乳汁熬就的米粥有微微的膻气，令他喝了两口就厌恶了，不肯再喝。看到普六茹坚红肿发胀的小腿，他皱起了眉头，随手拿起了一支天元大皇后用来束发的笄子，敲了敲普六茹坚腿上的痛处，仿佛要验证这红肿是真是假似的。他敲的有些重，使得普六茹坚咧了一下嘴巴，眼见着被敲的地方，凹下了一小块，又缓缓地弹回来。

“哈哈，果然是苦肉计啊。”宇文赟也咧嘴笑了，复又在普六茹坚的痛脚处敲了一下，“你说，你怎会狠心将自己的脚弄成这副样子？就为了不去扬州么？”他居然叹了口气，又打了一个哈欠，不自然地说完了这几句话。

普六茹坚的脸上淡然镇定，道：“臣腿疾稍有缓解，即刻动身，去扬州的行装早已打点完妥。”他的脚上被宇文赟敲出了两块紫红的印痕，像块胎记，久久未有散去。

庞晃没有想到天元帝会这么想，会这么龌龊地看待普六茹坚，忍不住道：“天帝，随公这腿疾怎可有假？若自毁，还如何立世？”

站在宇文赟身后的天元大皇后未发一言，面无表情，平淡冷漠。仿佛天帝敲打的不是她的阿父，不是敲打在阿父的痛处之上。现听见庞晃如此说话，便将目光转向了郑译。

郑译连忙上前，挡在庞晃的身前，小心翼翼道：“天帝，看来这也是天意啊。方才得报，突厥人又在西北起事。说好的和亲未有动静，怕是来故意滋事的。”

果然，这个消息吸引了天元帝的注意，他睁了睁眼，问道：“赵王如何说？”

先前宇文赟就下了诏令，让赵王宇文招之女嫁入突厥。此后，天元帝就忘了这事。如今，听郑译这一禀报，便又想起了。朝中空虚，若突厥来犯，此事便是大事。可是在场的人，都不知道赵王那边准备得怎么样了，皆无语。方才热闹的场面，冷了。

天元帝环视众人，最后将目光停留在木架上的普六茹坚的身上。他舒展了眉头，柔和了声音道：“妻父啊，见了你的痛疾，朕心忧戚。近日，你就不要去扬州了。现在已是阐儿临朝，他只亲近你，你还是将那突厥人打发了吧。”

这唱的又是哪一出？普六茹坚心里暗暗叹气。可想，天元帝是真的不愿意将一点点心思和精力放在朝政上，又将自己留在他的眼前，留在这刀口上，留下这破碎的朝政让自己来处置。若是天意，这才是啊。

天元帝改变心意，自己能如何？普六茹坚道：“谨遵天命。天帝信任，臣竭尽所能。”

天元帝满意地笑了，道：“朕知晓，临朝理政是你擅长处，阿父也欣赏。”宇文赟说起宇文邕，又恍如梦中，声音也迷离了起来。

情形急转直下，让庞晃措手不及，急忙跪地道：“天帝就此更张，臣如何自处？”

庞晃一时情急，问出这等不合礼仪的话来，自然是惹得宇文赟大怒，道：“你自回去好生安歇，朕没有治你的罪已是隆恩。你还想怎样？朕知晓，当年你随四叔出征被俘，让他用八百匹绢才赎回。如今，你还有何面目在此讨官？先帝将四叔灭了，为何独留于你？”一口气说了这许多话，宇文赟气喘。此时，天元后亲手端来一碗温热的牛乳，他接过来喝了一大口，这才止住了长骂。

这一骂把众人吓得不轻，谁也没有想到，天元帝竟然翻起了陈年老账，将早年庞晃做卫王宇文直本官时的旧事拎了出来。平心而论，天元帝这段话虽是事实，却有失偏颇。庞晃出征，胜者居多，尤其是追随宇文护时。只是后来跟了宇文直，投到了一个弱将的麾下，才吃了败仗。

方才在普六茹坚的府中，刘昉就知道庞晃心里兜了气，这会儿又被天元帝责骂，恐事态更甚，忙站起来道："天帝龙体欠安，你们莫要劳烦天帝了，快退出去吧。天帝，要不要请天左皇后来？或是让天中、天右皇后齐来？或是让胡人跳乞寒舞？乐一乐？"这乱七八糟的内容，其实也只是为引开宇文赟的怒火，可谓是用心良苦。

宇文赟果然像挥赶苍蝇似的，将普六茹坚一行人挥赶了出来，郑译和刘昉也随后出来。庞晃对着郑译和刘昉两人一揖到膝，诚恳道："谢司马大人，谢内史大夫。"彼时，郑译已是内史大夫，刘昉为司马了。天元帝经常变换两人的职位，将两人视为心腹之臣，常常伴随左右，形影不离。方才普六茹坚称两人为御正、小御正都是两天前的官职。

两人轻轻点头，又轻声道："我们也只是救得了一时，往后你在天帝面前莫要急躁，那是要惹大祸端的。切记。"遂告辞。

出来宫门，庞晃又愤愤然道："随公，自你入随州为刺史开始，你我结识，深相结纳，坦然如赤子。现如今你说句实心话，这朝廷，这天帝，你还能甘心、倾心辅佐么？"

普六茹坚深叹口气，缓缓道："为社稷想，为黎民想，如今不能乱啊。"

入了车厢，庞晃让普六茹坚微微斜倚在厢椅靠背上，自己半蹲着，抬起他的痛脚，拥双脚入怀，又重重地叹道："当初定州之时，如听取了我的建议。何至于受今日之辱？若不成，粉身碎骨也比这样受辱干脆利落。"

普六茹坚双眼灼灼地盯着庞晃，道："阿兄的话，坚记在心底。只是，时候未到啊。"

庞晃猛然抓住普六茹坚的双手，眼里放出希冀的光芒，亢奋道："随公若真如此想，今日之辱便也值了。"

普六茹坚颔首，脸上的表情松弛下来，轻轻地舒了一口气，便闭眼小憩，他也疲乏了。

马车前行，蹄声笃定笃定的，细听下，竟能听出有规律的节奏。和着这节奏，普六茹坚竟睡着了。

日子也如车之节奏，笃定笃定的，周而复始。到了五月，长安城有些燥热，人们都脱下厚厚的夹袄棉衣。普六茹坚的腿疾才渐渐好利索，可以自由地行走于宫中了。天元帝却是病重，愈来愈重。在病榻上，他做出了一个重大的决定，即是让阐帝在普六茹坚的陪伴下入宿露门学，正式司仪皇帝课程。原来他自己做太子时的侍读皇甫绩和柳裘也留在宫里。

说来甚是奇怪，阐帝亲昵普六茹坚甚于亲昵他的阿父天元帝。那次阐帝摔破头被普六茹坚拥入怀中，这个不合君臣礼仪的动作，被人密告于宇文赟，没想到宇文赟竟没有罚，还大骂密告之人。普六茹坚料想，这并不是天元帝的性情变了，而是……或许是他想起了他自己，也如阐帝这般大的时候，曾经牵着普六茹坚的手被先帝责罚的缘故，想必这也是他让普六茹坚留在宫中陪伴阐帝的原因吧。

那个时候，他和他的阿父与自己是披心相付的吗？这么多年以后，竟然要在这个习以为常的词后面加个问式，该是种悲哀吧？望着坐于桌前的阐帝，想宇文皇家这三代人，普六茹坚的心兀自唏嘘不已。

晌午时分，郑译跌跌撞撞地跑来，因情急，话都说得囫囵吞枣："快陛下……天元帝恐……不行了……你和阐帝快……"即便是这种情形，他也没忘了在普六茹坚的耳朵旁说话。

"啊？"普六茹坚心底一沉，天元帝病了这些天，他们不是没有想过这一天。但临近此时，他们的心还是有些慌乱。普六茹坚大步奔进了露门学的厅堂中，急切地拉着阐帝奔出来，在众人的惊讶目光里，向天台疾行。

天台的天德殿里，只有刘昉和颜之仪两人在天帝的身边。此时的颜之仪已是司书上士，掌管着陛下的符节玉玺等龙宝国器，也曾是天元帝的侍读，日日在朝。见几人进来，刘昉仿佛找见了主心骨，连忙奔过来，竟无视阐帝站在一旁，急切地对普六茹坚说道：“方才天帝感觉神志清爽，诏令起身来此处。我想着天帝或是久困于病榻，想活动身子骨也是正常。哪知……哪知，一个时辰不到，便是这副样子了。”说着哭出了声。

颜之仪也站过来，但未说话，只是目光冷冷地剜了刘昉一眼。他素与刘昉不睦，方才又为让天元帝起身的事，与刘昉争吵。

普六茹坚也不理他们，直步趋向龙椅。龙椅上的宇文赟已经奄奄一息，比之临终之时的先帝还要弱小。他的眼角湿漉漉的，眼睛赤红，气若游丝，仿佛已经吸不进气了。站在普六茹坚身边的阐帝“哇”的一声哭出来，凄厉的声音像是刀剑划过冰凌，冷冽刺骨。口中不停地喊着“阿父，阿父”，身子却又不自禁地缩进了普六茹坚的怀中。普六茹坚顺势在他的背上安抚地拍了拍，轻声道：“阿翁在呢，陛下不要惧怕。”这对君臣，已超越了君臣的尊卑，像是寻常人家的祖孙。见陛下如此倚仗普六茹坚，让颜之仪很是惊讶，很不以为然，也颇为刮目。

宇文赟湿润的眼里流下泪来，手微微地颤抖，却是说不出话来。颜之仪见状，认为天元帝看见阐帝与普六茹坚的亲昵样子发怒了，对着普六茹坚大声说道：“退开吧。你对阐帝的不恭，激怒了天帝！还不快快认罪。”

刘昉挺身在前，也大声道：“颜司书，你不要妄自揣测，天帝分明是要托付重臣。却被你释为反义！你这是为何？”

颜之仪仰天长叹道：“天帝啊，圣意到底如何？刘昉如此无礼，让臣如何自处？”

郑译沉沉道：“颜司书，你瞧不见陛下的态度么？陛下是何等地倚仗随公？”

普六茹坚领着阐帝站在原处，并未移动脚，也并未理会他们的七嘴八舌。阐帝紧紧抓住普六茹坚的衣袂，紧紧地咬着双唇，连阿父也不叫唤了。

正乱着，内侍阿炳领了一位太医进来。几个人噤了声，退到一旁观望。太医诊断了一会儿，自身已是大汗淋漓，面色越来越苍白。普六茹坚再次望向天元帝，他闭着眼，一动不动，像是弃世了。

太医连滚带爬，跪伏在地，对着阐帝和他身边的普六茹坚哭泣道："陛下臣无能啊……天元帝已……不治了……臣无能啊。臣该死啊。"

"什么？"普六茹坚的身子晃了晃，似没有听清，又问了句，"天帝如何了？"

太医跪在地上，身子抖得厉害，道："天帝……驾崩了！"

"不要胡说！"阿炳奔过来，踹了太医一脚，又摇晃着天帝，大哭道，"天帝，怎可弃阿奴啊！"

众人皆跪下了，阐帝又哭出了声，拉住普六茹坚的手哽咽道："阿翁，朕该如何办？朕该如何办呢？"

"快快诏令陛下的阿祖王叔们进京议事。"颜之仪也变了脸色，竟然失态地在阐帝的面前走了两个来回。

"不可！"普六茹坚和郑译异口同声，普六茹坚没有停顿，继续说："此时诏令，无异于亲手埋下祸端。颜司书，你想过没有？以阐帝辈分计，阿翁之辈的有五位祖王爷，都是分封广地人稠的国之诸侯，势均力敌；阿父辈分的有六位王叔，以汉王势力最盛，然秦王、曹王也不示弱；同辈之王，虽幼小，但其背后势力却不幼小。众多皇亲，如乱起来，岂不是自毁？"

郑译和刘昉皆同声道："正是，天帝颇有担心啊。屡次让随公你监国，正是题中之义啊。"

颜之仪叹口气道："理虽如此，但眼下如何办？总不能自拟遗诏吧？"

话未说完，郑译眼睛一亮，急切地说："这倒是个好主意。有遗诏乃灭各王欲念，可自定。"遂命阿炳去取笔墨。

颜之仪大叫："这如何了得？假拟诏书，灭九族之罪。现陛下虽年幼，然皇亲国戚中有诸王成年，按礼仪、按常制，赵王年岁最长，当请其主事，退而其次，汉王也成年。他们与先帝是近亲，当由其推举主事之人。”

普六茹坚冷冷一笑，道：“按礼仪，先帝久病之时，怎不推其监国？按常制，文祖倒是留下遗诏，令皇亲宇文护主事，结果呢？遂了文祖的心愿还是遂了你的心意？颜司书，办事要循其根本，不可拘泥守旧。当下局势，我说的还不够清晰明了么？”

颜之仪也冷冷一笑，道：“早知你相有奇表，腹有鳞甲，今日显露无遗。”

普六茹坚轻蔑地哼了一声，道：“相乃天生，日日显露，何出此言？腹有鳞甲，思虑的皆为国事。天帝常常重托，岂能拒之？颜之仪，你到底是何用意？”

这时阿炳取了笔墨回转，见太医还跪在地上，普六茹坚亲手将其扶起来。阿炳望着颜之仪，嘴唇动了动，又往外瞄了一眼。这个细微的动作，刚好被普六茹坚捕捉到。他立即召来郑译，让其封锁宫门。郑译说，一早就封锁了。又说，不一刻柳裘和皇甫绩都会到。除此，再无旁人进宫。

颜之仪听了，立即移动脚步，说他要出宫。郑译冷冷道：“此时你能出宫么？我知晓你们喊来了宇文仲，但他岂是主事之人？你还是在遗诏上署名吧。”

颜之仪道：“陛下遗诏，我等署何名？”

刘昉抢言道：“天帝是口谕，现要想昭示国人，我等证之。”

颜之仪拿起郑译和刘昉拟好的遗诏，瞅了一眼，猛然爆发出一阵狂笑，道：“天元帝金口诏言文武百官皆受随公节度了么？你们这是矫诏，本官岂能从之？”

普六茹坚闻言也是大吃一惊，忙制止道：“不可，不可，坚决不受之！此乃恶醉强酒，置坚不仁不义。不可受，不可受。”

这时天德殿的大门被推开了，柳裘和皇甫绩并肩而进。普六茹坚见两人进来，急急地说道：“二位来得正好，快快商议，如何处之？”

柳裘道：“这一路奔来，我已思量。机不可失，时不可再。今事已然，宜早定大计。天与不取，反受其咎。如更迁延，恐贻后悔。”

皇甫绩点点头，道："正是我意。随公，说什么不仁不义？朝廷飘摇之际，你能挺身而出，定狂澜，扶倾厦，非常人而为之。实乃大义！"

普六茹坚还是摇头，坚决不从，求助地望着阐帝。此时的阐帝更是无助，他已移步至龙椅旁，有些彷徨，有些恍惚和惊惧地望着众人，又望着已渐渐冷去的阿父，眼里蓄了泪，却没有流出来。

刘昉道："柳御史说的极是。随公，你若真不应，那昉就自处了。你觉得昉比之你，如何？昉能镇之否？"

皇甫绩也急了，道："随公，这可不是谦逊的事。颜司书，你也不要纠缠天元帝是否有此遗言的话了。天帝若不信随公，为何屡次让其监国？伐陈，也交待之。虽有五位皇后，但天元大皇后的居正地位从未动摇过。从明帝始，有谁比随公更亲近武帝祖孙三代？其正直内敛，毫不奢靡，毫不矫情狂肆。即便是严苛如齐王，临终也哀叹天命，说出天意天定的话来。在你颜司书的眼里，唯有宇文姓氏才能任之？然，宇文气数已尽。"

一番话，说得颜之仪低下了头，却不为所动，仍没有落笔签字的意思。刘昉急了，在他自己名字的后面，又署上了颜之仪的名字。颜之仪见了，也只是摇摇头，并没有夺笔不从。宇文赟做太子时候，柳裘和皇甫绩都是侍奉过他的人，也算是宇文赟最亲近的人了。几个人都署了名，将遗诏送入普六茹坚的怀中。

已无可推卸了。普六茹坚展开遗诏，见到了那句"文武百官皆受隋公节制"的隋字，与平日里自己惯用的随州的随字少了一个"辶"，想想，去掉这个走字，也挺好的，干净、利落、简约，像自己的风格，便默认了。

颜之仪见大势已去，讷讷道："你们也不能太不顾宇文皇家的颜面吧，我仍旧提议让汉王做丞相。"汉王宇文赞乃先帝宇文赟的弟弟，宇文邕的次子，虽为王多年，却少有建树，只是一位长在深宫华衣玉食的浪荡公子。

普六茹坚随即点头，算是同意了这位皇亲作为丞相，与自己共事，颜之仪终于露出了笑容。几个人议论得热烈，争争吵吵，劝说解围，全然忘记了在场的还有阐帝。趁着间歇，阐帝也站起身，走向随公道："随卿，你总揽朝政，朕是欢喜的。朕允你假黄钺吧，这样你就可以节制右大丞相。朕其实瞧得清楚，每回阿父有难，都是仰仗于你，汉王也受你的节制。"

普六茹坚心里一暖，想到这假黄钺，已是阐帝第二次提及了。真所谓是种瓜得瓜呀。平日里，自己这个外戚比宇文皇家的诸多亲王对阐帝更亲更甚，更关心朝政。如今，自然是更得其信任了。

普六茹坚缓缓地矮下身子，向阐帝叩拜道："陛下，臣定不负隆恩，不负众望。还百姓一个锦绣的河山，一个安定的社稷！"

他的表态令所有人动容。颜之仪心中暗叹，罢了罢了，这局势连八岁的孩儿都能看得明白透彻，自己何苦瞎闹？主少国疑，大臣未附，还是不要生事的好。遂随着众人一起，跪立于阐帝面前。

这是大象二年五月二十四日，普六茹坚接过了皇皇遗诏，成为了隋公，总领诸军事，节制文武百官，主持朝政，同时追谥宇文赟为周宣帝。天元大皇后普六茹丽华为皇太后，天元帝皇后朱满月为帝太后。另外的三位皇后和众多未曾生育的嫔妃都送进尼姑庵削发。俊俏美丽的尉迟炽繁也送进了尼姑庵，尽管她曾经多次蓄意攻击天元大皇后，但是，已成为皇太后的丽华也没有对她多加责难。阿史那皇太后升为太皇太后，李娥姿帝太后升为太帝太后，陛下的两个兄弟也被封了王。

过了两月，主持朝政的隋公被陛下封为隋王，他的长子普六茹勇为世子，封做东京小冢宰，于洛阳任职。云朵儿一路随行，终圆夙愿。

可是伽罗对这位世子仍有微言，又派李九前去代言。

李九坐在官道旁的小酒肆里，独自小酌，心里感慨万千。若干年前，也是在这样的小酒馆里，自己跟随主家夫妇与名士韦琼相遇，斗酒论事，不亦乐乎。如今名士已逝，空留一腔嗟叹；主家斗转星移，如困兽被束缚多年，却又离奇地升任为大丞相了。这人世之事，谁能料理得清晰？

又吃完了一碗汤饼、两个烙馍，正待结账走人，门外拥进了几个人，看模样是修建东京回转的劳作之人。果然，他们进店后就嚷嚷着点食要酒，坐下后，仍是处于兴奋里。

“幸亏碰上了大丞相监国理政，放了我们，我都以为要死在此处了。”刚坐下，一个人的感叹，引来了数位同感。

“昼夜劳作，我们这个组队里，已殁了十几个人。”

“十几个算什么？我来的大半年里，组队里死的十之二三。唉，草芥之命，除了父母，谁能爱惜！”

“大丞相虽顶着贵姓，还算是体恤百姓。”

“唉，泱泱大汉，秦皇汉武已逝，也该出人杰了。”这句话，非一般劳作之人能够说出。李九盯着那人多看了两眼，觉着他该是读了书的人。

也有人嘻嘻笑，竟是口不择言：“天帝惯用汤药，怎么能就这么着驾崩了？是不是被谋杀了？”

“年纪轻轻，也架不住五位皇后的折腾。”

“只要对百姓善，谁做皇帝不一样？”

“左大丞相更有权，都假黄钺了，他做皇帝也可行。”也是仗着人众，口无遮拦的话都发泄了。整个酒肆的气氛，被这些人闹得乱哄哄的，像是打开了洪水的闸门，泥沙俱下，该说的不该说的，都说了出来。李九故意慢了手中的动作，竖起了耳朵，知道这议论的内容大都与自家主人相关。

辅佐阐帝，登上龙台。第一天，普六茹坚便宣布全面停止修建东京，数万名工匠劳工悉数返乡。酒肆里的这些人，都是返乡之人。要遣散离别了，在酒肆里闹一闹，也算是死里逃生的庆贺。

“听说刑律也松缓了些。当今陛下，比起前朝还是要清明许多。”一个人说。

“当今陛下才八龄，还不是大丞相主政。”

“管他谁主政，只要对我等好，就是好人。”人们猜揣着朝中的事情，信口开河。好不容易有了喘息的机会,便要大肆宣泄了。

李九微笑地望了他们一眼,出了酒肆,往西奔去。受夫人之命,李九要去往洛州见长子普六茹勇。郎主已是假黄钺的大丞相,权倾朝野,独揽朝政,立勇为世子,并命其总揽旧齐事务,封为东京小冢宰,这都是在朝堂上晋封的。而夫人命李九来,是要对他说另外的事。

东京小冢宰的府衙里,张灯结彩,热闹非凡。自被封为世子以来,普六茹勇的旧识新友,前赴后继,相伴相随,络绎不绝,日日来府中喧嚣。李九进门来时,普六茹勇已是酩酊大醉,认不出九叔了。李九心里叹息,难怪夫人对这位长子不甚满意。今日,若是夫人来见,岂不是又一顿好骂?云朵儿迎出来,后面竟跟着六个婢子,那气势早已盖过了丞相夫人。云朵儿性子硬,又为阿勇添了三个公子,自然以正妻自居。见了李九,倒也识得礼数,晓得躬身相迎。

引入前厅落座,李九没有想到,身为东京小冢宰才两个多月,这前厅里的气派也是胜过了丞相府。髹漆鎏金,雕花玉砌,俯拾即是。前厅阔大,桌椅家具极尽华贵,一看就是齐宫中流落出来的;物件摆设的八宝柜子里,有珊瑚、玛瑙、玉石,琳琅满目,还有一串砗磲做的佛珠。这砗磲,李九识得,在梁宫里,他见识过。普六茹勇自小便喜爱华衣宝马,后又得善事衣裳的云朵儿,如今将东京小冢宰府中的人打扮得光鲜靓丽,胭脂流香,府中暗动着奢华的气韵。

伶俐的小婢子奉上香茗,云朵儿笑容可掬问道:“九叔,叔母和小文武俱安然吧?”

“好,都好。”李九笑道,“你们在此地很滋润嘛。”

云朵儿也不避,点点头笑道:“九叔言中啦。夫人不允我为正妻,只能偏安于此,宽心罢了。”看起来,云淡风轻的,却有幽怨溢出。不想,云朵儿又补了一句,“听闻是夫人的主意,将丞相府搬至正阳宫里,那才是滋润呢。”

李九落下脸上的笑容,冷冷道:“旁人如此嚼舌也就罢了。自家人如此说,尤其是出自你之口,乃是不知天高地厚。”李九虽为下人,但是长辈,又深得主家夫妻器重，在府中很有地位，当然敢端起架子教训云朵儿。

云朵儿脸上一红，声音低了下来道："只敢在九叔面前说话，对外自是没有我说话的份。"

正阳宫乃是阐帝一直居住的东宫。普六茹坚初为丞相，便提出让阐帝搬至天台，他和右丞相则将丞相府衙入驻了进来。不料想，这一举动遭到了某些朝廷大臣的议论。说左丞相野心昭昭，欺凌幼主。其实，普六茹坚只是不想沾染天台的脂粉气罢了。再说，陛下暂无子嗣，置丞相府于旧东宫，岂不是物尽其用？却偏偏让睚眦之心的尉迟氏捡到了把柄似的，让史官记之。这件事闹得沸沸扬扬，本就给主家夫妻添堵。此时此地，被自家儿媳如是说，李九能不生气吗？

云朵儿只顾一时嘴快，哪里懂得这层意境？讪讪地说了两句话，便散去了。

次日，直至晌午，李九才推开房门出来。没成想，身为东京小冢宰的普六茹勇已立在门口多时，见李九出来，笑脸相迎，躬身作揖道："九叔，昨日醉酒，多有丑态，见笑了，可不要禀告于阿母。今日略备薄酒宴请九叔，赔罪。"

李九哂笑道："九叔长脸，可吃长公子的宴请了，有云朵儿作陪么？"

普六茹勇赶紧欠身道："已遣其面壁自省，九叔，还请见谅。"说着，遣散了随从，拉着李九转身回了房。进了房，李九道："难得长公子清醒。此次前来传话，难为你竟有心在门外候着，甚好。"两人围着房中央的圆桌坐下，面对面的距离不过一尺，李九要的便是这种效果。

"长公子，夫人遣我来，一是告知于你，郎主要称隋王了，夫人为王后，立你为世子。并为你选立世子妃，乃益州司马、司宪大夫元孝矩之女元氏，你切勿自立正妃。二是……"

李九话未说完，即被普六茹勇打断了："阿母真的同意立我为世子？为何又要选立世子妃？何况这元氏又是何等的来路？"

李九蹙了一下眉头，道："长公子又急躁了。你是长子，立你，乃礼仪。你要胜任，夫人才能放心。那元孝矩往上四代也是皇家，其姊妹又是晋公之妻，比不上你么？”

普六茹勇低下头道：“既已入选，那纳娶便是，又何烦劳九叔亲至？”

李九盯了他一眼，遂接上先前的话说道：“二是让你速速将此处处置妥善，不日即刻回京。事宫中禁防，领内史御正。”李九故意将内史御正说得重重的。其实，内心里，他对主家的这个长子也不甚满意。为官在外，见府中来人，竟无一句问候父母之言。住处却是极尽奢华，安置客人的宾舍都尽如皇宫，那他的寝房又该是何等的豪华富贵？

听到了领内史御正，普六茹勇果然大惊，果然未露出喜庆之色。内史御正便要日日守在宫中做侍卫，管理着宫中的安危。这是刀尖火海上的事，且昭然在阿父的目光下。犹如禁锢般的日子，不是普六茹勇喜欢的。

见普六茹勇低头不语，李九叹道：“长公子，休怪九叔多闲言碎语，你也该用心主事了。公子广积极进取，深得夫人喜爱与信任。作为长公子，你更要树立榜样才是。”

普六茹勇抬起头，望了李九一眼，又将目光转向别处，显得极不自信，轻声道：“我早知晓阿母偏爱广弟，却是屡屡为难于我。九叔，你跟阿母说说，让广弟去宫中好了。我还是值守在此处，可好？”

李九蓦然站起身，盯着普六茹勇，想这位公子与夫人间的间隙是越来越大了，也不必多纠缠这个话题，道：“夫人交待我的话都带到了，你自忖便是，今日我便启程回转。”

两人一起出了房门。只一会儿，普六茹勇像是想通了般，脸上也露出了无畏的豪气来。拉着李九的手往中庭引，边走边说道：“九叔，你若不乐意也就罢了，阿母也未必听得进。算了，我还是去做那个什么内史御正。”

李九放下心，随他进了中庭。宽阔明亮的中庭正中摆放着一张硕大的方桌，桌的中央赫然树立着一株乳白的石花，一尺多高，石上有细细密密的小孔，整株怪异嶙峋，看不出像什么东西，却是多姿曼妙，十分悦目。李九从未见过，盯着这株石花看了又看，才将目光移到了桌面上摆放的珍馐菜肴上。除了熟识的鸡鸭鱼肉外，还有一个大盘子里盛着连李九这位前御厨都未见过的物什。一问，才知连同那株石花都是从东海里捞上来的。石花名为珊瑚，极其稀罕，因而极其昂贵，是云定兴想方设法才弄来的。盘中摆放的有大钳子和厚厚坚壳的，是海蟹，也是稀罕金贵之物。

普六茹勇夹起一只蟹钳，放入李九的碗里，笑眯眯地说："九叔，这可是从千里之外的海里捞上来的美味啊，朵儿也甚是喜爱。今日她特别吩咐，以此来孝敬九叔。昨日多有骄躁，还望九叔见谅。"

李九拿起钳脚，左看右看，感到硬硬的，也不知怎么吃，又不好问。便用手指暗暗用劲，想要捏碎，那蟹脚却是纹丝不动，李九便看了看普六茹勇。旁边的婢子嫣然一笑，从李九的手中拿走了蟹脚，说话工夫又转回，再递过来笑道："郎主是想让先生仔细瞧瞧，毕竟是稀罕之物，现可食之。"同时还递上了一小碟胡椒酱。

李九这才笑了，从厚厚的蟹壳下，挑出白嫩的肉，细口地尝了。有微微的腥气，却是十分鲜美。普六茹勇又递过来一条炙烤得金黄的蜈蚣，边上也有一小碟辣酱。李九却没有吃，心里认为它就不是正经人的正经吃食。再看那长公子，他却是吃得欢。他为官才几日？便有这等奢豪的饮食用度！是感染了旧齐的奢靡遗风，还是本性使然？

酒过三巡之际，一名宿值急急地进来，对着普六茹勇的耳朵说了几句。听罢，他迅即站起身对李九道："九叔，请随我来。"见他一脸肃穆的样子，李九知道，定是有了重大情形。二话不说，放下铜箸，跟着他步出中庭，来到后院，只见后院中一黑衣人默然站立，细瞧，李九大惊。

章仇太冀风尘仆仆，立在院中央。

他带来的消息，更是令人惊惧：不出丞相所料，大前疑尉迟迥反了。于相州城墙发表檄文，集聚了数十万人马，正式起事。

听闻此事，刚刚在宴席上逸兴遄飞的普六茹勇呆了一呆，半晌才喃喃道：“章仇大师此时来告知,是想让我去讨伐平叛么？”

“你意下如何？”章仇太冀和李九同声道,普六茹勇的这句问话里有诸多含义。章仇太冀听出了迟疑,而李九听出了沮丧。于是,两人又问道:“公子如何处？”

“阿父怎么想到让我去？数十万人,还有司马消难、青州总管尉迟勤等军相随响应,阵势庞大,我如何应付？”普六茹勇果然忧心忡忡。

“长公子,你如此不堪么?宫中宿卫你可否胜任?”章仇太冀一直追随独孤伽罗夫人,喜之其好之,恶之其恶之。如今又听长公子说出这等没有出息的话来,心底里十分鄙夷。

李九心里也急,见满脸灰土色的长公子,颇生气道:“你快快交待一声,即刻随我等进京。见过丞相,由他做主。”听了普六茹勇方才的那番话,李九内心难过。他的话中隐隐地透出他是知晓尉迟迥兵变消息的,连策马响应的人名都甚是清楚。却是依旧躲在此地,奢靡奢豪地过快活日子。

普六茹勇这才慌忙点头,道:“我去跟朵儿道个别。”转身离去。

两人望着他的背影,皆摇头叹气。丞相势隆昌盛,如日中天。却是有子如此,怎不令人嗟叹?

第二十八章 睿圣自天定乾坤 文德武功启新朝

元胄、元威兄弟一进丞相府，就感觉气氛异常。众人都不说话，左丞相普六茹坚脸颊气得通红，手中虽拿有一册奏表，估计心思也不在此处。这兄弟俩早年追随齐王，被宇文宪誉为壮士，力大无穷，现任宫中禁卫并兼任丞相的贴身护卫。

原来是严苛不识变通的颜之仪生的事。方才，左丞相亲自找到颜之仪，让他交出陛下的符节玉玺等。他却陡然变色，故意高声叫道："此乃天子之物，自有主者。你一个丞相，何故索之？这不符合礼制。"乍一听，的确如此。然，陛下赋予左丞相假黄钺，本就拥有使用符节的权利。索之，顺理成章。反之，你一个内史御正握着不放，是何意图？再看那颜之仪，铁青着脸，傻傻地杵在那里，一动不动，像是尊毫无知觉的青铜器。

元胄心里哀叹，这位老夫子又惹事了，怕是不妙啊，却没有劝慰的话。而是趋步向前，躬身对普六茹坚轻声道："丞相，约定的时辰已到，车马备好了。"

普六茹坚抬起眼，他已复平静，道："赵王在京师也有府邸么？"前些时，宇文赟驾崩，诏宣他仅剩五位在世王叔进京吊唁。因是皇族，又是当今陛下的祖王叔，普六茹坚至理至尊相迎，加五王入朝不趋、剑履上殿的殊礼。作为回礼，今日赵王宇文招在京师的王府里，宴请丞相。

出了丞相府，普六茹坚见后面跟随一列数十人的护卫队，蹙了一下眉头道："去赴宴，又不是去斗殴，遣他们回去吧。"

杨弘是领首,道:“护卫丞相是我等的职责。那赵王也不知安何居心?已有风言风语传出丞相还是谨慎些好。”

普六茹坚朗声笑道:“休要妄自揣度人心,带着这些兵马去赴宴,倒显得我小气了,快快散了吧。”

元胄道:“丞相磊落,心地坦荡,却不能苛求旁人也如此磊落。还是多带些人稳妥。”

普六茹坚道:“休要聒噪了。赵王亲口跟我说,于乱世之中定乾坤,天下稳定,民心安然,要感激于我。他手中没有兵马,你等带兵岂不是陷我于不义?你们莫要猜忌了,间隙挑拨朝臣,是重罪。”

贴在普六茹坚身后的元胄故意慢了一步,与杨弘齐肩轻声道:“也罢,你带三四个强壮一点的人跟着就行了,想必那赵王也不敢生贼心。”

几个人便轻装出发,不一会儿,就到了赵王府。京城的赵王府不似他的封国洺州襄国的王宫那般豪华,又长期空置,没有了烟火的气息。本来此处是他们回京时的一落脚地,今日要宴请丞相,打扫得干干净净。不同往常的是,墙后屋前人影飘动,还有隐隐的兵器相碰声。显然,今日这里不单单是一个宴会的场所。贴身护卫的敏感,使元胄更紧密地靠近在普六茹坚的身边。

赵王宇文招超乎寻常的热情,亲自迎出大门恭候。往常,他与普六茹坚没有过多的交集。宇文邕亲政后,生怕再出一个宇文护,便将他的兄弟们都分封到疆域各地。其实,他们也乐意。封地物丰人稠,地域广阔,食邑过万户,一个小封国之王便是一方小皇帝。与其在皇城陛下眼前战战兢兢,讨好献媚,还不如做一方之王自在。

赵王的封地离京千里之遥,汉时为邯郸郡的一部分,属旧赵。赵王宇文招只在送女千金公主去突厥时与普六茹坚见过几面。也没深交。那回宇文赟听闻赵王有意拖延嫁女,致使突厥人以此为借口进犯,便留下腿疾未痊愈的普六茹坚解决。尽管赵王内心不快,终归顺利成行,结果也遂初愿,两人的交往仅限于此。

这次赵王亲自出门迎接，倒让普六茹坚好生感动。

一行人随宇文招往里走，进了前厅，又过中庭，宇文招还是没有停下来的意思。元胄急了，悄悄地扯了扯普六茹坚的后衣襟，用极细微的声音说："丞相，怕是有诈。至后院深处，恐不易出去。"

普六茹坚微笑道："不要辜负了赵王的心意。"内心忆起了李穆府中隐秘的小屋，脚步未有半分迟疑。

终于到了后院深处，宇文招居然提出让普六茹坚一人随他进入寝房，说宴席安排在里面。虽说京师王府久未居住，然，寝房里招待客人终归不妥。普六茹坚却是不动声色，依旧依顺了赵王的意思，去往寝房。屋里，赵王的两个儿子宇文员和宇文贯及妻弟鲁封等人都站着等。于是，元胄偏不干了，身挂佩刀，紧紧随后，被赵王拦下："本王与丞相内里相商事宜，你就不要进去了吧。"

元胄的右手移至到刀柄把上，冷冷道："本官绝不妨碍两位王爷的相商，我就坐在此处履责。"说着，真就坐在寝房的门槛上，防止寝房的门被关上。元威和杨弘见状，也移到了房门口，三个人都佩刀而坐，他们带来的四个随从被拦在了后院。

普六茹坚哈哈大笑，道："赵王好盛情，寝房里置酒席，闻所未闻也。"说着话，人已坐在了寝房内的圆桌边，背对着元胄的这一边。再看桌上，根本没有席面，只有五只胡瓜，盛在一个盘子里，边上有一柄短刀，锃亮锃亮的，都可以照见人影，看得人心里冷飕飕的。

赵王拿起刀，将胡瓜切成一小块一小块，挥舞切刀的手，在普六茹坚的眼前一扬一落，一升一降，左动右摇，眼睛却盯着门口的元胄。

普六茹坚又笑起来，大声道："赵王，切胡瓜要用利刃么？只怕是赵王心中要切的不仅是这胡瓜吧？呵呵。依坚看来，赵王的心结也要切开才好。"

宇文招住了手，脸却红了，把头转向门边的元胄道："本王与丞相相商，你坐于门前，是何道理？你去厨膳房拿些酒来！我们要喝酒了。"

元胄气哼哼地站起身，眼珠瞪得比五铢钱还要大，却立在原处，似一根木桩，纹丝不动。宇文招又催促一声，元胄这才动了脚，却不是迈向厨膳房，反而进了屋里，来到桌边，拉起普六茹坚的手，轻声道："丞相府有急事，快走吧。"眼睛望向窗外，示意普六茹坚，墙后有埋伏。

普六茹坚还是那句不以为然的话："他没有兵马权，不惧。"轻声回着话，人已站起来了，顺势疾步走到了门口，下了一步台阶，朗声道，"滕王到了，你也是来赴宴的么？"原来是赵王的弟弟滕王宇文逌来了。滕王正如他的名字一样，性情悠然，毫无戾气，该无杀心吧？普六茹坚正待举步向前，被元胄一把拉住，急道："此处兵马都是他们的。如其先下手，我等性命堪忧。"

普六茹坚来不及回话，此时宇文逌已经来到眼前，普六茹坚只好拉着他的手，复又进了寝房，相携坐下。赵王宇文招这时才上了一些酒菜，刚吃了一杯酒，杨弘从外面冲进来，大声道："丞相，府中急事，快回吧。"

滕王气急，道："何事比陪本王吃酒更甚？快滚出去！"说完，人已站起身。普六茹坚也站起身，元胄立时挡在两人中间，对着宇文招怒目而视。

杨弘也不看滕王，对着赵王一揖到膝道："定是重要之事。这不，门外李圆通带着大队的人马来接丞相了。"

元胄望了杨弘一眼，会过意来，拽着普六茹坚的胳膊往外走。杨弘拿着刀殿后，与门边的元威一起，四人并团在一起，往大门疾行。宇文招气急败坏，弹击着桌面，将手指都弄折了，还出了血，望着几丈远的四人，大叫："为何如此仓皇？酒未尽兴啊……"说着，将手中的酒盏摔碎在地上。中庭立时涌出一群持刀剑兵士，却不是壮士元胄元威兄弟的对手。不知何时，普六茹坚的手中也握有一柄短刀，该是从衣内拿出的防身之物。

约莫打斗了半刻钟，几个人缓缓进入到前厅。杨弘先前带来的四人，死的死，伤的伤，好在解决了前厅的阻碍。不待休憩，后面的赵王和滕王带着各自的护卫追赶上来。赵王边走边大声道："杨坚，你不配本族姓氏！也休怪本王无情！

招以匡扶周王室为己任。”

普六茹坚立定，朗声道：“宇文招，本王早想恢复汉姓！恢复汉制！你也不想想，这危如累卵的朝局是你宇文招能匡扶的么？齐王临终之言，犹在耳旁，宇文皇家的气数已尽！”

宇文招逼上前来，气得满脸红胀，大声叫道：“不是那竖子灭了五哥，哪有你杨坚篡权的份？”说罢，低下头，一口鲜血喷涌而出，滴在手持的剑上，又落在地上，周遭所有的人都为这触目惊心的鲜血而惊惧，呆了一呆。

普六茹坚冷冷道：“宣帝做派如何，你等不甚清楚？配得上这锦绣的河山么？假黄钺三次，何谈本王篡权！”

那宇文招又抬起头，伤心欲绝道：“罢罢罢，既是天意，何能违之？”原本直直指向普六茹坚的剑锋，微微倾斜。后面的追兵又至，蜂窝般的躁动，哪里管得了他偏斜的剑锋？俱朝普六茹坚奔来。

元胄壮硕的身躯拦在普六茹坚面前，与杨弘并肩抵御，又激战了不到一刻钟，从外面冲进来一队人马。天意啊，若迟一刻，便是危局。李圆通和章仇太冀率领的家兵及时赶到，同时赶到的还有普六茹坚的族侄杨雄，他是相府虞侯，曾在平叛宇文贤的逆反阴谋中立下赫赫战功，深受族父的信任，令其领有六千骑兵。此时，他率领了三百人将赵王府围了个水泄不通。与李圆通等一起，救下了屋里的几人。

出了赵王府，普六茹坚长长地舒了口气，自此在心里将“普六茹”三个字去掉了。面目冷峻，自言道：“实乃给脸不要脸，自取其辱！”实在是难堪，元胄杨弘多次警示，自己竟无意防范，差点出了大事。他甩开衣袖，大步迈向自己的车驾。见了章仇太冀和李圆通，他便放心了。这队夫人亲自训导的护卫，对付几位锦衣玉食的王爷，还不是绰绰有余么？杨弘是大将军，出了门就去调集人马，元胄和元威兄弟护送丞相回到丞相府。

此时丞相府中空无一人。右丞相汉王宇文赞永不落座于相椅，想必又是被刘昉拉出去饮酒了。待坐定，普六茹坚这才发现，元胄的手臂受了伤，血迹还未干，遂传来太医，狠狠道："赵王这笔账是记下了。"

元胄点点头，道："丞相，早该对他们下手了。幸亏他今日有片刻的犹疑，否则……还真险恶。"

少顷，李圆通、章仇太冀和杨弘悉数回归，几个人身上都溅有血迹。李圆通和杨弘也受了伤，章仇太冀的伤最轻，只是右小腿挨了一棍。

李圆通道："丞相，我还是回来护卫吧。今日之险境，当是警示啊。"

普六茹坚见了章仇太冀，便知是夫人伽罗的安排，心道又被夫人救了一命，开口却问道："那赵王和滕王都收监了么？"

几个人面面相觑，惊愕莫名。章仇太冀向前一步，抱拳道："都收到阴曹地府里去了，他的两个儿子和妻弟也追随他们去了。"

普六茹坚脸色大变，惊叫道："都杀了？你们怎么能处死赵王和滕王？他们可是陛下的祖王叔！"

章仇太冀也变了脸色，道："他都要杀你了，不是我们赶到，还不知道谁杀谁！"

普六茹坚被这句话给噎着了，呆了半晌，渐渐平复了心绪之后，遣杨弘去请太傅李穆来朝。眼下，他只有倚仗李穆的支持，去平定太师尉迟迥的叛乱，这是唯一的出路。

这件事，普六茹坚没有和夫人相商。他知晓，连日发生诸多凶事，伽罗也是忧烦不已。

新月如钩，挂满了独孤伽罗的愁思。窗下的丞相夫人、堂堂的隋王后伽罗的内心却是愁苦不堪。长子回京，却仍是不长进。李九和章仇太冀吞吞吐吐的回话中，皆透露出他不想出征。这个竖子，不当谋也。偏偏他还是长子，次子又未成年。伽罗知道杨勇的心思，没有立他自己选中的云朵儿为世子妃，仍然是个结。没有解开这个结，总是纠缠，团在心里，堵住了胸腔，也不知道他究竟纠结的是什么？如若仅仅是因为云朵儿，为何又与高氏有子嗣？与王氏也有一子。由此看来，他绝非像其父对自己那般专情。从小，他就不是个专情的人，当年与明府中的婢子芙蓉如胶似漆，后来还不是说不认就不认了。或许，他争的是一口气，争一口想自己做主的气。伽罗深深地叹了口气，这个长子与自己是越来越生分了。

令伽罗叹气的不仅是长子，还有眼下这局势。夫君势力日渐隆盛，位居假黄钺的丞相。其所谓树大招风，倒成了一桩箭靶。赵王与滕王拔剑相刺，难不成要引颈受戮才是忠贞？幸亏章仇太冀与李圆通相救及时，否则，后果……然而，现在的后果是，无论有什么原因，杀了皇亲王叔，按礼制就是僭越，就要被杀。朝中已有数人上表，要取两人性命，以抑制左丞相的权力。

更令人担忧的是，相州总管尉迟迥已正式起事，各处响应的已达数人。益州总管王谦、郧州总管司马消难与尉迟迥形成了三总管相呼应，大有燎原之势。这司马消难也是糊涂之至了，尉迟迥另起炉灶，推举的是宇文招留在洺州襄国的小儿子，明确造阐帝的反。作为阐帝的妻父，司马消难也跟着起哄，是想要杀掉自己贵为皇后的女儿么？想必司马消难没有如此糊涂，但愿是消息有误。若无误，这样的敌人也不足为惧。

想到此处，伽罗的心才稍稍自慰些。这时门推开了，李九端了碗米粥进来。此时的李九多半被外派出去做事，内厨主要由小葭担当了。今日李九也是要向夫人汇报，才捎带着碗米粥来。

“夫人，喝点粥，暖胃。”李九将米粥碗放在桌上，自己则垂手站立在桌边，等待伽罗的问话。

“勇儿如何说？”果然，伽罗走过来，没有端碗，而是开口问及杨勇的态度。

“长公子意在宫中禁卫，阿九也以为宫中留有自家人稳妥。”李九答道。他未坦言，其实杨勇也不想留在宫中，他仍然想回去做东京小冢宰。无奈之下，李九只好说夫人只留给他两个选择：去征讨尉迟迥亦或做宫中禁卫。最后，杨勇才选择做后者。

伽罗的眉毛锁了起来，冷冷道：“我让你评判了么？我知道你想替他掩饰，恐怕他是连宫中禁卫也不想做的吧？听闻他在东京花天酒地，你不见么？为何不禀报于我？”

连串的问话，让李九慌了神，看来真的什么也瞒不过夫人。他未敢辩解，在夫人面前，辩解也徒劳无益。伽罗见他的窘迫样子，挥挥手，让他出去了。

李九迈过第二道门槛的时候，见郎主进门，仍是一副不苟言笑的严肃。主家做了丞相，李九本以为出人头地了，却没想到是日日有事故，简直是祸事连连。李九站立一旁，道：“郎主，吃了么？我送碗汤饼来，可好？”

普六茹坚并未停住脚步，听李九问话，只是摇摇头，哪里有心思吃得下？

正待转身，听见夫人的声音：“阿九，做碗肉糜来。”原来伽罗也迎了出来。

李九住了脚，欲言又止。

“怎么了？”伽罗问道。

“府中没有肉了。”李九为难道。府中饮食一向节俭，尤其是近日事情多，膳食之事更为马虎敷衍。

普六茹坚道：“夫人，我哪里吃得下肉糜？阿九，你去端一碗米粥来。”

夫妻俩转身进房，还未坐定，伽罗便道：“是该增加些膳食用度了，这事怪我未用心。”又问，“太傅如何说？他没变化吧？”

普六茹坚的脸色这时才舒缓，有微微的笑意道：“还算遂心。今日李浑进京，带来了熨斗，指着天地，表心意，愿意追随于我。”原来，尉迟迥起兵之前，曾派人去并州联络李穆，被李穆扣留了使者和书信，准备上交朝廷。哪知李穆的另一个儿子李士荣认为国之动荡，李穆又拥重兵，此乃割据一方的好时机，劝李穆自立。于是，李穆动摇了，静观事态发展。消息传到了丞相府，杨坚派柳裘为使者，去了并州。曾仕梁又为麟趾大学士的柳裘，明眸皓齿，察言观色，细致入微，晓以利害，许以大义，直说得李穆频频点头，最后说：“周德既衰，愚智共悉。天时若此，我岂能违天？先帝不得人心，陛下不谙世事，大周还有什么气数？尉迟迥名为匡扶周朝，实则是阴图自身，请丞相尽快平定叛乱。”又让李浑去寝房取了金带和大裘冕服，双手奉送，让柳裘带回，呈送杨坚。这金带镶有十三道玉环，大裘冕服是公卿皇亲专有的服饰，可不是一般人能拥有的。今日又遣李浑带熨斗进京，算是彻底归属了。

李穆的归属，实有鼎立之功。如此伽罗蹙着的眉头稍稍舒展，道：“这么说，那李穆真的生了自立的心？否则，怎会有金带和大裘冕？他真的断了此心？如此，那柳裘的口才也是了得，夫君千万要善待此人。”

普六茹坚答道：“夫人，我是那么忘恩负义的人么？且不说他，就是屡次妄议我的颜之仪，我也不想与之纠缠，放他去西疆留守，也是眼不见为净。”

伽罗道：“那颜之仪也不知道是仗着何人之势，屡屡冒犯，不与他纠缠也好。还有三王在京师，夫君意下如何处置？我思谋过了，此时不除之，若再有类似上次的赵王之宴，你该如何？”

普六茹坚沉沉地叹口气，道：“夫人所言极是，与今日李浑带李穆话是同出一辙。只是，我还未下定心意。这次章仇太冀贸然杀之，已掀起了轩然大波。再要往前进一步，怕是更加招惹责难。再说，那三王也未必……”

独孤伽罗冷笑道：“当初让你提防赵王，你说他不敢。结果呢？如今已是骑虎之势，你不作为，他们便要作为，不是你活便是他活。这你死我活的时态，你若不顺势而为，何如？在先帝的眼皮下保全了这么些年，如今陛下幼小，不能再保全了。你再不持刀，恐怕要沦为鱼肉。”

普六茹坚望着目光坚毅的伽罗，又叹口气道：“容我再想想，能谋一个两全其美之策岂不是更好。丞相若屠戮五王，史书会有一笔，那就是千古的骂名啊。”

独孤伽罗道：“自魏蜀吴三国并列以来，朝廷更替如同走马观花，令人目不暇接，史书如何记载？”她望着普六茹坚的脸上，像是要他回答，却又自答道，“众说纷纭！你岂能独善？仅仅一个丞相，史书能留名么？”

这句话说得普六茹坚也笑了起来。这时，李九推门而进，他果然只端来了一碟酱瓜和一碗米粥。或许是方才笑了，心中的郁结已平复。此时，见了米粥，真觉得饿了。接过碗，三口两口就吃完了。伽罗端来热水，服侍他洗过，睡下。

伽罗却睡不着。杨坚的犹疑令她不满，都差点被人害死了，还记挂着史书留名的事！如今赵王、滕王已死，但他的三个兄弟还未死，越王、陈王、代王哪个王不是拥重兵食邑万户的君主？此时，在长安不动手，一旦他们回到封国，岂不是纵虎归山？到那时，鞭长莫及，后悔莫及呀。

独孤伽罗披衣下床，望了一眼熟睡的夫君，走出门去。

次日早朝，丞相府里寂寂无声。大臣们低着头，屏气凝神，似在压抑着心跳，仿佛怕咚咚的心跳声出卖了自己。丞相乌黑着脸，端坐在丞相椅子上。方才，郑译来报，昨夜陛下仅存于世的三位祖王叔也被灭了，都死在了京师的王府中，未查明何人所为。

“哼，司马昭之心啊。”站在一旁的颜之仪，轻蔑地说了句，他今日要启程去西疆。临走前，还不忘讽刺一句。杨弘站在他的身边，气得瞪了他一眼。自赵王被杀，司马昭这个前史上令人敏感的名字就像一缕不散的阴魂，飘荡在宫中。

其实，杨弘是被丞相安排路上保护颜之仪的。如若颜之仪也死了，那丞相滥杀的罪名就坐实了。昨夜三王之死，今日人们看杨坚的眼光都不同了。怎么辩解？普六茹坚也没想到辩解。只是乌黑着脸，背着恶名。

门口忽有躁动，内侍阿炳尖细的声音传过来：“陛下到。”他如今做了阐帝的内侍。大臣们赶紧闪开，跪立迎接。阐帝走进来，脸上肃穆、认真、诚恳，都不是他这个年龄该有的表情。杨坚赶紧起身，恭迎道：“陛下，宣召臣过去便是，何必亲至？”

哪知阐帝趋前一步，竟然也躬倾着身子道：“丞相，朕思虑了。国务繁冗，争斗激烈，祖王叔们都死了，这都不是朕能掌控的。今日，朕要禅让于你。”阐帝像是背诵经文一样，一板一眼地说完了这几句话。

普六茹坚闻言，大惊失色，叩地泣曰：“陛下，是不是听信了谗言蜚语？臣有何错，竟招致陛下折煞？臣问心无愧啊！”

阐帝亲手将普六茹坚扶起来，诚恳道：“丞相，朕也是肺腑之言啊。”

普六茹坚急切道：“请陛下禀告两位太后，国有小人图之，滋事造反，臣能定之！”

阐帝笑了，向阿炳示意。阿炳便对着门口高声叫道：“加九锡！”于是从门口进了一队人，抬着衣服、乐器、弓矢、铁钺、秬鬯，门外还有一列虎贲和金车大马，连同被赐予的朱户和纳陛特权，总称为九锡。这是皇帝赐予大臣的最高规格的赏赐，也是不能不受的赏赐。自东汉王莽加九锡之后夺权始，曹魏、司马氏族等数人都沿袭了这个传统。使得这九锡之礼，似乎有了某种象征意味。可是，一个八岁的孩儿能有此决断吗？

普六茹坚跪在地上接受九锡，心里却想到了阐帝背后的宫中。宇文赟逝世后，他的皇后除了丽华和朱满月外，其余的皇后和嫔妃悉数出宫为尼。阐帝年少，除了六岁的司马令姬皇后外，也没有其他人。因此，后宫也是空落凋敝。如此推算，真正管事的也只有丽华和朱后。但，她们如此指使阐帝，是何用意？

加九锡是一个重大冗长的仪式，直到礼毕，普六茹坚仍是不苟言笑。或许，阐帝没有想到，普六茹坚并没有表现出他想象中的喜形于色，反而是犹疑迟缓。于是，有些茫然无措。他望了望周边的大臣，却没有人说话，仿佛他们又变成了一个个木偶。阐帝的无助便写在了脸上，有些失望地转身离去。

皇帝小小的孤单的背影，留给了人气旺盛的正阳宫，留给了正阳宫里的众臣。

夫君加九锡之后，伽罗便想着要去宫中探望丽华，然而迟迟不愿动身。她实在不想亲临宫中了。那里留有她的温情、眼泪和羞辱，交织了她太多太复杂的情感。

上次进宫，还是先帝大怒之时，自己恳求他饶过丽华、饶过他们全家。磕头、跪求、哀叹、谄媚，在额头留下血渍。后来还被尉迟迥捡了去做为话柄，传遍朝野。今日走在宫中,独孤伽罗有恍若隔世的感叹。那个时刻,怎么也不会想到,这么快,夫君就被加了九锡,人世间的事,变幻莫测,谁能思谋得到?

天台里冷冷清清,陛下去了露门学,由阿炳陪伴。帝太后前日来过一回,就没有露面了,说是身体微恙。昭阳宫里也安安静静,自先帝逝世后,宫中再无杂乱无序的声响了。那曾整日萦绕在宫中的艳曲酒令之声已经销声匿迹,仿佛他将宫中活动着的气息都带走了般。皇太后拿着班昭的《东征赋》在看,身为皇太后的丽华,对史上的才女曹大家还如此心仪景仰,也是难能可贵。

见丽华读班昭的书,想起她的《女戒》。独孤伽罗心中一动,遂道:"太后,你以为《女戒》何如?有何见解?"

丽华见阿母如此问话,深看了伽罗一眼,侃侃道:"女戒七篇,篇篇金字玉玑,至理通达。"仿佛还嫌回答不够似的,又补充地说,"正色端操,以事夫主。妇不贤则无以事夫,妇不事夫则义理坠废。夫有再娶之义,妇无二适之文,故曰夫者天也。"这几句全是《女戒》中的原句。她独挑这几句,诵与阿母听。

独孤伽罗听了,心里一沉,面露愠色道:"先帝已逝,皇太后的天也坠废了么?阿母原以为你是终于摆脱了桎梏,逃离了生死攸关。"

丽华的眼里便有了泪,道:"儿年幼时,阿母便教导孩儿读女戒,如今夫君既已逝,阿母何故说出这般话来?"

独孤伽罗道:"我儿自是糊涂!那曹大家著《女戒》岂不是讨邓太后欢心?她自己多有奏疏上表朝廷,又替邓后出谋划策,女戒了么?"

丽华抬起脸,道:"阿母是责怪孩儿了么?给阿父加九锡,原是朱后的主意,儿只是顺水推舟罢了。"

独孤伽罗冷下脸,道:"儿饱读诗书,难道不知王莽之后加九锡中的贬义?这是置你阿父于炉火中炙烤啊!再说那朱后何时能替你思谋了?你到底何意?"

丽华脸上一红,道:"儿知道错了。前些日,儿请安于太皇太后、太帝太后,她们均有此意,遂与朱后提及。没成想,她真就让阐儿去做了。或许,宫中之人都未曾多想，该是出自善意，并未见有贬义。"

独孤伽罗的脸这才舒缓，道："两宫太皇太后身子骨还好么？这一乱，我竟是好些时日未去请安了。"

"太帝太后还好，只是太皇太后不太好。近段时日，更不好了，时断时续地病。"母女俩说着家常话，片刻时辰，独孤伽罗便出了宫。

与这位长女，也生分了。宇文赟在世时，每逢有难，一家人倒能同心应对。如今，她孤身一人，可以自作主张了，却起了变化，与阿母与府中生疏了。难不成她们几个宫中的妇人，以为虚以禅让或加九锡就能警示么？独孤伽罗冷冷地想，即使是计，那就将计就计好了。瞧她那副样子，完全忘了我额头的伤痕。竟然拿起了女戒！这嫁出去的女郎，犹如泼出去的水！她都没有想到问及一下阿父的安危！

伽罗想着，竟红了眼圈。这位长女贵为皇太后，难道不知道前些日子赵王设计杀害她的阿父未遂么？难道不知道尉迟迥的叛乱还未平定么？难道不知道宇文皇家仍是虎视眈眈地盯着丞相府么？她就那么安心，问都不问及一声？伽罗沉沉地叹口气，往丞相府的方向望过去，她不知道，今日丞相府中又会发生何事？

尉迟迥气势汹汹起事，普六茹坚派韦孝宽、宇文忻、崔弘度等大将率军讨伐，官军至河阳便滞住了，诸路各军没有谁肯领先出战。军中无有强有力的监军，进行统筹调度。令杨坚气愤难当的是，派人去监军竟也遭到了推三阻四。崔仲方说他的阿父在山东，属叛军控制区，恐有不利；刘昉说自己从未亲历战事，恐前去指挥不当；郑译说自己老母病重，要侍疾。

还好关键时刻有英雄出，这便是高熲与李询。高熲随宇文宪攻齐数次，战况不俗。李询在平定卫王宇文直的叛乱中表现出来的勇气和谋略，给普六茹坚留下了深刻印象。两人交好，与韦孝宽、宇文忻、崔弘度相配搭，合乎丞相心意。

久未有轻松气氛的丞相府，今日终于迎来了笑声。一大早，得了前方喜讯：尉迟迥战败自杀！及时扭转战局，也正是四位大将齐心设计的结果。

原来,两军交战至邺城。尉迟迥孤注一掷,领全部兵力十三万,列阵城南。韦孝宽、高熲进攻数次受挫,被迫撤退了三四里。战事陷入胶着状态,竟引来了邺城百姓民众观望,人数甚众,达一万余人。见观望者靠近叛军,四人商议,先对观者射箭,制造混乱,再大叫“叛军败了呀!叛军逃了呀!杀呀!”几位将军一马当先,向尉迟军杀将过去。叛军自是乱了阵脚,后退不及,被杀甚众。尉迟迥登上城墙,被崔弘度兄弟一路追杀,终究抵挡不过,愤而自杀,被崔弘度的弟弟崔弘升割了首级。

听着来报喜讯的传令官绘声绘色地描述战况,普六茹坚大喜过望,厚厚地赏赐他。晌午时分,又接到一份喜报,这回是好友杨素呈送来的。原来,前些时日,普六茹坚以杨素为汴州刺史。哪知上任途中,尉迟迥反了,荥州刺史宇文胄据武牢以响应,阻碍了杨素的去路。普六茹坚于是就地拜杨素为大将军,领河内兵攻打宇文胄。今日遣人来报的,便是他斩杀宇文胄的消息。

“哈哈哈。”一大早,两份喜报,让普六茹坚的嘴笑得来不及合拢,“处道回京,不,所有将士回京,本王要与之畅饮!”展开战报,喜笑颜开,殿堂上的郑译、刘昉等人也都欢喜异常。这场战事,关乎的不仅仅是左丞相的前途性命,同样关乎他们的前途与性命。经历68天,尉迟迥的叛乱终于平定了。这一役,左丞相识得了众人。那高熲的担当、谋略,杨素的勇猛、忠诚,都为他所看重,他也重新识得了郑译和刘昉。

欢腾了半个多时辰,刘昉凑上前来,轻声道:“丞相,陈使候了多时,能否现在宣其觐见?”见前方战事获胜,刘昉对普六茹坚用了“觐见”一词。

普六茹坚微微一笑,朗声道:“宣!”很给面子地应承了觐见之词。

刘昉很快地答应着,竟亲自出门去宣。看来,这位陈使不简单。须臾间,刘昉便领了一位老者进来。老者过了花甲之年,清瘦骨立,却是精神矍铄,颇有仙风道骨的样子。及至近处,果然是大名鼎鼎的韦鼎韦超盛也。

普六茹坚坐北朝南地端坐在大殿之上,一上午喜事连连,脸上的红光仍未散去。这喜气由内溢外，仿佛通身镀上了一层釉彩，闪闪亮亮的。韦鼎身材颀长，骨骼清奇，有傲气挺立。不想见了普六茹坚之后，竟颤然跪下。抬眼再见普六茹坚时，又不自禁地用手遮住了半个眼睑。譬如他是一束正午阳光似的，令韦鼎不敢直视。

“你便是那位博通经史、妙解八卦、尤善相术仕梁又预言陈主的韦师么？”普六茹坚笑眯眯地问道。这是位奇人，年少时在西梁做邵陵王主簿，后为司徒王僧辩所用，却跑到陈霸先面前说陈霸先面生龙相，可替代王僧辩主政建立新朝。后来，果真应验，陈霸先建立陈朝。韦鼎名声大噪，都传到长安来了。

“丞相夸奖了。没想到薄名竟传到丞相的耳朵，惭愧惭愧。”韦鼎抱拳施礼，普六茹坚已赐座。一国使者来见丞相，本不应跪。韦鼎感到自己的背上已经惊出了汗，这面相乃是大君！却谦称自己为韦师，又是何等的福德！

“久仰先生大名。今日相见，果然是神采奕奕，非常人不可比拟。”坐于一旁的丞相府从事内郎李德林也是和颜悦色。这位一贯恃才傲物的齐之才子，平素里难得有他正眼瞧得上的人物，今日的语气中也足现谦逊。

普六茹坚频频点头，笑道：“从事内郎也是为博学士，不仅善于出谋划策，还做得一手妙文章，武帝曾赞其为天上之人。哈哈，我大周乃人才济济。韦师，你当有所耳闻吧？”

韦鼎伏地，窘迫地点头，轻声道：“大君面前，岂敢造次。”

“韦师今日来有何要事？陈主何如？”普六茹坚温和地问。

“陈主无恙。”韦鼎竟称自己的国君为陈主，这是何意？难不成已经将普六茹坚视为大君了么？这下意识的回答，又将韦鼎惊出了汗。素来沉稳淡然的韦鼎，竟然有些失态，惶惶地补了一句，“陈主……陈之国运，想必也不用多说了吧？”其实，这时的陈主陈顼已经患病，太子陈叔宝是位轻薄好色无心国事之人。韦鼎见了普六茹坚之后，便失了心智，把这等不该说的话，都说了出来，自觉不妥，又说道，“丞相气象万端，紫气笼罩，有大统之势！实乃大君，当万民景仰称颂。”

“呵呵，你倒是巧舌！”普六茹坚收敛了笑容，冷冷道，“既便如此，那你今日来，是代陈主拱手称臣，还是替本王相面的？”去年冬天，陈主派吴明彻进攻彭城，却被韦孝宽打败，后一溃千里，从旧齐手中抢来的江北、淮南之地，又悉数被韦孝宽夺了去。因此，普六茹坚才有如此呛人的话。

“嗯。”韦鼎果然非寻常俗人，他清了清嗓子，豁出去一般，高昂着头，朗声道，“观公容貌，故非常人，而神监深远，亦非群贤所逮也，不久必大贵。贵则天下一家，岁一周天。老夫当委质！公相不可言，愿深自爱！”

先前还以为他是溜须拍马讨好的套话，没想到，他居然又一本正经地整出这么一段话来。普六茹坚坐不住了，站起身，疾步奔到韦鼎的面前道：“你身为陈国的使者，却跑到本王的面前，胡说什么贵则天下一家！看来你也只是轻薄浅舌之徒！”说罢，竟转身，拂袖而去。曾几何时，面相之说害得他半生的时光都被皇权猜忌，如在刀尖上行走。如今这个异国术士又来重提，是想挑起事端么？如果真如此，用心极为险恶。

普六茹坚越想越气，竟不知不觉走出了正阳宫，来到了天台附近。不想却看见李穆和柳裘肩并肩立在此处，仿佛是等着他似的，李穆何时回京了？

见了普六茹坚，李穆快步而至道：“恭喜丞相，反贼已破，天下太平矣！”

见了李穆，普六茹坚的心中也像射进了一缕暖阳，满心的喜悦驱散了方才的不快，道：“若无太傅鼎力支持，坚还不知能否渡过难关！”

柳裘也笑着，开口却提及了陈使：“丞相大喜呀。韦鼎乃当今第一术士，有过人之技，不可不信。”柳裘曾为普六茹坚的使者劝说李穆，两人因此深相结纳。今日一同从天台出来，在阐帝面前说了什么？

李穆加以佐证似的，一本正经道：“陈使不是一般的江湖术士，乃陈帝身边的重臣，面相从未有失。今日在大殿之上信誓旦旦，红唇齿白的话，怎敢有谬？昭昭天意呀。方才，我等已禀报了陛下。”

“何如？”普六茹坚惊异地睁大了双眼，将头摇得飞快，“不可。赵王之死，已让我不知所措。再进一步，岂不是坐实了篡权之名？史书该是一个骂名了。”

“哈哈哈。”李穆朗声大笑，“既是天意，何故忌惮区区史官？再说，尉迟迥推举赵王之子兴乱，你还想旁人再效仿之？陛下不过八龄童，能否担当大任？自宣帝始，宇文皇家王气丧失，既有天意，岂能袖手旁观？”

普六茹坚眼睛一亮，道：“太傅果真如此想？帝幼，国必乱之。宵小之徒乘隙滋事，于社稷乃大害。只是坚有何德何能受如此器重？容坚思之。”

柳裘还要再说，被李穆拉止住了。两人均望着普六茹坚，投以希冀的目光。李穆说：“我也去找陈使，让他相相。”

三人都笑了，遂转身往丞相府而来，心中俱思谋着：“若天意，岂能抗之？”

转眼到了二月，丞相府和正阳宫院中的花开得出奇的艳丽。腊梅、水仙的香气未散，迎春花就绽放了，非同往常地，一小朵一小朵紧紧地簇拥在一起；没到开放时节的花草，叶子也绿得浓稠，像是油浸染过一般，有一层端庄的亮色；桃花、梨花、杏花竞相怒放，一派生机勃然向上的气象。让人看了满心欢喜，笑意盈盈。

一抹晨曦穿透窗格，从外倾泻进来，惊醒了熟睡的李九。他睁开眼，这光亮得不同凡响。便急急忙忙穿衣下床，奔出来，望向天际。东方已醒，有彩云烘托，一扫初春的雾霭，亮亮的阳光，似有强劲的力量，将大地照耀得明晃晃，乐融融。

“天降祥瑞啊！”李九满心欢喜，由衷地惊叹。

“呵呵……阿九也想吟诗么？”普六茹坚温和的声音传过来。

李九转过身，见身材高大的郎主沐浴在这祥瑞宁静的光中，像一尊佛，禁不住叹道：“府生紫气，郎主吉祥！”屋顶上的喜鹊仿佛也在应和，叽叽喳喳地欢叫。往常这个时节，喜鹊很少出来。今日，是特意来报喜么？

普六茹坚大笑，道：“阿九也学会阿谀了，奉承的话张口就来。”

元胄进来，也是一副喜气洋洋的模样道：“宫中遣来车辇，接丞相去临光殿。”自加了九锡，元胄领虎贲，护卫丞相，越发的忠心耿耿。

普六茹坚边走边道:“前日听闻修葺临光殿,今日有庆典么? ”

元胄也不知所以。出得门来,只见府外赫然停着一车辇,六匹骏马立在前头。六乘乃御辇啊,明黄的纛旗飞扬,彰显着显赫的气势!两旁立着三百虎贲,虎虎生威。见丞相出来,俱闪立于两列,形成甬道,从门庭直通达车辇。

车内十分宽敞,有一蚕丝织成的锦缎软垫平铺在长椅上,普六茹坚坐上去,稳稳的,很舒适。行至宫门处,普六茹坚的心猛然加速跳动,咚咚,咚咚,难不成是警示么?他拍了拍车厢,外面的元胄立即停了车。他跳下来,让车辇转回去,自己进了正阳宫的丞相府衙,在丞相椅子上坐下。元胄跟在后头,像个影子般无声无息。

开府、司武上士卢贲领着一小队人马守在丞相府门口。自赵王谋杀未遂后,卢贲便自觉做了另一个元胄,成为普六茹坚的贴身护卫。

丞相府衙里来了好些人,在京师的大小官员都到齐了。有三三两两的人在小声说话,也有人面无表情地呆在一处。这让普六茹坚有些诧异,朝中的重臣与自己知心交好的高熲、郑译、刘昉、李穆、柳裘等俱不在此,他们都在临光殿么?

从事内郎李德林走过来,仿佛是看穿了丞相心里的疑惑,轻声笑道:“丞相不是要直接去临光殿么? 怎地又转回了? ”

普六茹坚望见李德林眼里的笑意,像是才明白此时去临光殿的意义。一颗心又轰然骤急,咚咚,咚咚,脸上的五官也轰然骤急聚拢般。这使得么? 能成么? 他在心里问自己。李穆如何说的? 八九龄的孩儿如何能撑得起这偌大的江山?

李德林见普六茹坚未有回话,凑上前来,用比先前还要低的声音道:“昨日我已拟好了诏,是禅让诏,天意不可违啊! ”

普六茹坚猛然睁大眼,急急地抓住李德林的胳膊。李德林感到这手分明在颤抖,蓦然地使得他也紧张起来。

“如何使得?这天大的事,如何使得?”普六茹坚低声吼道,放开李德林,陡然往椅子的深处坠过去。

李德林从亡齐的官僚中以文章脱颖而出，似鹤立鸡群般令人瞩目，被大丞相看中，成为丞相府中的从事内郎。其相国总百揆、九锡殊礼诏策笺表玺书等，俱出自他之手。他竟绕过自己，代阐帝拟就了禅让诏书？如何使得，如何使得啊！

过了一小会，普六茹勇进来了。他已是上柱国、大司马，领内史御正，统治宫中禁卫。穿着将军铠甲，英武俊朗。见长子进来，普六茹坚的嘴角扬起笑容道："抽空回府中一趟，你阿母昨日还提及你。"

普六茹勇却道："临光殿热闹得紧，阿父不去看看？"

"要去！"章仇太冀和李九进来，见普六茹坚坐着的椅子边没有旁人，便接过话头，又凑近普六茹坚的身旁，轻声道，"夫人听说早晨来了御辇接丞相，便遣我俩来传话——大事已然，骑兽之势，必不得下，勉之！"

普六茹坚将五官往中央聚拢了般，眼里透出来的光便含了沉沉的重量，重重道："夫人果真如此说？果真遣你二人来此传话？"

李九也重重说："果真，阿九用性命佐证！"

普六茹坚眼睛环顾了一周，望向了自己的长子。遗憾的是，这位长子却没有接过他的眼光，而是忽忽闪闪地跳开了。

"也罢！"普六茹坚低吼一声，整了整衣服，虽是常服，但整洁合体。他迈开大步，向临光殿走来。

临光殿里已经满满当当地挤了一殿堂的人。阐帝坐在龙椅上，旁边依旧站着阿炳，离他们一丈开外的地方，站着宇文椿和赵炬。大司徒、杞公宇文椿奉着诏书，太宗伯赵炬奉着玺绂。见普六茹坚一行人进殿，阐帝从龙椅上起身，疾步走下龙台，憋红了脸，拉着普六茹坚的手往龙台上走。

普六茹坚顺着阐帝的步伐往上走。夫人说骑兽之势，必不得下。此刻是这层意思么？大殿肃穆，数双眼睛望着龙台，望着龙台上空空如也的龙椅。普六茹坚一步一台阶，稳稳当当。

到了龙台中央，阐帝清晰地说了一个字："宣！"

宇文椿徐徐地展开诏书，果然是阐帝最后的诏书，是由李德林精心撰写的禅让诏——

元气肇辟，树之以君，有命不恒，所辅惟德。天心人事，选贤与能，尽四海而乐推，非一人而独有。周德将尽，妖孽递生，骨肉多虞，藩维构衅，影响同恶，过半区宇，或小或大，图帝图王，则我祖宗之业，不绝如线。相国隋王，睿圣自天，英华独秀，刑法与礼仪同运，文德共武功俱远。爱万物其如己，任兆庶以为忧。手运玑衡，躬命将士，芟夷奸宄，刷荡氛昆，化通冠带，威震幽遐。虞舜之大功二十，未足相比，姬发之合位三五，岂可足论。况木行已谢，火运既兴，河洛出之符，星辰表代终之象。烟云改色，笙簧变音，狱讼咸归，讴歌尽至。且天地合德，日月贞明，故以称大为王，照临下土。朕虽寡昧，未书达变通，幽显之情，皎然易识。今便祗顺天命，出逊别宫，禅位于隋，一依唐虞、汉魏故事。

普六茹坚立在宇文椿的对面，听着那句“相国隋王，睿圣自天，英华独秀，刑法与礼仪同运，文德共武功俱远”。不禁百感交集。焕焕朝日，自有规律可循。阿阇梨之一语中的，佐印天意啊。自此当竭尽全力，匡扶社稷，以民为本，以国为重，接过武帝的志向和理想，创一个锦绣的河山，创一个超越武帝的天下一家！

宇文椿一字一句地念完了诏书，众臣皆下跪称颂，称隋王为帝。普六茹坚接过赵炬奉上的玺绂，对阐帝深深一揖，转过身，面对龙台下匍匐在地的众臣，朗声道：“坚自幼在佛门长大，本无意于政权，却被推送至此。若是天意，不敢忤逆！众爱卿，坚既已受玺绂，”他顿了一下，举起了手中的国玺，以更加硬朗的声音道，“自此，朕，将不负天恩，不负春秋，励精图治，竭尽心智，开创一个大统河山，还子民一个锦绣社稷！尔等，愿意追随于朕完成此心此志么？”

“心甘情愿！”众臣慷慨激昂，齐声答道。

“众爱卿请起！”新晋皇帝又道，“朕常衣入龙椅，当谨记汉姓为杨，日升汤谷的杨。今日，朕复汉姓。史官当记录：杨坚定国号隋，改元开皇，立正妻独孤氏伽罗为皇后，将开创富足乐业的隋朝！”

众臣双眼灼灼地望着新帝，内心为他勾勒出的美好前景而憧憬。这是公元581年的二月，长安城里的情形，由此大隋帝国诞生。这一年，杨坚四十岁整。

众臣未曾想到，由杨坚开创的隋朝，重启了一个大一统的锦绣帝国。他们的名字，附录在二圣之后，伴随着大兴城、大运河的兴衰，伴随着科举制、三省六部制的建立，伴随着波澜壮阔的开皇之治，永载史册，令后世景仰。

2019年腊月于武昌